Dripping sur tatami

Du même auteur

Sans aucune étoile autour, roman, Les Presses du Midi, 2007

©2021. EDICO
Édition : JDH Éditions
77600 Bussy-Saint-Georges. France
Imprimé par BoD – Books on Demand, Norderstedt, Allemagne

Couverture : Peinture Hector Luis Marino

ISBN : 978-2-38127-100-2
Dépôt légal : janvier 2021

Le Code de la propriété intellectuelle n'autorisant, aux termes de l'article L.122-5.2° et 3°a, d'une part, que les copies ou reproductions strictement réservées à l'usage privé du copiste et non destinées à une utilisation collective, et d'autre part, que les analyses et les courtes citations dans un but d'exemple et d'illustration, toute représentation ou reproduction intégrale ou partielle faite sans le consentement de l'auteur ou ses ayants droit ou ayants cause est illicite (art. L. 122-4).
Cette représentation ou reproduction, par quelque procédé que ce soit constituerait une contrefaçon sanctionnée par les articles L. 335-2 et suivants du Code de la propriété intellectuelle.

Hector Luis Marino

Dripping sur tatami

JDH Éditions
Nouvelles pages

À Ambre, Élisa, Jade et Nino.

« *Plus l'ascension est longue, plus la montée est difficile, plus grande sera la satisfaction et plus magnifique sera la vue une fois au sommet.* »

Jigoro Kano

Préface

L'art est un sport

L'art est un sport, si l'on part de l'idée que l'art en tant que geste, investissement personnel et démarche, est une discipline où l'affrontement et la lutte sont présents, tant avec le support, qu'avec le propos ou le spectateur.
Et bien réels.
Ainsi l'artiste comme le sportif, se confronte au terrain, au support, à la matière, et les exigences sont bien souvent les mêmes de part et d'autre des disciplines. D'ailleurs, ne parle-t-on pas de « performances » en art comme on parle de performances sportives ?

Je n'adhère pas totalement à l'idée reçue, qu'un artiste peintre, un céramiste, un graveur, un photographe, un réalisateur, un vidéaste, un graphiste ou tout autre artiste, ne donnent pas de leurs personnes pour leurs arts.
Physiquement.
Avec du sang, de la sueur et des larmes.
Et qu'en cela, l'ascension cycliste du Tourmalet, ou le tournoi sur terre battue pour un tennisman, ne sont pas différents de l'énergie et de l'effort que doit fournir un plasticien, un sculpteur ou un photographe pour sa performance artistique.
Pratiquer le dripping comme Jackson Pollock le faisait, c'était être le colosse qu'il était, c'était avoir cette puissance de feu, cette énergie titanesque et réaliser cette peinture exceptionnelle, hors du champ des connus. Cette peinture expressionniste et totalement gestuelle nous porte au loin, sur un champ de bataille, sur la thématique du combat entre l'artiste et le support dans l'utilisation de la matière comme instrument et comme art.
Marcel Duchamp définissait l'art comme « ce qui est manufacturé par l'homme », par « ce qui n'est pas naturellement créé », je vais plus loin dans le propos en définissant comme art "tout ce qui nécessite un apprentissage pour l'homme".
Une éducation.
Une maîtrise.
La connaissance.
La technicité.
Du combat de Pollock avec sa toile, je vois en certaines de ses œuvres torturées, fracassées et combattantes, la patte d'un Jack la Motta, d'un

Frasier, d'un Ali, d'un Cerdan ou d'un Tyson. D'ailleurs, pour la boxe, ne parle-t-on pas de noble art ?

Les notions de lutte, de combat, d'engagement, sont tout aussi présentes et militantes, risquées et osées, pour un artiste que pour un sportif. Historiquement, aux jeux Olympiques de 1936, à Berlin, si Jesse Owens a fait preuve d'un courage remarquable en défiant les nazis dans leur propre stade, Picasso, avec son Guernica, a fait tout autant, avec cette œuvre grandiose qui stigmatise pour l'éternité, l'horreur et la barbarie de toutes les dictatures réunies, de tous les excès guerriers humains passés et à venir.

Deux disciplines, deux engagements et un même résultat.
Deux maîtres au sommet de leur art.
Deux combattants de la liberté.

Les exemples et comparaisons entre nos sportifs et nos artistes sont légion, les deux disciplines faisant la fierté de leurs nations, à la mer comme à la montagne, dans les villes comme dans les campagnes, sur le territoire comme à l'étranger.

Le plus beau, le plus remarquable, c'est que nos arts réunis font que nos héros deviennent universels, tous comme les travaux des grands penseurs des siècles passés, deviennent un don, un message et un espoir pour les générations futures.

Le propos de ce livre, de notre auteur, Hector Marino, est au cœur du sujet, de la relation entre le sport et l'art, d'Yves Klein, Judoka renommé, au bleu de Klein, de l'abstraction gestuelle aux gestes martiaux, peut-être croiserez-vous dans ce texte, les noires lumières de Pierre Soulages, peut-être que Nicolas de Staël vous emmènera lui-même au parc des princes, en compagnie de la bande à Teddy, Djamel, David et les autres …

Yoann Laurent-Rouault, directeur littéraire pour JDH Éditions.

1

Le souvenir, aussi tenace qu'insupportable, de notre départ d'Algérie me hantera jusqu'à mon dernier souffle, qui, si on se fie aux statistiques sur les espérances de la vie humaine, ne saurait tarder. Un commentateur me l'a annoncé hier. Il avait l'air tellement heureux de me notifier cette nouvelle que son enthousiasme en était presque communicatif. Je ne sais pourquoi j'avais encore allumé cette télévision alors que l'idée même de regarder l'écran me paraissait futile. Peut-être était-ce seulement pour me donner l'illusion de ne pas être seul et d'entendre une voix qui semblait me parler. J'ai écouté vaguement les propos de ce journaliste d'investigation remplissant le vide avec je ne sais quel reportage. Quelque chose d'indéfinissable en lui m'avait irrité au plus haut point, je ne saurais dire quoi exactement : sa façon de s'exprimer, le timbre de sa voix ou son accent indéfinissable. Les commentateurs radiophoniques des années quarante avaient, eux aussi, leur ton de langage, propre à leur époque, et sans doute leurs confrères contemporains doivent-ils trouver pertinent l'usage du leur. Le journaliste se tourna de trois quarts vers un tableau et me montra en jubilant un beau graphique. La courbe de l'espérance de vie humaine n'a cessé de progresser décennie après décennie, me dit-il, mais elle semble désormais stagner depuis quelques années et devrait probablement régresser très prochainement. Juste avant d'éteindre la télévision, j'apostrophai ce crétin en lui clamant qu'il ne m'apprenait rien. J'étais conscient que ma vieille carcasse ne gagnerait jamais la course perdue d'avance contre cette pathétique théorie des chiffres.

Puis j'ai fermé les yeux et me suis plongé à nouveau dans mes souvenirs.

On était en 1962. L'homme n'avait toujours pas mis un pied sur la Lune, les ordinateurs n'étaient encore qu'une vague utopie, l'idée d'un téléphone sans fil, qu'un concept d'anticipation, et il était impossible d'imaginer en plein cœur de New York un attentat détruisant les tours du World Trade Center, qui n'étaient pas encore construites.

Je me souviens de la sensation de vide de ce matin-là, mêlée à une douleur aussi intense qu'abstraite, qui ne se diluera qu'au fil du temps. Cette indéfinissable émotion, dérivant au milieu d'un tourbillon de néant, restera pour toujours ancrée au fond de moi.

J'ai l'exacte souvenance du contact de mon père m'aidant à monter sur ce grand paquebot que je ne voyais pas, avec l'étrange sensation de me sentir n'être – surtout – qu'une béquille pour lui. Un souvenir aussi de formes diffuses, de couleurs se mêlant les unes aux autres pendant la traversée de la Méditerranée.

Le bleu prédominait… Toutes les nuances de bleu se superposaient dans mon monde de souffrance où le ciel, l'horizon et la mer ne faisaient qu'un… Avec quelques taches de couleurs lorsqu'il m'arrivait de tourner la tête, vers le ponton du bateau. Le rouge, le jaune, le vert se mêlaient alors, dans ma vision floue, embrouillée, où il m'était impossible de distinguer des formes précises. Tout n'était qu'éclaboussures de coloris, les unes devant les autres, avec, en fond, un immense dégradé de bleus, noyé dans l'océan de mon désespoir.

Je venais d'avoir 7 ans et, le jour même de mon anniversaire, je compris qu'il ne fallait attendre aucun cadeau de la vie.

Ce jour-là, l'abruti d'« éducateur », un policier aussi rustre qu'incompétent, chargé d'enseigner le judo dans le club d'Alger où mes parents venaient de m'inscrire, me choisit pour montrer une technique. Mon père avait tenu à ce que le fils qu'il avait toujours rêvé d'avoir fût, pour des raisons qu'il devait ignorer lui-même, judoka ou torero. Le côté mystique de l'art martial venu du Japon devait sans doute l'intriguer, et ses lointaines ascendances espagnoles avaient dû le sensibiliser au mythe de la tauromachie, bien qu'il n'eût jamais assisté à la moindre corrida. Comme dénicher un taureau en dehors d'une ferme en Algérie se révélait du domaine de l'utopie, il m'avait naturellement entraîné vers le club de judo le plus proche, qui venait de s'ouvrir en plein cœur de la capitale où il me déposait tous les mercredis après-midi avant de se rendre à ses rendez-vous hebdomadaires indispensables pour ses négoces.

Je ne saurai jamais pourquoi ce « professeur » m'avait choisi pour démontrer cette technique alors que j'étais de loin le plus jeune inscrit de la section « enfants » de son école. Peut-être que mon poids plume allait lui permettre de m'élever plus facilement au-dessus de ses épaules et que ma parabole dans les airs ne pourrait qu'impressionner les autres jeunes élèves.

C'était un policier musculeux, maîtrisant mal les subtilités qu'on lui avait transmises de cette pratique encore exotique, mais qui commençait à se répandre dans le monde. Il n'était même pas ceinture noire, mais marron, ce qui, à l'époque, pouvait déjà conférer chez les néophytes la garantie d'une certaine expérience. Mais il s'avéra malheureusement qu'il n'avait aucun pouvoir de contrôle sur sa force physique.

Il me projeta si fortement sur le rustique tatami, qui n'était qu'une simple bâche tendue sur un lit de sciure, que je restai un instant évanoui à cause de la brutalité du choc.

En retrouvant mes esprits, ma vue était troublée, me laissant sans aucune vision du monde réel qui m'entourait, mais seulement avec la perception de cette tension lancinante, palpable depuis quelque temps, que je ne pouvais comprendre à mon âge. La seule chose que je comprenais était qu'il se passait quelque chose de grave en Algérie.

Le lendemain de mon accident, ma mère était tuée dans un attentat du FLN, en venant me voir à l'hôpital, en plein cœur d'Alger.

*

Mes parents, Marie et Arturo, tous deux Français expatriés en Algérie, alors colonie française, exploitaient, dans les hauteurs d'Alger, une grande propriété vinicole que mon père avait héritée de sa famille.

Mes aïeux et moi-même faisions donc partie de ce million de Français dont beaucoup, de souche étrangère, n'ont acquis cette nationalité que par la seule raison qu'ils vivaient dans le contexte sociopolitique d'alors. Mon grand-père paternel, Pedro Montes, espagnol d'origine, se sentait déjà lui-même pleinement français, et trouvait saugrenu, comme tant d'autres – d'origine espagnole, italienne ou autre – qu'on puisse établir entre eux une distinction quelconque.

Pedro n'était pas comme la grande majorité européenne d'Algérie, dont les membres étaient issus de familles modestes, de petits exploitants agricoles, de techniciens, d'employés de bureau, d'artisans ou de petits commerçants. Il représentait plutôt la caste que l'on qualifiait alors de « gros colons », et il ne se gênait pas pour revendiquer, pour lui et sa famille, des droits privilégiés du fait de son statut social.

Comment lui en vouloir d'être propriétaire d'une grande et envieuse exploitation vinicole dans les hauteurs d'Alger et d'avoir conscience de son prestige social d'Européen, par rapport à la population locale ?

Pendant cent trente ans, la France les avait installés là-bas en dominateurs, et l'opinion métropolitaine, même de gauche, était restée indifférente à tout ce qui pouvait se passer de l'autre côté de la Méditerranée. Pourtant, mon père, Arturo, fut sensibilisé très jeune à d'autres valeurs, transmises sans doute par ses camarades d'école, puis de lycée, composés, en Algérie aussi, de libéraux, de chrétiens, de communistes, de socialistes. Tous se plaisaient à croire à la possibilité d'une fraternité et d'une amitié franco-algérienne au-delà de la probable indépendance qui se profilait déjà. L'Histoire démontrera hélas le caractère utopique de leurs convictions morales et intellectuelles.

À la mort de Pedro – veuf de ma grand-mère décédée quelques années plus tôt – mon père se retrouva seul héritier de son grand domaine, car il était enfant unique. Il venait d'épouser ma mère, Marie, qui sera le seul amour de sa vie et qui partageait ses valeurs humaines et politiques.

Ma mère s'associa naturellement à lui pour l'aider dans leur florissante entreprise, et tous deux révolutionnèrent aussitôt les rapports ancestraux entre patrons et employés. Des relations humaines, voire amicales, s'établirent entre le couple et les salariés, tous algériens, musulmans pour la plupart, et cela pendant douze ans. Ils firent d'un certain Mohamed leur second dans les affaires, non parce qu'il fut plus besogneux que d'autres dans le travail, mais à vrai dire, certainement le plus dévoué d'entre tous.

Prétendre que mes premières années furent féeriques ne serait pas exagéré. Mes parents s'aimaient sincèrement, d'un amour qu'on ne peut trouver que dans les romans, et j'ai la certitude que ma perception d'être né de la véracité de leurs sentiments contribua à me donner le bonheur magique de mes premières années.

Certains soutiennent que l'amour n'existe pas, qu'il a été inventé par la littérature. Alors, dans ce cas, mes parents vivaient un véritable roman.

Oui, les premières années de mon existence furent un rêve. Mais hélas, on se réveille toujours, et parfois en sursaut.

*

Je me rappelle m'être réveillé effectivement en sursaut cet après-midi-là et m'être redressé brusquement sur mon lit d'hôpital, anéanti par l'effroi d'un étrange pressentiment.

Je savais que ma mère venait de partir pour toujours. Je n'ai jamais pu expliquer ce phénomène, mais j'ai perçu, dans une douleur aussi diffuse qu'atroce, la révélation selon laquelle elle venait de mourir.

Ce funeste pressentiment était d'une effroyable évidence et me terrifia. Je m'allongeai alors sur le lit en regardant le plafond de la chambre, qui, dans ma vision troublée, n'était qu'une superposition de nuances de beige, de gris et de blanc.

J'ai attendu mon père, longuement, et cela m'a semblé être une éternité. La nuit était déjà tombée lorsqu'il arriva enfin. Quelqu'un ouvrit la porte de la chambre et je sus que c'était lui.

Mon père se coucha contre moi et me serra de toutes ses forces dans ses bras, contre son torse que je sentais trembler. Il lui fut impossible de parler. Il éclata en sanglots, et je sentis, terrifié et impuissant, les soubresauts de son corps contre le mien. Il ne pouvait m'annoncer l'horrible nouvelle que je savais déjà et resta toute la nuit couché à mes côtés en me caressant les cheveux.

Je sus bien plus tard que mon père était arrivé quelques secondes avant le drame, avant qu'une charge d'explosifs ne fasse sauter une voiture garée devant une boutique, dans le centre-ville d'Alger, à l'heure où la foule des piétons était la plus dense.

Ma mère l'attendait, à quelques mètres de cette bombe de malheur, devant l'arrêt du terminus de l'autocar qu'elle avait pris en urgence à l'annonce de mon accident.

Il avait été convenu qu'il la récupérerait dans sa camionnette, pour venir ensemble me voir dans ma chambre d'hôpital.

Mon père eut dix minutes de retard… Et ces dix minutes le hanteront toute sa vie.

Ma mère devait se tenir debout sur le trottoir, devant la route où circulait une multitude de voitures de l'époque, manifestant leur impatience par d'incessants coups de klaxon. 2 CV Citroën, Peugeot 404, Simca 1000, Renault 4L… défilaient devant elle, dans une parade de couleurs et de vrombissements de moteurs.

Je l'imagine scrutant dans la circulation l'apparition du véhicule de mon père et regardant sa montre de temps en temps.

Jamais je ne pourrai comprendre pourquoi l'univers peut basculer en l'espace de quelques millièmes de seconde. À cet instant précis, le quartier n'était que vie, amalgames de bruits et d'odeurs, agitations fébriles et frénésies urbaines.

Soudain, tout fut balayé par la fulgurance d'une terrible déflagration, par le souffle assourdissant d'un tonnerre apocalyptique, par un flash aveuglant de lumière ivoire. L'incommensurable puissance de l'éclair d'une explosion extravagante, jaillissant de nulle part, projeta dans les airs voitures, hommes, femmes, enfants…

Puis, ce fut le silence, tout d'abord… Un silence effrayant, pesant, de quelques secondes seulement alors que tombait en tourbillonnant une pluie de verre, de débris incandescents, de poussières, de cendres, tournoyant dans une spirale de nuages de fumée anthracite…

Ensuite, ce furent des râles, des gémissements déchirants, des hurlements inhumains émergeant du crépitement des flammes.

Lorsque mon père arriva sur place, tout n'était que débris, sang, cris, membres arrachés… L'horreur absolue noyée dans l'océan du chaos le plus total.

Surgissant de son véhicule, il courut vers le tourbillon de poussière et de fumée, dans l'odeur écœurante des chairs humaines qui brûlaient sur le bitume.

Il retrouva aussitôt ma mère baignant dans une mare de sang ; il la prit dans ses bras et la supplia de lui parler, de lui répondre… Cela ne pouvait être qu'un mauvais rêve… Il fallait qu'il se réveille au plus vite… Il fallait qu'elle le rassure en lui souriant… « Oui », aurait-elle dit, dans son tendre et beau sourire, « ce n'est rien… Tu ne fais qu'un simple cauchemar… Tout va bien, tout va bien, mon amour », aurait-elle dû lui susurrer en lui caressant les cheveux…

Mais mon père ne se réveilla pas. Il tenait contre lui le corps inerte de l'amour de sa vie.

Alors il se leva, ma mère dans ses bras, et se dirigea vers la camionnette, où il la déposa délicatement.

Ensuite, tout restera confus à jamais… Comme dans un brouillard aussi persistant que pesant sur l'ombre de ses souvenirs.

Le fantôme de mon père retourna dans leur propriété.

Il prit la route serpentant l'immensité de la mer et, pour la première fois, ne regarda que le bitume défilant devant lui, sans un regard vers le spectacle grandiose, mais dérisoire désormais, qui l'entourait. Il gara le véhicule devant notre grande bâtisse et resta un instant assis devant le volant.

Il alluma une cigarette qu'il fuma les yeux fixés dans le vide, dans le silence absolu du domaine vinicole déserté par ses occupants et employés. Puis, mon père jeta le mégot, et son ombre sortit de la camionnette.

Il prit à nouveau le corps de ma mère dans ses bras et l'emmena, lentement, là où elle aimait tant lire et se reposer. Dans son petit coin à elle, à la fois ombragé et ensoleillé selon l'heure de la journée, là où elle s'enivrait des parfums subtils des plantes qu'elle avait elle-même plantées, juste au-dessous des restanques.

Il la déposa sur leur terre ocre qu'ils avaient tous deux tellement aimée et alla chercher dans le hangar une pelle et une pioche. Puis il creusa sa tombe, concentrant ses seules pensées sur les seuls mouvements de ses bras, sur les seules puériles et pathétiques douleurs physiques de ses efforts… Pensées qui lui ont sans doute sauvé la vie, finalement…

Quand il eut fini, il alla chercher dans leur chambre les draps en soie préférés de ma mère, ceux aussi doux et soyeux que le grain de sa peau.

Il lui fut impossible de s'attarder devant elle.

Sans oser la regarder une dernière fois, mon père la recouvrit rapidement, la souleva dans ses bras, et se laissa glisser avec elle dans la fosse qu'il venait de creuser. Il déposa ma mère délicatement sur l'ocre de la terre et remonta aussitôt vers la vie qui n'avait encore un sens pour lui que grâce ou à cause de moi.

Mon père se concentra à nouveau sur sa seule tâche physique pour ne pas sombrer dans la folie, ou dans la mort qu'il désirait plus que tout.

Avec rage, il la recouvrit de leur terre, à grandes pelletées, pour l'éternité.

*

Nous débarquâmes à Marseille, sans rien ou presque : une simple valise contenant quelques vêtements, le seul tableau petit format qu'avait peint ma mère et les quelques économies que mon père avait pu sauver des multiples pillages de la propriété de son domaine dont il avait été exproprié.

Marcel Parodi, un de ses vagues amis, eut la bonté, empreinte d'une compassion qu'il ne pouvait dissimuler, de nous accueillir chez lui quelques semaines. Il avait eu l'intelligence de vendre sa manufacture de tabac à Alger, trois ans auparavant, ayant flairé bien avant l'heure que la situation sociopolitique locale viendrait à tourner radicalement dans ce qui deviendrait l'ancienne colonie française d'Algérie.

Marcel en avait averti mon père et lui avait conseillé d'agir comme lui, vendre son domaine et rebondir en France ou ailleurs… et le souvenir de ses paroles lui rajoutait l'insoutenable culpabilité de ne pas l'avoir écouté. Mais hélas, on ne pouvait revenir en arrière.

Les mauvais choix de mon père ne lui avaient pas seulement coûté la perte de ses biens, comme tant d'autres expatriés lors de l'exode de 1962…

Cela n'était rien en comparaison avec le vide indicible du sens même de la vie, à laquelle il était paradoxalement contraint de se raccrocher quand même, grâce à moi, son petit Hugo. Son petit Hugo encore étourdi par le choc de la perte de sa maman et par la brutalité de l'impact de cette chute qui l'avait quasiment rendu aveugle.

Évidemment, mon père m'emmena aussitôt chez le meilleur spécialiste en ophtalmologie de Marseille. Après toute une journée d'examens et de tests dans sa clinique privée, il reçut mon père dans son luxueux bureau. Du haut de l'arrogance que lui conférait son supposé savoir et avec une cruelle franchise qu'il crut bon de devoir afficher, il lui annonça froidement son formel diagnostic : les lésions qu'avait subies mon cerveau étaient irréversibles, jamais je ne retrouverais une vue normale, cela ne faisait, « hélas », aucun doute. Quel âne !

« Le savant de Marseille », comme il me plut de le nommer ensuite, ne sut jamais que ma vision commença à s'améliorer de jour en jour, et seulement quelques semaines plus tard.

Miraculeusement, je recouvrai une vue correcte six mois après notre arrivée dans la cité phocéenne.

Ma future passion, mon obsession pour la peinture abstraite viendra, j'en suis convaincu, de cette vision particulière du monde, que j'eus les six premiers mois de mes 7 ans. Monde qui, pour moi, n'était alors qu'un amalgame de profondes émotions complexes et contradictoires dissimulées derrière un halo diffus de taches de couleurs. Monde qu'il m'a été vital de retrouver, plus tard, à travers mon travail artistique.

*

Dès que ma vision fut redevenue quasiment normale, mon père se mit en quête de trouver une activité pour nous faire vivre. Il acheta, grâce aux maigres économies passées entre les mailles du filet des pilleurs et qu'il avait pu récupérer avant notre départ, un fonds de commerce « fruits et légumes », au cœur même du quartier du Vieux-Port.

C'était un minuscule local, certes, mais qui présentait l'avantage – non négligeable – de nous offrir un modeste appartement situé à l'étage, comprenant un petit séjour avec une cuisine attenante, une chambre chacun et une salle d'eau où trônait, luxe suprême, une immense baignoire.

Je l'avais aidé, comme je le pouvais, ou du moins il me plaît de l'imaginer, à mastiquer murs et plafonds et à recouvrir d'un blanc lumineux les anciennes couches de peinture disparates et jaunies par le temps. Deux grandes portes-fenêtres, s'ouvrant sur un microscopique balcon, laissaient entrer une magnifique lumière qui, en se reflétant sur la pureté de la blancheur des murs et plafonds, donnait à l'appartement l'illusion d'une superficie supérieure à la réalité.

Comme seule décoration, mon père accrocha la toile de ma mère, au centre d'un mur du salon. Je passais des heures à la contempler, subjugué par l'équilibre et l'harmonie des petites touches de couleurs qu'elle avait étalées soigneusement, mais aussi par le fait que ce fût la main de ma mère qui avait tenu le pinceau. Ces longs instants de contemplation me plongeaient également – hélas – dans une profonde tristesse, une indéfinissable mélancolie, à l'idée que cette toile incarnerait pour toujours l'insoutenable particularité d'être la seule et unique œuvre qu'elle ait produite.

C'était une peinture à l'huile, figurative, reproduisant leur propriété vinicole du Haut Dahra au coucher du soleil. Une terre ocre, une immense maison et des vignes à perte de vue, alignées sur une petite colline surplombant la propriété, sous un ciel rougeoyant, presque de la même teinte que la terre.

Mon père était parti sans aucune autre image de leur domaine et il ne voudra jamais, tout au long de sa vie, essayer de trouver la moindre photo de leur environnement. Les seules qu'il ait gardées, parsemées ici et là à l'intérieur de boîtes, de cartons ou entre des pages de livres, étaient des images de leur bonheur. Quelques portraits de ma mère, des reliques désormais figées de leur amour avant ma naissance, tous deux enlacés sur le sable brûlant d'une plage ou au sommet d'une montagne. Puis celles témoignant de l'illumination de leur visage émerveillé devant un nouveau-né emmitouflé dans des draps immaculés, ou devant un petit bonhomme joufflu et rayonnant qui ne pouvait être que moi. Le seul souvenir des lieux proprement dits, du domaine où ils se sont tant aimés pourtant restera, et pour toujours, cette toile qu'il conservera jusqu'à la fin de ses jours.

À ma demande, mon père m'acheta de grandes feuilles de dessin et, pendant des années, il me vit dessiner, colorier aux pastels, puis peindre maintes représentations de l'unique œuvre de ma mère. Au début, je ne faisais que reproduire, copiant tout simplement ce que je voyais, puis, peu à peu, je ressentis étonnamment le besoin vital de m'évader du modèle que j'idolâtrais.

Le plus étrange était que cette perception d'évasion, de liberté, me provenait des fins fonds mêmes de la toile de ma mère, comme si c'était elle qui m'encourageait à m'éloigner enfin de son tableau, pour découvrir d'autres horizons en sortant des sentiers battus de la représentation figurative. Je produisis alors une multitude de dessins et de peintures, qui, pour la plupart, devinrent des bases d'étude pour mes futures toiles bien plus tard, en dérivant vers une recherche d'abstractions de formes et de couleurs qui ne m'étaient pas inconnues, loin de là, puisqu'elles n'étaient qu'une matérialisation des souvenirs tenaces des images floues de ma vision… Images brouillées et engluées dans les émotions de détresse des premiers mois de mes sept ans.

La peinture serait restée ma seule et unique passion si un concours de circonstances, comme tant d'autres que nous réserve parfois la vie, ne m'avait emmené à nouveau dans un dojo, à l'âge de douze ans, cinq ans après la triste expérience de ma découverte du judo.

*

J'étais à l'époque un garçon très renfermé, d'une timidité frisant la pathologie, et rien n'était plus insupportable pour moi que de devoir partager ces moments inévitables – à l'école, notamment – où je me retrouvais avec d'autres préadolescents de mon âge. La plupart étaient pétris de cette mentalité exubérante méridionale, qu'ils s'évertuaient de surcroît à amplifier, souvent jusqu'à la caricature à mes yeux, au prétexte qu'ils étaient « marseillais ». J'abhorrais leur compagnie lorsqu'ils se sentaient obligés de me solliciter pour leurs occupations infantiles et leurs discussions puériles. Je préférais – de loin – me réfugier dans la tranquillité de ma chambre pour lire ou dessiner, attitudes de renfermement qui contrariaient et inquiétaient mon père.

Plus je grandissais, plus il m'encourageait à sortir de mon cocon, « à descendre prendre l'air » et surtout à retrouver mes « copains » dans les petites ruelles du quartier du Vieux-Port, pour jouer et vivre comme un enfant « normal » de mon âge, selon lui. Je restais sourd aussi à ses multiples tentatives de m'emmener essayer une pratique sportive, n'importe laquelle, afin de m'extraire de ma solitude, mais aussi dans la perspective de m'aérer autant les poumons que l'esprit. Natation, football, cyclisme, tennis… Pétanque, même ; tout y passait. Mais je trouvais toujours une bonne excuse pour retarder ses louables recommandations.

Mon seul « ami » était Manuel, dit Manu, le fils de Marcel, qui, outre le fait de partager le même banc d'école, était amené à me côtoyer souvent à cause des relations amicales entretenues par nos deux parents.

Manu était une sorte de négatif de moi-même... Autant j'étais discret, pudique, timide, autant lui était extraverti, volubile, loquace et bouillonnant d'idées souvent farfelues.

Un dimanche, au cours d'un repas auquel nous avaient conviés Marcel et son épouse, Manu demanda à son père s'il voulait bien l'inscrire au club de judo du Vieux-Port dont il avait vu une publicité ciblée sur le nouveau professeur, un Japonais, un vrai, venu du Japon.

— Hugo viendra avec moi, annonça-t-il sans même m'en avoir averti ni m'avoir demandé mon avis.

La vision de bonheur décelée aussitôt chez mon père à l'idée que j'allais enfin peut-être commencer à m'ouvrir au monde extérieur me dissuada instinctivement de le contredire.

Pourtant, je m'étais juré de ne plus jamais remettre un pied sur un tatami, traumatisé par l'idée de revivre la pénible expérience de cette chute qui m'avait coûté la vue pendant six mois.

La salle de judo se trouvait non loin de chez nous. Manu et moi nous y rendîmes, accompagnés par nos pères respectifs, quelques jours plus tard.

Mes réticences initiales s'évaporèrent aussitôt la porte franchie en découvrant un lieu imprégné de mystère et de sérénité où flottait cette vague odeur envoûtante, si caractéristique des dojos, qui ne me quitterait jamais plus... Mélange d'effluves moites et latents, de pommades, de pieds, de saine transpiration émanant du praticable de tatamis en pailles de riz tressées, qui, posés sur un plancher en bois, m'invitaient à me déchausser et à les fouler.

Je connaîtrai cette même sensation aussi sensorielle que magique toute ma vie, même si au fil du temps, hélas, les tatamis se couvriront, par rentabilité surtout, de tissu, puis, bien plus tard, de vinyle.

*

Lorsque je vis ce jour-là Maître Nagao pour la première fois, je fus aussitôt subjugué par le personnage. Sans doute parce qu'il était japonais, qu'il ne connaissait alors que quelques mots de français et qu'il portait une ceinture noire.

Je ne savais pas encore qu'être ceinture noire ne proférait en rien la preuve d'une qualité ou d'un niveau exceptionnel. Dans l'inconscient collectif de cette époque, porter une ceinture noire suffisait déjà à cataloguer le détenteur comme un phénomène de sagesse, de connaissance et de spiritualité, surtout si celui-ci présentait la particularité exotique d'être japonais.

J'étais ébloui par ce que j'ignorais encore n'être que de bien banales caractéristiques sans imaginer qu'en fait, j'avais devant moi le plus grand judoka de tous les temps. Et je ne compris que bien plus tard pourquoi ce « grand monsieur » n'avait jamais voulu rentrer dans l'histoire du sport.

Pour lui, en effet, le judo révélait plus du domaine artistique que du monde sportif en général. La pratique de la compétition ne l'avait jamais intéressé… Les paillettes de la notoriété le laissaient indifférent et seul pour lui l'exercice ludique de cette activité, qui était paradoxalement sa vie, lui procurait du plaisir.

Comme si Mozart avait décidé de ne jamais se produire en représentation et n'avait offert le génie de ses partitions qu'au cercle restreint de son proche entourage.

Jeune universitaire, il pratiquait le judo à l'université de Tenri pour le plaisir, mais cela qui n'exclut pas – pour la mentalité japonaise – le plus total engagement, bien au contraire… Les séances d'entraînement au combat duraient jusqu'à cinq heures au cours desquelles – selon la légende fondée sur de multiples témoignages – il se jouait des meilleurs judokas de l'équipe nationale nippone.

Mais pour Nagao, cumuler gloire et médailles en chocolat ne l'intéressait pas, tout simplement… À ses yeux, l'important était bien ailleurs.

Ne sachant que faire de ce petit bijou refusant la pratique de la compétition, la fédération japonaise lui proposa alors un séjour en France, dont les dirigeants fédéraux étaient à la recherche de *sparring-partners* pour leur équipe nationale. Libre comme l'air et aussi curieux qu'une vieille pie, le jeune Nagao accepta le défi avec la malicieuse idée d'utiliser en fait l'équipe de France comme *sparring-partner* idéal dans son jeu de la pratique du judo.

Nagao fut donc envoyé en mission, avec deux autres compatriotes, au centre national français de l'époque.

Avec du recul, j'arrive à imaginer l'arrogance dans le regard des internationaux français lors de la première séance d'entraînement, en découvrant la

« viande » que la fédération française avait eu la bonté de leur offrir. L'équipe de France commençait en effet à glaner ses premières médailles européennes et mondiales, l'image de la suprématie nippone devenait peu à peu un mythe suranné, et tous avaient déjà pris conscience, grâce à leurs nombreux stages au Japon, que tous les combattants « bridés » n'étaient pas hors normes... À l'image, il est vrai, des deux compatriotes accompagnant Nagao dans cette aventure.

J'imagine ce premier entraînement où les judokas français se trouvèrent propulsés dans les airs par Nagao, jeune japonais ne payant pas de mine et surtout dépourvu de la moindre référence sportive.

La légende, toujours basée sur de sérieux témoignages, affirme que Maître Nagao, durant les quelques mois de son séjour parisien, s'amusait – le terme n'est pas trop fort – avec tous les membres de l'équipe de France, des légers aux plus lourds. Il les projetait avec une facilité déconcertante, en souriant, riant parfois, sans aucun effort physique apparent... Les pauvres Français ne se relevaient que pour chuter lourdement sur un mouvement différent, aussi bien à droite qu'à gauche.

Devant la palette impressionnante de techniques déployées, un entraîneur demanda à un de ses deux compagnons nippons quel était donc son spécial, son mouvement privilégié censé être le plus fort. Surpris par sa réponse, il alla trouver Nagao et lui demanda pourquoi il ne portait jamais cette pratique d'épaule appelée Moroté Seio Nage ?

Nagao lui sourit tout d'abord et lui répondit, en pouffant de rire dans son français plus qu'approximatif :

— Facile... Facile... Beaucoup facile !

L'expérience avec l'équipe de France tourna court. Maître Nagao était bien trop fort !

L'entraîneur national eut peur que son insolente domination technique et que son évidente suprématie à tous les niveaux ne décourage définitivement ses athlètes, aussi contacta-t-il les dirigeants japonais pour qu'ils récupèrent leur « petit monstre ».

Mais quelques jours avant son « renvoi », un président d'un grand club marseillais, monsieur Riviera, informé de la présence de ce véritable phénomène « judo » sur le sol national, eut l'intelligence de le contacter. Il cherchait un nouveau professeur pour son club, situé sur le Vieux-Port de Marseille, et il avait perçu en Maître Nagao la fantastique opportunité d'offrir à ses adhérents le meilleur judoka au monde.

Ce fut grâce à ce curieux concours de circonstances que ma vie allait basculer.

J'étais, au début de cette première séance, comme tous mes camarades alignés à mes côtés, en position pour le salut, face à Maître Nagao. Un instant inoubliable d'authentique magie.

L'évidence de l'importance du judo dans ma vie future ne fit aucun doute en fixant le sourire et les yeux malicieux de Maître Nagao, assis à la japonaise, magnifiquement droit, face à nous tous, gamins déjà éblouis par son indéfinissable charisme. Ma première approche, malheureuse, de cette pratique en Algérie, ne serait bientôt plus qu'un désagréable souvenir... Ce jour-là fut mon véritable début sur les tatamis. Le début d'un enthousiasme débordant me poussant à courir au dojo dès la sortie du collège, puis du lycée, pour retrouver l'ambiance régnant sur les tatamis du club, la perpétuelle bonne humeur de Maître Nagao et ses démonstrations de techniques, si évidentes, si fluides pour lui, mais combien inaccessibles pour nous.

Sans doute Maître Nagao ne possédait-il pas de véritable démarche pédagogique... Il ne faisait que démontrer des techniques, éblouissantes de pureté, que nous essayions, en vain, de reproduire par mimétisme. Mais sa méthode nous plongeait dans le rêve de pouvoir acquérir un jour, grâce au travail, sa parfaite maîtrise du combat, ou pouvoir du moins – dans mon cas – transmettre à d'autres élèves, dans le futur, sa conception particulière du judo.

Bien qu'il n'ait jamais été sensible lui-même à la pratique de la compétition, jamais il ne nous a dissuadés d'y participer... Bien au contraire. Pour lui, cela pouvait être un jeu comme un autre, pouvant tenter certains, et il nous accompagnait volontiers, un peu comme on accompagne des enfants à un Luna Park. J'ai moi-même participé à quelques tournois et compétitions officielles, départementales et régionales. Il ne restait jamais au bord du tatami sur sa chaise de coach, mais en tribune, où il nous regardait de loin, amusé.

Je n'étais pas très doué pour la compétition, dois-je avouer. J'étais nul, même...

Je ne sais pas si mon modeste niveau sportif était le fait de mes faibles capacités dans ce domaine ou si une étrange solidarité morale avec mon idole m'incitait à rejeter cette facette du judo.

Cela ne m'a jamais empêché de vivre une grande partie de ma vie par et pour le judo.

*

Mais le judo ne fut pas le seul centre d'intérêt de ma vie, loin de là. J'avais toujours aimé dessiner, peindre. Et l'équilibre entre ma pratique assidue du judo, forcément en compagnie d'autres, et celle solitaire, tournée vers mes activités artistiques, parvenait à rassurer mon père, enfin.

J'obtins mon bac à dix-huit ans et, contrairement à son avis, je m'inscrivis aux Beaux-Arts de Marseille. Ce fut une année riche intellectuellement et passionnante à tous points de vue. Je découvrais l'histoire de l'art et surtout des artistes mythiques qui influenceront considérablement ma façon de peindre... Nicolas de Staël, surtout, mais aussi Yves Klein, Mark Rothko, Jackson Pollock et tant d'autres...

Malheureusement, mon père demeurait inquiet quant aux débouchés, plus qu'aléatoires selon lui, de la filière artistique ; aussi arriva-t-il à me convaincre de me diriger vers une voie plus concrète à ses yeux, celle de professeur d'éducation physique. Ma pratique du judo m'avait amené vers d'autres sports au fil du temps... Athlétisme, natation, voile... Qui, bien que pratiqués en dilettante, lui donnaient l'illusion que j'étais un véritable sportif.

J'étais assez malléable à cette époque, je ne voulais pas le contredire, et puis l'idée de m'imaginer professeur d'éducation physique et sportive à l'Éducation nationale (même si, à l'époque, le corps des professeurs d'EPS dépendait du ministère des Sports), sans devoirs à corriger, n'était pas pour me déplaire, car ce métier pourrait me conférer le luxe suprême de disposer de mon temps à loisir. Et cette liberté de pouvoir peindre durant toutes les multiples périodes de vacances m'apparaissait comme une perspective bien séduisante, finalement.

Je m'inscrivis alors à l'UEREPS Marseille l'année où mon père décida de vendre son fonds de commerce marseillais pour investir dans des murs, à quelques kilomètres de là, situés dans la petite station balnéaire de Bandol, près de Toulon.

C'était son « ami », Marcel Parodi, parti pour ses affaires dans le Var deux ans auparavant, avec sa petite famille, qui l'avait incité à le suivre à Bandol. Il lui avait trouvé cette belle affaire, il est vrai, vendue aux enchères, située au cœur de la ville, et avait tenu à en faire profiter mon père, au lieu de l'acheter lui-même, acte qui, connaissant son sens aigu pour le commerce, m'a toujours laissé perplexe. Mais peut-être suis-je mauvaise langue...

Marcel avait déjà accumulé tant de biens, à bas prix, que peu lui importait un placement de plus ou de moins.

Ce fut une belle opportunité, en tout cas pour mon père et moi… Une immense et atypique bâtisse, ancrée dans le centre même de Bandol, dans une ruelle piétonne, constituée de deux habitations dont mon père tint à m'attribuer la plus grande, avec un local de trois cents mètres carrés attenant, où il put ouvrir une quincaillerie quelques semaines après notre installation. Le bien était articulé autour d'une belle cour, occultée des regards des passants par des murs en pierre de plus de trois mètres de haut, où se trouvait – cerise suprême sur le gâteau – un magnifique local pouvant me servir d'atelier.

Mais ce n'était pas tout… L'ensemble immobilier de son acquisition comprenait également, juste devant le portail de la bâtisse, un autre local donnant lui-même sur le port, côté sud, dont les murs étaient déjà loués à un des établissements les plus connus de Bandol, L'Escale, dont le seul loyer des murs suffisait à couvrir les traites mensuelles du modeste prêt bancaire contracté pour une durée de dix ans seulement.

Durant ces années d'études, je venais donc retrouver mon père à Bandol toutes les fins de semaine, après mes cours du vendredi, ennuyeux à mourir. Ces interminables heures léthargiques me promettaient l'assurance d'une monotone carrière auprès d'enfants qui, je le savais par avance, allaient considérer les activités physiques scolaires comme une sorte de récréation.

Nous étions heureux de nous retrouver et mon père comptait les jours de la semaine, impatient d'aller m'attendre dans sa voiture à la gare, pourtant toute proche. Il est vrai que jamais nous ne nous étions séparés et la solitude lui pesait. Même si souvent, notre relation se limitait à de longs silences, ma seule présence à ses côtés lui suffisait.

Mon père ne voulut jamais refaire sa vie, comme on dit. L'idée de partager le quotidien avec une femme le révulsait, comme de vivre un jour une quelconque relation amoureuse.

Nous évitions le sujet, mais il est certain que mon père continua à vivre, et pour le restant de ses jours, avec l'ombre tenace de ma mère à ses côtés, fût-elle un étrange fantôme.

Nos quelques heures ensemble à Bandol passaient vite. Il me semblait venir d'arriver et il fallait déjà reprendre le train pour Marseille. Je n'aimais pas Bandol, je ne l'aimerais jamais. Je détestais Marseille, je l'avais toujours détestée. Aussi, lorsque j'appris, en fin d'études, après mon admission au concours du Capes, que j'allais être muté à Dunkerque, cela ne me traumatisa pas outre mesure.

Mais c'était avant de voir Dunkerque !

*

Tout était gris à Dunkerque... Même la mer.

En découvrant cette ville, ma première réaction fut une pulsion incontrôlable de colère contre l'administration. Comment pouvait-elle avoir l'indécence de me déraciner ainsi pour un tel salaire de misère ? ressassai-je ainsi en traînant ma lourde valise à roulettes entre la gare et l'hôtel miteux où j'avais réservé une chambre.

Tout en marchant péniblement sur les pavés, gris aussi, de ces rues lugubres, je ne pouvais m'empêcher de laisser vagabonder mes pensées vers l'époque, pas si lointaine, où les fonctionnaires français pendant l'Occupation, à eux seuls, avaient organisé méthodiquement la rafle de la population juive sur l'Hexagone. Chacun remplissait sa tâche à sa petite échelle, une sale besogne dont ils devaient surtout occulter la finalité. Ils réalisaient leur travail avec la rigueur qu'on attendait d'eux, avec finalement pour seule satisfaction celle du devoir accompli.

Certes, avec le recul, il m'apparaît indécent d'avoir pu comparer mes dérisoires déboires d'affectation avec l'horreur de ce passé honteux, mais ma haine contre le système imposé par de prétendus hauts fonctionnaires d'État m'avait incité à imaginer les personnels de la bureaucratie de l'Éducation nationale accomplissant aveuglément les mêmes actes ignobles si l'ordre leur en avait été donné.

Puis, au sentiment de colère succéda enfin la résignation... Voire la soumission. Aucune autre perspective ne s'offrait à moi que de me rendre au CES de l'Esplanade pour signer le PV d'installation.

Je me souviens avoir signé ce document devant une secrétaire aussi grise que le ciel, avec un nœud au fond de la gorge, comme s'il s'agissait d'un formulaire d'entrée pour le cimetière, où m'attendrait un caveau d'un gris encore plus soutenu que tout ce qui m'entourait, presque anthracite. Oui, un caveau dont la porte ne serait pas scellée pour l'éternité, bien heureusement, mais pour sept ans... Sept ans tout de même !

Comme je le présumais, je n'éprouvais aucune fibre pédagogique dans l'exercice de mon travail, qui m'ennuya même à mourir, en fait. J'avais en effet la sinistre impression de ne servir à rien, et d'ailleurs, l'administration me le rendait bien, puisqu'elle ne me demandait rien… à part récupérer les classes à l'heure et les ramener, ponctuellement, au bercail de l'établissement, afin que les élèves puissent enfin passer à une matière plus sérieuse.

Ma première année, dans mon souvenir, défila à une vitesse prodigieuse, entre mon installation dans un petit studio proche de mon lieu de travail et les diverses occupations que je m'imposais afin de ne pas trop m'apitoyer sur mon triste sort.

J'obtins ainsi mon permis de conduire que je n'avais eu l'opportunité et surtout la détermination de passer auparavant. Je prenais du plaisir à m'entraîner le soir dans le club de judo local, en me préparant aux épreuves du brevet d'État d'éducateur sportif de judo que je décrochai dans la foulée, juste avant les vacances estivales…

Je me plongeais ainsi dans une multitude d'activités dont le seul but était de m'étourdir afin de m'éviter de penser.

Je peignais aussi – lorsque le temps le permettait – assis sur le sable verdâtre de la plage d'une tristesse absolue. Des toiles inspirées des paysages devant moi, forcément grises.

Le temps restant, je le consacrais au sexe. On était dans cette période transitoire, entre l'euphorie de la libération sexuelle post-68 et de la psychose collective des années « sida » du début des années 1980. Les rencontres étaient faciles et simples dans ces temps-là, la technologie n'avait pas encore entravé les relations humaines avec l'émergence des sites de rencontres où chacun, plus tard, préféra consommer émotions, amours, sexe… comme un quelconque autre produit de consommation, par un simple clic sur un clavier d'ordinateur. Aussi suffisait-il, à l'époque, de prendre un verre dans un pub pour engager une discussion avec une jeune fille docile, prête à poursuivre la conversation chez elle ou dans mon studio.

Quitte à passer pour un goujat, je dois avouer que l'enthousiasme du flot de mes paroles s'estompait subitement dès l'acte sexuel accompli. Brusquement, j'en ai honte, mais c'est ainsi, je n'avais plus rien à dire à la jeune femme blottie contre moi et je devais faire un effort surhumain pour ne pas trouver une bonne excuse pour l'inciter à quitter les lieux – si on était chez moi – ou pour rejoindre le cocon de mon studio.

L'évidence d'un bonheur à être surpris à vouloir rester contre la femme avec qui on venait de faire l'amour… Peut-être n'était-ce que cela, l'amour, me demandé-je. Cette émotion, je ne la connaîtrai qu'une ou deux fois dans ma vie, pas plus, mais bien plus tard.

En attendant ces belles histoires, que j'aborderai un peu plus loin dans mon récit (les lecteurs détestant les histoires d'amour pourront sauter quelques passages, mais cela serait dommage), je m'abrutissais ainsi de rencontres sans lendemain pour essayer de donner un sens à mon existence, mais ni les corps de femmes – de ce défilé incessant – partageant la solitude de mes nuits ni les traits des individus subissant la morne platitude de mon quotidien – professeurs, personnels administratifs – ne se sont ancrés dans mes souvenirs, à part peut-être quelques visages bouffis d'élèves parmi les plus attachants.

Je ne garde de ces sept ans d'exode finalement qu'une vague image de brouillard vaporeux sur l'immensité d'une plage maussade où se fondent sable, mer et ciel dans la mélancolie d'un monochrome grisâtre et une multitude de toiles inspirées de cette indéfinissable sensation de désespoir.

Face au néant de l'horizon, je passais en effet des heures à malaxer la pâte et à enduire le lin tendu sur des châssis avec de larges aplats aux couteaux. Les couches d'huile se superposaient les unes sur les autres, recouvrant presque entièrement les sous-couches colorées, où seules quelques imperceptibles taches de rouge ou de jaune émergeaient des différents gris bleutés ou verdâtres dominants.

Un jour, alors que j'étais absorbé par ma peinture, un homme, sorti de nulle part dans le désert de la plage, vint derrière moi et m'observa longuement. Je ne m'aperçus de sa présence que lorsqu'il me parla enfin. Visiblement, mon travail le séduisait, même s'il le considérait trop influencé par l'œuvre de Nicolas de Staël, remarque pertinente dont je concédai la véracité spontanément. Son frère tenait une petite galerie d'art au Havre, et il était certain que l'idée de programmer une exposition de mes œuvres sur le thème « Paysages du Nord » ne le laisserait pas indifférent. Si le projet d'exposer m'avait toujours effleuré, je le gardais pour mes vieux jours, ou du moins pour le lointain avenir où j'aurais estimé mon travail plus abouti par une certaine maturité. Je donnai tout de même mon accord de principe à cet homme, sans croire une seconde à la concrétisation de cette hypothétique opportunité.

Mon seul désir était surtout qu'il disparaisse et qu'il me laisse seul continuer à peindre. Ce qu'il fit à mon grand soulagement, une fois mon numéro de téléphone dans sa poche.

J'avais déjà oublié cette anecdote lorsque son frère me contacta quelques semaines plus tard. Il voulut visiter mon atelier et je dus lui avouer, avec une certaine gêne, que mes ateliers, pour l'instant, n'étaient qu'une plage ainsi que mon petit fourgon tout cabossé, une vieille Renault Estafette 800, dans lequel j'entassais tubes de peinture à l'huile écrasés, flacons de térébenthine et toiles dans un chaos déconcertant. Cela ne sembla pas le perturber outre mesure et il me donna rendez-vous quelques jours plus tard, à mi-chemin entre Le Havre et Dunkerque, dans mon « atelier itinérant », où j'avais pris la peine de sélectionner une trentaine de toiles que j'estimais plus réussies que d'autres.

Nous nous retrouvâmes donc sur le bas-côté d'une sinistre nationale. Je sortis mes toiles que je disposai à même le bitume, dressées tout autour de mon fourgon dont il fit le tour, sans dire un mot. Devant la tournure que prenaient les choses, j'avais déjà hâte qu'il m'annonce que mon travail était de la daube pour reprendre la route vers Dunkerque, lorsqu'il m'annonça que ma production lui plaisait bien.

— Je suis intéressé pour vous programmer une exposition... Mais certain aussi de ne vendre aucune de vos œuvres... Vous n'êtes pas encore connu, les collectionneurs taxeront votre travail « comme du déjà-vu » de par l'influence manifeste de Nicolas de Staël dans celui-ci... Mais je suis persuadé aussi de votre potentiel et de votre évolution...

Je me demandais où il voulait en venir lorsqu'il me proposa de lui céder trois ou quatre de mes toiles après le décrochage, en contrepartie du manque à gagner évident qu'il subirait à bloquer ses murs durant les trois semaines de l'exposition où il ne vendrait rien.

— Ce sera une sorte d'investissement pour moi, un pari sur votre jeunesse... Que je pourrai peut-être gagner en prenant le risque d'organiser votre première exposition, si un jour, qui sait, votre cote explose...

Je ne savais comment interpréter les propos agaçants de ce marchand d'art, et j'étais sur le point de l'envoyer paître lorsque je me surpris à lui dire :

— D'accord, marché conclu, en pensant fortement qu'il se trompait, que mon exposition serait forcément un succès et que cet abruti, qui faisait le malin devant moi, serait bien obligé de constater la vente de toutes mes œuvres.

Je l'aurais alors toisé du haut de mon orgueil, en prenant son chèque correspondant à cinquante pour cent des ventes, et lui aurais dit :

— Dommage pour les toiles que vous vouliez garder, elles ont été malheureusement vendues !

Mais ce salopard eut raison ! Aucun tableau ne fut acheté et il en paraissait heureux, en plus ! Il eut même le culot de m'annoncer que l'exposition avait été un succès.

— Les gens ont adoré, rajouta-t-il, même s'ils n'ont rien acheté…

Penaud, je décrochai mes tableaux en fin d'exposition et lui donnai les quatre toiles qu'il préférait avec un arrière-goût d'amertume et de découragement, non pas à cause des toiles dont je me séparais – j'en avais tellement – mais du fait de la non-reconnaissance flagrante, brutale, de mon supposé talent d'artiste qui aurait dû être confirmé – si cela avait été le cas – par au moins un acte d'achat.

Je passai l'été qui suivit cette exposition – cela devait être pendant la troisième ou quatrième année où je moisissais dans le Nord – comme toutes les vacances, aux côtés de mon père à Bandol. Celui-ci, sans me demander mon avis, m'avait loué un emplacement sur le port, « au carré des artistes », regroupement d'artisans locaux, de sculpteurs et autres peintres du dimanche.

C'était son cadeau d'anniversaire : un stand qu'il me montra avec fierté le jour même de mon arrivée, le premier juillet. Non pas pour célébrer le jour de ma vingt-sixième ou vingt-septième année, je ne sais plus, mais pour fêter son propre anniversaire, car il avait toujours eu, depuis ma naissance, ce singulier rituel de me couvrir de cadeaux à cette occasion.

Je m'installais donc tous les soirs et étalais devant les badauds indifférents mes œuvres abstraites qu'on regardait au mieux avec une curiosité empreinte d'incompréhension. Bien évidemment, force fut de constater qu'en quinze jours, rien ne s'était vendu.

Mon père me suggéra, avec un tact infini, car il savait combien je pouvais être susceptible, de peindre, comme ça, pour voir, quelques petites toiles figuratives représentant le port de Bandol ou des paysages provençaux. Je l'écoutai pour lui faire plaisir. Sans enthousiasme aucun à manier minutieusement un petit pinceau, ustensile que je détestais, j'ai réalisé une dizaine de petites croûtes qui, en prenant du recul pour les regarder, me donnaient la nausée. Par respect pour mon estime artistique personnelle, je ne pus les signer par mes initiales, HM, comme toutes mes autres œuvres, mais par le premier pseudonyme qui me vient en tête : Kôdôkan, le temple du judo au Japon, ce qui n'avait d'ailleurs strictement rien à voir avec les motifs régionaux et méditerranéens représentés… Mais il en fut ainsi.

31

Vous l'avez probablement d'ores et déjà compris, ces toiles-là, et les autres qui suivirent, partirent comme des petits pains. À la stupéfaction de constater l'étendue du mauvais goût des clients se mêlait une certaine résignation dans la paradoxale satisfaction d'avoir accumulé, grâce à ces horreurs, une somme rondelette en fin de saison.

Je réitérai l'expérience les étés qui suivirent. Autant le reconnaître, mon salaire initial de professeur d'EPS fut pratiquement doublé par mon travail saisonnier, que je considérerais non pas artistique, loin de là, mais comme étant le seul fruit d'un pathétique labeur purement artisanal.

Ce fut dans le courant de ma sixième année d'exil dans le Nord que mon père me suggéra, m'implora presque, de suivre sa proposition. Il me soumit une idée qui me parut dans l'instant complètement insensée. Celle de quitter l'Éducation nationale, ni plus ni moins.

— Cela fait six ou sept ans que tu croupis dans le trou du cul du monde... me dit-il. Et à cause de moi, j'en suis conscient... Je t'ai conseillé d'être fonctionnaire, mais comment savoir que tu allais être muté si loin et pour un temps infini...

— Non, pas infini, ai-je rajouté avec une pointe d'ironie, je n'en ai plus que pour dix ou quinze ans...

— Toujours est-il, rajouta-t-il, que toutes les conditions sont maintenant réunies pour que tu reviennes dans le Sud... J'ai 60 ans, en âge de prendre ma retraite maintenant, et j'ai quelques économies qui me permettront de vivre tranquille jusqu'à la fin de mes jours, sans compter les revenus locatifs de L'Escale, dont le prêt bancaire est arrivé à échéance... Je vais fermer le bazar, j'ai assez travaillé et je n'ai pas envie de vendre le fonds de commerce à n'importe qui, ni besoin de cet argent, finalement... Alors, voici mon idée : tu te mets en disponibilité de l'Éducation nationale, si l'envie de reprendre te prend un jour, qui sait ?...

— Risque pas !

— Et je te laisse, pour toi tout seul, le local que tu peux transformer en salle de judo... Elle est pas bonne mon idée, mon fils ? Et tu continues à peindre et à vendre tes beaux tableaux l'été, parce qu'ils me plaisent, moi, tes tableaux...

— Ce sont des croûtes, Papa... Mais bon, les goûts et les couleurs...

— Ils sont très beaux, Hugo. La preuve, tout le monde en achète... Alors, tu vois, entre l'argent que tu vas toucher avec le club de judo et les toiles que tu vends déjà tous les étés, tu vas mieux t'en sortir qu'en restant là-haut...

— Ah oui, c'est sûr, il n'en faut pas beaucoup pour s'en sortir mieux qu'un prof... C'est une bonne idée, Papa... Très tentant... Tu me fais un bail de location pour la salle et...

— Mais bail de quoi ? Il est fou, mon fils... Ce qui est à moi est à toi !

— Mais, Papa, tu refuses déjà que je participe au niveau de l'appartement, c'est normal...

— Allez, tais-toi, fiston... Dis-toi bien que je n'ai aucun besoin d'argent... Et tout ce que j'ai, c'est à toi aussi...

Voilà comment fut prise la décision d'envoyer bouler le monde quasi kafkaïen de l'Éducation nationale et la morosité de Dunkerque. J'avais trois mois devant moi pour préparer mon départ et ma nouvelle vie. Mais la frénésie du désir de vivre déjà mon proche avenir me conduisit à réagir de façon impulsive, par un acte incontrôlé, irréfléchi, guidé par la seule impatience de quitter au plus vite cet univers qui n'était plus le mien.

Avec le recul, je n'en suis pas très fier, mais peut-être devais-je me défouler sur quelqu'un en réaction à toutes ces années d'exil qui m'avaient été imposées ?

Il me fallait, sans doute, un coupable pour tout ce temps où je m'étais trouvé englué dans les sables mouvants et visqueux de l'administration. Peut-être même un bouc émissaire portant la responsabilité de mes frustrations existentielles.

Toujours est-il qu'à ce moment-là, je n'avais parlé à personne de mon intention de demander une mise à disposition en fin d'année scolaire, ni à mes collègues ni aux services administratifs de l'établissement. Et un matin, alors que je venais de déposer mon troupeau d'élèves dans la cour, le principal de l'établissement, avec qui j'entretenais depuis le début des relations plutôt houleuses, me fit une réflexion désobligeante qui me contraria. Je ne me souviens plus exactement des termes qu'il employa pour me faire part d'un courrier d'un syndicat de parents d'élèves mettant en cause mes critères d'évaluation, mais l'arrogance de son ton hautain et grandiloquent me révulsa brusquement.

Voyant rouge, je lui rétorquai que les parents d'élèves feraient mieux de s'occuper de l'éducation de leurs enfants plutôt que de me briser mes organes les plus intimes, et qu'il pouvait lui aussi – par la même occasion – expérimenter une pratique communément imputée, à tort, je pense, ou alors dans l'Antiquité, peut-être, aux Grecs.

Les termes de mes propos étant bien plus crus, je sus à cet instant qu'il me valait mieux démissionner sur-le-champ de la Fonction publique avant de subir l'infamie d'une révocation.

Ce que je fis aussitôt dans l'euphorie d'une ferveur teintée du soulagement le plus absolu.

*

Finalement, ces quelques mois supplémentaires ne furent pas de trop pour finaliser la transformation du magasin de mon père en dojo. Travaux et aménagements que nous fîmes seuls tous les deux. Ces moments furent grisants et euphoriques... Mon esprit était canalisé par l'avancée des œuvres de mon projet qui devait être impérativement prêt pour la rentrée de septembre et par les moyens publicitaires que je devais mettre en place pour communiquer sur l'ouverture d'un club de judo.

Nous nous retrouvions aussi, enfin, mon père et moi, qui partagions une joie infinie à l'idée de vivre ensemble au sein de cette grande bâtisse où tout serait centralisé : espace de vie indépendant pour l'un comme pour l'autre, lieu de travail, atelier de peinture...

Je déposai durant l'été les statuts de la nouvelle association loi 1901, intitulée Dojo Bandol, dont le président était mon père, et qui connut un succès immédiat, puisque j'enregistrais dès la première rentrée cent soixante licenciés, constitués majoritairement d'enfants dont les parents étaient séduits par la réputation éducative du judo.

Ce fut le début d'une belle aventure et le commencement d'une nouvelle vie à 31 ans, symbolisée par l'éclat du soleil quasi permanent du Sud. La grisaille de Dunkerque avait réussi à me faire oublier l'évidence de son importance pour mon humeur.

Cette année-là, je retrouvai également Manu, que je n'avais vu que de façon très épisodique durant la période de mon exil nordique. Nous avions déjà pris des distances, quelques années auparavant, après l'obtention de son baccalauréat qu'il décrocha de justesse, et nos chemins s'étaient éloignés depuis cette date. Il avait suivi ses parents installés dans l'Ouest varois et avait très vite compris que les études ne lui serviraient à rien dans ce qu'il estimait être son seul et unique dessein : gagner de l'argent.

Son père lui avait transmis cette conviction qu'il est illusoire de croire que la fortune puisse s'acquérir par le travail, qui, bien au contraire, exige une perte de temps et d'énergie considérables pour une rentabilité incertaine, voire négative. Il s'était alors lancé, comme lui, dans les affaires. Grâce à son aide, il put investir, dès ses 22 ans, dans des parts d'une société immobilière, dirigée par un de ses « amis », dont il décida très vite de se passer.

Les circonstances de leur séparation furent assez houleuses. Manu avait essayé en vain de m'en expliquer les teneurs dont je n'ai pu comprendre grand-chose, à part le fait qu'il avait réussi, par un tour de passe-passe diabolique, à se retrouver seul aux manettes de la société créée pourtant par son ex-ami et associé. Il réalisa ainsi plusieurs programmes immobiliers dont la réelle finalité n'était pas l'unique rentabilité immédiate, mais celle de permettre surtout, grâce aux bureaux qu'il louait à différents chefs d'entreprise triés sur le volet, d'entretenir avec eux des relations de sympathie, parfois d'amitié, lui permettant de s'introduire dans leurs réseaux constitués de notables, acteurs économiques importants de la région, avocats, mandataires et juges du tribunal de commerce de Toulon.

Il savait, par l'expérience de son père, que beaucoup d'entre eux étaient corrompus, aussi se spécialisa-t-il dans l'achat – à la barre – d'affaires en dépôt de bilan.

Manu était tellement imbu de sa personne qu'il aurait imprimé avec fierté cette spécialisation douteuse sur sa carte de visite. Elle aurait été la preuve suprême du triomphe de son machiavélisme, et il l'aurait manifestement affichée aux yeux de tous si celle-ci n'avait pas été répréhensible par la loi.

En quelques années, il se retrouva à la tête d'une holding regroupant des dizaines de sociétés, dont plusieurs spécialisées dans le bâtiment, générant des millions de francs de bénéfices. Mais tout l'or du monde ne parvenait pas à étancher sa soif effrénée d'argent, de pouvoir et de reconnaissance. Aussi n'avait-il aucun scrupule à exploiter des centaines d'ouvriers, qu'il méprisait, des étrangers sans papiers pour la plupart qu'il occupait à travailler – pour un salaire de misère – dans ses plus petits chantiers, avec la garantie d'une impunité totale grâce à son relationnel, méticuleusement tissé auprès des responsables de l'Urssaf et de la police, notamment.

Bref, Manu était devenu la caricature du parfait sale mec, mais à cette époque, quelque chose en moi m'incitait à occulter l'évidence de ce constat. Je ne compris l'étendue de ses travers que bien plus tard.

Durant ces années-là, il n'était à mes yeux qu'un jeune homme gonflé d'orgueil et d'ambition dont le seul plaisir était d'afficher l'ampleur de sa richesse, même si cette exposition devait friser parfois le mauvais goût. Mais je me disais que chaque être porte le fardeau de ses défauts, et que certains parviennent même un jour à s'en délester dans le parcours de leur vie. Et surtout, ses travers étaient édulcorés par l'éclat de sa personnalité de façade. Sa jovialité et sa bonne humeur accompagnée d'un sens de l'humour permanent ne pouvaient laisser personne indifférent.

Par contre, son fonctionnement était pour moi un mystère... Comment pouvait-on avoir comme seul objectif dans la vie que le seul profit, et pour quel but, finalement ?

Je ne comprenais rien de ce qu'il faisait au quotidien, du matin jusqu'au soir, car, visiblement, son « métier » n'était pas de tout repos, même si la plupart du temps, ses journées se résumaient à une inlassable succession d'appels téléphoniques depuis son bureau, lové confortablement dans son luxueux fauteuil en cuir, et à des repas d'affaires dans les meilleurs restaurants gastronomiques de la région, où il invitait des personnalités pour des raisons qui me demeureront toujours opaques.

Parfois, je le soupçonnais secrètement d'avoir voulu aussi entretenir à mon égard une pseudo-amitié dans l'unique but de montrer à autrui combien il pouvait être altruiste en maintenant des liens affectifs avec un ami d'enfance malgré le gouffre entre nos statuts sociaux, tout en préservant, comme un voile diffus au-dessus de nous, l'évidence de sa supériorité que lui conférait le pouvoir de l'argent. Mais mes honteuses médisances à son égard, que je culpabilisais aussitôt d'avoir pu entretenir, étaient aussitôt chassées de mon esprit lorsque je me trouvais face à l'attachant sourire qu'il m'adressait et dont la sincérité me paraissait évidente.

Toujours est-il qu'il est probable qu'inconsciemment, la prestance et l'assurance sans faille qu'il affichait aient contribué à me plonger dans une sorte de complexe d'infériorité, qui expliquerait mon attitude de résignation, voire de soumission, lorsqu'il décida de courtiser celle que je convoitais et qu'il finira par épouser quelques années plus tard, plus par un pathétique sentiment de victoire sur moi, j'en suis convaincu avec le recul, que par réel amour pour elle.

Claire était une des serveuses du bar L'Escale donnant sur le port de Bandol dont le patron était un ami de mon père à qui il louait ses murs. J'avais pris l'habitude de siroter dans son établissement mes multiples cafés, face au soleil en saison hivernale et sous les bâches ombragées dès le printemps. Elle venait d'arriver de sa Bretagne natale pour une saison estivale, afin de s'offrir une nouvelle année d'études pharmaceutiques à Rennes avec l'illusoire espoir de bénéficier enfin d'un train de vie tout simplement décent lors de sa prochaine année universitaire.

Lorsque je la vis la première fois, j'eus l'impression que mon cœur allait s'arrêter.

Claire était splendide... L'élégance et la légèreté de ses mouvements lorsqu'elle se déplaçait, l'indéfinissable délicatesse qu'elle dégageait naturellement contrastaient avec la superficialité habituelle des jeunes femmes de la région.

Ce soir-là, dans la lumière rougeoyante du soleil qui se couchait derrière les bateaux de plaisance du port, je pris mon courage à deux mains et, profitant d'un moment d'accalmie dans le service, j'engageai la conversation avec elle.

De la façon dont elle me regarda, je sentis que ma personne ne la laissait pas indifférente.

À ce moment-là, Manu, que je n'attendais pas et qui passait par là, s'installa à ma table avec un naturel déconcertant, sans même me demander mon avis.

Sans que nous l'ayons invité, il prit part à notre conversation et commanda, avec l'assurance du rayonnement qu'il s'octroyait, une bouteille de champagne Dom Pérignon... en insistant sur Dom Pérignon.

Claire revint avec la bouteille dans un seau à glace embué et deux coupes à champagne qu'elle posa devant nous. Manu lui demanda alors d'aller chercher deux autres coupes, pour elle et sa collègue Sophie. Celle-ci, un peu en retrait, semblait s'ennuyer en attendant les clients, qui, pour d'inexplicables raisons, ne viendraient pas ce soir-là. Par conscience professionnelle, les deux serveuses, refrénées par l'idée de trahir la confiance du patron absent ce jour-là, déclinèrent poliment l'invitation insistante de Manu à se joindre à notre table. Elles se contentèrent de trinquer avec nous, tout en restant debout. Ma gêne, occasionnée par cette situation où nous demeurions assis devant elles, contrastait avec le détachement et la spontanéité de Manu qui, volubile comme jamais, enchaînait plaisanterie sur plaisanterie, dont la lourdeur semblait proportionnelle à l'augmentation de son état de griserie au fur et à mesure qu'il vidait ses coupes.

Sans me consulter, il invita les deux jeunes femmes à venir boire un verre avec nous deux, dans une des boîtes de nuit tendances de Bandol, après leur service, invitation qu'elles acceptèrent avec un apparent plaisir. En aparté, dans l'euphorie de ses propos, il me fit comprendre que jeter son dévolu sur Claire était pour lui une parfaite évidence et que Sophie, finalement, n'était pas si mal (pour moi, en sous-entendu). Il ajouta, en scrutant la silhouette de Claire d'un regard carnassier, être certain de son pouvoir de séduction, sans envisager une seconde que son « plan d'attaque » aurait pu être autre. Docile, je ne le contredis pas, malgré le peu d'attirance que Sophie m'inspirait, bien qu'elle fût pourtant jolie. Mais, par dépit sans doute, je ne me présentai pas, comme il était convenu, au rendez-vous fixé devant le bar après leur service.

Le lendemain, je prétextai à Manu une affreuse migraine et l'excuse peu crédible d'avoir dû me coucher tôt avec une aspirine afin de préserver mon crâne des basses infernales des enceintes de la discothèque.

Manu me dit que Sophie avait été assez déçue de mon absence, mais qu'elle avait eu la délicatesse de les laisser seuls, insistant même auprès de Claire pour qu'elle sorte en sa compagnie. Il sembla contrarié que je ne lui demande pas le déroulement de cette soirée. Mais il trouva un moyen de me confier tout de même, pour se vanter, dans un sourire canaille, avoir vécu des moments féeriques auprès d'elle.

Claire emménagea chez Manu quelques semaines plus tard, et sous son instance, mit un terme définitif à ses études. Ils se marièrent deux ans plus tard.

*

Très vite, même avant leur mariage, leur vie de couple s'enlisa dans une morne monotonie qu'aucun artifice ne put rompre. Manu avait beau offrir à sa jeune femme tout le confort matériel qu'elle n'avait jamais osé rêver, tous les voyages au bout du monde imaginables, Claire s'ennuyait à mourir dans ce qu'elle considérait être une prison dorée.

Ce ne fut que dix ans après leur rencontre, huit ans après leur mariage, que Claire allait enfin connaître un évènement qui donnerait un sens à la vie.

Un enfant naquit de leur union, un garçon prénommé Nicolas, dont je devins le parrain le plus naturellement au monde. Tant cela semblait être une telle évidence pour Manu qu'il ne lui vint même pas à l'esprit de me demander mon avis, comme si une alternative eut été impensable.

J'étais à la fois flatté par son attention et contrarié par le peu de cas qu'il me faisait finalement.

Pour la première fois depuis leur union, Claire sembla enfin rayonnante durant les quelques mois qui suivirent son accouchement. Elle avait osé espérer sans doute un nouveau départ dans leur couple avec l'arrivée de leur bébé. Hélas, rien ne changea dans leurs vies. Manu n'était jamais là, il partait tôt le matin à son bureau, ou Dieu sait où, pour ne revenir que tard le soir, lorsque Claire était déjà couchée. Malgré ses courtes nuits consacrées à l'allaitement de son bébé et à ses efforts pour le bercer afin qu'il puisse trouver le sommeil, elle se levait à l'aube pour partager quelques minutes avec son mari, les seules de toute une journée, elle le savait. L'instant d'un petit-déjeuner qu'elle prenait plaisir à préparer, bien qu'exténuée par la fatigue.

Sa seule occupation était le jardinage.

Elle écoutait attentivement, un sécateur à la main, Aziz, le jardinier marocain, lui expliquant comment procéder pour tailler les rosiers.

— Vous devez surtout bien désinfecter les outils avant, insistait-il, pour éviter tout transfert de maladies.

Manu, pressé, comme toujours, déboulait à grands pas tout en tentant de nouer sa cravate. Il essayait de garder son nouveau jouet collé contre une oreille, maintenu contre son l'épaule tout en se contorsionnant pour réussir son nœud récalcitrant. Il avait été un des premiers à acheter ces étranges téléphones sans fil, ces drôles d'appareils qui venaient de sortir sur le marché, aussi volumineux qu'un talkie-walkie, et qui permettaient d'appeler et d'être joint n'importe où. Tout en répondant au téléphone, il saluait Aziz d'un signe de la main, puis il se rapprochait de Claire. Il éloignait un instant son gros téléphone portable en soufflant et en levant les yeux au ciel, comme pour signifier le caractère barbant de sa conversation téléphonique, puis embrassait furtivement sa femme qui, un sourire triste aux lèvres, le regardait se diriger vers sa voiture, imposante berline garée au fond du jardin.

Sa voiture disparaissait alors, comme tous les jours, derrière le portail électrique de la propriété qui ne se rouvrirait qu'à son retour dans la nuit.

*

J'ai toujours considéré que la principale caractéristique du terme « vie privée » était justement l'extrême confidentialité de celle-ci, aussi suis-je resté peu loquace sur tout ce qui relevait de mon intimité. Peut-être mon mutisme fut-il la raison qui contribua à susciter chez Manu une certaine jalousie à mon encontre, malgré sa situation sociale plus que privilégiée, son mariage et la naissance de son enfant. Lui, qui avait tout pour être heureux, devait très certainement envier secrètement la vie qu'en fait je n'avais pas, qui était bien fade en réalité. Il me prêtait bien plus d'aventures que je ne pouvais en avoir et me présumait vivant dans la légèreté et l'exaltation d'une liberté que seul le célibat pouvait offrir. Cette faculté de n'avoir aucun compte à rendre auprès de quiconque n'avait pas de prix à ses yeux, et il vivait ce manque comme une réelle frustration, bien que, paradoxalement, il n'arrêtait pas de s'épancher, auprès de qui voulait bien l'écouter, sur les écarts qu'il ne se gênait pas d'accumuler. Mais, c'était ainsi, il ne pouvait s'empêcher d'imaginer que ma vie valait mieux que la sienne, qu'il avait pourtant choisie, alors que je me considérais comme la dernière des cloches. Peut-être sa vision aurait-elle été différente sans ma pudeur, me contraignant à garder sous silence la véracité de l'intimité de mon être.

À l'époque, la seule personne légitime à accéder à certaines informations relevant de ma stricte vie privée était mon père, mais même lui ne parvenait à obtenir que les infimes bribes que je daignais lui dévoiler.

Je me souviens de ces soirs ordinaires où je me rasais en vitesse devant le lavabo de ma salle de bains, avant de filer prestement sous la douche. Un jour, après m'être séché rapidement, parfumé et habillé à la vitesse de l'éclair, je sortis presque en courant de mon appartement. Et, comme tous les soirs, en ouvrant le portail, j'avais regardé vers la fenêtre de mon père, où immanquablement il me regardait partir, en me faisant un petit signe de la main.

Pourtant, cette fois, je ne fis pas comme d'habitude. Répondre à son salut par un geste de la main, aussi furtif que machinal, avant de refermer le portail et disparaître dans l'ombre du soir qui tombe me parut soudain comme un acte abject à son égard.

Le regard de mon vieux père avait cette fois quelque chose de différent, une sorte d'indéfinissable lassitude, comme baigné d'une fatigue infinie. Pris d'un étrange remords, j'eus la soudaine pulsion d'envoyer au diable celle qui m'attendait quelque part, fardée sans doute comme une poupée Barbie. Je fis demi-tour, me dirigeai vers l'appartement de mon père, gravis les quelques marches m'emmenant à sa porte où je toquai avant d'entrer.

Déjà mon père venait me retrouver, un drôle de sourire aux lèvres. Nous rapprochions nos fronts l'un vers l'autre et les gardions collés deux ou trois secondes, notre façon à nous de nous embrasser. Nous tenions ce rituel étrange depuis toujours, on ne sait pas vraiment pourquoi. Dès ma plus tendre enfance, une sorte de pudeur m'empêchait un contact plus intime vers mon père, alors que je partageais volontiers les câlins de ma mère. Loin de s'en offusquer, mon père respectait ce penchant qu'il considérait comme une pudeur somme toute typiquement masculine, et notre « bise » à nous se résumera à ce tendre et éphémère contact entre nos deux fronts.

— Désolé, Papa, je passe toujours te voir à la bourre...
— Oui, mon fils, tu n'arrêtes jamais de courir... Allez, vas-y vite, elle va se lasser de t'attendre, ta copine...
— Ça va, toi ?
— Oui, tout va bien, ne t'inquiète pas...
— Tu prends tes médicaments ?
— Ne t'inquiète pas, je te dis... Allez, file, et profite bien, la vie est courte !
— Non, je vais reporter le rendez-vous... J'inventerai bien quelque chose... Ce soir, on mange ensemble, d'accord ?
— Non, ça ne se fait pas... Si tu veux rompre avec elle, tu fais les choses proprement... Je t'invite à dîner demain, si tu veux, mais ce soir, tu y vas, mon fils !

Je collai une nouvelle fois mon front contre celui de mon père et quittai alors les lieux prestement avec le diffus sentiment de soulagement d'avoir enfin pris conscience de mon attitude frisant l'ingratitude à son égard.

Le lendemain, mon père me prépara une paëlla comme seul lui savait faire. Il déboucha une bonne bouteille de Rioja et me servit copieusement.

— C'est délicieux, Papa, ça faisait longtemps...
— Trois mois et douze jours... Le temps que tu te retrouves encore célibataire... Enfin, le terme est mal choisi, puisque même lorsque tu fréquentes une femme, tu restes célibataire.
— Plus de trois mois, déjà ! Tant que ça ! Mon record est presque battu !

— C'est pas que je m'en plaigne, je te vois plus souvent... Mais bon !
— Bon quoi ? lui demandai-je en souriant.
— Te voir encore en célibataire endurci à ton âge m'inquiète un peu...
— Tu peux parler, toi, tiens ! Tu n'as jamais supporté une femme à la maison depuis la mort de Maman...
— Oui, je sais... Je n'ai pu aimer qu'une fois... Et ce n'est déjà pas si mal...
— Rien n'est perdu pour moi, alors !
— Qui sait ? Je te le souhaite, mon fils, je te le souhaite ! Mais plus le temps passe, plus l'idée d'avoir un petit-fils, d'être grand-père s'éloigne...
— Mais tu en as des dizaines, de petits-enfants, Papa, avec tous mes élèves du club de judo...
— C'est vrai que tu t'occupes de tous ces gamins... Entre tes cours et les tournois, les week-ends, tu passes plus de temps avec eux que leurs propres parents !

Comme à chaque fois que nous dînions ensemble, je contemplais, tout en parlant, la toile de ma mère, trônant seule au-dessus de la table de la salle à manger, en admirant le parfait équilibre des tons, la terre ocre, le beige harmonieux de la maison et les vignes alignées sur la petite colline surplombant la propriété sous un ciel de feu.

Peut-être étais-je tombé dans l'idolâtrie de ce petit tableau pour l'unique raison qu'il représentait tout ce qu'il me restait d'elle ?

Et je ne pouvais m'empêcher de penser – une fois encore – que je devais uniquement mes réticences à poursuivre un chemin artistique dans le domaine de l'expression figurative à l'émotion que me procurait son unique et sublime toile.

Puis, comme d'habitude, je me rassurais. La cause de mon rejet pour le figuratif ne serait pas le constat de mon incapacité d'être à la hauteur de l'unique œuvre de ma mère, mais plutôt provoquée par un élan inexplicable m'incitant à m'éloigner de cette expression. Comme si une sorte de pulsion me poussait à la continuité de son commencement dans la peinture, mais sous une forme différente. En sirotant une gorgée de Rioja, j'imaginai en souriant la toile que j'allais attaquer le lendemain, cet équilibre de couleurs et de spontanéité du geste qui refléterait, dans une abstraction totale, l'alliance de force et de douceur, en parfaite osmose avec le tableau de ma mère.

*

Ma vie s'écoulait lentement comme un bateau sans amarre qui se laisserait porter vers le large, entraîné par l'imperceptible courant des eaux plates d'une lagune.

Les années s'égrenaient les unes après les autres sans qu'il me soit possible de faire émerger de ma mémoire le moindre fait marquant, aussi bien au niveau de ma vie privée, seulement ponctuée d'éphémères et pathétiques conquêtes féminines, se révélant toutes « sans lendemain », que dans mes activités professionnelles, en l'occurrence mon engagement dans le judo et mes productions d'œuvres picturales purement alimentaires.

Je réalisai un jour avec stupeur que j'avais déjà 45 ans. Un étrange malaise me gagna à cet instant à l'idée que les belles illusions de ma jeunesse, dans des domaines aussi différents que l'amour, le judo ou l'art, n'allaient pas tarder à se dissiper dans les nuages vaporeux de ma vie.

J'avais 45 ans et je n'avais finalement rien fait de cette première moitié de mon existence. Le constat de cet insoutenable néant m'effraya soudainement.

C'est étrange comme on peut avancer dans la vie sans prendre conscience que celle-ci est vide de sens... Et puis, il y eut un détail, dont je n'ai d'ailleurs aucun souvenir, ou peut-être une minuscule anecdote dans la routine du quotidien. Un évènement si futile qu'il s'effaça aussitôt de ma mémoire, si toutefois il fût parvenu à marquer ma conscience. Mais quelque chose me renvoya en pleine figure l'étendue de ma médiocrité dans ce monde qui semblait avancer sans moi.

Cette sensation était d'une violence extrême, au point d'en arriver à me détester de m'être résigné à renoncer à croire en l'amour, par je ne sais quel sentiment de peur ou d'égoïsme, à me haïr de n'être finalement qu'un insignifiant petit professeur de judo de village dont aucun des élèves n'avait encore franchi le cap des championnats régionaux, à me vomir d'avoir accepté mon enlisement dans le domaine de l'art où aucune toile abstraite n'arrivait à se vendre...

Je ne saurais dire pourquoi, mais ce terrible éclair de lucidité eut pour amère conséquence de me dégoûter de l'inexorable pesanteur de mon être, l'espace d'une semaine ou deux.

Ce fut une période où je dus prétexter être malade – mais je l'étais forcément, finalement, au vu de mon état de total abattement – dérisoire excuse, certes, afin de justifier mon pathétique isolement, recroquevillé dans le seul réconfort que m'offrait la senteur de mes draps.

Puis cela passa et la vie reprit son cours normalement, si on peut dire.

*

Daphné…

Ce prénom me procure encore aujourd'hui une indescriptible émotion, une sorte de plaisir diffus baigné de nostalgie, lorsqu'il m'arrive de le prononcer. Pour être honnête, je le susurre tous les jours, en fait, au moins une fois, dans le silence absolu de ma routine quotidienne.

Sans raison particulière, l'extrémité de ma langue rejoint l'intérieur de ma gencive supérieure, et la syllabe « Daph » s'envole de ma bouche entrouverte, dans un souffle imperceptible, suivie aussitôt de son inséparable jumelle « Né ». Il me semble alors parfois que ces syllabes, surgies de mes entrailles, s'élèvent en virevoltant comme deux papillons multicolores vers le soleil couchant et rougeoyant de ma vie.

Lorsque je vis Daphné la première fois, dans la douceur de cette belle soirée d'été, je fus pénétré par une irrémédiable certitude : elle serait la femme de ma vie, il ne pouvait en être autrement.

Elle était sublime, certes, mais ce ne fut pas seulement sa beauté ni l'évidence de la grâce infinie qu'elle dégageait qui me bouleversa. Même si, dans l'espace de cette seconde où mon regard se plongea dans les profondeurs des iris de ses yeux, j'y découvris l'étincellement de toutes les étoiles de l'univers.

C'était bien autre chose, quelque chose de bien plus grand encore, mais cette notion était tellement indéfinissable que je ne sus donner un nom à cette indescriptible émotion. Je sus seulement que j'étais déjà perdu à cet instant précis, car j'eus l'intime conviction que ma raison avait déjà commencé à sombrer dans les profondeurs d'un amour aussi irraisonné qu'inexplicable, et que rien ne pourrait plus m'extraire ni me sauver de cet élan irrémédiable.

J'étais ce soir-là derrière mon stand de peinture sur le port, où j'avais étalé comme tous les jours mes croûtes figuratives sur des chevalets, et je vis Daphné, debout devant une œuvre, observant attentivement un paysage de campagne de l'arrière-pays, un dossier rouge serré contre sa poitrine, comme si déjà, il lui fallait interposer un bouclier devant elle pour se protéger de la démence de mon amour.

Elle leva un instant les yeux de la toile pour les plonger furtivement dans les miens, et mon cœur s'arrêta. Ce moment fut heureusement fugace et je ne saurai jamais ce qu'il serait advenu si l'intense émotion née de la magie de ces instants avait dû se prolonger. Elle détourna aussitôt son regard du mien pour fixer à nouveau la toile, en fronçant légèrement les sourcils et en esquissant de ses lèvres un étrange et énigmatique sourire, qui eut pour effet d'achever de m'anéantir.

Le coup de grâce me fut porté lorsqu'elle prononça la première phrase qu'elle eût à mon égard. Sa voix douce et son étrange et imperceptible accent, que je qualifiais instamment, je ne sais pourquoi, « d'austro-hongrois », me hantent encore aujourd'hui.

— Cette toile me plaît beaucoup, dit-elle à cette sorte de statue pétrifiée qui se tenait dressée devant son incommensurable aura. Combien coûte-t-elle ?

Ne pouvant ni ne sachant quoi lui répondre, je demeurai un instant silencieux tout en étant conscient que je devais passer pour le dernier des crétins que la Terre eût jamais porté. Comment lui dire que la toile qu'elle aimait tant représentait pour moi l'horreur la plus absolue et qu'elle méritait bien mieux que ce travail superficiel et impersonnel ? Comment lui faire comprendre qu'il m'était impossible de la lui vendre, évidemment ? Lui offrir me couvrirait de honte tout en risquant de me faire passer pour un dragueur de bas étage, apte à bondir sur la moindre opportunité.

Comment lui expliquer que mon travail artistique était bien autre, lui parler de ma quête soudaine de l'Amour absolu révélé quelques minutes auparavant, dans la seconde même où je la découvrais, identique, finalement, à celle que je menais depuis des décennies dans le domaine de l'art, sur les traces d'un Nicolas de Staël, Mark Rothko, Pierre Soulages, Jackson Pollock, Yves Klein, Paul Klee et tant d'autres ?

Comme je ne savais que dire, je me vis, avec toute la terreur que me procurait cette scène, rester prostré devant son visage incrédule, bouche bée, comme le plus parfait des imbéciles.

Je restai ainsi totalement tétanisé de longues secondes qui me parurent être une éternité.

Son rire me sauva.

Elle prit – heureusement – mon attitude pour un acte délibérément comique ou pour une séquence théâtrale imprégnée d'un piètre humour au premier degré, voire pour une grossière plaisanterie, tant mon comportement sembla caricatural. La légèreté de son hilarité me permettant de m'extraire du puits de mes émotions où j'avais failli sombrer, je sortis soudain de ma léthargie pour revenir sur Terre, en l'accompagnant dans son fou rire qui devint incontrôlable, avec l'immense soulagement de ne m'en être pas si mal tiré, finalement.

Évidemment, je ne pus faire autrement que de lui vendre ma croûte, à un tarif équilibré entre mon désir, qu'il fût symbolique, et assez conséquent pour ne pas éveiller ses soupçons sur la modicité du prix que je lui avais fixé. Pendant que je l'emballais, je pris conscience qu'elle allait prendre sa toile, me régler, puis tourner les talons, peut-être à jamais. Il me fallait réagir au plus vite, dissimuler à tout prix la panique qui me gagnait, prendre un air faussement désinvolte teinté d'une pointe de détermination et d'un peu de gravité. Aussi lui dis-je :

— Il serait peut-être indécent et prématuré de vous demander tout de suite en mariage… Mais peut-être accepteriez-vous une invitation au restaurant ?

Elle demeura un instant, qui me parut infini, immobile et silencieuse en me regardant dans les yeux, un étrange sourire aux lèvres.

Je restai comme minéralisé, glacé par son silence, puis, enfin, quelques siècles plus tard, j'entendis sa douce voix susurrer :

— Avec plaisir, Monsieur l'artiste.

*

La veille au soir de notre rendez-vous, j'achetai chez le fleuriste un énorme « Ikebana », que composa avec minutie et goût la patronne elle-même, très inspirée par l'art floral japonais.

Ce bouquet était certes splendide, mais une fois dressé dans le vase d'appoint où je l'avais déposé pour qu'il ne se dessèche pas, il me parut soudain impersonnel au possible, indigne même d'être offert à Daphné.

Je l'emmenai aussitôt dans mon atelier et me mis à le reproduire sur une toile afin de pouvoir lui offrir un bouquet éternel en peinture plutôt que ces quelques tiges dérisoires et éphémères.

Tout en réalisant cette œuvre à l'acrylique – une fois n'est pas coutume – afin qu'elle soit sèche le lendemain, je me demandais si celle-ci allait finalement lui plaire, car je la travaillais aux couteaux, dans un style d'abstraction figurative, à des années-lumière de l'œuvre qu'elle m'avait achetée.

Aussi, pour ne pas me tromper dans mon choix, je pris la résolution de me rendre au rendez-vous avec les deux bouquets, celui qui allait faner dans quelques jours, et l'autre, qui risquait d'être pour elle une horreur absolue pour toujours. Comme il avait été convenu que je la récupère en voiture sur le quai du port de Bandol pour l'emmener dîner dans un restaurant gastronomique perché sur une falaise surplombant le golfe, je laissai toile et bouquet dans le coffre pour ne pas l'encombrer pendant le repas.

J'avais passé une bonne partie de la journée à nettoyer de fond en comble ma voiture, véritable poubelle sans poignées d'ordinaire, et avais acheté pour l'occasion, moi qui pourtant ne prêtais aucunement attention à ma tenue vestimentaire, des habits de circonstance, chaussures, chemise et pantalon, afin de me donner l'apparence d'un homme à la fois chic et décontracté.

Lorsque je vis Daphné, debout contre un lampadaire, magnifique dans sa simplicité, ses cheveux tenus par un ordinaire chouchou assorti à son tee-shirt, rayonnante dans son vieux jean usé et délavé, en avance de bien des années sur les tendances de la mode elle-même, j'eus honte, une nouvelle fois, du ridicule de mon piètre accoutrement contrastant avec l'aisance de sa tenue sans artifice.

Je la conduisis jusqu'au prestigieux restaurant entouré de pins parasols et face à la mer. La cour du parking où je commençais à garer ma voiture était déjà en soi un merveilleux jardin, surveillé discrètement par un agent d'un service d'ordre. En coupant le contact du moteur, je vis Daphné qui me regardait en faisant avec sa bouche une moue aussi adorable que celle d'une petite fille.

— Que passe-t-il ? Vous n'aimez pas ce restaurant ? lui demandai-je.
— Les restaurants gastronomiques ne sont pas trop ma tasse de thé, en général... Mais si tu y tiens vraiment... On se tutoie sans chichi, tu veux bien ?

— Évidemment, avec plaisir ! m'exclamai-je en essayant de dissimuler mon désarroi.

— Tu sais quoi ? Ce qui me ravirait, ce serait de prendre des kebabs et qu'on aille les manger sur la plage... Ça serait top ! Qu'en penses-tu ?

Ses désirs furent des ordres que j'exécutai aussitôt, mais je ne pus m'empêcher de m'arrêter en double file devant une des meilleures boutiques de la ville pour acheter une bouteille fraîche de champagne, que le marchand me remit dans un petit sac isotherme avec deux coupes.

Cette soirée, assis sur les galets de la plage à ses côtés, devant un flamboyant coucher de soleil, fut et restera le plus délicieux souvenir de ma vie. J'abhorrais pourtant manger inconfortablement, et j'avais en horreur les pique-niques. J'avais ainsi réussi jusqu'à présent à trouver de bonnes excuses pour me défiler de ces moments de pseudo-convivialité où certains avaient eu le mauvais goût de me convier, mais là, auprès de Daphné, les kebabs que nous dévorions en parlant et en riant avaient pour moi un goût de caviar.

Le cercle vermeil du soleil descendait lentement vers l'horizon diffus de la mer, et le ciel commençait à s'embraser. Je me souviens lui avoir parlé, dans un premier temps, des grandes lignes de ma morne vie. Puis mon monologue s'enlisa dans les sables mouvants de mes émotions, à fleur de peau, par la conscience de sa présence contre moi. Mais en lui parlant de la perception de la magie indéfinissable de ces instants, j'eus à un moment l'impression de me saborder par la teneur de mes propos surannés, émergeant d'un autre siècle.

Dans mon souvenir, elle parlait peu, écoutait surtout mon discours lyrique transcendé sans doute par l'euphorie du champagne, et je me laissais aller à décrire le trouble qu'elle suscitait chez moi.

Sous un ciel orange vif, le soleil disparaissait derrière la ligne marine de l'horizon lorsque, pour la première et dernière fois de ma vie, je parlai d'amour absolu et d'éternité.

La nuit était tombée depuis longtemps et je parlais encore et encore, sans même oser lui toucher la main. Dans un éclair de lucidité, j'eus conscience de la terrible et probable lourdeur de mon comportement, et je lui proposai subitement de la ramener.

Elle se leva sans un mot, rangea dans un sac les restes du repas et la bouteille de champagne vide et se dirigea vers la voiture.

Alors que je démarrais la voiture, elle me dit :

— Parle-moi encore...

Je roulai toute la nuit en lui parlant. Lentement, dans le total déni de mon rôle de conducteur, ma voiture nous emmena le long de la côte, serpenta des collines surplombant la Méditerranée, puis redescendit vers d'autres chemins sinueux éclairés par la seule lueur de ses phares. Puis, vers quatre heures du matin, elle s'arrêta là où le monde lui-même s'arrêtait, dans la presqu'île du Gaou. À ce moment-là, le temps s'arrêta aussi.

Les mots me manquent pour décrire la magie de ce premier baiser, et je n'en ai d'ailleurs aucune envie… Certaines choses ne peuvent être partagées…

Il ne se passa rien de plus, sexuellement parlant, pendant une quinzaine de jours, période où chaque seconde de mes pensées ne pouvait être focalisée que sur elle. Puis, nous ne pûmes nous empêcher de faire l'amour.

C'était la première fois que je faisais l'amour. Je n'en dirai également rien de plus. Seulement le tenace souvenir de la pression de ses talons contre mes fesses, qui m'empêchaient de trop sortir d'elle lorsque j'essayais de prolonger l'extase absolue de notre étreinte.

*

Daphné n'était venue initialement à Bandol que pour un court séjour de vacances au soleil. Mais elle n'hésita pas à démissionner du poste de secrétaire médicale qu'elle occupait au sein d'un cabinet de Colmar, ville où elle était née, puis à résilier le bail de son appartement pour emménager chez moi à la fin de cet été. La femme de ma vie entra ainsi dans mon existence comme par enchantement, et l'ours que j'étais auparavant se transforma subitement en petit chat ronronnant de bonheur, blotti contre la douceur de sa peau.

Mon père, surpris tout d'abord par ma métamorphose, était aux anges en me voyant rayonner de bonheur. Bien qu'il n'osât aborder le sujet, je savais qu'il avait pris enfin espoir dans l'idée de se voir un jour grand-père, et cette hypothétique perspective suffisait à illuminer sa vie.

Daphné s'intégra aussi rapidement que naturellement dans le quotidien de ce qui était mon petit monde. Elle trouva aussitôt un travail d'accueil et de secrétariat auprès d'un cabinet dentaire qui présentait l'avantage – non négligeable – de se situer à quelques mètres de notre domicile. Ce poste fut obtenu grâce à Manu, ce qui ne manqua pas de susciter chez lui une grande satisfaction à l'idée de me rendre encore plus redevable par les petits coups de pouce qu'il m'offrait, grâce au relationnel dont il me faisait bénéficier.

Très vite, Claire et Daphné devinrent copines, puis amies, et enfin quasi inséparables. L'une comme l'autre, déracinées de leur région d'origine, n'était intégrée dans aucun cercle d'amis dans cette région où, il faut le reconnaître, la majeure partie des relations sociales restent superficielles et souvent éphémères. Elles s'étaient donc finalement retrouvées à vivre sous le soleil par le truchement des sentiments amoureux qu'elles nous vouaient, à Manu et à moi.

Daphné devint aussitôt la confidente de Claire et elle seule prêtera une oreille attentive à la misère affective qu'était la vie de cette dernière, dissimulée derrière les murs fleuris de sa somptueuse demeure.

— Ma vie, ressassait-elle à Daphné, cloîtrée derrière cette prison dorée, n'a plus aucun sens, j'ai le sentiment d'être un meuble pour Manu, qui préfère même embaucher des employés pour gérer l'éducation de Nicolas, au prétexte de ne pas me fatiguer. Il m'a convaincue, par son pouvoir de persuasion et ses belles paroles, d'aller voir un de ses amis psychiatre qui, dès la première séance, a réussi le tour de force de pondre son diagnostic au bout de dix minutes d'entretien à peine. Il a décrété que je traversais une période de dépression aiguë liée à la naissance de Nicolas, et que mon seul salut résidait dans le traitement qu'il m'a aussitôt prescrit. Résultat : je me gave de médicaments depuis trois ans maintenant. Mais ils présentent le seul avantage de m'aider à supporter la langueur et la platitude de mes journées. À supporter l'insupportable. Comme hier soir, par exemple, rajoute Claire. Manu a absolument tenu à m'emmener au restaurant, tu sais, celui censé être le meilleur du coin d'après toute cette bourgeoisie locale. Oh, rien à dire, c'est sûr ! Ni sur le cadre, notre table était juste à l'extrémité de la terrasse face à la mer, ni sur la cuisine, raffinée et excellente. Mais Manu et moi n'avions rien à nous dire. Pire encore : la chose la plus perturbante pour moi, c'est que Manu ne paraissait nullement gêné par notre lourd silence. Alors, j'ai regardé le spectacle du coucher du soleil à l'horizon en mangeant, pendant que Manu répondait à des messages sur son téléphone portable. Et juste après le dessert, nous sommes partis du restaurant sans même avoir prononcé plus d'une ou deux phrases complètes… Tout avait été dit la veille, quand il m'a emmenée en haut du « Gros Cerveau »…

*

Claire et Manu étaient sortis de la voiture garée sur le bas-côté de la route serpentant la petite colline du « Gros Cerveau », dominant le golfe de Bandol et la baie de Sanary.

Le panorama était vertigineux, la mer au loin s'étalait devant eux jusqu'à l'infini.

— Alors, tu en penses quoi ? demanda Manu sans le moindre préambule.

— De quoi me parles-tu ?

— Je viens de signer un compromis de vente pour ce grand terrain, lui répondit Manu en désignant d'un geste désinvolte, mais empreint de l'assurance de son pouvoir, l'étendue de roches et de restanques et la vue imprenable donnant sur une mer d'un bleu profond.

Claire resta silencieuse un instant, surprise et intriguée par l'étrange sourire de Manu.

— Je vais acheter ce terrain pour une « poignée de figues », reprit Manu. Il est actuellement inconstructible, mais je connais très bien le maire de la commune qui m'a assuré du changement de POS dans quelques mois... Il sera bientôt constructible avec un SHON important... Voici l'emplacement de notre future maison !

— Mais ce n'est pas très légal, ça !

— Tout est parfaitement légal, rétorqua Manu, le propriétaire actuel est un particulier qui a besoin d'argent...

— Mais il sait que son terrain va bientôt devenir constructible ? demanda Claire en fronçant les sourcils.

— Bien sûr que non, et je n'irai sûrement pas le lui dire... C'est de bonne guerre, non ?

— Et le maire fait tout ça pour tes beaux yeux ?

— Oh, ça, c'est confidentiel, ma chérie, c'est entre lui et moi... Tu me connais, je ne suis pas un ingrat, je lui donnerai un petit quelque chose, évidemment...

— Une grosse magouille, quoi !

— Appelle ça comme tu veux...

— Tu te fous complètement de moi, Manu, lança Claire, mal à l'aise et visiblement troublée. T'es-tu seulement posé la question de ce que j'en pensais ? Notre maison actuelle me suffit, je m'y sens bien... Elle est proche de toutes les commodités, près des écoles pour Nicolas...

— Tu n'es jamais contente, explosa Manu. Tu es bien née pour être malheureuse ! … Allez, monte dans la voiture, on rentre !

*

Le simple fait de n'avoir pu imaginer et anticiper ce qui serait le tragique destin de Claire me hantera à jamais.

Je porterai le poids de cette faille toute ma vie. Mais qu'aurions-nous pu faire, Daphné et moi, sans nous immiscer dans l'intimité de leur vie privée ?

Je ne saurais que bien des années plus tard que Manu était ce que les psychiatres nomment communément maintenant un pervers narcissique, maladie incurable, puisque ceux qui en sont atteints n'ont aucunement conscience de leur pathologie et ne pourraient donc jamais envisager la moindre thérapie.

Claire aurait été une de ses victimes, d'après les quelques anecdotes liées à leur vie de couple qu'elle avait bien voulu nous confier, à Daphné ou moi. Faits et scènes qu'elle considérait malgré tout comme mineurs et surtout conséquents de la culpabilité d'en être elle seule responsable, se persuadait-elle, à cause de son inexplicable état de mal-être. Elle était incapable d'envisager que les vraies raisons de ses turpitudes psychologiques étaient en réalité déclenchées par le comportement insidieux de Manu à son égard.

En vérité, Claire se trouvait engluée dans l'inexplicable abjection d'être dans l'inaptitude de savourer la confortable vie que Manu semblait lui offrir.

Un matin, elle se réveilla par un signal sonore de l'arrivée d'un SMS sur son téléphone portable.

Elle dormait profondément, bien qu'il fût déjà presque midi. Manu lui demandait de bien vouloir préparer le dîner personnellement, car les invités qu'il devait recevoir ce soir, des « gens importants », seraient touchés de savoir que le repas avait été préparé par la maîtresse de la maison elle-même.

Claire se leva avec difficulté, envahie par une grande lassitude, et ouvrit les vantaux de la fenêtre de sa chambre. Elle regarda un instant le jardin inondé de soleil, éblouie par la lumière intense qui lui parut soudain insupportable. Refermant aussitôt les volets, elle se jeta à nouveau sur son lit, mit un oreiller sur sa tête et se laissa envahir à nouveau par le sommeil.

Le soir, Manu rentra de sa journée de travail au moment où des livreurs déposaient sur le comptoir de la cuisine les produits de son traiteur préféré.

Surpris et contrarié, il rejoignit Claire, allongée sur l'immense canapé du séjour aux lignes épurées d'une marque italienne des plus contemporaines.

Il lui exprima son extrême mécontentement... Elle aurait pu faire un effort, s'exclama-t-il, ce n'était pas tous les jours qu'il lui demandait un service, merde !

— Je ne te demande jamais rien, putain ! À la limite, si cuisiner pour une fois te semblait si insupportable, tu pouvais me prévenir, non ? Là, à cause de toi, je vais passer pour un con... Je leur ai dit que tu étais un cordon-bleu et ils en étaient ravis !

— Eh bien, dis-leur que c'est moi qui ai tout préparé...

— Mais tu crois quoi, toi ? Qu'ils ne reconnaîtront pas les produits du traiteur ? Ils lui commandent des plats tous les deux jours ! Vraiment, Claire, tu me déçois profondément !

— Tu me mets toujours devant le fait accompli... M'as-tu seulement demandé mon avis ?

— Je ne pouvais pas imaginer que cela te contrarierait... Tu ne fous rien de tes journées... Rien ! Et là, pour une fois que je te demande quelque chose... Quelque chose d'important pour moi, mais cela te passe au-dessus de ta petite tête...

— Important ?

— Oui, important pour moi de leur montrer ton implication dans notre vie de couple...

— Mais je m'en fous de tous ces gens soi-disant importants... Je vais encore être obligée de faire des risettes alors que tu sais que je n'ai aucune envie de parler en ce moment...

— Tu n'as jamais envie de rien, Claire... Il est grand temps que tu te retires enfin les doigts du cul !

La mélodie de la sonnette leur fit comprendre qu'il était temps de clore leur dispute, car les premiers invités arrivaient. Claire prit sur elle et essaya au mieux de dissimuler l'extrême tension qui l'habitait, pendant que les domestiques servaient les convives attablés.

Bien que le début du repas fût aussi glacial que conventionnel, Claire devint peu à peu moins distante au fur et à mesure qu'elle se servait à boire. L'alcool aidant, son mutisme de début de repas se transforma en convivialité exagérée, au grand désarroi de Manu.

Au dessert, fortement éméchée, elle tint des discours empreints d'ironie sur les activités politiques ou professionnelles des invités, entrecoupés d'éclats de rire qu'elle n'arrivait pas à contrôler et qui accablèrent Manu de gêne et de honte. Complètement ivre, Claire se leva enfin et quitta la pièce pour se rendre dans sa chambre et se coucher sur son lit sans même se déshabiller.

Lorsque tout le monde sera parti, Manu, épuisé par le fiasco de cette soirée, rejoindra Claire dans leur chambre.

Elle dormira profondément, mais il ne pourra s'empêcher de lui hurler des reproches sur son comportement indigne, des insultes, même, mais ses propos qu'il saura n'être qu'un monologue n'arriveront pas à le calmer.

Aussi, soulèvera-t-il Claire allongée sur le ventre pour qu'elle soit à quatre pattes, lui relèvera sa jupe, lui arrachera violemment sa petite culotte, puis la prendra sauvagement en continuant à l'insulter, alors qu'elle demeurera inerte, plongée dans les profondeurs du sommeil et les vapeurs de l'alcool.

*

Pendant que le couple de Claire et Manu s'enlisait dans une étrange relation proche de la démence, Daphné et moi filions plus que jamais le grand amour.

Je me délectais au quotidien de sa présence à mes côtés et j'étais le premier surpris de ce fait singulier, moi qui, il y a peu encore, considérais la promiscuité d'une vie de couple comme la plus parfaite des aberrations.

Peut-être était-ce cela, le bonheur ? Passer toute une journée à attendre la magie de nos retrouvailles du soir, partager un dîner devant un feu de cheminée, avancer dans ses passions professionnelles, ses projets, et pouvoir les partager avec quelqu'un.

Je me préoccupais du quotidien de son travail, elle contribuait par ses remarques et conseils à me faire évoluer dans mes activités au sein du dojo et dans mes travaux artistiques, aussi bien ceux alimentaires, toujours considérés à mes yeux comme des croûtes pseudo-figuratives, que ceux qui me tenaient véritablement à cœur. Ce fut d'ailleurs Daphné qui, prenant le taureau par les cornes devant mes réticences dictées par un manque manifeste de confiance en moi, fit les démarches nécessaires pour programmer ma première exposition d'œuvres abstraites dans une galerie toulonnaise.

C'était une petite galerie perdue au cœur du vieux centre-ville de Toulon, dans ce quartier historique mal famé, toujours dénommé Chicago, fréquenté naguère par des milliers de marins en escale, attirés par la concentration de prostituées et d'entraîneuses disséminées dans une multitude de bars glauques. Bien des années avant que ce secteur soit dénommé quartier des Arts et envahi par une multitude de commerces dédiés à la culture. À cette époque, quelques boutiques seulement avaient remplacé peu à peu ces antiques lieux de débauche et survivaient tant bien que mal, dans l'attente d'une hypothétique réhabilitation du quartier, promise depuis des décennies par la municipalité. Parmi ces boutiques, un passionné d'art contemporain avait tenu à ouvrir une galerie de peinture abstraite, pari certes risqué, au cœur d'une ville et d'une région où seule la conception figurative dans l'art avait de valeur aux yeux de la quasi-totalité de la population.

Le galeriste, séduit par mon travail, ou plus probablement par le pouvoir de persuasion de Daphné, m'offrit ainsi ses murs pour une exposition d'un mois.

Lors du vernissage, aidé, je dois l'admettre, par Manu et son carnet d'adresses, tout le gratin des politiques et notables de la région était présent. Dès l'annonce de ma programmation, Manu était en effet venu me retrouver après mes cours de judo, une bouteille de champagne à la main. Enthousiaste et profondément heureux pour moi, il avait insisté pour se charger de la promotion de l'évènement qui serait le début de ma véritable carrière d'artiste, m'avait-il dit en riant et en faisant sauter le bouchon du champagne.

Ce soir-là, une foule compacte se pressait devant le buffet où les serveurs s'affairaient à remplir les coupes de champagne.

Manu rayonnait au milieu des invités qui, pour la plupart, étaient les siens. Il avait eu la bonté de prendre à sa charge le coût du vernissage et d'offrir au galeriste et à moi-même un somptueux buffet à la hauteur de la qualité des convives, jugeant le budget « communication » de la galerie inadéquat, au regard du prestige de ceux-ci.

Entouré du maire, du préfet et de quelques autres personnalités importantes, il louait, dans des termes exagérés, la force et la puissance de mes créations, en glissant habilement être le parrain de l'évènement qu'il avait tenu à financer du fait de notre vieille amitié et de mon talent prometteur.

Claire se tenait en retrait, près de la sortie, visiblement mal à l'aise. Une crise avait encore éclaté quelques jours avant et son moral était au plus bas.

Manu et elle devaient en effet fêter leur dixième anniversaire de mariage et ils avaient prévu de passer toute la soirée en tête à tête, en partageant chez eux un repas commandé à son habituel traiteur. Claire avait annulé la commande auprès du traiteur et, pour faire une surprise à Manu, avait décidé de préparer elle-même le repas.

Manu n'arriva pas. À l'heure promise, en début de soirée, Claire, vêtue d'une magnifique robe blanche, l'attendait impatiemment, en commençant à vider fébrilement verre sur verre de whisky.

Vers 20 h, elle allait recevoir un SMS de Manu :

« Je suis vraiment désolé, mon amour, mais ne m'attends pas. Je dois dîner ce soir avec le préfet, je ne peux pas faire autrement. On remet à demain, OK ? Comme ça, on fêtera plutôt notre lune de miel ! »

Claire, furieuse, se dirigea vers la table qu'elle renversa avec rage, répandant sur le carrelage couverts en argent, chandelier, roses cueillies du jardin, assiettes…

Deux jours plus tard, elle n'avait toujours pas digéré ce nouvel affront et n'avait accepté d'accompagner Manu à mon vernissage qu'en raison de l'amitié qu'elle nous vouait, à Daphné et à moi. La voyant à l'écart, je l'avais rejointe vers le fond de la galerie où elle s'était repliée, les yeux dans le vague, baignée dans une tristesse infinie.

Je papotai un instant avec elle, histoire de tenter de la sortir de sa torpeur, mais très vite, je fus sollicité de nouveau par des curieux, avides de parler à « l'artiste »… Toujours les mêmes questions, les mêmes propos reflétant l'inculture artistique ancrée chez beaucoup. Dialogues désespérants où on cherchait absolument à me faire dire quelle était la représentation figurative que je voyais dans une œuvre abstraite…

L'aberration de devoir répliquer toujours les mêmes évidences me désespérait.

— Non, vraiment, je comprends que vous puissiez voir dans cette toile un visage, une bouteille, un cheval (aucune limite à leur imagination !), mais je n'ai rien voulu représenter de tout cela… Chacun peut y voir ce qu'il veut, mais l'idéal serait de ne rien y voir de figuratif… La seule question à vous poser est de savoir si cette œuvre vous indiffère ou si elle vous touche profondément, sans chercher à en comprendre les raisons…

Claire me laissa en pâture à ces petits notables avides de réponses et d'explications rationnelles qu'il m'était impossible de leur fournir et se faufila enfin à travers l'attroupement devant le buffet pour commander une coupe de champagne. Elle resta seule un long moment, en regardant Manu, toujours entouré de ses amis de la haute bourgeoisie et de quelques jeunes femmes, maquillées et vêtues comme il se doit dans de telles occasions, conformes aux prototypes de la faune féminine de l'aire toulonnaise.

Elle but coupe sur coupe et attendit que Manu daigne – tout au moins – la chercher du regard... jusqu'à ce qu'elle se résigne à admettre qu'il en avait même oublié sa présence dans ces lieux. Alors, excédée, elle quitta précipitamment les lieux, marcha un instant dans la nuit et enleva ses chaussures à talons pour aller plus vite.

En arrivant sur le boulevard de Strasbourg, fleuve de bitume aussi irrespirable que bruyant, transperçant Toulon d'est en ouest, elle héla un taxi et s'engouffra aussitôt à l'intérieur.

*

Le lendemain matin, Claire était réveillée par l'arrivée d'un message vocal. Encore étourdie par le sommeil, les calmants et l'alcool ingurgités la veille, elle écouta le message en activant le haut-parleur de son mobile.

C'était Manu qui hurlait au téléphone :

« Putain, Claire, ça va plus, là ! Hier soir, en rentrant, tu dormais encore comme une paillasse, et je n'ai pas voulu te réveiller... Tu dors tout le temps, d'ailleurs, et pourtant, tu ne branles rien de tes journées... Ton coup d'éclat hier soir, bravo ! Je suis encore passé pour le dernier des cons... Le maire de Toulon était là et il voulait que je te présente... On t'a cherchée partout pour apprendre que tu t'étais barrée comme une voleuse, sans rien dire à personne... Mais tu te prends pour qui ? »

Claire mit fin à son monologue enragé en coupant son portable. Puis, malgré sa grande lassitude, elle se leva pour se diriger vers la salle de bains où elle avala un cachet, avant de se recoucher. Elle sombra à nouveau, aussitôt, dans un sommeil profond.

Elle se leva en début d'après-midi et alla rejoindre le jardinier Aziz qui taillait les rosiers du jardin. L'aider dans cette tâche était finalement le seul plaisir qu'elle arrivait à s'octroyer ; un moment de sérénité, de silence absolu où toutes paroles semblaient superflues.

Puis Aziz rangea son matériel et s'adressa à Claire avant de partir :

— Au revoir, Madame... Et merci pour tout...

— À demain ?

— Non, Madame… Un jour, peut-être, j'espère… Mais je ne pourrai plus venir, hélas…

— Ah bon, pourquoi ?

— Je vais être expulsé et renvoyé là d'où je viens, au Maroc, désolé, Madame… Je suis sans papiers…

— Comment ça, sans papiers ? Vous travaillez ici depuis dix ans et vous êtes sans papiers ? Manu est au courant ?

— Oui, bien sûr…

— Et il n'a rien pu faire depuis tout ce temps ?

— Il devait faire les démarches au début… Et puis il a dû oublier… Et surtout, je ne voulais pas le déranger avec mes petits problèmes… Il est tellement occupé…

— Et depuis dix ans, il vous paye comment ?

— Ben, comme ça… De la main à la main…

Lorsque Manu arriva, en fin d'après-midi, tôt, pour une fois, les retrouvailles ne purent qu'être explosives, tous deux étant gonflés de leurs rancœurs respectives.

Il est étrange comme des vies peuvent basculer comme ça, par le seul fait de simples comportements, d'humeurs éphémères, de pulsions passagères…

Manu, remonté à bloc, alla retrouver Claire dans sa chambre. Elle faisait les cent pas, un verre à la main. Elle ne lui laissa pas le temps d'exprimer ses reproches sur ce qu'il pensait de son comportement de la veille et lui cracha ses quatre vérités sur son attitude ignoble vis-à-vis d'Aziz.

Comment avait-il pu le laisser sans papiers alors qu'il l'employait depuis dix ans, sans aucune déclaration ni couverture sociale ?

— Occupe-toi de ce qui te regarde, toi d'abord… Et comment peux-tu me faire le moindre reproche alors que tu ne fous rien de tes journées ?

— Je vais te dénoncer, Manu, hurla Claire, hors d'elle, puisque seul le paraître est important, les gens comprendront enfin qui tu es vraiment !

Ce fut à ce moment précis que Manu commit l'irréparable. Hors de lui, il gifla Claire violemment, qui s'étala sur le parquet sous la force du choc.

Manu, tremblant, s'assit sur une chaise, la tête entre les mains, alors que Claire, retrouvant ses esprits se relevait avec difficulté pour se réfugier dans la salle de bains.

Avant qu'elle ne s'enfermât, Manu était déjà près d'elle pour tenter gauchement de l'aider à soulager l'hématome violet qui enflait sur sa joue.
— Ne me touche pas, hurla Claire.
— Laisse-moi faire, balbutia Manu.
Comme Manu persistait à vouloir rester près d'elle, Claire craqua.
Elle s'écroula sur le sol en pleurant, criant, suppliant son mari de la laisser seule.
— Appelle un médecin, demanda Claire. Je me sens mal…
Manu essaya de la rassurer.
— Ce n'est rien lui dit-il, laisse-moi faire, je vais aller chercher de la glace…
Mais ses mots se mêlaient aux gémissements et aux implorations de Claire.
— Appelle un docteur, s'il te plaît, j'ai comme un malaise, ne crains rien, je dirai que je me suis cognée toute seule pour l'hématome…
— Pas besoin de médecin, répliqua Manu en s'agenouillant près d'elle, un verre d'eau à la main, et en lui faisant ingurgiter des calmants.
Manu descendit alors rapidement chercher de la glace et il en profita pour me téléphoner. Il me prévint qu'il ne pouvait aller chercher Nicolas après son cours de judo et me demanda si je pouvais le ramener chez eux.
— Évidemment, aucun problème, lui dis-je, nous partons dans quelques minutes…
De retour dans la salle de bains, Manu constata l'absence de Claire. Il l'appela, la chercha partout dans la maison… En vain.
Ce ne fut qu'une fois dehors qu'il découvrit avec stupeur Claire sur le toit de la maison.
Elle était debout, le visage inondé de larmes, sur le bord de la toiture au niveau le plus haut, du côté où, en contrebas, s'entassaient d'énormes blocs en pierre cernant le jardin tropical.
— Arrête un peu ton cinéma, hurla Manu.
Nicolas et moi arrivâmes à ce moment-là.
Sur le moment, je ne compris évidemment pas l'origine de la scène qui se déroulait sous nos yeux, mais mon premier réflexe fut d'épargner leur enfant de ce spectacle surréaliste. Je pris aussitôt Nicolas par la main, qui regardait sans comprendre sa mère sur le toit et son père qui continuait à lui crier dessus, et j'avais la ferme intention de l'entraîner vers l'intérieur de la maison.
Mais Manu m'arrêta :

— Non, Hugo, reste là avec Nicolas... Elle ne sautera jamais si elle le voit en bas...

Ensuite, tout fut aussi rapide que confus...

Manu courut vers l'intérieur de la bâtisse, peut-être pour rejoindre sa femme sur le toit et la raisonner.

Toujours est-il que nous demeurâmes seuls, Nicolas et moi, accroupis au milieu du jardin, serrés l'un contre l'autre, dans un indescriptible malaise qui nous sembla durer une éternité, et que Manu n'était pas là lorsque Claire sauta dans le vide et s'écrasa, dans un atroce bruit mat, sur les rochers aussitôt éclaboussés de sang.

2

Quelques années ont passé, aussi rapidement que le parcours en diagonale d'un quotidien régional que l'on feuillette machinalement, avant de l'abandonner sur une table avec la vague frustration de n'en avoir rien retiré.

Assis à la terrasse de ce café du port de Bandol, je déguste mon troisième café serré de la matinée en fixant je ne sais plus quel gros titre d'un journal que je viens de déposer face à moi, tout en me demandant comment ce torchon arrivait encore à se vendre.

L'infime gorgée brûlante exhale mon palais de son intense amertume avant de glisser lentement le long de ma gorge, et cet incompréhensible et délicat plaisir m'entraîne vers l'irrésistible besoin d'allumer une cigarette.

Quelle magistrale ineptie d'avoir commencé à fumer l'année de mes 53 ans !

Non seulement parce que je ne connais que trop bien la stupidité des raisons qui m'ont subitement amené à ce vice – au préalable, l'idée même d'avaler de la fumée me semblait être une totale hérésie – mais aussi parce que je trouve ma récente dépendance au tabac en inadéquation complète avec l'image du professeur de judo que j'aurais dû préserver, ne serait-ce que vis-à-vis de mes élèves et de leurs parents.

J'avais ce jour-là emprunté un livre à mon père, un des rares rapportés avec nous d'Algérie, et dont je présumais qu'il devait avoir une importance capitale pour lui pour qu'il prît l'initiative de le mettre dans nos valises, déjà surchargées de nos seuls besoins vitaux. À l'intérieur du livre, une photo de ma mère faisait office de marque-page. La fraîcheur de sa jeunesse et sa saisissante beauté me serrèrent le cœur et me suggérèrent cette quasi incestueuse pensée que je n'aurais pu qu'être irrémédiablement attiré par la délicatesse de sa pureté. Moi aussi, je n'aurais pu que tomber inexorablement amoureux d'elle, et cette excentrique pensée me troubla. La photo avait été prise visiblement à l'intérieur d'un restaurant, et elle souriait, une cigarette à la main tenue avec désinvolture, à celui qui prenait la photo. Celui-ci ne pouvait être que mon père. De son tendre sourire filait un léger nuage de fumée qui semblait tourbillonner vers lui. Mon père ne m'avait jamais révélé qu'elle fumait, peut-être n'avait-il jamais jugé opportun de me raconter ce détail. Toujours est-il que, pour je ne sais quelle étrange raison, je me rendis aussitôt dans un bar-tabac pour acheter mes premières cigarettes. Je me suis forcé à les fumer, dans une douleur masochiste, en luttant pour ne pas vomir de dégoût. Quelques semaines plus tard, j'eus l'imbécile fierté d'avoir réussi l'exploit de devenir un véritable fumeur.

Je règle ma note, me lève et me dirige vers l'extrémité du port en terminant ma cigarette.

À quelques mètres de notre autocar stationné, je l'écrase et la jette dans une poubelle afin de ne pas arriver une clope au bec devant parents et enfants déjà attroupés devant la luxuriante carrosserie étincelante au soleil.

Manu avait estimé que la réponse de la mairie à notre demande de mise à disposition d'un car risquait d'être aléatoire et tardive afin d'organiser convenablement le déplacement. Mais je le suspectais surtout d'avoir estimé que l'éventuel véhicule municipal qui nous serait, dans le meilleur des cas, attribué serait peu conforme au standing auquel il était habitué. Comme il tenait à venir avec nous – ceci explique cela – il avait décidé de parrainer cette action via une de ses sociétés. Sans entamer le budget de « sponsoring » qu'il m'avait au préalable attribué à l'année, avait-il tenu à me préciser.

Après avoir salué tout le monde, je sors ma liste et commence à appeler les élèves, la plupart déjà vêtus de leur judogi. Ils montent dans l'autocar, un à un, excités à l'idée d'aller jusqu'à Monaco assister à un tournoi international de judo, mais surtout à l'entraînement, proposé à tous les clubs de la région et animé par une star mondiale du judo français.

Les enfants commençant à chahuter à l'intérieur du car, Manu entre précipitamment à son tour afin de faire régner un peu d'ordre, pendant que je termine de cocher sur la liste les derniers enfants. Le fait que la spontanéité de son intervention lui soit principalement dictée par un besoin d'affirmer son pouvoir, même auprès d'enfants, me fait sourire intérieurement.

Une fois les derniers élèves comptabilisés, je laisse Manu dans la satisfaction de l'exercice de son autorité. Le chauffeur s'étant absenté quelques instants – je ne sais où, sans doute pour aller boire un café – j'en profite honteusement pour griller une dernière cigarette, un peu à l'écart, en perspective de la cruelle abstinence qui me sera imposée le temps du trajet.

Mon téléphone portable sonne à ce moment-là et je réponds à l'appel de Fatima, un peu surpris qu'elle me contacte le week-end.

Je connais Fatima depuis presque dix ans. Je l'emploie comme femme de ménage plusieurs heures par semaine au dojo et chez moi, mais aussi chez mon père, qui persiste à refuser tout loyer de ma part et à qui je dois bien cela, c'est la moindre des choses.

Au fil du temps, sans aller jusqu'à prétendre que nous soyons devenus amis, une belle relation d'estime réciproque est née entre elle et nous. Nous ne pouvons qu'être sensibles à son extrême discrétion, générosité, loyauté et bien d'autres qualités encore.

La cinquantaine maintenant, elle continue d'élever, comme elle peut, sa petite famille, nichée dans leur petit appartement HLM, en haut d'une des grandes tours dominant la rade de Toulon. La tour est implantée au cœur d'une cité qualifiée de défavorisée, dans le quartier Berthe de La Seyne-sur-Mer.

Née à Marseille de parents algériens, elle s'est mariée, très jeune, avec Youssef, algérien lui aussi de pure souche. Il lui donna trois enfants, Sherazade, 20 ans maintenant, étudiante, à leur grande fierté, à la faculté de droit d'Aix-en -Provence, et des jumeaux, Ferrid et Hakim, 10 ans.

Son appel concerne justement ses jumeaux qui ont commencé une initiation au judo quelques mois plus tôt dans le cadre d'une action sociale de quartier permettant aux jeunes de la cité de découvrir plusieurs sports encadrés par des éducateurs sportifs municipaux.

Hakim et Ferrid sont des gamins du genre plutôt hyperactif, et le judo a cette particularité fortement ancrée dans l'inconscient collectif, sans doute très exagérée, d'aider ce genre d'enfants à canaliser leur énergie débordante ou, au contraire, à contribuer à extérioriser ceux qualifiés d'introvertis, renfermés sur eux-mêmes… Finalement, pédiatres, docteurs et psychologues sont les meilleurs commerciaux des clubs de judo, au grand bonheur de la fédération française, classée dans les premières places du « top ten », d'après le nombre de licenciés.

Je ne m'en plains pas non plus, je dois bien le reconnaître, pour des raisons purement économiques. Le nombre de mes adhérents progresse quasiment tous les ans… Mais pour quels résultats, finalement, avec cette base d'élèves aux profils extrêmes ?

Les élèves les plus doués en judo le sont aussi, pour la plupart, dans d'autres sports, et nombreux sont ceux qui m'ont quitté après plusieurs années de pratique pour essayer d'autres activités plus attrayantes, et surtout moins contraignantes… M'abandonnant ainsi avec mon « fonds de commerce » constitué d'élèves gauches et timorés, peu enclins à un avenir sportif prometteur.

Pourtant, Fatima, sensibilisée par le contenu de mes séances qu'elle voyait parfois et par l'aspect éducatif qu'elle percevait dans cette pratique, avait décidé d'inscrire les jumeaux à l'initiation de judo proposée par la municipalité de La Seyne-sur-Mer, au gymnase Wallon, à quelques mètres de leur domicile.

Elle regrettait l'impossibilité de me les confier, impossibilité liée à une seule mais bien compréhensible raison logistique de transport, élément problématique aussi bien pour elle, qui travaillait tout le temps, que pour son mari englué dans bien d'autres turpitudes.

En l'écoutant au téléphone, un vague sentiment de culpabilité m'envahit en réalisant que j'avais complètement oublié le fait que ses enfants aussi devaient se rendre le jour même à Monaco afin de participer à cet évènement, et qu'ils devaient partir de leur côté dans le cadre d'un déplacement géré par la commune voisine de La Seyne-sur-Mer.

Elle m'en avait parlé, c'était vrai, mais cela m'était complètement sorti de la tête.

Fatima m'informe que le petit véhicule mis à leur disposition pour le déplacement, un neuf-places où les enfants du quartier sont déjà installés, a un problème mécanique. Le démarreur du véhicule ne répond pas, au grand désarroi des gamins pour qui le rêve de découvrir Monaco est en train de s'évaporer. Elle me demande si, par hasard, quelques places seraient disponibles dans notre car, et si, dans l'affirmative, il serait éventuellement possible de leur rendre le service de récupérer enfants et éducateur avec nous.

Je la rassure aussitôt et lui annonce que nous ferons avec grand plaisir un petit détour pour prendre en charge le groupe, d'autant plus qu'ils sont sur notre chemin. J'annonce ma décision à Manu en m'asseyant à ses côtés, qui, bien que visiblement contrarié, me félicite de « mon grand cœur »… Il espère juste que « les enfants de Berthe » ne seront pas trop bruyants.

En quelques minutes seulement, le car franchit la distance séparant deux mondes, pourtant distants de quatre ou cinq kilomètres seulement.

Nous quittons le port fleuri de Bandol, longeons une mer aux multiples dégradés allant du bleu outremer au bleu turquoise et s'étalant jusqu'à l'infini derrière une plage bordée de palmiers.

Puis l'autocar quitte soudainement le bord du littoral pour prendre la direction de l'autoroute à proximité de laquelle les maisons deviennent subitement moins cossues. Et, en l'espace de quelques secondes, nous nous trouvons en pleine autoroute, dans le même univers de bitume et de panneaux de signalisation commun aux quatre coins de l'Hexagone. Quelques courts instants plus tard, le car quitte l'autoroute et se dirige vers la première sortie, dans une zone commerciale, sorte de no man's land impersonnel dominé par les grandes tours de la cité Berthe que les pouvoirs politiques n'ont pas encore rasées. Il s'arrête en amont du minibus garé devant un gymnase. Les poutres métalliques de la structure de celui-ci, rongées par la rouille, contrastent avec des tôles d'un blanc lumineux.

Des enfants, tous d'origine maghrébine ou africaine, vêtus de judogis de débutant caractérisés par la finesse de leurs vestes en toile lisse et jaunie, maintenues par des ceintures blanches nouées approximativement, se tiennent, étonnamment calmes, debout devant le véhicule municipal hors service.

À leurs côtés attendent également, apparemment impassibles, mais en vérité baignés d'une légitime inquiétude, quelques parents, dont Fatima et Éric, un de mes anciens élèves que je reconnais aussitôt avec surprise, et qui s'avère être leur éducateur en judo, dans le cadre de sa mission de fonctionnaire territorial.

Je n'avais plus eu de nouvelles de lui depuis quelques années. Il avait arrêté la pratique du judo peu de temps après l'obtention de sa ceinture noire, date à laquelle nous nous étions perdus de vue. Mais mon plaisir de le retrouver semble partagé.

J'invite son petit groupe à prendre place à l'intérieur du car, et les enfants se pressent devant l'entrée dans une fébrile et joyeuse bousculade. Une fois les gamins rentrés, Fatima s'avance lentement vers moi, encadrée par ses jumeaux qui se tiennent sagement contre elle. La pression des mains de leur mère sur leur épaule est vraisemblablement la raison de leur étonnante placidité.

Je découvre à cet instant, pour la première fois, Hakim et Ferrid. Je suis saisi par leur ressemblance, bien que pourtant tout à fait prévisible dans la mesure où je savais pertinemment qu'ils sont de vrais jumeaux.

— Je te présente mes petits, Ferrid et Hakim, me dit Fatima, pendant que ceux-ci me fixent de leurs quatre yeux anthracite dans lesquels je décèle des lueurs d'espièglerie.

Ils m'adressent un sourire poli, mais empreint d'une malice qu'ils ne peuvent dissimuler.

— Enchanté, les loulous… Moi, c'est Hugo. Ça va être dur pour moi de vous différencier… Vous êtes les mêmes ! dis-je en riant.

— Ne t'inquiète pas, rétorque Fatima, ils sont toujours ensemble, de toute façon… Tu veux parler à l'un d'entre eux en particulier, et c'est l'autre qui répond… Même moi, leur mère, il m'arrive de ne pas savoir qui est l'un ou l'autre… J'en ai même fait une dépression à leur naissance. Maintenant, je suis habituée.

Les jumeaux, vêtus de leurs judogis jaunis et bon marché, vont rejoindre le petit groupe seynois au fond du véhicule, sous les moqueries plus ou moins nuancées des enfants de mon club que je fais mine de ne pas entendre. Pendant ce temps, je présente Éric à Manu, qui n'avait pas jugé utile de descendre accueillir nos « invités ».

Deux heures plus tard, nous arrivons à Monaco, étrange cité composée d'immeubles luxueux accrochés à un rocher surplombant la mer. J'entends, amusé, le commentaire d'un enfant de La Seyne-sur-Mer : « C'est comme Berthe, ici, sauf qu'il y a la mer juste en bas ! »

L'autocar s'arrête devant un mur d'immeubles dans lequel se niche l'entrée du stade Louis-II, complexe sportif atypique comprenant notamment un terrain de football, des pistes d'athlétisme, un centre nautique et une salle omnisports.

Je demande à Éric de bien vouloir sortir le premier afin de regrouper tous les enfants devant l'entrée principale où trône une grande affiche du tournoi international de Monaco, dont le premier plan est une photo du parrain de la manifestation de cette édition, notre champion olympique et du monde des lourds de l'époque en personne.

Je profite de cette joyeuse effervescence pour m'isoler quelques secondes afin de tirer quelques bouffées d'une cigarette aussi vite allumée qu'écrasée.

Aucun personnel au guichet, évidemment, l'entrée est gratuite, et en me dirigeant vers la salle omnisports, je me demande comment le judo, malgré sa paradoxale popularité, en est encore réduit à faire appel aux enfants des clubs régionaux, seulement attirés par l'animation d'un grand champion médiatisé, afin de remplir en partie les tribunes – qui seraient désespérément vides sans cela – au sein d'un tournoi de haut niveau, véritable spectacle en soi qui devrait autant drainer les connaisseurs que les néophytes.

Notre petit groupe s'engouffre dans le gymnase bruyant où se déroulent les phases finales de la compétition et ne trouve aucun problème à s'installer non loin des surfaces de combat, aux couleurs vives et tranchées – jaune et rouge vif – au centre d'une tribune plus que clairsemée de spectateurs.

Une ambiance bon enfant règne dans l'enceinte des lieux, transpirant même dans l'organisation de ce tournoi international classé B. La liberté des engagements des délégations a été laissée à la Fédération monégasque de judo et au Judo Club de Monaco, une même entité, finalement. Athlètes de haut niveau représentant leur club, leur région et, pour certains, leur équipe nationale s'affrontent dans un tournoi où la différence de niveaux offre finalement, dans sa phase éliminatoire, une série de mouvements des plus spectaculaires.

Je récupère machinalement une brochure de présentation de l'évènement, abandonnée sur le siège d'à côté. Je la parcours d'un œil distrait en tournant rapidement les premières pages constituées de « bla-blas » officiels du président de la Fédération monégasque, qui n'est qu'autre que le président du club, et du prince de Monaco, lequel n'a probablement aucune conscience de l'existence de ce tournoi ; le texte a dû être rédigé par un quelconque attaché de presse. Puis, figure en fin de plaquette toute une série de photos du champion, assorties d'éloges à son égard et d'autosatisfaction sur le fait qu'il ait accepté d'être le parrain de la manifestation, le tout cerné par une accumulation d'encarts publicitaires qui n'auront sans doute servi qu'à financer ledit document.

Je trouve finalement, en dernière page, la composition des délégations françaises et étrangères engagées aujourd'hui. La plupart des clubs majeurs de l'Hexagone sont représentés, ainsi que diverses sélections régionales françaises, l'équipe japonaise de l'université de Tenri, quelques équipes de grands clubs étrangers, et enfin, les équipes nationales de Roumanie, de Suisse, d'Italie et d'Algérie, sans doute constituées des numéros deux ou trois de leur pays.

Je préviens Éric et Manu de mon intention de m'absenter quelques minutes des tribunes pour aller boire un café, puis me dirige vers la buvette. Je remarque sur place, devant le comptoir, une partie de la délégation algérienne et, me tenant à côté de celui qui semble être l'entraîneur, mon regard est attiré par son badge d'accréditation, tenu par un ruban autour de son cou, sur lequel figurent sa photo et son nom : Mourad Iklhef.

Soudain, de vagues souvenirs émergent en moi… Mourad… Mon copain d'enfance du Judo Club d'Alger où j'avais commencé la discipline se tient devant moi.

C'est une certitude ! Non pas parce que j'aurais pu reconnaître spontanément un détail dans les traits de son visage, mais parce que mon père m'avait souvent parlé de lui par la suite, et son nom m'était resté en mémoire. Il était le fils d'un de ses employés, et nous étions si inséparables à la ferme qu'il l'emmenait à Alger dès que nous allions aux cours de judo. Après quelques échanges, il fait mine de me reconnaître à son tour et m'embrasse chaleureusement.

Il se souvient comme si c'était hier, dit-il, de mon accident durant lequel, après avoir chuté sèchement sur le tatami, j'étais parti à l'hôpital. Nous papotons quelques instants en résumant nos parcours de vie à partir de nos 10 ans. Il me parle de ce qu'est devenu le quotidien de l'Algérie après l'indépendance, de ses piètres études, de son engagement dans l'armée, de sa passion pour le judo qui ne l'a jamais quitté, le menant à gravir peu à peu tous les échelons jusqu'à sa nomination d'entraîneur national en charge des équipes féminines et masculines, et en l'écoutant, je perçois l'étrangeté et la futilité de l'existence lorsqu'on est en mesure de la résumer, finalement, en quelques mots.

Nous sommes tous deux heureux de nous revoir, certes, mais après ces infimes minutes de cordiales discussions, nous n'avons plus grand-chose à nous dire. Nous nous séparons alors, non sans avoir échangé par courtoisie nos cartes de visite respectives, lui pour rejoindre son staff national, moi pour m'en retourner vers les tribunes où m'attendent mes élèves piaffant d'impatience de rejoindre notre star tricolore sur les tatamis, après les monotones et traditionnelles remises des récompenses aux lauréats du tournoi.

L'icône du judo français fait alors son show rondement huilé devant une centaine de jeunes participants aux yeux brillants de mille feux, fiers et heureux de cette promiscuité avec leur idole.

L'animation terminée, trente minutes plus tard, règne une petite cohue que le service d'ordre a du mal à gérer, durant la séance photo, où chacun, je le comprends pour les enfants, mais moins pour les adultes, veut sa photo aux côtés du champion. Sans grande surprise, je vois Manu faire des pieds et des mains pour obtenir le cliché tant convoité. Je pense d'ailleurs qu'il n'est venu que pour cela : une photo du géant du judo français tenant par les épaules Nicolas et lui-même. Peu enclin à ce genre d'exercices, je laisse ce même plaisir à Manu avec le groupe bandolais, alors qu'Éric attend son tour avec ses petits Seynois.

En regardant ce singulier spectacle, je ne peux m'empêcher de m'interroger sur les raisons pour lesquelles un aussi médiatique champion en est réduit à se transformer en personnage « Euro Disney » afin de compenser la non-reconnaissance économique de ses titres.

Une fois tout notre petit monde ravi par photos et autographes, nous quittons enfin la salle omnisports. Pendant qu'ils s'installent dans l'autocar, j'en profite pour griller rapidement une cigarette, afin de combler par anticipation mon imparable manque à cette saleté de nicotine qui ne manquera pas de se manifester durant le trajet.

Le retour s'avère aussi tendu que l'aller entre les deux clans. Le petit groupe de la cité s'est de lui-même relégué au fond, et les petits Bandolais, sous l'emprise de leur leader Nicolas, rivalisent de sournoises moqueries à leur encontre, tout en étouffant les rires provoqués par leurs plaisanteries puériles. Nicolas dirige ce jeu stupide que je fais mine de ne pas remarquer une fois encore, de peur que ma légitime intervention n'eût froissé son père. Celui-ci reste impassible, bien qu'il ne puisse ignorer le répréhensible comportement de son fils. La disparition de sa mère n'a fait qu'accroître son statut « d'enfant roi ». Manu accepte tous ses travers, ses moindres caprices, et ce jusqu'à l'absurde, parfois, comme s'il était légitime que son enfant bénéficie des mêmes privilèges que ceux qu'il s'est lui-même octroyés par le seul pouvoir de son capital. Il est probable aussi que Manu, miné par la culpabilité du suicide de Claire, ait tenu à lover Nicolas dans une sorte de cocon, à l'écart des moindres reproches, en le préservant de toute désapprobation, dans une bulle aberrante de surprotection lui assurant l'immunité totale de ses actes. Toujours est-il que je reste lâchement passif devant l'attitude de Nicolas menant le jeu débile des moqueries de ses camarades, empreintes de connotations raciales, parfois, dirigées vers les autres enfants impassibles tout au fond du véhicule.

À sa décharge, Nicolas fut plus que traumatisé par la mort de sa mère. Il est certain que les conditions atroces de cette mort dont il avait été témoin, alors qu'il ne devait avoir que 6 ou 7 ans, avaient dû laisser des traces indélébiles qui le marqueraient à jamais. Lui qui avant cela n'était en cours de judo qu'un simple enfant aussi dissipé que pataud, certainement pas plus doué pour le combat qu'un autre, s'était subitement transformé en véritable guerrier. Comme s'il lui avait fallu évacuer le vide de l'absence de sa mère en transférant son manque dans des émotions de rage, de colère et de haine que seul le judo lui avait permis d'extérioriser. Son statut de leader n'avait été acquis que par sa furie dans les séances de combat, rejoignant ainsi les profondes convictions de son père, persuadé que le respect des autres ne pouvait s'acquérir que par la suprématie de sa force vis-à-vis d'autrui.

*

Nous arrivons à La Seyne-sur-Mer à l'heure où le ciel étale, au-dessus des grandes bâtisses blêmes de la cité, l'improbable dégradé de couleurs pourpres et bleutées du crépuscule.

Les parents attendent au même endroit que le matin, et je remarque à côté de Fatima une belle jeune femme que je présume être sa fille, Sherazade. Bien que vêtue sobrement, une élégance naturelle se dégage de sa fine silhouette, sublimée par la finesse des traits de son visage, qui, éclairé par l'éclat de ses yeux clairs, contraste avec le teint mat de sa peau.

Le chauffeur ouvre la porte du car et je descends le premier, suivi par les gosses de La Seyne-sur-Mer et par Éric.

Un « je-ne-sais-quoi » dans l'attitude de Fatima trahit chez elle une certaine contrariété.

— Tout va bien, Fatima ?

Elle me rassure comme elle peut, mais sans grande conviction, incapable de masquer une manifeste nervosité que je décèle dans son comportement. Feignant de croire à la véracité de sa réponse et afin de ne pas heurter son extrême pudeur, je lui fais la bise comme si de rien n'était avant de serrer la main de tous les parents, qui me remercient chaleureusement. Éric m'enlace à son tour, touché par ma contribution au bonheur offert à ses élèves. Anticipant les immanquables réactions d'impatience de Manu et de mes élèves, j'essaye de raccourcir ce moment de convivialité et me dirige vers la porte de l'autocar en leur adressant, à tous, un grand geste d'adieu.

Une fois un pied posé sur la première marche du car, les jumeaux, Ferrid et Hakim, s'approchent de moi et tiennent à me faire une bise avant de partir. Fatima les suit et, sans doute consciente de sa froideur, se fait violence pour m'enlacer quelques secondes afin d'exprimer sa sincère reconnaissance pour ce précieux service que j'ai pu, avec grand plaisir, leur offrir.

Puis, sans attendre que la porte ne se soit vraiment fermée, notre « mastodonte roulant » quitte les lieux et se dirige lentement vers l'autoroute, vers la lisière d'un autre monde situé à quelques kilomètres de là.

Pendant ce temps, le petit groupe d'enfants et de parents seynois se disperse à pied, après avoir pris congé d'Éric, le seul à se diriger vers sa voiture garée devant le gymnase.

Fatima et Sherazade, toutes deux tendues, marchent rapidement et demandent aux jumeaux de bien vouloir accélérer le pas.

Ils entrent, tous les quatre, dans l'enceinte de l'hôpital de La Seyne-sur-Mer, puis se dirigent vers le service des urgences. Sherazade reste un peu en retrait avec ses petits frères qu'elle tient par les épaules alors que leur mère se dirige vers l'accueil.

Règne autour d'eux ce chaos propre à toutes les Urgences : hommes et femmes de tous âges attendent leur tour, assis sur des sièges de la salle d'attente ou sur des fauteuils roulants, d'autres allongés sur des brancards. Certains patients sont plus ou moins pansés et quelques-uns même encore tachés de sang. Tous paraissent effarés devant la frénésie des allées et venues du personnel soignant et les chassés-croisés des ambulanciers, des infirmiers et des pompiers.

On laisse passer Fatima derrière une porte battante et elle découvre Youssef, son mari, allongé sur un brancard, un pied plâtré. À ses côtés, une infirmière, visiblement excédée, nettoie le carrelage à l'aide d'une serpillère.

— Mais vous ne pouviez pas prévenir avant de vomir par terre ? Vous croyez qu'on a que ça à faire ?

Youssef, complètement ivre, lui rétorque des propos incohérents. Fatima, anéantie de honte, propose son aide à l'infirmière qui décline sèchement sa louable intention.

— Débarrassez-moi plutôt de lui si vous voulez me rendre service, lui lance l'infirmière avec animosité.

Submergée de gêne et d'humiliation, Fatima retourne à l'accueil où elle récupère le diagnostic du médecin, les radios et des béquilles. Étrangement, à ce moment-là, elle n'éprouve aucune rancœur envers son mari, juste de la compassion.

Youssef avait été licencié en 1987 des chantiers navals de La Seyne-sur-Mer, à leur fermeture, comme des milliers d'autres employés. Il s'était aussitôt reconverti dans l'industrie du bâtiment où, après quelques années comme manœuvre, il devint l'un des meilleurs maçons de l'une des principales entreprises de la région. Mais il fut touché une nouvelle fois par la crise économique qui entraîna la liquidation judiciaire de la société qui l'employait. Il fut ensuite surtout victime des apriorisliés à son âge, et malgré ses hautes qualifications, trouver un CDI lui fut impossible. Alternant phases de chômage avec périodes éphémères de travail dans une société d'intérim où il se sentait dévalorisé dans des missions peu conformes à ses compétences, Youssef sombra peu à peu dans l'alcool qui, seul, parvenait à l'extraire artificiellement des méandres de sa réalité sociale.

La porte battante s'ouvre devant le brancard où se trouve Youssef, poussé sans ménagement par un infirmier, alors qu'arrive Samir, leur voisin. Fatima va à sa rencontre en essayant de dissimuler son extrême confusion.

— Merci, Samir, d'être venu si vite…

— Je t'en prie, c'est normal… Alors, Youssef a encore fait des siennes ?

— Comme tu vois… Quel triste spectacle, désolée…

— Allez, c'est rien, on va l'aider à marcher jusqu'à la voiture, je suis garé juste à côté…

Fatima demande à ses enfants de rentrer à pied chez eux où ils se retrouveront le temps qu'ils emmènent leur père en voiture. Samir arrive à l'extraire péniblement du brancard, le maintient debout en plaçant un de ses bras sur ses épaules et attend que Fatima vienne soutenir son mari de l'autre côté. Youssef, porté par Fatima et Samir, quitte alors l'enceinte de l'hôpital à cloche-pied, dans de grandes difficultés causées davantage par son état d'ivresse que par la fracture de son pied.

En respirant l'air extérieur, Youssef semble prendre conscience qu'il quitte l'hôpital et commence à tenir des propos incompréhensibles. Il parle de plus en plus fort, ses phrases sont hachées, mais il semble évoquer un certain chauffard qui aurait voulu l'assassiner alors qu'il sortait tranquillement du bar.

Ils parviennent enfin à l'installer dans la voiture, sur un des sièges arrière ; il ne peut pas tenir assis.

Couché de tout son long en travers des banquettes, Youssef commence alors à hurler des injures s'adressant au conducteur qui l'aurait écrasé volontairement.

Ses insultes pathétiques, entrecoupées de râles terrifiants, se perdent dans la nuit, entre les grandes tours faiblement éclairées de la cité, pendant que la voiture de Samir quitte le parking de l'hôpital.

*

Daphné sort de la salle de bains, puis m'embrasse en passant comme une flèche. Elle file ensuite rapidement vers son lieu de travail, car elle ne veut pas commencer la semaine en étant en retard, me dit-elle d'un ton désinvolte. Encore à moitié endormi, les cheveux ébouriffés, je n'ai pas le temps de lui dire au revoir que, déjà, la porte se referme derrière elle.

En sirotant mon café, je savoure alors ce plaisir de pouvoir vivre de mes passions, sans horaires contraignants, bien qu'ils fussent décalés au regard du plus grand nombre. Je me dirige ensuite lentement vers mon atelier, de l'autre côté de la cour, où m'accueille une forte odeur d'huile et de térébenthine.

Je ne me lasserai jamais de cet effluve enivrant, véritable drogue olfactive dont je ne pourrais me passer. Dans mon atelier, une étrange sérénité, émanant certainement de la magie des lieux, m'envahit. Au milieu d'un apparent désordre chaotique sont entassés tubes de peinture écrasés et maculés de couleurs, pots d'huiles grumeleuses non fermés, bassines couvertes de plusieurs couches de matière au fond desquelles stagne un fond de térébenthine, toiles inachevées que j'estimerai peut-être tout à l'heure bien plus abouties que celles sans doute trop travaillées, le tout dans un capharnaüm de taches multicolores du sol jusqu'au plafond.

J'avais laissé une toile en plan hier, avec la vague idée de la terminer aujourd'hui. Mais, devant elle maintenant, en fumant cigarette sur cigarette, je m'interroge sur la pertinence de la poursuite. En la contemplant, en effet, je la trouve finalement équilibrée par ses accidents, accomplie dans son apparent inachèvement, et rajouter le moindre aplat de couleur m'apparaît soudain comme la dernière des hérésies. La faculté d'être capable de percevoir à quel moment la toile est achevée est sans doute l'élément majeur dans mon travail d'artiste.

J'évoque évidemment le travail véritablement artistique et vital pour moi, et non pas mon triste gagne-pain estival constitué de petites œuvres figuratives qui font fureur auprès des vacanciers, mais qui, en même temps, me remplissent de honte et de nausées. Mon « véritable » travail, qui ne semble pourtant pas séduire grand monde, rares ayant été les ventes réelles de ces œuvres au cours des quelques expositions qui m'ont été proposées ces dernières années.

Pourtant, certains disent apprécier mon style, comme Manu, par exemple. Pourtant, jamais il ne jugea utile de m'acheter la moindre toile, alors que, paradoxalement, il s'était porté acquéreur de multiples œuvres contemporaines, d'artistes reconnus… qui s'entassent dans son grenier !

Lui et moi, pour une fois, sommes d'accord : ses tableaux achetés – et à prix d'or – sont de la daube en barre !

Comble de l'absurde, les murs de sa maison sont couverts de mes toiles, que je n'ai pu faire autrement que de lui offrir, en gage de « notre amitié », et en compensation – non exprimée, bien sûr – des services qu'il me rend dans le cadre de mon dojo parrainé par ses sociétés, ou dans d'autres contextes plus personnels, comme son intervention auprès d'un de ses amis afin de faciliter l'embauche de Daphné, par exemple.

À la certitude de n'avoir aucun sens des affaires s'ajoute l'amère conviction d'être le dernier des imbéciles, mais l'important est d'en avoir conscience.

De toute façon, je ne peindrai que ce que je veux peindre, sans le moindre compromis, et tant pis si nombre de galeristes disent apprécier mon travail tout en m'expliquant qu'ils ne l'exposeront jamais, tant qu'il présentera autant de similitudes avec l'œuvre de Nicolas de Staël.

Voilà, juste au moment où je commence à me sentir flotter dans les eaux relaxantes et tièdes d'une apaisante plénitude, je sens soudain la colère monter en moi.

Qu'ils aillent tous au diable ! Comme si j'étais le seul artiste à avoir été influencé par l'œuvre d'un prédécesseur ! Tous les plus grands maîtres l'ont été, et ce depuis le début de l'histoire de l'art... Mais maintenant, on veut du neuf ! De l'art conceptuel ! ... De la branlette, oui !

Et puis, je les emmerde, les galeristes, ainsi que tous les autres pseudo-collectionneurs rechignant à investir dans mes toiles pour cette même raison, préférant acheter des croûtes, plus personnelles, mais croûtes tout de même, de peintres surfant sur les flaques boueuses des tendances soi-disant artistiques.

Bon, je devrais penser à autre chose, ou, encore mieux, à rien, prendre une toile, un couteau et des couleurs et me mettre au travail, cela me calmera, et ce serait déjà pas mal...

En malaxant avec volupté, à l'aide de mon plus grand couteau, une pâte plus que généreuse, je rentre enfin dans cette étrange bulle d'apaisement et de paix, dans ce monde parallèle où la réalité n'est plus que le vague souvenir d'un mauvais rêve qu'on aurait fait un jour.

Pendant la création, ma concentration est extrême. Avec le recul, je pense travailler, dans ces moments, immergé dans une sorte de transe où rien ne doit être laissé au hasard, même si ce hasard dirige les manœuvres... Mais ce n'est qu'un leurre : sans la rigueur, l'obsession dans le travail, rien ne sortirait d'aucune toile.

Le seul hasard ne pourrait donner cette force et cet équilibre recherché, parfois même dans des accidents, dans des imperfections qu'il faut être capable de provoquer. Je ne retrouve peu à peu la perception de mes pensées qu'aux moments des pauses que je m'accorde, le temps de griller une cigarette devant la ou les toiles en cours, et à ce moment-là, je permets à mon esprit la liberté éphémère de vagabonder.

Ma fascination pour l'œuvre et le personnage de Nicolas de Staël est bien antérieure à une troublante révélation, qui pourrait paraître anecdotique, et dont je n'ai pris connaissance que bien des années après avoir été saisi par la magie de l'image d'une de ses toiles.

Je me souviens n'y avoir vu que des taches, au début ! Mais quelles taches !

J'avais découpé cette image d'une revue, je ne sais plus laquelle, puis j'avais passé de longues heures à la contempler en me demandant comment de simples taches arrivaient à me procurer autant d'émotions. Je crois que c'était durant cette première et dernière année d'études aux Beaux-Arts, où nous ne faisions que survoler l'histoire de l'art, et sans doute notre professeur n'avait-il pas jugé utile de perdre trop de temps sur la biographie de Nicolas de Staël.

L'année suivante, j'entamais ma formation de professeur d'EPS à Luminy tout en peignant déjà des toiles fortement imprégnées par les « taches » de Nicolas de Staël, mais sans doute aussi par les souvenirs de mes visions floues causées par cette chute de judo, au moment de la disparition de ma mère et de notre départ d'Algérie, mon père et moi.

Mais ce ne fut qu'à Dunkerque, le Cayenne de l'Éducation nationale, où, quelques années plus tard, je fus pris d'une frénésie de connaissances sur mon peintre culte. Je me vis acheter alors tous les ouvrages qui existaient à l'époque le concernant.

Et là, en lisant attentivement sa biographie, ce fut le choc !

Nicolas de Staël était né à Saint-Pétersbourg le 23 décembre 1913. Et il s'était donné la mort en se précipitant dans le vide du haut de son atelier d'Antibes, dans la nuit du 16 mars 1955... Vers 22 h, selon les rapports de la police.

Cette information me glaça, car il s'avère que je suis né durant cette même nuit, entre le 16 et 17 mars 1955, juste de l'autre côté de la Méditerranée, à Alger. À 833 kilomètres à vol d'oiseau exactement de cette masse sombre gisant dans la nuit sur le trottoir de la ruelle du Revely, derrière le port d'Antibes.

Selon quelques témoins, Nicolas de Staël, ce géant d'un mètre quatre-vingt-seize, ce peintre un peu fou qu'ils avaient croisé parfois, était chaussé d'une simple paire d'espadrilles, et aux différentes nuances de bleus de ses vêtements, bleu profond de sa veste, bleu ciel de sa chemise et bleu outremer de son pantalon, devait se mêler le rouge vermeil de son sang.

J'imagine que sa vie n'a été qu'une magistrale œuvre d'art, jusqu'à son tragique décès, dont les services de secours n'ont pas été capables de déceler l'ultime harmonie des couleurs. Ces rouges et ces bleus étalés sur le bitume anthracite du trottoir.

Le livre était devant moi, et mes yeux rivés sur cette dernière phrase de sa biographie.

« 16 mars 1955... Vers 22 h... »

Sans aucune raison, mon corps commença à trembler.

J'étais né pratiquement à l'instant où Nicolas de Staël quittait ce monde ! J'étais étendu sur mon canapé – je m'en souviens parfaitement – et j'avais aussitôt reposé le livre sur mon ventre, gagné par d'incontrôlables frissons. Je n'avais jusqu'alors absolument aucun avis sur les thèses ancestrales de réincarnations, transmises par quasiment toutes les cultures et religions de l'humanité... Je dois reconnaître n'en avoir pas plus aujourd'hui.

Mais il me plaît, depuis ce soir-là, de cultiver cette étrange idée que je n'ai osé révéler à personne.

Et si le mystère de la vie m'avait accordé l'inestimable privilège de poursuivre par procuration son immense œuvre inachevée ?

Mon père entre alors dans mon atelier et m'extrait de la torpeur de mes pensées.

*

Antibes, nuit du 16 mars 1955

Nicolas de Staël descendit avec difficulté du haut de l'échafaudage métallique qu'il avait disposé face à la toile monumentale appuyée contre le mur.

Chaque bruit résonnait étrangement dans cette pièce vide à haut plafond. L'immense atelier était lugubre, sans meuble digne de ce nom. Seules quelques toiles séchaient, appuyées contre ses murs en béton.

Comme l'odeur prenante de térébenthine commençait à lui tourner la tête, il dirigea péniblement sa grande carcasse vers les fenêtres du balcon qu'il ouvrit en grand. Il se délecta un instant de la légère brise iodée et du bruit des vagues qu'il devinait se rompre sur les remparts de la ville, en dessous de lui, dans les ténèbres de la nuit.

L'extrême démesure du travail fourni ces derniers mois avait fini par le plonger dans un état critique d'absolue lassitude. Il gratta une allumette et dirigea l'éphémère flamme vers l'extrémité de la cigarette qu'il maintenait entre ses lèvres et fut surpris de constater un inexplicable tremblement dans ses mains. La masse sombre devant lui ne pouvait être que la mer qui ne finissait qu'au loin, là où commençaient à scintiller les étoiles.

L'impossibilité de chasser l'image de Jeanne de ses pensées l'anéantissait. Il maudissait l'incapacité de son esprit à se détacher de son image, omniprésente, jour et nuit.

D'ailleurs, il ne dormait plus. Il ne pouvait penser qu'à elle, aux courbes de son corps maintes fois caressées, à son doux visage solaire et rayonnant, contrastant avec le noir graphique de ses cheveux.

Il en était épris à la folie, depuis le jour où il l'avait rencontrée et où il fut saisi par sa surprenante ressemblance avec Jeanine, sa première femme adorée et morte prématurément quelques années plus tôt. Pour elle, il était prêt à quitter sa deuxième épouse, Françoise, et leurs enfants pour l'épouser, car un prince russe est respectable.

Comment peut-elle ne pas partager cette même passion, ressassait-il, alors qu'elle s'était donnée à lui, sans la moindre retenue, durant des mois, au grand désespoir de son époux qu'elle refusait de quitter finalement ?

Trois jours auparavant, une force incontrôlable lui ordonna d'interrompre brutalement son travail, et il se vit constituer un paquet de toutes les lettres enflammées qu'elle lui avait adressées.

Il sauta dans sa voiture et roula comme un demeuré vers leur maison.

Sa première intention était de lui remettre ses lettres, dérisoire prétexte pour la revoir une fois encore, ne serait-ce que quelques secondes. Mais Jeanne, sa muse éternelle, qui lui avait inspiré des dizaines de toiles, refusa de lui ouvrir la porte.

Comment pouvait-elle l'ignorer autant, se disait-il à genoux et en pleurs devant sa porte ?

Il resta prostré des heures sous le porche de leur maison, et ce fut finalement son mari qui se présenta devant lui. Nicolas se releva alors lentement et il le regarda en silence, un temps qui lui sembla infini, du haut de sa stature impressionnante.

Il lui remit ensuite le paquet de lettres entre les mains, puis inclina son buste pour lui susurrer à l'oreille :

— Vous avez gagné.

Désespéré, il rentra à Antibes et passa sa rage sur une toile démesurée, de six mètres sur trois cinquante, dans une lutte insensée de trois jours sans discontinuer avec des couleurs aux dominantes rouge et noir.

L'ébauche de cette œuvre inspirée des concerts Schönberg/Webern auxquels il avait assisté à Paris quelques jours plus tôt, et qui devrait figurer peu de temps après comme pièce principale lors de son exposition au musée Grimaldi, le laissa sans force.

Il enleva l'échafaudage devant la toile immense pour la contempler et il poussa une table et une chaise le plus loin possible d'elle, aussi loin que la pièce le lui permettait.

Assis face à son œuvre, Nicolas dévissa le bouchon d'une bouteille de vodka et remplit un verre qu'il vida d'un trait.

La toile était constituée de deux instruments de musique suggérés, un violon sur la droite aux nuances jaune pâle et un piano noir sur la gauche, séparés par des aplats gris et blanc, contrastant par la violence d'un rouge vif uniforme surplombant l'ensemble.

La matière était diluée à l'extrême, et les couleurs, d'une grande fluidité, avaient été étalées avec de la gaze et du coton, bien loin des empâtements qui eurent fait sa gloire quelques années plus tôt. Collectionneurs, marchands d'art et critiques d'art furent d'ailleurs déconcertés en découvrant le nouveau travail de Nicolas, basculant brutalement d'un extrême à l'autre. Il était rongé par l'angoisse depuis des mois, depuis qu'il luttait pour faire évoluer son travail malgré les réactions hostiles que suscitait la transparence nouvelle de ses tableaux, aux limites de la dissolution.

— Qu'ils aillent au diable, cria Nicolas en vidant un deuxième verre.

Jamais il ne fit le moindre compromis sur son art ni sur ce que sa liberté pouvait lui dicter.

Il repensa en souriant à l'euphorie de son marchand d'art américain, Paul Rosemberg, qui, devant le succès fulgurant et inattendu de ses expositions à New York, avait commis l'outrage de lui commander une série de toiles représentant des bouquets, au seul prétexte que les clients se les disputaient. Il s'imaginait sans doute qu'il ne pourrait pas refuser sa requête, ultime chance pour lui de s'extraire enfin de la misère la plus totale.

Alors que n'importe quel autre artiste se serait exécuté sur-le-champ, Nicolas lui a envoyé un télégramme avec ces quelques lettres : «Je ne peindrai pas une seule fleur de plus que mon inspiration ne me commande.»

En vidant un troisième verre, Nicolas fixa les subtiles coulures s'échappant du piano, puis les aplats quasi transparents gris et blanc entre les instruments qu'il avait posés là, en préparation d'autres couches de peinture qu'il avait prévu d'étaler le lendemain.

En contemplant son œuvre, Nicolas eut la soudaine révélation que ce serait une totale hérésie de vouloir la poursuivre. Son admirable équilibre ne tenait justement que par son apparent inachèvement et il suffirait d'un trait, d'un point pour gâcher probablement l'œuvre de sa vie. Il s'inquiéta en s'imaginant le lendemain, délesté de cette lucidité que seul l'alcool pouvait lui offrir, être dans l'incapacité de résister au besoin de vouloir faire mieux encore et saccager par un aplat de trop l'absolue harmonie de la toile.

Il vida le reste de la bouteille d'un trait.

Sa résolution prise, il se délecta d'une sensation indescriptible d'apaisement, comme si tout son être se libérait enfin de l'insupportable pesanteur de l'âme.

Puis, il se leva, enleva ses vêtements de travail maculés de couleurs et recouverts par le rouge vif du fond de sa dernière toile. Consciencieusement, il enleva toutes traces de peinture de son corps en se frottant énergiquement sous la douche.

Une fois séché, il vaporisa son torse d'un jet de son parfum préféré, puis enfila un pantalon bleu outremer et une chemise bleu ciel avant de se chausser de ses espadrilles.

Il s'assit devant la table et rédigea avec application trois lettres qu'il mit sous enveloppes et posa sur la table.

Il se leva ensuite, mit sa veste et vérifia son élégance devant un miroir.

Il quitta l'atelier, referma la porte derrière lui et se dirigea jusqu'au toit-terrasse de l'immeuble.

Il monta sur le petit muret et huma longuement l'air iodé de cette nuit encore hivernale.

Puis, Nicolas de Staël, baron Nikolaï Vladimirovitch Staël Von Holstein, de son vrai nom, se jeta dans le vide.

*

Tokyo, 17 mars 1955

À l'exact instant où Nicolas de Staël quittait notre monde, il était six heures du matin précisément à Tokyo, mardi 17 mars.

Yves mit fin d'un geste brusque à la stridente sonnerie du réveil qui avait commis l'outrage de l'extraire brutalement d'un rêve étrange. Il s'était vu, mais comme un spectateur détaché de sa propre vie, sauter dans le vide, les bras déployés, comme s'il allait prendre son envol.

Il sautait du haut d'un bâtiment, vêtu d'un sombre costume, mais au lieu de s'envoler dans l'espace, il plongeait vers une rue déserte. La scène se déroulait devant lui, et il la voyait sans absolument aucune couleur, en noir et blanc.

Au moment précis où son corps allait s'écraser sur le trottoir, la sonnerie de son horloge le réveilla brusquement. Yves s'assit sur le vieux matelas à ressorts, rechignant à se lever.

En grelottant de froid, il enfila rapidement son survêtement nippon en coton épais et couvrit ses épaules de la couverture de son lit, afin de lutter contre la fraîcheur et l'humidité ambiante de la pièce. Il était fourbu, éreinté de sa journée au Kôdôkan de la veille et de sa soirée interminable avec Maître Kabayashi et son ami français. Ils avaient dîné après sa longue séance au dojo dans un petit restaurant proche du Kôdôkan. Une soirée presque aussi éreintante que sa journée d'entraînement intensif. Ensemble, ils avaient refait le monde, longuement échangé en japonais sur la conception même du judo définie par Maître Jigoro Kano, son créateur, tout en vidant plusieurs chopes de bière fraîche et écumante. Ils étaient d'accord, le judo était bien plus qu'une activité martiale ou un sport, c'était un principe universel dans lequel la force physique, mentale, spirituelle, que l'on pourrait appeler « l'énergie suprême », ne s'éveillerait que par l'effort. Il faut transpirer, beaucoup, avait dit Maître Kabayashi, d'abord sur le tatami, et ensuite, par un travail incessant, pour développer la compréhension, l'intelligence, la vie intérieure dans le but de tendre vers des êtres sociaux et humanistes…

En quittant le restaurant, Maître Kabayashi paraissait aussi frais qu'un gardon, contrairement à Yves et son ami français, aussi épuisés physiquement que grisés par les vapeurs d'alcool, car ils n'avaient pu refuser les quelques verres de saké – se rajoutant aux maints verres de bière – offerts par le responsable du restaurant, en réalité cousin de leur ami et Maître japonais.

Ensuite, le tramway qu'Yves avait pris était tombé en panne et il avait dû rentrer à son petit hôtel à pied, très tard dans la nuit, sous des trombes d'eau.

Il avait plu toute la journée la veille et il n'osait rêver à l'espoir d'une meilleure journée ce jour-là. La veille, en effet, la pluie avait été incessante et, en se couchant, tremblant et fiévreux, il eut cette insoutenable sensation qu'elle s'était imprégnée en lui, au plus profond de son être, insidieusement, du matin jusque tard dans la nuit.

C'était une bonne chose, déjà, il ne l'entendait plus tomber contre les volets de sa chambre qu'il n'était pas pressé d'ouvrir.

L'entraînement avait été d'une dureté extrême pour lui, et bien qu'il eût été habitué, depuis le temps, à ces longs séjours de perfectionnement dans l'art du judo au Japon, il garderait à jamais un souvenir maussade de cette journée du 16 mars 1955.

Le tatami était gelé, et il avait eu beau essayer de le réchauffer comme il pouvait, il dut subir la totalité de ce terrible entraînement les pieds gelés. Une séance de quatre heures où il accomplit des centaines de *uchi-komi*, aussi bien à droite qu'à gauche, écoutant attentivement les conseils techniques de Maître Matsumoto au sol et de Maître Yamamoto pour le travail debout, avant d'enchaîner une multitude d'interminables randoris. Chuter face à ses partenaires japonais, il l'acceptait volontiers, il commençait à s'en accoutumer, mais qu'un grand nigaud américain ait pu le secouer dans tous les sens, cela, il ne pouvait le tolérer.

Il mesurait presque deux mètres, certes, devait peser dans les cent kilos, mais ne portait qu'une simple ceinture marron. Cet abruti d'Américain l'avait humilié, l'enroulant maintes fois sur son maladroit mouvement à gauche qu'il voyait venir, mais auquel il était incapable de résister. Il n'avait trouvé aucune solution devant ce grand steak au judo primaire, lui qui avait voué toute son énergie à cet art martial lié aux grandes traditions spiritualistes de l'Extrême-Orient.

Lui qui avait été admis depuis trois ans à l'Institut Kôdôkan, le centre de formation le plus réputé du pays pour le judo, où, après un travail éprouvant, il dut repasser un à un tous ses grades – le Kôdôkan n'acceptant pas de valider les titres étrangers – jusqu'à obtenir, à la surprise générale, un an auparavant, le fabuleux grade de ceinture noire quatrième dan, le plus haut jamais atteint par un Français.

Yves ruminait encore en se préparant un thé et songeait à son incapacité de la veille à maîtriser la force brute et la technique rudimentaire du géant américain ; il soulageait sa conscience en l'imaginant aussi bête que ses pieds. Une chance pour lui que les dirigeants de la fédération française n'aient pas assisté à cette scène. De parfaits imbéciles qui, un peu plus tôt, avaient eu le mépris de refuser la validation de ses grades conquis au Japon, brisant subitement tous ses espoirs de participation aux championnats d'Europe, et son rêve secret de diriger un jour la fédération française de judo. Pire encore, l'enseignement officiel du judo en France lui était interdit.

Yves se leva enfin, en évitant le contact avec son judogi jauni et souillé qui pendait au-dessus de lui à un cintre de fortune en bambou qu'il avait lui-même assemblé. Il ne séchera jamais avec cette humidité, se dit-il en appréhendant par avance l'instant où il devrait l'enfiler, un peu plus tard, dans le vestiaire glacial du Kôdôkan.

Yves se dirigea, en traînant les pieds, vers la salle d'eau commune du modeste petit hôtel où il résidait, afin de faire sa toilette, avec la désagréable impression d'être déjà vieux malgré son jeune âge réel. Sous la douche, il pensa à son prochain retour en Europe, non pas en France, à Nice, sa ville de cœur, mais à Madrid, là où il exercerait enfin bientôt comme conseiller technique national de la fédération espagnole qui avait eu, elle, la clairvoyance de le solliciter.

Il s'habilla rapidement, puis descendit les marches du petit hôtel en grimaçant sous les contractures des muscles de ses jambes héritées de ses efforts de la veille.

Il devrait se rendre sans faute, ce jour-là, chez le coiffeur. Il y était déjà allé la veille en oubliant qu'ils étaient tous fermés le lundi, comme en France.

En poussant la lourde porte d'entrée en bois, il fut saisi de surprise en découvrant la rue enneigée.

La sérénité et le calme du spectacle contrastaient avec le souvenir désagréable de la veille quand la pluie s'était insinuée partout dans les profondeurs de sa chair.

Il pensa au symbole du judo, à la branche de cerisier se déployant sous le poids de la neige, en projetant une nuée de flocons dans les airs.

Il sourit à l'idée que la seule quête de sa vie resterait le judo… Le « judo absolu » qu'il était convaincu d'acquérir un jour. Rien ne pourrait jamais entraver sa démarche suprême, il en était certain.

Il marcha avec délice sur la neige qui crissait agréablement sous ses pas, les mains dans les poches de son manteau beige, presque aussi blanc que la neige, mais bien trop fin pour combattre la fraîcheur de l'air.

Puis, Yves Klein disparut dans la blancheur de la rue enneigée en direction de son salon de coiffure et vers son fabuleux destin.

Note de l'auteur : En écrivant les lignes du passage où Hugo se plaisait à s'imaginer être la réincarnation de son idole Nicolas de Staël, mon regard se posa par hasard sur un vieux carnet gris posé sur l'acier gris de mon bureau au look industriel. Il demeurait toujours à la même place, car je trouvais sa reliure usée et jaunie par le temps en parfaite harmonie avec les tons grisâtres et rouillés de la tôle. Mais surtout, cette relique représentait pour moi un trésor inestimable. Je l'avais héritée d'une amie de ma sœur, qui l'avait trouvée un jour au fin fond du grenier de son grand-père, en faisant le tri de ses biens après son décès. En le feuilletant, elle découvrit qu'il s'agissait d'un manuscrit sur un séjour au Japon exclusivement dédié au judo, écrit par elle ne savait qui, car son grand-père n'avait jamais voyagé aussi loin, ni pratiqué le judo. Rechignant à le jeter, elle le confia à ma sœur en lui disant : « Tiens, ça peut intéresser ton frère, ça ne parle que de judo. » Lorsque je l'eus en main, je sus que je tenais là un fragile objet d'une valeur considérable. La couverture ne tenait plus que par une seule des quatre délicates bandes en parchemin la reliant. Manifestement, il s'agissait d'un carnet au papier fin et délicat de la pure tradition japonaise. Quelques signes discrets en kanji et le texte « *Made by Chiyoda note co, Ldt, used surperfine poolscap manufactured in Japan* » illustraient sobrement la première de couverture. Je me souviens l'avoir lu d'une traite, en tournant religieusement chaque page avec une infinie précaution. C'était le journal de bord d'un des pionniers du judo français qui restera sans doute anonyme, car à aucun moment il n'a jugé bon de dévoiler son identité. Tout était consigné, méticuleusement, d'une écriture concise et soignée, jour après jour, heure après heure. Un témoignage émouvant des conditions de vie du quotidien d'un des premiers aventuriers du judo français. Dès les premières pages, l'auteur inconnu faisait allusion à son ami compatriote partageant son aventure japonaise des années 1950. Cet ami, omniprésent d'un bout à l'autre du récit, s'appelait Yves Klein !

Il n'était pas encore l'artiste mondialement connu, mais un jeune homme qui ne s'imaginait aucun autre destin dans la vie que celui d'une gloire dans le judo.

En pleine écriture de ce passage, donc, j'ouvre une nouvelle fois le précieux carnet pour vérifier les dates exactes des faits relatés dans son journal.

Et là, stupeur, je constate qu'à l'exact moment où Nicolas de Staël se donne la mort, Yves Klein était bel et bien, une nouvelle fois, au Japon. Il y était revenu, dans le but de s'entraîner de nouveau au Kôdôkan.

Je n'ai trouvé trace de ce nouveau séjour japonais dans aucune de ses biographies, qui suggèrent un départ quasi immédiat pour Madrid après sa déconvenue auprès des instances fédérales françaises.

Pourtant, Yves Klein était bien au Japon en mars 1955.

Oui, il pleuvait bien sur Tokyo ce 16 mars, oui, un géant américain, ceinture marron, a contrarié l'auteur inconnu (et peut-être Klein aussi, mais cette éventualité n'est qu'imaginaire) par son judo rustique de bûcheron durant cet entraînement au Kôdôkan.

Oui, ils ont tous deux effectivement dîné au restaurant en compagnie de Maître Kabayashi, le tramway est bien tombé en panne et ils sont rentrés très tard dans la nuit après avoir dû poursuivre leur route à pied sous la pluie battante.

Et enfin, oui, à leur grande surprise, tôt le matin, Tokyo était couvert de neige le 17 mars 1955, et l'auteur anonyme (pas Klein, deuxième détail romanesque, finalement) a bien été chez un coiffeur, car la veille, un lundi, tous les salons étaient fermés.

J'ai longtemps hésité à dévoiler l'anecdote de ce cahier dans cette histoire. Mais il m'apparut finalement pertinent de dévoiler ce confinement intime entre la magie de l'imaginaire et cette réalité que j'avais sous les yeux, matérialisée par ces lignes délicates, écrites méthodiquement et soigneusement par un inconnu, loin de se douter à ce moment-là que l'ami qu'il côtoyait au quotidien deviendrait un jour un monument de l'art contemporain.

*

— Je ne veux pas t'effrayer, mon fils, mais il est déjà 16 h 45 et ton cours démarre dans quinze minutes.

L'intervention de mon père m'extrait subitement des profondeurs poétiques de mes secrètes pensées où il me plaisait de m'imaginer être la réincarnation de Nicolas de Staël.

Comment ferais-je sans lui ? Il sait pertinemment que je n'ai plus aucune emprise sur le temps qui passe lorsque je suis plongé dans ma peinture, aussi veille-t-il sur l'heure à la place de l'assisté que je ne peux que reconnaître en ma personne.

Je jette précipitamment mes couteaux dans une bassine de térébenthine, puis me frotte, comme je le peux, mains, avant-bras et visage à l'aide d'un chiffon imbibé de White-spirit. Après avoir enlevé ma blouse et mon vieux pantalon maculés de taches de peinture à l'huile, j'ouvre une antique armoire métallique et en extrais mon judogi que j'enfile aussitôt.

Mes zōri aux pieds, je traverse alors à grands pas notre petite cour, ouvre le portail de notre bâtisse et, une fois dans la petite ruelle, parcours les quelques mètres me séparant de l'entrée du dojo où m'attendent déjà quelques parents et enfants, impatients de pouvoir se défouler sur le tatami, non pas hélas au travers de la pure pratique de leur activité de combat, mais en faisant les zouaves seulement, malheureusement pour moi. Dès la porte ouverte, une joyeuse bousculade s'installe et les gamins s'engouffrent comme des petits diables vers les vestiaires.

Je suis tellement fatigué, avant même de commencer le premier des trois cours du soir qui m'attendent, que je n'ai même pas la force d'essayer de faire régner un peu d'ordre. Que leurs parents s'occupent un peu de leurs gosses dans les vestiaires, ils sont encore sous leur responsabilité tant que le cours n'a pas commencé, merde !

Je ne peux que constater, d'année en année, la flagrante détérioration dans le comportement des enfants que je suppose n'être que la conséquence d'une certaine démission parentale dans leur devoir éducatif, du fait sans doute de l'explosion du modèle familial des générations passées.

Il me suffisait, il y a quelques années, d'élever un peu la voix, durant une phase de la séance qui commençait à déraper vers les limites de l'indiscipline, pour que le silence s'installe aussitôt. Le cours pouvait alors reprendre, me permettant d'avancer normalement dans mes objectifs pédagogiques.

Aujourd'hui, l'image qui me vient le plus souvent en tête, devant la majorité de ces gamins – surexcités après une longue journée d'école dans notre système scolaire inadapté – courant dans tous les sens, sourds à mes consignes souvent hurlées, est de m'imaginer au centre de la salle capitonnée d'un asile pédopsychiatrique, au milieu de petits fous qui se seraient libérés de leur camisole de force. Pour mon groupe des plus jeunes, les 6 et 7 ans, j'exagère à peine... Ensuite, heureusement, au bout d'une année de « dressage », et pour ceux qui restent au judo, les choses s'améliorent.

Au milieu de la séance, je remarque mon père assis sur une chaise près du tatami. Il adore venir me voir de temps en temps, au milieu de mes élèves.

Je sors du tatami quelques instants, le temps d'aller chercher un petit fauteuil en cuir dans mon bureau que je pose à côté de lui.

— Tiens, Papa, assieds-toi là plutôt, tu seras mieux.
— Fallait pas, mon fils, mais merci, tu es gentil...

Un peu avant la fin de la séance, quelques parents commencent à arriver et attendent à proximité du tatami la fin du cours afin de récupérer leurs enfants. Un vieil homme, sensiblement du même âge que mon père, arrive à son tour et mon père se lève pour le saluer.

— Oh, Serge, quel plaisir de te revoir ! Comment vas-tu ? lui demande mon père.
— Comme un vieux ! Ça fait un bail que je ne suis pas venu ici... Ça ne te fait pas drôle qu'on fasse maintenant des galipettes dans ta quincaillerie ?
— C'est vrai, ça change pas mal... Mais je préfère, finalement, ça vit ! Regarde comme ils ont l'air heureux ici !

Je mets fin à la séance après un court instant de retour au calme, durant lequel les enfants doivent rester allongés sur le dos, les yeux fermés, dans l'immobilité la plus totale. Puis place au salut traditionnel. Un salut que je voudrais comme au Japon, dis-je aux petits, pour ajouter une petite note d'exotisme. Sous les yeux des parents attentifs et amusés, les enfants veulent leur montrer combien ils peuvent être sages, et le salut, pour une fois, ne se passe pas trop mal. Je leur rappelle qu'ils doivent saluer à nouveau le tatami avant de le quitter, et tous rejoignent parents et papys, l'air radieux.

Un petit se rapproche de Serge et lui dit, les yeux étincelants de fierté :

— Tu as vu, Papy, comme je l'ai fait tomber ?
— Oui, mon ange, tu es encore plus fort que ton Papa.

Gonflé par le compliment, le gamin prend la main de son grand-père et vient me faire un petit baiser sur la joue avant de partir. Son attendrissante attention efface soudain ma mauvaise humeur préalable à la séance, sans doute parce qu'elle m'avait arraché prématurément de ma bulle artistique.

Il suffit de bien peu de choses, parfois.

Une simple marque d'affection, une seule preuve de reconnaissance peuvent effacer instantanément les aspects les moins valorisants de ce qui demeure, malgré tout, une indéracinable passion.

*

Les confidences de Fatima, qu'elle me dévoila quelques années plus tard, permettent à mon imaginaire de reconstituer les scènes vécues par sa petite famille et elle cette année-là. Il me suffit de fermer les yeux pour les voir réellement. Comme si son vécu avait eu l'étrange pouvoir de se déverser dans les marécages de mes propres souvenirs.

Cela fait un long moment que Youssef pense être réveillé, mais il n'arrive pas à trouver le courage de se lever de son lit. D'ailleurs, sans doute n'a-t-il même pas dormi cette nuit, et ce qu'il présumait être, tout à l'heure, des cauchemars n'étaient peut-être que les hallucinations de ses sombres pensées.

Il se relève avec difficulté et s'assied sur le bord de son matelas en luttant désespérément contre cette sensation de nausée, la même que tous les matins. Comme tous les matins, il doit supporter l'insupportable. Ce fétide désir de disparaître, de ne pas être né, même, mêlé à sa résignation d'accepter encore la perspective de devoir vivre une nouvelle journée dans l'enfer glauque de ce monde qu'il abomine.

Malgré cette terrible sensation de torture, il sait qu'il n'a d'autre choix que de s'extraire de son lit, car son mal-être serait encore bien pire s'il y restait. Alors, dans un effort quasi surhumain, il prend ses béquilles, se redresse grâce au peu de forces qu'il lui reste dans les bras et se dirige vers la salle de bains en prenant soin de ne pas poser par terre son pied plâtré.

Il reste de longues minutes devant le miroir au-dessus du lavabo sur lequel ses mains se sont appuyées, en se disant que le reflet du visage qu'il distingue lui est totalement inconnu. Youssef ouvre enfin le robinet et ses mains ouvertes sous le jet continu d'eau froide aspergent longuement cette figure marquée, ridée, creusée par endroits et boursouflée par d'autres, qu'il ne reconnaît pas. Il se redresse ensuite et regarde de nouveau cet étranger face à lui, las et ruisselant de perles d'eau dont il eut tant voulu qu'elles fussent plutôt les larmes que ses yeux refusaient obstinément de lui donner. Puis il sèche approximativement ses fausses larmes glacées à l'aide d'une serviette encore humide et se dirige péniblement vers la minuscule cuisine, étroite et désordonnée, de leur petit appartement HLM, où il se fait couler un café. Il regarde la tasse se remplir, comme hypnotisé, sans réaction, puis ouvre la porte-fenêtre et allume une cigarette qu'il commence à fumer en buvant son café, debout, adossé contre le mur.

Fatima et leurs deux jumeaux, bruyants et vivants comme peuvent l'être tous les enfants de leur âge, entrent à ce moment-là dans l'appartement, chargés de sacs de courses. Leur subite intrusion dans la morosité de son « monde » ténébreux lui paraît être un calvaire ultime.

Fatima demande aussitôt à Hakim et Ferrid de déposer leurs sacs sur la table de la cuisine et de filer dans leur chambre. Puis elle se dirige, dans une extrême lenteur, vers son mari et lui prend la main.

— Ça va, Youssef ?
— Oui, ça va, lui répond-il sans la regarder.
— Je ne sais trop quoi dire…
— Ne dis rien…
— Ne complique pas les choses… Tu sais, je suis là…
— Oui, je sais, je te vois, Fat…
— Ne sois pas méchant, Youssef… Je comprends ta douleur, mais ne te sers pas de moi comme bouc émissaire, je t'en prie…

Youssef s'appuie sur ses béquilles, se dirige vers la porte d'un placard qu'il ouvre, prend une bouteille de whisky et se sert un verre.

— Tiens, tu ne dis rien, aujourd'hui ? dit-il en s'asseyant lourdement sur une chaise près de la table où il pose son verre après avoir bu une première gorgée.
— Ne cherche pas la merde, si tu as besoin de boire, bois… Que veux-tu que je te dise… De toute façon, tout ce que je pourrais dire ne changerait rien…

Après un pesant silence, Fatima lui demande d'une voix douce :
— C'est pour quand, l'enterrement ?
— Après-demain… Tu viendras ?
— Quelle question, Youssef ! Évidemment que je viendrai, c'est ton père !
— Tu le connaissais à peine… Tes parents viendront ?

— Pourquoi cette question ? ... Tu connais la réponse, Youssef...

— Oui, je la connais... Je voulais l'entendre de ta bouche...

— Mais ton père serait venu à l'enterrement du mien ?

— Ça, tu vois, on ne le saura jamais... Par contre, la certitude, c'est qu'eux ne viendront pas lui rendre un dernier hommage... Ne serait-ce que par respect envers leurs petits-enfants... Qu'ils ne connaissent même pas !

— Mais j'y peux quoi, moi, à tout ça ? Tu es devenu amnésique, Youssef ? Tu as oublié que je n'ai plus vu mes parents depuis qu'ils m'ont reniée il y a plus de vingt-cinq ans, depuis notre mariage ? Tu sais bien que je n'ai plus aucun lien avec eux, qu'ils ne peuvent être informés du décès, et tant mieux, finalement, ce sera la meilleure excuse à leur absence. Mais pourquoi ressasser toutes ces histoires poussiéreuses ? Je suis née en France et je me sens profondément française, alors, tu vois, tout ce qui s'est passé pendant la guerre d'Algérie ne me concerne pas vraiment directement. Mon père, par son vécu, s'accroche certainement encore à ses convictions. Je n'y peux strictement rien, c'est sa vie, après tout. Et puis, toi, tu aurais pu changer quelque chose aux idées de ton père ?

— Mon père se posait pas mal de questions, ces dernières années, tu le sais...

— N'empêche qu'il est resté jusqu'au bout dans son monde, dans son camp de harkis du Muy qu'il n'a jamais quitté...

— Mais pour aller où ? Tu l'aurais voulu avec nous ? Ah, tu vois, tu ne dis plus rien, là...

Un silence s'installe et, tout en vidant son verre de whisky gorgée après gorgée, Youssef repense aux paroles de son père, Shem, lorsqu'il lui contait comment s'était passé leur « rapatriement » – bien que pour le gouvernement français, ils ne fussent pas réellement français.

Sa mère n'était pas du voyage... Elle venait de mourir, assassinée lors d'un carnage dans leur village près d'Alger par un commando du FLN.

Youssef n'avait que cinq ans et il ne pouvait avoir gardé aucun souvenir précis de cette période. Pourtant, aujourd'hui, il lui semble revoir de façon très précise ce camion bâché qui les avait emmenés jusqu'au camp du Muy, après être passé par deux ou trois autres ghettos similaires. Il se souvient de ces baraques insalubres, qui ont été rasées depuis, où ils survécurent durant des années, puis de la grande fierté de son père d'avoir pu acheter leur petite maison à l'office HLM, bien des années plus tard, grâce à son travail de forestier. Mais cette petite maison, qu'il avait du mal à entretenir avec son modeste salaire, et comme toutes les autres de cet étrange hameau, n'était qu'un repaire dans lequel l'humidité rongeait murs et plafonds.

Youssef se rappelle surtout toute la broussaille entre ces minuscules pavillons loin de tout, desservis par aucun bus, et de ce silence, le dimanche, où rien ne se passait dans ce quartier pas comme les autres. Il se souvient de cette pesante atmosphère d'ennui qui éteignait tout bruit, comme si élus et organismes sociaux avaient tenu à ce que personne ne vienne voir cette communauté rescapée d'un passé honteux afin qu'elle demeure ainsi éternellement dans le silence.

Rejeté par la France, son père le sera aussi par son pays natal, l'Algérie.

Entre mars et juillet 1962, du cessez-le-feu en Algérie à l'indépendance, près d'un million de personnes, « Européens » et « musulmans », gagnèrent la France, tout comme son père et lui, mais l'administration, dépassée par l'ampleur et le caractère nouveau de cette migration, improvisa rapidement des mesures de prise en charge des populations, et à la déchirure du départ se mêla rapidement la confusion et le désordre du rapatriement.

Youssef se rappelle les paroles de son père lorsqu'il évoquait le triste sort des dizaines de milliers de « musulmans d'Algérie », selon la terminologie de l'époque. Bien qu'ayant fait le choix de la France, leur identité juridique échappait au cadre initialement prévu par la lourdeur intolérable de l'administration. Des libellés ambigus qualifièrent ces populations d'anciens harkis dont le statut échappait au cadre habituel de la citoyenneté française, et ces appellations semblaient signifier que, quoi qu'ils fassent, ces Français restaient des Arabes... avec tout ce que ce terme pouvait suggérer dans l'inconscient français. Shem avait maintes fois raconté à son fils l'anecdote d'un soir où le personnel d'un des camps avait autorisé à des « indigènes », comme lui, l'accès à un baraquement où trônait un téléviseur, luxe suprême à l'époque. Dans ces années, le choix des programmes était « préhistorique », quasiment nul. Ils ne purent manquer une émission, dans laquelle le général de Gaulle lui-même terminait son impétueux discours par ces mots : « Le terme de rapatriés ne s'applique évidemment pas aux musulmans : ils ne retournent pas dans la terre de leurs pères ! »

Mon père et tous ses camarades d'infortune ne comprirent pas ce jour-là que le chef de l'État, par une ordonnance édictée quelques jours plus tôt, pérennisait dans le même temps la différenciation héritée de la situation coloniale entre citoyens de « droit local » (Français de souche nord-africaine) et citoyens de « droit commun » (Français de souche européenne).

Ils ne comprirent pas qu'il imposait à la grande majorité des Algériens l'obligation d'obtenir devant un juge une nationalité française, alors que cette dernière aurait dû naturellement découler des garanties données jusque-là aux « musulmans fidèles », signifiant a posteriori qu'en dépit de leur engagement passé dans l'armée, ils n'étaient toujours pas reconnus comme français par l'État qu'ils avaient servi.

Ce ne fut que bien plus tard que Shem, une fois toutes les démarches administratives effectuées, obtint enfin la nationalité française, lui ouvrant ainsi les mêmes aides et indemnisations que les autres Français rapatriés. Nationalité restée jusqu'alors inaccessible malgré cent trente ans de colonisation, et paradoxalement obtenue davantage grâce à l'indépendance que par son engagement militaire.

Il y a quelques années, Shem souhaita se recueillir devant la tombe de ses ancêtres, car il savait que sa fin serait proche. Mais il appréhendait ce voyage vers son pays natal où il n'était évidemment pas retourné depuis son départ. Il espérait, quelque part au fond de lui, se voir refuser le visa, cela l'aurait rassuré tout en le déculpabilisant, mais à sa grande surprise, on le lui accorda.

À l'aéroport d'Alger, un fonctionnaire le dévisagea en fronçant les sourcils, derrière les vitres d'une guérite, puis examina avec une lenteur extrême son passeport.

Il leva une nouvelle fois les yeux vers lui et lui demanda :

— Pourquoi tu prétends être français alors que tu n'es pas né en France ?

— Parce ce que je vis en France, où j'ai travaillé, et que j'ai un passeport français.

— Tu es un traître de harki, alors ? lui a demandé le policier.

— Oui, je suis harki, mais pas un traître, a répondu Shem.

— Combien de nos frères as-tu tué ? questionna le fonctionnaire en haussant le ton.

— Je n'ai jamais tué personne, répondit Shem, je suis prêt à le jurer sur le Coran.

Le policier haussa une nouvelle fois le ton.

— Tu avais un bâton au lieu d'un fusil, alors ? demanda-t-il.

Puis il rajouta :

— Tu as vendu ton pays et ta religion aux Français, et maintenant, tu veux revenir dans ce pays que tu as renié !

L'agent prit alors son passeport et lui cracha dessus, puis lui aboya avec haine qu'il ne pouvait en aucun cas être musulman et qu'il allait tout de suite rentrer en France.

On conduisit alors, sans ménagement aucun, Shem dans une petite pièce où il dut attendre pendant des heures, dans une chaleur étouffante, son avion de retour. Il demandera un verre d'eau à un policier qui lui répondra, mot pour mot :

— Tu es un harki, un traître, tu ne mérites pas de boire l'eau d'Algérie, retourne à ta place !

Voilà pourquoi Youssef voulut obtenir la double nationalité franco-algérienne pour lui et ses enfants, pour qu'ils n'aient jamais à vivre l'humiliation subie par son père, si un jour l'un d'entre eux venait à être tenu de voyager en Algérie. Cette démarche, qui était certes impossible pour son père, fut admise, bien des années plus tard, aussi bien par l'inconscient collectif algérien que par l'administration, pour les descendants de harkis, qui ne pouvaient être tenus comme responsables des « crimes » de leurs parents. Cette double nationalité, Youssef n'en avait que faire pour lui-même, finalement, car il n'avait aucune intention de remettre un pied dans son pays natal, mais elle le tranquillisa néanmoins une fois obtenue... Rien ne lui permettait de prédire en effet les souhaits ou autres impératifs que pourraient avoir plus tard ses enfants, une fois adultes.

Youssef termine son verre et le remplit à nouveau en vidant le reste de la bouteille de whisky, sous le regard de Fatima, impuissante. De longues minutes se sont écoulées, mais Youssef reprend la conversation, la voix tremblante à cause des effets de l'alcool.

— On l'aurait mis où, mon père, hein ? Le sortir de son camp pour l'emmener chez nous ? Tu l'aurais voulu chez nous ?

Fatima garde le silence, car elle sait qu'aucun mot ne peut réconforter son mari lorsqu'il est dans cet état.

— Ou alors peut-être que tes parents l'auraient accueilli chez eux, mon père ?

Youssef, complètement ivre, se met à délirer dans un rire dément.

— Un harki hébergé chez des anciens du FLN ! ... Le FLN qui a tué ma mère ! Ma mère, putain !

Fatima se lève alors et s'agenouille contre son mari, toujours assis, en le tenant dans ses bras.

— Arrête, Youssef... Arrête, lui susurre-t-elle.

— Et qui sait, c'est peut-être ton père qui dirigeait le commando qui a égorgé femmes et enfants du village... Qui a égorgé ma mère !

— Youssef, arrête... Arrête... Je comprends ta douleur... J'essaye de t'aider... Ton père était un homme bien et...

— Le problème, la coupe-t-il d'une voix enfin presque apaisée, c'est que je n'arrive même pas à pleurer la mort de mon père...

— Pleure, Youssef, pleure, vide-toi de ton malheur, si ton père n'arrive pas à te faire pleurer, pense à ta mère.

À cet instant, Youssef est submergé de sanglots et un cri inhumain jaillit de ses entrailles.

Il pleure contre Fatima durant d'interminables minutes, incapable de contrôler son corps secoué par les violents soubresauts du plus extrême des désespoirs.

*

Youssef marche lentement en s'aidant de ses béquilles juste derrière le cercueil de son père porté sur les épaules de quatre proches. Submergé par un amalgame d'émotions où se mêlent culpabilité, honte et désarroi, il s'abandonne dans un cruel supplice en laissant dériver son âme dans les abîmes de ses sombres pensées.

Je suis le dernier des hommes se dit-il, pour ne même pas pouvoir porter le cercueil de mon propre père.

Même cela, je n'aurai pas pu le faire.

Le début du cortège, uniquement constitué de quelques hommes, s'arrête au bord de la fosse, à l'intérieur de laquelle on dépose le cercueil. Les femmes, en retrait, s'étaient immobilisées également, mais à bonne distance.

L'imam commence alors la prière des morts devant la seule assistance masculine, les femmes restant debout au loin, immobiles sous la lueur du soleil déclinant. Après la prière, Youssef et quelques proches commencent à remplir l'orifice par de lentes pelletées de terre qui recouvrent bientôt le bois du cercueil.

Le cortège des femmes peut alors s'avancer, et une fois le cercueil recouvert, tous se recueillent devant la dernière demeure de Shem. À ce moment-là arrive un vieil homme en costume, une écharpe tricolore sur son buste. Sans un mot envers l'assistance, il dépose sur la sépulture, dans une lenteur

quasi caricaturale, un énorme bouquet de fleurs constitué de pétales bleu, blanc et rouge. Sans même demander l'autorisation à quiconque, le maire de la commune, car c'est bien lui, commence un discours :
— Je tiens, au nom de notre patrie, à rendre homme hommage à Monsieur Shem Ayad… Il a choisi de défendre les couleurs de notre nation, et il fut, toute sa vie, fidèle à ses convictions… C'est par amour de la France, mais aussi de son pays natal, l'Algérie, qu'il est rentré dans l'armée française, car pour lui, l'avenir de l'Algérie ne pouvait se construire sans la France et les valeurs de sa république… Shem était un homme discret, généreux, fidèle et serviable… Nous étions très proches l'un de l'autre… Je venais le voir régulièrement…
— À quel moment, Monsieur le Maire ? demande soudain Youssef en coupant radicalement l'élan de son discours.
— Régulièrement… balbutie le maire.
— Seulement pendant les campagnes électorales, Monsieur le Maire… Seulement !

Le maire reste silencieux, visiblement mal à l'aise. Ne sachant quoi répliquer, et pour mettre fin à cette situation pesante, il se rapproche de Youssef et lui tend la main.
— Je vous présente, au nom de la France, toutes mes sincères condoléances, Monsieur Ayad…

Youssef reste immobile de longues secondes en regardant cette main tendue et tremblante devant lui, mais ces infimes instants paraissent être une éternité pour le maire qui sent déjà quelques gouttes de sueur perler le long de son dos. Youssef regarde alors le maire droit dans les yeux et lui répond qu'il ne pourrait accepter seulement, de sa part, que des condoléances à titre personnel.

Le pauvre maire sait pertinemment qu'il n'a pas le choix et qu'il se doit d'exaucer le vœu de Youssef afin d'éviter de subir l'affront de devoir demeurer indéfiniment la main tendue, aussi lui dit-il :
— Je vous présente, à titre personnel, toutes mes sincères condoléances, Monsieur Ayad…

Youssef le remercie comme il se doit et lui demande ensuite de bien vouloir reprendre sa gerbe tricolore en partant, qui fera certainement plaisir à une employée communale le lendemain matin.

*

Comme tous les mercredis après-midi, règne à l'intérieur de la grande salle omnisports Wallon cette même effervescence proche de la cacophonie. Certes, l'intention est louable.

La municipalité de La Seyne-sur-Mer pilote cette action sociale, éducative et sportive visant à extraire de la rue enfants et adolescents du quartier de Berthe au travers d'une opération de proximité appelée « Sports pour tous ». Elle met tous les moyens dont elle dispose pour cette campagne, aussi bien en matériel qu'en personnel, éducateurs sportifs notamment... Mais pourquoi sur un seul site et sur une même tranche horaire ?

En pénétrant dans cette grande salle non insonorisée, la première nuisance constatée est sonore... L'insupportable brouhaha des échos de cris d'enfants, les impacts des ballons qui rebondissent, des braillements des éducateurs résonneraient immanquablement dans la tête de tout éventuel visiteur. Mais il ne viendrait l'idée à personne d'affronter un tel supplice. Une chaleur moite, un air brûlant le feraient aussitôt transpirer dès son arrivée dans cette gigantesque caisse de métal, de tôle et de verre dépourvue du moindre système de climatisation. Il ne pourrait être qu'incommodé, surtout par l'étrange mélange d'odeurs flottant dans cette atmosphère torride et empoisonnée, constituée de senteurs de pommades, de vinyles moisis et de transpiration.

Les jeunes gens sont répartis dans une multitude d'ateliers parsemant toute la surface du revêtement synthétique du sol : un petit tatami pour le judo, quelques tables de ping-pong à côté, un espace escrime plus loin, des paniers de baskets contre un mur où des enfants s'exercent aux tirs, un filet pour le volley-ball dans un coin...

Initialement, la cible de cette opération concernait la tranche d'âge 12-15 ans, mais force est de constater que les éducateurs l'ont élargie considérablement, car des enfants de dix ans, voire moins, côtoient allègrement – dans un désordre surréaliste – de jeunes adultes déjà largement majeurs.

Sur ce tatami de fortune posé à même le sol, Ferrid et Hakim participent, avec une évidente délectation, à la séance de judo dirigée par Éric. Comme leurs camarades, ils semblent insensibles à l'étouffante chaleur de ces lieux qui résonnent d'échos assourdissants. Ils se battent au sol comme des chiffonniers contre leurs partenaires respectifs visiblement dépassés par leur énergie débordante.

Tout près du tatami sont installées deux tables de ping-pong où quatre grands adolescents se livrent des parties acharnées. Malgré le grand filet installé sommairement entre les tables et le tatami, de nombreuses balles échouent parmi les petits judokas, au grand agacement d'Éric, les renvoyant au fur et à mesure de l'autre côté de la barrière symbolique.

Hamed, le voisin de palier des jumeaux, ne peut s'empêcher de faire le pitre tout en jouant sa partie de ping-pong contre un copain, dominé par son apparente facilité technique dans le jeu. Hamed, âgé de 18 ans, est un peu considéré par les jumeaux comme leur grand frère. Il les a vus grandir et ils le vénèrent. Il joue là, face au tatami, les écouteurs de son Walkman collés aux oreilles, en esquissant des pas de danse et en leur adressant des grimaces à chaque fois qu'il réussit un smash.

Tout en malaxant leurs partenaires au sol, Hakim et Ferrid regardent en riant le show burlesque de leur idole, vêtu comme toujours de vêtements de marque qu'il peut s'offrir grâce à son travail dans le business, comme il dit, terme aussi vague qu'exotique pour eux. À un certain moment, Ferrid et Hakim rient si fort qu'Éric doit intervenir pour les recadrer en les sommant de bien vouloir rester concentrés sur la séance judo, sinon, ils n'ont qu'à quitter le tatami pour intégrer un autre atelier, leur dit-il.

À l'instant même où les jumeaux retrouvent enfin leur sérieux, leurs visages se figent, glacés par un surprenant spectacle, juste devant eux à l'entrée du gymnase, derrière Hamed qui continue à danser au rythme d'une musique que lui seul entend.

Dans leur imaginaire, Ferrid et Hakim ne peuvent voir dans cette surréaliste apparition qu'une multitude de ninjas noirs, rentrant en courant dans l'antre de la salle. Comme par magie, ils se déploient dans un ordre parfait autour des adolescents et enfants, stupéfaits et pétrifiés par cette brutale intrusion. Quelques cris fusent, puis un lourd silence s'installe, une fois le bruit des derniers ballons ayant cessé de rebondir.

Éric et ses collègues, surpris eux aussi, comprennent vite que les ninjas noirs sont en fait des agents de police, casqués et armés de fusils à pompes, déployés devant l'entrée du gymnase.

Quatre d'entre eux se dirigent en courant en direction des tables de ping-pong. Seul Hamed reste inconscient de la situation, absorbé par la musique de ses écouteurs et par ses pas de danse qu'il exécute en riant, les yeux fermés, totalement immergé dans son monde virtuel.

Hamed sort brutalement de ses rêves lorsqu'il se retrouve brusquement ceinturé et contrôlé par les policiers qui le plaquent au sol, le mettent sans ménagement à plat ventre avant de lui passer des menottes aux poignets dans son dos. Dans un premier réflexe de survie, il se débat, puis commence à crier désespérément, mais ses hurlements se transforment en gémissement sous le terrible impact d'un coup de coude qu'un des agents lui assène dans la tempe.

La vision et la violence de cette scène remplissent les jumeaux d'effroi et ils restent pétrifiés, serrés l'un contre l'autre.

On soulève Hamed, entraîné par deux policiers vers la porte d'entrée de la salle. Le commandant, soulevant la visière de son casque, somme les éducateurs d'organiser sur-le-champ l'évacuation du gymnase, et ceux-ci ouvrent aussitôt les issues de secours.

Dans un mélange de stupeur, d'incompréhension et de cacophonie, jeunes et éducateurs se dirigent vers l'extérieur du gymnase, où ils sont accueillis par des élus de la ville.

Hamed est conduit vers les vestiaires, envahis par les policiers et quelques officiels, dont l'adjoint aux Sports et des représentants du ministère de la Jeunesse et des Sports.

Le commandant, en montrant les casiers contre le mur, s'adresse sèchement à Hamed :

— Il est où ton casier, dis-moi ?

— Je ne sais plus, bredouille Hamed.

Les policiers, obéissant sur-le-champ au seul geste de leur supérieur, font sauter tous les cadenas, un à un, et scrutent dans les moindres détails le contenu des casiers. L'un d'entre eux fouille un des derniers box et examine avec minutie des vêtements de marque qu'il jette sur le sol au fur et à mesure de son inspection. Puis, il s'empare d'un sac de sport qu'il soulève et constate aussitôt le poids anormalement lourd de celui-ci.

— La voilà, la planque de ce petit enculé, dit-il.

Une fois le sac sur le sol, un autre agent l'ouvre et découvre à l'intérieur un nombre considérable de balles de ping-pong.

Il en extrait une, la soupèse en disant :

— On brûle, elle est bien lourde, cette balle.

Il l'examine avec attention... La balle a été visiblement coupée en deux, puis thermocollée avec soin. Il sort de sa poche un couteau dont la pointe perce la surface de celle-ci. Il applique ensuite la petite fente sous son nez puis presse aussitôt la surface de la sphère en inspirant longuement.

Un jet de poudre blanche lui gicle alors au visage, provoquant l'hilarité générale parmi ses collègues, malgré la tension ambiante qui régnait paradoxalement jusqu'alors. Le commandant, amusé lui aussi par cette scène décalée, lui dit :

— Dites, vous n'allez quand même pas toutes les sniffer, ces balles ?

Une paradoxale et subite bonne humeur s'installe chez les policiers, contrastant avec leur extrême concentration pendant l'intervention musclée... Seuls Hamed et les élus de la commune, qui restent de marbre, demeurent sous tension.

— Sacré stock de cocaïne, dit le commandant en s'adressant à Hamed, tu en planques d'autres ?

— Non, je vous jure... C'est même pas à moi, tout ça, je vous jure !

— Ne jure pas, va ! Allez, on va faire une petite balade chez toi.

On escorte sans ménagement Hamed vers l'extérieur du bâtiment où déjà s'entassent des dizaines de curieux, et on le dirige vers une voiture de police qui le conduira, toutes sirènes hurlantes, au pied de la tour B12.

La perquisition chez ses parents, effondrés et traumatisés par ce qui leur arrive, s'exécute sans aucun ménagement. Sous les pleurs de sa mère et les lamentations de son père, les agents de police soulèvent les matelas, démontent les meubles et les appareils ménagers, cassent les armoires...

Pendant ce temps, d'autres policiers demandent fermement aux voisins du palier de rester chez eux. Fatima et Youssef sont obligés de s'exécuter malgré leur inquiétude concernant leurs deux enfants qui ne sont pas encore rentrés de leur animation sportive.

Seul Hamed, effrayé et dépassé par l'ampleur de la situation, reste sur le palier, menotté et maintenu fermement par deux agents. Soudain, les battants de la cage d'escalier s'ouvrent et un jeune voisin se dirige vers la porte de son domicile, sans un regard vers les deux agents qui lui ordonnent de revenir sur ses pas. Devant son indifférence, un des agents lâche Hamed et se précipite vers lui pour affirmer son autorité.

Hamed profite de ce moment de flottement pour s'extraire des mains du policier qui le tient pourtant fermement. Paniqué, dans un réflexe de survie, bien que toujours menotté, il se met à courir vers la cage d'escalier, dans un sursaut désespéré d'animal en fuite. Au risque de se tuer, il dévale en bondissant plusieurs marches à la fois, suivi de près par les deux policiers, plus que surpris par l'audace de sa fuite effrénée.

Pour mettre fin à sa cavale, un des agents, un colosse sans doute ancien rugbyman, s'élance du haut d'un palier et plaque sèchement Hamed qui, déséquilibré, roule dans l'escalier.

Ses mains tenues dans son dos ne peuvent amortir le choc de la chute. Sa mâchoire se déboîte dans un horrible bruit de craquement lorsqu'elle percute violemment le carrelage d'une marche, aussitôt recouverte de sang et de bile.

L'homme en noir immobilise ensuite le corps meurtri de Hamed contre la rampe de l'escalier en contrôlant ses bras dans son dos et les remonte tellement haut vers ses omoplates qu'un coude et une épaule seront luxés. Une dizaine de policiers dévalent bruyamment l'escalier à leur tour. Pour Hamed, ce sera un trou noir.

On lui dira un jour que maintenu par le premier policier à plat ventre et figé dans cette improbable position corporelle due à sa chute, il subira, impuissant, la foudre et la fureur des forces de l'ordre.

Il sortira quelques semaines après du coma causé par le défoulement de leur fureur, par la violence de leurs coups de pied sur toutes les parties de son corps pourtant déjà meurtri. Mais ceux qui percuteront sa tête seront certainement la cause principale de ses séquelles.

Et il refusera à jamais de visionner cette vidéo, filmée à l'insu de tous, par un des voisins, qui sera le déclencheur de l'embrasement de la cité.

*

La vidéo sera aussitôt diffusée sur les réseaux sociaux et se répandra telle une traînée de poudre. Sa diffusion sera si rapide qu'une foule de jeunes du quartier s'amassera aussitôt au pied de la tour B12 où se trouvaient toujours les forces de l'ordre, et où Hamed était déjà plongé dans le coma. Une ambulance se fraiera un passage entre les jeunes gens hurlant leur haine et leur mépris à la police. Elle partira aussitôt en trombe une fois le brancard glissé prestement à l'intérieur, dans un hurlement assourdissant de sirène.

Les forces de l'ordre seront dépassées par l'ampleur de cette révolte spontanée, qu'elles ne pourront contrôler. Les policiers essaieront de gagner leurs véhicules sous les crachats de la foule indignée et les projectiles de toutes sortes : pierres, pavés, barres de fer...

Refoulés à l'intérieur du bâtiment B12, ils attendront quelques minutes les renforts, constitués principalement de camions de CRS dotés de lances à incendie dont les puissants jets percuteront les manifestants. L'un d'entre eux, encagoulé et muni d'un haut-parleur, hurlera :

— Puisqu'ils sont venus avec des lances à incendie, qu'ils en fassent un meilleur usage ! Mettons le feu partout... Partout...

Toute la nuit, des poubelles s'embraseront, des cocktails Molotov incendieront des voitures, le gymnase Wallon flambera dans un gigantesque brasier dont les flammes danseront bien plus haut que les plus grandes tours de la cité.

Ferrid et Hakim vivront ces évènements en direct, de la fenêtre de leur domicile perché tout en haut de la tour B12. Devant l'épouvante de leurs enfants, apeurés et horrifiés par le bruit assourdissant des détonations et par la vision apocalyptique des incendies partout sous eux, des fusées éclairantes éclatant tels d'inquiétants feux d'artifice, Fatima et Youssef auront bien du mal à les rassurer et à les convaincre d'aller se coucher. Cette nuit-là, Fatima dormira entre les jumeaux. Ils ne pourront trouver le sommeil que par ses mots apaisants, bien qu'elle n'ait su leur donner de réponse concernant les causes de l'arrestation de Hamed ni sur les raisons des tragiques conditions de celle-ci.

La cité Berthe sombrait dans un indescriptible chaos sans précédent. Au petit matin, elle n'était plus qu'un dantesque spectacle de ruines, composées de cendres, de nuages de fumée et de carcasses de voitures calcinées.

Derrière un cordon de CRS montant la garde, une masse de poutres tordues et de tôles encore fumantes, dérisoire vestige de ce que fut le gymnase, fera penser à un immense squelette de dinosaure affalé sur un champ de braises rougeoyantes.

*

Dans l'habituelle petite cohue de l'entre-deux cours, où se mêlent enfants fébriles quittant la première séance aux autres arrivant pour la suivante et parents venant soit les emmener soit les chercher, je remarque Fatima entre ses jumeaux qu'elle tient par la main. Je savais qu'elle viendrait aujourd'hui suite à notre discussion téléphonique de la veille, au cours de laquelle il avait été convenu que ses enfants fassent un cours d'essai de judo.

Avant même qu'elle ne m'appelle, j'avais suivi comme tout le monde les actualités largement diffusées par les médias, relatant cette véritable guérilla urbaine qui avait détruit, entre autres, le gymnase et, par là même, la possibilité pour ses enfants de continuer cette activité qu'ils semblaient tant apprécier.

On en avait parlé, rien ne serait simple, de toute façon. S'ils décidaient de continuer la pratique du judo à Bandol, les deux frères seraient obligés de venir en bus après leur sortie de l'école, vers 16 h 45, et seraient dans l'impossibilité d'être à l'heure pour la première séance « des 8-10 ans » de 17 h, correspondant à leur âge et niveau. Ils n'auraient d'autre choix que de participer à la seconde séance de 18 h, avec les jeunes adolescents de 10-14 ans.

Je m'avance vers eux en souriant.

Les petits, déjà vêtus de leur judogi bon marché, bien trop ample pour eux, me tendent la main, l'air intimidé, puis, comme je m'étais déjà penché vers eux, me font une bise sur la joue.

Je suis une nouvelle fois troublé par leur parfaite ressemblance. Tous deux fixent mes toiles abstraites accrochées sur les murs du dojo, au-dessus des protections murales, et je suis étonné de constater leur intérêt pour mes œuvres. Elles ornent la salle depuis l'ouverture et leur présence a toujours laissé indifférents parents et enfants. Personne en effet ne semble même constater le changement de tableaux que j'effectue régulièrement, à part Daphné et mon père.

— Cela vous plaît ?
— Oui, me répondent-ils en chœur. Ça représente quoi ?
— Ce sont des œuvres abstraites… Chacun peut y voir ce qu'il veut… Mais le mieux serait de ne rien y voir de particulier… La seule question à se poser devant une œuvre de ce type est de savoir si elle vous indiffère ou si elle vous touche, sans chercher à en comprendre la raison…
— Oui, c'est beau, dit l'un d'eux sans quitter des yeux une toile grand format où de multiples couleurs éclatent sur un fond rouge.

J'entends derrière moi des chuchotements et ricanements de je ne sais quel enfant exactement… Mais il me semble percevoir des propos étouffés : « Ce sont les enfants de la femme de ménage… »

Ni Fatima, qui ne peut pas ne pas avoir entendu cette remarque, ni moi-même ne relevons, et j'invite les deux garçons à rentrer sur le tatami.

Visiblement, leur initiation au judo avec Éric a dû être plus que sommaire, puisque je dois leur expliquer que le judo est un sport venant du Japon, et qu'à ce titre, un certain nombre de rituels traditionnels doivent être respectés, comme saluer le tatami en entrant et en le quittant. Les jumeaux s'exécutent dans un sourire radieux qui illumine leur visage. Je les place ensuite là où doivent se positionner les moins gradés, les ceintures blanches en l'occurrence, à l'extrémité droite de la rangée d'élèves qui commencent à se ranger face à moi, en chahutant comme de coutume, pour le salut général de début de séance. Un enfant qui se tient juste à côté d'un des jumeaux le regarde étrangement.

— C'est quoi ce truc ? lui demande-t-il en lui prenant sa manche qu'il froisse entre ses doigts. Ton pyjama ?
— Non, lui répond le jumeau, mon kimono...
— On dit pas kimono mais judogi, réplique l'enfant d'un ton narquois.
— Ah bon, je ne savais pas...
Je me tiens toujours debout face aux gamins, d'un air martial et exagérément sévère, pour qu'ils comprennent enfin mes attentes de leur part. Le silence absolu avant de commencer le salut doit être respecté, ils le savent, pourtant. Devant le flottement de leur comportement, je suis contraint, comme à chaque fois, de pousser un cri, qui ne les fait même plus tressaillir. Seuls Ferrid et Hakim semblent impressionnés et se tiennent droits et penauds face à moi. Ils me regardent avec une certaine inquiétude, mais tous les autres gosses continuent de se bousculer en riant comme si je n'existais pas.

Je me dirige théâtralement vers mon bureau et ce n'est qu'à cet instant que je perçois que le silence commence enfin à s'installer. Je croise Fatima, et il me semble percevoir quelques larmes dans ses yeux. Elle s'efface furtivement vers les vestiaires, car elle sait que je ne souhaite pas que les parents assistent aux séances pour des raisons pédagogiques. Puis je me positionne à nouveau face aux élèves, un carnet et un stylo dans les mains. Comme par magie, les enfants semblent soudain comme pétrifiés et un silence absolu s'installe alors.

Mon seul pouvoir envers ces petits crétins est la menace de leur infliger des points en moins pour l'obtention de leur prochaine ceinture de couleur, la seule chose qui les préoccupe, hélas. Ils ne peuvent savoir que cette démarche n'est que du bluff, car lorsqu'il m'arrive d'ouvrir le carnet, je mets un certain temps à le regarder, comme si je cherchais un nom sur une liste, pour ensuite tracer d'un geste nerveux un trait sur une page blanche. Le judo est une partie de mon gagne-pain, je dois l'avouer, et tous les enfants seront récompensés par une nouvelle ceinture en fin de saison, évidemment... L'important est qu'ils croient à mon grossier stratagème pour que je puisse obtenir par ce leurre un minimum de discipline.

Enfin soumis par la seule autorité du carnet – on est bien peu de chose – les enfants dressent leur buste, droit comme des « i », dans un silence « assourdissant » contrastant avec le tumulte ambiant quelques secondes plus tôt. Je mets alors mon genou gauche au sol, puis le droit, et m'assieds sur mes talons en me tenant bien droit, les mains sur mes cuisses. Mes mouvements sont suivis dans la seconde par tous mes élèves, enfin dociles, comme si mon carnet avait le pouvoir de les mettre en joue. Nicolas, l'élève le plus gradé, ceinture verte, se tenant à ma droite, à l'extrémité de la ligne, pousse un cri donnant le signal du salut au sol, consistant à poser devant soi ses deux mains sur le tatami en inclinant le buste. Puis, on se relève. Les enfants suivent exactement mes gestes. On soulève ses fesses des talons, on pose le pied droit sur le tatami puis le gauche avant de se redresser, et on termine le salut en inclinant le buste devant soi, les mains le long du corps.

Ce protocole effectué, je présente alors les deux nouveaux. Hakim et Ferrid, sans savoir qui est qui de par leur exacte ressemblance, tout en sachant que bien peu d'élèves n'accorderont d'importance à la différenciation de leur identité.

Je m'adresse aux jumeaux :

— Connaissez-vous les règles du judo ?

— Oui, dit l'un d'entre eux, faire tomber l'autre et l'étouffer par terre.

Sa réponse provoque l'hilarité générale chez les autres élèves, qui cesse comme par enchantement lorsque je fais mine d'ouvrir mon carnet, en fronçant exagérément les sourcils.

Un calme éphémère rétabli, je demande alors à Nicolas et à son copain Kevin de bien vouloir s'avancer pour venir illustrer mes propos adressés à Hakim et Ferrid.

— Vous savez déjà que le judo est un sport de combat, c'est bien. Vous avez compris qu'il y a donc une notion de bagarre... C'est un sport qui vient d'un art martial japonais. Ce qui explique pourquoi on préserve certains codes venus de ce pays lointain. Le salut traditionnel, par exemple. Au Japon, on se dit bonjour non pas en se serrant la main, mais en inclinant son buste. Sinon, la règle du jeu est simple, finalement. Le combat commence à distance, et l'arbitre, placé entre les deux combattants, dit « *Hadjime* » pour signifier le début du combat. On gagne déjà en projetant son adversaire, très fort, sur le dos, et là, le combat s'arrête, un peu comme un KO en boxe. L'arbitre annoncera *ippon* en levant son bras à la verticale. Nicolas, vas-y, montre-nous un *ippon* !

Nicolas, fier de montrer sa science, projette son partenaire conciliant sur le dos qui frappe, dès l'impact, le tatami d'une de ses mains dans un bruit sec et résonnant.

Je lève le bras à la verticale en criant :

— *Ippon*... *Soremade*. Cela veut dire que le combat est terminé. Autre façon de gagner un combat par *ippon* : maintenir son adversaire le dos au tapis un certain temps. Le temps diffère selon les catégories d'âge... Vas-y, Kévin, montre une immobilisation !

Je note une certaine contrariété dans le visage de Nicolas, déçu de l'inversion des rôles, mais tout en boudant, il se laisse plaquer au sol par Kevin, heureux de s'exécuter.

— Vous voyez, dès qu'un des adversaires est contrôlé sur le dos, l'arbitre annonce *oseikomi*, et s'il n'arrive pas à sortir, une sonnerie retentit et il annoncera *ippon* ! Enfin, il faut savoir qu'il y a une autre façon de gagner un combat de judo... mais cela n'est pas admis à votre âge. À partir du niveau cadet, on peut aussi gagner en obligeant l'adversaire à l'abandon, par des techniques de clés de bras au niveau du coude seulement, ou par étranglement... Mais, bon, chaque chose en son temps, il y a pas mal de choses à apprendre avant, que l'on veuille faire de la compétition ou non. La règle du jeu est la même, de toute façon, avec ou sans arbitre.

Je lance ensuite la séance avec une certaine appréhension. Elle se déroule, comme je m'y attendais, dans cette prévisible tension où il me faut à la fois être vigilant aux immanquables sarcasmes et comportements dominateurs des petits Bandolais, débordements que je dois anticiper et prévenir, d'autant plus que Fatima ne pourrait les ignorer depuis les vestiaires, et à mon attitude qui ne doit pas paraître exagérément protectrice envers Hakim et Ferrid.

La séance est effectivement un vrai calvaire pour les jumeaux, ballottés, bousculés, projetés sans retenue... malgré mes nombreuses interventions afin que les gamins adaptent leur pratique à des quasi-débutants. Je me pince les lèvres pour ne pas remettre à sa place Nicolas, qui se vante auprès de Kevin « d'être content d'avoir deux nouveaux jouets... identiques, en plus ! ».

Ferrid et Hakim terminent la séance les larmes aux yeux. Lorsque les élèves quittent le tatami, Fatima sort du vestiaire et s'accroupit devant ses enfants qui viennent la rejoindre. Ils se parlent à voix basse, et j'ai l'intime conviction que ce premier cours de judo à Bandol restera le dernier : ni elle ni eux ne voudront renouveler l'expérience, c'est une certitude.

Fatima se rapproche de moi et, à ma grande surprise, m'annonce que les jumeaux sont d'accord, qu'ils viendront en autocar après la sortie du collège, tous les mardis et jeudis soir. Puis, elle me demande les formulaires d'inscription.

— Est-il possible de régler la cotisation annuelle en plusieurs fois ? ajoute-t-elle.

Je garde le silence durant quelques longues secondes.

Mon désir de lui affirmer que je ne souhaite pas lui faire payer de cotisations est parasité par l'idée de la gêne que je lui infligerais.

Je ne sais que dire, mais je me lance quand même au risque de la blesser dans son orgueil :

— Non, Fatima, c'est bon, pas de cotisations évidemment pour toi...

— Il en est hors de question, réplique Fatima, mais je m'y attendais... Je t'offre des heures gratuites de ménage ?

— Ce n'est pas pareil...

— Si, c'est la même chose, conclut Fatima, mettant ainsi un terme à la discussion.

*

Deux fois par semaine, Hakim et Ferrid se rendront au club de Bandol en prenant le premier autocar dès la sortie de l'école. Dans ces moments-là, ils seront les témoins de l'étrange et progressif passage d'un univers à l'autre, défilant sous leurs yeux de l'autre côté des vitres. Les tours de la cité laisseront place aux immenses grandes surfaces commerciales attenantes, puis aux maisons de lotissements, elles-mêmes devenant de plus en plus cossues à l'approche de la côte.

Puis le paysage s'ouvrira soudain sur l'immensité de la Méditerranée, sur la plage entourée de palmiers et son casino de jeux, synonyme pour eux de luxe suprême.

Terminus, enfin, devant une multitude de magasins prestigieux, vendant à des prix exorbitants les produits les plus futiles qui soient, de simples vêtements dont la seule valeur est la suggestivité d'une marque, d'une simple griffe imprimée sur eux.

Leur mère modifiera le planning de ses ménages pour programmer des heures à Bandol le mardi et le jeudi, afin de pouvoir les ramener en voiture le soir après les cours de judo. Souvent au dojo un peu avant l'heure de la fin des séances, elle attendra dans les vestiaires humblement, mais je l'imagine se morfondant de ne pouvoir réagir parfois, lorsque gausseries et railleries envers ses enfants, souvent alimentées par Nicolas, l'atteindront. Mais Fatima s'évertuera à se faire la plus discrète possible... Une maman femme de ménage doit se faire toute petite dans ce monde-là, c'est même un devoir pour ne pas accentuer encore la gêne, voire la honte, que doivent ressentir ses enfants vis-à-vis des autres, dans ce contexte.

Les premiers temps, je dus intervenir sans cesse afin de désamorcer, non pas des conflits, car les deux frères se limitaient à encaisser chaque remarque désobligeante de la part des autres élèves, mais des situations qui auraient pu dériver vers des limites qu'il me fallait veiller à garder infranchies. Nicolas fut l'instigateur des premiers propos humiliants à leur égard. Il commença à les appeler tous deux « couscous ».

Je n'en fus pas surpris. Il y a quelques années, n'avait-il pas nommé un petit camarade de couleur « nègre » ? Il devait avoir 6 ou 7 ans et n'avait pas compris pourquoi je l'avais aussitôt réprimandé... Ben quoi, m'avait-il répondu, il est bien nègre, non ?

Il n'y avait dans ses propos aucune malice ni aucun apriori raciste, c'est certain, il ne faisait que répéter des paroles entendues de la bouche de son père, sans doute. Pour lui, qualifier ce petit garçon de nègre – qui était d'ailleurs l'enfant d'un ex-international de football, bénéficiant d'un statut social privilégié, donc – n'avait rien de péjoratif.

Nicolas était maintenant en âge de comprendre, je l'espérais, et suite à ma remontrance, il me rétorqua qu'il lui était impossible de savoir qui était qui des deux frères. Alors, comme ils se ressemblaient tellement, « couscous » avait été le terme qui lui était venu en premier pour les désigner. Je ne sus que lui répondre dans un premier temps. Je rencontrais cette même incapacité à les individualiser. Comme il en était d'ailleurs au sein de leur propre famille.

Ferrid et Hakim sont ce que l'on appelle communément de « vrais » jumeaux, ou jumeaux monozygotes, parfaitement similaires. Ils possèdent le même patrimoine génétique, véritables clones, en fait, reliés entre eux par une étrange osmose amniotique. Cette rare et surprenante situation survient lorsqu'un ovule est fécondé par un seul spermatozoïde et que la cellule-œuf qui en découle se sépare en deux, formant ainsi deux embryons possédant les mêmes gènes d'ADN

Nicolas me regardait alors en souriant, sans doute fier de sa remarque pertinente qui me laissait sans voix. Je lui répondis que je trouverais bien une solution, mais qu'il était hors de question que de tels termes me parviennent encore aux oreilles.

L'idée me vint en passant devant une petite boutique de broderie dont je connaissais bien le patron.

Je lui fis broder leurs prénoms respectifs sur deux véritables judogis en grain de riz qui faisaient partie du stock qu'un ami fournisseur en arts martiaux laissait en dépôt au club, en grandes lettres sur le dos et en plus petites sur la poitrine gauche. J'avais par là même trouvé un prétexte pour offrir aux jumeaux un judogi digne de ce nom, en mentant quelque peu à Fatima pour ne pas la mettre dans l'embarras. Je lui avais affirmé que j'avais comme coutume d'offrir un judogi à chaque nouvel élève en guise de bienvenue au club. Je la suspecte d'avoir fait semblant de croire à mon petit mensonge pour m'éviter de persévérer dans mes boniments.

À partir de ce jour-là, je pus imposer à mes élèves d'appeler enfin les jumeaux par leur prénom, et gare à celui qui en ferait autrement, les avais-je avertis.

Je me doutais déjà, au vu des regards furtifs qu'ils s'échangeaient sans cesse et des étincelles de malice que je décelais dans leurs yeux, que Ferrid et Hakim étaient aussi complices que facétieux. Ils m'avouèrent bien des années plus tard avoir pris du plaisir à tromper leur petit monde, en intervertissant pratiquement tout le temps leurs vestes, au gré de leurs humeurs ou surtout du simple hasard, car ils mettaient la plupart du temps dans leur sac, chez eux avant de partir au judo, le judogi qui leur tombait sous la main, sans même lire les lettres brodées.

En se changeant dans les vestiaires du club, ils apprenaient s'ils étaient Hakim ou Ferrid, et ne pouvaient s'empêcher de se regarder en souriant lorsque le hasard avait bien voulu permuter leurs identités. C'était de bonne guerre, après tout : comment pouvaient-ils combattre l'exclusion et l'intolérance sans les seules armes à leur disposition qu'étaient l'ironie et la dérision ?

Cette première saison de pratique dans ce milieu hostile pour eux ne put être supportée, j'en suis convaincu, que par les seules forces inhérentes à leur gémellité. Un seul gamin aurait craqué très vite devant les épreuves, aussi bien physiques que psychologiques, générées par le rejet d'un groupe entier sous l'emprise de Nicolas. La méchanceté des enfants peut être, parfois, sans limites. Il me fallut aussi adapter mon comportement dans le déroulement de toutes ces séances, en faisant preuve de moins de protectionnisme envers les deux frères, et tout d'abord pour leur propre intérêt. Je m'aperçus rapidement en effet que les réactions d'hostilité à leur égard étaient pires lorsque Nicolas et les siens avaient l'impression que je les « couvais » un peu trop. Je tentais également de ménager mon « fonds de commerce », les Bandolais, que je ne pouvais me permettre de rendre mécontents, au risque de les perdre. J'ai finalement réussi à trouver un équilibre dans le déroulement des cours en anticipant les éventuelles sources de conflits, au prix d'une accentuation de fatigue durant les séances desquelles je sortais littéralement épuisé.

Mais au fil des semaines et des mois qui suivirent, Ferrid et Hakim progressaient. Chose surprenante, ils étaient tous deux ambidextres dans leurs sensations du combat et ils changeaient naturellement de garde, passant d'un kumi-kata (saisie du judogi) à droite à un kumi-kata à gauche selon leur humeur ou leur adaptation aux confrontations avec leurs partenaires.

Attentifs et concentrés pendant les phases d'apprentissage technique, ils restaient combatifs et courageux durant les randoris, où ils chutaient de moins en moins.

Peu avant le printemps, les deux frères, toujours ceinture blanche, commencèrent à projeter et à dominer au sol certains de leurs partenaires, au grand désarroi de ces derniers qui, ayant plusieurs années de pratique, arboraient des ceintures de couleur. Nicolas lui-même trouvait maintenant un peu de répondant, et si sa domination restait toujours aussi flagrante, il enrageait intérieurement de ne pouvoir les humilier autant qu'auparavant.

Au cours de ce printemps fut organisé l'évènement tant attendu depuis le début de la saison.

Il s'agissait de l'accueil de Maître Nagao et de ses élèves, dans le cadre d'un échange sportif et culturel. Un séjour de trois semaines durant lesquels les petits Nippons seraient hébergés chez l'habitant, chez les parents des gamins volontaires en l'occurrence, plus que ravis de pouvoir côtoyer de vrais Japonais. Ainsi, chaque petit Japonais était dispersé dans différents foyers bandolais, la plupart dans les belles villas des familles, enchantées de contribuer à ce projet d'échange culturel où leurs enfants pourraient partager le quotidien d'autres gamins de leur âge, mais d'une culture si différente qu'elle leur paraissait quasi exotique.

Le club de Maître Nagao était situé au cœur d'un petit village rural non loin de Tokyo en distance, mais à des années-lumière de la frénésie ambiante de la capitale.

Mon idole… Mon professeur de judo qui a su me transmettre toutes les valeurs de cette discipline. Il avait repris les rênes du dojo de son propre père à son décès, pour continuer dans son pays natal le travail entrepris au Dojo du Vieux-Port de Marseille.

Là, Maître Nagao enseignera le judo par sa méthode pédagogique qui ne sera qu'un prétexte pour sensibiliser ses élèves à d'autres notions bien plus importantes qu'une simple pratique sportive, fut-elle considérée comme un art martial.

Le lendemain de leur arrivée se déroula la première séance.

Au moment du salut, le groupe des petits Japonais se plaça, non pas dans la lignée de mes élèves, mais en ligne, perpendiculairement à droite de celle-ci, par rapport à Maître Nagao et moi-même, du côté des moins gradés. Les petits Japonais étaient vêtus de judogis d'une extrême blancheur, sublimés par des lettres en écritures kanjis brodées sur leur poitrine et sur leur dos.

Tous étaient parés d'une ceinture blanche aussi lumineuse dans sa blancheur que leurs judogis.

Car Maître Nagao n'avait pas basculé dans cet effet de mode venu de l'Occident qui, même au Japon, avait fini à gagner la plupart des clubs de judo, c'est-à-dire l'adoption de cette notion de progression par grades, matérialisée par l'attribution de ceintures de couleur.

En effet, pour Maître Nagao, la seule fonction d'une ceinture ne devrait être que celle de maintenir en place une veste de judogi. La couleur de celle-ci devrait peu importer, même si l'idée traditionnelle qu'elle ne fût que blanche ou noire ne lui déplaisait pas. Lui-même arbore aujourd'hui une simple ceinture noire au lieu de la rouge et blanche qu'il pourrait porter en tant que septième dan.

Au moment du salut, le contraste dans les comportements entre les deux groupes était saisissant. Face à nous, les petits Français qui, bien qu'un peu intimidés, n'en continuaient pas moins à être chahuteurs et indisciplinés. Ils ne pouvaient s'en empêcher.

À notre droite, les petits Japonais aux cheveux d'un noir mat, le visage sérieux et figé, parfaitement droits et immobiles.

Après le salut, je fis un discours, le plus sobre possible, en respectant le souhait de Maître Nagao de ne pas trop parler de sa personne... Par pudeur sans doute, mais aussi parce qu'il voulait mettre l'accent sur l'échange entre les enfants issus de deux cultures si différentes, c'est cela le plus important m'avait-il dit, mon histoire n'est pas essentielle. Aussi, respectant sa requête, je ne pus comme je l'aurais voulu rendre hommage au personnage le plus admirable que j'aie connu et dire aux parents et élèves bandolais présents l'étendue de mon honneur de pouvoir l'accueillir au sein de notre village.

Maître Nagao dirigea ensuite la séance dans un souci de subtil compromis entre mentalité et usages aussi bien japonais que français. Ses élèves avaient été prévenus. Ils ne devaient pas être surpris par certains exercices ludiques qui leur sembleraient futiles, car Maître Nagao enseignait le judo dans son club de la façon la plus traditionnelle qui soit. La seule façon d'apprendre le judo est de pratiquer le judo, telle était sa devise.

Maître Nagao leur avait précisé aussi qu'ils devraient s'adapter au niveau des petits Français, bien en dessous du leur, rester humbles, mais pour cela, il leur faisait confiance. Pratiquer les randoris avec intelligence, laisser travailler leur partenaire sans leur donner l'impression de trop se laisser faire. Il savait qu'ils en seraient capables.

Au cours de cette première séance commune, j'eus honte, je dois l'admettre. Honte de mon enseignement et du niveau de mes élèves. Visiblement, gamins français et japonais ne pratiquaient pas la même activité. Nous étions dans deux mondes différents.

Après les quelques jeux que Maître Nagao organisa par simple diplomatie, auxquels ses élèves participèrent sans joie apparente, on passa à un simple exercice de base, dit *uchi-komi*, dont la définition pourrait être : répétition rythmée d'un mouvement ou placement d'une technique sans projection.

La limpidité, la précision, la rapidité, la fluidité des gestes des petits Japonais contrastaient avec les placements approximatifs et patauds de mes élèves. Je compris ce jour-là qu'il me fallait prendre une décision.

Soit continuer mon métier de prof de judo en changeant radicalement mes principes pédagogiques, quitte à perdre beaucoup d'élèves… soit arrêter cette mascarade et fermer le club pour me consacrer exclusivement à autre chose, pourquoi pas ma peinture.

*

Manu nous accueille, Maître Nagao et moi, avec un plaisir évident, dans sa nouvelle villa, perchée au sommet de la colline du Gros Cerveau, à Ollioules. Nous nous attablons en terrasse devant le sublime et grandiose panorama de la baie de Bandol et bien au-delà, alors que son employée de maison pose sur la table liqueurs, pastis, carafe d'eau ainsi que quelques biscuits apéritifs et plusieurs sortes d'olives. D'exquis effluves d'herbes aromatiques, de thym, de romarin et de lavande nous parviennent du grand jardin, véritable écrin de couleurs où se niche la maison, arborée d'oliviers centenaires et d'amandiers.

Comme tous les soirs, j'accompagne Maître Nagao qui s'astreint à visiter les parents accueillant un, voire deux de ses élèves, afin de les remercier personnellement de leur concours à notre action et de leur hospitalité. Et, comme tous les soirs, nous partageons quelques instants avec eux au cours d'un apéritif qu'ils tiennent, immanquablement, à nous offrir.

Le petit Nippon vient nous saluer et, après avoir échangé quelques mots en japonais avec Maître Nagao, va rejoindre sa chambre. Je me demande où peut bien se trouver Nicolas, sans doute a-t-il autre chose à faire que de venir nous voir.

Après quelques mots échangés sur le déroulement de nos séances, Manu passe subitement du coq à l'âne et engage une conversation sur un sujet personnel qui ne concerne aucunement Maître Nagao. Cette attitude peu courtoise à son égard me remplit d'embarras.

— Je suis très content de Daphné... me dit-il. Je savais qu'elle serait plus que compétente pour ce poste...

Quelques semaines plus tôt, Manu avait proposé à Daphné un poste de secrétaire de direction auprès de lui, après qu'il eut viré subitement celle qui l'occupait depuis de nombreuses années. Évidemment, elle ne pouvait refuser ce travail dont le salaire était deux fois supérieur à celui qu'elle touchait, et d'une certaine manière, sa proposition me mettait devant le fait accompli. D'ailleurs, Manu ne m'avait pas demandé mon avis. Il est vrai que cela ne me concernait pas directement, de toute façon. Et puis, Daphné semblait ravie de cette augmentation de salaire, tout en étant flattée de la confiance de Manu pour de telles responsabilités.

Ne tenant pas à prolonger ce moment de courtoisie que je qualifierais d'artificielle, je remercie Manu pour l'apéritif et nous nous levons, Maître Nagao et moi, au prétexte de devoir visiter une autre famille et son jeune convive japonais ce soir.

Je ne sais exactement pourquoi, mais quitter les lieux devenait une urgence. Nous prenons congé de Manu, prenons place dans ma voiture, et dès le portail franchi, une sorte d'indéfinissable soulagement m'envahit.

Nous roulons quelques instants sur cette petite route serpentant la colline qui nous descend vers d'autres grands axes routiers, et durant ces quelques minutes, je sens le regard de Maître Nagao peser sur moi. Je le regarde un instant en m'efforçant de paraître le plus naturel possible et constate qu'il me fixe étrangement, mais avec un énigmatique sourire aux lèvres.

— Manu, faux ami ? me demande-t-il.

— Je ne sais pas... Nous sommes si différents !

— Maintenant voir quel enfant ?

— Oh, ce n'était qu'un prétexte pour partir. J'étais mal à l'aise. Manu n'avait rien à nous dire, je le sentais, alors j'ai trouvé cette excuse pour partir. On a visité tout le monde, je crois, non ?

— Pourquoi pas Japonais chez jumeaux ? me demande subitement Maître Nagao.

Gêné par sa question que je n'attendais pas, je reste un moment silencieux.

— Oh, parce qu'ils n'habitent pas à Bandol. Mais un peu plus loin...
— Loin ? Combien loin ?
— Cinq ou six kilomètres...
— Pas loin, ça. On va voir eux, maintenant ?

Je ne sais que répondre. Certes, venir à l'improviste les voir ne les gênera pas, bien au contraire. Les jumeaux seront ravis et leurs parents honorés qu'on vienne leur rendre une petite visite comme nous l'avons fait avec les autres parents.

— D'accord, dis-je en prenant la direction de l'autoroute pour éviter les bouchons.

Après avoir longé la mer qui disparaît subitement de notre vue, nous nous engageons sur l'autoroute, fleuve hideux de bitume cerclé de bâtiments industriels, de ternes immeubles hébergeant des bureaux. Puis, quelques petites minutes plus tard, dès notre engagement dans la bretelle de sortie « La Seyne-sur-Mer », les tours impersonnelles de la cité Berthe se dressent devant nous.

Maître Nagao me regarde toujours en souriant.

— Pas honte à vivre ici, me dit-il, beaucoup personnes dans le monde être bien ici...

Il n'a pas tort, il n'y a rien de sordide à vivre ici. Ces lieux, dits défavorisés, dont la vocation n'est finalement que de regrouper des familles n'ayant pas les moyens financiers de vivre dans un cadre plus agréable, offrent malgré tout des conditions décentes d'habitat. Une banale et simple cité comme une autre, n'importe où en France, mais qui représenterait un luxe, hélas, dans bien d'autres pays.

Peu à l'aise, j'essaye de masquer ma culpabilité pour n'avoir pas proposé à Fatima d'héberger un petit Japonais chez eux, au prétexte qu'il m'avait semblé son domicile moins agréable que ceux des autres parents plus aisés économiquement. Les jumeaux et leurs parents auraient été pourtant si fiers d'avoir été sollicités... Je suis le dernier des crétins.

Maître Nagao, sentant mon trouble, me prend le bras et me dit :

— L'important nous là : avec parents et petits.

Je me gare sous la tour B12, entre deux pins rabougris cerclés de margelles du même gris que l'asphalte de la route. En sortant de la voiture, je suis interloqué par la totale absence de senteurs des parages, malgré la présence d'une multitude de plantes fleuries débordant des jardinières qui bordent l'entrée du parking. L'odeur elle-même serait-elle l'apanage des riches ? me dis-je en pensant aux subtils parfums qu'une légère brise nous offrait dix minutes plus tôt à peine, chez Manu. Ici, étrangement, même les fleurs les plus odorantes n'émettent pas le moindre arôme. Nous nous dirigeons vers l'entrée où sont assis quelques adolescents. Tous répondent poliment à notre salut, même si certains ne lèvent pas les yeux sur notre passage, occupés à rouler une cigarette ou autre chose.

Nous prenons l'ascenseur dont la propreté me surprend et arrivons sur le palier du domicile des jumeaux, où seuls quelques rares tags contrastent avec la pureté des murs peints en gris clair. J'étais venu voir Fatima il y a quelques années, je ne sais plus pourquoi exactement, et à l'époque, je me souviens que l'état des lieux était bien différent. Par le passé, tout était négligé à l'extrême, sale, et les murs moisis couverts de graffitis.

Une agréable senteur épicée de bonne cuisine embaume le palier. Je sonne à la porte qui s'ouvre sur le visage de Fatima, surprise tout d'abord de notre venue. En tablier et un torchon de cuisine à la main, elle nous accueille avec un enthousiasme débordant. Elle ne sait comment me remercier d'être venu leur faire cette belle surprise en compagnie de Maître Nagao, dont les petits n'arrêtent pas de parler.

J'hésite à lui révéler que cette initiative n'est pas de mon ressort, puis je me ravise lâchement dans l'espoir infime que mon ami n'ait pas saisi l'exactitude de ses propos.

Hakim et Ferrid sont aux anges, impressionnés qu'un Maître venu du Japon soit venu jusqu'à chez eux.

Fatima et Youssef nous demandent de bien vouloir dîner avec eux, ils en seraient honorés. Vous devez absolument goûter au meilleur couscous du monde, nous dit Youssef, Fatima est justement en train de le préparer. Comment résister à un tel argument ?

Déjà Youssef s'empresse de sortir toutes ses bouteilles d'apéritifs qu'il pose sur la table basse du salon, puis se dirige vers la cuisine. Il en revient avec une bouteille de vin mousseux à la main, tout en libérant le fil de fer qui encercle le bouchon et provoque une joyeuse détonation mate lorsqu'il l'extrait du goulot. Sous les yeux pétillants des deux frères hilares, il remplit aussitôt les coupes du breuvage pétillant dont les bulles semblent danser en tourbillonnant.

Fatima se joint à nous un instant pour trinquer, puis regagne la cuisine afin de terminer sa préparation. Évidemment, la soirée en leur compagnie sera délicieuse. Non seulement parce que Youssef avait raison : ce fut bien le meilleur couscous que nous ayons jamais mangé. Mais surtout parce que l'ambiance fut naturellement détendue et chaleureuse, la discussion, spontanée, et le rire, présent jusqu'au bout de la soirée.

Sur le chemin du retour, Maître Nagao me fait remarquer que les seuls parents qui nous ont invités à dîner sont ceux qui n'habitent pas à Bandol, mais à quelques kilomètres de là, tout en haut d'une tour de cité encerclée de centres commerciaux et de bitume.

*

Nous prenons la route, Maître Nagao et moi, ce samedi en fin de matinée, en direction de Mèze, près de Montpellier. Évidemment pas pour le plaisir de rouler, car je manquais de temps pour lui faire découvrir d'autres sites agréables qu'il ne connaissait pas encore, proches de Bandol, mais dans le simple but d'être présents, le lendemain matin, à la coupe interrégionale Minimes à laquelle doit participer Nicolas, seul représentant du club ayant réussi à être sélectionné.

Maître Nagao a tenu à venir avec moi pour me tenir compagnie durant ce déplacement que je devais faire seul, comme un grand, Manu ne m'ayant pas proposé de les accompagner, son fils et lui, dans sa belle Porsche Cayenne. Non pas qu'il eût voulu délibérément me tenir à l'écart pour éviter d'être devant le fait accompli et devoir prendre en charge les frais de mon hébergement dans le même palace qu'il avait réservé. Cela lui importait peu, j'en suis sûr, mais sans doute avait-il un plan sur place – ou non loin, au Cap d'Aigues, osais-je le suspecter – une fois son fils couché. Il ne voulait pas me révéler la teneur de sa petite escapade, tout simplement. Mais peut-être suis-je mauvaise langue, après tout. Je ne connaîtrai jamais les raisons qui l'ont conduit à vouloir me tenir à distance, tout en sachant pertinemment que je ne pouvais éviter d'être sur place le jour de la compétition. Et qu'il fût devenu libertin ou non ne m'intéressait guère. Toujours est-il que Manu avait fait « le mort » et n'avait à aucun moment abordé le sujet de ce déplacement les jours précédents, ni ne s'était manifesté pour s'assurer de ma présence au bord des tatamis près de son fils.

J'aborde ce sujet avec Maître Nagao une fois engagé sur l'autoroute. Il me dit qu'en France, le système du judo en compétition ne repose que sur l'assurance des passions, aussi démesurées qu'insensées, de centaines de professeurs de petits clubs qui constituent, de ce fait, le fonds de commerce de l'une des plus puissantes fédérations nationales de la planète.

— Pas normal, me dit-il avec son accent prononcé japonais, professeurs en France faire inverse de la logique... Professeur perd beaucoup argent pour suivre élèves... Voyages, hôtels... Pour élèves qui partir ensuite dans gros clubs pour un peu argent... La logique : élèves payent bons professeurs pour bien coacher eux... Pas inverse...

Son avis est pertinent. Oui, on marche sur la tête. Au prétexte de leur passion pour le judo, mais sans doute aussi animés par leur ego, une poignée de professeurs ambitieux trouvent finalement normal de sacrifier quasiment tous leurs week-ends pour suivre en tournois leurs élèves un peu partout. Et ce non seulement gratuitement, mais en payant de leur poche ou de celle de la petite trésorerie de leur club, constituée essentiellement par les modestes recettes des cotisations annuelles, tous les frais inhérents à leurs déplacements incessants.

— Professeur judo, reprend-il, doit apprendre judo... Pas apprendre compétition...

— Mais il n'y a pas d'argent dans le monde du judo, dis-je, que feraient ceux qui souhaitent se lancer dans la voie de la compétition ?

— Trouver pigeon comme toi, me dit-il dans un immense éclat de rire.

Son allégresse étant contagieuse, nous sommes tous deux envahis d'un terrible fou rire. Dans l'incapacité de maîtriser mon hilarité, qui reprend aussitôt après quelques secondes d'accalmie, je trouve prudent de sortir à l'aire de repos qui se profile et d'attendre son apaisement devant un bon café.

Nous arrivons en début d'après-midi au petit hôtel, juste en face du gymnase où se déroulera la compétition. Je savais, pour y avoir préalablement séjourné par le passé, que son charme désuet plairait à mon ami. Aussi, avais-je pris soin de réserver deux chambres. L'avantage de ces courts déplacements est qu'ils nous permettent de goûter aux petits plaisirs qu'ils peuvent nous offrir. J'avais donc également téléphoné pour réserver une table dans un des meilleurs restaurants de fruits de mer, où nous nous rendons après quelques heures de repos dans nos chambres et une bonne douche. Le restaurant est situé au cœur du petit port de la ville et nous nous installons en terrasse, dans la délicate fraîcheur de cette nuit de début de printemps, qui nous semble à cet instant sublimée par la légèreté d'une vaporeuse fragrance iodée.

Nous commandons d'immenses plateaux de fruits de mer, accompagnés d'une bouteille de vin blanc de Cassis... pour commencer.

Maître Nagao aime la vie et le bon vin. Après avoir vidé trois bouteilles à deux, je commence à me sentir complètement ivre, mais lui semble aussi lucide qu'au début du repas. Je décline sa proposition de digestif, mais il commande tout de même deux Get 27, pour la route, me dit-il.

Nous continuons à bavarder tranquillement pendant que les serveurs nous démontrent avec tact qu'il est grand temps que nous quittions les lieux, désormais vidés de clients, hormis les deux boulets que nous sommes manifestement.

Je demande l'addition avec discrétion, et Maître Nagao se lève pour aller aux toilettes, me dit-il. Lorsqu'il revient, il reste debout et me dit que je semble fatigué et que si je veux être en forme demain pour faire le clown sur le bord du tapis, il serait peut-être bon d'aller dormir. Voyant mon verre de Get 27 que je n'ai même pas entamé, il le prend et le vide cul sec, avant de le poser devant moi dans un grand sourire. Je sors ma carte de crédit et, en me levant, je me sens comme flotter sur un nuage. Il pose sa main sur la mienne, celle qui tient comme elle peut la carte de paiement, et il m'annonce qu'il a déjà réglé. Mes protestations sont aussi ridicules que vaines, tout est payé, je suis saoul comme une barrique, et les serveurs m'aident déjà à me redresser le plus dignement possible pour qu'enfin on quitte le restaurant.

Nous marchons lentement sur le quai du port, lui droit comme un mât dans la lagune, moi titubant comme sur un bateau en plein naufrage.

Ensuite, tout est confus dans mon esprit. Dans mon souvenir, cela restera comme une sorte de rêve aussi flou qu'irréel.

Trois jeunes hommes, faiblement éclairés par les lampadaires du port, surgissent devant nous, apparemment munis de matraques ou de barres de fer, je ne sais pas.

Je n'ai entendu qu'une seule phrase fusant au milieu des ténèbres :

— Videz vos poches, les pédés, là, tout de suite, sinon vous êtes morts…

Je reste pétrifié, non pas par la peur, du moins je l'espère, mais par la surprise et par mon état alcoolisé. Immobile, je ne peux que regarder le spectacle le plus surprenant au monde.

Maître Nagao, du haut de ses 60 ans, se débarrasse en quelques secondes des trois malfrats en pleine force de l'âge.

Je le sais bien, personne ne le croira, moi-même je n'aurais pas cru à cette scène proche d'une médiocre caricature d'un genre de films très à la mode dans les années 1980, dont l'acteur Bruce Lee avait été le précurseur.

Pourtant, que vous accordiez du crédit à mes dires ou non, libre à vous, j'assiste, éberlué, à ce tableau extraordinaire : Maître Nagao esquive le coup du premier agresseur, un colosse basané arborant une coiffure rasta. Il est emporté par la force de son élan et projeté grâce à un mouvement d'épaule d'une surprenante précision.

À l'instant même où claque le bruit mat de sa chute sur les pavés du quai, Maître Nagao se retourne et fait face à une sorte de barrique fonçant sur lui, et qui commet l'imprudence de vouloir imposer sa force brute, vraisemblablement décuplée par une consommation de cocaïne, dans la fureur d'une lutte au corps-à-corps qu'il recherche incontestablement.

Maître Nagao happe un de ses bras, fait pivoter son corps et, dans un geste parfait en fluidité et en précision, le fait voler dans les airs.

Le troisième, un grand et frêle imbécile, ne trouve rien de mieux à faire que de vouloir frapper Maître Nagao avec ce qui semble être une matraque, mais son geste désespéré est aussitôt esquivé et exploité... Dans la seconde suivante, son coude est luxé et, dans un bruit de craquement horrible, je le vois recroquevillé au sol, hurlant de douleur.

Le colosse rasta s'est relevé, et bien que choqué par l'impact de sa chute, profite de l'instant où Maître Nagao se présente à lui le dos tourné pour le ceinturer par-derrière. Il se retrouve aussitôt dans l'espace, catapulté par le mouvement, aussi fluide que puissant, de mon senseï. Son corps bascule sous le centre de gravité de l'agresseur et sa jambe se propulse à la verticale, dans un véritable grand écart vers les étoiles, geste que les connaisseurs qualifieraient de *uchi-mata* fulgurant.

Le gorille essaye de se relever face à lui, mais au moment où il prend appui sur ses mains pour se redresser, Maître Nagao lui assène un violent coup de pied au visage, et je vois, malgré le faible éclairage, une gerbe de sang éclabousser le bitume où il s'affale, inconscient.

Les deux autres ne s'en sortiront pas non plus. Le grand imbécile finira la mâchoire éclatée par un terrible coup de coude porté lorsqu'il voudra se jeter une nouvelle fois, malgré son coude luxé, sur Maître Nagao. Acte insensé qui aura comme seule conséquence d'éparpiller ses dents ensanglantées sur le trottoir. La caricature de rasta sera quant à lui jeté une troisième fois, mais volontairement sur les cervicales, cette fois-ci, et le terrible impact le laissera inerte sur le sol, aussi pathétique qu'une vieille baleine échouée.

— Maintenant nous rentrer, me dit Maître Nagao, comme si on venait de terminer une partie de pétanque.

*

Je descends de ma chambre le lendemain matin, encore dans le brouillard et tenaillé par un épouvantable mal de tête, persistant malgré le cachet d'aspirine avalé dès le réveil. Maître Nagao m'attend en souriant, frais comme un gardon, assis confortablement sur un des fauteuils de la réception de l'hôtel. Il sourit en me voyant m'affaler sur l'autre fauteuil, face à lui, dans une grimace lui révélant mon affreuse migraine. Je lui demande, la bouche pâteuse, si la scène dont j'ai été témoin dans la nuit est bien réelle ou si elle est le fruit d'une hallucination, tellement elle me paraît incroyable. Je ne comprends pas ses phrases, ponctuées d'amalgames de termes français approximatifs, mais j'en arrive tout de même à en saisir le sens. Il a un vague souvenir, oui, me dit-il en riant, « d'avoir un peu joué au judo », hier dans la nuit, mais il n'en est pas bien sûr, car il était sans doute encore plus saoul que moi.

Après quelques cafés pris au comptoir, nous mettons nos sacs dans ma voiture et traversons à pied la route vers le gymnase situé face à l'hôtel. J'écrase ma première cigarette de la journée, puis nous pénétrons à l'intérieur du complexe où se pressent professeurs, parents et jeunes judokas en tenue, entassés dans le hall dans l'attente du début de la pesée et du contrôle des passeports sportifs.

Cette habituelle pagaille a pour effet d'augmenter encore mon état nauséeux et je ne peux m'empêcher de pester intérieurement contre l'amateurisme de telles organisations, incapables d'imaginer des solutions afin d'éviter bousculades et attentes inutiles devant le seul vestiaire réservé pour les formalités de la pesée, où trônent royalement deux uniques balances.

Maître Nagao m'informe qu'il m'attendra tranquillement dans les gradins, loin de ce tumulte qui semble aussi mettre ses nerfs à l'épreuve, lui qui est pourtant toujours d'humeur égale, aussi sereine qu'impassible. Comme je ne vois pas Nicolas au milieu de ce fatras, je me dirige vers la sortie pour griller une autre cigarette.

Adossé contre un arbre, j'aspire cette fumée qui me brûle sournoisement les poumons, perdu dans mes pensées. Nicolas arrive à ce moment-là, me fait une bise rapide avant de filer vers l'entrée du gymnase, son sac de sport

Adidas en bandoulière. Je distingue Manu marchant nonchalamment vers moi, les mains dans les poches du pantalon d'un élégant costume en lin.

— Oh, Hugo, me dit-il en me faisant la bise avec sa tronche enfarinée, tu es là, toi aussi ?

— Pourquoi je ne serais pas là ? Tu sais bien que je suis présent à toutes les compétitions de mes élèves, non ?

— Ben, réplique-t-il confus, on n'a pas discuté... C'est vrai, j'aurais pu te demander, mais je n'y ai pas pensé...

Ses efforts palpables pour paraître naturel ne parviennent qu'à le rendre encore plus pathétique.

— Dommage, tu aurais pu venir avec nous, cela nous aurait évité de prendre deux voitures, a-t-il le toupet de rajouter.

Je ne trouve rien d'autre à dire que :

— Oui, c'est vraiment con...

Après avoir écrasé le mégot contre le tronc d'arbre, je mets un terme à cette discussion en lançant :

— Allez, au boulot !

Une fois dans le hall d'entrée du gymnase, je cherche des yeux Nicolas au milieu de l'attroupement déjà un peu moins dense. Je l'aperçois, écoutant les paroles que je ne peux entendre d'un des petits professeurs d'un récent club marseillais, prétendant représenter une union de clubs régionaux : l'Alliance Midi, appelée AM pour faire plus joli. Luc, ce pseudo-professeur en question, aussi mielleux qu'incompétent, a pour seul objectif dans la vie de faire briller sa petite personne au travers d'élèves qu'il pêche à droite et à gauche, en arrivant à les convaincre, eux et leurs parents, que la structure qu'il représente ne peut que leur permettre de progresser et qu'elle présente une passerelle vers le haut niveau. Luc, que j'ai surnommé il y a quelques années de cela Trou du Luc, détourne son regard du mien dès qu'il me voit et se dirige vers le cours central, d'un pas qu'il s'efforce de ne pas faire paraître trop précipité.

Je décide de ne poser aucune question à Nicolas afin qu'il reste concentré sur sa compétition ; nous aurons tout le temps d'en parler plus tard.

La journée s'éternise dans les échos insupportables du gymnase, les attentes fastidieuses entre les combats et les discussions stériles avec d'autres professeurs, dont le seul sujet de conversation se limite au judo et à son microcosme. Je décèle chez la plupart d'entre eux – pas tous, heureusement, car je croise aussi quelques bons copains sur le bord du tatami – la déconsidération d'être à leurs yeux une sorte d'original, quelqu'un que l'on ne doit pas prendre au sérieux, pour le seul fait que je voue une passion à l'art et à la peinture.

Nicolas, après avoir remporté ses premiers combats éliminatoires le matin, se qualifie pour la demi-finale dans l'après-midi, qu'il remporte vers 16 heures, avant de gagner avec brio sa finale vers 17 heures.

Je ne peux cacher ma satisfaction et ma fierté devant son excellent travail. Ce premier résultat relativement significatif pour mon club me récompense aussi indirectement. Je félicite longuement Nicolas, qui, ivre de bonheur, se dirige ensuite vers les gradins pour montrer sa médaille à son père.

C'est à ce moment-là que Trou du Luc se dirige vers moi et vient me parler :

— Euh, commence-t-il à balbutier, je viens te voir par correction…

— Oui ? dis-je en sachant pertinemment où il veut en venir.

— Voilà, répond Trou du Luc embarrassé, ton Nicolas, il est très bon… Alors nous avons pensé qu'il serait mieux pour lui de prendre une licence la saison prochaine dans une structure où il pourrait mieux progresser encore. Nous en avons discuté avec son père, il est d'accord…

— Et tu veux en discuter avec moi, c'est ça ?

— Enfin, dit Trou du Luc, oui, on peut en discuter, je peux t'expliquer notre fonctionnement… Il n'y a aucun changement, en fait, pour les clubs partenaires. Les judokas continuent à s'entraîner avec leurs profs qui les ont formés… qui peuvent aussi les suivre en compétition, s'ils le veulent. Le seul changement est qu'ils prennent une licence à l'AM…

— C'est quoi, ce cirque ? dis-je en montant un peu le ton. Ça sert à quoi qu'il change de club si je continue à l'entraîner ?

— Ben, répond penaud Trou du Luc, il pourra faire les compétitions par équipe avec des coéquipiers qui tiennent la route, les meilleurs de toute la région… Et puis, il y a des regroupements de temps en temps dans notre dojo de Marseille, des perfectionnements techniques…

— Des perfectionnements techniques ? dis-je, énervé par la tournure de la discussion. Mais tu vas lui apprendre quoi, toi, à Nicolas ?

— Ben, des trucs complémentaires aux tiens…

— Tu sais quoi ?

— Non, quoi ?

— Va te faire enculer ! Va te faire mettre, de toute façon, tout est déjà bouclé, son père a décidé de lui faire prendre une licence dans ton club de merde, pourquoi tu me demandes mon avis ?

— Euh, arrive à balbutier Trou du Luc, je ne te demandais pas ton avis... C'était par correction, pour te tenir informé... C'est la moindre des choses...

— Alors tout à ton honneur, Trou du Luc !

Sur le chemin du retour, Maître Nagao arrive à apaiser ma colère grâce à la pertinence de ses arguments teintés de dérision, mais aussi d'une grande sagesse.

— Tu dois voir ça comme bonne nouvelle, me dit-il, pas problème si Nicolas prend licence à Marseille. Tu le gardes à Bandol. Pas cotisation, mais Manu donne beaucoup argent pour sponsor ?

— Oui, pas mal, c'est vrai...

— Surtout ne pas montrer à Manu que pas content... Dis-lui content, rajoute-t-il en riant.

Son rire, que j'ai toujours adoré, parce que ses yeux, dans ces instants, disparaissent à l'intérieur de fines fentes interminables, me détend. Je ne peux m'empêcher de sourire.

— Je vais lui dire que je suis ravi de faire le larbin pour ces gros « empaffés » de l'AM ? De continuer de former un élève que j'ai depuis le début pour qu'un autre club en tire profit ?

— Toi pas encore tout compris en judo... Principal en judo, c'est pas compétition... Professeur judo doit apprendre judo, c'est tout... Aider un peu pour faire compétition élèves qui demandent, oui, sinon, pas ton problème... Compétition c'est problème aux compétiteurs... Médailles chocolat, rajoute-t-il dans un fou rire contagieux, pas pour clubs, mais pour le judoka.

En l'accompagnant dans son rire, je sais qu'il a raison. Je ne dirai rien de négatif à Manu, j'irai même jusqu'à le féliciter pour cette belle initiative dans l'intérêt de Nicolas. Cela nous permettra aussi de terminer notre dernière semaine de stage avec les petits Japonais dans une ambiance détendue.

Le judo n'est que cela, en fait : ne jamais affronter la force de front, mais l'accompagner dans son sens afin de vaincre.

Puis, dans un fou rire contagieux, il ajoute :

— Et puis, gros « empaffés » AM vont passer tout le week-end dans salle judo pour Nicolas, et toi aller pêcher sur bateau, tranquille !

*

C'est avec un pincement au cœur que je vois passer Maître Nagao et sa petite délégation derrière la zone d'embarquement de l'aéroport Marignane-Marseille. Maître Nagao se retourne et me fait un signe d'adieu agrémenté de son large sourire qui fait plisser encore davantage ses yeux rieurs. Sans doute aurais-je versé ensuite quelques larmes si le projet de le revoir dans un an, dans le cadre d'un voyage au Japon avec mes élèves, n'avait pas été sérieusement envisagé.

Songeur, je me dirige ensuite vers le parking de l'aéroport où je mets un temps infini à retrouver ma voiture, avant de rester bloqué devant la barrière de sortie du parking, incapable de mettre la main sur le ticket que je cherche un peu partout dans mon véhicule et dans mes poches.

Le conducteur d'une voiture derrière moi se met à klaxonner, exaspéré de l'attente que je lui impose, ce qui a pour effet d'accentuer ma nervosité. Hors de moi, je sors de ma voiture et lui soumets l'idée, en hurlant, d'aller se faire voir.

Heureusement, le conducteur a eu peur ou a su se montrer plus intelligent que moi. Il recule sa voiture sans dire un mot, et manœuvre pour se placer devant l'autre barrière de sortie avant de quitter le parking.

Je retrouve mon ticket en rentrant dans ma voiture, sous la pédale d'embrayage, je paye avec ma carte et quitte les lieux en m'interrogeant sur les causes de ma subite fureur pour un simple coup de klaxon.

Apaisé, je roule désormais sur l'autoroute en direction de Toulon. Rouler sur l'autoroute a toujours été un plaisir, un moment où le temps s'arrête et où je laisse mes pensées vagabonder sur la monotonie grise d'une morne ligne de bitume.

Je pense à Daphné, à l'amour de ma vie que j'ai parfois l'impression de délaisser. Entre mes cours de judo le soir, les tournois de plus en plus nombreux le week-end, ma peinture et son propre travail, rares sont les moments que nous partageons, finalement.

Je pense surtout à cet enfant qu'elle veut de moi depuis au moins un an, malgré mon âge. Faire un enfant à 58 ans, c'est du n'importe quoi, dans l'absolu. Or, je ne peux lui refuser une telle perspective, au risque de la perdre, j'en suis convaincu. Je sais pertinemment que pour elle tourne déjà le minuteur du compte à rebours de la limite d'âge. À l'approche de la quarantaine, je m'y étais préparé. Une vie sans enfant n'a pas de sens pour elle, elle m'en avait aussi convaincu, c'est du moins ce que je lui avais dit.

Nous faisions tout pour cela, et pourtant, cet enfant n'arrivait pas à être conçu. Cela procurait chez moi un sentiment de secret soulagement. Le destin semblait m'épargner un projet dont je ne voulais pas vraiment, tout en me déculpabilisant, puisque j'y mettais toute ma bonne volonté.

C'est pourquoi aujourd'hui, je me dirige directement vers un laboratoire de Toulon, où un rendez-vous a été pris pour effectuer un spermogramme afin de déterminer si la cause de la non-fécondation est de mon ressort ou pas, avant d'envisager d'autres examens plus complexes auprès de Daphné s'il s'avérait que je ne suis pas stérile.

J'arrive au laboratoire en retard, presque à l'heure de la fermeture. Une jeune femme élégante, blonde, élancée, à la beauté slave, m'accueille avec un grand sourire et me fait remplir quelques formulaires qu'elle étale sur le comptoir d'accueil. Je me concentre sur les feuillets que je remplis en me forçant à faire abstraction de son décolleté face à moi. Par contre, je ne peux éviter de me délecter de son subtil parfum, et je sais qu'elle a parfaitement conscience de mon trouble à cet instant.

Elle me demande, tout en gardant son sourire où je décèle une lueur de malice, si l'abstinence sexuelle d'un minimum de trois jours a bien été respectée. Je la rassure à ce sujet et elle me conduit vers une petite pièce où elle m'indique le protocole à respecter. Je dois me laver minutieusement les mains et la verge, me dit-elle le plus naturellement au monde, en posant sur une petite table des compresses et une solution désinfectante. Ensuite, je dois récolter par masturbation la totalité d'un seul éjaculat, directement dans ce flacon qu'elle pose délicatement dans ma main.

La jeune femme ne peut alors ignorer l'étendue de mon émoi lorsque sa main effleure la mienne. Et lorsqu'elle me désigne l'écran où je peux insérer des DVD pornographiques et les revues cochonnes empilées près d'un lit, qui pourraient m'aider dans ma besogne, je ne peux m'empêcher de déceler chez elle l'esquisse d'un sourire coquin.

— À tout de suite, me dit-elle en me fixant droit dans les yeux avant de disparaître derrière la porte.

Une fois seul dans cette petite pièce glauque, je ne sais par où commencer.

Ni les photos des revues pornographiques que je feuillette ni les images du DVD sur l'écran n'arrivent à m'exciter. Je pense, je l'avoue, à la jeune femme dans l'autre pièce, mais le simple fait de me retrouver seul dans ce cagibi aussi glauque qu'aseptisé anéantit radicalement mes idées de fantasme les plus fous. J'ai pourtant enlevé mon pantalon, me suis allongé sur le divan d'examen, revue dans ma main gauche, main droite où il fallait. Mes yeux sont rivés sur des images de piètres actrices se faisant défoncer par des étalons dopés au Viagra. Mais j'ai beau tripoter mon sexe, il reste désespérément flasque.

Au bout d'un quart d'heure, j'entends l'infirmière – ou la secrétaire, je ne sais pas – toquer à ma porte.

— Tout se passe bien ?
— Bof... lui dis-je.
— Le problème est qu'il est tard... Je dois bientôt fermer...
— Je suis désolé...

Soudain, à ma grande surprise, la porte s'ouvre. La jeune femme rentre en me regardant d'un air malicieux. Je reste allongé sur la table de consultation et laisse tomber la revue sur le sol, alors que ma droite entoure toujours mon sexe qui commence aussitôt à durcir.

— Bon, si vous êtes capable de garder un secret, je peux vous aider, me dit-elle.

Je ne sais que lui répondre, mais mon excitation est palpable, c'est le moins que l'on puisse dire.

— Mais c'est moi fixe les règles du jeu. Aucun contact entre nous... Je vous regarde vous masturber... Et vous me regardez, c'est tout d'accord ?

La jeune femme est déjà assise sur un fauteuil à roulettes face à moi et remonte sa jupe en dévoilant ses jambes aussi musclées qu'élancées. Je fixe ses mains caresser l'intérieur de ses cuisses et surtout son regard sur moi pendant qu'elle mordille sa lèvre inférieure.

Je bande comme un cerf, maintenant, et je lui demande de se rapprocher de mon sexe. Elle s'exécute en enlevant sa petite culotte, tout en glissant sa main dans l'humidité de sa petite fente épilée qu'elle positionne à quelques centimètres à peine de mon dard gonflé à l'extrême.

Mon excitation est à son paroxysme lorsque je l'entends gémir de plus en fort pendant qu'elle se caresse, tout en fixant de ses yeux en amande mon sexe dur comme du béton. Je m'active de plus en plus fort en faisant percuter mes testicules contre l'intérieur de mes cuisses.

— Elle te plaît ? je lui demande en la tutoyant, perdant tout contrôle de la situation.

— Oh oui… Elle est trop bonne, me dit-elle, en enfonçant de plus en plus vite ses doigts dans son intimité, tout en se caressant les seins, magnifiques, qu'elle vient de dévoiler.

— Vas-y, continue… Dis-moi combien elle t'excite ?

Je n'ose par pudeur évoquer la teneur exacte de notre échange verbal basculant soudain dans une débauche de termes de plus en plus crus.

Soudain, son corps entier tressaillit et je me délecte du spectacle de sa jouissance. N'en pouvant plus, j'ai tout de même le réflexe de me saisir du flacon avant de jouir à mon tour, giclant violemment à l'intérieur de celui-ci.

Nous restons elle et moi quelques secondes immobiles, comme sonnés par la force de cet étrange et insolite plaisir, elle renversée sur le fauteuil, les bras ballants, moi allongé sur le divan.

Puis, comme si de rien n'était, je la vois se lever, se rhabiller et prendre le flacon de ma main encore tremblante. Puis elle m'offre l'image de son sourire, éclairant de nouveau son sublime visage.

Elle referme le flacon lentement avant de se diriger vers le petit lavabo où elle le rince méticuleusement afin sans doute de nettoyer sa surface externe du surplus de sperme ayant dégouliné. Elle disparaît vers l'accueil du laboratoire sans le moindre regard vers moi.

Je me sens dans un étrange état, à la fois confus et penaud, mais aussi exalté par le souvenir de cette scène surréaliste vécue quelques secondes plus tôt. Je me lève à mon tour, lave mes mains et mon sexe avant de remettre en place mon pantalon, jusqu'ici encore sur mes chevilles.

Je sors de cette sordide cabine et me retrouve devant le comptoir derrière lequel la jeune femme termine de classer des dossiers.

— Voilà, tout est bon pour vous, Monsieur, me dit-elle d'un ton aussi léger que détaché.

— Bon, eh bien, au revoir, Mademoiselle, dis-je sans savoir quoi rajouter.

— Au revoir, Monsieur, me dit-elle dans son identique sourire.

Je quitte les lieux ne sachant pas quelle attitude adopter, en rire ou essayer de me convaincre moi-même du caractère répréhensible de la chose.

Une fois dans ma voiture, je constate que ma seule réaction, naturelle, n'est que dérision et ironie, car une incontrôlable crise de fou rire me gagne soudain à la seule pensée de cette scène des plus insolites. Je quitte le parking dans une étrange euphorie et me dirige vers l'autoroute en direction de Toulon-Ouest et de Marseille, ma destination première étant la villa de Manu où se déroule la fête de son anniversaire, pour laquelle ni Daphné ni moi n'avons trouvé de bonnes excuses pour nous désister.

Je gare ma voiture où je peux et me dirige vers sa grandiose villa inondée de lumières multicolores où une foule de notables de tous genres fourmille autour d'une vaste piscine illuminée de mille feux, cerclée de tables nappées où de multiples serveurs servent caviar, foie gras, cocktails et champagne prestigieux, notamment.

Une musique atroce envahit les lieux, diffusée par un jeune disc-jockey trônant au-dessus de ce petit monde, sur une estrade ridicule envahie de fumigène. Je cherche Daphné au milieu de cette foule et, en me voyant, Manu vient m'informer qu'elle n'est pas encore sur place, mais qu'elle viendra un peu plus tard, car elle n'avait pas fini la préparation d'un dossier urgent. Je cache comme je le peux mon extrême contrariété envers Manu, coupable pour s'être inséré, une nouvelle fois, dans la vie de notre couple par ses exigences professionnelles qu'il n'a pu qu'imposer de façon insidieuse à ma compagne.

— Allez, Hugo, viens boire un coup et déstresse un peu, va ! me lance-t-il.

Sans me demander mon avis, il demande à un serveur deux grands verres de cocktails pour que nous trinquions.

— Bon anniversaire, lui dis-je évidemment, car tel était le prétexte de cette fête.

— Merci, Hugo, à votre futur bébé, à Daphné et toi ! Alors, raconte, comment s'est passé ton examen aujourd'hui ?

J'ai du mal à cacher ma surprise. Comment Manu était-il au courant de mon rendez-vous au laboratoire ?

— Euh, bien… Normal, quoi…

Je reste confus et gêné. À la fois tiraillé par l'idée de partager l'histoire de cette drôle de situation – des plus décalées – et par la pudeur d'y faire allusion, surtout à Manu, je ne sais pourquoi. Le plus perturbant est que Daphné ait parlé à Manu de mon rendez-vous pour le spermogramme, situation des plus intimes qui aurait dû rester dans la sphère de notre vie privée.

Je vide mon verre pratiquement cul sec. Manu me le prend des mains pour le remplacer par une coupe de champagne. N'ayant rien mangé de la journée, je me sens aussitôt envahi par le bien-être artificiel de l'alcool. Je constate avec soulagement que Manu, qui était à mes côtés il y a peu, s'est évaporé. Je le vois au loin, de l'autre côté de la piscine en grande discussion avec la femme d'un élu toulonnais dont le mari, affalé sur un transat, semble ronfler à côté d'un petit groupe de jeunes gens lui tournant le dos et assis sur des fauteuils luxueux, affairés à sniffer je ne sais quoi. Manu parle tellement avec ses mains qu'il commence à tripoter la dame sans que celle-ci semble s'en offusquer. Puis il l'emmène, Dieu sait où, sans qu'un ou l'autre daigne jeter un seul regard vers le mari, ronflant de plus belle.

J'erre entre les invités et les tables du traiteur, mais n'ayant pas faim, j'alterne cigarettes et coupes de champagne, si bien que lorsque Daphné arrive enfin, je suis complètement ivre. Amusée, elle constate mon état en m'embrassant et me demande comment s'est passé mon rendez-vous.

Et là, grisé par les vapeurs de l'alcool, et aussi parce que je n'y voyais naïvement aucun mal de ma part, je lui raconte exactement tout ce qui s'est passé dans ce laboratoire, comme j'aurais pu le raconter à un copain ou à mon meilleur ami, même si je n'ai pas d'amis, finalement, à part elle. Mais tout est confus, car elle n'est pas une amie, elle est surtout l'amour de ma vie.

Dès mes premières phrases, j'ai cette sinistre impression de me saborder et l'effarante perception de n'avoir plus aucun moyen de revenir en arrière.

J'ai alors cette pensée : finis ton histoire à la con, et ensuite, tu trouveras bien les mots pour justifier cette scène surréaliste, car, quoi, je l'aime comme je n'ai jamais aimé personne, je ne l'ai jamais trompée, j'ai été excité, certes, mais comme j'aurais pu l'être devant une photo d'une de ces revues pornographiques mises à disposition, ou un DVD de même nature. Il n'y a eu aucun contact, je me suis branlé devant une image vivante, c'est tout...

Mais mes justifications n'auront hélas aucune portée sur elle. Daphné, sans réaction aucune dans un premier temps, se met à pleurer. Elle m'écoute en pleurant !

Je ne peux que regarder ses larmes ruisseler sur ses joues, sans vraiment réaliser la portée et les conséquences de mes aveux.

Une fois calmée, elle me dit :

— Tu ressentirais quoi, toi, si je te disais un jour que je me suis caressée devant un autre homme ?

Je garde le silence et essaye d'imaginer la scène.

Je n'ose lui dire que cette idée, parce que sans doute la sobriété me fait défaut à ce moment-là, loin de me rebuter, m'excite vraiment. Elle m'excite dans mon imaginaire torturé, en tout cas, mais peut-être ne suis-je pas normal.

*

À partir de ce jour-là, rien ne fut plus vraiment pareil entre Daphné et moi. Ce que je qualifiais de non-évènement relevait pour elle d'une extrême importance.

Son comportement à mon égard avait changé, elle si prévenante, si douce était devenue du jour au lendemain distante, presque froide. Elle ne voulut plus jamais revenir sur «mon égarement», qui pour moi n'était qu'une simple anecdote, et toutes mes tentatives pour aborder ce sujet brûlant, afin de crever enfin l'abcès, furent vouées à l'échec.

J'aurais aimé en parler de nouveau avec elle, me justifier, lui soumettre mes piètres arguments, lui demander pardon, ou alors même – au contraire – provoquer une dispute, pourquoi pas. Tout, aurais-je voulu, tout au lieu de son silence et de l'attitude faussement désinvolte qu'elle s'évertuait à afficher, comme si la page avait été tournée, alors que pour elle, manifestement, elle ne l'était pas, loin de là.

J'ai vécu l'été de cette année-là envahi par un amalgame d'émotions aussi étranges que contradictoires, mais celle qui dominait était une sensation de vide, comme une indéfinissable sensation d'angoisse vibrant constamment tout au fond de ma gorge. Peut-être alors, durant toute la saison estivale, ai-je voulu me concentrer davantage sur mon travail pictural, purement alimentaire, afin de compenser le détachement affectif dont Daphné faisait preuve.

Me plonger toute la journée dans la réalisation minutieuse de ces petites toiles figuratives que j'exécrais m'aura aidé à oublier notre mal-être et surtout ma culpabilité d'en avoir été le moteur. Je n'ai jamais autant produit de toiles, aussi naïves que ridicules, que cette saison estivale-là, dont le double avantage était qu'elles me lavaient le cerveau pendant leur réalisation et qu'elles s'arrachaient le soir auprès des badauds, arpentant les stands des artisans et pseudo-artistes du port de Bandol.

Je n'aurais gardé aucun souvenir marquant de cette sinistre routine si un soir du mois d'août je n'avais eu l'agréable surprise de la visite de Ferrid et Hakim. Ils étaient venus spécialement me voir pour me tenir compagnie durant toute une soirée, non comme la plupart de mes élèves de Bandol qui, au mieux, me faisaient un petit signe en passant devant mon stand avant de filer vers leurs occupations respectives, soit avec leurs parents pour les plus jeunes, soit vers d'autres perspectives plus attrayantes pour les plus âgés.

Non, ils avaient profité d'une sortie de leur grande sœur Sherazade, qui avait décidé de passer la soirée à Bandol avec une amie, pour partager un peu de temps avec moi. Sherazade m'expliqua que ses petits frères, dès qu'ils avaient su que sa copine et elle allaient se promener à Bandol, les avaient suppliées de bien vouloir les emmener, afin de voir leur professeur de judo, mais dans un autre contexte que le dojo : dans son activité de peintre.

Elle me demanda si les autoriser à rester un peu avec moi sur le stand me dérangeait, requête que j'acceptai évidemment avec grand plaisir. Les deux jeunes filles me saluèrent et disparurent au milieu de la petite foule qui déambulait en flânant sur le quai du port, me laissant avec les deux frères qui regardaient déjà avec attention mes œuvres figuratives.

Un pin's coloré où figurait leur prénom respectif était épinglé sur leur tee-shirt, et cette délicate attention me fit sourire.

Ferrid examina attentivement une toile représentant un voilier au milieu de la mer.

— Cela te plaît, Ferrid ? lui demandais-je.

— Oui… C'est bien… Mais je préfère les tableaux du club.

Agréablement surpris par sa réponse, je posai la même question à Hakim, dont le regard était plongé sur une représentation minutieuse, qui m'avait valu plusieurs heures de travail, du port de Bandol.

— Oui, j'aime bien… On dirait une photo… Mais en un peu moins bien…

Sa répartie spontanée déclencha en moi un fou rire aussitôt partagé par les jumeaux.

— Tu as bien raison Hakim… Je pense comme toi : aucun intérêt à peindre des images qui seraient bien plus précises en photo…

— Alors pourquoi tu les fais ? me demanda Ferrid.

— Pour gagner des sous, c'est tout… Parce qu'elles se vendent…

— Ah bon ? Et les autres toiles pleines de couleurs, elles ne se vendent pas, elles ? Elles sont belles !

— Eh non, elles ne se vendent pas… Ou alors trop rarement…

— Les gens sont bêtes, alors, résuma Ferrid.

— Beaucoup le sont, oui… Mais pas tous. Certains artistes ont eu cette chance de pouvoir vivre de leur art, sans compromis aucun, dis-je en fouillant dans mon sac.

Je cherchais un livre sur l'œuvre de Nicolas de Staël que je pensais avoir emmené, mais ne trouvais qu'un petit recueil sur Yves Klein. Cet artiste m'avait toujours littéralement fasciné, plus par sa personnalité et son parcours hors norme que par son œuvre ou sa démarche artistique proprement dite.

J'ai pris le petit livre, me suis assis au centre d'un petit banc que j'avais installé dans mon stand et j'ai demandé aux deux frères de venir s'asseoir à mes côtés. J'avais éloigné quelque peu le livre pour qu'ils puissent apprécier la couverture de celui-ci, d'une extrême sobriété.

Les lettres « Yves Klein » se détachaient seulement au-dessus d'une de ses œuvres, un monochrome bleu.

Nous étions tous trois silencieux devant la représentation de cette toile, mais au bout de quelques secondes, un des deux dit simplement :

— C'est beau !

J'avais l'impression, c'est étrange, d'être en osmose complète avec ces deux gamins qui découvraient l'art contemporain à cet instant. Il n'avait pas dit : « C'est beau… mais… » Il avait seulement dit : « C'est beau ! »

Après quelques secondes de silencieuse contemplation de l'œuvre monochrome figurant en première de couverture, je tournai le petit livre, en souriant par avance de l'effet que cela procurerait sur les jumeaux. Une photo d'Yves Klein en noir et blanc le montrait en quatrième de couverture, vêtu d'un judogi, projetant un partenaire sur un tatami en paille de riz tressée.

— Mais il fait du judo, lui aussi, comme toi ?! s'exclama Hakim.

— C'est plutôt moi qui fais du judo comme lui, répondis-je, amusé.

Je commençai alors à leur parler d'Yves Klein, tout en tournant lentement les pages du livre où se succédaient de nombreuses photos représentant ses œuvres, alternant avec d'autres sur ses expositions ou performances, mais aussi avec celles, nombreuses aussi, où il évoluait dans le contexte du monde du judo.

Je leur expliquai qu'avant d'être artiste, Yves Klein avait été judoka, exclusivement.

Certes, Klein baignait dans le milieu de l'art depuis sa plus tendre enfance, ses deux parents étant artistes peintres, et il côtoyait nombre de leurs semblables, devenus pour certains de grands noms de leur génération. Mais il ne songea nullement à devenir peintre lui-même.

En 1947, Yves Klein a dix-neuf ans et, poussé par la curiosité, il s'inscrit à un club de judo de Nice, ville où il habitait.

À cette époque, le judo était une discipline confidentielle d'origine japonaise, et la maîtrise corporelle et mentale qu'elle impliquait, son élégante efficacité l'ont tout de suite fasciné.

Yves Klein venait de trouver sa voie, et il fit tout pour devenir le meilleur judoka de sa génération.

Hakim et Ferrid m'écoutaient, fascinés par mon histoire, et nous fûmes tous trois contrariés par l'arrivée d'un passant, interrompant ce sujet sur lequel j'étais intarissable, au prétexte qu'il voulait m'acheter une de mes croûtes.

Une fois le client parti avec son immonde toile sous le bras, je repris ma place entre eux deux.

— Il se passe quoi, après ? me demanda Ferrid.

— Yves Klein, repris-je, part alors pour le Japon… C'est en 1952, et après plusieurs semaines de voyage en bateau, qu'il arrive à Yokohama, puis s'installe à Tokyo où il s'inscrit à l'institut du Kôdôkan, le centre de judo le plus réputé du Japon… Là, il doit repasser un à un tous ses grades, car le Kôdôkan n'accepte pas de valider les titres étrangers… Il galère, doit aussi donner des cours de français pour survivre, tout en maintenant un rythme infernal de travail en judo… Mais en 1953, il devient enfin ceinture noire premier dan, puis deuxième dan, ce qui était son rang initial en France… Mais il doit travailler, travailler et travailler encore pour obtenir le quatrième dan, grade qu'aucun Français à l'époque ne possédait.

— C'était le judoka le plus fort de France, alors ? demanda Hakim.

— Oui, on peut dire ça, répondis-je, amusé, mais tout ne sera pas simple pour lui à son retour du Japon, deux ans après son départ… À sa grande surprise, les dirigeants du judo français refusent de valider ses grades obtenus au Kôdôkan, temple du judo, pourtant… Il est humilié et furieux : non seulement son rêve de disputer les championnats d'Europe s'effondre, mais on lui refuse le droit d'enseigner le judo, lui qui avait comme secret espoir de diriger un jour la fédération française de judo…

— C'est pas juste, ça, commenta Ferrid, pensif.

— Eh non, Yves Klein a été un des pionniers du judo français, mais sans doute aussi la première victime de son système… Enfin, toujours est-il qu'à ce moment, il part en Espagne où la fédération espagnole a sollicité ses services et il reste quelque temps à Madrid comme conseiller technique, mais là-bas aussi, il rencontre des problèmes… Alors, il revient en France et il commence à se tourner vers la peinture à ce moment-là… Sans vraiment abandonner le judo tout d'abord, il se plonge peu à peu dans l'art. Mais sa carrière artistique s'engage mal, car il ne veut être un peintre ni abstrait ni figuratif… Alors, prenant exemple sur la mentalité qu'il s'est forgée grâce à la pratique du judo, il retournera la situation par une succession d'expositions en France et à l'étranger. Il se battra pour que ses monochromes soient reconnus tels qu'ils étaient, allant jusqu'à refuser la proposition des organisateurs d'un grand salon : mettre une toute petite tache, un point, n'importe quoi, sur une de ses œuvres, pour qu'elle puisse y être accrochée. Il ne cédera pas, sa toile restera uniformément orange…

Un couple de passants m'interrompit encore pour m'acheter une de mes horreurs.

J'étais plongé dans le récit de la vie d'un des artistes contemporains les plus reconnus au monde, et leur incursion me contraignait à refaire surface dans la réalité de mon stand minable. Comme ils négociaient le prix affiché, je le divisai aussitôt par deux pour qu'ils partent au plus vite. Ravis de leur bonne affaire, ils quittèrent les lieux dans un grand sourire, en admirant le paysage hideux d'arrière-pays varois que l'homme exhibait fièrement à sa compagne.

Je repris ma place avec soulagement entre Ferrid et Hakim, qui avaient continué à feuilleter le livre en mon absence.

Tous deux étaient immergés dans la contemplation d'une œuvre d'Yves Klein figurant en pleine page. C'était un monochrome bleu. Son célèbre bleu Klein.

Aussi étrange que cela puisse paraître, les jumeaux parurent subjugués par cette simple et uniforme œuvre d'un bleu profond. Comme ils restaient silencieux, je pris la parole :

— Vous êtes devant IKB. Yves Klein a mis au point, avec son marchand de couleurs, une préparation pour conserver et fixer des pigments de couleur mélangés dans une remarquable luminosité. Il utilisera cette préparation pour son bleu qu'il nommera International Klein Blue, IKB, la couleur symbolique de son art. Il déposera sa formule qui deviendra l'objet de son mythique « brevet »…

À cet instant, Sherazade et son amie firent leur apparition, le sourire aux lèvres, visiblement contentes de leur soirée. Bien qu'à cette heure avancée de la nuit, les promeneurs se raréfiaient déjà, une moue spontanée aussi comique qu'instantanée se dessina sur les lèvres des jumeaux, signifiant à leur grande sœur qu'ils souhaitaient prolonger encore ces instants avec moi.

Sherazade ne put s'empêcher d'afficher le sourire le plus ravissant qui soit à la vue de leur mimique.

— Il est plus de minuit, les enfants… L'heure d'aller au dodo, non ?

— Non, encore un peu. Hugo n'a pas fini de nous raconter l'histoire d'Yves Klein… Je suis sûr que tu ne la connais même pas, toi, son histoire et celle du bleu qu'il a inventé ! s'exclama Hakim.

— Bon, OK, encore cinq minutes, si vous êtes d'accord, Hugo…

— Avec plaisir, je vais faire vite, alors, promis…

La courte vie d'Yves Klein me facilita la tâche. Je parlai sommairement de ses multiples expositions, de ses démarches artistiques proches de la folie pure pour le commun des mortels, de ses performances… jusqu'à sa disparition brutale en 1962 à l'âge de 34 ans.

— 34 ans, ce n'est pas un âge pour mourir, me dit l'un des jumeaux.

— Surtout pour un homme comme lui, n'ai-je que trouvé à dire.

*

J'achève l'avant-dernier cours de judo de cette première journée de rentrée dans un état d'épuisement total. Je commence à vieillir, ne puis-je m'empêcher de penser. Comment expliquer mon extrême lassitude, mon insondable fatigue à l'aube d'une saison qui ne fait que commencer ? Les adolescents mettent un temps fou à se mettre en place pour le salut de fin de séance, après un simulacre de retour au calme que peu d'entre eux ont été capables de respecter. Leur incapacité à trouver le moindre relâchement après le cours est telle qu'il leur est impossible de rester immobiles, même quelques secondes, les yeux clos. Je ne leur ai pas demandé la lune, pourtant. Seulement l'exercice le plus facile à réaliser au monde, d'après moi. S'allonger sur le dos, ne pas bouger, garder les yeux fermés… et surtout, leur bouche bien close !

Nicolas se place pour le salut comme de coutume à mon extrême gauche, à l'extrémité de la file d'élèves face à moi, fier de sa ceinture bleue acquise en fin de saison sportive, et surtout du statut qu'il s'est lui-même octroyé de « petite star » du club, bien qu'il soit maintenant licencié dans une autre structure, chez les « empaffés » de l'AM. On marche sur la tête, mais je suis bien obligé de me résoudre à admettre cette totale aberration.

Les jumeaux, maintenant ceinture jaune, ne sont plus à l'autre bout de l'alignement, leurs places étant désormais occupées par des débutants ceinture blanche. Après le salut, les minots se précipitent vers les vestiaires, et alors que mon petit groupe d'adultes pénètre sur le tatami, je vois Manu se diriger vers moi, un dossier dans les mains.

Il me parle tout d'abord des formalités de versement des fonds de parrainage que ses sociétés vont allouer au club cette saison. Ils seront en augmentation par rapport à ceux de l'an dernier, me dit-il. Je ne peux qu'exprimer aussitôt le chaleureux remerciement qu'il attendait pour son geste empreint d'une royale générosité. Puis, après quelques blablas autour de Nicolas, nous abordons rapidement le sujet de notre projet de déplacement au Japon, ce séjour de quinze jours durant l'été à venir où les plus méritants de la section adolescents seront accueillis par Maître Nagao et son équipe, dans le cadre de nos échanges sportifs et culturels. Mon idée était que ce voyage soit une réelle récompense et un objectif majeur pour les jeunes, aussi avais-je suggéré le montage d'un dossier pour une demande de subvention municipale, afin que la ville puisse compléter, en cas d'acceptation, le budget « sponsoring » de Manu, déjà réservé à cet effet.

À ma grande surprise, il se propose de s'en occuper lui-même, afin de me soulager de ces formalités administratives que j'exècre et surtout dans le but de me soustraire aux immanquables contraintes relationnelles indispensables au suivi du dossier qu'il serait préférable de m'épargner. Il me sait, avec raison, peu enclin à ce genre d'exercices et il présume qu'il sera meilleur que moi pour le mener à bien. L'adjoint aux Sports est un de ses amis, il est vrai, et il est peu probable qu'il puisse lui refuser quoi que ce soit.

J'accepte son aide avec plaisir. Mais tout en me mettant en place pour le salut de la séance pour adultes qu'il me tarde déjà de terminer, je ne peux m'empêcher de m'interroger sur les raisons de tant de sollicitude à mon égard.

J'en arrive à me convaincre, pour chasser définitivement ces pensées durant le cours qui me semble durer une éternité, que Manu essaye comme il peut de m'être agréable, afin de se déculpabiliser du poids de sa responsabilité concernant le changement de licence de Nicolas. Il n'a pu méconnaître l'ampleur de ma désillusion à ce moment-là, malgré tous mes efforts pour me prêter une allure positive et enthousiaste, feinte sous les recommandations de Maître Nagao. Il a de plus très certainement été tenu au courant des propos que j'ai proférés, hors de moi, à ce Trou du Luc.

Le cours achevé, je dois encore attendre que les adultes terminent leurs interminables douches avant d'éteindre les lumières et de fermer le dojo.

Or, ils prennent leur temps, plaisantent dans les vestiaires, puis restent à papoter de longues minutes dans le hall, en m'associant à leurs conversations, croyant certainement bien faire et m'être agréables. Mes talents cachés de comédien arrivent à masquer mon désir tenace de les voir tous disparaître, ce qu'ils feront enfin, à mon grand soulagement, tard dans la soirée.

Vidé, je traîne ensuite ma vieille carcasse vers l'extérieur du dojo, traverse le patio de la bâtisse, puis monte les marches des deux domiciles, celui de mon père – qui me semble plus en forme et plus jeune que moi – et le nôtre.

— Je suis là, mon amour, dis-je en refermant la porte.

Le silence de Daphné ne présage rien de bon, j'espère qu'elle ne ressasse pas encore ce qui reste toujours pour moi le non-évènement du laboratoire.

Je trouve Daphné prostrée, assise sur une chaise de la cuisine, le regard dans le vide.

— Que se passe-t-il, mon cœur ?

Après un silence qui me paraît s'éterniser, elle répond enfin, d'une voix faible et cassée, ces quelques mots, presque inaudibles :

— Mon frère est mort.

— Que s'est-il passé ? n'ai-je trouvé qu'à formuler.

— Overdose.

Je connaissais les affres de Michel, son petit frère qu'elle chérissait plus que tout. Il se débattait depuis des années pour s'extraire du terrible engrenage de sa dépendance ; il semblait s'être sorti d'affaire, récemment, et vivait au domicile de leur mère. Elle avait enfin trouvé un semblant de sourire à partir du jour où elle avait été persuadée que son fils avait gagné la partie contre l'enfer de la drogue. Il avait trouvé un travail et ses turpitudes semblaient maintenant relever du domaine des mauvais souvenirs.

Cruel moment où l'on se sent totalement désarmé, où l'on sait qu'on ne pourra jamais trouver les mots justes pour exprimer les prémisses d'un quelconque soutien face à un tel désarroi. Devant sa peine immensurable, j'ai soudain conscience de mon incapacité à la secourir. Je me sens misérablement aussi inutile qu'impuissant.

Je me souviens m'être agenouillé devant elle, avoir pris ses mains dans les miennes, mais ma mémoire n'a gardé aucun souvenir de mes mots dérisoires.

Dans un état second, elle me demande si je peux l'accompagner tout de suite à l'aéroport de Marignane. Peut-être n'est-il pas trop tard, me dit-elle, pour le dernier vol Marseille-Strasbourg ; un cousin pourra l'emmener à son arrivée chez sa mère à Colmar.

Nous prenons aussitôt la route, sans même le temps de prendre quelques affaires. Je roule sur l'autoroute vite, très vite, tant pis pour les radars. Malgré la vitesse, je pose ma main droite sur les siennes, mais elle me repousse sans agressivité en me disant simplement que cela n'est pas prudent. Les deux mains sur le volant, je reste alors concentré sur ma seule conduite, dans un silence pesant que je ne sais comment rompre. Peut-être ne devrais-je pas parler du tout, finalement, cela évitera toute maladresse de ma part.

Dans mon esprit, je partais avec elle, évidemment, mais elle me demande de la laisser prendre ce vol toute seule. Elle souhaite retrouver les siens au plus vite et me suggère de venir la retrouver dans deux ou trois jours, mais d'être surtout présent au moment des obsèques.

Nous arrivons à prendre le billet in extremis, presque à la clôture de l'embarquement. Mes lèvres ont juste le temps de se poser sur son cou, une seconde à peine, le temps d'un furtif baiser. Mais Daphné n'est déjà plus là.

Elle disparaît déjà derrière le comptoir d'accès à l'embarquement, me laissant seul et impuissant au milieu de la glaciale grisaille du hall de l'aérogare.

*

Je gare ma voiture deux jours après à l'intérieur du parking souterrain, étrangement désert, de l'aéroport de Marseille-Marignane.

Daphné m'avait fait comprendre au téléphone son désir d'être seule avec sa mère et ses sœurs, du moins était-ce ce que j'ai cru comprendre, aussi avais-je réservé un vol pour Colmar seulement la veille des obsèques, en fin de matinée.

Je passe devant l'ascenseur et quelques marches à gravir seulement me permettent de me retrouver à l'air libre, devant les structures métalliques de l'aérogare sur lesquelles se reflète la lumière vive du soleil. Le trottoir devant les portes d'entrée vitrées, généralement bondées de monde, est quasiment désert et aucune voiture n'encombre les espaces d'arrêts minute. Consterné, je ne comprends la cause de cette anormale quiétude des lieux qu'en pénétrant dans le hall de l'aéroport. La quasi-totalité des vols sont suspendus aujourd'hui suite à une grève du personnel.

Ma première intention est de filer au plus vite à la gare de Marseille, puis de prendre le premier train pour Colmar, voire pour Strasbourg, où je pourrais louer une voiture. Mais cette alternative me paraît aussitôt trop risquée. Il est préférable que je prenne la route tout de suite, avec mon propre véhicule. Je serai ainsi chez sa mère dans sept ou huit heures, en début de soirée, finalement.

Il est midi lorsque je m'engage sur l'autoroute en direction de l'est de la France. Je ne mets pas de musique. Je retrouve la ligne monochrome de l'asphalte, interminable devant moi. Ces moments de monotonie ont toujours été un moyen de me laver le cerveau, de ne penser à rien. Au bout de quelques heures de plénitude, mes pensées commencent pourtant à remonter peu à peu des fins fonds de ma conscience. Comme d'étranges méduses apparaissant des ténèbres des fonds marins, pour se laisser dériver vers la lumière de la surface de la mer.

Soudain, perdu dans l'illusion de mes songes, d'inquiétantes secousses m'extraient de ma torpeur. La vitesse de ma voiture décroît et je perçois avec effarement son moteur brouter dans de pathétiques soubresauts de survie.

Quel con ! Mais quel con, je n'ai pas jeté un œil sur la jauge de gasoil dont le signal sonore de prévention était tombé en panne depuis peu, et me voilà en panne de carburant, par la seule faute de mes rêveries !

En maudissant ma négligence, j'arrive à ranger mon véhicule sur la bande d'arrêt d'urgence de l'autoroute. Je ne sais même pas où je suis, mais en constatant qu'il est 15 h 20, je suppose que ma position doit être quelque part du côté de Lyon.

Comble de malchance, ou comble de mon irréductible dilettantisme, mon téléphone portable est en panne de batterie. Je le branche aussitôt sur son chargeur et tourne la clé du contact pour qu'il puisse charger. Mais je sais que mon vieux modèle de mobile mettra une éternité à se rallumer.

M'insulter en hurlant, pour couvrir le bruit des voitures filant comme des météores tout près de mon piètre refuge de tôle tremblant à leur passage, me fait du bien. Après avoir enclenché les warnings, je n'ai d'autre choix que de sortir de ma voiture et de marcher le long de cette voie qui me paraît alors comme la métaphore suprême de l'inhumanité. J'ai du mal à croire que des êtres vivants, des femmes, des hommes normaux se trouvent à l'intérieur de ces bolides lancés aveuglément sur cette piste du diable. Certains marioles croient bon, en rasant ma silhouette perdue qui longe les barrières de sécurité, de klaxonner violemment, dans le but manifeste d'accroître encore mon angoisse.

J'arrive enfin devant la borne de secours téléphonique et donne ma position à un employé qui me recommande de regagner immédiatement l'intérieur de mon véhicule dans l'attente de la dépanneuse qui viendra lorsqu'elle le pourra. Il ne peut pas me donner d'heure, ce blaireau !

Une fois en sécurité sur mon siège conducteur, je téléphone à Daphné. J'aurais préféré lui parler directement, mais son téléphone est visiblement coupé, alors je suis obligé de lui laisser un message vocal :

— Mon amour, rien de grave… Juste un petit contretemps, ce n'est rien… J'ai dû prendre ma voiture finalement, car tous les vols ont été annulés à cause d'une grève… Mais je suis tombé en panne sur l'autoroute, dis-je en omettant de lui préciser la cause de cette panne qui me submerge de honte, une dépanneuse arrive, et visiblement, ce n'est rien. Je ne sais pas précisément à quelle heure je serai à Colmar, peut-être en pleine nuit. Ne t'inquiète pas. Pour ne pas déranger ta maman, je prendrai une chambre d'hôtel en arrivant… J'irai directement aux obsèques demain matin. J'y serai avant 10 h. N'hésite pas à me téléphoner lorsque tu auras ce message. Je t'embrasse tendrement, mon amour…

Le camion de dépannage arrive à 18 h. Il se positionne devant ma voiture et un gros chauffeur joufflu descend de la cabine, dans d'énormes difficultés dues à son embonpoint. Des gouttes de sueur perlent le long de son cou de taureau et trempent son tee-shirt à la propreté douteuse.

— Elle a quoi, votre voiture ? me demande-t-il.
— Panne de carburant, dis-je, penaud.
— Rien de plus con qu'une panne d'essence, dit-il en luttant pour ne pas me rire au nez.

Il tracte mon véhicule sur son pont arrière en quelques minutes, tout en plaisantant sur ma mésaventure.

« Ça le fait rire, ce gros lard ! » me dis-je en prenant place sur le siège passager de son camion.

Tout en conduisant, ses yeux de merlan frit se pointent de temps à autre vers moi, tout en pouffant de rire à ses belles paroles :

— Putain, j'en ai vu des accidents et des pannes !! J'ai vu de tout. Un moteur qui flambe, un pneu qui explose, un mec qui se plante à cause d'une pipe que lui faisait sa femme. Mais alors là, il n'y a pas de panne plus con !

J'aurais pu penser que son subtil commentaire n'était qu'une formule délicate pour me traiter de crétin, mais cela aurait été surestimer l'étendue de sa finesse.

L'énorme phoque débarque enfin ma voiture devant les pompes de la première station-service, prend mon chèque, me fait signer un reçu et remonte péniblement sa masse de graisse à l'intérieur de sa remorqueuse, tout en continuant à se marrer de ses bonnes blagues.

Je suis soulagé de voir disparaître ce gros sac, même sans avoir la ferme certitude que ma voiture puisse démarrer à nouveau après le plein de gasoil. J'ai entendu parler vaguement, un jour, d'un possible désamorçage de pompe suite à une panne de gasoil. Cela restera une formule aussi abstraite que mystérieuse dont les notions physiques me seront toujours impénétrables, mais heureusement, elle démarre parfaitement et je peux reprendre aussitôt la route, gonflé par un immense et indéterminable sentiment de liberté.

Il est déjà 19 h 30, et un sommaire calcul mental m'indique que mon arrivée à Colmar devrait être aux alentours de 23 h 30. J'accélère peu à peu mon allure de croisière, dépassant la limite autorisée des 130 km à l'heure... 135... 140... Puis 150, voire un peu plus.

Je commence à ressentir la fatigue, il me tarde d'arriver... J'ai faim, et j'ai envie de me reposer, enfin.

Je ne conduis pas le pied au plancher uniquement pour être à l'heure aux obsèques. Arriver en pleine nuit ne m'aurait nullement empêché de trouver un hôtel. Je fonce en réalité par désir d'en finir avec cette route interminable, de ne pas arriver trop tard dans cette ville, afin de caresser l'espoir de trouver un quelconque restaurant encore ouvert, et par le besoin de me détendre sous une bonne douche, qu'il me serait agréable de prendre avant le dîner.

Voilà les seules vraies raisons qui m'ont conduit à être flashé par un contrôle de CRS, juste avant un péage, aux environs de Mulhouse.

Les panneaux de limitations défilent devant moi : 110, 90, 70. Mais je laisse ma voiture glisser dans la nuit à grande vitesse, pour ne ralentir brusquement que devant la barrière et la borne de péage... où m'attendent deux policiers, munis de leurs jumelles et de leurs sourires narquois.

Une immense fatigue m'envahit dès qu'ils me font signe de me garer devant le poste de police situé sur l'aire de repos attenante au péage.

— Vous savez à combien vous rouliez ?

— Non, désolé...

— 117 km à l'heure pour une limitation à 70. Veuillez sortir du véhicule avec vos papiers, Monsieur...

Ils font leur boulot et je ne peux qu'assister à mon triste spectacle d'un clown sans force, résigné à accepter son sinistre sort.

Dans son bureau aseptisé, l'agent de police, très courtois, par ailleurs, m'informe, comme s'il s'agissait de me vanter les attraits des sites touristiques à ne pas manquer dans sa région, que conformément à la loi, et ayant dépassé la vitesse autorisée de plus de quarante kilomètres à l'heure, mon retrait de permis est immédiat et qu'il m'est interdit de reprendre mon véhicule.

Je reste sans voix, complètement abattu.

Il a la courtoisie de me demander si quelqu'un peut venir me récupérer sur place.

— Non… Personne… Pourriez-vous appeler un taxi, s'il vous plaît ? Je dois être sans faute à Colmar demain matin.
— Oui, bien sûr, me répond-il en décrochant un téléphone.

J'attends le taxi dehors, assis sur une marche du poste de police en grillant cigarette sur cigarette. Celui-ci arrive vers deux heures et demie et me dépose devant le seul hôtel proche du cimetière de Colmar, bien après trois heures du matin.

L'hôtel de L'Albof est un sinistre bâtiment rouge dressé dans la nuit, situé à même pas dix minutes à pied du cimetière. Évidemment, le veilleur de nuit ne peut rien me proposer pour me restaurer, mais finalement, l'épuisement a tellement pris le dessus sur ma faim que je me contente d'une douche avant de plonger sur le vieux matelas à ressorts de la chambre.

La cérémonie ayant lieu à dix heures demain matin, je mets le réveil à huit heures pour prendre le temps de boire quelques cafés et, surtout, être sur place en avance.

J'ai l'impression de dormir depuis quelques secondes seulement lorsque sonne le réveil. Je mets fin aussitôt au supplice de cette stridente sonnerie et je n'ai le souvenir que de cette seule pensée : « Je l'ai mis trop tôt, ce con de réveil… Encore quelques minutes, j'ai de la marge… »

Je me réveille en sursaut et regarde l'heure, effrayé : 10 h 30.

Je m'habille à toute vitesse et me précipite vers l'extérieur de l'hôtel en laissant toutes mes affaires en plan, sous le regard inquiet de la réceptionniste qui me voit passer devant elle comme une tornade.

Je cours comme un demeuré, les yeux encore gonflés de sommeil, les cheveux en bataille. J'arrête ma course effrénée en arrivant devant le cimetière, où un cortège de personnes quitte déjà les lieux.

La plupart se dispersent dignement, l'air triste. Mon regard se fixe sur Daphné, vêtue de noir et séchant ses larmes d'un mouchoir blanc.

J'aurais été saisi par la magnificence de cette image si, à ses côtés, ne s'était pas tenu Manu.

Il semble lui murmurer je ne sais quoi, une main délicatement posée sur l'épaule.

*

Je savais que Daphné m'anéantirait par la terreur de son silence.

Pas un seul reproche, rien. Ni ce premier matin où elle écouta mes ridicules arguments sans même m'interrompre, impassible et froide devant mes lamentables excuses, ni les jours suivants.

Elle me laissa seulement patauger dans la boue de ma culpabilité, m'engluer dans l'effrayant et imparable constat : je n'avais pas été à ses côtés aux obsèques de son frère, et peu importaient les raisons, finalement ! Cela est une évidence, aucune nuance ne peut être permise dans de telles situations, soit tu es là, soit tu n'y es pas. C'est blanc ou noir, yin ou yang.

J'étais absent et Manu, lui, était bien là !

J'avais beau ressasser qu'il lui avait été aisé d'être sur place en temps et en heure, dans de tels instants, de par l'incroyable coïncidence l'ayant emmené à se rendre à un rendez-vous d'affaires à Mulhouse la veille de la cérémonie, rien n'y faisait, je ne pouvais qu'imaginer les pensées de Daphné devant mon inexcusable absence, contrastant avec la présence, combien moins légitime dans ce moment de douleur, mais pourtant bien palpable, elle, de Manu à ses côtés.

Comble de la honte, nous n'eûmes d'autres choix, Daphné et moi, que de reprendre le chemin du retour, le lendemain, dans la voiture de Manu, jusqu'au poste de police, afin de pouvoir rapatrier ma voiture, toujours bloquée sur l'aire d'autoroute.

Daphné prit ensuite le volant de ma voiture, et pendant que Manu nous suivait dans la sienne, nous roulâmes jusqu'à Bandol dans un silence glacial.

Évidemment, je dus me rendre à la convocation devant le juge du tribunal de police de Mulhouse quelques semaines plus tard.

C'était un tout petit homme affublé d'une ridicule barbiche, semblable à celle communément apprêtée aux nains de jardins. Par je ne savais quel mystère, selon l'angle par lequel je le regardais, il m'apparaissait soit chétif à l'extrême, soit paradoxalement aussi grassouillet qu'un cochon de lait.

Après m'avoir grondé comme si je n'étais qu'un petit garçon, il prononça à mon encontre un retrait de permis de trois mois. Les mains crispées sur la barre à laquelle il m'avait sommé de me rendre, je ne pouvais m'empêcher d'imaginer que la nature n'avait pu le doter que d'un ridicule micropénis, dissimulé sous son costume noir de chauve-souris. Ma compassion envers ses tourments liés à ses attributs, qui devaient immanquablement l'affecter, atténuait mon malaise devant sa suffisance et l'ampleur manifeste de son mépris à mon égard.

En quittant la barre, je regardai une dernière fois son visage reflétant l'expression de la petite fouine qu'il ne pouvait qu'être, intimement persuadé de la véracité de mes présomptions.

Ce n'était qu'une bien insignifiante et pathétique réponse à l'humiliation qu'il m'affligeait, mais mon imaginaire ne m'avait offert que cette seule minuscule vengeance pour apaiser l'ardeur de ma rancœur.

La vie reprit son cours, si on peut dire... Entre mes cours de judo, mon travail de peinture abstraite qui ne se vendait toujours pas et le bébé qui ne daignait venir, ce qui ne me surprenait qu'à moitié, au vu de nos rares relations sexuelles et du peu de cœur que Daphné mettait à « l'ouvrage ».

Je récupérai mon permis de conduire en novembre, juste au moment où j'en avais réellement besoin. Nous rentrions dans la période où étaient programmés les premiers tournois, et la simple idée que la « punition » infligée par l'autre raclure de juge n'ait finalement causé aucun préjudice dans mon organisation suffisait à me réjouir.

Les jumeaux participèrent à leurs premiers tournois dans leur catégorie d'âge, en benjamins, et ils me surprirent par leur implication et leur enthousiasme, bien que non classés à chaque fois. Combattre contre des gosses ayant déjà au moins pour la plupart plus de cinq ou six ans de pratique n'est pas chose aisée, et il ne fallait pas s'attendre à des miracles, d'autant plus que pour moi, accorder la moindre importance aux résultats d'enfants de cet âge aurait été une hérésie totale. L'important était bien ailleurs, dans l'expression de leur engagement, par exemple.

Dès les premières séances, j'avais divulgué aux élèves concernés, ceux du cours adolescents, ainsi qu'à leurs parents, mes critères de sélection pour ce qui serait l'objectif suprême de la saison : le déplacement au Japon, en début d'été prochain. Assiduité et sérieux aux séances d'entraînement, participation aux différents tournois proposés, résultats sportifs... étaient les critères principaux, clairement annoncés à tous, afin d'éviter tout éventuel quiproquo en fin de saison.

Afin de stimuler mes élèves, j'avais aussi acheté une grande ardoise que j'avais fixée au mur d'entrée du dojo, et sur laquelle j'avais peint des colonnes, afin de me permettre d'inscrire à la craie, toutes les semaines, le classement provisoire des élèves susceptibles de partir au Japon.

Nicolas restera largement en tête du classement toutes les semaines, son assiduité et ses résultats sportifs comblant de loin ses petits travers, comme son attitude parfois désinvolte, voire hautaine, ou alors ses réactions viscérales d'énervement devant le répondant, de plus en plus affirmé, de l'un ou l'autre des jumeaux se confrontant à lui au cours des randoris.

Derrière lui, Hakim et Ferrid oscilleront entre la deuxième et sixième place, et en juin, le classement définitif, affiché aux yeux de tous, s'affichera au tableau en toutes lettres :

— 1 Nicolas, 2 Hakim et Ferrid ex æquo…

Classement complet composé d'une liste de prénoms jusqu'à la vingtième place, les quinze premiers étant sélectionnés, les cinq autres, remplaçants en cas de désistement.

En théorie, tout aurait dû bien se passer. En théorie seulement, hélas…

*

Après avoir écrasé nerveusement ma cigarette sur le cendrier métallique disposé devant l'entrée de l'hôtel de ville de Bandol, je me présente à l'accueil pour signaler ma présence à l'hôtesse au sujet du rendez-vous pris avec l'adjoint aux Sports. Elle me demande de patienter quelques instants sur une banquette : Monsieur l'Adjoint va vous recevoir dans quelques minutes, me dit-elle avec une voix d'une suavité caricaturale.

Je l'imagine bien me faire patienter pour la forme, devant son bureau vide où il n'a rien à faire, dans le seul but d'affirmer sa suprématie d'élu sur un simple citoyen.

Je suis tendu. Quelque chose ne tourne pas rond dans cette affaire et je m'attends au pire. J'avais pourtant bien transmis, à leur demande, la liste de mes élèves sélectionnés pour le stage au Japon, car la mairie souhaitait envoyer directement aux parents concernés le dossier complet du déplacement comprenant une lettre pompeuse, signée par le maire lui-même, le programme du stage et l'autorisation parentale.

Cette démarche, je pouvais la comprendre. Cela était même prévisible connaissant l'intarissable désir de propagande électorale animant les élus. Ils ne pouvaient laisser passer l'occasion de se faire mousser par une opération qu'ils finançaient en partie.

C'est Fatima qui, timide et gênée, m'avait alerté la semaine précédente, à la fin d'une séance où je commençais déjà à recueillir les premiers formulaires d'autorisation parentale des élèves sélectionnés. Aucun dossier ne leur était encore parvenu de la mairie.

Pendant toute cette fin de semaine et au début de la semaine qui suivit, j'ai essayé de joindre, en vain, l'adjoint aux Sports, afin d'obtenir des explications... Sur son téléphone fixe de la mairie, durant ses heures de permanence, sur son portable... Et devant l'impossibilité de lui parler, lui dont l'emploi du temps semblait être plus chargé que celui d'un ministre, je n'ai eu d'autre choix que de prendre rendez-vous avec lui, dans son bureau et pendant ses heures de présence. Au moins, là, il ne pourrait pas se défiler.

Derrière son comptoir, le prototype même de la faune féminine bandolaise décroche son téléphone à la première sonnerie et m'annonce que l'adjoint aux Sports peut enfin me recevoir.

Celui-ci s'excuse tout d'abord de l'attente en me serrant la main et m'invite à m'asseoir devant son bureau, évidemment minimaliste au possible, encombré seulement par la liste des participants au voyage, d'une feuille blanche et d'un stylo Montblanc posé à ses côtés.

Cet hypocrite me demande alors l'objet de ma venue, comme s'il ne s'y attendait pas. Après m'avoir poliment écouté, il me dit :

— Mais vous n'étiez donc pas au courant ?

— Au courant de quoi ?

— C'est vous-même qui avez sollicité une subvention exceptionnelle pour ce beau projet, qui non seulement a retenu toute notre attention, mais qui a été voté en conseil municipal...

— J'en suis honoré.

— Le financement quasi complet, en complément de vos partenaires privés, pour les quinze meilleurs bandolais sélectionnés par vos soins a été approuvé à l'unanimité... Il va de soi, évidemment, que la municipalité prendra à sa charge les frais des enfants domiciliés à Bandol, et non pas ceux vivant sur une autre commune. Cela paraît logique, non ?

— Il me paraît pourtant évident qu'on doit se référer aux élèves licenciés au club, peu importe où ils habitent, c'est en tout cas ce que j'ai annoncé à tous en début de saison...

— Ce n'est pas ce qui figure sur le dossier de financement que vous avez réalisé et que vous nous avez remis...

Je n'ose lui dire que je n'ai même pas jeté un œil à ce putain de dossier monté de A à Z par Manu !

— Pourrais-je jeter un œil sur votre document ? lui demandé-je alors.

— Oui, bien sûr, me dit-il en me tendant le document.

Sur celui-ci figure seulement une série de noms et de prénoms suivis d'adresses postales. Le premier de la liste est Nicolas et j'avale ma salive en constatant que Manu a domicilié son fils à Bandol, au siège social de sa holding, et non sur la commune d'Ollioules où ils habitent. Puis suivent, juste en dessous, les noms de Hakim et Ferrid, rayés nerveusement à l'encre rouge.

Quelle crapule, celui-là !

Manu ne peut être étranger à cette aberration. Il savait ce qu'il faisait en me proposant la gestion de ce dossier. Son but était de parvenir à cette aberration suprême. Celle où un élève – son propre fils – qui n'est même pas licencié au dojo se voit être pris en charge par le collectif, au prétexte qu'il possède une adresse postale à Bandol, fictive, qui plus est, et dont, comble de l'absurde, les frais de voyage ne représenteraient qu'une poignée de figues pour son père.

Mais la vraie raison est ailleurs. Nicolas, licencié ou pas à Bandol, aurait fait partie du déplacement d'une façon ou d'une autre, même si symboliquement, Manu voulait qu'il soit sur la liste des judokas bandolais sélectionnés pour faire partie de la délégation officielle de la ville. Il lui fallait surtout trouver un argument imparable pour écarter d'un revers de main les deux autres les plus méritants dont la seule faute était – officiellement – d'être nés et d'habiter quelques kilomètres plus loin et d'afficher – raison principale, bien qu'inavouée – des origines ethniques quelque peu suspectes à son regard. Sans parler des relations houleuses et conflictuelles entretenues par Nicolas à leur égard.

Je comprends vite qu'il ne servirait à rien de discuter avec cette enflure, manifeste complice de Manu dans cette sale entourloupe, occupé durant tout l'entretien à tracer des cercles sur sa feuille avec son faux Montblanc importé de Taïwan. Je prends alors subitement congé de lui, en le remerciant pour le temps précieux qu'il m'a accordé au détriment de son énorme charge de travail, formule sciemment ironique dont le second degré lui échappe, j'en suis persuadé.

Pressé de quitter au plus vite les lieux, je passe en coup de vent devant la réceptionniste sans qu'elle s'en aperçoive, concentrée comme elle est sur le travail minutieux du vernissage de ses ongles, et une fois à l'air libre, j'allume fébrilement une cigarette afin de me calmer.

J'aspire une longue bouffée les yeux fermés et me concentre sur la fumée descendant à l'intérieur de ma gorge avant d'être expulsée le plus lentement possible. Puis je me dirige, pensif, vers le dojo où m'attendent mes cours du soir.

Je sais que Fatima doit déjà me guetter devant la porte d'entrée, dans l'attente légitime de nouvelles de cette histoire qui doit la préoccuper, et j'appréhende le moment où je me retrouverai face à elle. Je devrai lui déballer cette pitoyable cause d'absence de dossier de participation pour ses deux enfants, dont l'idée de découvrir le Japon représentait plus qu'un rêve.

Tout en marchant sur le quai de Bandol, près de l'interminable alignement des bateaux de plaisance dont l'éclat de la blancheur se reflétant prétentieusement au soleil aurait pu m'éblouir – si mes yeux n'étaient pas rivés sur les seules dalles du port défilant sous mes pieds – je réfléchis à la seule alternative possible. J'ai la conviction profonde, qui s'impose soudain en moi, que mon devoir est de cacher à Fatima cette déconvenue. Cela me paraît évident, car ses enfants ont largement mérité leurs billets pour le Japon, mais aussi à cause de ma propre défaillance, du fait de ma confiance portée à Manu à qui j'ai délégué naïvement le montage et le suivi de ce dossier de subvention que je n'ai d'ailleurs même pas lu.

Ma résolution est prise. Je paierai moi-même le déplacement aux petits de Fatima... Entre ce qu'il me reste en trésorerie au club en cette fin de saison plus mes quelques économies, je devrais bien parvenir à réunir les cinq mille euros nécessaires. Je décide de ne pas en parler à Daphné, ne sachant plus vraiment sur quel pied danser avec elle en ce moment, ni à Fatima qui rejetterait par fierté et honneur mon intention.

Il faudra juste que je trouve une astuce pour faire gober à tout le monde que, finalement, entre la mairie et les sponsors – tiens, voilà une bonne idée ! – j'ai pu trouver le budget pour le financement d'une délégation de dix-sept élèves au lieu des quinze initialement prévus, en faisant croire à tous à l'existence d'un nouveau sponsor privé. Cela ne manquera pas de contrarier l'autre tordu de Manu, et cela risquera de compromettre notre partenariat pour l'année prochaine, mais tant pis, qu'il aille au diable !

Perdu dans mes pensées, je suis surpris de me retrouver déjà devant la porte du dojo où m'attendent enfants et parents. Je dis bonjour à tout le monde sur un ton faussement joyeux et enthousiaste. Puis j'ouvre la porte aux petits monstres qui entrent en se bousculant malgré les molles réprimandes de leurs mamans.

Fatima se tient face à moi.

— Je suis au courant... dit-elle.

— Ah, n'ai-je trouvé qu'à répliquer.

— J'ai eu la secrétaire de l'adjoint aux Sports au téléphone... Elle m'a expliqué...

— Euh... Rien de grave, dis-je sans conviction, perturbé et pris de court par ses paroles auxquelles je ne m'attendais absolument pas. J'ai trouvé un sponsor qui...

— Te fatigue pas, Hugo, réplique Fatima en me tendant un chèque, c'est très gentil à toi, mais je sais que c'est faux...

Je reste un instant interdit, les yeux fixés sur sa main tendue et sur son chèque représentant le symbole de l'honneur et du sacrifice.

Je ne connais que trop bien la situation de leur ménage et leurs difficultés à assumer déjà pleinement le coût des études de leur fille aînée. Aussi mon malaise est-il palpable devant les conséquences de mon manquement dans cette affaire.

Dois-je insister tout de même, quitte à la vexer, mais dans le but aussi de me déculpabiliser, il faut bien le reconnaître ?

Je sais toutefois que mes pathétiques conjurations à ce qu'elle accepte la proposition de ma prise charge personnelle de leur déplacement seront aussitôt rejetées et qu'il serait plus noble, pour elle et moi, de lui épargner ma persistance à vouloir la convaincre.

Fatima met soudain un terme à mes réflexions.

— Hakim et Ferrid méritent bien leurs places dans le voyage au Japon ? me demande-t-elle.

— Oui, bien sûr...

— Alors prends le chèque, s'il te plaît, l'effectif du groupe n'est pas un problème ? Tu peux les rajouter ?

— Oui, Maître Nagao m'a assuré n'avoir aucune difficulté concernant l'hébergement, et il devrait y avoir d'autres places disponibles dans l'avion... Mais ce qui m'embête...

— Ne t'inquiète pas pour moi, Hugo, je t'en prie... L'essentiel est que mes petits participent au voyage qu'ils ont gagné comme leurs copains. Peu importe qui paye le voyage. Je peux te demander un service ?

— Oui, évidemment...

— Je voudrais qu'ils pensent être pris en charge comme les autres... Ne leur parle jamais de ce chèque, OK ?

— Mais... Mais comment vas-tu faire, Fatima ? C'est une somme...

— Travailler plus, c'est tout... J'ai tout prévu. Un prêt à la consommation dont je vais régler les échéances grâce à des heures de ménage supplémentaires dans des bureaux le soir. Dans deux ans, je n'y penserai même plus !

Négocier avec elle serait inutile. Je prends honteusement son chèque et lui remets le dossier complet avec l'autorisation parentale pour le déplacement qu'elle remplit sur-le-champ.

— Je te les confie avec joie, Hugo. Ils seront fous de bonheur de partir avec toi au Japon... Merci pour tout ce que tu fais pour les enfants. Et de ta gentille attention pour nous. Je ne l'oublierai jamais.

— Cela me semblait normal, Fatima. Je me sens coupable dans cette affaire, j'ai été négligent et il aurait été normal que...

— Tu n'as été coupable de rien, me coupe Fatima. Les vrais coupables, tu les connais mieux que moi.

— Eux doivent se connaître, ça, c'est sûr...

— Qui n'a pas honte de sa faute est deux fois coupable. J'espère pour eux qu'ils en auront honte un jour, au moins ça, c'est tout le mal que je leur souhaite... Inch'Allah !

*

J'aide les parents à déposer les valises de leurs enfants sur le tapis roulant, tout en veillant de près à ce que l'excitation de ces derniers reste dans les limites du respectable. Malgré la joyeuse pagaille régnant devant le comptoir d'enregistrement de la compagnie aérienne japonaise All Nippon Airways, je me sens envahi par une étrange émotion, une sorte de malaise proche de la nausée.

Manu m'a annoncé hier soir que finalement, il ne pouvait faire partie du voyage, il avait décidément beaucoup trop de travail. C'était pourtant lui qui m'avait proposé son aide dans l'accompagnement des élèves, bien qu'elle ne fût pas indispensable, les enfants étant pris en charge par leur famille d'accueil dès leur arrivée à l'aéroport de Tokyo, et ce jusqu'au départ. Mais visiblement, il se faisait une joie de découvrir le Japon, un des rares pays qu'il n'avait encore jamais visité. Aussi ai-je été très surpris à l'annonce de la subite décision d'annuler son billet.

Une fois le dernier bagage posé sur le tapis roulant, je suis dans l'obligation de saluer les parents avant l'embarquement et d'échanger quelques mots convenus avec chacun d'entre eux.

« Allez, on vous le confie, bon séjour au pays du Soleil Levant... » me disent-ils tous, plus ou moins, un à un, par des pseudo-phrases vides de sens, auxquelles je ne peux répondre que par des répliques similaires et creuses :

— Merci, tout va bien se passer, ne vous inquiétez pas...

Seule Fatima, ressentant sans doute mon agacement, se contente de me faire la bise en m'épargnant tout commentaire superflu. Nous faisons mine, elle et moi, de ne pas avoir entendu la pique sournoise de Nicolas envers Hakim et Ferrid :

— Vous avez trop de chance, vous. Vous allez revenir du Japon trilingues... Français, japonais et arabe... C'est pas beau, ça ?

Devant cette petite cohue, je suis contrarié de ne pouvoir m'isoler un peu avec Daphné, venue m'accompagner à l'aéroport de Marignane afin de nous soustraire des frais de parking pour ma voiture qu'elle ramènera à Bandol. Devant Manu et les autres pots de colle, j'ose seulement l'étreindre quelques secondes dans mes bras avant de l'embrasser furtivement sur la bouche où un triste sourire se dessine. Puis je colle mes lèvres contre son oreille et lui susurre :

— Tu me manques déjà...

Elle ne répond pas, mais je sens la pression de ses mains contre les miennes et ses yeux demeurent plongés dans les miens.

J'aurais voulu la serrer longuement dans mes bras, l'embrasser avec fougue et tendresse à la fois, lui dire combien je suis fou d'elle. Mais à cause de cet attroupement autour de nous, mettant à mal mon extrême pudeur et m'empêchant toute intimité, je dois me contenter de cet éphémère baiser comme seule preuve de l'étendue de ma passion.

L'heure du décollage, prévu à 22 h, approche. Nous nous quittons sous les regards pesants de tous les accompagnants, et après avoir glissé les passeports des enfants dans mon sac, je donne le feu vert pour franchir la zone d'embarquement. Je demande à mes élèves de passer devant moi, vers le sas de contrôle où tout le monde sera fouillé avant de pouvoir gagner le hall des départs. Me retournant une dernière fois vers les parents toujours entassés de l'autre côté, occupés à proférer de petits signes d'adieux frénétiques à leurs enfants, mon regard est attiré vers Manu et Daphné, côte à côte, au milieu du petit groupe.

À cet instant, une irrésistible et compréhensible jalousie me submerge devant ce spectacle qui me glace littéralement.

L'obsessionnelle conscience d'avoir été dépossédé par Manu de ma légitime place aux côtés de Daphné n'arrive pas à me quitter pendant que je marche, tel un zombie, le long de l'interminable couloir nous menant vers l'avion. Perdu dans mes sinistres préoccupations, je crois n'avoir même pas répondu à l'hôtesse japonaise me souhaitant la bienvenue dans son sourire de publicité pour dentifrice. Je dois me ressaisir, au moins le temps de gérer l'installation de mes élèves, aussi n'ai-je d'autre choix que de sortir tous les billets de mon sac afin de vérifier les numéros qui nous sont octroyés. Je place d'autorité les enfants à ma convenance et réplique sèchement à quelques vaines protestations d'élèves qui, constatant ma détermination et mon attitude peu encline à la moindre négociation, n'osent insister. Anticipant tout éventuel problème conflictuel pendant le voyage, je demande aux jumeaux de venir prendre place à mes côtés et je les laisse s'asseoir sur les deux sièges proches du hublot, moi-même m'installant à l'extrémité de la rangée afin de m'assurer une position adéquate avec une vue globale sur mon groupe.

C'est à peine si je perçois les treize heures de vol, comme si le fait de ressasser en boucle l'ultime image de Daphné me regardant disparaître à l'intérieur du tunnel d'embarquement avait le pouvoir de m'extraire du cours même du temps. Je viens de lire plusieurs livres retraçant les troublants témoignages de ces personnes qui prétendent avoir vécu la mystérieuse expérience de mort imminente, puis être revenues à la vie après avoir été attirées par une éclatante lumière, devant eux, tout au fond d'un tunnel noyé dans les ténèbres. Aussi m'était-il impossible de chasser de mon esprit cette funeste impression de vivre la situation inverse. Celle de marcher à l'intérieur d'un long tunnel encore éclairé, vers un profond trou noir qui m'attirait inexorablement comme un aimant.

Grâce sans doute à mon humeur plus que taciturne, aucun élève n'avait pris le risque de chahuter. Ou bien peut-être étaient-ils tous simplement hypnotisés par la stupidité des films qu'ils regardaient sur leurs écrans. Toujours est-il que tous se sont tenus à carreau, bien que très peu aient dormi, comme moi.

Je me soumets comme les autres aux ordres du commandant du bord nous demandant de bien vouloir rabattre notre tablette, relever nos sièges et attacher nos ceintures pour l'atterrissage imminent à l'aéroport international de Tokyo-Haneda.

À 11 heures, heure française, 18 heures, heure japonaise, l'avion se pose en douceur sur la piste, pratiquement sans aucune secousse, et plusieurs imbéciles de voyageurs se croient obligés d'applaudir, comme si le fait que le pilote fasse tout simplement son travail et ne nous fasse pas nous écraser à l'atterrissage était un exploit.

Sans l'irrésistible pulsion de fumer enfin une cigarette, j'aurais voulu que ce voyage dure plus longtemps pour prolonger encore cet étrange état d'enfermement silencieux et de détachement du monde extérieur dans lequel je m'étais enseveli.

Mais devant l'enthousiasme et l'euphorie de mes élèves, excités d'être arrivés au Japon, je me dois de dissimuler mon indicible sensation de malaise, d'oublier cette diffuse vibration ressentie dans tout mon être. Et puis, surtout, il serait important de donner une image de moi plus avenante à Maître Nagao et aux parents des petits Japonais qui viendront nous accueillir dès notre arrivée, ne serait-ce que par respect pour eux.

Ma concentration dans les tâches à accomplir m'aide à m'extraire de la pesanteur de mes émotions, et finalement, j'arrive à me concentrer sur mes seules actions, une multitude de petits riens… Présentation des passeports aux contrôles, récupération des bagages, réprimandes pour calmer les ardeurs de quelques petits diables, pression de mes mains sur la barre du chariot débordant de valises que je dois pousser…

Je reconnais le grand sourire de Maître Nagao tout de suite, et celui-ci, comme par miracle, est contagieux. Nous nous serrons aussitôt dans les bras en riant de bon cœur.

Sa présence me rassure et revigore mon état mental, comme s'il possédait un don pour me transmettre toute son énergie et sa fantastique joie de vivre. Autour de lui, d'autres dizaines d'éclatants sourires, de femmes, d'hommes et d'enfants subliment cette scène.

Tous les membres de sa délégation de familles d'accueil nous entourent maintenant, nous saluant par l'inclinaison de leurs bustes. Leurs visages rayonnants qui respirent le bonheur me font un bien fou.

Maître Nagao m'annonce qu'il a tenu à me faire une petite surprise.

Je lui avais parlé un jour – l'an dernier, au fil d'une de nos discussions – de mon rêve de séjourner une nuit à l'hôtel Park Hyatt de Tokyo, cadre d'un de mes films cultes, *Lost in Translation* de Sofia Coppola. Film qui m'avait subjugué et que j'ai dû revoir cinq ou six fois.

Aussi, pour me faire plaisir, avait-il réservé deux chambres pour Manu et moi. Ma gêne est palpable de devoir lui apprendre le désistement de celui-ci.

Ce n'est pas grave, me rassure-t-il, un des responsables de l'établissement est mon ami et sa chambre ne me sera pas facturée, et puis, connaissant mon goût pour la solitude, je ne me délecterai que mieux de ces deux jours de repos dans ce lieu atypique sans ce boulet, rajoute-t-il en riant.

Je ne peux évidemment lui dire que, pour une fois, rester seul face à moi-même sera la pire des épreuves à subir, mais je trouve tout de même les ressources pour lui paraître enchanté par cette perspective. Je lui témoigne aussi toute ma gratitude pour sa délicate attention qui me touche profondément.

Maître Nagao gère rapidement la répartition de mes élèves dans les familles d'accueil, qui redoublent de sourires et d'attentions à leur égard. Comme je semble inquiet en constatant les jumeaux un peu à l'écart et non pris en charge, il me rassure tout de suite en m'informant qu'il se fait un plaisir de les prendre chez lui. En hommage, rajoute-t-il, au mémorable couscous auquel nous avaient spontanément conviés leurs parents au cours de notre visite surprise l'année précédente.

Il peut m'accueillir également avec joie, dans une de ses nombreuses chambres, à moins que je préfère rester tranquille dans un hôtel proche de son dojo, auquel cas me réserver une chambre pour la durée du séjour ne serait pas un problème.

Je m'empresse de lui assurer ma réelle gratitude pour son hospitalité qui me comble de bonheur. En disant au revoir à mes élèves qui commencent à se disperser au fur et à mesure des départs des parents qui les prennent en charge, je décèle chez certains d'entre eux une sorte de jalousie dans leur déception de n'avoir pas été choisi par Maître Nagao pour séjourner chez lui, surtout sur le visage de Nicolas qui fixe les jumeaux, sourcils froncés.

Puis, une fois seuls, Hakim, Ferrid et moi suivons Maître Nagao vers le parking de l'aéroport. À l'air libre, Maître Nagao a la délicatesse de me proposer de prendre le temps de fumer une cigarette, ce pour quoi je ne me fais pas prier, puis nous prenons place dans sa voiture qui file aussitôt vers le centre-ville.

Fascinés par le spectacle époustouflant d'une des plus grandes métropoles au monde, les jumeaux ne peuvent décoller leur visage de la vitre de leur portière, subjugués par l'ineffable effervescence des rues illuminées de mille couleurs.

Les bâtiments couverts de gigantesques panneaux publicitaires animés et de monumentaux écrans de dernière technologie semblent atteindre le ciel déjà pourpre du soleil couchant. Sur les trottoirs grouille une foule de passants dont certains, vêtus de tenues extravagantes, côtoient d'élégantes femmes arborant des kimonos traditionnels aux couleurs chatoyantes.

Nous arrivons devant l'hôtel Park Hyatt Tokyo dominant l'étendue du quartier Shinjuku, quartier des affaires de la capitale nippone. La voiture de Maître Nagao n'a pas le temps de s'arrêter qu'un portier m'ouvre déjà la portière du véhicule.

Maître Nagao me souhaite en souriant un excellent séjour :

— Profite bien de tes deux nuits ici pour visiter Tokyo, me dit-il dans son français que peu sont capables de comprendre. Je viendrai te chercher lundi vers midi pour être à l'heure au premier entraînement.

Un autre portier récupère mon sac de baroudeur, en vieux cuir usé et bien peu conforme au standing de l'établissement. Le temps de leur adresser un petit signe de la main, la voiture disparaît déjà dans la circulation dense de Tokyo.

Je lève la tête devant le gratte-ciel de l'hôtel, qui ne paye pas de mine de l'extérieur.

Mais une fois à l'intérieur, dès mes premiers pas dans le hall immense de la réception à la fois chaleureuse et minimaliste, je rentre aussitôt dans l'espace feutré d'un autre monde. Mon regard est immédiatement attiré par des œuvres d'art contemporain, admirablement mises en valeur par un subtil éclairage et présentant la particularité de n'être non pas vulgairement accrochées au marbre des murs, mais soigneusement intégrées en eux par je ne sais quel miracle.

Au milieu du hall, un jardin zen aussi vert qu'épuré m'accueille, et je sais à cet instant précis que je ne mettrai pas un pied dehors durant ces deux jours.

Mon pressentiment est conforté en découvrant le luxe discret de ma spacieuse chambre, enveloppée d'une atmosphère de sérénité couvrant de silence le tumulte extérieur du quartier de Shinjuku qui s'étale, à perte de vue, derrière l'immense baie vitrée en face du lit.

Je reste longtemps devant ce silencieux et inouï spectacle de lumières défiant la tombée de la nuit, épargné des moindres bruits de la capitale grâce au confort ouaté des lieux, et je ne peux empêcher mes pensées de vagabonder dans le souvenir de l'admirable film de Sofia Coppola, *Lost in Translation*, en m'identifiant à son acteur principal, interprétant un personnage plongé dans cette singulière sensation qui est mienne aujourd'hui, baigné dans un état de paradoxale mélancolie, douce et amère.

Le ciel s'illumine d'un flamboyant dégradé de rouge et d'orange qui, l'espace d'un court instant, irradie de son irréelle luminosité toutes les autres couleurs des enseignes de la métropole, et je ne peux que rester hypnotisé par le spectacle grandiose d'un soleil couchant au pays du Soleil Levant. Peu à peu, le feu du ciel ne se concentre que sur l'horizon des gratte-ciel lointains, comme si une coulée de lave anthracite le pressait inexorablement vers les fins fonds de la planète, jusqu'à ce qu'il disparaisse définitivement pour ne laisser la place qu'au seul noir profond des cieux et aux milliers de scintillements multicolores de la ville.

En sortant soudain de ma torpeur, je me déshabille, m'allonge à plat ventre sur le lit, décroche le téléphone et compose le numéro de Daphné. Après un long silence, j'écoute s'égrener les lointaines sonneries, presque étouffées, caractéristiques des appels internationaux, tout en fixant l'infini tapis de lumières clignotantes de Tokyo. Je tombe sur son répondeur et raccroche aussitôt sans laisser de message. Regrettant ma stupidité, j'appuie sur la touche bis… Aucune sonnerie cette fois, sa messagerie s'enclenche immédiatement après les quelques bips de recherche, et je n'ai une nouvelle fois pas le cœur à enregistrer ma voix dans cette machine.

Gagné par une insupportable angoisse, je recommence cet appel, de façon obsessionnelle, des dizaines de fois à la suite, avec comme seul espoir d'entendre au moins la sonnerie de son téléphone, seul lien finalement avec elle qui, bien que ridicule, m'aurait peut-être rassuré.

Toutes mes illusions sont vaines, je n'accède qu'au message d'accueil impersonnel et par défaut de sa boîte vocale qui, comble de la torture, ne me permet même pas d'entendre le timbre de sa belle voix. Anéanti par la fatigue du voyage, par ma nuit blanche et par le supplice de mes émotions de désespoir, j'ai l'impression d'accomplir un véritable exploit en réussissant à me lever et à me traîner jusqu'à la vaste salle de bains, chef-d'œuvre de simplicité et de pureté.

Une fois sous la douche, je peux enfin livrer mon corps aux multiples jets d'eau tiède percutant agréablement ma peau.

Je n'ai pas le courage ensuite de retenter d'appeler Daphné afin de m'épargner d'une nouvelle cruelle déception, j'en ai l'intime conviction. Aussi, je m'habille rapidement et quitte la chambre aussitôt. Je prends l'ascenseur pour me rendre au dernier étage de l'hôtel, le cinquante-deuxième, où se trouvent les trois restaurants de l'établissement. J'opte pour le New York Grill plutôt que pour le Koyue Restaurant et sa cuisine japonaise, ou encore moins pour la Girandole et ses spécialités françaises, malgré leur réputation dont je ne doute pas une seconde qu'elles soient fondées.

Un chef de salle m'accueille avec égard et me propose une table disponible et admirablement bien placée contre l'impressionnante verrière offrant une vue magistrale sur le spectacle de lumières de la capitale nippone. Pour combler cette pesante solitude éprouvée étrangement pour la première fois de ma vie, je décide de me faire plaisir, et sans même regarder les prix, qui de surcroît restent abstraits, n'ayant aucun désir de convertir les yens ou les dollars en autre devise, je commande une bouteille de champagne et le menu le plus cher présentant l'intérêt de proposer du bœuf de Kobé en plat principal – cela, je l'ai compris – et des surprises pour l'entrée et le dessert, dont je n'ai su traduire les intitulés en anglais, et encore moins, évidemment, en japonais.

Si le dîner est délicieux, il ne contribue aucunement à apaiser mes angoisses, à part peut-être les effets de l'alcool de la bouteille de champagne, bue jusqu'à la dernière goutte, et les cinq ou six digestifs, dégustés lentement en écoutant les notes de mélodies surannées, égrenées par un talentueux pianiste, virtuose en costume trois-pièces, caressant les touches d'un immense piano à queue, qui présentent l'avantage de me laisser étourdi et vaporeux jusqu'au milieu de la nuit.

Une fois dans ma chambre, je me coucherai aussitôt, sans même essayer de joindre Daphné, et sombrerai dans un profond sommeil, sans rêve aucun, durant douze heures.

*

N'ayant eu à aucun moment la moindre envie de me fondre dans la frénésie de la foule de la capitale, je suis resté cloîtré à l'hôtel durant ces deux jours.

J'étais baigné par de bien curieux et paradoxaux mélanges de sentiments. Sensation de sérénité, tout d'abord, apportée, il va de soi, par l'atmosphère protectrice et feutrée de ce lieu magique… Mais elle était engluée, paradoxalement, dans les profondeurs d'émotions terrifiantes que je ne peux expliquer que par l'anxiété quasi pathologique due à mon incapacité à joindre la femme de ma vie.

Mes appels en effet restaient vains et j'avais cette désagréable impression qu'ils s'écrasaient avec fracas sur la messagerie de sa boîte vocale.

Je n'avais à ce jour pris aucun calmant de ma vie, mais sans doute aurais-je voulu en avoir avec moi. Un simple médicament qui aurait pu empêcher mes mains de trembler, phénomène que j'ai pu constater en me levant, après ma première longue nuit pourtant réparatrice.

Faire mes bagages ne me prend que quelques minutes. Je regarde ma chambre une dernière fois avant de la quitter avec une pointe de nostalgie, curieusement mêlée à une bouffée d'enthousiasme à l'idée de m'extraire de ce somptueux cocon pour affronter la vraie vie.

J'ai réussi à contacter Maître Nagao ce matin et j'ai pu le convaincre de ne pas perdre son temps à vouloir venir me récupérer à Tokyo. Mon insistance a fini par lui faire admettre qu'il serait simple pour moi de me rendre chez lui par mes propres moyens. Je prendrai un taxi jusqu'à la gare, puis un train direct de la ligne Yokosuka de la East Japan Railway Company qui m'emmènera à Kita-Kamakura en seulement cinquante minutes.

Kamakura, petite ville côtière située à quelques kilomètres de Tokyo, entre mer et reliefs escarpés verdoyants, offre une vue unique sur le mont Fuji. Cette cité, d'une grande richesse culturelle, est surtout connue pour sa grande statue en bronze de Bouddha. Maître Nagao y naquit et il la retrouva naturellement dès son retour de France pour s'y installer avec son épouse et pour prendre la relève de son vieux père dans leur dojo.

Dès ma descente du wagon, je hume un instant l'air purifié des lieux, rafraîchi par une imperceptible brise marine. Une sorte de culpabilité m'envahit quand vient mon besoin de fumer une cigarette, comme si celle-ci allait polluer cette revigorante atmosphère. Immobile au milieu du quai, je tire néanmoins quelques bouffées de cette clope qui me délecte et me dégoûte en même temps, puis me dirige vers la sortie.

En sortant de la gare, je reconnais aussitôt le sourire accueillant de Maître Nagao. Il m'attend à l'intérieur de sa voiture garée en double file, et sa simple présence suffit à chasser les brumes vaporeuses de mon humeur taciturne.

Nous roulons quelques minutes en papotant et il ne semble pas surpris à l'annonce de ma totale immersion au sein de l'hôtel Park Hyatt.

— Savais que toi dans ta bulle là-bas, me dit-il.

La voiture prend la direction d'un quartier du bord de la ville où les rares maisons semblent s'intégrer au cœur d'une végétation luxuriante, puis s'arrête devant un bâtiment rectangulaire d'aspect sombre mais contemporain. Je savais que Maître Nagao avait tenu à rénover la structure de son dojo tout en emménageant l'étage du dessus en loft minimaliste et traditionnel pour sa compagne et lui, mais ne m'attendais pas à un tel résultat, véritablement stupéfiant, où extérieur et intérieur se confondent dans une harmonie absolue.

Le dojo, merveille de sobriété, est composé d'un grand espace où s'étale le praticable de tatamis traditionnels en paille de riz tressée, entouré de claustras en bois. Il donne sur de larges baies vitrées cerclées d'une structure d'un noir mat, offrant le spectacle grandiose d'un jardin de bambous géants.

L'accès à son appartement privé à l'étage est possible par un escalier en fer en colimaçon ancré sur la façade. Le même esprit de sobriété et de pureté nous envahit en découvrant la pièce principale où trône seulement un immense canapé d'angle face à l'ouverture donnant sur la nature. Sur un mur, seul élément de décoration, je découvre avec stupeur l'immense reproduction d'une de mes toiles, réalisée il y a quelques années, la seule sans doute inspirée par le travail de Pierre Soulages, constituée de simples aplats de différentes nuances de noir sur un fond blanc, peinte aux couteaux et à la brosse. Je reste sidéré par cette découverte qui me couvre de honte, car je n'ai à aucun moment imaginé que Maître Nagao ait pu s'intéresser à mon travail artistique. Il aurait été pour moi plus qu'un honneur de lui offrir la toile originale, elle et toutes celles qu'il aurait voulues, d'ailleurs, et je reste un instant muet et confus devant l'évidence de mon manque de discernement.

Lui annoncer que je me ferais un plaisir de lui envoyer cette œuvre dès mon retour en France aurait été prendre le risque que mes propos fussent interprétés comme une pathétique pirouette de démagogie, aussi me vois-je bafouiller des banalités autour de ma surprise à découvrir la reproduction d'une de mes toiles chez eux, en lui dissimulant ma tenace volonté de lui expédier l'originale une fois à Bandol.

De surcroît, Maître Nagao me raconte les circonstances de l'acquisition de cette image agrandie considérablement, imprimée sur plexiglas, visiblement, et son récit ne peut qu'accroître ma contrariété.

Il y a quelques années, en effet, j'avais été démarché par une société de reproduction graphique censée travailler avec des artistes scrupuleusement sélectionnés – la flatterie était sans doute leur meilleure arme commerciale – et, ayant été convaincu par leurs arguments, je leur avais cédé le droit d'image de quelques-unes de mes toiles dont ils devaient tirer cent lithographies numérotées et répondre aux éventuelles demandes de leurs clients, notamment par des impressions numériques de mes œuvres. Un contrat avait été signé, me garantissant un certain pourcentage en droits d'auteur. Or, force est de constater qu'une fois de plus, j'ai été floué par de petits filous. Car après les avoir contactés suite à plusieurs mois de silence de leur part pour leur demander ce qu'il en était de leurs transactions, ils m'avaient assuré, d'un ton peiné, qu'aucune demande concernant mes œuvres n'avait été enregistrée.

La preuve de leur mensonge s'étale devant moi, puisqu'ils ont vendu au moins une œuvre, celle de Maître Nagao, qui, par hasard, est tombé un jour sur leur site Internet et leur a passé cette commande. Au vu des dimensions, elle avait dû lui coûter les yeux de la tête.

Je remarque sous cette reproduction une petite commode d'un noir mat, sur laquelle trône un magnifique katana sur son socle.

Je suis saisi par la courbure de la lame noire de cette véritable œuvre d'art. Maître Nagao m'informe qu'il tient cet antique sabre japonais, appelé aussi daito, de son père qui l'a hérité également de ses aïeux.

Cette célèbre arme des samouraïs était jadis idéale par sa longueur, 60 cm, aussi bien pour le fantassin que pour le cavalier, car ni trop longue ni trop encombrante à transporter. Elle fait partie des kotetsu qui comptent parmi les sabres les plus célèbres de l'histoire japonaise, réputés par la solidité de leur lame que l'on dit être capable de trancher les casques des samouraïs.

Kotetsu était un forgeron du quinzième siècle, qui le premier avait pris soin de récolter fer et acier anciens japonais, réputés pour leur grande qualité, afin de les transformer en katanas magnifiquement ouvragés.

La légende dit que Kotetsu eut une dispute avec l'un de ses clients samouraïs qui mettait en doute la qualité du katana qu'il avait commandé sans l'avoir testé au préalable, et que, fou de colère, il le tua avec. Pris de remords, Kotetsu se convertit alors et devint moine.

Je reste un long moment à contempler la courbe presque sensuelle de cette lame rescapée des brumes d'un lointain passé, subjugué par cet objet chargé d'histoire dont la valeur doit être inestimable.

Des bruits de pas sur des marches en bois massif dévalant rapidement l'escalier de l'étage supérieur m'extirpent de mes pensées. Hakim et Ferrid, tout sourire, se dirigent vers moi et, dans l'euphorie des retrouvailles, viennent me faire une bise. Vêtus tous deux de leur judogi, ils sont déjà manifestement prêts pour la première séance de judo qu'il leur tarde de commencer.

Maître Nagao m'installe dans la chambre qu'il m'a attribuée, face à celle des jumeaux, d'un confort minimaliste et apaisant, présentant la particularité d'être dotée d'un grand jacuzzi intégré à même le sol. La partie supérieure de celui-ci arrive au niveau du plancher en bois où trône un immense futon traditionnel.

Il m'invite à me changer dans ma chambre pour le cours de judo qui devrait bientôt débuter, me dit-il. Un escalier en colimaçon intérieur nous permettra – luxe suprême – d'accéder directement au dojo depuis son appartement, rajoute-t-il.

Une fois en judogi, j'attends Maître Nagao sur le palier. Il apparaît alors dans sa tenue de judoka et je reste saisi de surprise en voyant la couleur rose bonbon de sa ceinture. Son visage s'éclaire d'un malicieux sourire lorsqu'il constate ma consternation.

— Moi t'expliquer après pourquoi ceinture rose, me dit-il en riant.

Nous descendons vers le grand séjour où nous attendent les jumeaux, assis sagement sur le canapé, en compagnie d'une femme vêtue d'un kimono de soie aux mille couleurs.

Il m'est impossible de déterminer son âge, mais je suis ébloui par sa beauté et sa grâce infinie. Elle se lève lentement et s'avance vers moi comme si elle était dressée sur un nuage. Elle s'arrête à quelques pas de moi et, mettant ses mains sous sa poitrine, se penche délicatement pour me saluer.

Je lui rends son salut pendant que Maître Nagao nous présente.

— Ayako... Hugo... Hugo... Ayako, dit Maître Nagao.

— Enchanté de faire votre connaissance, Ayako, lui dis-je après qu'elle eut murmuré quelques syllabes en japonais dont je ne compris mot.

Sitôt les présentations faites, les jumeaux et moi suivons Maître Nagao vers l'escalier intérieur et nous nous retrouvons au dojo déjà envahi par les enfants. Le spectacle de deux mondes radicalement opposés me saisit aussitôt.

D'un côté, mes élèves aux diverses couleurs de ceintures, chahutant et courant dans tous les sens en riant.

Et de l'autre, les enfants japonais du même âge, vêtus de judogis d'un blanc immaculé, seulement ornés de broderies d'idéogrammes japonais sur le dos, tenus par une ceinture d'une identique blancheur, tous silencieux. Certains sont assis à la japonaise, sur leurs talons, immobiles telles des statues de marbre, d'autres s'étirent consciencieusement dans un coin. Quelques-uns pratiquent, dans une fluidité extraordinaire, des exercices de *uchi-komi* avec un partenaire, répétant méthodiquement le placement d'une technique impressionnante de précision.

Maître Nagao, percevant l'étendue de ma honte, me regarde en souriant et me dit :

— Enfants jouer en France... Moi leur apprendre que judo est jeu aussi... Mais pour jouer judo apprendre travail !

*

Notre séjour tire vers sa fin, hélas ou enfin, je ne saurais dire.
Mon anxiété ne m'a pas quitté une seconde depuis le départ. Je n'ai eu de cesse d'essayer de me convaincre de résister à mes pulsions de téléphoner à Daphné. Il m'a pourtant été impossible d'obéir à ce que me dictait ma raison. J'avais conscience que son immanquable silence, qui ne faisait maintenant aucun doute en moi, me plongerait dans les abîmes d'une angoisse sans fond. Mais une sorte d'élan masochiste, profondément ancré dans mon for intérieur, me poussait à me prouver chaque jour qu'elle resterait injoignable, et la confirmation de mes certitudes était comme un supplice d'une nauséeuse extase.

Je me forçais néanmoins à concentrer mes pensées, lorsque je le pouvais, sur la pertinence de ma présence dans ce pays à l'autre bout du monde. C'était un exercice facile, il est vrai, car il me suffisait de me concentrer sur les instants présents, ceux que j'étais en train de vivre dans cette vie réelle, pour effacer momentanément Daphné de mon esprit torturé.

Sur le plan strictement pédagogique et sportif, je ne sais si cet échange aura été concluant, du fait du gouffre culturel et de l'écart de niveaux entre les deux groupes. Certes, les petits Japonais ont fait preuve de complaisance envers leurs petits camarades français, adaptant leur travail sur les maigres acquis techniques de mes élèves, mais quel intérêt pour nos hôtes, finalement ? Les visiteurs, eux, ont bien compris qu'ils ne jouaient pas dans la même cour, et à part le fait que certains aient peut-être pu assimiler qu'il leur fallait changer radicalement leur façon d'aborder leur sport afin de se rapprocher – peut-être un jour – du niveau des petits Nippons, combien allaient arrêter le judo à la rentrée prochaine pour une autre activité plus ludique et surtout moins contraignante ? Les seuls, me semble-t-il, à avoir pu tirer profit de ce stage sont les jumeaux qui, par mimétisme, ont commencé à reproduire certaines attitudes et certains gestes des jeunes Nippons pendant les randoris et lors des exercices de *uchi-komi*. Peut-être parce qu'ils sont pratiquement débutants et pas encore conditionnés par les mauvaises habitudes gestuelles acquises en début de pratique, comme leurs camarades, faute dont je ne peux qu'assumer la responsabilité en tant que professeur.

Je dois être lucide et écarter l'excuse toute faite selon laquelle la pédagogie doit s'adapter aux contraintes des mentalités de la population que l'on traite.

Ce séjour aura en tout cas eu l'avantage de me poser un choix auquel je devrai répondre rapidement. Dois-je continuer à enseigner le judo comme je le fais actuellement pour me garantir « un fonds de commerce » alimentaire, ou dois-je changer radicalement de méthode, devenir bien plus exigeant envers mes élèves sur les fondamentaux du judo, quitte à perdre une quantité non négligeable de licenciés ?

Ayako apparaît comme par magie et semble glisser vers Maître Nagao. Les jumeaux et moi-même sommes assis à la japonaise au milieu du tatami du dojo.

Comme tous les jours, après la séance de judo, nous nous retrouvons ici, avec ce même plaisir pour la cérémonie du thé, après les longues minutes consacrées à nous détendre dans le ô furo rempli d'eau pratiquement bouillante.

L'art du thé n'a aucun secret, m'avait dit Maître Nagao le premier jour, ce n'est rien d'autre que de faire bouillir de l'eau, de préparer le thé, puis de le boire... Une louche en bois, un linge de soie, une spatule et une boîte de thé, rien de superflu.

Ayako prend place près de son mari et dépose délicatement devant nous le plateau qu'elle tient dans ses mains. Elle déverse ensuite avec douceur la poudre de thé dans nos bols avec une cuillère, verse lentement l'eau chaude, puis bat l'ensemble, d'un geste gracieux, à l'aide d'un petit fouet en bambou, jusqu'à ce qu'une fine mousse onctueuse d'écume se forme en surface.

Nous nous inclinons avant de prendre le bol, objet délicat réalisé par un maître potier, qui doit être contemplé un instant, par respect à l'égard de l'œuvre d'art qu'il est en réalité.

Je pose mes lèvres sur le rebord du bol que j'ai soulevé délicatement. Une douceur sucrée tempérant l'amertume du breuvage envahit mon palais.

Tout n'est qu'harmonie et lenteur.

J'ai compris dès le premier jour que ces instants permettaient de prendre pleinement conscience du temps présent et de se délecter de cette sensation de calme dans le mouvement de pureté et de tranquillité d'esprit. Le silence n'est rompu qu'à la fin de la cérémonie, et Maître Nagao nous invite alors au mondo.

Le mondo n'est qu'une conversation, un échange lié aux savoirs acquis grâce au judo qui pourraient être utiles en dehors de sa pratique.

Hakim et Ferrid boivent depuis les premiers jours ses paroles, dont pourtant le contenu s'élève parfois vers une dimension hautement philosophique.

Maître Nagao leur parle tout d'abord des origines du judo, issu comme d'autres arts martiaux de cette méthode secrète de combat pratiquée par les samouraïs appelée le jiu-jitsu. Selon une légende remontant au sixième siècle de notre ère, le jiu-jitsu serait né grâce à un vieux médecin qui, par temps de neige, méditait en se promenant dans la nature. Il constata que les plus grosses branches des arbres se brisaient sous le poids de la neige accumulée sur elles, alors que les plus fines et les plus flexibles pliaient pour se débarrasser de leur fardeau avant de se relever pour retrouver leur forme initiale. Le vieil homme comprit soudain tout le parti que l'on pouvait tirer du principe de la non-résistance.

Le jiu-jitsu venait de naître, coïncidant probablement avec l'apparition de la caste des samouraïs !

Le Japon connut ensuite, pendant des centaines d'années, des périodes d'incessantes guerres. Les Mongols tentèrent d'envahir le pays à la fin du XIIIe siècle, et inlassablement, les samouraïs se défendirent dans de terribles combats grâce à leurs techniques de combat rapproché usant du katana (sabre), du bô (bâton), du tantô (couteau-sabre), ou seulement de leur art du combat à mains nues leur permettant de combattre efficacement des adversaires portant armes et armures.

Bien des siècles plus tard, en 1882, Jigoro Kano inventa une méthode sportive et éducative inspirée du jiu-jitsu qu'il épura à l'extrême pour donner naissance au judo, dont l'essor mondial fut fulgurant, puisque reconnu sport olympique quelques dizaines d'années après sa création.

Je ne saurais jamais vraiment quel était le contenu de leurs échanges antérieurs à ce jour-là, ou plutôt l'étendue des connaissances que Maître Nagao avait transmises aux jumeaux, visiblement subjugués par ses paroles, mais la trame de ce monde tournait autour de la signification des grades dans le monde du judo, matérialisés par les couleurs des ceintures.

— Obi en judo sert à tenir judogi, c'est tout, dit Maître Nagao. Obi, c'est ceinture en japonais, précise-t-il.

Je connaissais déjà l'avis tranché de Maître Nagao concernant le concept des couleurs de ceintures correspondantes à des niveaux, inventé par « l'apôtre » japonais parachuté en Angleterre, puis en France dans les années 1920. Maître Kawashi voulut adapter le judo à la mentalité européenne d'alors, dans le seul but de rendre la progression tangible à l'esprit de la culture occidentale, au risque d'extraire à la pratique en elle-même bien des notions martiales.

Maître Nagao leur expliqua qu'au début, seules deux ceintures existaient. La blanche, symbole de pureté extrême, d'abnégation. Elle correspondait à de longues années d'apprentissage dans la « voie de la souplesse ».

Et la ceinture noire, marque symbolique d'un certain idéal d'accomplissement, n'était qu'une étape, qu'un nouveau départ dans le travail qu'il restait à accomplir.

Maître Nagao leur dit qu'il déplorait la cupidité spirituelle des pratiquants qui, même au Japon de nos jours, sont prêts à tout pour l'obtention d'un grade supérieur, surtout au sein de cette caste poussiéreuse qualifiée de « hauts gradés », vieillards ventripotents arborant fièrement autour de leurs tailles rebondies des ceintures bicolores blanches/rouges ou rouges…

— Moi sept dan, maintenant… Peux porter obi rouge et blanc… Mais pas aimer rouge et blanc… Moi aimer couleur rose, alors porter obi rose, dit-il en riant.

J'adore observer Maître Hiano lorsqu'il rit. Ses yeux s'étirent à l'infini et ses rides – qui ne sont que les vestiges de ses rires accumulés durant des décennies – se creusent.

— Et puis mélange rouge et blanc est rose… Alors rose très bien pour moi.

Maître Nagao demande alors aux jumeaux quelle est leur couleur préférée. Hakim et Ferrid échangent un regard furtif, puis, en me regardant, s'exclament d'une seule voix :

— Le bleu !

Je comprends aussitôt que par leur choix spontané, ils veulent rendre hommage à mon travail artistique en se référant à cette couleur prédominante dans beaucoup de mes œuvres marines, où la mer se décline dans toutes ses nuances de bleu. Bleus parfois mélangés dans des dégradés étalés au couteau, parfois superposés sur d'autres couches d'huile une fois celles-ci durcies.

Je vois aussi dans leur réponse un clin d'œil au célèbre bleu Klein pour lequel ils connaissent ma fascination.

Les rides de Maître Nagao se mettent à rire de nouveau.

— Pas obligé d'aimer même couleur tous les deux même si vous deux jumeaux…

Hakim et Ferrid confirment en chœur et avec conviction leur préférence et promettent à Maître Nagao de garder définitivement leur ceinture bleue lorsqu'ils l'atteindront un jour.

— Vous alors avoir tout compris judo si garder toute la vie couleur ceinture qui vous plaît... Bleu, jolie couleur... Obi blue, jolie ceinture, dit Maître Nagao en souriant dans une phrase où des termes d'anglais, de français et de japonais se mélangent délicieusement.

*

Je descends les escaliers, mon énorme sac de voyage sur une épaule, et retrouve les deux gamins sagement assis sur le canapé du salon, leurs valises bouclées à leurs côtés.

Maître Nagao m'accueille avec un sourire dans lequel je décèle un nébuleux mélange d'émotions, une certaine nostalgie liée à l'idée de nous quitter tout d'abord, mais aussi avec l'impatience et l'enthousiasme de nos prochaines retrouvailles, qui n'ont pas été à proprement parler programmées, mais ont été largement évoquées au cours de nos dernières discussions. Un vague projet de stage de judo en commun avait en effet été lancé pour l'année suivante en Espagne, et il ne tenait qu'à moi de le concrétiser au plus vite, ayant un contact privilégié avec un professeur d'un club local du nord de l'Espagne, pouvant lui-même nous mettre en relation avec diverses infrastructures locales.

Mais pour l'heure, nous devons prendre congé de la douce Ayako afin de nous rendre à l'aéroport et me permettre de m'acquitter de toutes les formalités d'embarquement de notre groupe.

Au moment où je vais charger mon grand sac sur l'épaule, je vois Maître Nagao se diriger vers le katana. Il le soulève de son socle, glisse la lame noire tranchante dans son étui anthracite orné de discrètes calligraphies japonaises ivoires et dépose ce dernier délicatement à l'intérieur d'une caisse métallique dont l'intérieur est capitonné d'une mousse rigide épousant parfaitement la forme du sabre et de son fourreau.

Lentement, Maître Nagao referme soigneusement le couvercle, également capitonné, de la caisse rectangulaire de façon à ce que le sabre soit idéalement protégé. Puis il se dirige vers moi et me demande, d'un sourire radieux, de bien vouloir ouvrir mon sac afin d'y loger son petit cadeau, car la psychose engendrée récemment par les évènements du 11 septembre ne nous permet plus d'embarquer ne serait-ce qu'une lime à ongles en cabine.

Par contre, la caisse qu'il a spécialement commandée devrait s'avérer parfaite pour le transport en soute.

Troublé, je ne sais comment réagir. Je sais qu'il est de coutume de refuser symboliquement, une seule fois, le cadeau pour que celui qui l'offre ait la courtoisie de pouvoir insister, mais je ne peux vraiment pas accepter un tel présent, aussi inestimable par son prix que par sa valeur sentimentale. Je me vois alors balbutier des mots incompréhensibles, submergé par une multitude d'émotions imprégnées de gêne et de la honte de n'avoir rien offert de plus à mes hôtes qu'une misérable bouteille de champagne et quelques boîtes de chocolats belges. Un comble pour quelqu'un venant du sud de la France.

Ayako met fin à mon supplice en venant m'embrasser sur les joues pendant que son mari enfouit la petite caisse dans mon sac, qu'il soulève en riant pour déposer sa sangle sur une de mes épaules.

Je retrouve mes esprits une fois dans la voiture de Maître Nagao, en route vers l'aéroport. Devant le paysage d'une campagne japonaise défilant à toute allure devant mes yeux embués de larmes, je réalise soudain que je vais quitter ce pays lointain et me retrouver dans quelques heures au cœur d'une réalité que j'appréhende déjà.

*

En arrivant dans le hall immense des arrivées de l'aéroport de Marseille-Marignane, nous sommes assaillis par le troupeau des parents enthousiastes à l'idée de retrouver leurs enfants.

Le cœur battant, mes yeux balayent la petite foule devant moi à la recherche désespérée de la silhouette de Daphné… En vain, hélas, mais finalement, la matérialisation de son absence ne peut que confirmer la persistance de mes pressentiments.

Comment a-t-elle pu m'abandonner ainsi, sans aucune explication, au milieu de ce néant inhumain surpeuplé d'êtres aussi superficiels que futiles, mais vers qui je me dois d'agir comme si de rien n'était !

Un ouvrier d'une des entreprises de Manu se présente pour récupérer Nicolas. Son père l'a mandaté pour venir le chercher suite à une réunion de dernière minute à laquelle il n'a pu se soustraire, me dit-il. Il est navré de ne pouvoir accéder à ma requête de me ramener également, car il ne dispose que d'une seule place dans la camionnette de l'entreprise.

Je sens une irrésistible nausée m'envahir subitement. Fatima, ayant sans doute entendu notre conversation, me propose spontanément une place dans la petite voiture de Sherazade. Il n'y a aucun problème, me dit-elle, les bagages iront dans le coffre et elle ira sur la banquette arrière avec les jumeaux qui ont tellement de choses à lui raconter de leur fabuleux voyage.

J'avoue avoir été bien peu loquace durant la route du retour, malgré tous mes efforts pour dissimuler mon état taciturne. Sherazade et Fatima, par pudeur, n'ont pas arrêté de parler aux jumeaux, intarissables, me laissant ainsi seul dans ma bulle de silence et d'amère mélancolie.

Je constate avec surprise que la voiture est à l'arrêt, sous les reflets d'un soleil miroitant de mille feux sur les eaux paisibles du port de Bandol, ce qui a pour effet immédiat de m'extraire de la torpeur de mes pensées. Je me vois balbutier quelques vagues formules de remerciements, de souhaits de bonnes vacances et que sais-je encore, puis me voilà mon sac sur le dos, marchant tout d'abord en direction de chez moi le long du quai, puis courant au milieu de la ruelle vers le portail de notre bâtisse, que j'ouvre énergiquement, me ruant vers la porte d'entrée, délesté de mon sac jeté au milieu de la cour, et découvrant enfin ce que je savais pertinemment et que ma conscience s'était refusée à admettre : Daphné m'avait quitté !

Plus aucune trace de l'amour de ma vie, du salon à la chambre à coucher en passant par la salle de bains, comme si sa présence n'avait jamais existé... Rien, si ce n'est une longue lettre posée sur la table du salon que je n'arrive pas à me décider à lire.

Je ne peux que la regarder pendant un temps insondable. Comme si cette feuille noircie d'une écriture nerveuse et serrée était une sorte de relique et l'ultime attache qui me reliait encore à elle.

Finalement, bien plus tard, à la lueur du crépuscule tombant, je pose mes lunettes de presbyte sur le bout mon nez et parcours enfin ce parchemin de malheur, les yeux embués de larmes qu'il m'est impossible de contrôler.

J'encaisse la cruelle vérité. Elle est malheureuse avec moi, ne m'aime plus et me quitte. Elle me quitte pour se reconstruire.

Ne cherche pas à me retrouver. Je te supplie de me pardonner pour la brutalité de cette rupture, mais je sais que seul ce moyen radical nous permettra de tourner définitivement, toi et moi, cette page de nos vies, me dit-elle dans des vagues d'encre noire et troublée de l'océan de ses écrits.

Je sursaute lorsque je sens sur mon épaule la pression infime d'une main et découvre mon pauvre père visiblement aussi accablé que moi.

— J'ai cogné plusieurs fois à la porte, tu n'as pas dû m'entendre, j'étais inquiet, s'excuse-t-il. Elle est partie sans explication, peu après ton départ, et je ne savais pas comment te l'annoncer.

Une force surhumaine me pousse à réagir, je sors aussitôt de ma léthargie et le rassure comme je le peux par un flot de paroles apaisantes, tout d'abord, puis par le récit artificiellement enthousiaste de mon séjour au Japon.

Loin d'être dupe, mon père fait mine de croire à la véracité de mon attitude faussement désinvolte, puis il a la courtoisie et le tact de prendre congé, me laissant enfin seul avec mon désespoir.

Ce n'est qu'à la nuit tombée qu'une force frénétique me pousse à réagir. Manu doit savoir quelque chose, elle n'a pas pu démissionner de son poste sans explication.

Récupérant ma voiture aussitôt, je traverse en trombe la rue principale de la ville face au port et emprunte la petite route serpentant entre les vignes, qui m'emmène jusqu'à sa maison.

Le portail électrique est ouvert et je rentre en voiture dans la propriété avant de m'arrêter au pied de la villa surplombant un entassement de blocs monumentaux de pierres, dans un crissement de pneus sur les graviers. Je sors de ma voiture et commence à suivre les faibles lumières des éclairages extérieurs incrustés dans les marches menant à la maison.

Tout est calme dehors, et la propriété m'aurait semblé déserte sans la clarté des lampadaires extérieurs et des lumières des pièces intérieures, derrière fenêtres et baies vitrées, témoignant de la présence d'occupants dans les lieux.

Je gravis les dernières marches et longe la façade de la maison. J'arrive devant une étroite baie vitrée, celle qui donne sur l'escalier menant aux chambres du premier étage. Et mon cœur s'arrête.

Je reste pétrifié devant le spectacle de la petite toile représentant un bouquet de fleurs, celle que j'avais offerte à Daphné au début de notre rencontre, et que je découvre avec stupeur accrochée au mur.

Envahi d'une nausée soudaine, je redescends les marches aussitôt, entre dans ma voiture et quitte cette maudite maison sur les chapeaux de roues.

*

À partir de là, tout est confus.

Je me souviens exactement de tout ce qui s'est déroulé, mais je m'en souviens comme si je n'étais qu'un simple spectateur dans une salle de cinéma. Un acteur du film interprétait mon personnage.

Je revois Hugo se garer en double file sur le port de Bandol et courir en direction de chez lui. Je le regarde pénétrer dans la cour où son sac de voyage gît toujours, s'agenouiller devant lui, l'ouvrir et en extraire fébrilement le katana dans son étui que lui a offert Maître Nagao.

Hugo retourne vers sa voiture qui démarre avant de disparaître dans la nuit, vers la campagne de l'arrière-pays, laissant derrière lui les faibles lumières jaunâtres des lampadaires du port.

Je me rappelle son visage, empreint d'une grande sérénité, mais étrangement submergé parfois par de sentiments de haine et de terreur.

Il sort de la voiture maintenant garée devant la maison de Manu. Le sabre est dans sa main, libéré de son fourreau. La clarté de la pleine lune se reflète sur la lame en acier.

Il se précipite vers les marches donnant accès à la maison qu'il gravit quatre à quatre pour se retrouver devant la baie vitrée entrouverte du salon, qu'il écarte violemment. Il se retrouve alors au milieu de la pièce, son katana brandi entre ses mains.

Il reste un instant immobile devant Daphné et Manu, saisis par la surprise et la violence de son intrusion. Tous deux demeurent pétrifiés, assis côte à côte sur un immense canapé blanc, Manu avec la bouteille de champagne qu'il était sur le point de déboucher, Daphné, ses mains tendues vers deux coupes encore posées sur la table basse devant eux.

Hugo ne dirige pas sa rage contre eux, mais contre lui-même. Ses propos, hurlés, en partie incompréhensibles, témoignent d'une colère démesurée contre son propre caractère, contre sa pathologique gentillesse qui l'a toujours poussé à vouloir faire plaisir aux autres, notamment au sujet du nombre de toiles qu'il a tenu à offrir à beaucoup de crevards comme Manu !

Il se dirige soudain vers la toile qu'il a donnée à Manu il y a quelques années, une œuvre abstraite immense de trois mètres sur deux, trônant au milieu du mur principal de la pièce. Il se positionne devant elle, tel un samouraï, et lacère de son sabre, dans un cri inhumain, la toile tendue qui tombe au sol par lambeaux.

Hugo, les yeux exorbités, se précipite vers la toile qu'il avait offerte à Daphné et dirige violemment la lame de son katana vers elle, d'un geste circulaire. On ne sait si l'acte est volontaire ou pas, mais l'acier effleure le tableau et ne fend que le mur dans un nuage blanc de poussière de plâtre, laissant l'œuvre intacte.

Hugo revient dans le salon et arrête la lame tranchante de son sabre devant Daphné et Manu sur le point de quitter précipitamment la maison. Ils s'arrêtent devant la menace du sabre, puis reculent, effrayés, l'un contre l'autre, vers le canapé sur lequel ils montent, debout, le dos au mur.

— Calme-toi, Hugo, pose ton sabre. On peut discuter tranquille, conjure Manu d'une voix tremblante.

— Discuter de quoi, gros porc ? J'en ai rien à foutre de vos salades, hurle Hugo, hors de lui, n'ayez pas peur, je me casse, vous pouvez l'ouvrir, votre bouteille de champagne... Régalez-vous de ces grotesques bulles pourtant plus pétillantes que vos misérables et futiles existences... Vous me faites vomir de dégoût !

Hugo quitte alors la maison aussi brusquement qu'il y était entré, dévale les marches extérieures du jardin, s'engouffre dans sa voiture et démarre aussitôt, le pied enfoncé sur la pédale d'accélérateur.

Le véhicule recule sèchement sur les graviers, puis fonce vers l'ouverture du portail avant de disparaître dans la nuit, derrière le rideau de poussière et de caoutchouc brûlé soulevé par la violence de son départ.

3

La période de ma vie qui suivit cet évènement restera à jamais marquée au fer rouge dans ma mémoire. Paradoxalement, je n'en ai conservé aucun souvenir précis. Je ne m'en souviens que sous la forme d'un confus et sinistre cauchemar, sans même être véritablement persuadé de sa véracité.

Je me rappelle être rentré chez moi ce soir-là dans un état second. Mon être était englué dans une douleur qui me paraissait insupportable, anéanti par un mal étrange enfoui quelque part dans ma poitrine.

En tremblant, je débouchai une bouteille de vodka, alors que je n'aimais pas les alcools forts. Une bouteille que j'avais sans doute gardée pour une éventuelle visite d'amis, qui n'étaient jamais venus, pour la simple raison que je n'avais pas d'amis, finalement.

Je pensais que l'alcool allait m'aider à soigner ce mal ancré en moi, mais en me voyant étendu à même le sol, la bouteille vide contre moi, force fut d'admettre l'impossibilité d'une quelconque chance de guérison. Mais, étrangement, une sensation inconnue jusqu'alors, certainement causée par mon état, m'était progressivement apparue, amplifiant sa présence au fur et à mesure des gorgées de vodka que j'ingurgitais à même le goulot.

Une sensation que je qualifiais de « lucidité » m'avait envahi et elle semblait cohabiter à merveille avec mes souffrances.

Il me sembla à cet instant précis être intimement persuadé de la pertinence des conseils de cette émotion nouvelle émergeant en moi. Le seul moyen de trouver enfin l'apaisement serait d'en finir avec la vie, qui ne valait franchement pas la peine d'être vécue dans ces conditions, insistait-elle.

Et surtout, me disait-elle, il me fallait passer à l'acte immédiatement, avant que les vapeurs de l'alcool, gardiennes de cette lucidité, ne s'évaporent, et qu'elle ne m'abandonne, me laissant à nouveau seul avec les tortures de mon âme.

Je me forçai à réfléchir rapidement et de façon pragmatique. C'est bien beau de vouloir se suicider, mais autant concrétiser ce projet en l'absence de souffrances et sans effusion de sang. Je pouvais déjà exclure le concours que mon katana pouvait m'offrir, avec regret, d'ailleurs, car un suicide par harakiri, comme un samouraï, aurait vraiment eu du panache. L'idée de me trancher les veines avec sa lame, solution moins noble, certes, mais combien radicale, aurait pu me séduire, mais m'imaginer pataugeant dans une nappe visqueuse et écarlate était une image qui me révulsait.

J'ai pensé aux médicaments, mais je ne savais pas trop ce que j'avais de mortel dans mon placard, et même si j'avalais toutes les pilules en même temps – aspirines, produits contre le rhume – rien ne me garantirait le résultat escompté.

J'en suis venu à la conclusion que seule la pendaison pourrait combler mon désir immédiat, sans trop de complications.

L'idéal aurait été de me pendre avec ma ceinture de judo, mais j'étais trop ivre pour aller la chercher dans le dojo. Alors, je me suis traîné en souriant, oui, je crois que je souriais, vers ma chambre et j'ai retiré du lit le drap-housse qui enveloppait le matelas. Je savais où j'allais me diriger ensuite. Je me suis retrouvé sur le perron extérieur de la porte d'entrée, sous une poutre en fer soutenant la petite toiture, où je plaçai la chaise que j'avais prise en passant et que j'avais traînée derrière moi.

Je crois avoir mis un temps fou à réaliser le nœud coulant, élément primordial de mon projet. Ensuite, attacher fermement l'autre extrémité du drap à la poutre elle-même n'était qu'une simple formalité. Je suis descendu un instant de la chaise pour m'assurer de la faible distance entre les deux nœuds, avec le sentiment agréable du devoir accompli.

Allez, il faut y aller, me suis-je dit avant de monter sur la chaise, passer le nœud autour de mon cou, et envoyer valser la chaise au loin, à l'aide de mes pieds.

Et voilà, je suis mort, mais sans en être totalement convaincu.

Je sentais quelque chose de dur contre l'extrémité de mes pieds, alors que logiquement, ils auraient dû pédaler dans le vide.

Le drap serrait bien mon cou, mais à la façon d'une maladroite et vaine tentative d'étranglement dans un combat de judo, où l'on sent que l'on est capable de résister, qu'il est en tout cas indécent d'abandonner le combat, tellement l'éventualité de « tomber dans les pommes » semble improbable.

Ma douleur était toujours là, et ma lucidité aussi, et ce fut elle qui m'annonça que j'étais décidément l'être le plus farfelu que la Terre ait porté, pour avoir tenté de me pendre avec des draps élastiques.

Ce fut sans doute ma crise incontrôlable de fou rire qui réveilla mon pauvre père. Terrifié, il me découvrit gesticulant sur la pointe des pieds, en train d'essayer de desserrer la tension du drap autour de mon cou, tout en riant comme le taré que je me révélais être.

Tant bien que mal, mon père me libéra du drap. Je tombai alors sur le sol où, recroquevillé sur moi, j'alternai crises de fou rire dues au comique de cette scène, qui me rappelait une vague histoire d'un clown se pendant par un élastique, blague dont je ne me souvenais même pas de la chute, et crises de hurlements et de pleurs, provoqués par le départ de ma lucidité, qui m'avait quitté, elle aussi, me laissant seul avec les affres de ma souffrance.

On m'emmena en urgence dans un hôpital psychiatrique sur les hauteurs du Revest. L'endroit était tellement accueillant que j'y restai plus de trois mois.

Les psychiatres, tous si sympathiques, décidèrent que j'étais atteint d'un trouble de bipolarité. De nos jours, certains nouveaux qualificatifs passent mieux que ceux anciennement employés, comme « escort girl » par exemple à la place de « pute », et c'est tant mieux, finalement. Comme les gentils médecins avaient décidé que j'étais bipolaire, terme tellement plus édulcoré que celui de maniaco-dépressif employé jusqu'alors, je n'ai pas osé les contredire et je l'ai admis aussi.

*

Je sortis de la clinique au début du mois de novembre de la même année.
Il m'a été inimaginable de reprendre mes cours de judo. Déjà parce que ma salle avait été désertée par tous mes élèves qui avaient trouvé porte close à la rentrée scolaire de septembre. Il fallait me résigner à accepter ce fait irrémédiable, conséquence logique de mon absence durant mon internement. J'étais presque parvenu à m'en convaincre. Mais au fond de moi, je ne connaissais que trop bien les véritables raisons de mon abandon. Ces excuses, auxquelles il me plaisait de donner du crédit, me disculpaient en fait surtout de mon incapacité à supporter l'énergie frénétique de gamins survoltés après des mois de doux silence.

En retrouvant mon père, ému jusqu'aux larmes dans la cour de notre bâtisse, j'ai su qu'une page de ma vie se tournait à cet instant-là.

Mon père, sachant que je n'étais pas très doué pour transmettre mes émotions, m'épargna avec tact toute discussion. Il se contenta de me serrer très fort dans ses bras et me glissa à l'oreille :

— Viens, mon fils, je t'ai préparé un bon poulet comme tu l'aimes.

Nous dînâmes comme de coutume l'un en face de l'autre, dans le silence d'une complicité qui ne s'encombrait plus de paroles superflues.

Je n'osai évoquer le sujet qui me perturbait intérieurement, n'ayant aucune envie de m'apitoyer sur mon sort ce soir-là. Lui connaissait évidemment la teneur de mes préoccupations, mais il eut la délicatesse de ne pas aborder le sujet de mes tourments.

Ma situation n'était pas des plus réjouissantes, en effet. Mon club de judo n'était plus qu'un diffus souvenir, l'amour de ma vie m'avait quitté pour l'individu le plus ignoble de la planète, je n'avais aucune perspective artistique dans la mesure où mon travail n'intéressait personne, il était au-dessus de mes forces de produire d'autres petites croûtes figuratives qui auraient pu me donner quatre sous, et j'allais devoir me contenter, pour survivre, à quelques années d'une retraite qui serait plus que modeste, d'une petite pension d'invalidité, seulement acquise par la reconnaissance de ma folie.

Mon père était plus que jamais le socle de ma vie, et je ne trouvais pas les mots pour lui manifester la reconnaissance qu'il ne voulait de toute façon pas entendre. Car en dégustant son délicieux poulet, je mesurai finalement aussi l'étendue de ma chance. Dans mes quelques moments de lucidité, je culpabilisais alors sur mes pathétiques geignements, car, somme toute, seul mon orgueil pâtirait de cette situation où je ne manquerais de rien à ses côtés, n'ayant finalement aucun frais de loyer ni autres soucis matériels à gérer.

Je n'ai pas pu dormir, ce soir-là. Aussi, me suis-je levé au milieu de la nuit et me suis-je vu me diriger vers mon petit atelier où s'entassaient dans un désordre indescriptible toiles, matériel de peinture abandonné à même le sol et tubes de peinture à l'huile écrasés. Un sentiment d'étouffement subit me gagna à cet instant précis en découvrant à nouveau ce local qui me parut soudain minuscule, et je me demandai comment j'avais pu faire pour travailler dans cet espace réduit pendant toutes ces années.

Je pris une toile en lin vierge de grand format et la transportai de l'autre côté de la cour, vers la porte annexe du dojo. Je la posai à plat au milieu du tatami et retournai à mon atelier récupérer tubes d'huile, couteaux, térébenthines…

J'étais face à une toile immaculée et je ne savais trop ce que j'allais en faire. J'étais loin d'imaginer qu'elle serait la première d'une série que j'appellerais plus tard «Japan», travail bien différent de celui que j'avais produit jusqu'alors.

Je commençai par des aplats de différentes teintes de blanc et de beige pour constituer un fond. J'allumai une cigarette pour réfléchir devant cette ébauche, et je fus surpris de n'éprouver aucune culpabilité à griller une clope, pour la première fois, dans ce qui naguère avait été un dojo, alors qu'il m'avait paru évident de me déchausser avant de pénétrer sur le tatami pour peindre pieds nus.

La suite ne fut plus qu'une suite d'actes incontrôlables, dictés par une sorte de fureur foudroyante. Je me vis soudain mélanger des tubes entiers d'huile à même le tatami, sans le moindre état d'âme – était-ce la preuve de l'étendue de ma folie ? ... Des noirs, des blancs, des beiges, que je récupérais sur mon couteau le plus large. Je plaquais celui-ci sur la toile et, d'un geste violent, d'un seul, je faisais apparaître une parabole de teintes préalablement choisies qui, instantanément et comme par magie, se cristallisaient dans des mélanges subtils d'effets où prédominaient l'impulsivité du geste et l'harmonie absolue des couleurs.

Guidé par je ne sais quel instinct, je diluai des noirs et des blancs dans des bols de térébenthine et terminai l'œuvre avec des projections mûrement réfléchies au préalable, mais qui ensuite fusèrent spontanément. Des coulées de peintures, des taches sombres contrastaient alors avec la clarté du fond.

J'étais surpris par l'équilibre de cette toile, mais surtout par sa rapidité d'exécution. La facture japonisante de cette œuvre et son côté « zen » m'ont-ils été commandés par le simple fait d'avoir été exécutés dans un dojo, antre de valeurs et culture japonaises, ou par d'autres forces mystérieuses et inexpliquées ? Une pulsion incontrôlable me poussa à aller chercher dans mon atelier quantité de pots ou de tubes de peinture à l'huile, d'autres châssis vierges, ainsi que d'anciennes toiles que je jugeais inabouties, dans le but de les recouvrir.

Je me souviens avoir travaillé durant plus de vingt-quatre heures sans interruption. J'étais littéralement en transe, obsédé par l'équilibre de mes créations, par la force de ces toiles d'un style nouveau que je venais de découvrir. Une profonde sérénité émanait d'elles, mais alliée paradoxalement à une puissance que je pouvais associer à l'énergie du geste du judoka. Mais aussi sans doute à une rage qu'il fallait que j'extériorise, une fureur incommensurable, à l'encontre de Daphné et de sa trahison, et surtout envers l'autre gros salopard de Manu.

J'avais réalisé une vingtaine de toiles, toutes de grands formats, dans un lieu dédié au judo, ce monde qui était le mien, mais qui n'était désormais qu'un vague souvenir. Indéniablement, la raison de leur connotation délibérément japonisante était étroitement liée au lieu de leur création, cela me paraissait maintenant évident.

Épuisé, je regardais mes œuvres avec satisfaction en fumant une cigarette, assis au milieu du praticable maculé de peinture. Les larges aplats énergiques où plusieurs nuances de couleurs se mélangeaient rivalisaient avec des coulées d'huile diluée dans de la térébenthine et des projections de matières, donnant ainsi à ces œuvres une énergie et un équilibre qui me surprenaient moi-même.

Les cendres tombaient sur les flaques de peintures colorées diluées dans du médium qui coulaient lentement vers les jointures des tapis, comme des cascades surréalistes que j'imaginais exister sur une autre planète.

Et, anéanti par la fatigue, shooté par les vapeurs de térébenthine et sans doute aussi par le traitement prescrit par mes psychiatres, je m'évanouis subitement au milieu de mes œuvres, à même le tatami, et sombrai dans un lourd sommeil, sans rêves, de plusieurs heures.

*

Le tatami aurait pu être le seul vestige du dojo s'il n'était pas, comme le reste, entièrement recouvert de taches multicolores. Un indescriptible capharnaüm régnait dans mon nouvel atelier où des montagnes de tubes d'huile éventrés, de chiffons maculés de peinture séchée, de pots défoncés, gisaient à même le sol, entourés par des amoncellements de toiles, la plupart aux formats démesurés, qui séchaient, dressées contre les murs.

J'ai vécu ainsi pendant deux ans. Tel un sauvage, exclusivement consacré à ma peinture, sans me préoccuper du lendemain. Durant ces longs mois, je n'ai vu et n'ai parlé qu'à mon père, que je retrouvais chaque soir pour le dîner. J'étais conscient que quelque chose ne tournait pas rond chez moi, mais pourtant, je n'ai rien fait pour changer quoi que ce soit à la vie quasi monastique que je m'étais imposée.

Je me levais à l'aube, et quel que soit le temps qu'il faisait, je me dirigeais vers l'extrémité du quai du port, je plongeais tête la première dans l'eau, souvent glacée, parfois houleuse, et je nageais le crawl vers la première bouée que je contournais avant de revenir.

Je passais ensuite toute la journée à peindre jusqu'à l'épuisement, jusqu'au soir où je retrouvais mon père dans sa cuisine. Il m'accueillait toujours avec bonne humeur et avec une sincère chaleur, en dissimulant les inquiétudes qu'il ressentait forcément devant l'ampleur évidente de mon mal-être.

Un évènement marquant, bouleversant la routine de ma vie, fut la visite inattendue, un jour, en milieu d'après-midi, d'un marchand d'art de Paris. Il avait eu vent de mon existence par une de ses amies qui m'avait acheté, il y avait de cela quelques années, une des rares toiles abstraites qu'il m'avait été possible de vendre.

Visiblement enthousiasmé par mon travail, il me proposa un prix pour une dizaine de mes œuvres, avant d'envisager des tarifs d'achat à la hausse, dans l'éventualité d'un succès du test auquel il allait soumettre mes œuvres auprès de ses clients. Il appelait cela « un fonds d'atelier » et sa proposition devait à peine couvrir mes frais fixes pour l'achat des châssis et des tubes de peinture. J'acceptai pourtant aussitôt sans négocier quoi que ce soit, ravi que mon style ait pu séduire un professionnel, et aussi parce que les toiles cédées permettraient de me faire enfin un peu de place, en désencombrant l'espace pourtant vaste de mon nouvel atelier. Il revint un mois plus tard, fier de m'annoncer le succès et la vente de mes œuvres. Il souhaita acquérir sur les mêmes bases une trentaine de toiles de grand format. Bien qu'ayant toujours été peu à l'aise avec les négociations, je lui fis comprendre que je n'étais pas si naïf et qu'il devait reconsidérer sa proposition d'achat pour repartir avec le stock convoité. Après tout, c'était de bonne guerre, le marché de l'art ne diffère en rien des règles régissant tout commerce : acheter au plus bas prix pour revendre au prix fort. Nous tombâmes d'accord sur une tarification plus adaptée et il me tendit sa main pour conclure notre marché, dans un large sourire dévoilant des dents aussi démesurées qu'un clavier de piano.

La seule satisfaction d'imaginer « un peu de moi » chez d'autres gens, qui forcément avait eu un coup de cœur pour mon travail, puisqu'ils l'achetaient, à des prix que je n'imaginais même pas, surpassait, et de loin, le plaisir de toucher enfin une petite somme rondelette en reconnaissance de mon labeur.

Paul, c'était son prénom, multiplia ses visites et m'acheta un nombre considérable de toiles. Si bien que la misérable considération que j'avais de moi à cause de la précarité de mes revenus se métamorphosa subitement en une secrète fierté, grâce à la reconnaissance de mon travail, matérialisée par un relatif afflux d'argent. Les sommes, loin d'être mirobolantes, me satisfaisaient amplement.

*

Cette période, qui était un tournant de ma vie, fut marquée par un autre évènement. Une nouvelle fois, mon père en fut l'initiateur.

Je savais que L'Escale dont mon père détenait la propriété des murs, jadis florissante, battait de l'aile depuis deux ans, date à laquelle l'ancien propriétaire du fonds et vieil ami de mon père l'avait cédé à son incapable de fils dont le principal travers avait été de confondre chiffre d'affaires et bénéfices. Celui-ci, de surcroît, incarnait la caricature même de l'image de superficialité dont pâtissent les Méridionaux.

Aussi, ne fus-je pas surpris d'apprendre que l'établissement partait en liquidation judiciaire. Je connaissais le train de vie du jeune écervelé et son goût immodéré pour les voitures de luxe, les filles faciles et les établissements de jeux. Comble de malchance, le casino de Bandol est situé juste en face de L'Escale et toutes ces tentations lui furent fatales.

En revanche, je fus étonné d'apprendre les démarches de mon père auprès du mandataire judiciaire afin de récupérer le fonds de commerce à notre profit.

Mon père ne m'informa du fondement de ses intentions qu'une fois son local récupéré, après avoir réglé les dettes de la défunte SARL.

Nous étions dans sa cuisine pour notre rituel dîner lorsqu'il m'annonça la nouvelle.

— Nous allons transformer L'Escale en galerie d'art, mon fils ! me dit-il.

— Mais c'est de la folie, Papa, je ne comprends rien au commerce. Et tu sais, je serais bien incapable de reprendre mon laborieux travail de petites toiles figuratives... lui répondis-je.

Je pensais qu'il envisageait de vendre de nouvelles croûtes représentatives des paysages locaux, tant il les affectionnait lorsque je les produisais encore en série pour répondre à la demande inépuisable des touristes au goût douteux.

— Non, je te parle d'une galerie contemporaine, évidemment, pour exposer tes œuvres abstraites. C'est vrai, je n'y connais rien en art, mais en commerce, oui... J'ai vendu toute ma vie des fruits et des légumes, puis des bibelots dans mon bazar, et je n'arriverais pas vendre les toiles de mon fils, alors que ton marchand d'art les vend comme des petits pains ? Je commence à les trouver sublimes, tes taches. Et puis, tu sais, je m'ennuie depuis ma retraite, je tourne en rond du matin jusqu'au soir... C'est toi qui me rendrais un service énorme si je pouvais donner un sens à l'existence de ma vieille carcasse.

— Papa, répliquai-je, je sais que tu veux le faire surtout pour moi, mais l'entreprise me semble périlleuse... Nous sommes dans une région où les gens ont une culture de l'art abstrait proche du néant...

— On verra bien, Hugo, reprit-il d'un ton enthousiaste, le risque n'est pas énorme, tu sais, rien ne m'empêchera de fermer la galerie dans quelques mois si celle-ci se révélait être peu rentable et de louer à nouveau les murs… Mais j'en doute, tu verras ! Toi, tu peins, moi, je t'achète tes toiles pour organiser expositions et vernissages… Je te les achète plus cher que ton Parisien et je les revendrai plus cher aussi pour faire monter ta cote officielle encore plus vite, je suis certain d'y arriver… L'emplacement est extraordinaire : face au port de Bandol ! C'est juste en face de ton atelier, quelques mètres à parcourir pour emmener les toiles jusqu'à la porte annexe de la petite ruelle… J'ai déjà un devis pour les travaux, trois fois rien, pour transformer le local en une superbe galerie, minimaliste comme tu les aimes ! J'ai pensé à l'enseigne, si tu es d'accord : Galerie Montes… Ça a de la gueule, non ?

L'idée de collaborer avec mon père était séduisante et son enthousiasme communicatif faisait plaisir à voir, mais je ne voulais pas mettre en péril le patrimoine qu'il avait mis tellement de temps à bâtir au simple prétexte qu'il voulait, une fois de plus, œuvrer pour mon bien.

— Papa, je te remercie du fond du cœur de ton intention, mais ce projet est bien trop scabreux… Tu sais, les règles du commerce ont bien changé depuis l'émergence du e-commerce… Tout se joue sur le Net, maintenant, surtout dans ce domaine…

— J'ai ma petite idée là-dessus aussi… Il faudrait aller à contre-courant de ce que font les autres, je pense… Et à l'heure où tout est virtuel, où tout n'est que communication sur ordinateur, où le monde est submergé d'images et d'informations en tous genres, il faudrait travailler à l'ancienne… Trop de choix tue le choix ! C'est comme quand je vendais des fraises à Marseille, par exemple, tu te souviens ? Leur prix au kilo était plus qu'abordable en pleine saison, mais elles valaient de l'or lorsqu'elles étaient rares en automne ou au printemps… Aucune raison que ce principe ne vaille pas pour l'art… Est cher ce qui est rare ! C'est pourquoi on ne doit pas trop en montrer… Pas d'images sur Internet ou autre. Il faut créer la surprise lors des vernissages des expositions où ne seront invités principalement que des clients potentiels à travers une sélection ciblée de la population.

Force est de reconnaître que ses arguments tenaient la route, et je savais que rien ne pourrait dissuader mon père de renoncer à ce qu'il avait décidé.

Ainsi ai-je assisté quelques mois plus tard à la transformation du local en splendide lieu d'exposition, dans l'excitation de l'enthousiasme à concrétiser un nouveau challenge que nous allions partager, cette fois.

Après les travaux, ma première impression fut l'évidence de la pertinence de son implantation, face au port de cette station balnéaire fréquenté toute l'année au moindre rayon de soleil, c'est-à-dire quasiment tout le temps.

L'ancienne brasserie était méconnaissable. Elle s'était transformée en une galerie d'art aux volumes impressionnants. Les larges baies vitrées, montées sur une structure en acier peinte en noir mat, laissaient rentrer une belle lumière se reflétant sur la blancheur des longs murs où des cimaises avaient été installées.

Mon premier accrochage dans ce lieu fut sans doute un des jours les plus exaltants de ma vie.

En contemplant, en fin de montage, mes toiles immenses sublimées par des cadres américains et par l'éclairage subtil des luminaires orientables des rampes suspendues au plafond, je fus aussitôt convaincu que le projet fou de mon père ne pourrait connaître qu'un succès sans précédent.

Ce fut le cas.

On était trois ans après la fermeture du dojo et nous organisions notre premier vernissage. Ce jour-là, j'étais venu un peu en avance, et je me suis rendu dans mon atelier qui avait été jadis une salle de judo. J'ai allumé une cigarette, histoire de patienter jusqu'à l'arrivée des invités, en pensant au chemin parcouru depuis cette période où ma principale activité était d'enseigner le judo.

« La page du judo est donc définitivement tournée », me suis-je dit, sans aucune amertume.

Sur ce point, la suite me révélera que j'avais tort.

*

Il m'est impossible de comptabiliser exactement le nombre de participants à ce premier vernissage. Une foule compacte se presse devant l'entrée, attendant l'approbation des services d'accueil régulant l'accès à l'intérieur en fonction du nombre de personnes qui sortent en direction d'un buffet installé sur le trottoir.

Une coupe de champagne à la main, je ressens déjà une forte lassitude alors que la soirée vient seulement de commencer. La sollicitation continue de visiteurs tenant à m'exprimer leurs félicitations m'exténue. Le plus éprouvant reste mon obligation à répondre aux questions les plus ingénues.

Heureusement, beaucoup veulent acheter et je les dirige aussitôt vers mon père, heureux d'avoir repris du service. Avec lui, les négociations sont expéditives et fermes, cinq à dix pour cent sur les œuvres, pas plus. Après sept options d'achat en même pas trente minutes, je constate avec émotion que le commerce a toujours été son métier.

Je me faufile entre les visiteurs vers la sortie pour aller fumer une cigarette et tombe nez à nez, dès la porte franchie, avec Fatima, accompagnée de Sherazade, que je reconnais aussitôt, et de deux jeunes adolescents au physique identique, élancé et charpenté, qui ne peuvent être que Ferrid et Hakim. Ils ont grandi, mais je retrouve aussitôt leurs mêmes sourires éclairant les traits fins et harmonieux de leur visage.

Après avoir fait la bise à Sherazade et à Fatima, je fais face en souriant aux jumeaux, âgés de 14 ans aujourd'hui. On s'embrasse chaleureusement, puis je les contemple tous deux un instant une main sur leur épaule.

— Vous êtes magnifiques, leur dis-je, presque des hommes, maintenant.

J'avais gardé contact avec Fatima qui s'occupait toujours du ménage chez mon père, et parfois dans mon appartement où elle mettait un peu d'ordre, aussi avais-je des nouvelles régulières de ses enfants. Sherazade entamait la dernière année de son cursus pour devenir avocate et les garçons avaient des résultats scolaires corrects, mais sans plus, car ils étaient restés toujours plus enthousiastes pour le sport que pour les études, au grand désespoir de leur mère.

Ils avaient été déçus de ne pouvoir poursuivre les cours de judo après la fermeture du club, mais surtout tristes et inquiets pour moi. Fatima les avait rassurés comme elle avait pu et leur avait promis de les emmener me rendre une petite visite le jour où je sortirais enfin la tête de l'eau, chose faite aujourd'hui.

— Je sais que vous vous êtes lancés à fond dans l'athlétisme, dans la course de fond, c'est génial, ça !

— Oui, c'est sympa, ça nous défoule grave, répond l'un d'eux, mais rien à voir avec le judo... Rien ne remplacera le judo, surtout avec un prof comme toi !

— C'est gentil, dis-je un peu embarrassé, en essayant de masquer ma culpabilité de les avoir privés de leur sport favori, mais vous pouviez aller dans un autre club, non ? Du côté de Toulon-Ouest, certains sont pas mal...

— Faire du judo sans toi, c'était impensable, surenchérit l'autre frère. On a préféré faire autre chose... Nous préparer physiquement pour le jour où tu rouvrirais une salle...

Je me sens soudain envahi d'un amalgame d'émotions divergentes où gêne et confusion côtoient le plaisir procuré par le témoignage de leur reconnaissance. Sans réfléchir, dans la spontanéité de notre échange, je m'entends leur dire :
— Venez me voir quand vous voulez. Le dojo s'est transformé en atelier, mais le tatami n'a pas bougé. Il est couvert de taches de peinture, mais cela ne devrait pas vous empêcher de faire un peu de judo si je débarrasse un peu le bazar sur quelques mètres carrés !
Soudain, les yeux des jumeaux se mettent à scintiller de mille feux.
— C'est vrai, s'exclament-ils en chœur, tu veux bien qu'on vienne de temps en temps ?
— Si je vous le dis ! dis-je en riant.
Les jumeaux, ivres de bonheur, les mains sur les épaules de l'autre, commencent à sauter en tournant en rond. Leur touchante ronde d'allégresse trahit à elle seule toute la candeur et la spontanéité qu'ils ont préservées de leur enfance.
Fatima, luttant pour retenir ses larmes, me serre alors dans ses bras et me susurre à l'oreille un seul mot, jailli du fond de son cœur :
— Merci.
Se faufilant entre les invités apparaît alors Youssef, que je n'avais pas encore remarqué au milieu de la petite cohue.
Il m'embrasse à son tour et s'excuse aussitôt de ne pas m'avoir remercié plus tôt de mon investissement auprès de ses fils.
— Mais je n'ai fait que mon boulot de prof de judo...
— Non, dit-il, bien plus. Tu as été un père pour eux... Dans une période où je n'étais pas vraiment digne d'assumer ce rôle...
Touché par ses paroles, et pour dissimuler mon malaise, je saisis deux coupes de champagne sur le plateau d'une serveuse passant devant nous et j'invite Youssef à trinquer.
— Non, merci, décline-t-il poliment, ce sera un jus d'orange pour moi... Je ne bois plus une goutte d'alcool depuis un an ! Depuis le jour où j'ai officiellement été mis à la retraite.
Il n'a pas besoin de m'en dire plus, je comprends immédiatement le sens de ses paroles.
Durant la longue traversée du désert pendant laquelle il était inscrit au chômage, Youssef se considérait comme un fardeau pour la société. Cette culpabilité l'avait peu à peu entraîné vers les abîmes de l'alcoolisme, mais son indescriptible mal-être a soudain été balayé, le jour même de son placement

en qualité de retraité. Cette retraite qu'il avait amplement méritée le valorisait enfin d'un statut dont il ne pouvait avoir honte. Comme par magie, au premier jour officiel de sa retraite, Youssef s'était senti soulagé du poids titanesque de sa culpabilité. Il ne toucha plus une seule goutte d'alcool à partir de cette date.

*

J'ai mis deux ou trois heures pour ranger l'atelier et pour faire un peu d'espace sur le tatami multicolore. En contemplant cette étendue de taches enfin libérée des monticules de tubes d'huile écrasés, de chiffons souillés, de bouteilles vides de térébenthine, j'arrive à trouver un étrange équilibre artistique à cette involontaire et démesurée œuvre à mes pieds.

Mes dernières années de luttes incessantes devant mes toiles ont métamorphosé le tatami en gigantesque tableau abstrait. Jackson Pollock, qui a réinventé en Amérique la peinture abstraite à la fin des années 40, aurait pu revendiquer ce résultat, me dis-je en considérant le spectacle devant moi. Cette création involontaire me semble être en osmose avec ce mouvement artistique que l'on définira comme « Action Painting », bien que Pollock ait toujours revendiqué la maîtrise de l'idée d'ensemble d'une œuvre avant de la commencer, en rejetant toute notion d'accident. Pourtant, ici, coulées, éclaboussures et projections de peinture sur l'impressionnante surface donnent à celle-ci un troublant esthétisme né par la seule magie du hasard. Certainement parce que les mêmes codes couleur ont dominé durant mes « drippings sur tatami » dans la réalisation de toiles géantes, résolument orientées vers mon nouveau style japonisant qu'il me plaît encore d'explorer. Ainsi une dominante de gris, de beiges, de noirs, de blancs se superposent, se mélangent harmonieusement, avec ici et là d'autres touches de couleurs plus vives, des contrastes primaires de jaune ou de rouge, vestiges de toiles aux nuances chromatiques autres, donnant à l'ensemble éclat et intensité. Je ferme les yeux et imagine, vois même, Jackson Pollock à ma place. Il n'est pas dans sa grange délabrée de Long Island, transformée en atelier, mais bel et bien ici, à Bandol, dans ce qui était jadis un dojo. Il danse, une cigarette aux lèvres, comme s'il flottait au-dessus de la toile de tatami à ses pieds. Un pot de peinture dans la main gauche, Jackson fait couler la peinture d'un bâton, dans des gestes fluides et continus, tout en allant et venant là où son instinct lui commande. Je le sens concentré, mais aussi immergé dans la bulle d'un bonheur indéfinissable. Tout n'est que douceur et harmonie.

L'arrivée des jumeaux m'extrait de ma torpeur. Ils restent un instant saisis par le spectacle de ce que fut le dojo, et sans doute aussi par la forte odeur d'huile, de tabac, de vapeurs de white-spirit et de térébenthine qui doivent imprégner les lieux, senteurs dont je me suis accommodé. Je les emmène vers mon bureau, aussi encombré que le reste. Ils m'aident à déplacer des châssis entoilés vierges pour libérer la porte de mon armoire, d'où j'extrais deux judogis de ma jeunesse que je sais correspondre à leur taille, ainsi qu'un carton contenant des ceintures de toutes les couleurs.

— Allez, il vous faut des ceintures pour tenir la veste. Prenez celle dont la couleur vous plaît le plus ! dis-je en souriant.

Ils prennent, sans surprise aucune, chacun une ceinture bleue.

— On peut prendre les bleues, c'est vrai ? demande l'un d'eux. Nous n'avions pas encore ce grade...

— Eh bien, vous l'avez, maintenant, dis-je en riant. De toute façon, personne ne sera envieux de votre promotion, nous sommes tout seuls, maintenant !

— Obi blue, dit Ferrid, ou peut-être Hakim, je ne sais, en imitant le langage de Maître Nagao.

— Allez, montrez-moi ce dont vous vous souvenez du judo, leur dis-je en saluant instinctivement le praticable constellé de taches, car il était subitement redevenu pour moi un tatami.

Les deux frères se placent devant moi et commencent un exercice de *uchikomi*, en inversant les rôles après une dizaine de placements. Je suis surpris par l'amplitude, le relâchement et la précision de leurs mouvements, exécutés relativement lentement au début, puis avec une accélération progressive qui, étrangement, n'altère aucunement la qualité de leur travail. Volontairement, je ne m'étends pas en louanges excessives, car secrètement encore, je ne sais si cette séance, pour leur faire plaisir, sera reconduite ou non.

Mais, peu à peu, en les regardant travailler, en les corrigeant de temps à autre, je m'aperçois que leur enthousiasme doit être communicatif, et que, finalement, j'en arrive même à partager un plaisir que je n'aurais pu soupçonner... Une étrange satisfaction comme je n'en avais encore jamais ressentie au cours d'aucune autre séance de judo. Il est vrai qu'un monde sépare les cours magistraux, envahis par une multitude d'élèves surexcités après une journée d'école, emmenés par les parents ravis qu'ils puissent se défouler hors de leur foyer, et ce type de séance baignée de calme et de sérénité, avec deux jeunes garçons simplement assoiffés de perfectionnisme.

Ils me demandent la permission de faire un randori, avec la possibilité d'enchaîner au sol, pour terminer la séance. Exercice que j'allais d'ailleurs leur proposer.

Trente minutes plus tard, je n'ose toujours pas les arrêter devant le plaisir dégagé par leur affrontement dans les règles de l'art, malgré quelques approximations de placement dues à leur manque de pratique, mais aussi à leur légitime fatigue causée par leurs déplacements, attaques répétées, esquives, tentatives d'enchaînements et de retournements au sol… Tout cela sans quitter le sourire qui illumine leur visage ruisselant de sueur.

En fin de séance, leurs judogis sont maculés de couleurs, comme je l'avais prédit. Le travail au sol surtout aura été fatal à la blancheur du tissu frottant sur les étendues de peinture à l'huile qui ne sèchent pratiquement jamais.

— Rien de grave, leur dis-je, ces judogis ne serviront que pour vous entraîner ici, on va les laisser dans les vestiaires entre chaque séance…

Par ces mots, je me rends compte que je viens de trahir ma pensée, en suggérant l'évidence de reconduire d'autres séances comme celle-ci. Ferrid et Hakim ne peuvent s'empêcher d'échanger un furtif sourire de félicité.

— Avant votre douche, frottez-vous bien, vos pieds, surtout, avec ceci, leur dis-je en leur tendant des chiffons et une bouteille de white-spirit.

Ils ne peuvent s'empêcher de rire en voyant les couleurs de la plante de leurs pieds, dont la peau est totalement recouverte de toutes les nuances de pigments de la Création.

*

Cette première séance sera le début d'une belle aventure dont, ce jour-là, je ne pouvais encore me douter de l'ampleur.

À vrai dire, j'imaginais qu'ils allaient se lasser rapidement de ce travail ingrat, uniquement centré sur les bases, mais qu'il me paraissait nécessaire de leur imposer, et ce durant une année complète. Peut-être une partie de moi espérait-elle secrètement qu'ils en fussent découragés, pour pouvoir reprendre paisiblement le cours de ma vie d'artiste, tout en m'épargnant la culpabilité de prendre l'initiative d'interrompre ces sessions de travail. Je leur ai imposé des séances entières consacrées aux seuls exercices de chutes, et ce, durant deux longs mois… Mais, à ma grande surprise, ils en redemandaient, sans rechigner. Je vis même leur fréquentation s'accroître peu à peu, passant d'une à deux fois par semaine à une présence quasi quotidienne.

Au début, je me contentais de leur soumettre les exercices – chutes arrière et avant surtout, placements sans partenaire, déplacements sur le tatami… que je voulais qu'ils exécutent, inlassablement, seuls. Je pouvais ainsi continuer à peindre, en les observant de temps à autre, en fumant parfois une cigarette, un peu plus loin pour qu'ils ne soient pas trop incommodés par cette saleté de fumée.

Puis, il a fallu que je m'organise. De toute façon, mon père et Paul, le marchand d'art, n'arrêtaient pas d'essayer de me convaincre de ralentir la cadence de ma production, car malgré le nombre plus que respectable de toiles qu'ils arrivaient à vendre, ils disposaient de montagnes d'œuvres en stock, assez pour tenir les dix prochaines années.

Aussi, vers le milieu de cette année-là, me suis-je vu interrompre peu à peu mon travail de peinture, dès les échauffements des jumeaux achevés, afin de m'occuper d'eux, sans toutefois encore trouver utile de changer mes vêtements imprégnés de couleurs pour un judogi.

Lorsqu'un an plus tard, satisfait de l'excellence de leur travail et de leurs progrès, j'ai voulu leur remettre la ceinture marron que j'estimais qu'ils méritaient, afin qu'ils puissent passer leur ceinture noire l'année d'après ; les jumeaux se sont mis à rire. Je me tenais devant eux en leur tendant deux belles ceintures marron brodées que j'avais achetées la veille dans le seul magasin d'art martial de la région, vers La Valette, de l'autre côté de Toulon.

— Merci, merci… me dit l'un des minots.

N'arrivant pas à les différencier, j'en étais venu à les nommer l'un comme l'autre « minot ».

— Cela nous fait très plaisir… Mais nous préférons garder notre ceinture bleue… Obi blue, comme dirait Maître Nagao. C'était notre pacte avec lui… Tu ne nous en veux pas, Hugo ?

Je me mis à rire à mon tour en leur assurant partager leur point de vue et en leur témoignant ma gratitude pour le respect de leur engagement envers mon ami Maître Nagao, qui serait fier d'eux lorsqu'il apprendrait leur décision.

*

La date de mon anniversaire approchait, mais je n'avais sincèrement aucune idée du nombre exact de bougies que mon père ne manquerait pas d'allumer sur le poulet de Bresse qu'il rôtirait pour nous, comme de coutume à cette occasion. Drôle d'habitude j'en conviens, mais n'ayant jamais raffolé des desserts, il avait trouvé amusant, dès ma plus tendre enfance, de me faire éteindre les petites flammes symbolisant le nombre de mes années sur un poulet d'anniversaire braisé, mon plat favori de toujours.

La veille seulement de cette date fatidique, je m'interrogeai sur l'âge que je pouvais bien avoir. Et, sans même l'aide d'une calculatrice, l'évidence des chiffres me consterna. J'étais né en 1955 et nous étions déjà en 2015. Je vérifiai mentalement si tout concordait en me référant aussi aux jumeaux, nés en 2000 et qui venaient d'avoir 15 ans. On ne pouvait faire plus simple ; oui, j'allais gaiement sur mes 60 ans, sans aucun doute possible.

Peut-être cette révélation avait-elle contribué à m'extraire de la léthargie sexuelle dans laquelle je m'étais vu englué ces quelques dernières années. Daphné restait certes toujours ancrée dans mes pensées – pas un seul jour, en fait, où je ne pensais à elle – mais la souffrance de notre séparation s'était peu à peu dissipée dans le fleuve tranquille de ma raison, et l'acceptation de son absence avait enfin pris le dessus sur mon mal-être.

Je me vis donc ainsi passer de la période de la plus totale des abstinences depuis le choc de notre rupture, au retour soudain à une libido débridée que je présumais avoir perdue à jamais, puisque reléguée à de vagues souvenirs de jeunesse.

Je fis n'importe quoi, je l'admets. Moi qui, jusqu'à présent, avais toujours su cloisonner vies privée et professionnelle, je me surpris à me voir profiter de ma minuscule notoriété artistique pour batifoler, le plus souvent après les soirées de vernissage, avec nombre de jeunes femmes, autant grisées par le champagne que par l'image de mon statut d'artiste, équivalent dans leur imaginaire à une personnalité forcément décalée, qu'elles devaient certainement fantasmer.

Rien ne les excitait plus qu'une partie de jambes en l'air dans la pénombre de la galerie une fois fermée ou, mieux encore, au milieu du tatami coloré de mon dojo/atelier. Malgré mon âge, mes attirances n'avaient aucunement évolué et étaient irrémédiablement restées figées vers la fraîcheur et la spontanéité propres à la jeunesse. J'ignorais comment ces jeunes femmes pouvaient encore me trouver un quelconque charme devant la décrépitude de mon apparence physique.

C'était ainsi, je vieillissais inexorablement, mais n'étais attiré que par le même type de femmes qui me faisaient tourner la tête lorsque j'avais 30 ans.

Les gens disaient que j'avais retrouvé le sourire, que tout me souriait, même. Je n'osais les contredire. J'étais enfin reconnu comme véritable artiste peintre, je gagnais soudain bien plus d'argent que je ne l'aurais imaginé un jour, argent dont je ne savais que faire, d'ailleurs. Je baignais dans une liberté absolue dans ma création et jouissais d'un étrange succès, superficiel, je le savais bien, auprès des petites bourgeoises de la région.

Pourtant, quelque chose me manquait, et je ne savais dire exactement quoi, pour que je puisse me définir comme quelqu'un d'heureux, à moins que ce terme ne soit lui-même qu'une dérisoire utopie, ce que je suspectais finalement pour mettre un terme à mes intimes réflexions.

Aussi, vivre ma vie au jour le jour m'était apparu être la seule solution pour continuer d'avancer, en me débarrassant comme je le pouvais de toute considération pseudo-métaphysique. Il y avait mon père, la satisfaction de le voir s'épanouir au sein de notre galerie toujours aussi florissante, le plaisir de poursuivre mon œuvre artistique, et le soir, les séances de judo avec les minots.

Constater l'excellence de leur travail et de leurs progrès avec la satisfaction du devoir accompli aurait peut-être suffi à me combler tout en me réconciliant avec mon ancienne passion d'éducateur. Un soir après l'entraînement, un an et demi environ après leur retour au judo, je ne sais lequel d'entre eux suggéra que participer à un tournoi pourrait être « rigolo » et qu'ils seraient ravis et honorés si un jour je décidais de les inscrire à une quelconque compétition, juste pour voir. Leur sollicitation ne me surprit guère. Je la trouvais même légitime. Le sport en général est un jeu, et quoi de plus normal, à leur âge, que de vouloir s'inscrire dans une démarche où ils pourraient se développer en affrontant les autres ? Maître Nagao lui-même avait tenté cette expérience dans la fougue de sa jeunesse, bien avant de n'y trouver aucune utilité, quelques années plus tard. Il avait estimé qu'après tout, son art se suffisait à lui-même, ne trouvant son plaisir finalement qu'en écœurant des multimédaillés mondiaux et olympiques dont il se jouait aux entraînements.

Leur assurant avec plaisir mon aide dans leur requête, je leur dis qu'il faudrait sans doute, dès la saison prochaine, envisager quelques séances d'oppositions avec d'autres partenaires d'entraînement, afin de les préparer au mieux à leurs futurs affrontements, même si au fond de moi, je savais qu'ils n'atteindraient jamais le niveau sportif de ces petits guerriers engagés depuis longtemps déjà dans la voie du haut niveau en ayant déjà intégré une structure fédérale, précocement pour la plupart. Je pensai aussitôt à mon ami

Victor Camacho, à la tête d'un des clubs les plus performants de la région, le Kôdôkan Ciotaden, dont l'avantage non négligeable était son implantation géographique idéale, à La Ciotat, qui se situait à quelques minutes en voiture de Bandol, par l'autoroute.

J'appréciais beaucoup Victor, aussi bien en tant que personne qu'au niveau de ses compétences. Nous nous connaissions depuis notre jeunesse. Nous étions tous deux élèves de Maître Nagao et camarades d'entraînement dans le dojo marseillais où il nous enseignait les subtilités de son art. Victor, plus jeune que moi de quelques années, était le seul du club portant un véritable intérêt à la compétition, et j'admirais sa fougue et son engagement dans ses combats mêlés à la sensibilité technique que lui avait léguée Maître Nagao.

Détecté par la Fédération française de judo, il avait intégré l'Insep à Paris, où il put concilier ses études de professorat d'EPS avec un entraînement de haut niveau qui lui permit de concrétiser une belle carrière internationale.

Je me souviens l'avoir suivi lors d'un Tournoi de Pari au début des années 1980, où il gagna une belle médaille de bronze, se classant premier Français de sa catégorie de poids, ne s'inclinant que devant un des meilleurs Japonais de cette génération, en demi-finale.

Mais quelques mois plus tard, obtenant son diplôme de professeur d'EPS, la Fédération française lui proposa un choix cornélien. La vie n'étant faite que de choix, aimera-t-il répéter plus tard, il fit certainement le mauvais, admettra-t-il : soit il acceptait le poste de responsable de la section Sport-études de Marseille qui allait être créée la saison suivante, soit il refusait cette opportunité, en restant, comme la plupart de ses copains, en détachement à l'Insep, avec comme seule préoccupation son entraînement pour préparer ses échéances internationales.

Peut-être ne s'en serait-il pris qu'à lui-même s'il n'avait pas eu l'impression d'avoir été floué par l'encadrement fédéral de l'époque qui lui avait assuré qu'il ne serait jamais lésé sur d'éventuelles sélections s'il prenait le poste, car leur politique était de retenir les meilleurs du moment, même pour des athlètes s'entraînant en dehors de l'Insep.

Il ne comprit que trop tard le sens de ce vieux dicton : « Loin des yeux, loin du cœur. » En effet, ayant choisi de prendre le poste en septembre, il participa un mois plus tard aux championnats de France universitaires qu'il remporta facilement pour la quatrième année consécutive, et fut surpris de ne pas faire partie de la sélection pour les prochains mondiaux universitaires, dont il avait été pourtant médaillé lors de la dernière édition, trois mois plus tôt. Pire encore, une poule de sélection était prévue dans sa catégorie de poids, dans laquelle il ne figurait même pas.

Lorsque, très énervé, Victor demanda une explication au directeur technique national de l'époque, celui-ci se mit à rire, d'un rire dont le seul souvenir l'irrite encore aujourd'hui.

— Allons, Victor, lui dit-il, on ne peut pas te mettre dans cette poule sélective, allons, soyons sérieux, on sait parfaitement que tu vas tous les exploser !

C'est ainsi qu'il comprit que sa carrière de compétiteur était achevée. Il la continuera pourtant, certes par procuration, pendant vingt-cinq ans encore, au travers de ses élèves de la section, avec une inaltérable passion, même s'il gardera à jamais une amère rancœur envers le système fédéral dont, paradoxalement, il faisait partie, mais aussi et surtout envers lui-même pour avoir été aussi naïf.

Victor avait finalement démissionné de son poste peu de temps avant nos retrouvailles, mettant ainsi un terme brutal à ses longues années de service, lorsqu'un certain énergumène sorti d'on ne sait où fut parachuté président de la ligue PACA, et pour éviter de lui écraser son poing sur son gros nez déjà en forme de groin, il préféra claquer la porte de la fédération en demandant un retour à l'Éducation nationale. Il se retrouva alors professeur d'EPS au sein d'un sordide collège perdu entre autoroute et voie ferrée du côté d'Aubagne. Il quittera cette fonction rapidement, un ou deux ans plus tard, incapable de supporter les lourdeurs administratives et l'hypocrisie ambiante propre à ce milieu auquel il se sentait étranger et préféra gagner une liberté qui n'avait pas de prix, incarnée par le club de judo qu'il avait ouvert avec sa sœur quelques années auparavant à La Ciotat.

J'appelai Victor dès le lendemain et, naturellement, il m'assura avec enthousiasme son plaisir à nous recevoir de façon régulière au sein de ses entraînements. Rendez-vous fut pris pour une première visite après les vacances d'été, à la reprise de septembre. Mon père, évidemment, accepta avec joie de verser une subvention de notre galerie sur le compte bancaire de mon club renaissant et trouva l'idée cocasse qu'une galerie d'art sponsorise une association sportive composée de trois licenciés seulement, les minots et moi-même.

Il insista même pour que nous doublions la somme initiale que j'avais proposée, un moyen de payer moins d'impôts sur nos bénéfices, me dit-il, et de me permettre de disposer d'un budget quasi illimité pour ces petits qui en valent bien la peine, ajouta-t-il.

Je commandai alors par Internet au fournisseur Mitsuno, directement au Japon, des équipements complets : plusieurs judogis de leurs meilleures gammes, des sacs de sport, des survêtements... Tous griffés des logos du club et de la galerie, dont je joignais les visuels en pièces jointes. Cerise sur le gâteau : je demandai également deux belles ceintures bleues piquées, qui seraient confectionnées, luxe suprême, dans un coton teinté d'un bleu profond dont je précisai la nuance exacte sur les références Pantone, dans le but qu'elles soient aussi uniques que sublimes. Ainsi, les jumeaux pourraient continuer à utiliser leurs judogis et ceintures actuelles maculés de peinture à l'huile pendant nos séances à Bandol, tout en disposant du meilleur équipement qui soit pour les entraînements à l'extérieur et les futures compétitions.

Sans doute ne seront-ils jamais des champions, mais ils seront les plus beaux judokas du monde, me dis-je en souriant, en réglant la commande par carte bancaire.

*

Victor enlève sa veste de judogi qu'il jette négligemment sur son bureau, ouvre la porte d'un colossal réfrigérateur d'une taille disproportionnée par rapport à l'espace de son petit vestiaire attenant au dojo et en extrait deux canettes de bière préalablement posées au sommet d'une impressionnante pile de boissons.

Il tourne son fauteuil pour venir s'asseoir face à moi en remettant ses longs cheveux blonds et bouclés en arrière.

Avec son épaisse tignasse et sa peau toujours bronzée, Victor ressemble désormais plus à un surfeur qu'à un judoka, look qu'il semble s'être donné à partir du jour où il a quitté son poste d'entraîneur du Pôle France Marseille.

— Pas mal du tout, tes deux petits jumeaux, me dit-il en me tendant ma bière.

— Tu trouves ? Ils ont fait les moulins à vent pendant toute la séance, dis-je en riant.

Les minots venaient en effet de terminer, véritablement sur les rotules, leur premier entraînement avec les élèves de Victor. La plupart étaient plus âgés, mais surtout, tous se révélaient être infiniment plus expérimentés qu'eux. Ainsi, mes jumeaux n'avaient-ils pu faire que les serpillères face à ce flagrant décalage de niveau d'opposition.

— Mais ce n'était que leur première séance de randoris avec des partenaires habitués à ce genre d'entraînements depuis des années, reprend Victor. Non, vraiment, ils m'ont impressionné, tu as deux pépites entre les mains, Hugo !

— Il y a du boulot, alors !

— Oui, mais avec leur potentiel, tu peux te régaler... Ils sont tous deux parfaitement ambidextres, je n'ai jamais vu ça ! Ils peuvent changer de garde pendant le même combat...

— Oui, c'est vrai, entre chaque chute, ils se relèvent pour saisir une garde différente, une fois à droite, boum, ils se lèvent et prennent à gauche, et encore boum, dis-je en tentant d'user de la dérision pour masquer un évasif sentiment de déception.

— Cette faculté de pouvoir travailler des deux côtés est une chance incroyable qu'il te faudra préserver. Il serait navrant qu'un jour, ils se sentent plus forts d'un côté et qu'ils en viennent à délaisser l'autre. Non, vraiment, tu as du pain sur la planche, mais tu peux en tirer quelque chose de bon en continuant ton travail de base avec eux, mais en commençant à l'axer vers une dimension technicotactique. Tu te rends compte, avec eux, les angles de travail sont carrément doublés !

Je connaissais les conceptions pédagogiques de Victor, issues de ses longues années d'expérience auprès des élèves du Sport-études de Marseille, et j'avais même participé à un stage organisé par la fédération quelques années auparavant, réservé aux professeurs de club souhaitant s'initier à une approche d'enseignement orientée vers le haut niveau.

— L'apprentissage des gestes techniques sans prise en compte des paramètres propres aux comportements de l'adversaire est pour moi une hérésie, rajoute-t-il. Avant tout, l'athlète ne doit pas oublier qu'il est un combattant. Il doit sans cesse s'adapter aux déplacements de l'autre comme à ses arrêts qui entraînent toujours d'infimes basculements de pression du côté opposé. On doit les sensibiliser aux microréactions exercées par les pressions et actions des mains posées sur le judogi, mains qui représentent les véritables antennes sensitives des intentions et réflexes de l'autre...

— Oui, je me souviens que tu disais toujours que les mains, posées sur la veste du judogi de l'adversaire, étaient l'antenne du judoka...

— Exactement... Et surtout, les comportements sont conditionnés en grande partie par le *kumikata* de l'adversaire... Un peu comme s'il existait deux mondes parallèles et opposés, puisque, généralement, notre athlète comme son adversaire ont une garde déterminée et l'un comme l'autre sont soit droitier, soit gaucher…

— Deux schémas tactiques diamétralement opposés, tu disais… Un comportement et une stratégie inverse, en fait, selon la garde de l'adversaire…

— Oui, l'approche et la stratégie du combat sont inversées d'un monde à l'autre… On se comporte et on agit différemment si on a affaire à un droitier ou à un gaucher par rapport à son propre *kumikata* qui implique des comportements, réactions et déplacements spécifiques… Alors, en termes de séances individualisées, le gros travail, le must pour moi pour une progression optimale, serait de travailler ses mouvements, ses enchaînements, dans ce contexte particulier d'interaction avec un partenaire, qui doit déjà apprendre à se comporter comme tel, au cours de séances où seront répétés des petits scénarios de phases de combat pour perfectionner les gestes eux-mêmes, mais en les situant dans un contexte de duel réel pour ressentir les temps de placements, le timing…

La passion de Victor pour le judo de haut niveau se lit dans ses yeux qui s'enflamment tout en me parlant. Bien qu'il ne l'ait avoué à personne, il vécut très mal la période qui suivit la démission de son poste, car il avait très vite compris qu'il lui serait désormais impossible de diriger un groupe d'un niveau équivalent auquel il était habitué. Cela ne l'empêcha pas de s'investir corps et âme au sein de son club. Mais il était lucide et savait bien que ses élèves n'atteindraient jamais le sommet international.

— Le fait qu'ils soient tous deux ambidextres, reprend-il avec enthousiasme, est une chance extraordinaire… Tu te rends compte ? Pour ton travail individualisé technicotactique, tu n'as pas deux élèves, en fait, mais quatre ! Prenons l'exemple de Ferrid… « Ferrid gaucher » devra travailler toute une batterie de situations et de séquences de combat avec un partenaire gaucher, puis droitier… « Ferrid droitier », même topo. Travail avec *uke* droitier, puis gaucher… Pour un seul d'entre eux, quatre axes de travail, c'est énorme !

— J'imagine, lui dis-je, mais le problème est que je suis loin d'être qualifié pour ce genre de travail, je n'ai jamais été un compétiteur, même de modeste niveau, et surtout, je n'ai jamais eu de population au sein de mon club susceptible de côtoyer le haut niveau, à part peut-être Nicolas, tu sais, le fils de ce gros con de Manu, mais lui, il s'est cassé pour un autre club alors qu'il n'était que minime…

— Oui, je sais, il a intégré le Pôle France Marseille un an ou deux après mon départ... Il est devenu un bon bourrin comme la fédé les aime... Un des meilleurs, même, puisqu'il a été champion de France Cadets deux années consécutives, puis tout récemment champion de France Juniors, dès sa première année en Juniors, ce qui est assez rare. Tu ne le savais pas ?

— Ben non, première nouvelle ! J'ai tellement pris de distance avec le monde du judo que je ne le savais même pas... Tant mieux pour lui !

— Oui, tant mieux, même s'il a pris un melon démesuré à cause, en grande partie, de certains à la fédé qui le considèrent déjà comme une petite star. Et lui, il s'y croit déjà !

— On sait de qui il tient, alors. Tel père, tel fils, hélas...

— Pour ce qui est du contenu des séances individualisées, ne t'inquiète pas... Tout est en fait une question de bon sens...

— D'expérience et de compréhension aussi, et je n'ai ni l'une ni l'autre...

— Si tu veux, je t'explique ma vision des choses avec plaisir, on se bloque quelques heures ensemble la semaine prochaine, déjà, puis à chaque fois que tu en auras besoin...

Devant tant d'extrême gentillesse de sa part, je ne peux qu'accepter sa proposition spontanée tout en me demandant dans quelle galère je suis en train de m'embarquer.

*

Les réverbérations du soleil déjà déclinant sur le pare-brise sont insoutenables. Quelle idée aussi de prendre la route à cette heure-ci vers l'ouest, à l'heure où le soleil ne peut se situer qu'en pleine face. Il est vrai que je n'ai pas eu le choix, de toute façon, les minots ayant cours demain matin, il était hors de question d'envisager une nuit d'hôtel supplémentaire. Fatima aurait été furieuse. Aussi nous a-t-il fallu prendre la route dès que possible après le tournoi. Elle est de plus en plus inquiète à propos de l'avenir de ses fils, bien loin tous les deux de suivre les traces de leur aînée. Les études les ennuient à mourir et ils ne vivent que pour le sport, le judo, notamment. Elle a beau les encourager pour qu'ils se mettent enfin au travail, rien n'y fait, les résultats demeurent à la limite de ce qu'elle estime acceptable.

Ils ont l'air comme ça adorables, m'a-t-elle confié récemment, mais ce sont deux véritables têtes de mules. Certes, impossible de rentrer en conflit direct avec eux, ils disent « oui » à tout en te regardant avec leurs jolis yeux de biche, mais finalement, ils n'en font qu'à leur tête.

Je lui avais promis de restreindre cette année le nombre de compétitions, revues à la baisse après notre discussion, afin qu'ils assurent au moins leur passage en terminale, dans la filière littéraire où on les avait orientés, à défaut de leur trouver d'autres voies prétendument plus valorisantes. J'avais finalement trouvé une petite astuce pour les inciter à mieux considérer leurs études. À ma demande, Fatima m'avait communiqué le code « pronote », afin de pouvoir accéder à partir de mon ordinateur à leurs espaces scolaires, pour vérifier en temps réel leurs notes et ce dans chaque matière. Puis, je les ai informés qu'à chaque note inférieure à la moyenne, ils devraient venir au dojo avec livres et classeurs de la matière défaillante, et que la séance judo se transformerait en une session de soutien scolaire. Coïncidence ou pas, aucune mauvaise note n'a été constatée depuis cette annonce, au grand soulagement de Fatima. En me remerciant de mon initiative, elle rajouta qu'elle se doutait bien que ses petits ne feraient hélas jamais de grandes études, mais elle voulait qu'ils aient leur bac avant tout, afin qu'ils puissent plus tard accéder à un métier qui les satisferait.

Mes tentatives d'enlever les traces d'insectes lamentablement écrasés sur la vitre se révèlent donner un résultat catastrophique. J'aurais dû m'en abstenir, me dis-je en constatant les traînées opaques laissées par les essuie-glaces qui, avec l'éblouissement de l'intense lumière, brouillent ma vision sur le bitume grisâtre de l'autoroute. Ces minuscules petits tracas résument à eux seuls toute la futilité du monde. Cette belle BMW neuve que j'ai acquise la semaine dernière s'avère tout aussi incapable de résoudre les problèmes de moustiques qu'une banale 4L du siècle dernier. Comble de malchance, mes lunettes de soleil Vuarnet, certes démodées, mais que je possédais depuis au moins vingt ans, ont sans doute été oubliées dans ma chambre d'hôtel ou égarées je ne sais où. Elles m'auraient été d'un grand secours à cet instant précis.

Aucun des jumeaux n'a souhaité prendre la place à l'avant, côté passager, préférant rester tous deux sur les sièges arrière. Je les regarde de temps en temps par le rétroviseur en souriant. Comme ils ne sont guère causants, généralement, et qu'ils somnolent, de plus, à l'instant présent, seules mes pensées me tiennent compagnie.

Je me suis souvent posé des questions sur les raisons m'ayant entraîné dans cette aventure avec eux. J'avais de plus inventé un fonctionnement somme toute atypique : mes élèves et moi constituons les trois seuls licenciés de mon club, je passe un temps fou à les entraîner non pas seulement bénévolement, mais en investissant des sommes non négligeables, étant à la fois leur professeur et leur sponsor via notre galerie d'art. Mais sans doute ma seule sympathie envers Fatima et les garçons n'explique-t-elle pas tout. Peut-être ai-je été, inconsciemment, aussi poussé par le besoin de combler un vide dans ma vie, par une mystérieuse pulsion m'incitant à poursuivre malgré tout cette voie qui était mienne et qui fut sans doute interrompue trop brutalement.

Toujours est-il que me lever le matin avec d'autres objectifs que la peinture me remplit d'enthousiasme, et j'ai l'impression d'avoir retrouvé un épanouissement dans cet équilibre subtil entre art et judo. Comme me l'a soumis Victor, je dois laisser libre cours à mon imagination pour qu'une séance ne ressemble jamais à une autre, et ne jamais oublier que tout n'est finalement qu'une affaire de bon sens.

J'invente et expérimente alors des exercices, certains sans doute peu pertinents, d'autres intéressants à mon avis, comme par exemple ces séances rythmées au son des basses d'une musique entraînante pour les stimuler dans leur travail de relâchement et de mobilité dans leurs déplacements, une des bases pour moi des sensations d'anticipation dans les opportunités d'attaque ou de défense en judo.

Pourtant, certains aspects dans ce retour aux sources m'ont contrarié. J'étais très réticent à l'idée de retrouver l'ambiance des gymnases de compétition, je ne saurais exactement expliquer pourquoi. La perspective de retrouver mes anciens collègues professeurs de clubs ne m'enthousiasmait pas trop, il est vrai. Sans doute parce que la plupart me considéraient, derrière mon dos, évidemment, comme un parfait hurluberlu, jugeant incompatible le statut d'artiste, terme synonyme à leurs yeux de désinvolture, avec cette notion de rigueur qu'ils aiment tant s'octroyer et qui leur semble en parfaite osmose avec l'image qu'ils ont d'eux, celle d'entraîneur, d'un sport de combat, qui plus est. De toute façon, loin de moi l'idée de vouloir les convaincre de leur méprise, de tenter de les informer des sommes d'abnégations quasi obsessionnelles dont doivent faire preuve les artistes dans la quête de leur Absolu. Je préfère passer pour l'original des tatamis, aussi dépourvu de références sportives personnelles que de résultats engendrés par mes élèves, dont aucun, à part Nicolas, n'a accédé à un niveau enviable.

Alors, comme je n'étais pas franchement pressé de retrouver tout ce beau monde, j'avoue avoir prétexté auprès des jumeaux qu'il était pertinent d'entamer la compétition par des tournois étrangers, toutefois proches, où le judo est bien plus ouvert qu'en France. Victor, d'ailleurs, a approuvé mon idée. Les circuits français lui semblent de plus en plus enfermés dans une pratique stéréotypée, et il m'a donné avec plaisir des contacts d'organisateurs de tournois Cadets en Espagne, en Slovénie et en Italie. Ces compétitions m'ont permis de prendre les premiers repères sur les comportements des minots en situation réelle de combat, mais également de constater à quel point j'étais largué du monde du judo. En l'espace de quelques années, la Fédération internationale de judo avait voulu imposer des règles d'arbitrage pour de pathétiques raisons de visibilité médiatique et d'augmentation de transmissions télévisuelles. Le problème est que depuis cinq ans, la FIJ revoit sa copie et pond de nouvelles règles au début de chaque saison.

Lors du premier tournoi en Espagne, j'ignorais qu'il était interdit de parler sur la chaise du coach. L'arbitre me demanda fermement de quitter ma place. On m'expliqua dans les tribunes les points principaux de la dernière des règles en cours. Dorénavant, on n'intervient sur la chaise qu'entre les arrêts des combats, la marque de *yuko* est supprimée, remplacée par des *waza-ari* qui peuvent s'accumuler indéfiniment... Des projections ancrées dans le patrimoine du «judo» sont à présent formellement interdites au prétexte qu'une main est au contact d'une jambe... Du grand n'importe quoi !

J'ai eu, il est vrai, à cet instant précis, l'impression d'être vraiment un peintre perdu au milieu d'une compétition de judo.

Nous avons fait quatre tournois cette saison, deux en Espagne, un en Slovénie et un dernier à Turin, au nord de l'Italie. Mes garçons se sont bien battus, leur judo fait plaisir à voir, mais ils n'ont jamais été classés, dans aucun d'entre eux.

Ils ont pourtant appliqué les consignes technicotactiques longuement travaillées à l'entraînement, aussi bien à droite qu'à gauche, ce qui a fortement perturbé leurs adversaires. Au niveau physique, rien à dire, des machines inépuisables. Il est vrai qu'ils continuent inlassablement, chaque jour à l'aube avant d'aller en cours, leur entraînement de course de fond et de fractionné, ainsi que, sur les conseils de Victor, non-adepte de séances de musculation pure à leur âge, leurs séquences de montée de corde au dojo-atelier. Sans oublier, deux fois par semaine au moins, les entraînements à La Ciotat, après la rituelle séance technique à Bandol.

Au niveau du mental, ils sont dedans, me semble-t-il, ni trop stressés avant les affrontements ni trop détendus... Mais il leur manque encore quelque chose, ce petit quelque chose d'indéfinissable qui leur permettra de monter sur un podium. Ferrid était à deux doigts d'y parvenir tout à l'heure, mais il perd de justesse son combat pour la troisième place, contre un coriace petit Italien.

Il y a un mois, c'était son frère en Espagne qui finissait cinquième également. Bien mieux que lors de leurs deux premières compétitions où ils ont été éliminés rapidement, bien qu'en démontrant déjà de belles dispositions, ne serait-ce que par leur engagement total.

Mais peut-être dois-je être le principal fautif de ce constat de non-performance tangible. Ma quête obsessionnelle d'absolu, transmise aux jumeaux, traduite par l'unique volonté de la recherche du geste parfait visant la seule victoire par *ippon*, se révèle sans doute inadaptée au concept même de la compétition. La seule vérité dans ce monde-là n'est, je le sais bien, que la quête du geste parfait de l'arbitre désignant le vainqueur en fin de combat, et seule cette « perfection » leur importe, finalement. Toutes leurs défaites ont été causées par leur enthousiasme à vouloir marquer à tout prix, même lorsqu'ils menaient leurs combats. L'ouverture dans l'affrontement, sans calcul ni véritable tactique, leur a été fatale, souvent même par les seules réactions réflexes de défense de leurs adversaires contrant involontairement la fulgurance de leurs attaques, encore trop directes.

S'ils souhaitent poursuivre cette expérience dans la compétition, je les accompagnerai avec plaisir, mais ils savent que je ne renoncerai jamais à mes convictions, qu'il me sera impossible de renier ma quête du véritable judo aux dépens d'hypothétiques résultats, dont personnellement je me fous royalement. Je sais pertinemment qu'ils ne seront jamais champions de quoi que ce soit, mon seul désir est qu'ils deviennent de vrais judokas. Et l'idée qu'ils puissent un jour comprendre la futilité de la notion même de compétition et atteindre pourtant un niveau de perfection proche de celui de Maître Nagao, sans palmarès aucun et tout en arborant leur modeste ceinture bleue, n'est pas pour me déplaire.

La nuit est déjà tombée et le doux murmure du moteur de ma BMW les a sans doute bercés, car je les vois dormir profondément dans le rétroviseur, l'un contre l'autre, je ne sais lequel la tête posée contre celle de son frère.

*

Je sors prestement de ma voiture garée au parking de l'Institut Paoli-Calmettes de Marseille en repoussant derrière moi la portière dont le bruit étouffé de claquement a même été étudié pour indiquer le niveau de qualité du véhicule. Je l'ai appris hier en lisant un rédactionnel sur ce nouveau métier, le plus futile qui soit, de designer sonore. Je me dirige d'un pas alerte vers le hall d'accueil. Une confuse nausée m'envahit en franchissant le sas d'entrée, causée vraisemblablement par cette odeur caractéristique des hôpitaux. Cette senteur oppressante me renvoie à de vagues souvenirs de mon hospitalisation à Alger, bien des années plus tôt, lorsque j'étais enfant.

J'ai beau savoir que la tumeur au cerveau de mon père est bénigne, je n'en mène pas large, et c'est le cœur battant que je gravis quatre à quatre les marches de l'escalier menant à l'étage. Malgré son grand âge, mon père a toujours été solide comme un roc, aussi suis-je préoccupé à l'idée de le savoir alité pour la première fois de son existence dans un lit d'hôpital. Pourtant, l'opération s'est déroulée à merveille, aux dires du chirurgien qui m'a assuré avoir extrait sans difficulté la tumeur, elle-même préalablement isolée des tissus cérébraux voisins.

— Votre père ne devrait avoir aucune séquelle majeure, m'a-t-il dit.

Mais à ma question de connaître ce qu'il entendait par majeure, je n'ai eu droit qu'à un enchaînement de phrases dont lui-même ne devait connaître le sens. Aussi en ai-je conclu qu'il n'en savait rien.

Mon père affiche un large sourire en me voyant entrer dans sa chambre. Malgré son large bandage autour de la tête, le drain permettant au sang et au liquide de s'évacuer de la zone d'opération, son visage et ses yeux encore un peu gonflés, mon père semble infiniment moins inquiet que moi. Il a l'air moins fatigué qu'hier, il est vrai, plus alerte, aussi, et son enthousiasme à me parler me rassure.

Il lui tarde de rentrer à la maison, me dit-il, plus que quelques jours à tenir et la vie reprendra tranquillement son cours. Je le rassure en lui parlant de la galerie, tenue en son absence par Fatima et moi-même, et nous rions de bon cœur lorsque je lui annonce être devenu enfin un commercial ayant pour la première fois de ma vie vendu une toile sans la brader.

— Je suis fier de toi, mon fils ! s'exclame-t-il. Tu es un vrai galeriste, maintenant... Il ne faut plus que tu brades tes toiles, l'artiste !

Il m'écoute avec plaisir lui parler de mes dernières toiles en cours, des entraînements avec les jumeaux plus assidus que jamais en cette fin de saison, et de notre séjour au Japon dont la date de départ approche à grands pas.

— Tu vas me manquer, Hugo, deux mois sans te voir, c'est long... Mais c'est une bonne chose pour les petits de se frotter aux vrais samouraïs... Vous allez rester tout le temps chez Maître Nagao ?

— Non, quelques jours seulement... Travailler un peu avec lui sera un délice. Mais il a raison, les jumeaux doivent surtout profiter de ce stage pour s'entraîner avec un maximum de partenaires japonais. Il a tout prévu. Des séjours d'une semaine au moins au sein même des plus grandes universités où ils devront s'intégrer aux entraînements. On ira à Tsukuba, à Tenri et à Tōkai. Avec un hébergement sur place très spartiate pour les endurcir !

— Oh, toi aussi, tu vas dormir sur place ?

— Non dis-je en riant, j'ai pris goût au luxe et je suis trop vieux maintenant pour dormir sur un futon posé sur un tatami. Je serai présent à tous les entraînements pour les observer, je m'occuperai d'eux, ne serait-ce que pour les emmener au restaurant. Mais le soir, je serai posé dans une belle chambre d'hôtel...

— Pas folle, la guêpe ! s'exclame mon père en riant.

Une infirmière entre dans la chambre discrètement et me fait comprendre avec d'infinies précautions de diplomatie qu'il serait peut-être temps que je laisse mon père se reposer. Nous prenons congé l'un de l'autre en nous donnant une accolade quelques secondes et je quitte la chambre le cœur allégé par le perceptible réconfort de le savoir en meilleure forme qu'hier.

Tout en marchant le long du couloir me menant aux escaliers, je réalise que sa bonne humeur doit être contagieuse, car je sens un sourire se dessiner sur mon visage. Je ne connais pas les véritables raisons qui m'ont incité à vouloir en avoir la confirmation, mais machinalement, j'ai tourné ma tête vers la porte couverte d'un revêtement d'aluminium poli d'une des chambres.

Mais le miroir espéré se dérobe à cet instant précis lorsque, par une coïncidence extraordinaire – mais est-ce une coïncidence ? – une infirmière ouvre cette porte, m'empêchant ainsi d'y voir mon reflet.

Le spectacle que je découvre avec stupeur à la place me glace le sang.

*

Daphné, la femme de ma vie, était couchée sur ce lit d'hôpital, allongée sur le dos, ses longs bras minces le long de son corps.

Terriblement amaigrie, elle semblait dormir d'un sommeil apaisé, comme une princesse en attente du tendre baiser de son prince charmant. La porte se referma lentement derrière l'infirmière qui ne semblait pas avoir remarqué ma présence, telle une ombre immobile au milieu du couloir. Elle passa devant moi et se dirigea d'un pas alerte vers d'autres occupations, vers d'autres vies en souffrance.

Seul devant la porte, je fus gagné par une panique incontrôlable, incapable de prendre la moindre décision, persuadé que quelle que soit celle que je prendrais, elle serait mauvaise. Pousser cette porte pour rentrer dans la chambre sans y avoir été invité serait une idée absurde, mais me résoudre à quitter les lieux serait au-dessus de mes forces.

Aussi n'eus-je d'autre choix que de rentrer dans la chambre et de me diriger vers le lit où se tenait Daphné. Elle dormait profondément et sa chevelure bien plus courte que de coutume était comme un écrin sur lequel était posé son doux visage d'une délicate pâleur.

J'eus peu de temps pour la contempler, car déjà, la porte s'ouvrait derrière moi.

— Que faites-vous ici ? Qui êtes-vous ? me chuchota agressivement l'infirmière.

— Son compagnon, dis-je sans réfléchir.

— Mieux vaut tard que jamais... Revenez demain, l'heure n'est plus aux visites.

Une multitude de questions encombrèrent mon esprit... Qu'avait-elle insinué par cette formule, « mieux vaut tard que jamais » ? Personne n'était donc venu voir Daphné dans sa chambre ? Manu était-il désormais inscrit aux abonnés absents ?

Je suis revenu le lendemain, mort d'inquiétude, avec un énorme bouquet de fleurs. Tout d'abord surprise par mon intrusion, elle tressaillit en me voyant entrer lentement dans la chambre. Puis, elle s'assit brusquement sur le lit en remontant, contre sa poitrine, ses genoux qu'elle entoura de ses bras.

Il me sembla la voir trembler imperceptiblement à ce moment-là, puis elle éclata soudain en sanglots. Décontenancé, je posai les fleurs sur la table et la pris dans mes bras.

Je ne peux à ce jour m'étendre sur cette triste période de ma vie tant je sais que ce souvenir me sera à jamais douloureux. Il deviendra peut-être, lorsque j'en aurai le courage, la trame principale d'un prochain récit, mais pour le moment, il m'est impossible d'en tracer davantage que ces seules grandes lignes, sans doute parce qu'il me paraît indécent de trop approfondir cette histoire dans ce contexte narratif où, pour beaucoup, elle pourrait apparaître comme anecdotique, alors qu'à mes yeux, un ouvrage devrait être consacré exclusivement à cette tragédie.

Daphné, atteinte d'une leucémie aiguë myéloblastique, se savait condamnée et portait le fardeau de la certitude de sa fin imminente.

Un an plus tôt, Manu, prétextant une mésentente entre eux, décida de rompre leur relation. Je n'aurai jamais la certitude qu'il ait pris cette décision dès l'annonce des premiers symptômes de Daphné ou juste avant, mais la coïncidence me paraîtra pour toujours troublante. Daphné ne souhaita pas s'étendre sur ce sujet, et je ne pus que respecter son choix.

Suite à leur séparation, elle aurait sans aucun doute regagné son Alsace natale si sa mère n'était décédée quelques mois plus tôt, pressée qu'elle était de retrouver son fils quelque part dans les cieux.

Daphné se retrouva ainsi brusquement seule, dans un minuscule studio du centre-ville de Toulon, dont le seul avantage était sa proximité avec l'hôpital Sainte-Anne où elle se rendait quasi quotidiennement pour les premiers soins prodigués par une équipe médicale aussi compétente que bienveillante. Mais les séances de chimiothérapie, puis de radiothérapie furent aussi exténuantes qu'inefficaces, hélas.

La greffe de cellules-souches échoua suite à un rejet, quelques heures à peine après la transplantation. Puis, quelques mois après, la recommandation par son médecin d'une admission dans le service des soins palliatifs de la clinique marseillaise fut le révélateur de l'approche de sa mort.

Dans l'entretien qu'elle eut le premier jour de son hospitalisation avec le cancérologue, celui-ci sut immédiatement qu'il devait lui dire la vérité, car il perçut qu'elle la connaissait déjà, et qu'il aurait été irrespectueux de tourner autour du pot dans un langage bêtifiant, en lui parlant seulement de vilaines cellules qui se baladaient en elle.

Dans votre cas, il n'y a plus de chimio possible, lui dit-il sobrement. Daphné, aussi incroyable que cela puisse paraître, fut soulagée, et elle le remercia de sa franchise.

Elle lui demanda combien de temps il lui restait à vivre. Le médecin lui dit là aussi la vérité, c'est-à-dire qu'il n'en savait rien, qu'il ne pouvait se référer qu'à des moyennes, des statistiques, et que son espérance de vie pouvait être estimée entre six et vingt-quatre mois. Ça fait bizarre de savoir qu'on va mourir bientôt, se contenta-t-elle de dire dans un étrange sourire avant de prendre congé du cancérologue, impassible derrière son bureau.

Elle garda son sourire en quittant la clinique, comme débarrassée d'un insupportable fardeau, pendant que le médecin, soudainement anéanti, craquait en sombrant dans un incompréhensible sanglot dont il ne pouvait parvenir à comprendre les raisons. C'était un jeune toubib et ce devait être la première fois qu'il affrontait cette abominable situation. L'idée qu'il soit amené à la vivre à nouveau lors de sa carrière, qui ne faisait que débuter, le plongea dans de sombres questions parmi lesquelles celle de savoir s'il serait ou non capable de poursuivre son métier.

Un curieux concours de circonstances, un de ceux qui nous sont réservés parfois par la vie, m'amena à le rencontrer quelques années plus tard. Il m'avoua avoir été marqué à jamais par cette scène où, pour la première fois, il dut annoncer l'innommable. Il n'avait finalement pas changé de service, mais il comprit que même s'il se devait d'annoncer la vérité à celles et ceux qui pouvaient l'entendre, il lui fallait désormais trouver d'autres mots aussi, afin que ses patients gardent malgré tout une lueur d'espoir. Concernant Daphné, rien n'aurait changé, lui dis-je, et il me sembla que cette simple phrase avait atténué son insupportable sentiment de culpabilité.

Elle ne revint à la clinique que quelques jours par mois, dans le seul but de soulager ses souffrances... Mais sa décision était prise.

Une décision aussi irrévocable que terrifiante. Comme il était hors de question pour elle d'être soumise au sort qui lui était destiné, elle décida de mourir dans la dignité et de choisir elle-même la date de sa disparition.

Se suicider comme le commun des mortels lui paraissait une idée aussi absurde qu'indélicate. Comment pouvait-on infliger le spectacle d'un cadavre à autrui, même à des personnes dont le travail n'est finalement que le nettoyage de l'ultime misère humaine ?

La société française refusant, dans sa pathétique hypocrisie, la reconnaissance légale de l'euthanasie, elle prit contact avec une association suisse, Dignitas, en relation avec une clinique spécialisée, et investit alors toutes ses économies dans l'organisation de sa propre mort. Il ne s'agissait pas à proprement parler d'euthanasie, mais plutôt d'une assistance au suicide, la mort n'étant pas déclenchée par un tiers, mais par le patient lui-même.

J'étais anéanti. Mais aucun de mes arguments ne réussit à la faire changer d'avis, et heureusement, probablement, car je savais au fond de moi qu'elle avait raison.

Elle me demanda si j'acceptais de l'accompagner dans son dernier voyage, mais me dit qu'elle comprendrait que je ne sois pas capable d'accéder à sa requête.

Je ne pouvais refuser, et j'annulai mon projet de départ au Japon avec les jumeaux, qui partirent seuls, mon ami Maître Nagao se chargeant de les accueillir et de les guider dans la tournée programmée parmi les divers centres d'entraînement universitaires.

Nous prîmes la route par une belle journée de printemps, comme si nous roulions vers une escapade amoureuse le temps d'un week-end prolongé.

Souvenirs surréalistes de nos rires au cours de dîners en Italie, à Florence, puis à Venise. Promenades main dans la main dans un parc verdoyant de Bâle…

Mais je savais que son apparence n'était qu'un leurre, et que seule la morphine qu'elle prenait à haute dose lui permettait d'oublier les affres de la souffrance physique.

Puis ce fut la dernière soirée, elle et moi seulement, pendant laquelle nous partageâmes un excellent dîner dans notre chambre d'hôtel.

Notre dernière nuit d'amour.

Ce matin-là, Daphné était radieuse, comme détachée de l'insoutenable pesanteur humaine.

En buvant mon café, je ne voyais que son sourire. Elle était splendide. Ses cheveux mouillés se détachaient sur la blancheur de son peignoir.

Nous nous rendîmes ensuite à l'adresse de l'appartement auquel nous avions rendez-vous.

Tout est confus, ensuite. Comme si un brouillard opaque avait enveloppé mon être.

Je me souviens d'une oppressante sensation de vide en moi alors qu'un employé lui fait remplir des formulaires. Puis je la suis dans une pièce sobrement décorée où elle s'allonge sereinement sur un lit.

L'employé allume une caméra située face à nous et s'éclipse discrètement.

Daphné me demande d'une voix douce de venir m'asseoir sur le fauteuil, près d'elle.

Elle se redresse ensuite, lentement, prend le verre posé sur une table de chevet, me regarde fixement droit dans les yeux dans un troublant sourire.

Et elle boit le contenu du verre dans une infinie lenteur. Elle pose le verre et s'allonge sur le dos.

Elle me prend ma main et me dit :

— Merci, merci... Merci... Je t'aime, Hugo... Je n'ai jamais aimé que toi, tu le sais ?

— Oui, je le sais, mon amour... Je n'aimerai jamais que toi... Tu es la plus belle chose qui me soit arrivée...

Tout en me souriant, elle ferme les yeux.

Daphné est partie pour toujours.

*

Je m'engageai sur l'autoroute en direction du Sud, mais sans avoir la moindre idée d'une direction précise. Je ne gardai qu'un souvenir diffus des heures passées après le décès programmé de Daphné. Sa rapide incinération, la remise solennelle de ses cendres dans une urne qui me parut minuscule, une nuit passée dans les bas-fonds de la ville accoudé à des comptoirs de bars dans le seul but de m'enivrer, puis un étrange sommeil sans rêve d'une durée extraordinaire, de plus de vingt heures d'affilée.

Je me souviens seulement de mes quelques réveils éphémères où il me fut impossible de me lever tellement la réalité me paraissait insupportable. Je changeais alors de position dans ce grand lit vide pour sombrer à nouveau dans les ténèbres de l'oubli.

Combien aurais-je aimé avoir été capable de poursuivre éternellement ce moment de délicieuse inconscience, où la vie elle-même se dissolvait dans les brumes d'une totale amnésie.

Je ne pus tourner la tête vers le siège passager de ma voiture qu'en m'engageant sur l'autoroute.

Daphné était toujours à mes côtés, mais à l'intérieur d'une urne anthracite posée sur la banquette en cuir de ma voiture.

L'idée de poursuivre ma route sur l'autoroute me parut insurmontable, et je décidai aussitôt d'en sortir, pour prendre la première nationale qui se présenterait, afin que mon esprit se focalise sur les aléas d'une conduite plus cérébrale. Le hasard me conduisit vers les Alpes françaises.

Aucun souvenir de pensées particulières ne me resta gravé, à part celui qu'à aucun moment, Daphné ne m'avait indiqué d'endroit particulier où elle aurait souhaité que je répande ses cendres.

J'ai gravi en voiture une route sinueuse d'une haute montagne dont je n'ai même pas retenu le nom. Au sommet d'un col, la route semblait redescendre vers je ne sais quelle direction, alors je me suis garé et, l'urne dans les mains, j'ai commencé à marcher vers un sommet, dans l'air vivifiant de ce début d'après-midi.

J'ai crapahuté pendant deux ou trois heures. Ni mes vêtements ni mes chaussures n'étaient adaptés à cette expédition. Au début, la pente était abrupte, mais il m'était encore aisé de progresser sans l'aide de mes mains. Puis, j'ai dû escalader les rochers. En arrivant au sommet, j'ai découvert un spectacle grandiose. Le ciel commençait à rougir derrière d'autres montagnes encore maculées du blanc titane pur de la neige. En dessous s'étendaient à l'infini des aplats de gris de toutes nuances dans l'absence totale de la moindre trace de civilisation.

Je me suis assis quelques instants sur la pierre froide du rocher sur lequel je posai Daphné, tout contre moi.

— Qu'en penses-tu, mon amour ? lui ai-je demandé.

Évidemment, ce ne fut pas à proprement parler une voix que j'entendis, plutôt un amalgame de sensations aussi évasives qu'étranges.

— Oui, mon Loulou, c'est parfait, ici, merci, ai-je voulu entendre.

En me mettant à genoux devant l'urne pour l'embrasser, j'ai remarqué de délicates taches blanches contrastant avec les nuances sombres du rocher. La paradoxale abondance de ces fragiles et rarissimes petites plantes fleuries émergeant entre les stries de la roche m'émut jusqu'aux larmes. Cette dernière symphonie immaculée, matérialisée par la profusion d'edelweiss étalés devant nous, était le plus bel hommage que la nature elle-même ait pu offrir à Daphné.

Avec une infinie lenteur, j'ai ouvert l'urne.

Et j'ai versé lentement les cendres grisâtres de Daphné sur la blancheur éclatante des edelweiss.

*

Ce fut mon père, encore lui, qui me soutint dans cette épreuve, lui qui pourtant devait lutter contre une multitude de désagréments postopératoires, allant des soins qu'on devait lui prodiguer quotidiennement aux séances de rééducation indispensables afin d'atténuer toute éventuelle séquelle. Malgré l'inestimable réconfort de sa présence, qu'il s'évertuait de rendre discrète, je me voyais sombrer dans les abîmes ténébreux d'une dépression qui me semblait impossible à surmonter.

L'idée même de plonger dans ma bulle artistique, dans laquelle il me suffisait jusqu'alors de me noyer pour m'extraire du monde réel, me sembla aussi dérisoire que futile. Une chance finalement que les jumeaux aient été au Japon, couvés par Maître Nagao, car j'aurais été incapable d'assumer mon rôle d'entraîneur auprès d'eux à ce moment-là. Je ne pus finalement faire, du matin jusqu'à tard dans la nuit, que ce que mes forces me permettaient, c'est-à-dire rien. Mais « rien » était déjà bien trop, car je ne pouvais contrôler mes pensées malgré ma tenace volonté de trouver l'apaisement dans l'absence de celles-ci. Et comme « débrancher mon cerveau » m'était infaisable, deux obsessions absurdes s'ancrèrent en moi.

Ce furent deux décisions, foudroyantes, nées d'une sorte de big bang cérébral, jaillissant dans un éclair de lucidité.

Je les crus irrévocables, et bien que n'ayant jamais été concrétisées – heureusement – elles me sauvèrent tout de même à ce moment-là d'une chute fatale au fin fond du gouffre de mon désespoir. Elles me donnèrent la force nécessaire, par mon objectif de les matérialiser, de continuer à vivre. Tout simplement.

La première de mes fermes résolutions était la volonté de recourir à une castration chirurgicale. Ce serait l'acte ultime d'amour absolu dédié à Daphné, l'unique amour de ma vie.

L'idée de ne pouvoir résister un jour à une tentation, de par la seule notion universelle du besoin sexuel, me révulsait. Je voulais que Daphné soit éternellement la dernière à qui j'aie fait l'amour.

Je m'étonnais même aussi que bien peu d'hommes s'y soient soumis, considérant les pulsions sexuelles comme étant la plus grande des dépendances de l'humanité.

La liberté absolue ne serait-elle pas de briser les chaînes de l'esclavagisme dicté par notre libido, de réussir enfin à mettre un terme à cette débauche irraisonnée de temps et d'énergie gaspillés à des fins strictement animales, finalement ? Que d'efforts inutiles épargnés, d'ennuis de toutes sortes et de problèmes pathétiques évités. Quelle débilité que d'accepter d'être soumis à jamais au joug de cette membrane dérisoire pendant entre les cuisses, alors que la félicité et la fraîcheur d'une âme, identique à celle perdue après notre enfance, pourraient se retrouver à portée de main. Une vie de sérénité et de paix se profilerait alors et sans même devoir en payer une quelconque contrepartie, puisque le concept même de la frustration disparaîtrait au même moment que le défunt désir sexuel lui-même.

Seule la Suisse, encore elle, tolérait ce genre d'opérations. Après avoir obtenu un rendez-vous, je repris la route dans cette direction, jusqu'à Lausanne, cette fois.

Sur place, les informations du chirurgien sur les conséquences de l'éventuelle intervention m'ont perturbé, je dois l'admettre.

Pourtant, le début de son discours avait été rassurant. La castration est un geste chirurgical simple, m'avait-il dit, n'entraînant qu'une très courte hospitalisation et sans risque chirurgical majeur. La brusque privation hormonale entraînera la perte de la libido, qui s'accompagnera de la logique impuissance que je demandais. Il me soumettait même ce qu'il appelait une pulpectomie consistant à préserver la coque testiculaire, afin de donner une impression de conservation des organes par la pose de prothèses. C'était du moins ce qu'il m'avait été possible de comprendre.

Mais, très vite, ma voix risquait de changer, mes hanches, de s'élargir, mes pectoraux, de prendre une apparence de seins, et je risquais de surcroît une perte totale de pilosité, un surpoids… Il ne l'a pas vraiment dit comme cela, mais j'allais me métamorphoser en grosse mama !

Cette vision me terrifia.

Aussi troublé qu'égaré, je pris congé en balbutiant des propos sans doute incompréhensibles sur la nécessité d'un temps de réflexion, engendré par ses explications sur les probables conséquences de l'opération qui n'était plus qu'un projet définitivement avorté, en fait, je le savais bien.

Je quittai la Suisse une nouvelle fois, envahi par un profond désarroi.

Alors, comme cette première idée m'apparut soudainement loin d'être pertinente, j'occupai chaque seconde du temps de mon retour, mes mains rivées sur le volant, à élaborer les plans de la seconde.

Et cette idée était aussi terrifiante que machiavélique.

*

Je projetais de supprimer l'inqualifiable ordure de Manu. Si nos misérables différends personnels me laissaient de glace, il me serait à jamais impossible d'arriver à lui pardonner l'inexcusable.

Comment avait-il été capable de répudier Daphné, dès qu'il avait eu connaissance de sa maladie ?

Certes, je n'aurai jamais la certitude que la date de leur séparation était ultérieure aux premiers de ses symptômes, mais je suspecte Daphné d'avoir voulu me préserver d'une fureur supplémentaire contre lui, en laissant dans le flou ce qui pour elle n'était plus qu'un détail. Mais pour moi, la coïncidence entre l'annonce de sa maladie et leur éloignement était trop troublante pour me laisser le moindre doute sur son odieux comportement. Rien ne pourrait me sembler plus abject que son immonde attitude envers elle à ce moment-là.

Ma décision était prise, seule la vengeance la plus radicale qui soit arriverait peut-être à apaiser les braises ardentes de mon incontrôlable colère.

Cette vermine ne méritait pas de vivre, alors j'allais faire le nécessaire pour réparer cette injustice. Exécuter cette sale besogne moi-même aurait été lui accorder bien trop d'égards, et d'autres que moi seraient bien plus qualifiés pour assumer cette tâche proprement.

Chacun son métier, finalement !

Il me fallait un professionnel de la chose, quelqu'un de spécialisé. Il me fut facile de le trouver sur le Darknet, ce réseau parallèle au Web qui préserve l'anonymat des échanges.

J'eus même l'embarras du choix. Je découvris avec stupeur la modicité des prix proposés. Une vie humaine ne semblait pas valoir grand-chose. La révélation qu'elle valait bien moins qu'une modeste voiture d'occasion me consterna. Le dément et insensé privilège d'un pouvoir de vie ou de mort sur autrui serait donc à la portée de n'importe quel foyer de classe moyenne ?

J'ignorai les annonces les plus racoleuses, certainement mises en ligne par des tueurs venus des pays de l'Est, et portai mon dévolu sur celle, bien plus onéreuse, certes, d'un candidat me paraissant de facture plus méticuleuse.

Le premier contact eut lieu dans un café d'Aix-en-Provence où il m'avait donné rendez-vous. Je devais le reconnaître grâce à un parapluie qu'il devait adosser à la chaise de la table où il serait assis, ce qui était stupide, car à vrai dire, le ciel limpide semblait vibrer tellement il était brûlé par le soleil de feu d'un après-midi du mois d'août. L'air climatisé du bar me sauva de la chaleur insupportable qui écrasait la ville dépourvue du moindre souffle d'air.

J'eus du mal à le repérer, sans doute parce que je m'attendais à découvrir une bête épaisse, mais ce ne pouvait qu'être lui. Qui d'autre se promènerait avec un parapluie par un temps pareil ?

Je fus surpris par son apparence, en total décalage avec l'idée que je pouvais avoir d'un tueur à gages.

Un tout petit bonhomme, aussi précieux que raffiné, se tenait devant moi. Tiré à quatre épingles, les cheveux soigneusement gominés, il arborait de fines lunettes rondes lui donnant un air d'expert-comptable en formation.

Il se leva pour me serrer la main.

— Veuillez vous asseoir, je vous prie, me dit-il en indiquant la chaise face à lui.

Tout en lui trahissait l'excellence de son éducation. Nous bavardâmes quelques instants autour de sujets qu'il me suggéra avec délicatesse et qui, à ma grande surprise, tournaient autour de l'influence de l'art contemporain dans l'évolution de notre société, car il eût sans doute été indélicat d'aborder directement notre affaire. Tout en l'écoutant, je me demandais par quel étrange mystère il avait pu déceler en moi ce grand intérêt pour le domaine artistique.

Puis il aborda notre sujet avec tact et habileté, en employant d'exquises métaphores. Je lui tendis l'enveloppe contenant une photo et les différentes adresses de mon « cher cousin », qu'il serait ravi de rencontrer prochainement, me dit-il.

À voix basse, mais sans que celle-ci puisse paraître suspecte à quiconque ayant été susceptible de nous observer, il me fit comprendre sa conception du métier qu'il exerçait depuis de nombreuses années. Une première étape de repérage, d'enquête discrète concernant les habitudes du « destinataire » s'imposait. Il rendrait ensuite un rapport détaillé dont seules les prestations pour celui-ci seraient facturées.

Ensuite, je devrais donner ou non un feu vert pour le « bon à tirer ».

— Pour les délais de cette première étape, quinze jours me paraîtraient tout à fait raisonnables, me dit-il, aussi pourrions-nous convenir de notre prochain rendez-vous, ici même et à la même heure, si cela vous convient...

Quinze jours plus tard, nous nous retrouvions à la même table. Nous avons une nouvelle fois badiné de longues minutes, mais cette fois, j'étais beaucoup plus tendu, impatient de découvrir le résultat de ses investigations. Il dut s'en apercevoir, car il vint droit au but, mais avec grand tact.

Il me dit avoir eu un mal fou à trouver « mon cousin ». Celui-ci n'habitait plus à l'adresse indiquée et des scellés d'huissier étaient posés sur chacune des portes de ses sociétés.

« Mon cousin » était ruiné.

La crise économique et une accumulation d'erreurs avaient fini par faire placer en liquidation judiciaire toutes les sociétés de sa holding, qui s'étaient écroulées une à une, comme un château de cartes, devant son incapacité financière à les renflouer. Sa grande maison ainsi que tous ses biens immobiliers avaient été saisis, et il découvrait avec stupeur les affres de la précarité dans un sordide studio du centre-ville de Toulon. Je restai un instant songeur.

Le tueur délicat me regardait dans un étrange sourire ; il avait déjà compris.

Il savait que la pire de mes vengeances était de laisser la vie sauve à Manu, le laissant abandonné dans les méandres de son triste sort, lui pour qui l'argent était l'objectif ultime de l'existence.

Je lui donnai l'enveloppe contenant le règlement de la première et dernière étape de sa mission avortée, en le félicitant pour l'excellence et le sérieux de son travail.

— Cela aura été un honneur et un grand plaisir d'avoir pu contribuer à vous aider dans vos démarches, me dit-il en se levant lentement de sa chaise.

Alors que nos mains se serraient chaleureusement, le drôle de bonhomme inclina imperceptiblement son buste, puis prit le parapluie qu'il ne quittait visiblement jamais, accrocha son manche sur son avant-bras et disparut dans la lumière éclatante du soleil, dehors, dans la canicule.

*

On apprend à tout âge… même à l'automne de la vieillesse. Je n'ai assimilé l'extrême stupidité de mes deux résolutions que dans la sagesse offerte par le seul recul du temps qui passait, inexorablement.

Ma volonté de me métamorphoser en eunuque n'était qu'une réponse dérisoire à l'extrême désespoir d'avoir perdu Daphné à jamais. Elle-même, j'en suis convaincu, aurait été horrifiée par la futilité de mon idée.

Résigné et contraint d'assouvir mes désirs charnels, il ne me restait plus qu'à laisser le destin et la nature me prendre en main. Et je reconnais avoir succombé au diktat de ma libido – comment aurais-je pu sortir vainqueur de cette bataille contre les moulins à vent de la concupiscence – même si je devais éprouver un sentiment proche du dégoût de moi-même sitôt l'acte accompli. Le plus difficile à supporter fut ces interminables moments de bavardage qui suivaient implacablement, mais qui me paraissaient nécessaires afin de ne pas passer pour un goujat auprès de celles qui s'étaient offertes à moi. Je savais hélas que Daphné resterait le seul et unique amour de ma vie, et qu'il me fallait désormais me résigner à continuer mon existence comme je le pouvais.

    Et puis, quelle vanité d'avoir songé à ôter la vie d'un homme, fût-il l'être le plus immonde que la Terre eut porté ! Mais l'était-il réellement, malgré mon seul mais tenace ressenti ? Je n'aurai jamais de certitude quant à la date exacte à laquelle Manu avait exprimé son désir de rompre avec Daphné. Seulement une présomption, presque un espoir qu'elle ait eu lieu après ses premiers symptômes. Il me fallait un coupable à qui faire payer l'injustice de la mort de mon amour. La conviction qu'il fut la dernière des crapules, sans preuve aucune, avait suffi de prétexte à mon obsession de vengeance.

    Je ne saurai jamais les circonstances de leur séparation. Et tant mieux.

    La haine est sans doute le sentiment le plus abject de l'humanité. Comment aurais-je pu survivre à mes remords et à ma honte si j'avais commis cet acte odieux ?

    Ironie du sort, j'ai très vite appris que la prétendue faillite de Manu n'était qu'un leurre. S'il avait vécu quelque temps dans un minable studio, ce fut probablement pour se faire oublier par ses créanciers, car il récupéra rapidement des fonds qu'il avait soigneusement cachés dans des paradis fiscaux. Malin comme un singe, il acheta ensuite une splendide maison, qu'il mit au nom d'une SCI dans laquelle il ne figurait évidemment pas, constituée en parts parcimonieusement distribuées à quelques proches, amis et à sa nouvelle compagne, une jeune écervelée qu'il était allé chercher en Tchétchénie. Il reprit les affaires comme si de rien n'était, en créant diverses sociétés au nom de Nicolas. Cerise sur le gâteau, il commença même une carrière politique, parallèlement à son activité principale de fructification de ses profits, et devint un jour député de la République. Elle est pas belle, la vie ?

    Peut-être cette preuve d'injustice que nous inflige parfois la vie arrivera-t-elle à me faire sourire un jour. Il me faudra comprendre tout d'abord que la manière la plus intelligente, mais aussi la plus radicale de supprimer un sale type du monde tient tout simplement dans ma capacité de ne plus penser à lui. C'est-à-dire commanditer un meurtre non pas physiquement, auprès d'un tueur aussi distingué soit-il, mais à la force de mon esprit. Il sera tout aussi capable de l'éradiquer de mon univers, par le seul pouvoir de l'oubli.

    Si la grâce de croire à un quelconque Seigneur m'avait été accordée, je l'aurais béni de m'avoir donné la force pour accéder non pas au pardon, je ne le pourrai jamais, mais à une forme de rédemption fataliste, suffisante pour chasser toute idée de vengeance.

L'important dans mes entreprises absurdes, je ne l'ai compris que bien plus tard, ne fut pas leur concrétisation, mais leur seule intention. Seule leur intention m'a permis d'atteindre une sorte de sérénité, en atténuant aussi bien ma fureur que mon désarroi.

Mes réflexions et mon implication à vouloir les mettre en œuvre ont ainsi apaisé la douleur incommensurable liée à la perte de Daphné et ma rage envers Manu. Puis, mes conclusions sur l'évidence de leur abandon ont refréné l'élan lyrique de mes folles intentions qui n'étaient que de dérisoires réponses à mes émotions extrêmes.

Mais surtout, j'ai appris de ces expériences qu'un être humain qui se respecte se doit de lutter contre les conséquences de ses émotions, quelles qu'elles soient.

L'amour absolu, la détresse ou la haine incommensurable ne sont pas de bon conseil ; cela, je ne l'ai compris qu'à un âge où j'aurais pu être grand-père, si la vie avait bien voulu m'accorder cet heureux privilège.

4

Une fois engagé sur l'autoroute, j'actionne le régulateur de vitesse de mon véhicule afin de prévenir les éventuels flashs de ces satanés contrôles radar.

J'avais pu éviter jusqu'alors la perte des points sur mon permis de conduire, me contentant de payer les amendes seulement, car j'avais fait en sorte que la carte grise soit au nom de mon association de judo, officiel propriétaire de la voiture. Les services de Police avaient jusqu'alors autre chose à faire que de retrouver la personne physique à l'origine de l'effraction. Mais depuis cette année, une loi machiavélique impose aux personnes morales de désigner le conducteur fautif sous peine d'une amende exorbitante.

Le plus raisonnable est peut-être de rentrer dans le rang désormais, me dis-je en me calant confortablement sur mon siège, et de profiter sagement de cette vitesse de croisière pour laisser vagabonder mon esprit. Je me serais bien volontiers allumé une cigarette sans la présence de Hakim et Ferrid, confortablement installés sur les sièges arrière de ma BMW.

Trois mois après leur retour du Japon où ils se sont consciencieusement entraînés sous la houlette de Maître Nagao, ils sont fin prêts pour l'épreuve régionale sélective aux championnats de France Juniors, j'en ai le pressentiment.

Nous avons repris très vite notre rythme de travail, deux ou trois semaines après leur arrivée. Les séquences individualisées techniques dans notre dojo-atelier ainsi que les visites régulières au dojo de mon ami Victor ont réussi à redonner un sens à ma vie, à me donner une raison de me lever enfin de mon canapé sur lequel je m'étais couché, sans forces, depuis de longues semaines.

Dès les premières séances, j'ai pu constater les bienfaits des semaines d'entraînement au sein des universités japonaises et louer le sacrifice de leurs vacances estivales au profit d'un rude mais nécessaire travail de fond. Je les ai retrouvés transformés, à tous les niveaux, tant physique que mental, et techniquement beaucoup plus tranchants et précis dans leur système d'attaque.

Mais même s'ils font désormais preuve d'un incontestable répondant face aux partenaires d'entraînement de La Ciotat, je ne sais pas vraiment s'ils seront au niveau de leur première véritable compétition officielle. Tout d'abord parce qu'ils ne sont que « Juniors première année » dans une catégorie d'âge en comptant trois. Qu'il a ensuite été hors de question pour moi de cautionner leur suggestion de perdre les quelques kilogrammes de trop afin de combattre dans la catégorie inférieure des moins de 66 kg. L'idée d'une perte de poids pour une raison aussi futile me semble être une hérésie, surtout à leur âge. Aussi ai-je tenu à les engager en moins de 73 kg, au grand soulagement de leur mère, malgré leur poids naturel de 69 kg tout mouillés. Enfin, parce que le niveau général des judokas en région PACA reste réputé comme étant un des plus élevés de France. Mais tout doit être relatif, me dis-je, car le niveau français a obligatoirement baissé, si l'on considère l'absence actuelle d'épreuve départementale par manque de participants, alors qu'elle accueillait des centaines de candidats il y a seulement une quinzaine d'années.

Cette compétition serait la seule à laquelle ils participeraient de toute façon, avec peut-être, ce qui serait la cerise sur le gâteau, les championnats de France un mois plus tard, si d'aventure l'un d'eux s'y qualifiait, sait-on jamais. Cette année est celle où seule l'échéance du bac devrait rester primordiale, et j'ai promis à Fatima de tout mettre en œuvre pour qu'elle soit couronnée de succès.

Par une chance extraordinaire, je trouve une place de parking juste devant le gymnase Vallier où doit se dérouler ce que l'on nomme maintenant les demi-finales du championnat de France Juniors. Je ne peux m'empêcher de fumer une cigarette devant l'entrée du gymnase Vallier, et les minots attendent patiemment que j'en termine avec mon vice, assis sur les marches de l'accès qui grouille déjà de jeunes combattants en survêtements, de spectateurs exclusivement composés de parents et d'amis, et d'entraîneurs que je retrouve quelques années plus tard. Je redoutais cette confrontation face à cette « grande famille » avec laquelle j'ai pris, brutalement, tellement de distance.

Les quelques minutes consacrées à fumer cette cigarette me permettent de constater que la nature de mes retrouvailles avec les professeurs des différents clubs peut se classer dans trois principales catégories.

La première, minoritaire, composée de professeurs mimant la surprise de me trouver là et usant de formules d'humour aussi lourdes qu'insipides comme : « Oh, Hugo, qu'est-ce que tu fais là, tu as vu de la lumière ou quoi ? » Difficile de rétorquer quoi que soit de pertinent. Je me force à rester aimable, car ils semblent malgré tout ravis de me revoir.

Ensuite, les plus nombreux, la catégorie de ceux qui me saluent en passant comme si je n'étais qu'une ombre parmi d'autres. Surtout comme s'ils n'avaient pas constaté ma longue absence des circuits du judo, réagissant de la même manière que s'ils m'avaient croisé le week-end dernier dans une quelconque compétition. Peut-être la plus blessante des catégories.

Enfin, ceux qui passent à côté de moi en faisant mine de ne pas me reconnaître, certains par exemple en détournant les yeux vers leur portable, absorbés par la lecture d'un SMS qu'ils n'ont jamais reçu, comme l'autre ahuri de Trou du Luc. Catégorie que je décide d'ignorer profondément.

En écrasant ma cigarette, je me dis que finalement, ce monde du judo n'est ni plus ni moins que la représentation miniature de notre société, et l'évidence de ce constat me rassure étrangement. Pourtant, cette caste, composée d'enseignants, d'arbitres, de commissaires sportifs, d'élus, de pratiquants, s'imagine différente, voire supérieure aux autres, au prétexte qu'elle s'identifie aux valeurs prônées par le code moral du judo sur lequel elle se plaît à se gargariser, sans toutefois en appliquer les règles, pour la plupart. Ainsi va le monde, me dis-je, chacun reste empêtré dans un univers qu'il croit unique, sans imaginer que celui-ci n'est qu'un microcosme infime détaché du reste du réel. Et, comme n'importe qui, dans n'importe quel autre milieu, le judoka ne pense et ne vit que « judo ».

Au moment de pénétrer dans l'enceinte, un homme du service d'ordre me barre la route. Il me demande de lui présenter un badge de coach que je n'ai pas, la ligue PACA ayant omis de me l'envoyer, ce qui me paraît presque normal au vu de la situation de mon association moribonde en termes de licenciés. Je n'essaye même pas de négocier. Je fais rentrer les jumeaux qui présentent leurs passeports de combattants en guise de laissez-passer. Je leur demande de m'attendre à l'intérieur et commence à me diriger vers le guichet pour acheter le ticket d'entrée qui me permettra de faire mon boulot d'entraîneur lorsqu'une main sur mon épaule arrête mon élan. Victor, hilare, me fait face.

— J'ai oublié de te dire qu'il faut maintenant un badge d'entraîneur pour entrer et pour se déplacer au bord des tatamis, me dit-il en me tendant le fameux sésame. Avec ton ticket, tu resteras dans les gradins comme un con. Tiens, j'en ai un pour toi ; la ligue, va donc savoir pourquoi, m'en a envoyé trois ou quatre et ils ne sont même pas nominatifs.

En nous faisant la bise comme deux frères, je me dis que Victor est décidément mon seul véritable ami parmi toute cette faune de la pseudo-confrérie judo. Nous rentrons à l'intérieur du gymnase, poussons la porte battante d'accès au cours central et, suivis de nos élèves, descendons les marches perpendiculaires aux gradins, vers les surfaces des tatamis.

En papotant avec Victor, je regarde le spectacle coutumier de ce lieu de compétition régionale, où chaque détail trahit l'amateurisme d'une organisation bon enfant. De sinistres barrières grises séparent l'aire des futurs combats des espaces réservés aux judokas et aux entraîneurs ; de simples tables sans nappe et leurs chaises disparates en plastique sont posées face aux aires de combat, les tatamis sont déjà pris d'assaut par les jeunes judokas qui, faute de bénéficier de salles attenantes spécifiques pour s'échauffer, commencent à se mettre en train. Certains emmitouflés de plusieurs couches de survêtements et de K-way perdent leurs derniers grammes avant la pesée, d'autres s'étirent dans un coin, d'autres encore, en judogis, entament des séries de *uchi-komi* ou s'échauffent avec un partenaire au sol. Partout autour des tatamis s'amoncellent des survêtements jetés à même le sol, revêtement vert synthétique où l'on distingue les marquages blancs des zones de jeux pour sports collectifs. Gourdes et bouteilles de toutes les couleurs, sandales, chaussures de sport et chaussettes sont éparpillées de toute part dans un désordre indescriptible.

Je fais part de mon ressenti à Victor :

— Mais à quoi sert l'argent des licences ? On dirait qu'ils ont seulement mis en place les conditions minimales pour organiser cette compétition parce qu'« il fallait bien la faire »…

— Effectivement, la fédé met son argent ailleurs…

— Ce n'est même pas une question d'argent, mais de passion… Tiens, par exemple, les tournois en Espagne ou en Italie ont été organisés par des clubs sans véritables moyens… Mais ils ont trouvé des partenaires privés, comme des pépiniéristes, par exemple, pour décorer la salle avec des plantes, un soin particulier a été porté sur chaque détail : nappes sur les tables, harmonie des couleurs pour la composition des tatamis, moquettes autour des aires de combat, podium à la forme épurée. Tout a été fait avec la passion comme seul moteur… Pourtant, il ne s'agissait que de simples tournois organisés par des équipes de bénévoles, mais dont l'esthétique d'accueil était digne d'une grande compétition internationale…

— Tout à fait, Hugo, la première preuve de respect pour les clubs et les judokas qui payent leur contribution fédérale devrait être le soin accordé aux compétitions officielles auxquelles ils prennent part, et ce dès le niveau régional. Ce serait la moindre des choses. Le pire, et tu as raison, est que le problème n'est même pas l'argent, mais la seule volonté de bien faire les choses. Vaste sujet, mais noyé dans tellement d'autres dysfonctionnements, si tu savais…

Nous laissons nos athlètes devant la salle de pesée et les encourageons après cette formalité à rejoindre les tatamis pour un échauffement progressif, dans l'attente des tirages au sort des tableaux éliminatoires. Quelque trente minutes après la fin réglementaire de la pesée, ceux-ci sont affichés sur les murs, provoquant une ruée immédiate dans leur direction des coachs et des judokas, impatients de connaître les résultats du tirage. Je décide d'attendre quelques minutes, le temps que la cohue se soit dissipée, avant de m'avancer pour consulter le tableau des moins de 73 kg. Mais j'aperçois Victor s'extraire de cette petite foule en se faufilant avec difficulté entre entraîneurs et élèves avides de connaître la composition des tableaux.

Il se dirige vers moi en fronçant les sourcils tout en se forçant à un vague sourire et m'annonce :

— Pour ton petit Hakim, pas de premier tour de chauffe... Il rentrera tout de suite dans le vif du sujet !

*

Le hasard du tirage au sort veut que Hakim affronte au premier tour Nicolas, mon filleul et ancien élève.

Je suis surpris, non pas d'apprendre la nouvelle de cette seule coïncidence du destin, mais que Nicolas participe à cette épreuve régionale. Étant champion de France Juniors en titre, il est qualifié d'office pour le championnat national et il ne doit pas manquer de compétitions de préparation entre les tournois du circuit national Juniors et les nombreuses sélections internationales.

— Il devait sans doute s'ennuyer à l'internat du Pôle Marseille, me dit Victor, va savoir !

Une voix quasiment inaudible au micro invite les judokas à quitter l'aire des combats et les commissaires sportifs et arbitres à gagner leur poste.

Les jumeaux viennent vers moi, le visage ruisselant de sueur, et enfilent leur survêtement par-dessus leur judogi, dissimulant ainsi momentanément une source de moquerie provenant d'un petit groupe de jeunes abrutis qui se rhabillent près d'eux sur le bord des tatamis et commentent à voix basse je ne sais quelle ânerie tout en ricanant. J'imagine que la couleur bleue de leur ceinture doit être l'objet de leur raillerie, celle-ci ne pouvant refléter chez eux que leur manque flagrant de niveau au sein de ce circuit où tous arborent déjà fièrement une ceinture noire, pourtant pas synonyme d'un niveau sportif ou encore moins spirituel, mais de l'unique fait qu'ils ont réussi les formalités d'un passage de grade, dès l'atteinte réglementaire de l'âge requis.

Dans ce moment d'indescriptible confusion, où les combattants sortent des tatamis, en débarrassant à ses abords, sous les directives d'un service d'ordre autoritaire, les amoncellements de bouteilles, de gourdes, de survêtements parsemés partout à même le sol, Victor m'explique en quelques mots les aberrations des toutes dernières règles d'arbitrage qu'une nouvelle fois, la Fédération internationale vient de pondre.

Les marques de *waza-ari* ne s'accumulent plus. Deux seules, comme avant, suffisent à donner le score suprême du *ippon* mettant un terme au combat. Ce serait un retour à une logique initiale si les notions de valeurs du *waza-ari* n'avaient une nouvelle fois été modifiées, celui-ci pouvant être accordé par une marque proche de l'ancien *yuko*, voire, aberration extrême, à ce que l'on qualifiait jadis d'un simple *koka*. L'esprit même du judo dans lequel la seule quête du *ippon* prévalait est une nouvelle fois balayé par ces règles stupides selon lesquelles il suffirait de réussir à faire tomber deux fois sur les fesses un adversaire, qui, dans ces actions confuses, pourrait rouler sur le flanc, pour mettre un terme au combat.

Pendant que Victor m'explique quelques autres notions du nouveau règlement en vigueur, mon regard est attiré par un jeune judoka blond aux grands yeux clairs, longiligne, marchant nonchalamment sur les abords du tatami, écouteurs ancrés dans les oreilles.

Je reconnais aussitôt Nicolas, bien qu'il ait considérablement grandi et que son corps se soit étoffé d'une musculature élancée. Il passe devant Hakim, assis sur le bord du tatami, occupé à enfiler ses chaussettes, et s'arrête devant lui, mimant un air de surprise. Il ne daigne enlever qu'un seul écouteur de son oreille, et lance à son encontre :

— Oh, ben ça alors ! Mais tu fais toujours du judo, toi ?

— Comme tu vois, lui rétorque Hakim dans un sourire que je présume avoir le don de le contrarier.

— Cool, répond Nicolas. Ton clone aussi, je suppose ?

— Ferrid aussi, oui… Grâce à notre prof de toujours, Hugo, tu te souviens ?

— S'il n'a pas pris un trop gros coup de vieux, peut-être que je le reconnaîtrai, oui… Si Ferrid est ton frangin, t'es Hakim, donc ! On va se rencontrer au premier tour, ça va être sympa, ça nous rappellera des souvenirs d'enfance…

Nicolas remet son écouteur sur son oreille et, tournant le dos à Hakim, passe devant moi. Nos regards se croisent, mais il détourne aussitôt les yeux et s'apprête à s'éloigner.

Une pulsion incontrôlable me pousse à l'arrêter net et à lui arracher d'un geste brusque ses écouteurs.

— Oh, toi, tu ne salues plus ton ancien professeur, ton parrain de surcroît ?

Nicolas se retourne vers moi et me fixe un instant, ses yeux ronds simulant l'étonnement.

— Oh, pardon, Hugo, je ne t'avais pas reconnu, me ment-il. Tu vas bien ?

— Oui, comme un vieux, tu vois !

Mal à l'aise, ne sachant quoi dire de plus, il réussit à balbutier :

— Bon, à tout à l'heure, je dois me préparer à combattre. Même si ce n'est qu'une compétition régionale, je dois la prendre au sérieux. À plus, Hugo…

En le voyant s'éloigner penaud et honteux, une sorte de remords m'envahit à la pensée que je venais de m'en prendre à un pauvre gamin, tout auréolé de titres soit-il, au seul prétexte qu'il est le fils de son salopard de père.

Victor, qui vient d'assister à la scène, me dit en riant :

— En voilà, de belles retrouvailles !

Je lui demande si Nicolas est toujours le même judoka, avec sa garde haute dominante à gauche que j'ai connue.

— Oui, toujours gaucher. Une garde envahissante, même, qui a tendance à user physiquement ses adversaires. Le même judoka que tu as connu enfant ? Je ne pense pas. Il doit être infiniment moins fin dans ses intentions techniques que lorsque tu le suivais dans ton dojo, je pense. Son judo actuel est en fait le parfait exemple du type de judoka prôné par les directives nationales. Une optimisation des capacités physiques et énergétiques en vue d'un résultat immédiat. Ils ne se rendent pas compte que leur politique se résume à « mettre la charrue avant les bœufs ». Mais pour le moment, ça marche pour Nicolas, puisque l'optimisation de ses qualités physiques lui a permis des résultats précoces… Champion de France deux années consécutives aussi bien chez les Cadets qu'en Juniors. Mais pour ce qui est de sa future carrière internationale, seul l'avenir le dira !

Dans les échos du brouhaha ambiant de la salle mal isolée, le micro invite les combattants à se présenter sur leur aire de combat respective, selon leur catégorie de poids.

J'ai juste le temps de conseiller à Hakim de se présenter devant Nicolas plutôt à droite, en garde opposée, afin d'atténuer le rapport de force étroit d'une garde « emboîtée » en gaucher-gaucher. Et déjà le premier combat, Hakim contre Nicolas, est annoncé.

*

Hakim se tient droit devant le tatami, dans l'attente de l'autorisation de l'arbitre pour pénétrer dans la surface de combat. Passant derrière lui, je ne peux m'empêcher de m'arrêter quelques secondes pour lui murmurer quelques encouragements en lui malaxant les deltoïdes.

L'arbitre se présente au centre du tapis et fait signe aux combattants de s'avancer. Pendant qu'ils s'exécutent après avoir salué le tatami, je me dirige vers ma chaise de coach. En m'asseyant, je constate que le deuxième siège est occupé par l'autre empaffé de Trou du Luc, vêtu du survêtement bleu et blanc de leur structure qui regroupe les meilleurs compétiteurs des clubs régionaux. Malgré le bruit ambiant, des propos anonymes, moqueurs et désobligeants me parviennent des gradins. Ils sont sans doute formulés par des copains du club de Nicolas ou par des camarades de chambrée du Pôle. De puériles remarques fusant de je ne sais où qui visent surtout la ceinture bleue portée par Hakim.

Une phrase lancée au milieu de ce qui me semble être un fou rire général de jeunes idiots couvre le brouhaha résonnant de la salle :

— Attention de ne pas te faire mal, Nicolas !

Les deux adversaires, face à face, se saluent, puis, par un « Hadjime » tonitruant, l'arbitre annonce le début du combat.

Ma première impression est l'évidente désinvolture de Nicolas, car tout dans son attitude donne la désagréable sensation qu'il joue le rôle d'une star. Il sautille ainsi quelques secondes sur place, les bras levés, un sournois sourire aux lèvres, sous les encouragements admiratifs de ses amis judokas.

Hakim, imperturbable et concentré, se rapproche de lui, et sa main droite avancée saisit le revers de Nicolas sans difficulté aucune, tellement celui-ci ne semble pas prendre ce combat au sérieux. Mon poulain respecte les consignes à la lettre, reste en position de droitier en entraînant Nicolas dans un déplacement qui semble soudain le surprendre. Une première attaque de Hakim, précise et dans le temps, le déstabilise, mais il arrive à contrôler l'action de justesse.

Lors de la deuxième séquence, Hakim prend toujours l'initiative, un déplacement en jouant avec le revers de son adversaire dans un jeu d'action-réaction, puis une combinaison d'attaques « arrière-avant » s'achevant par un mouvement d'épaule à droite ; Nicolas ne doit son salut qu'à un réflexe de contrôle in extremis. Il vrille son corps dans l'espace et, prenant appui sur sa tête, se récupère à plat ventre.

Nicolas a perdu son sourire. Il regagne sa place les sourcils froncés, agacé par l'audace de Hakim qu'il était loin de présager. Son regard en dit long sur ses intentions. « La plaisanterie a assez duré », semble-t-il se dire, d'autant plus que quelques moqueries puériles venant des gradins se portent désormais sur sa difficulté, lui le grand espoir du judo français, à venir à bout d'une banale ceinture bleue.

— Allez, lance la machine, maintenant, hurle Trou du Luc sur sa chaise.

À la reprise, la rage semble avoir envahi Nicolas, qui tente d'imposer sa main gauche loin derrière l'épaule de Hakim. Celui-ci contrôle sereinement son intention en le tenant à distance, sa main droite toujours posée sur son revers. Hakim continue son travail, déstabilise son adversaire par des déplacements, le privant de la moindre initiative.

Mon imaginaire le compare, dans un éclair, à la prestance magique d'un toréador aux prises avec une force brute animale, esquivant l'élan primaire d'un taureau pour lui planter élégamment une banderille de plus au passage.

À l'exact moment où je me dis que l'élégance du judo de Hakim est pour moi le plus beau des spectacles, celui-ci feinte une action d'épaule à gauche et, profitant de la réaction de défense de Nicolas, engouffre son genou gauche entre ses jambes. Il le plaque alors sur le dos par un formidable mouvement arrière, véritable modèle de précision dans le placement comme dans le tempo.

Stupeur dans la salle alors que je saute de joie de la chaise en criant : « *Ippon* ! »

Je reste saisi de surprise et sans voix quand je vois le bras de l'arbitre se dresser à l'horizontale en annonçant *waza-ari*. J'entends des sifflements dans le public, des protestations… Comment ne pas annoncer un *ippon* après un tel impact ?

J'essaye de maîtriser mes émotions, surtout de ne montrer à personne ma totale réprobation de ce que j'estime être une hérésie de jugement. Ne surtout pas donner le triste spectacle du professeur chauvin contestant une décision d'arbitrage au prétexte qu'elle ne me serait pas favorable. Je m'assois aussitôt et lance à Hakim :

— Allez, ça repart, reste concentré et continue ton boulot.

Nicolas se remet en place, fulminant de colère et de haine. Comble de l'humiliation, l'arbitre le sanctionne d'une « moulinette », simple avertissement pour non-combativité. La moindre des choses, me dis-je ; il n'a encore porté aucune attaque après plus de deux minutes de combat.

— Allez, la machine en route, maintenant, la machine ! hurle Trou du Luc sur sa chaise.

« Mais il n'a que ça à dire, cet abruti ? », ne puis-je m'empêcher de penser à voix haute, mais mes paroles sont noyées dans le vacarme innommable provoqué par ceux soutenant Nicolas, et par quelques autres dans le public qui, bien que neutres affectivement à la base, sont tout à la cause du petit inconnu bousculant le ténor national de la catégorie.

Nicolas en fureur, assaillant Hakim à la reprise, arrive à placer sa main gauche dans son dos et lance sa première attaque, sans préparation aucune, action contrôlée par mon petit guerrier qui profite de la situation pour enchaîner un travail au sol, dans une position d'attaque favorable. Le compte à rebours des secondes s'égrène sur l'affichage du tableau de marque, plus qu'une minute de combat, lorsque l'arbitre interrompt la phase de combat au sol.

Les combattants se lèvent et se positionnent face à face dans la distance réglementaire des quatre mètres. Je reste admiratif par la capacité de résistance physique de Hakim, visiblement lucide malgré l'intensité du combat. Aucune trace de fatigue n'est visible sur son visage impassible, alors que Nicolas, pourtant réputé pour ses capacités cardio-pulmonaires dans les affrontements, me paraît entamé. Sa respiration est saccadée, ses traits, marqués, et ses yeux vitreux semblent injectés de sang.

Une voix s'élève quelque part dans les tribunes et provoque chez moi une crispation totale. Je la reconnais aussitôt : celle de Manu encourageant son fils. Je dois lutter contre ma pulsion de me lever de la chaise pour chercher dans le public où se trouverait cette crapule.

L'arbitre annonce une nouvelle fois « *Hadjime* », et un amalgame de pensées m'envahit à cet instant, alors que les deux jeunes gladiateurs s'avancent l'un vers l'autre.

Je pense à cette stupidité de nouvelle règle imposant le silence au coach pendant les phases de combats, alors que le public, quelques mètres plus loin, peut s'en donner à cœur joie. Autant rester dans les gradins pour donner impunément ses consignes, me dis-je, et dans ce cas-là, peut-être aurais-je pu inciter Hakim à contrôler tranquillement la situation, sans prendre de risque inutile. Je pense aussi, quasi simultanément, si cela est possible, à la voix de Manu, hurlant des encouragements à son fils, et cette voix a le don de provoquer chez moi comme un spasme de frissons, car elle implique l'apparition brutale de l'image de Daphné. La vision soudaine de son sourire radieux émerge du jaune vif des tatamis qui s'étalent devant mes yeux.

Je pense en même temps également au tueur élégant, à sa main gantée pointant le revolver sur Manu, à son doigt appuyant sur la détente et à la balle qui se loge, avec une précision chirurgicale, entre ses deux yeux. À la pensée de cette scène imaginaire et au regret de n'avoir pas eu le courage de l'avoir mise en œuvre se mêle étrangement la vision de la réalité qui se déroule devant moi.

Hakim ne gère plus le combat, qui pourtant était plié. Il aurait suffi qu'il reste tranquille et c'était gagné.

Il ne reste que dix secondes à l'affichage lorsqu'il porte une ultime attaque. Son seul but est de mettre *ippon*. Mais dans ce corps-à-corps incertain, où tout peut basculer d'un côté comme de l'autre, Hakim se retrouve plaqué sur le dos.

Peut-être suis-je mauvaise langue, mais il me semble déceler une étincelle de joie dans l'œil de l'arbitre lorsqu'il lève son bras à la verticale en annonçant « *Ippon* ».

*

Je n'ai pas le temps d'aller voir Hakim à sa sortie du tapis ni d'approfondir mon analyse du combat qui vient de s'achever, car le micro appelle déjà Ferrid pour le prochain combat du deuxième tableau se déroulant sur le tatami d'à côté.

Ferrid est déjà face à son adversaire, et l'arbitre annonce le début du combat à l'instant même où je m'installe sur ma chaise de coach.

L'apparence dans son comportement et son physique musculeux m'incite à supposer que le garçon face à lui est un habitué des circuits nationaux depuis longtemps. Au « *Hadjime* » de l'arbitre, celui-ci pousse un grand cri en tendant brusquement ses mains vers Ferrid, dans je ne sais quelle véritable intention, peut-être une tentative d'intimidation ou, au contraire, dans le but de se donner du courage dans l'affrontement.

Dès les premières secondes, Ferrid comprend que son adversaire est droitier et il se place instinctivement à gauche, en garde opposée.

L'extrême contraste dans leur style est saisissant. L'adversaire tente d'imposer d'entrée de jeu un rapport de force que sa compacité corporelle lui rend favorable. Ferrid, lui, mise sur un évident relâchement, en jouant avec le revers qu'il tient tout de même fermement de sa main gauche et un déplacement que l'autre ne peut que subir sans pouvoir s'en soustraire.

L'éphémère pensée que son adversaire croise manifestement ses pieds lors de son déplacement n'a pas le temps de se formuler clairement dans mon esprit quand je « sens » Ferrid, plus que je le constate visuellement, prendre une imperceptible avance sur lui, créant un vide entre leurs corps, dans lequel se trouve irrémédiablement aspiré son opposant.

Dans ce diffus effacement spatial, le pied gauche de Ferrid, telle la patte en cuillère d'un chaton poussant d'un geste vif et léger une pelote de laine, accompagne la malléole droite de son adversaire dans un contact imperceptible.

J'imagine la sensation de celui-ci sentant son corps subitement glisser au-dessus du sol comme par le frôlement de la caresse d'un vent silencieux.

Une émotion aussi fulgurante qu'étrange m'envahit devant le terrible impact de son dos sur le tatami. J'ai conscience soudaine d'être en présence non pas d'un geste sportif parfait, maîtrisé à la perfection, mais d'une figure éminemment artistique. L'âme du judo se trouvait dans ce balayage.

Sans manifestation aucune sur son visage, Ferrid repend sa place et arrange humblement la jupe de son judogi sous sa ceinture bleue, pendant que son adversaire, aussi surpris que dépité, reste un instant au sol, ses mains sur la tête. L'arbitre le pressant de se relever, il regagne sa place enfin pour le salut traditionnel où Ferrid est désigné vainqueur.

Les judokas se serrent la main et sortent de l'aire de combat après l'avoir saluée, chacun de leur côté. L'adversaire, la tête basse, est visiblement anéanti par sa défaite, alors que Ferrid se dirige vers moi, un timide sourire aux lèvres.

— Génial, ne trouvé-je qu'à dire en tapotant affectueusement son dos de ma main.

Je réunis mes deux bonhommes dans un coin de la salle, à l'écart de la cohue de la manifestation. Tous deux s'assoient contre le mur gris que surplombent des gradins.

M'asseyant à mon tour face à eux, je les félicite chaleureusement pour l'excellence de leur premier combat.

— Toi, pensé-je dire à Hakim, tu n'as pas à rougir de ta défaite.

— Moi, c'est Ferrid, dit-il en riant.

— Oh, pardon, je ne m'y ferai jamais… Alors, Ferrid, ton balayage était sublime. D'une pureté magique. L'exemple parfait de ma conception de l'art du judo. C'était le premier tour. C'est bientôt le suivant et tu ne dois avoir que celui-ci en tête. Mais en gardant le même état d'esprit. Te faire plaisir en pratiquant ton judo, en occultant radicalement toute pollution mentale de victoire ou de défaite, qui en fait ne seront que les conséquences de tes capacités à t'adapter ou pas aux problèmes que tu vas rencontrer. Continue à pratiquer le judo que tu sais faire sans t'encombrer l'esprit avec une pression de résultats, et cela combat après combat…

Je m'adresse cette fois à Hakim :

— Ton combat a été extraordinaire… J'avoue que je ne m'attendais pas à ta prodigieuse prestation face à celui dont tu sais qu'il domine la catégorie au niveau national. Multiple champion de France sans réelle opposition jusqu'à aujourd'hui. Tu as eu raison de continuer ton judo jusqu'aux dernières secondes, car l'esprit même du judo de compétition doit rester la quête du *ippon*. Voilà pourquoi les Japonais restent de loin les meilleurs au monde. Certes, il aurait suffi que tu temporises, en te contentant de le tenir à distance pendant ces petites secondes finales pour remporter le match. C'est à la portée de n'importe qui. Mais voilà, tu as préféré continuer à attaquer jusqu'au bout pour essayer de mettre *ippon*, en prenant un risque qui t'a été fatal sur ce combat, mais qui m'a rendu encore plus fier de toi. Continue sur cette voie, c'est la bonne, crois-moi… Maintenant, concrètement, tu sais que cette compétition n'est pas terminée pour toi. Nicolas ne peut que te repêcher, évidemment, dès qu'il accédera à la finale du tableau, c'est-à-dire après son prochain combat contre un adversaire qui n'est visiblement pas un foudre de guerre, loin de là. Reste concentré pour les combats de repêchage, avec au bout une médaille de bronze largement accessible et synonyme de qualification aux championnats de France.

*

J'appris un jour que Nicolas avait fait irruption dans le vestiaire et avait claqué la porte derrière lui, fou de rage.

— Sale bâtard ! hurla-t-il en jetant sa veste de judogi et sa ceinture sur un des bancs, sur lequel était assis Christophe, son camarade du Pôle Marseille qui, concentré sur l'application d'une bande adhésive élastique autour d'un de ses poignets, sursauta par la surprise de son intrusion.

Des perles de sueur dégoulinaient sur les muscles saillants du torse de Nicolas, encore marqué de zébrures rougeâtres provoquées par l'assaut. Il essaya de calmer sa colère en marchant de long en large devant Christophe qui terminait de coller le strapping consolidant la faiblesse de son poignet.

— Rien de grave, Nicolas, avait dit Christophe pour essayer de le rassurer. Tu lui as mis une belle boîte à la fin… Mais c'est vrai, tu as eu chaud !

— Mais chaud de quoi ? fulmina Nicolas. J'ai été trop gentil, oui. J'ai voulu l'aborder cool, ce combat, et ce sale boubou en a profité. J'aurais dû lui mettre la pression d'entrée de jeu et lui faire exploser son petit cœur, à ce rat !

— N'empêche qu'il est pas mal, ce ceinture bleue. Mais il sort d'où, ce mec ?

— Je le connais bien, ce petit métèque. Lui et son con de frère jumeau m'emmerdaient déjà quand j'étais petit dans l'ancien club que mon père portait à bout de bras. Et quand il est parti avec la femme du prof, celui-ci a tout perdu. Sa femme et le pognon de mon père. Du coup, il a été obligé de fermer son club. D'ailleurs, je ne comprends pas ce qu'ils font là, puisqu'à ma connaissance, le club est toujours fermé !

— Je te l'ai dit, tu n'aurais pas dû faire cette compétition ; elle ne te sert à rien.

— Oui, t'avais raison. Je suis déjà inscrit aux championnats de France en tête de série… Et ce sale cafard a profité du fait que je n'étais pas vraiment dans la compétition pour faire le mariole ! Quel connard !

— Te venge pas sur moi, plaisanta Christophe pour faire baisser la tension. Tu sais qu'on se rencontre au prochain tour ?

— Oui et tu sais quoi ? répondit Nicolas. Hors de question qu'il soit repêché, ce bougnoul, et qu'il ait une chance de se qualifier aux championnats de France. On va le laisser à sa place, au niveau régional, lui et sa ridicule ceinture bleue. J'en ai rien à foutre, moi, des Régions, je ne sais même pas pourquoi j'ai voulu tirer aujourd'hui. Alors, au prochain tour, tu vas me battre, et comme ça, adieu repêchage et championnats de France pour ce blaireau !

— Cool, je vais battre le champion de France, s'exclama Christophe.

— Arrête de rêver, ça sera juste une victoire par abandon. On commence le combat et je te porte d'entrée Taï O Toshi. Essaye de pas tomber comme une merde, hein ? Tu bloques l'attaque et je simule une blessure à la cheville, par exemple. Puis je demande à l'arbitre d'arrêter le combat. Comme ça, je me casse direct au ciné, ce que j'aurais dû faire depuis le début plutôt que de participer à cette compétition de merde !

*

Les jets d'eau chaude de la douche qui rebondissent sur mes épaules me font un bien fou.

Cette journée de compétition passée au gymnase Vallier m'a littéralement épuisé, aussi bien nerveusement que physiquement. J'étais bien loin d'imaginer qu'elle me serait aussi harassante.

Je réalise à l'instant que, finalement, je n'ai été par le passé qu'un bien piètre professeur de judo, incapable d'emmener ne serait-ce qu'un de mes élèves à une épreuve sélective à un quelconque championnat de France, et qu'il a fallu ce concours de circonstances improbable, alors que j'imaginais même ma salle définitivement fermée, pour accompagner enfin les deux seuls rescapés de mon hécatombe pédagogique à une épreuve somme toute bien modeste.

Mes éternels arguments, par lesquels je me convainquais moi-même des prétendus « manques de motivation » de je ne sais combien de générations d'élèves, ne tiennent pas la route, me dis-je en songeant au nombre de collègues croisés au bord des tatamis, ni plus ni moins compétents que moi, qui avaient passé un dimanche ordinaire auprès d'élèves qu'ils suivent régulièrement au niveau régional et national.

Il me semble soudain évident d'avoir été inconsciemment le frein des éventuels engagements de mes anciens élèves, par égoïsme sans doute au départ, pour gagner à leurs dépens du temps qui me permettait de peindre, puis, surtout, afin de préserver nombre de week-ends partagés avec Daphné. Ce dernier argument, et lui seul, est louable, et pour elle, j'aurais même dû fermer le dojo le jour où je l'ai connue, car même les rares dimanches que je sacrifiais pour de simples animations interclubs d'enfants étaient de trop. En pensant à elle, je me surprends soudain à éclater en sanglots, et plus étrange encore, je regrette de ne pouvoir ressentir mes larmes couler le long de mes joues, diluées dans la cascade de la douche au-dessus de ma tête. Je ne comprends pas les causes de ce moment de détresse absolue. J'en arrive à m'accuser de tous les maux de la Terre : sur mon évident manque de motivation pour ce qui était mon principal travail et, paradoxalement, sur mon absence de courage à tout envoyer paître, ce qui aurait été la preuve absolue de mon amour pour Daphné, par la consécration totale de mon temps pour elle.

J'augmente imperceptiblement l'arrivée d'eau chaude et ferme les yeux dans l'espoir de retrouver ma sérénité, mais dans cet instant d'extrême lassitude, j'en viens alors à culpabiliser de perdre autant de temps sous la douche.

Mon père m'attend pour dîner. Je le sais. Il a tenu absolument à ce que nous partagions le repas malgré l'heure tardive que je lui avais annoncée, car je devais de surcroît raccompagner les jumeaux chez eux au retour de Marseille et m'entretenir avec leurs parents, impatients de connaître mon ressenti sur leur première compétition officielle.

Quelqu'un de normal se serait rendu chez son vieux père dès son retour pour dîner, car il était déjà plus de vingt-deux heures. Mais je ne suis pas normal, et mon comportement relève certainement de la psychiatrie, du moins je veux m'en convaincre pour atténuer l'infamie de mon comportement vis-à-vis de lui, qui, je le sais, m'attend avec impatience depuis des heures.

Bien plus qu'un toc, la réalité est qu'il m'est impossible de prendre une bouchée de mon seul repas journalier – cela est étrange aussi, n'ayant absolument pas faim en journée, je me contente d'un seul dîner, parfois très tard dans la nuit – avant de m'être douché.

Comme s'il fallait absolument que je me lave spirituellement des tracas de la journée pour avoir le droit, une fois débarrassé des turpitudes de ce monde, d'enfin me mettre à table. Combien de fois ai-je été plus qu'embarrassé par cette étrange phobie ? La dernière en date, il y a peu : mon marchand d'art m'avait monopolisé toute la journée à Cannes où nous avions rendez-vous chez un commissaire-priseur pour un projet de mise aux enchères de quelques-unes de mes œuvres, et comme il était déjà plus de vingt heures lorsque nous sortîmes de sa salle des ventes, il m'invita naturellement au restaurant. Je fus pris à cet instant d'une panique insurmontable, car bien qu'ayant pris une douche le matin même, la seule idée d'avaler quoi ce soit avant de pouvoir me sacrifier à mon préalable et indispensable rituel m'était insupportable. Je me surpris à improviser une improbable excuse afin de m'épargner ce qui représentait pour moi un véritable supplice. Mais mes arguments étaient tellement peu crédibles qu'il eut du mal à feindre de les croire.

Je décide brusquement de mettre un terme à mes pensées, j'arrête la pluie d'eau chaude au-dessus de moi, me sèche rapidement, pulvérise mon torse de quelques sprays du parfum que Daphné aimait tant, enfile un pull et un pantalon et me précipite enfin, en pantoufles, vers le logement de mon père.

*

Mon père m'accueille de son éternel sourire et nous nous embrassons à notre façon, par notre traditionnel contact entre nos deux fronts, mais cette fois-ci, je réalise avec plaisir qu'il a tenu à poser délicatement ses mains sur mes épaules lorsque nous étions tout près l'un de l'autre.

Je n'ose céder à ma tentation de rompre ce rituel que je lui ai imposé depuis ma tendre enfance, en balayant enfin cette sorte de pudeur enfouie depuis toujours sous la chape pesante des habitudes, pour me soumettre au seul élan que me dicte mon cœur. Le serrer dans mes bras, fort, contre moi. Mais tributaire de mon inexplicable retenue, je ne me vois garder mon front contre le sien que seulement quelques infimes instants de plus que de coutume.

Quelques minutes encore et le gigot d'agneau sera prêt, me ment-il élégamment pour que je ne me sente pas fautif de l'heure tardive de ma venue.

Il retourne vers sa cuisine, et j'en profite pour admirer un instant la petite toile de ma mère. Il m'est comme toujours étrange de découvrir un nouveau détail, infinitésimal, que je n'avais jamais remarqué jusqu'alors.

Je décèle ce soir une fine sous-couche de rouge, étalée sous le vert tendre d'une représentation de parcelle herbeuse sur un amas de rochers, presque recouverte, si ce n'est ce minuscule filament écarlate émergeant entre le gris clair à dominante de beige de la pierre et la couleur absinthe de l'herbe.

Comme cela m'arrive souvent lorsque mon regard reste longtemps plongé sur un détail du tableau, le souvenir diffus du visage de ma mère m'apparaît, mais cette fois, cette vision est troublée par l'illusion de celui de Daphné, se juxtaposant dans son image. Je suis soudainement bouleversé par la magie de leur ressemblance et surtout par le fait de ne pas l'avoir réalisée plus tôt.

Submergé par l'immensurable émotion de désespoir des absences de celles qui furent les femmes de ma vie, je dois à ma seule pudeur, encore elle, la faculté de ne pas éclater en sanglots devant mon père qui, sortant de la cuisine en souriant, tient entre ses mains gantées le plat brûlant où crépite encore le gigot, embaumant la pièce de délicieuses senteurs d'épices et d'herbes de Provence.

Sortant de ma torpeur, je le suis et m'assois face lui, à ma place habituelle.

— Alors, cette journée, mon fils, elle s'est bien passée ? me demande-t-il.

— Disons mi-figue mi-raisin. Oui, les petits ont fait un super boulot. Je suis fier d'eux…

— Alors, je suis fier de toi aussi…

— Merci, Papa. En fait, Hakim a combattu au premier tour contre Nicolas, le fils du connard, tu sais ?

— Oui, je sais, dit mon père en riant, je ne suis pas encore Alzheimer, ça viendra peut-être. C'est ton filleul, en plus ; il t'a dit bonjour, au moins ?

— Je l'ai un peu incité, mais oui… Bon, passons. Je t'avais déjà dit que cette petite tête à claques est en fait la petite vedette du judo en Juniors ?

— Ah bon ? Non, tu ne m'en avais pas parlé. C'était ton élève quand il était petit. C'est un peu grâce à toi, non ?

— Non, pas vraiment ; quand je vois le judo qu'il pratique aujourd'hui, j'ai plutôt l'impression de voir un haltérophile doublé d'un coureur de fond en judogi. Eh bien, figure-toi que tout champion de France qu'il est, Hakim a failli le battre. Il a mené tout le combat, Nicolas n'a pas vu le jour. Mais Hakim a continué à attaquer sans aucun calcul, et dans les dernières secondes, il s'est fait contrer et a perdu le match…

— Oh mince, dommage…

— Ce qui est vraiment dommage, c'est qu'il aurait dû être repêché sans problème pour pouvoir prétendre à une qualification aux championnats de France. Mais l'on n'est repêché que si le gagnant du combat accède aux demi-finales, c'est-à-dire dans ce cas, vu le nombre restreint de participants, si Nicolas avait été vainqueur du combat suivant. Une formalité pour lui, logiquement…

— Ah… Et ?

— Eh bien, dans ce combat, j'ai vu une mascarade d'affrontement. Cela a duré trente secondes même pas. Une attaque bidon de Nicolas, qui se plaint d'une douleur à la cheville et qui abandonne…

— Ah bon ?

— Le plus abject est qu'il n'y avait aucun enjeu pour Nicolas sur cette compétition, qu'il n'aurait même pas dû faire, d'ailleurs, car évidemment, il est qualifié d'office pour le National. Mais il a dû ressentir la résistance de Hakim comme une humiliation, le rabaissant du socle de son aura. Alors, il s'est vengé comme il a pu, en faisant en sorte de le priver de toute chance de participation aux championnats de France… Le plus fort est que j'ai vu ce petit imbécile monter les marches quatre à quatre en quittant le gymnase quelques minutes plus tard…

— Quel petit salopard !

— Tu l'as dit, Papa. Visiblement, tu as raison, tu me l'as toujours dit, les chiens ne font pas des chats…

— Tel père, tel fils, oui… Et ton autre petit ?

— Il a été fantastique aussi. Il a géré ses premiers combats comme un chef et n'a perdu qu'en demi-finale d'extrême justesse. Et encore, à cause de son engagement et de ses prises de risques alors qu'il menait largement. Mais il a gagné le combat suivant, pour la place de troisième. Il est sélectionné pour les championnats de France…

— Mais c'est génial, ça, s'exclame mon père en se levant subitement de sa chaise. Tu aurais dû me le dire plus tôt, ça se fête au champagne, un évènement pareil !

Je ne peux l'empêcher d'aller chercher une bouteille de Dom Pérignon dont il fait sauter le bouchon, les yeux brillants de malice.

Même si, dans l'absolu, l'évènement se révèle être d'une banalité extrême pour nombre de professeurs de judo, je dois bien admettre qu'il représente pour moi une première : la sélection d'un élève à une épreuve nationale, qui se déroulera dans un mois, jour pour jour.

Un prétexte de plus pour mon père de partager une bouteille de mon champagne favori, dont les fines bulles montent comme de délicates étoiles filantes à l'intérieur de nos coupes pendant que nous trinquons, en souriant, les yeux dans les yeux.

*

Je sors de la salle de bains de l'hôtel en meilleur état que je n'y suis entré.

Cette journée passée à l'Institut du judo français pour les championnats de France Juniors m'avait littéralement mis sur les rotules, mais cette longue douche où j'ai alterné eau froide et eau chaude m'a semble-t-il revigoré. Je m'habille en prenant mon temps, car bien que disposé mentalement à aller dîner après m'être débarrassé de mon satané rituel de la douche, je dois attendre le retour des jumeaux, sortis pour un léger footing de décrassage. Les cinq combats effectués par Ferrid aujourd'hui ont été intensifs et, sous les conseils de Victor, je lui ai soumis l'idée d'une séquence de course modérée, accompagné par son frère, afin de le prévenir d'éventuelles contractures musculaires le lendemain.

Mes pas sur l'épaisse et moelleuse moquette de ce bel hôtel me dirigent vers l'ascenseur vitré aux lignes épurées donnant sur un immense patio verdoyant, cerclé par d'immenses verrières, où de longues plantes tropicales semblent monter vers le ciel grisâtre d'une fin de journée parisienne.

Je commande une bière après m'être lové dans un des confortables fauteuils dispersés devant la réception du hall d'accueil. La chope qu'on me livre est légèrement embuée et cette impression de fraîcheur est sublimée par la blancheur de l'écume, sous les filets imperceptibles de légères bulles s'élevant dans l'ambre du breuvage.

Tenir le verre dans ma main et résister quelques secondes à l'impatience de ma soif est un délicieux supplice. Puis, la première gorgée étant de loin la meilleure, c'est bien connu, je m'efforce pour qu'elle soit la plus longue possible et je me délecte de sa fraîche amertume qui remplit mon palais d'un éphémère bonheur de satiété.

Les tensions accumulées depuis ce matin semblent enfin se dissoudre dans cet instant d'absolue plénitude.

Déjà, dès notre arrivée à l'INJ, grandiose structure appartenant à la Fédération française de judo, je dus encaisser les propos désobligeants et à peine voilés d'un responsable de la ligue PACA me reprochant l'absence de Ferrid au sein du collectif régional. Je les avais pourtant tenus informés de ce désistement, leur précisant même que je prendrais en charge tous les frais de déplacement, sans m'étendre sur les raisons de ce choix qu'il m'avait semblé évident de ne devoir justifier. Je présumais qu'on ne pouvait que comprendre ma position tellement celle-ci faisait partie du bon sens. Comment imaginer l'intégration harmonieuse de Ferrid au sein de ce groupe déjà soudé, constitué majoritairement de copains pour la plupart internes aux pôles régionaux, et tous derrière leur leader Nicolas, après les faits sulfureux dont avait pâti Hakim ?

Je rétorquai au responsable en question que la ligue devrait plutôt être contente d'économiser un peu d'argent sur la place de Ferrid et lui suggérai, dans des termes moins fleuris mais aussi explicites, qu'il me serait agréable maintenant qu'il cesse de me casser les bonbons pour si peu. Il se contenta d'un rictus, que j'interprétai comme baigné d'un profond dédain en guise de réponse, avant de se volatiliser en se mêlant à la cohue de la petite foule dans laquelle nous baignions.

Dans ce désordre d'après-pesée et dans l'attente des tirages au sort des tableaux se bousculaient judokas et entraîneurs, entassés entre les parois au-dessus desquelles s'étalaient les gradins et les surfaces des tatamis aux couleurs jaune et rouge, dont la vivacité des tons frisait le mauvais goût. Cadres techniques, entraîneurs et professeurs de clubs semblaient tellement bien se connaître entre eux, visiblement heureux de partager encore une journée ordinaire de compétition, que j'avais l'impression d'être dans ce milieu un peu comme un cheveu sur la soupe. L'ambiance bon enfant où chacun plaisantait par petits groupes se termina soudainement, à l'instant où des commissaires sportifs sortirent enfin du bureau des tirages au sort et distribuèrent les feuilles où figuraient les compositions des tableaux aux responsables des clubs subitement concentrés sur la raison de leur présence ici.

Je récupérai aussitôt aussi le jeu complet de la compétition, avec tous les tableaux, et consultai immédiatement celui qui me concernait : les moins de 73 kg.

Ma première réflexion fut de me dire que le hasard du destin est parfois bien étrange.

Ferrid devait rencontrer Nicolas au premier tour, comme son frère l'avait fait au niveau régional. Les athlètes étaient toujours en plein échauffement, et comme la salle annexe réservée à cet effet était bien trop exiguë, la plupart d'entre eux s'activaient sur le court central, certains en judogis, d'autres en survêtements aux couleurs de leurs clubs.

Je m'approchai de Ferrid qui pratiquait quelques séries de placement sur Hakim, venu non seulement pour l'encourager, mais aussi pour lui servir de partenaire d'échauffement. Je l'informai aussitôt, de la façon la plus naturelle qui soit, du caprice du hasard l'amenant à affronter Nicolas pour son premier combat, et cette nouvelle ne parut pas le perturber. Mais sachant l'importance de la dimension psychologique en sports de compétition, je ne pus m'empêcher de m'épancher de quelques mots sur ma vision d'approche de cet affrontement. Ne pense pas à Nicolas, lui dis-je, fais abstraction de sa personne physique, reste concentré uniquement sur la technicité de ton judo face à un adversaire que tu sais gaucher, avec une garde dominante, et qui peut, si tu l'abordes en droitier, lancer un mouvement d'épaule à droite, du côté où il tiendra ton revers. Il le faisait souvent lorsqu'il était petit, aucune raison qu'il ne le fasse plus. Mais toutes ses attaques, on les voit venir, et il mise tout sur son physique, tu le sais. Toi, tu dois appliquer ce que ton judo te commande, c'est tout… Tu dois être une machine de technicité, sans émotion particulière, sans te laisser envahir par tes émotions…

Le timide sourire qu'il m'adressa pendant que je lui parlais me fit comprendre que j'étais en fait bien plus tendu que lui à la perspective de ce combat. Il est vrai que je me sentais particulièrement angoissé ces derniers jours, peut-être du fait que, par négligence, j'avais complètement délaissé les prises de mon traitement de bipolarité, n'ayant pas trouvé primordial de dégager un peu de mon temps pour m'arrêter dans une pharmacie afin de récupérer les médicaments dont j'étais en rupture de stock. Je ne savais pas si je devais ce symptôme d'extrême nervosité à un sevrage médicamenteux ou à la supposée pathologie que je refusais d'admettre, tout en prenant paradoxalement les doses prescrites lorsque je les avais à proximité. En fouillant dans une ou deux poches, je trouvai une plaquette de Xanax. Je me dirigeai aussitôt vers la buvette pour acheter une bouteille d'eau qui me permit d'ingurgiter deux pilules.

La sérénité qui m'envahit aussitôt n'était qu'un effet placebo, je m'en doutais bien. Le médicament n'avait certes pas eu le temps d'avoir le moindre effet sur mon organisme, mais l'important était de constater l'absence immédiate de tremblements de mes mains. Cette drogue, car c'en était bien une, était la seule qui me prouvait son effet immédiat, de par la sensation de légèreté qu'elle me procurait. J'avais aussitôt l'impression de flotter au-dessus de l'insoutenable pesanteur du monde.

Je revins alors tranquillement, en planant dans les couloirs encombrés d'entraîneurs, vers le court central, où déjà un micro incitait les judokas qui s'échauffaient à libérer les tatamis pour le commencement de l'épreuve.

*

Je pose mon verre de bière sur la table devant moi, après une deuxième gorgée moins longue et déjà moins savoureuse, et ma main, pour ne pas revenir toute seule, s'empare machinalement de la carte des cocktails.

Je m'attarde quelques secondes sur la photo attrayante du verre glacé de mojito, dont la recette me séduit aussitôt. Un rhum blanc parfumé, des tranches de vrai citron vert, du sucre roux, de la glace pilée, du Perrier et surtout de la menthe poivrée, « hierba buena », comme celle qu'on ne peut trouver qu'à La Havane, est-il écrit.

Le temps relativement long entre la commande du cocktail et l'arrivée du barman me laisse présager un soin tout particulier consacré à sa préparation.

Le verre givré, rempli d'un breuvage translucide où tournoient quelques fines bulles, décoré d'une tranche de citron et de délicates feuilles de menthe, est majestueux. J'apprécie dès la première gorgée la subtilité du goût tout en nuance du mojito parfaitement équilibré grâce à la qualité du rhum, de la menthe et de ses légères touches citronnées, qui me transportent instantanément, dans mon imaginaire, vers un coucher de soleil sur une plage de sable fin de Cuba, bien que n'ayant encore jamais eu la chance de découvrir ce pays.

L'ouverture automatique des portes de la réception devant l'arrivée des jumeaux m'extrait soudain de mes rêveries. Des gouttes de sueur perlent sur leurs visages éclairés de leurs éternels sourires, et la buée diffuse s'évaporant de leurs survêtements collés à leur peau trahit l'intensité de leurs efforts.

— Je vous trouve bien essoufflés pour ce qui était censé être un léger footing de décrassage, dis-je en souriant.

— Oh, on a juste accéléré vers la fin quand Ferrid a voulu me distancer, réplique Hakim en riant.

— Vous êtes incorrigibles, dis-je en faisant mine de les sermonner. Allez, filez vite sous la douche, vous devez avoir faim, j'ai réservé une table dans un restaurant sympa…

Je les regarde en souriant se diriger vers l'ascenseur en chahutant discrètement pour que leur présence demeure fondue dans l'ambiance feutrée de l'établissement. Quels drôles de gamins, me dis-je. Ils sont aux antipodes des comportements de la jeunesse actuelle, esclave du paraître, du superficiel, alimentée par l'emprise des pouvoirs publicitaires et des réseaux sociaux. Ils ne possèdent qu'un seul téléphone portable pour eux deux, par exemple. Ils restent de toute façon irrémédiablement inséparables, certes, et ne considèrent dans cet objet qu'un simple moyen leur permettant de recevoir ou d'émettre un appel pour un cas de nécessité majeure. Mais leur antique appareil fait l'objet de moqueries auprès de leurs camarades, le jugeant démodé et ringard. Ceux-ci ne comprennent pas qu'on puisse de nos jours se passer de cette constante connexion à Internet – à laquelle ils n'ont aucune conscience d'être aliénés – et ne considérer cet engin que pour sa fonction de moyen de communication téléphonique. Ils ont déjà oublié qu'il avait été initialement conçu à cet effet quelques années seulement auparavant.

La deuxième goulée du mojito qui inonde mon palais est aussi divine que la première : une fraîche saveur équilibrée d'une douce amertume citronnée. Je commence à ressentir les effets de l'alcool qui me transportent lentement vers le même état de douce sérénité éprouvé ce matin après avoir avalé les deux cachets de Xanax. La même agréable sensation que celle vécue au moment où je me dirigeais vers le court central, au-dessus des palpables tensions, quasi électriques, dégagées par les jeunes athlètes et leurs entraîneurs, tourmentés et stressés par les enjeux de la compétition qui allait commencer.

Je m'étais approché de Ferrid, déjà en pleine concentration sur le bord du tatami pour son premier combat qui n'allait pas tarder à débuter, je lui avais susurré quelques mots à l'oreille, avant de gagner ma chaise de coach. J'étais étonnamment calme, à tel point que même la vue de l'autre imbécile de Trou du Luc, sur l'autre chaise – qui continuait à fuir mon regard – ne me provoqua aucune montée d'adrénaline.

Je n'ai senti mon pouls s'accélérer que lorsque l'arbitre demanda aux deux combattants de prendre place dans la surface de combat et lorsque j'aperçus Nicolas, giflant violemment son visage fermé, monter sur le tatami après un simulacre de salut et fixer Ferrid d'un regard de tueur. Visiblement, il n'avait nulle intention de renouveler l'erreur qu'il avait eu le tort de commettre avec Hakim au niveau régional, et il semblait évident qu'il n'abordait pas ce combat d'une façon désinvolte.

L'extrême hargne de Nicolas, dès le signal de l'arbitre, me surprit tellement que j'avoue avoir douté un instant de la capacité de Ferrid à gérer l'intensité de ce duel implacable.

Nicolas était parti à l'assaut dès les premières secondes, dans la fureur d'un engagement physique dont je n'avais encore jamais été témoin, et en distinguant la blancheur d'un imperceptible filet de bave écumant à la commissure de ses lèvres, j'ai tout de suite compris les raisons de sa suprématie en judo depuis qu'il était chez les Cadets.

Nicolas, avant d'être un judoka, était avant tout un compétiteur, un guerrier, et rien ne lui importait plus que d'affirmer sa supériorité au cœur d'une arène, tel un gladiateur.

J'avoue avoir douté de l'issue du combat dans ses premières secondes… Et si le judo actuel de compétition n'était que cela, une lutte sans merci où seuls les plus forts mentalement et physiquement pourraient être amenés à triompher ?

Durant cette toute première séquence du combat, je reconnais avoir loué intérieurement cette règle ridicule interdisant aux coachs de parler à leurs athlètes, car honnêtement, je ne savais quoi dire à Ferrid. Mais en constatant la lucidité de son comportement devant la pression de son adversaire, la maîtrise dans le placement de sa garde à droite afin de le tenir à distance, je fus envahi par un immense sentiment de soulagement. Cette étrange sensation de ne devoir mon salut qu'à mon seul élève en plein milieu du combat, alors que, paradoxalement, j'étais censé être sur la chaise pour le soutenir, me fit réagir. Je pus calmement donner quelques consignes à Ferrid dès la première interruption du combat. Consignes évidentes et peu pertinentes, d'ailleurs, l'incitant à continuer son travail en garde opposée.

Le combat reprit aussitôt. J'ai pensé aux paroles de Victor. Quelle règle absurde, me disait-il. Avant, notre boulot d'entraîneur était sensé. On sacrifiait nos week-ends pour suivre nos élèves, mais on savait pourquoi on le faisait. Chaque lundi, on avait une extinction de voix à force de crier sur les chaises. Maintenant, on fait quoi ? On reste sur la chaise à fermer sa gueule. C'est vrai, on est tout près du combat, et alors ? Ou bien, si on veut vraiment coacher, on monte dans les gradins, et là, on est tellement loin qu'on s'explose les cordes vocales !

Non seulement Ferrid parvenait à maîtriser l'emprise physique de Nicolas en le maintenant à distance, mais il dirigeait véritablement la physionomie du combat, tout en démontrant une fraîcheur physique surprenante.

Visiblement, Nicolas commençait à douter et, à la mi-combat, son engagement se mit à fléchir. J'entendais quelques voix anonymes encourager des gradins ce jeune inconnu, paré d'une simple ceinture bleue, venu bousculer le ténor de sa catégorie, et d'autres, plus bruyantes et plus directives, sommer Nicolas d'en finir enfin, de relancer la machine.

Le compte à rebours indiquait une minute avant la fin du combat, lorsque Nicolas, visiblement entamé par ses efforts, se trouva dans l'impossibilité de placer sa main gauche au-dessus de l'épaule de Ferrid. Il ne put se résoudre qu'à la placer sur son revers, et comme sa main droite n'avait aucune saisie, il tenta le tout pour le tout, un mouvement qu'il pratiquait enfant, mais qui n'était plus dans son registre d'attaques depuis des années.

Il percuta l'aisselle de Ferrid de son biceps droit, puis, dans une rotation tout en puissance, pivota devant lui. Mais sa tentative de mouvement d'épaule à droite était tellement stéréotypée et grossière que Ferrid, tout en maintenant son corps en contact étroit avec le sien, anticipa sa technique par une esquive dans le sens de son action et entraîna Nicolas dans les airs.

Tout me parut embrumé ensuite. Quelques secondes qui me parurent une éternité, noyées dans une sorte de brouillard, épaissi par les effets calmants des Xanax, se mélangeant avec l'excitation extrême de cet instant.

Je me souviens m'être levé de ma chaise, les bras levés, au moment même du terrible impact du dos de Nicolas sur le tatami.

Nicolas s'était ensuite mis à plat ventre. Une grimace de dépit se dessinait sur les traits de son visage qui me faisait face. Derrière lui, l'arbitre demeurait toujours au centre du tatami, son bras droit encore à la verticale, après l'annonce du *ippon*, tandis que Ferrid, sans manifestation de joie aucune, se mettait en place pour le salut, en arrangeant sa tenue.

Puis, ce fut l'incompréhension totale… Ce petit geste de l'index de l'arbitre en direction de la position de Nicolas, adressé à la table centrale, au moment où celui-ci se relève.

Nicolas qui change de tête. Il arrive à cacher sa surprise et lève les bras au ciel, alors que Ferrid, dans une incompréhension totale, pose ses mains sur ses cheveux.

Je me serais sans doute mis à douter de mes capacités d'impartialité si une formidable bronca n'avait éclaté soudainement du haut des tribunes.

Je suis resté debout, au milieu des sifflements et huées du public résonnant dans la salle, attendant que le juge en poste de la table centrale du contrôle vidéo intervienne et qu'il fasse annuler la mauvaise interprétation de l'arbitre central en accordant la valeur de l'action à Ferrid.

Mais il n'y eut aucune intervention de la table centrale et l'arbitre désigna vainqueur Nicolas, sous le chahut indescriptible d'une partie des spectateurs.

Je n'ai pu rester de marbre que grâce à ma prise de Xanax, mais une part de mon être me poussait à m'associer au déluge de reproches, voire d'injures venant du public.

— Eh oh, le pingouin, aurais-je voulu crier à l'arbitre, tu as quoi dans les yeux ? Comment peux-tu donner la victoire à celui qui a été incrusté sur le tatami…

Mais je n'ai heureusement apostrophé personne, ce qui m'a certainement évité une procédure disciplinaire.

Je suis allé voir Ferrid et je l'ai rassuré comme j'ai pu. Il va te repêcher, ne t'inquiète pas, lui ai-je dit, il ne pourra pas cette fois faire la même saloperie qu'avec ton frère, l'enjeu est trop important pour lui…

Nicolas le repêcha effectivement en accédant à la demi-finale de la catégorie, et une nouvelle compétition pouvait débuter pour Ferrid, avec pour ligne de mire une possible médaille de bronze à conquérir.

Des combats difficiles, âpres, mais qu'il géra si intelligemment au niveau technicotactique que ses adversaires furent désemparés par sa faculté d'adaptation et sa capacité de pouvoir changer de garde entre chaque séquence du même combat. Impuissants, ils ne trouvèrent aucune solution au judo atypique de Ferrid et ne purent lutter contre l'excellence et la précision de ses attaques, témoignant de son évidente supériorité technique.

Ces victoires en tableau de repêchage lui donnèrent accès à une ultime confrontation qui, dans le cas d'une victoire, lui aurait permis de monter sur la troisième marche du podium.

Mais il échoua de justesse face à un adversaire coriace et expérimenté qui lui barra la route si près du but. Il termina finalement classé cinquième du National, ce qui était déjà pour moi une excellente performance pour sa première participation à une épreuve nationale en Juniors, en première année, qui plus est.

Je ferme un instant les yeux en savourant la dernière gorgée du mojito dont les cristaux de glace fondent dans ma bouche.

Je suis certes satisfait du résultat de Ferrid, mais aussi frustré à la seule pensée de cette victoire volée contre Nicolas. J'ose espérer qu'elle ne fut pas intentionnelle. Contrarié aussi, je l'avoue, par l'image de celui-ci paradant sur la plus haute marche du podium.

Les portes de l'ascenseur s'ouvrent sur les jumeaux hilares. Pour que je les reconnaisse facilement, ce soir, ils ont tenu à se vêtir de façon distincte : Ferrid est habillé en blanc des pieds à la tête ; Hakim, lui, a enfilé des habits noirs.

— Comme ça, tu sauras à qui tu t'adresses, me disent-ils dans un fou rire contagieux.

Nous sortons de l'hôtel et marchons quelques minutes en direction du restaurant en papotant et en plaisantant.

La soirée est tellement détendue qu'une fois à table, je commence à les taquiner sur la nature de leur vie en dehors du sport et des études, et les titille un peu par des questions aussi malicieuses qu'indiscrètes sur l'état de leurs relations amoureuses. Ils en avaient bien l'âge, après tout, et comme je ne savais rien d'eux dans ce domaine et que l'ambiance conviviale s'y prêtait, j'ai laissé ma curiosité les solliciter afin qu'ils me dévoilent quelques indices concernant leur vie privée, en me disant qu'ils pourraient toujours esquiver si mes questions venaient à leur paraître trop gênantes. Je m'étais jusqu'alors abstenu de dériver sur ce terrain-là, par simple pudeur, sans doute, mais surtout parce que rares ont été les moments partagés dans cette même ambiance décontractée pouvant se prêter à quelques confidences intimes de leur part.

Ils me racontent alors avec entrain leurs histoires sans la moindre retenue, à leur façon, où l'un commence une phrase qui est aussitôt enchaînée et terminée par l'autre. Je ressens aussitôt, dans la spontanéité de leurs effusions, un sentiment de fierté d'avoir le privilège de bénéficier de cette preuve absolue de confiance à mon égard.

Des fous rires me prennent en écoutant certaines de leurs touchantes anecdotes, et j'avoue être rassuré dans la découverte de cette partie de leur personnalité qui m'était jusqu'alors inconnue.

La plus cocasse est celle où l'un d'eux remplaça son frère pour son deuxième rendez-vous avec la jeune femme, pas très farouche, « une vieille de vingt ans », qui lui avait permis de perdre sa virginité, le jour même de leur rencontre, l'année de ses seize ans. Sans le savoir, elle initia finalement les deux complices aux mystères de la sexualité, ceux-ci permutant leurs rôles d'un rendez-vous sur l'autre.

Ils sont fêlés comme tous les habitants de cette planète, me dis-je en essayant de maîtriser ma crise d'hilarité, provoquée par l'aisance polissonne de leurs épanchements.

Je savoure une gorgée de l'excellent vin rosé dans l'étrange soulagement de les savoir comme tous les autres jeunes gens de leur âge, finalement, moi qui les jugeais au préalable trop sérieux dans leur quotidien, les imaginant exclusivement et exagérément engagés dans leur seule passion pour le judo.

Ce n'est qu'au moment où nous quittons le restaurant que Ferrid aborde à nouveau le sujet du sport, sur un thème qui semble le préoccuper.

— Tu penses que Maman sera d'accord pour que je participe au stage national ? me demande-t-il.

— C'est pas gagné, lui dis-je en allumant une cigarette.

Ferrid fait allusion à cette convocation reçue en mains propres après sa défaite pour la troisième place, concernant le regroupement national d'une semaine à l'Insep, où les cinq premiers de chaque catégorie sont invités. Ce stage commencera dans trois semaines et sera préparatoire au Tournoi de France Juniors se déroulant cette année à Dijon, auxquels se rendront seulement les titulaires, les deux finalistes de chaque catégorie de poids des championnats de France. Mais les judokas classés troisièmes sont tout de même invités en tant que remplaçants dans le cas improbable d'un éventuel désistement d'un des sélectionnés, les cinquièmes, eux, comme simples partenaires d'entraînement.

Lorsque Ferrid, enthousiaste, me présenta sa convocation plus tôt, je m'efforçai de dissimuler ma réaction première de réticence à le laisser partir tout seul, livré à lui-même, dans ce monde du haut niveau que j'imagine être une jungle. Alors, je lui rappelai juste que les dates du stage n'étaient pas forcément idéales par rapport aux échéances des épreuves du bac, un mois seulement après, et que je doutais fort du feu vert de leur mère pour qu'il rate une semaine complète de cours, à cette période de l'année, si proche de cet objectif qu'elle considérait, à juste titre, comme majeur.

Ma réflexion est un peu brouillée par les vapeurs d'alcool et l'air frais de l'extérieur me fait du bien. Tout tangue légèrement autour de moi et je me dis que j'ai fait du grand n'importe quoi aujourd'hui, entre les quatre ou cinq Xanax avalés pendant le déroulement de la compétition, la bière, le mojito et la bouteille de rosé sifflée à moi tout seul.

Plus suffisamment lucide pour approfondir cet élément de discussion, je promets à Ferrid de réfléchir le lendemain à la meilleure façon d'aborder ce sujet avec leur mère, Fatima.

*

Évidemment, j'ai su trouver les arguments rassurants auprès de Fatima pour que Ferrid obtienne sa permission de participer au stage national. Mais ce qui est fou, c'est que je le faisais tout en y étant moi-même opposé, car absolument pas convaincu de leur pertinence.

Je redoutais le pire. Il n'avait jamais quitté le doux cocon familial et affectif dont je faisais partie et n'avait jamais été, surtout, séparé de son frère plus d'une journée ou deux d'affilée. Mais, attendri par son enthousiasme et pour qu'il puisse vivre son rêve, je me suis vu négocier avec sa mère sa participation, allant même jusqu'à lui promettre mon engagement pour le remplacement des séances de judo par des espaces de bachotages intensifs. Je lui ai assuré le soutien d'imaginaires amis professeurs agrégés dans les disciplines les plus défaillantes, qui en réalité n'étaient que de vagues connaissances. Pour qu'elle accepte ma proposition, j'ai ajouté qu'ils seraient ravis d'aider bénévolement les jumeaux dans leurs matières les plus faibles, grâce à la nature de nos relations privilégiées, et ce dès son retour de l'Insep. Bien entendu, je lui cachais la vérité, envisageant déjà l'idée de rétribuer moi-même ces enseignants que je savais d'une rapacité extrême, comme la plupart de mes anciens collègues du temps où je moisissais dans les marécages visqueux du ministère de l'Éducation nationale.

Et pendant que je lui mentais ainsi sans vergogne pour ouvrir à Ferrid les portes du haut niveau, une culpabilité me tenaillait, identique à celle que j'aurais pu connaître si j'avais lâché une gracieuse carpe koï dans un bassin infesté de requins.

Deux semaines plus tard, j'emmenais Ferrid à la gare de Toulon, accompagné de son frère. Sur le quai où arrivait le TGV pour Paris, il me promit de me téléphoner tous les soirs pour me faire part de son quotidien.

En arrivant à Paris, Ferrid se débrouilla comme un grand, prit le métro jusqu'à Porte de Vincennes, puis le bus qui le déposa devant l'entrée de l'Insep. Il fut surpris de découvrir ce lieu implanté dans un bois, n'imaginant pas un tel cadre forestier si proche de Paris.

Le vigile de l'entrée ne le laissa passer que sur présentation de sa convocation, puis il se dirigea, son sac de sport sur les épaules, vers le petit bâtiment en brique rouge de l'accueil situé face à la statue d'un apollon déployant un arc à bout de bras.

On lui donna sa carte pour les repas et la clé de sa chambre, partagée avec un autre stagiaire. Les caprices du hasard font parfois bien les choses, car il tomba sur une belle personne, Didier, un sympathique garçon un peu rondouillard, sorti de nulle part comme lui, licencié dans un petit club de Carcassonne et, comme lui, classé cinquième du championnat, mais chez les lourds.

Ils traversèrent le campus de l'Insep, euphoriques et impatients de débuter le premier entraînement, vers le dojo situé tout au bout du site, derrière l'impressionnante piste d'athlétisme. Mais dès cette première séance, ils comprirent vite les codes impitoyables du judo de haut niveau.

Il y avait d'un côté les ténors, les petites stars déjà installées dans la hiérarchie du système, choyés par les entraîneurs, tous intégrés depuis longtemps dans les structures fédérales, et les autres, les partenaires ou la viande, comme on ne se cachait pas de les définir.

Dans ce milieu, la ségrégation n'était pas raciale, mais institutionnelle et hiérarchique, et tous ceux non issus des filières du haut niveau et sans référence sportive véritable étaient considérés comme des moins que rien. Ferrid ne m'a très certainement pas tout révélé, sûrement pour éviter d'amplifier mon inquiétude, mais je me doute bien de l'étendue des preuves de mépris et d'humiliation qu'il avait dû subir avec son compagnon d'infortune. Il fit allusion à quelques moqueries puériles concernant la couleur de sa ceinture, notamment distillées par de petits abrutis qui, pendant les entraînements, avaient eu la mauvaise idée de l'inviter pour le prochain affrontement et qui, pendant le randori, s'agaçaient de leur impuissance à se jouer de lui comme ils se l'imaginaient. Il ne me le formula pas explicitement, mais je compris qu'il avait appris que le respect dans ce monde-là se gagnait par le seul rapport de force. Il suffisait juste d'affirmer sa supériorité pour que les regards à son adresse soient différents dans les instants où le crétin se relevait des premières chutes qu'il lui avait infligées.

Il me fit part en revanche de son incompréhension devant la totale indifférence à son égard affichée par ceux qui se figuraient déjà être des petites vedettes, comme Nicolas, par exemple, qui n'avait pas même daigné le regarder.

Mais ce qui le marqua le plus fut l'absolu désintéressement de la part des entraîneurs, pour lequel il semblait être totalement transparent. Pendant que l'un d'eux dirigeait une séance, ses collègues erraient les yeux dans le vide en marchant nonchalamment au milieu des judokas œuvrant sur le vaste tatami, là où leurs pieds semblaient les guider. Seuls quelques-uns des titulaires avaient, de temps en temps, l'immense privilège d'être insultés au prétexte qu'ils n'étaient pas assez hargneux à leurs yeux dans le randori en cours. Ferrid ne comprenait pas les raisons de la monotonie de ces séances, à l'opposé de celles de Victor, aux contenus réfléchis, composées d'exercices pertinents engageant les élèves à des changements de rythme et dont même les temps de récupération étaient soigneusement programmés. Ici, elles étaient toutes identiques.

Invariablement, juste après le salut, les stagiaires devaient courir cinq minutes autour du tatami, puis exécuter de longues séries de dix répétions d'un mouvement en *uchi-komi*, enchaînées par cinq randoris au sol, suivis par les interminables randoris debout où il fallait changer de partenaire toutes les quatre minutes avant de se remettre en place pour le salut final, exactement deux heures après celui du début.

Didier, qui avait beaucoup d'humour, s'était interrogé auprès de Ferrid sur le bien-fondé de la part de la fédération de recruter des entraîneurs aussi qualifiés — tous anciens champions — dans le but d'encadrer l'élite nationale du judo, pour ces piètres prestations. Il ajouta en riant que de simples agents d'entretien, bien moins payés, se révéleraient sans doute aussi aptes à l'exécution de cette mission à la condition de leur offrir une formation pour appuyer sur le bouton d'un chronomètre initialement programmé sur le compte à rebours de quatre minutes.

Le contenu du stage était tellement insipide qu'ils furent tous deux enthousiastes à libérer leur chambre vendredi après-midi et à se rendre au dojo de l'Insep, leur sac sur l'épaule, pour le dernier des entraînements, pressés d'en terminer avec cette mascarade et de pouvoir enfin monter dans le train qui les ramènerait chez eux.

Mais juste avant le début de cette dernière séance, un communiqué solennel du staff technique ébranla Ferrid, sonné par l'annonce de la nouvelle aussi inattendue que formidable.

*

Dès le salut final exécuté, Ferrid sort du tatami, se précipite vers son sac d'où il extrait son téléphone portable, puis compose fébrilement mon numéro.

La sonnerie de mon mobile m'extrait de l'intense concentration sur la toile sur laquelle je bataille depuis plusieurs heures, et constatant que l'appel provient de Ferrid, j'enfile rapidement des gants sur mes mains enduites de peinture à l'huile afin de ne pas tacher l'appareil et décroche aussitôt. Il m'annonce sans préalable aucun sa sélection pour le tournoi de France Juniors se déroulant ce dimanche à Dijon. L'excitation palpable décelée dans sa voix m'empêche de songer à une quelconque plaisanterie de sa part. Pourtant, je ne trouve qu'une idiote question à lui adresser spontanément.

— C'est quoi, cette blague ? lui dis-je en m'asseyant sur le tatami constellé de taches multicolores du « dojo-atelier ».

Il me résume rapidement, en quelques mots, les raisons et le fondement de cet évènement incroyable.

Hier soir, me dit-il, plusieurs judokas se sont regroupés dans une chambre pour une petite fête improvisée autour d'une bouteille de whisky, rien de bien méchant, mais l'un d'eux n'a rien trouvé de plus malin que de partager une courte séquence vidéo de cette soirée sur les réseaux sociaux et un des entraîneurs est tombé dessus, par hasard. L'auteur de cette diffusion a été entendu cet après-midi par le directeur technique national qui lui a extorqué les noms des onze autres participants à cette petite féria. Les douze coupables seront convoqués à une commission de discipline, mais ont été d'ores et déjà, par mesure conservatoire et à titre d'exemple, immédiatement exclus du stage et surtout du tournoi de France pour ceux qui étaient concernés. Coïncidence, parmi les malheureux potaches se trouvaient quatre jeunes athlètes en moins de 73 kg. Celui classé deuxième des championnats et titulaire pour le tournoi de France devra finalement céder sa place à Ferrid, puisque les deux troisièmes et l'autre cinquième font, hélas pour eux, partie de la liste des parias.

Grâce à cet improbable sort auquel nous destine parfois le hasard de la vie, Ferrid se retrouve subitement propulsé dans le grand bain du sport de haut niveau. Lui qui s'imaginait déjà rentrer dans le Sud avec l'amer goût de sa déception procuré par la fadeur du stage devra rester une nuit de plus à l'Insep, avec les autres titulaires, pour un départ en autocar le lendemain matin, en direction de Dijon.

— Je dois te laisser, désolé, Hugo, me dit Ferrid, on doit nous remettre maintenant les équipements « Équipe de France », je n'arrive même pas réaliser ce qui m'arrive !

— À vrai dire, moi non plus. Mais c'est génial, même si je trouve la sanction un peu trop dure... Mais bon, ne dit-on pas que le malheur des uns fait le bonheur des autres ? Demain, j'embarque Hakim avec moi et on file à Dijon, on sera avec toi dimanche, évidemment !

— Vraiment, merci. Je n'osais pas te demander de venir... Mais je savais que tu le ferais. À dimanche !

Ferrid raccroche, range son portable dans le sac et rejoint les treize autres sélectionnés, assis sur le bord du tatami, alors que la plupart des autres stagiaires se dirigent vers les douches, leur lourd sac de sport sur l'épaule.

Il s'arrête un instant devant Didier sur le point de partir. Son copain, tout sourire, lui souhaite bonne chance dans une virile accolade, un bras l'étreignant un court instant contre lui pendant que son autre main lui tapote l'omoplate.

À cet instant arrive Daniel Bourgeois, le directeur des Équipes des France, réputé pour être un petit chef dont le caractère impulsif et nerveux est redouté par les entraîneurs. Il n'avait jusqu'à présent pas jugé opportun de se présenter durant le stage. Des rumeurs circulaient selon lesquelles il considérait la catégorie des Juniors comme quantité négligeable et qu'il préférait asseoir son autorité auprès des entraîneurs des équipes de France Seniors, féminines et masculines.

On disait de lui que son plus grand plaisir était de punir les jeunes « judokates » qui avaient eu le malheur d'arriver avec quelques minutes de retard aux entraînements. Il invitait alors la fautive juste après le salut et la torturait pendant toute la durée de la séance au cours d'un interminable randori au sol. Le paroxysme de sa jubilation arrivait lorsqu'il l'entendait enfin hurler de douleur, au moment où il atteignait ce point de rupture où elle perdait pied, anéantie par la supériorité physique de son prédateur. Jeter son dévolu sur les garçons eût été un jeu bien trop périlleux pour lui de par leur niveau d'opposition supérieur, aussi préférait-il affirmer sa domination sur le seul groupe féminin.

Il est suivi par les entraîneurs portant de volumineux cartons qu'ils déposent à ses pieds.

— Salut, dit-il en s'adressant aux sélectionnés. La moindre des politesses serait de se lever devant moi, non ?

Les jeunes judokas, penauds, se relèvent aussitôt. La plupart le dominent de leur grande taille.

Daniel Bourgeois est un homme d'une quarantaine d'années, d'une modeste morphologie, sec et petit, mais dont la froideur du regard contraste avec son allure physique. Ses yeux clairs ont le pouvoir de glacer tous ceux qui par malchance seraient dans sa ligne de mire. Certains disent de lui qu'il ne doit sa nomination à ce poste qu'à son tempérament despotique, et bien qu'il n'ait été finalement qu'un bien modeste petit champion de son époque, il ne viendrait à personne l'idée de le contredire.

— Bon, leur dit-il, je vais vous donner votre équipement France. J'espère que vous en serez digne !

Il sort de la poche de sa veste une feuille et appelle les athlètes un par un, des plus légers aux plus lourds, par leur seul nom de famille, considérant sans doute l'ajout du prénom comme un excès de familiarité.

Les premiers appelés s'avancent vers les entraîneurs qui vérifient les tailles de chacun pour le survêtement, les deux judogis – blancs et bleus, comme les règles internationales l'imposent, ainsi qu'une multitude de vêtements, tee-shirts, polos, tous griffés du coq « Équipe de France », du logo de l'équipementier et de ceux des sponsors officiels de la fédération.

Daniel Bourgeois demande à Nicolas de s'avancer. Il est le seul à bénéficier de l'insigne honneur d'être désigné par son prénom. Il lui remet son équipement en papotant un peu avec lui, acte prêtant à imaginer qu'il ne daigne accorder la moindre considération qu'à celui possédant à ses yeux un véritable potentiel international.

— Ayad, appelle-t-il ensuite, pendant que Nicolas, tout sourire, retourne à sa place, les bras chargés de son paquetage, en pavoisant auprès de ceux qui veulent bien entendre ses propos faussement détachés concernant sa préoccupation à trouver une place dans ses armoires pour ranger cette nouvelle dotation « Équipe de France ».

Ferrid se présente devant le grand patron, intimidé à l'extrême. Daniel Bourgeois lève son regard de sa feuille et, soudain, en découvrant Ferrid, son visage sévère s'éclaire soudainement.

Une crise de fou rire le prend et il se tourne vers un entraîneur, son index pointé en direction de sa ceinture.

— Mais c'est quoi, ce clown ? lui demande-t-il en essayant de contrôler son hilarité.

Les entraîneurs, sans doute pour lui être agréable, se laissent aller à l'accompagner dans des cascades de rire dont l'apparent naturel arrive presque à dissimuler l'artifice. Daniel Bourgeois se retourne vers Ferrid en essayant de retrouver son sérieux :

— Mais, dis-moi, toi, tu comptes vraiment représenter la France avec ta ridicule ceinture bleue ? lui demande-t-il.

Ferrid, honteux, ne sait que répondre.

— Oh, tu n'as pas de langue ou tu ne sais pas parler français ? lance Daniel Bourgeois dans un regard revenu soudainement glacial.

— Ben, bafouille Ferrid, je ne suis que ceinture bleue, c'est pour ça…

— Tu as ton passeport sportif sur toi, là ?

— Oui, dans mon sac…

— Va vite me le chercher, ordonne le petit tyran.

Ferrid s'exécute aussitôt et tend son passeport à Daniel Bourgeois qui le lui arrache presque des mains d'un geste nerveux. Il demande à un des entraîneurs, humiliation suprême, de se pencher devant lui, pour que son dos lui fasse office de bureau de fortune. Après avoir posé à plat le passeport sur ses omoplates, il tourne quelques pages et le maintient ouvert sur le formulaire d'attestations de grades, puis appose sa signature à l'intérieur d'une case pourtant attribuée aux professeurs de clubs, validant ainsi sa ceinture marron, avant de signer celle réservée à la fédération, certifiant la ceinture noire qu'il lui octroie d'autorité.

— Tampon, ordonne-t-il en levant une main, sans même daigner se retourner.

Un entraîneur s'exécute sur-le-champ et lui remet le cachet officiel de la fédération, qu'il applique d'un geste brusque par-dessus sa signature.

— Et voilà, tu es ceinture noire, maintenant, lui dit-il en sortant d'un des cartons de l'équipementier une ceinture noire piquée, enveloppée dans son emballage en plastique, qu'il lui jette négligemment aux pieds.

Ferrid est statufié sur place. Il essaye de trouver quelques mots pour argumenter son désir de porter pour toujours le bleu intense de sa ceinture. Il aurait aimé essayer de le convaincre, lui expliquer la signification symbolique que cette couleur revêt pour lui, étroitement liée aux rapports affectifs qu'il voue à des êtres qui lui sont chers, Maître Nagao et son fidèle professeur. Il aurait aimé avoir le courage de lui parler du bleu Klein et de bien d'autres choses. Mais rien ne peut sortir de ses lèvres.

— Alors, toi, au moins, tu m'as bien fait rire… Allez, au suivant !

*

Je suis une nouvelle fois en panne de traitement. J'avais pourtant commandé mes régulateurs d'humeur dans une pharmacie parce qu'ils étaient en rupture de stock, il y a deux semaines environ. Mais par négligence, une fois de plus, j'ai omis d'y retourner afin de les récupérer.

Bien plus grave, dans la précipitation des préparatifs de mon déplacement pour Dijon, j'ai oublié sur la table de la cuisine la plaquette de Xanax que j'avais pourtant placée bien en vue pour la glisser au fond de mon sac de voyage.

Je subis les conséquences de mon oubli. Je dois lutter depuis ce matin contre l'extrême anxiété qui m'étreint et les symptômes de nervosité que seuls quelques cachets auraient pu modérer.

J'ai acheté deux places en tribunes pour Hakim et moi, dès notre arrivée à l'entrée du complexe sportif où se déroule le Tournoi de France Juniors, avec le naïf espoir de m'entretenir un peu avec Ferrid avant le début de l'épreuve. N'ayant aucun accès autorisé au bord des tatamis, j'ai vite compris mon impossibilité de le rencontrer en apprenant qu'il était hors de question pour les judokas de quitter le plateau du court central, hormis pour accéder aux vestiaires et à la salle d'échauffement.

J'aurais aimé pouvoir le rassurer en relativisant l'épisode qu'il m'avait expliqué la veille au téléphone. Son obligation de porter une ceinture noire doit le contrarier au plus haut point.

À vrai dire, je suis aussi irrité que lui par l'attitude de ce Daniel Bourgeois que je ne connaissais que de nom, mais il doit oublier cette anecdote et se concentrer uniquement sur sa compétition. Nous aurons bien le temps, plus tard, de réfléchir aux suites éventuelles que nous pourrions envisager à ce qui n'est dans le fond qu'un micro-évènement, agaçant, certes, mais peu essentiel, finalement.

Hakim et moi avons pu nous asseoir à proximité des praticables où se dérouleront les combats de catégorie des moins de 73 kg. Places idéales surplombant les tatamis seulement distants de quelques mètres.

Ferrid nous a repérés immédiatement tout à l'heure et nous a adressé un petit signe de la main dans un large sourire de soulagement.

Arrive le moment tant attendu du début de la compétition, et les deux premiers combattants sont appelés dans l'arène. Je lutte contre mon besoin de sortir fumer une cigarette qui pourrait me donner l'illusion d'apaiser ma nervosité, car je sais que Ferrid ne devrait pas tarder à aborder son premier adversaire, un jeune Italien, très certainement coriace, puisque classé tête de série de son tableau.

Un frisson me parcourt lorsque Ferrid se présente au bord du tatami pour son combat. Dès les premières secondes, je perçois dans les attitudes et dans l'approche du duel que l'Italien n'est pas un premier venu de la scène internationale. Son assurance est palpable, tout comme son apparente détermination, mais sa fougue, son engagement semblent masquer les lacunes de son judo qui me paraît quelque peu désordonné. Je ne peux m'empêcher de crier quelques encouragements à Ferrid, et je comprends instantanément qu'il n'entend que le timbre de ma voix, pourtant noyé dans les échos de la salle. Je lui adresse alors quelques conseils, qu'il applique lucidement à la lettre, comme si ses mains, ses déplacements semblaient magiquement en parfaite osmose avec mes recommandations retentissant au-dessus de lui.

Mais je comprends soudain que mon intervention spontanée semble irriter l'entraîneur national assis sur la chaise de coach, celui légitimement censé soutenir Ferrid dans ce contexte, bien qu'il ne l'ait paradoxalement jamais vu auparavant. Par deux fois, il se retourne vers les gradins, cherchant du regard, les sourcils froncés, l'individu dans le public se permettant de vociférer d'autres consignes, contraires aux siennes. Me moquant éperdument de son ego, visiblement démesuré, que je semble mettre à l'épreuve, je continue à soumettre mes directives, de façon claire et précise, à Ferrid qui remporte le combat, sans réel problème, finalement, l'ayant magistralement contrôlé de bout en bout.

En sortant du tatami, il m'adresse un sourire radieux auquel je réponds par un clin d'œil et un poing au pouce levé pour lui exprimer mes félicitations. Je m'adosse alors sur le dossier du siège en savourant les émotions de satisfaction et de soulagement de cet instant, soudainement interrompues par le son d'une voix apostrophant quelqu'un dans ma direction.

— Hep, hep !

Je découvre en tournant la tête vers ma gauche un petit homme en survêtement « Équipe de France », debout sur les marches longeant les gradins, devant notre rangée, une main avancée dans ma direction dont les petits mouvements de l'index et du majeur semblaient inviter une personne à se rendre devant lui.

Je tourne ma tête vers la droite et constate qu'aucun autre spectateur ne semble concerné par son geste. Je dirige mon regard de nouveau vers lui en lui demandant, d'une mimique de visage et d'un geste de mon index vers ma poitrine, s'il s'adresse bien à moi.

— Oui, toi, viens… me dit-il.

Une bouffée de colère m'envahit et ma première pensée est : « Mais il se prend pour qui, ce bouffon ? »

Je réalise aussi combien peuvent être fulgurantes les pensées de l'être humain. Je suis gagné par une multitude de pulsions contradictoires et partagé entre la tentation de l'ignorer totalement, celle de lui signifier qu'il n'a qu'à venir vers moi s'il veut me dire quelque chose et celle de me lever pour me présenter à lui, avec je ne sais quelle résolution encore, l'écouter ou lui suggérer de bien vouloir aller se faire voir ailleurs.

Je choisis l'option qui symboliserait l'expression de mon plus profond dédain et décide d'ignorer sa brutale intrusion en me lovant sur mon assise et en tournant ma tête vers le court central. Mais étrangement, je me vois me lever et me faufiler devant d'autres spectateurs pour venir me présenter devant lui.

— C'est bien toi, le prof d'Ayad ? me demande-t-il en me fixant d'un regard perçant qu'il imagine m'intimider.

Il n'a pas jugé utile de se présenter, certainement parce qu'il fait partie de cette caste d'individus présumant que le minuscule milieu sur lequel ils règnent est le centre de l'univers. Pour lui, il est évidemment impossible que je sois incapable de le reconnaître, et s'il s'était avéré que j'étais venu d'une autre planète pour ignorer l'ampleur de son statut, le badge qu'il arbore fièrement du haut de sa condescendance suffirait amplement à combler mes lacunes.

— Oui, c'est bien moi, le prof de Ferrid, dis-je en employant son seul prénom pour lui faire comprendre mes sentiments envers son indélicatesse à le désigner par son seul nom de famille.

— Eh bien, sache qu'il est préférable que tu restes à ta place, nous sommes ici dans une épreuve internationale et tous nos jeunes sont encadrés par des entraîneurs nationaux plus que qualifiés. Et leur boulot est de les coacher. Ce n'est pas ton rôle, tu comprends ? Et tout à l'heure, pendant le combat, on n'entendait que toi, tu interférais dans les consignes du coach officiel…

Ma première pensée me commande de contrôler mon impulsivité. Je me dois de garder mon calme, impérativement. Je n'ai pas pris mon traitement depuis des semaines, et surtout, je n'ai aucune plaquette d'anxiolytique sous la main, dont un seul cachet aurait pu apaiser ma nervosité. Je ne connais que trop bien mes réactions où, me sentant en situation d'agression, il m'est impossible de refréner les impulsions qui m'emmènent vers des actes incontrôlables.

Mon seul remède est, à ce moment-là, le recours à mon imaginaire. Une pensée aussi fulgurante que fugace arrive à canaliser la fureur de mon esprit et m'a sans doute épargné l'accomplissement d'un geste fatal, en maîtrisant l'envie viscérale de lui écraser le nez d'un coup de poing.

Je l'imagine, à genoux devant le tueur délicat qui lui ordonne d'ouvrir sa bouche. Celui-ci y enfouit ensuite le canon de son pistolet avant d'appuyer aussitôt sur la détente. L'image de sa cervelle volant en éclats me culpabilise de ces pensées extrêmes. Mais elles seules ont le pouvoir inavouable de me tranquilliser.

Je choisis alors de lui répondre aussi posément que cela m'est possible, en le vouvoyant, non pas pour lui prouver une quelconque marque de respect ou la preuve d'un signe de soumission devant sa prétendue autorité, mais dans l'espoir de lui montrer, par contraste, le respect et les distances qu'il n'a pas respectés par son tutoiement désobligeant.

— Cher Monsieur, dis-je en me contraignant à étayer mes propos dans des termes caricaturalement policés, je comprends la pertinence de votre position et loin de moi l'idée de douter de l'excellence et de la qualité de votre équipe d'encadrement. Toutefois, je me permets de souligner qu'il est naturel qu'ils ne puissent connaître le fonctionnement de mon élève aussi bien que ma modeste personne, l'ayant formé, dans les limites de mes maigres capacités, depuis sa plus tendre enfance. Vous conviendrez que vos entraîneurs ne l'ont, en fait, jamais vu auparavant.

— Tu fais fausse route, mec, mes entraîneurs n'ont pas besoin d'assister à l'accouchement d'un gars pour être capables d'assimiler son judo en quelques minutes. Il suffit de le voir un peu travailler et on sait tout de lui, ses points forts, ses lacunes… Et surtout s'il a des couilles ou pas ! C'est ça, le plus important dans le haut niveau, en avoir de grosses entre les jambes ou pas. Alors, si tu veux que ton petit passe encore un tour ou deux, laisse-nous faire, on sait ce qu'on fait, c'est notre boulot. Bon, en parlant de boulot, je dois y aller, tu nous laisses faire, OK ? Important pour lui que tu restes à ta place de spectateur. Allez, salut.

Le goujat tourne aussitôt les talons et dévale les escaliers en trottinant, comme s'il avait pour mission la sauvegarde de la planète. Il me laisse planté là, la bouche encore ouverte pour l'amorce d'une réplique qu'il ne m'a pas laissé le temps d'entamer.

*

L'air vivifiant de cette fin d'après-midi me fait du bien, surtout après une journée passée dans l'atmosphère viciée du complexe sportif dont les échos résonnent encore dans ma tête. J'en suis à ma troisième cigarette, toutes fumées les unes après les autres, dans la quête d'une frénésie de l'hypothétique apaisement qu'elles pourraient m'offrir.

Je n'ai évidemment pas suivi les directives de Daniel Bourgeois, bien au contraire. Heureusement, d'ailleurs, Ferrid aurait certainement perdu son deuxième combat contre un vaillant Allemand si je ne l'avais sollicité pour qu'il se place subitement en garde opposée à trente secondes de la fin du match où il était dominé. Le plus troublant a été de constater la réaction de l'entraîneur français sur la chaise de coach, affichant une mine d'indifférence, voire de déception, à l'instant de l'impact du dos de l'Allemand sur le tatami. Au lieu d'une légitime expression de joie ou de simple soulagement au magistral *ippon* annoncé par l'arbitre à quelques secondes du gong final, le coach a quitté aussitôt sa chaise, les mâchoires serrées, pour disparaître je ne sais où. Pour son troisième combat, qui représentait pourtant les quarts de finale du tableau, aucun entraîneur ne daigna faire acte de présence sur la chaise, sans doute en représailles de mon entêtement à ne pas me résigner au silence que m'avait imposé leur petit chef, qui me démontrait ainsi l'ampleur de son mécontentement. Coïncidence ou pas, ce fut le combat le plus expéditif, Ferrid propulsant dans les airs en moins d'une minute un adversaire, pourtant un sérieux client, un Russe expérimenté et déjà titré au niveau européen Juniors. J'avoue avoir exulté de joie au moment du *ippon* autant pour la beauté du geste de mon poulain et l'indescriptible bonheur de le savoir qualifié pour les demi-finales que pour l'agacement que devait éprouver immanquablement Daniel Bourgeois.

Mais j'étais loin d'imaginer la surprise de taille qui m'attendait à l'annonce du combat primordial d'accès à la finale : Ferrid contre un surprenant Britannique, teigneux et redoutablement efficace. Il était lui aussi qualifié à ce niveau de la compétition, à la surprise générale, après avoir éliminé deux des principaux favoris.

Par une pathétique volonté d'affirmer sa prétendue supériorité à mon égard, Daniel Bourgeois se présentait lui-même à la place du coach, lui qui, jusqu'alors, n'avait daigné pavoiser à cette place qu'aux phases finales des plus prestigieuses rencontres internationales chez les Seniors. La preuve manifeste que sa présence sur cette chaise n'avait d'autre dessein que de tenter de me contrarier était que Nicolas disputait l'autre demi-finale, en même temps sur le tapis d'à côté, suivi par un de ses seconds. La logique aurait voulu, en effet, s'il eût vraiment fallu pour de mystérieuses raisons qu'il décide pour la première fois de « mettre la main à la pâte » chez les Juniors, qu'il prenne place au côté de celui pressenti comme l'avenir du judo français et non auprès d'un outsider qui, par miracle, se retrouvait à ce stade de la compétition.

Dès l'annonce du début de combat de Ferrid, je m'étais efforcé de me focaliser uniquement sur les paramètres de cet affrontement en essayant de chasser de mon esprit la ridicule lutte qui se jouait parallèlement entre l'ego de Daniel Bourgeois et le mien.

Pourtant, dès les premières secondes du combat, je n'ai pu m'empêcher de penser aux avantages que m'offraient les stupides nouvelles règles du judo, qui à l'instant présent m'étaient pour le moins favorables, en me permettant naturellement de m'égosiller à loisir du haut des tribunes, alors que le coach sur la chaise était contraint au silence total durant l'affrontement. Il ne pouvait distiller, lors des phases d'arrêt, que quelques éphémères consignes qui, dans son cas, n'étaient que d'inutiles encouragements censés exacerber son agressivité dans l'affrontement.

— Allez, va à la baston, criait-il inlassablement, impose ta garde, ne trouvait-il qu'à répéter.

Mais le plus aberrant était qu'il lui ordonnait éperdument de placer sa main par-dessus l'épaule de son adversaire, dans l'ignorance totale qu'il ne devait toutes ses sensations qu'au positionnement de celle-ci sur le revers, au niveau du pectoral adverse.

Constatant que Ferrid continuait son schéma tactique, imperturbable et sourd à ses vaines vociférations, et qu'il suivait en revanche scrupuleusement mes consignes données du haut des gradins, il se retourna soudain vers moi, excédé, et me somma de me taire en m'adressant l'infamant geste de la main d'un tapotement nerveux de ses index et majeur contre son pouce.

Comme j'étais bien trop impliqué dans le combat pour me laisser envahir par une quelconque émotion, je décidai d'occulter son geste méprisant pour continuer à distiller mes conseils à Ferrid qui les appliquait méthodiquement.

Incontestablement perturbé par l'inhabituelle situation où un prétendu subalterne osait lui tenir tête et énervé par la désobéissance de Ferrid qui gérait son combat sans même entendre la platitude de ses propos, il perdit subitement son sang-froid et se mit à hurler ses mêmes inepties pendant une séquence du combat.

— Tu vas m'écouter, oui ? a-t-il crié à l'adresse de Ferrid qui déplaçait l'Anglais en le faisant réagir par des actions sur son revers. Monte ta main derrière sa tête et arrête de faire la danseuse !

L'arbitre arrêta le combat et sortit de sa poche un carton rouge qu'il brandit en direction de Daniel Bourgeois. J'étais totalement ignorant jusqu'alors de cette procédure prévue dans les nouvelles règles, peu originale et inspirée des sports collectifs, permettant de sanctionner le coach qui aurait enfreint le règlement en donnant des consignes hors des temps d'arrêt. Mais je compris aussitôt, dans une sadique exaltation, que celui qui se prenait pour un roi allait être renvoyé comme un malpropre de sa chaise, par un simple arbitre belge dont j'arrivais à percevoir la secrète jubilation.

Fou de rage, Daniel Bourgeois bondit de son siège et quitta les lieux en projetant le revers de sa main au-dessus de son épaule dans un geste de dépit ou de dédain adressé on ne sut à qui, à l'arbitre, à Ferrid ou à moi-même, si ce ne fut probablement aux trois.

À cet instant, un tonnerre d'exclamations envahit le gymnase. Nicolas venait d'infliger un *ippon* à son adversaire polonais, sur le tatami où se déroulait l'autre demi-finale.

*

J'écrase ma troisième cigarette et me dis qu'il serait déraisonnable d'en griller une autre, dans l'immédiat, tout du moins. Un café me ferait du bien, bien que le dernier combat de Ferrid ait mis mes nerfs à rude épreuve.

Je n'arrive toujours pas à réaliser qu'il participera à la finale du tournoi de France dans une petite heure.

Son combat en demi-finale a été serré et incertain. Tout pouvait basculer d'un côté comme de l'autre. Le petit Anglais avait démontré une surprenante maîtrise dans l'art du sol, et j'ai craint par deux fois le pire, Ferrid ne devant son salut qu'à sa ténacité et à sa volonté de se défaire des amorces d'immobilisation savamment engagées. Le score vierge en fin de temps réglementaire avait entraîné la prolongation du match dans un golden score qui me parut interminable jusqu'à l'extrême délivrance de la marque de Ferrid sur un enchaînement avant-arrière tout en opportunité, lui ouvrant les portes d'une finale franco-française contre Nicolas.

Malgré l'amertume causée par la détérioration de nos relations, induite principalement par ma relation conflictuelle avec son père, je dois avouer savourer une secrète fierté à l'idée de voir deux élèves issus de mon modeste club s'affrontant à ce niveau de compétition.

J'entrouvre mes lèvres sur le rebord d'un gobelet en plastique et grimace en avalant la première gorgée du liquide insipide censé être un café, dont le seul atout est d'être chaud. Un homme dont on ne saurait dire l'âge s'accoude au comptoir de la buvette près de moi et commande une canette de soda. Après m'avoir dévisagé un instant, il pose une main sur mon épaule.

— Hugo, mon ami, tu me reconnais ?

— Mourad, quel plaisir de te revoir, dis-je en lisant furtivement le nom inscrit sur son badge d'entraîneur de l'équipe nationale algérienne.

Je ne l'aurais pas reconnu sans sa fiche accrochée au ruban autour de son cou, et mon hypocrisie me tire d'une situation embarrassante qui aurait trahi mon absence de faculté physionomiste.

Je retrouve mon copain d'enfance par coïncidence devant une buvette, exactement comme la première fois que je l'avais revu, il y a plusieurs années de cela, au tournoi de Monaco. Il n'avait pourtant presque pas changé depuis, peut-être avait-il pris quelques kilos supplémentaires.

— Je t'ai aperçu tout à l'heure encourager un judoka des gradins. Le petit Ayad en finale des moins de 73 kg… Il fait partie de ton club ?

— Club est un bien grand mot, répondis-je en riant. En fait, j'ai pris beaucoup de recul avec le judo… Mais je m'occupe encore de deux élèves, lui et son frère jumeau seulement…

— Eh bien, bravo ! Sincèrement… J'ai été impressionné par son engagement et sa disponibilité technique… Aussi à l'aise à droite qu'à gauche. Ils sont de quelle origine ? De par leur nom, algérienne, non ?

— Oui, c'est bien ça, ils sont nés en France, mais leurs parents sont tous deux d'origine algérienne.

Nous papotons quelques minutes et, avant de me quitter, il me confie une nouvelle fois sa carte de visite, que je crains de perdre de nouveau, comme celle qu'il m'avait donnée à Monaco.

— Tu sais que je dirige un des clubs les plus importants d'Alger en plus du centre national, alors si tu souhaites venir quelques jours avec tes élèves, sache que tu es le bienvenu… Vous accueillir serait un immense plaisir. Aucun problème pour l'hébergement, je m'occuperai de tout !

— Merci, Mourad, cela serait avec grand plaisir…

— Alors tu m'appelles, mon ami, promis ?

— Promis, dis-je en pensant que l'idée d'offrir un jour aux jumeaux la possibilité de pratiquer avec d'autres partenaires d'entraînement serait finalement pertinente, et qu'il serait préférable, cette fois, d'éviter d'égarer sa carte.

Nous nous faisons la bise en nous promettant de nous retrouver bientôt. Mourad doit rejoindre sa délégation et je me dirige vers la sortie, abandonnant le café imbuvable sur le comptoir, dans l'intention d'apaiser ma fébrilité dans l'illusion d'une sérénité que m'offrirait une dernière cigarette avant la finale.

À ce moment-là, surgit devant moi Daniel Bourgeois, les yeux exorbités par une fureur qu'il ne semble pas pouvoir maîtriser.

— Alors toi, je vais te parler sur un autre ton, crache-t-il haineusement. Maintenant, tu vas fermer ta grande bouche et rester bien sage dans le poulailler des tribunes, et là je ne plaisante plus. Deux Français seront en finale et aucun entraîneur ne les coachera, ni sur les chaises ni sur les gradins. Et par équité, je te demande de la fermer, car l'entraîneur de club de Nicolas n'est même pas présent ici aujourd'hui, il nous fait confiance, lui…

Un bouillonnement intérieur de haine insurmontable déferle en moi, mais j'ai le temps de me remémorer quelques scènes vécues par le passé, bien avant la détection de ma bipolarité et ma prise de traitement, où je me voyais répondre à ce que je considérais comme une agression par des actes de violences extrêmes.

Surtout, surtout, contrôle-toi, me dis-je en régulant ma respiration. Je dois tenir le même comportement que précédemment, il le faut. Continuer à le vouvoyer et lui répondre aussi posément que possible, par je ne sais quelle réplique encore. Ce sera le meilleur moyen de le déstabiliser.

Mais alors que je m'apprête à exprimer ma première phrase lissée par les efforts surhumains de ma raison, j'entends le timbre de ma voix prononcer distinctement :

— Écoute-moi bien, toi… Je vais te tutoyer aussi, parce que visiblement, tu penses qu'on a gardé les chèvres ensemble dans une autre vie… Alors, allons-y ! Ne t'avise plus de m'adresser la parole sur ce ton, je ne suis pas un de tes larbins, enfonce-toi bien ça dans la tête. Et personne, ni toi ni le pape, ne m'empêchera d'encourager qui je veux depuis les tribunes, comme tous ceux dans le public, dans le poulailler, comme tu dis. Maintenant, dégage de ma vue.

Tout en prononçant ces mots, je m'avance vers lui, le regard menaçant, sachant pertinemment – hélas – avoir irrémédiablement basculé dans cet état que je connais si bien où aucune limite ne saurait m'arrêter, fulminant autant contre celui qui m'a poussé à bout que contre mon incapacité à gérer l'effervescence de mon emportement.

Daniel Bourgeois pâlit et reste glacé tout d'abord, pétrifié par la surprise de la manifestation soudaine de mon exaspération. Puis, probablement inquiet de la façon dont les choses semblent pouvoir basculer, il recule de quelques pas afin de rétablir une distance entre nous.

— Bon, tu démontres bien que tu n'es qu'un petit prof de province ne comprenant rien aux impératifs du haut niveau, arrive-t-il à me dire d'une voix tremblotante. J'ai perdu assez de temps avec toi, je te laisse dans ta médiocrité…

Une nouvelle bouffée de colère me submerge, bien qu'elle soit heureusement étonnamment atténuée par la paradoxale satisfaction de n'avoir tout de même pas été trop loin, car je me serais bien imaginé me laisser aller à l'insulter copieusement avant de lui exploser le nez d'un magistral coup de tête.

Comme si lire dans mes pensées eut été dans son pouvoir, il tourne aussitôt les talons et quitte les lieux précipitamment, confirmant ainsi mon pressentiment premier qu'il n'est en fait qu'un ridicule petit roquet.

Je suis frappé par le tremblement de ma main extirpant avec difficulté une cigarette de son paquet. Je ne sais si le seul regret de n'avoir eu le courage de lui régler physiquement son compte est la raison de ce symptôme ou si, au contraire, mon irritation n'est induite que par les conséquences du remords de lui avoir tout de même tenu tête en songeant aux conséquences que Ferrid pourrait vraisemblablement subir un jour.

Mais peut-être, tout simplement, cette preuve de fébrilité physique n'est-elle due qu'au manque d'anxiolytiques auxquels je suis dépendant ?

Cette saleté de fumée inhalée me fait un bien fou, et le leurre de son prétendu effet calmant me berce dans la dérisoire illusion d'une plénitude à laquelle il me plaît de croire. Je me délecte l'espace d'un instant de cette vapeur nocive rentrant par la bouche, se frayant un chemin par la trachée et les bronches jusqu'aux alvéoles pulmonaires, puis ressortant de mon organisme dans une exquise brûlure de mes organes.

En regardant machinalement l'heure sur mon portable, je tressaillis au constat effrayant de mon absence de discernement dans la notion du temps.

Entre toutes ces secondes perdues à fumer cigarette sur cigarette, ces instants passés à papoter avec Mourad et celles gaspillées lors de l'épisode houleux avec celui qui se prend pour le petit Napoléon du judo français, j'avoue avoir pris conscience qu'elles s'égrenaient finalement en longues minutes. Réalisant que la finale commence dans cinq minutes, j'écrase aussitôt ma cigarette, la jette en passant dans une poubelle et me dirige en courant vers les tribunes, puis dévale les marches des gradins vers mon siège gardé par Hakim, en maudissant ma légèreté qui a failli me priver du moment capital de cette journée.

Ferrid et Nicolas sont déjà en place, au bord du tatami central, dans l'attente de l'autorisation de l'arbitre leur permettant de pénétrer dans la surface de combat.

L'arbitre les invite à prendre place et, après le salut traditionnel, clame d'un ton tranchant le début de l'assaut, démarré sur des chapeaux de roues par Nicolas qui, comme transcendé par une fulgurante détermination, tente d'imposer d'entrée sa domination physique dans l'approche de l'installation de sa garde dominante.

Je donne de la voix aussitôt en imaginant, avec une sadique satisfaction, l'ampleur de la contrariété de Daniel Bourgeois causée par mon intervention. Ferrid perturbe aussitôt la stratégie primaire de Nicolas par son positionnement en garde opposée et par la vivacité de son déplacement. Tenant son adversaire à distance grâce à la précision du placement de sa main sur son revers, il déjoue toutes les tentatives d'approche de ses bras tentaculaires sur lui, ainsi que toutes ses initiatives d'action.

Ferrid multiplie les attaques sur un adversaire déboussolé par le rythme de ses déplacements et par son impuissance à placer ses mains comme il le souhaiterait. Je me surprends à admirer le formidable relâchement de Ferrid, assistant à ce spectacle comme détaché de la réalité de l'enjeu, tellement sa disponibilité corporelle est en total contraste avec l'attitude tétanisée de Nicolas qui, contraint à d'uniques possibilités de défense, manifeste son agacement par des grimaces se dessinant sur son visage crispé à l'extrême.

Vers la mi-combat, l'arbitre le sanctionne enfin d'un premier avertissement pour non-combativité, ce qu'il aurait dû faire plus tôt à mon avis, au vu de la physionomie de ce combat à sens unique. Dans le public, des voix montent de son camp et l'encouragent bruyamment à se ressaisir, mais ces vociférations n'ont comme conséquences que d'accentuer encore sa nervosité et de décupler l'expression d'une hargne stérile de construction lucide. Ferrid, profitant alors des approximations de placement causées par la fébrilité de son emportement, plonge soudain son corps dans une fulgurante rotation, sous son centre de gravité.

Son mouvement d'épaule déploie Nicolas dans les airs et l'enroule inexorablement contre le tatami.

Je bondis de mon siège, fou de joie en hurlant la marque qu'il me semble mériter : « *Ippon* ! » Mais l'arbitre ne lève son bras qu'à l'horizontale et annonce *waza-ari*.

Rien de grave, me dis-je en essayant de me rassurer, ne voyant pas comment Nicolas pourrait revenir au score à même pas une minute de la fin, mais tout en sachant au fond de moi qu'un combat peut basculer d'une seconde à l'autre.

L'affrontement reprend et les secondes s'égrènent lentement sur le tableau de marque... Plus que 40 secondes à tenir.

Ferrid lance une nouvelle attaque, un mouvement d'épaule mais à droite, contrôlé par Nicolas, et il reste, suite à l'action, en position défensive au sol, à plat ventre, en fermant consciencieusement toutes les ouvertures. Nicolas, contre toute attente, reste au sol, engage ses talons sous les cuisses de Ferrid, et entreprend un laborieux travail de sape dans l'intention d'un passage en force de ses mains, dans la défense pourtant hermétique de mon vaillant poulain. Ses supporters le conjurent de se relever, de ne pas perdre son précieux temps dans cette pathétique tentative d'étranglement qui ne pourrait aboutir à 20 secondes du gong final.

— Debout, debout, hurle sa petite cour, incrédule devant son manque de discernement dans cette entreprise insensée qui œuvre tactiquement pour l'intérêt de son adversaire.

Il est vraiment beaucoup plus idiot que je ne le pensais, me dis-je en regardant le compte à rebours à moins 10 secondes de la délivrance.

Cinq secondes plus tard, je suis saisi par l'évidence de mon erreur de jugement. Non, Nicolas n'est pas un crétin... Mais une crapule peut-être pire que son père !

*

Quelles saloperies, ces cigarettes, me dis-je le souffle court, après avoir parcouru deux fois en courant le tour du grand complexe sportif de Dijon.

L'air vivifiant de l'extérieur m'avait déjà saisi en quittant l'atmosphère confinée de la salle, et la course effrénée où j'essayais de suivre la cadence de Hakim avait fini par brûler atrocement mes poumons.

— Attends, Hakim, dis-je en m'arrêtant subitement, plié en deux par la douleur. Peut-être Ferrid nous attend-il tout simplement devant la voiture...

Hakim arrête sa course et fait demi-tour en marchant dans ma direction. Il appelle une dernière fois son frère, ses deux mains en porte-voix autour de sa bouche.

En arrivant devant le parking, nous apercevons enfin Ferrid avec soulagement, au loin. Il se trouve en effet assis sur son sac de sport, le dos appuyé contre une portière de la voiture, recroquevillé sur lui-même, la tête entre ses genoux. Son corps, toujours couvert de son judogi, tressaille sous les soubresauts des spasmes de pleurs incontrôlables.

Je m'agenouille devant lui et le tiens blotti dans mes bras, tout contre moi. Aux ruissellements de sueur se mêlent ses larmes de détresse.

— Calme-toi, Ferrid, lui dis-je, alors que Hakim, accroupi à nos côtés, tente de l'apaiser en lui massant lentement la nuque et en lui passant une main dans les cheveux.

Ferrid relève sa tête d'entre ses genoux, essaye de parler, mais aucun son ne sort de sa bouche tremblotante.

Malgré leur apparence physique de jeunes hommes athlétiques, les jumeaux ne sont encore que de grands enfants à la sensibilité à fleur de peau.

— Ne parle pas, petit... Fais juste le vide, là, lui dis-je. On va quitter au plus vite cet endroit et retourner chez nous... Viens, relève-toi, on met les voiles tout de suite, loin d'ici...

Hakim et moi l'aidons à se relever et l'installons dans la voiture que je démarre aussitôt pendant que son frère jette son sac dans le coffre.

Ce n'est qu'à l'exact moment où nous empruntons l'autoroute du Sud que je perçois enfin un semblant d'apaisement chez Ferrid, par l'accalmie de ses sanglots. J'allume aussitôt le poste de radio et choisis dans ma playlist une compilation de musiques lounge, pour que mes deux garçons à l'arrière puissent se laisser bercer par de douces mélodies recouvrant à peine l'agréable son ouaté offert par l'excellence de l'acoustique du véhicule, tout en rendant superflue toute initiative de dialogue entre nous pour le moment. Je ne peux qu'imaginer l'étendue du désarroi de Ferrid face à la scène qu'il a vécue et pour laquelle il n'a certainement aucune compréhension.

Je me souviens de son visage pétrifié par la plus totale incompréhension lorsque l'arbitre arrête le combat, à cinq secondes de la fin, sous un cataclysme de huées et de sifflements du public.

Nicolas, collé contre son dos à ce moment-là, hurla de douleur et retira brusquement sa main droite qu'il tentait de rentrer en force dans la défense sereine de Ferrid. Nicolas se leva alors subitement et, fou de rage, montra à l'arbitre une trace de morsure dans la chair de son pouce droit.

J'avais compris dans un éclair et avec effroi ce qui venait de se tramer. Deux secondes plus tôt, la main gauche de Nicolas simulait une tentative de passage pour placer un étranglement. Elle tentait de se frayer une brèche sous le cou efficacement protégé par les avant-bras de Ferrid, scrupuleusement plaqués contre ses mâchoires. Puis Nicolas glissa soudain sa main droite, quatre doigts à l'intérieur, dans le col de Ferrid, qu'il souleva énergiquement pour crédibiliser par cette traction la tentative de passage de sa main gauche en simulant une volonté de création d'espace lui permettant de trouver un accès dans la défense hermétique de son adversaire.

Mais à ce moment précis, profitant de l'extrême proximité de sa bouche contre son propre pouce droit, et sachant que son acte ne pourrait être vu de quiconque, il planta ses dents dans la chair de son court adducteur qu'il mordit jusqu'au sang, juste avant de plonger subitement cette main meurtrie vers le menton protégé de Ferrid.

Son talent de comédien fit le reste. Un jeu d'enfant pour lui de donner l'illusion à tous, public comme arbitre, que la morsure qu'il venait en fait de s'infliger avait été causée par Ferrid, grâce à la particularité de cette phase de combat au sol invisible de tous.

Tout est confus ensuite, comme dilué dans le brouillard du vague souvenir d'un cauchemar.

Des insultes, des cris hurlés depuis les gradins… Cannibale, espèce de sale sauvage sont les termes les plus marquants dont je me souviens.

Je revois le pauvre Ferrid qui se relève et qui semble totalement perdu au milieu du tatami. Il reste immobile, effaré et dans la plus totale incompréhension de cette scène surréaliste.

Il ne comprend pas lorsque l'arbitre se tourne vers lui et le désigne du doigt en annonçant un cinglant et glaçant *hansoku-make*, synonyme de disqualification, sous les sifflets et huées des spectateurs outrés par ce qu'ils pensent être l'acte le plus abject qu'un judoka puisse commettre, en contradiction totale avec les valeurs de ce code moral dont ils aiment tant de se gargariser.

Je vis ensuite Ferrid saluer la petite ordure de Nicolas dont le visage trahissait la machiavélique jubilation d'avoir réussi l'ultime coup de poker sur ce combat qu'il savait perdu.

J'eus une sorte de nausée en voyant « mon petit » sortir de la surface de combat, la tête basse, attitude pouvant être interprétée comme une forme de soumission à la sanction infligée et qui dut conforter le public dans sa persuasion qu'il était bien coupable de cet acte et qu'il ne pouvait que s'en montrer honteux. Des sentiments de colère et d'impuissance me gagnèrent ensuite en assistant de loin au spectacle de Daniel Bourgeois, l'accueillant en gesticulant sur le bord du tapis et démontrant une agressivité extrême à son égard, exprimée par des ébullitions de propos visiblement courroucés dont la distance et le bruit ambiant de la salle m'empêchaient d'entendre le sens. Il suivait Ferrid, dont le seul salut semblait être dans la fuite des fureurs de la salle, en lui crachant toute son animosité et, par deux fois, en le poussant même violemment dans le dos d'un geste brutal de la main.

Ils disparurent dans les coulisses du complexe et je ne sus quoi faire, descendre le retrouver ou attendre, car la cérémonie de la remise des médailles était déjà annoncée au micro.

Je fus déconcerté en constatant son incompréhensible absence lorsque son nom fut prononcé pour l'inviter à monter sur la deuxième marche du podium, sous le vacarme assourdissant des sifflets des spectateurs. L'insoutenable bronca ne cessa qu'aux premières notes de l'hymne national français. Les drapeaux nationaux des lauréats montaient lentement derrière ce podium dont je ne voyais que le vide de la deuxième marche, celle où Nicolas aurait dû se trouver logiquement, mais qui, toutefois, attendait Ferrid qui, je ne sais pourquoi, l'avait désertée.

Quelque chose a dû se passer, dis-je à Hakim en l'entraînant avec moi à l'extérieur du gymnase à la recherche de son frère.

La voiture semble planer au-dessus de la nuit et, vers trois heures du matin, nous dépassons enfin le péage de Salon-de-Provence.

Aucun mot n'a encore été prononcé depuis notre départ de Dijon, et je ne connais toujours pas les autres causes de l'insondable détresse de Ferrid, qui ont dû immanquablement se rajouter à l'injustice dont il a été victime.

Vers Aix-en-Provence, Ferrid se révèle enfin apte à communiquer et je lui explique dans les détails ma compréhension de la machination entreprise par Nicolas pour qu'il soit disqualifié. Il n'a trouvé que ce seul moyen, lui dis-je, pour échapper à une défaite imparable, à quelques secondes de la fin de ce combat qu'il ne pouvait que perdre sans sa diabolique tricherie.

Ferrid semble surpris que Nicolas ait pu pousser le vice jusqu'à se mordre lui-même afin qu'il en soit accusé. Tout ce qu'il sait est qu'il ne l'a pas mordu, c'est une certitude. N'ayant pas vu la scène où, au-dessus de lui, Nicolas montrait la marque d'une morsure jusqu'au sang à l'arbitre, il pensait jusqu'alors qu'il ne s'agissait que d'une simple erreur d'interprétation de celui-ci, influencé par un pathétique « cinéma » de son adversaire.

Je n'ai rien fait, me conjure Ferrid, je n'ai pas mordu Nicolas et je n'ai fait que me défendre contre la violence de Daniel Bourgeois.

J'apprends alors ce qu'il s'est réellement passé ensuite dans les vestiaires où Ferrid essayait de s'isoler afin de se calmer.

Daniel Bourgeois l'avait suivi dans les couloirs en l'insultant et en le bousculant. Il était hors de lui, me dit Ferrid, il écumait de rage.

Lorsque je suis rentré dans le vestiaire, me dit-il, j'ai essayé de le convaincre de mon innocence, je lui ai juré que je n'avais rien fait, et là, il m'a hurlé quelque chose comme : « Jure pas, en plus, espèce de bougnoul » en me poussant contre un mur. Je n'ai fait que le repousser, de toutes mes forces, et il s'est retrouvé projeté en arrière sur l'autre mur. Sa tête a dû cogner un portant d'un portemanteau et il est resté une seconde ou deux KO, à genoux devant moi. Il a mis une main dans ses cheveux et, en voyant du sang sur celle-ci, il m'a dit que j'allais le payer cher. J'ai enlevé la ceinture noire et l'ai jetée par terre devant lui… Puis, j'ai pris mon sac et suis parti en courant vers l'extérieur. Vers la voiture où vous m'avez trouvé…

Un élan irraisonné de haine m'envahit et je me serais bien vu faire demi-tour pour me défouler sur la tête enfarinée de Bourgeois si les jumeaux n'avaient pas été avec moi.

Étrange, ce profond sentiment de protection, quasi parental, presque animal, que j'éprouve envers mes deux protégés, me dis-je en essayant de réprimander la fureur de mon instinct.

À partir de maintenant, nous allons oublier le judo, leur dis-je, faire table rase sur les évènements d'aujourd'hui, pour ne penser qu'à votre seule priorité… Celle du bac. Plus d'entraînement, plus aucune allusion ni pensée autre que celle de votre principale échéance. On reparlera judo et entraînement dans un mois, promis, lorsque vous aurez votre bac en poche.

*

Je recule de quelques pas, me place au-delà du tatami de mon atelier, barbouillé de taches de toutes les nuances de couleurs qu'on puisse imaginer, encombré d'un agglomérat de pots ruisselants de peinture et de tubes d'huile écrasés. Et là, à distance, j'analyse l'effet que me procure l'immense toile qui me semble achevée par son apparent équilibre.

Elle sera probablement la pièce centrale de ma prochaine exposition, en décembre prochain. Une formidable opportunité négociée par mon marchand d'art, transcendée par l'élan de son enthousiasme à me représenter à l'échelon international, en tant qu'agent artistique, et encouragé par l'ascension de ma cotation auprès de son portefeuille de collectionneurs.

Un projet aussi formidable que motivant, au sein de l'une des plus importantes galeries d'art contemporain de Rio de Janeiro. J'avais imaginé sur le moment qu'il aurait été naturellement orienté vers mon travail de style japonisant lorsqu'il m'en avait parlé, connaissant l'influence de la culture japonaise sur la communauté brésilienne, omniprésente dans cette agglomération. Pourtant, je fus surpris d'être avisé que l'exposition serait plutôt axée vers l'essence même de la ferveur de mon inspiration initiale, celle se rapprochant de l'œuvre de mon modèle suprême, Nicolas de Staël.

Rio de Janeiro... Le nom de cette ville, que j'allais bientôt découvrir, m'évoque à la fois la brûlure du soleil sur ma peau, l'éblouissement d'un éventail prodigieux de couleurs, la délivrance d'un rafraîchissement sous l'ombre d'un bananier ou d'un plongeon dans l'océan revigorant face à Copacabana.

Mon marchand d'art m'avait dit tout le bénéfice de mes évolutions dans mes études sur les empâtements et aplats colorés, techniques tellement reprochées à mes débuts, au prétexte d'un manque flagrant d'originalité. Puis il m'avait divulgué l'enthousiasme du responsable de la galerie brésilienne pour l'organisation d'une exposition tournée vers les couleurs de la Méditerranée autour de l'influence de Staël dans l'origine de mon travail, dont une de ses toiles, suprême honneur pour moi, figurerait en place centrale.

L'acquisition de cette pièce rarissime lors d'une vente aux enchères à New York a dû lui coûter les yeux de la tête, et comme il ne tenait pas à s'en séparer, elle ne serait pas mise en vente, mais seulement exposée, dans le but de ravir le public et de sublimer mes modestes créations dans la lignée de l'immensité de son art.

— Elle est très belle, mon fils, me dit la voix reconnue entre toutes de mon père, arrivant derrière moi et m'extrayant des brumes de mes pensées.

Je me retourne en souriant de son compliment subjectif et nous nous saluons par notre original et traditionnel rituel.

Il reste à mes côtés quelques longues secondes, contemplant les nuances de bleu étalées sur la grande toile suggérant un paysage maritime où émergent d'autres tons vifs de jaune, rouge ou vert représentant l'alignement d'îles d'un archipel imaginaire contrastant avec les nuances en dégradés de la mer.

— J'adore celle-là, me dit-il. Vraiment. Comme toutes celles de tes dernières séries marines... J'en ai encore vendu une, aujourd'hui. Tes œuvres « Japan » marchent bien aussi, mais peut-être devrions-nous ne pas les présenter en association avec ton style initial lors d'une même exposition. Je passe mes journées à dire aux visiteurs qu'il s'agit d'un même peintre et non de deux artistes tellement le travail est différent...

— Justement, je voulais t'en parler, Papa... Notre marchand d'art n'arrête pas de me répéter que cette différence entre les deux styles déconcerte galeries et collectionneurs. Les gens veulent des repères, une histoire dans le parcours et la démarche d'un artiste qu'ils doivent intégrer. Et cette différence entre les deux styles nuit, en fait, à mon identification. En bref, pour plus de clarté, il me suggère une étrange stratégie... L'effacement de mon identité sur les toiles « Japan » au profit d'un pseudonyme, un artiste mystérieux auquel il faudrait inventer une autre histoire, liée au Japon, à la calligraphie, aux arts martiaux... tout en gardant paradoxalement la même signature, HM... mais qui représenterait un autre peintre, Hirohito Murakami, par exemple. Cela ferait plus exotique pour des expositions en Europe, non ?

— Il a de drôles d'idées, lui... Pas un peu farfelu, son discours ? émet mon père en riant.

— À voir. J'en sais rien. Pour le moment, je peins comme un forcené. Toiles minimalistes abstraites d'allures japonisantes comme toiles dans la lignée de mes expressions premières. J'avance comme je peux et j'alterne entre l'une et l'autre de mes séries, au gré de mes envies...

— C'est vrai, tu produis énormément, actuellement... Peut-être trop, je ne sais pas. Ça me semblait plus équilibré, ta débauche d'énergie dans la peinture, avant... lorsque tu consacrais une grande partie de ton temps à tes séances de judo. Au fait, toujours pas de nouvelles des jumeaux ?

— Non, aucune, répondis-je en tentant de dissimuler mon regret concernant la rupture de ce bel équilibre auquel je m'étais accoutumé.

Il avait eu la particularité de réguler mes ardeurs créatrices par mon engouement dans la mise en œuvre d'autres objectifs, gravitant autour d'un tout autre univers, sportif mais surtout humain, se révélant ô combien nécessaire à ma plénitude.

Je n'avais plus vu les jumeaux depuis un bon mois, depuis ce soir qui n'aurait dû être que festif pour célébrer le miracle de leur réussite au baccalauréat.

Le bourrage de crâne intensif mené par mon équipe pédagogique avait finalement porté ses fruits. Les professeurs avaient réussi, non sans mal, à leur faire ingurgiter le programme annuel en quelques semaines seulement.

Dès l'affichage des résultats, Fatima, folle de joie, organisa un somptueux dîner, un délicieux tajine auquel mon père et moi fûmes conviés, ainsi que tout le commando des professeurs sans lesquels cette inespérée réussite n'aurait eu lieu.

Mais il me fallut informer Ferrid et son frère de la mauvaise nouvelle dont j'avais eu connaissance quelques jours auparavant et que je n'avais pas dévoilée directement, afin de ne pas les perturber dans les épreuves de l'examen dans lequel leur esprit devait être exclusivement plongé.

J'avais conscience que j'allais gâcher cette fête, mais je ne pouvais pas leur cacher la vérité plus longuement. J'avais pris Ferrid à part en fin de soirée et lui avais annoncé la nouvelle qui lui fit l'effet d'une douche froide.

Le couperet de la commission disciplinaire de la Fédération française de judo était tombé. Le comité avait statué sur une radiation fédérale d'une durée de quinze ans à l'encontre de Ferrid, condamné pour les violences qu'il aurait commises envers le Directeur des équipes de France, Daniel Bourgeois.

J'avais appris cette décision le jour même où ils planchaient sur leurs épreuves de philosophie. Victor, informé par un communiqué fédéral transmis aux clubs, m'avait aussitôt appelé.

Que Ferrid n'ait pas été convoqué à cette commission est pour le moins étrange, me dit-il, car cela ne lui semblait pas conforme aux droits les plus élémentaires de défense. J'avais été tout de suite jeter un œil à l'intérieur de la boîte aux lettres dédiée à mon club, que je n'ouvrais plus depuis des années, depuis cette époque où pour moi le judo faisait déjà partie d'un lointain souvenir. Malgré l'étiquette de l'annonce collée sur elle – No Pub Merci – dont l'écriture était certes lavée et usée par les intempéries mais encore lisible, elle débordait de prospectus publicitaires aussi débiles que divers, au-dessus desquels je découvris effectivement un avis de passage pour un courrier en recommandé adressé à Ferrid.

Quelle bande d'imbéciles, me dis-je. Pourquoi avoir envoyé ce courrier en recommandé à l'adresse de son club et non pas à son domicile, dont la fédération avait forcément l'adresse, inscrite sur le listing national des licences ?

Sherazade, informée par mes soins le jour même, confirma les doutes de Victor sur la légitimité d'une telle sanction sans possibilité de défense et me proposa d'enclencher une procédure de nullité pour vice de forme, voire d'assigner la fédération sur le fond.

Je la remerciai pour la spontanéité de son aide, mais lui fis part de mon extrême pessimisme sur les suites de cette affaire, malheureusement sans aucun témoin, où seules les paroles des deux protagonistes seraient entendues. Les accusations de violences, de coups et de blessures volontaires sur un directeur technique national, étayées par le certificat médical entraînant un arrêt de travail que ce dernier n'a sans doute pas manqué de se faire établir, pèseraient bien lourd devant la seule bonne foi de Ferrid.

Les jumeaux furent sonnés par ce cataclysme qui s'abattait sur leur tête lorsque j'eus le courage de leur en parler. Ils restèrent sans voix, anéantis par l'effroi à l'idée d'imaginer leur vie sans le judo.

Ferrid, incapable de la moindre réaction, s'écroula sur une chaise, posa ses coudes sur ses genoux et resta prostré, ses deux mains sur le visage.

— On va faire quoi, maintenant, de nos vies sans le judo ? me questionna Hakim, livide.

— Je comprends votre détresse, dis-je, mais rien n'est perdu. On trouvera des solutions. Il vous faut peut-être un peu de temps pour digérer cette sale nouvelle… Laissons passer quelques jours et on reprend l'entraînement au dojo. Vous connaissez le chemin, je serai là et je vous y attendrai…

Je n'ai pas voulu être insistant, souhaitant leur laisser l'initiative de leur venue.

Mais un mois s'est écoulé sans visite de leur part, sans le moindre signe me laissant présager de leur retour.

*

22 h 30… Il n'est pas trop tard pour toquer à la porte des jumeaux. J'ai assez de familiarité avec eux et Fatima pour espérer qu'une petite visite imprévue chez eux ne soit pas importune.

J'exècre, il est vrai, parler au téléphone et j'abomine les communications par SMS. Je dois fonctionner encore à l'ancienne : seuls les rapports directs avec les personnes trouvent grâce à mes yeux.

Fatima m'ouvre la porte, cachant aussitôt sa surprise dans un sourire que je suppose forcé, dans le seul but, je le comprends instantanément, de me faire croire que ma visite lui fait plaisir. Mais ses yeux m'apparaissent rougis et elle ne semble visiblement pas dans son assiette.

— Fatima, désolé, il est tard, dis-je confus, je passais par là, près de chez vous, je me suis permis de m'arrêter. Je repasserai demain, si tu veux, à une heure plus convenable...

— Mais pas du tout, s'exclame-t-elle spontanément dans une réplique que je perçois soudain sincère. J'ai besoin de te parler, tu tombes bien, entre, je t'en prie.

Elle semble seule dans son appartement, son mari est peut-être déjà couché ou de sortie et le silence ambiant me laisse supposer l'absence des jumeaux dans les lieux. J'accepte le verre qu'elle m'offre, un café, sans sucre et très serré, comme elle sait que je les aime. Après quelques paroles de bienséance, elle se confie à moi, se libérant enfin, d'un trait, du poids de ses préoccupations.

L'avenir de Hakim et de Ferrid la préoccupe au plus haut point. En premier lieu, me dit-elle, ils étaient tellement persuadés de leur échec au bac qu'ils n'ont même pas pris la peine de remplir leurs vœux ni leurs dossiers de candidature dans une quelconque faculté pour la rentrée universitaire qui approche.

— Ils ne sont inscrits nulle part, se lamente-t-elle, et le pire, c'est qu'ils s'en foutent royalement !

— Où sont-ils, là ? Je peux leur parler ?

— Je ne les contrôle plus, me dit-elle, ni moi ni leur père. Depuis cette histoire de suspension de licence de judo, ils ne sont plus les mêmes. Ils se sont renfermés sur eux-mêmes, plus moyen de leur parler, de communiquer... Tu sais, Hugo, tu ne connais qu'une facette de leur personnalité. Ils peuvent paraître adorables de prime abord, mais ils sont parfois exécrables. Il y a une chose qui me fait peur plus que tout. Ils peuvent facilement basculer d'un extrême à l'autre... D'une vie saine uniquement centrée vers le sport à une vie d'épave humaine comme ils en ont pris la direction...

— C'est-à-dire ? dis-je, surpris.

— La suspension de Ferrid a été vécue comme une injustice. Infligée par ce milieu qu'ils vénéraient tant. Ils ont commencé à éprouver une sorte de dégoût profond du sport en général. Du jour au lendemain, leur vision du monde a changé… Et ils se sont malheureusement rapprochés d'un copain d'enfance qui était leur idole lorsqu'ils étaient petits, Hamed, tu te souviens, le petit leader incarcéré pour un trafic de drogue. Eh bien, il est sorti de prison il y a peu. Il vit dans une des tours voisines et ils passent la majeure partie de leurs journées et de leurs nuits chez lui… entourés d'autres jeunes paumés. Ils squattent là-bas à cette heure-ci, et ne rentreront, au mieux, qu'au petit matin…

— Fatima, donne-moi l'adresse de cet Hamed, s'il te plaît !

*

Hamed vit au sixième étage d'une tour, à quelques mètres de celle de la famille de Fatima, et je décide de m'y rendre à pied. En allumant une cigarette sur le trajet, je constate un imperceptible tremblement dans mes mains.

Je pénètre dans le hall de l'immeuble et je suis étonné de le constater en bien plus piteux état que celui de Fatima. Je me dirige aussitôt vers les portes de l'ascenseur, visiblement refait à neuf récemment et pourtant déjà entièrement recouvert de tags et graffitis divers, mais m'arrête aussitôt pour tendre l'oreille vers une porte que je suppose être celle d'un accès au sous-sol.

Des basses étouffées semblent provenir des profondeurs de la cave, provoquant une sourde résonance dans l'habitacle de l'entrée et d'indiscernables vibrations au niveau de la porte des locaux. L'intime conviction de la présence d'Hamed et des jumeaux quelle part derrière cette porte me pousse à l'ouvrir. Après avoir dévalé quelques marches, je constate que mon pressentiment se révèle exact.

Une vingtaine de jeunes gens se tiennent assis ou couchés, affalés sur d'immenses coussins ou poufs, pour la plupart éventrés. Plongés dans la pénombre, ils émergent sous les nuées d'une épaisse fumée flottant dans l'exiguïté de ces lieux délabrés.

La forte d'odeur de cannabis et le vacarme assourdissant de l'insupportable musique me donnent aussitôt la nausée. Mon intrusion ne semble pas surprendre outre mesure la bande de jeunes qui, bouteille d'alcool dans une main, joint dans l'autre, se contentent de me dévisager d'un œil morne. Les traits de leurs visages impassibles ne manifestent aucune émotion particulière. Ils me regardent de leurs yeux vitreux et sans expression, comme une vache pourrait regarder le déraillement d'un train au loin.

Je reconnais aussitôt les jumeaux, couchés sur un tas de coussins, les seuls visiblement plongés dans les profondeurs d'un sommeil tellement lourd que même l'assourdissante musique ne saurait le perturber. Un des jeunes, visiblement le plus âgé d'entre eux, se lève péniblement, pose par terre sa bouteille de whisky et se traîne vers moi.

— C'est toi, Hamed ?

— Lui-même... Tu veux quoi, Papa ? me demande-t-il.

Je ne sais sur le moment si je dois considérer son terme de « Papa » comme un compliment ou comme une preuve de mépris, car il aurait aussi bien pu me nommer « Papy ».

— Je suis venu voir Ferrid et Hakim, je dois leur parler...

— Eh bien, tu leur parleras une autre fois, Papa...

— Écoute-moi bien, toi, lui dis-je en sentant une irrésistible colère monter en moi, je ne suis le père de personne... Alors si tu m'appelles encore une fois « Papa », le « Papa », il va faire son devoir de père pour t'apprendre le respect...

— Et il fera quoi, le méchant Papa ? dit-il en ricanant.

— Tu m'appelles encore une fois « Papa », tu te prends un coup de tête en pleine poire, tu as compris ?

— Mais c'est ça, Papa !

Mon coup de tête, aussi fulgurant qu'irréfléchi, le percute violemment en plein milieu du front et il s'écroule comme un sac vide devant moi.

— Chose promise, chose due, dis-je sans être persuadé que son triste état lui permette de m'entendre. Tu auras au moins appris ce dicton, aujourd'hui...

Trois petites loques humaines, convaincues sans doute par le statut de petite frappe qu'elles se sont octroyées, font mine de se relever, mais je perçois leur inaptitude à intervenir du fait de leur forme physique altérée par la drogue et l'alcool.

— Restez assis, sinon ce sera le même tarif !

Ma menace, mais surtout la conscience de leur impuissance, les cloue sur place. Pressé de quitter l'atmosphère hostile des lieux, je me précipite vers les jumeaux et les secoue sans ménagement.

— Réveillez-vous, tous les deux... Allez, debout !

Ils émergent brusquement de leur sommeil profond et, en me voyant, ont tous deux un mouvement de recul, surpris et effrayés de me découvrir dans ce lieu insolite. Je les aide à se relever et ils me suivent docilement, la tête basse, vers la sortie de ces sordides locaux, aussi glauques que repoussants.

L'air frais de la nuit me fait du bien.

J'allume aussitôt une cigarette et me délecte d'une première bouffée de fumée qui me semble être aussi pure que les vapeurs d'un nuage enveloppant les cimes du Kilimanjaro en comparaison avec les fétides émanations stagnant à l'intérieur de la cave.

— Vous êtes fiers de vous ? dis-je aussitôt, emporté par un foudroyant élan d'exaspération. Mais vous n'avez pas honte ? Voilà trois ans que je m'occupe de vous, que je vous consacre une grande partie de mon temps, et vous disparaissez comme ça, sans explications ?

Les jumeaux, penauds, encore engourdis par leur somme provoqué par l'absorption de je ne sais quelles substances, se contentent de baisser la tête, comme deux petits garçons pris en flagrant délit d'une bêtise et grondés sévèrement. Leur attitude a pour effet de m'énerver encore plus. J'aurais aimé qu'ils me tiennent tête, qu'ils se rebiffent devant ce qu'ils pourraient considérer comme de l'illégitimité de ma part de les sermonner avec une telle vigueur.

Ne tenant pas en place, je me mets à faire les cent pas devant eux, en tirant nerveusement sur ma cigarette, transcendé par une fureur dont ils ne m'imaginaient pas capable.

— Mon total investissement pour vous, aussi bien dans le domaine du judo que pour votre réussite au bac, était totalement désintéressé. Tout ce que j'ai fait, je l'ai fait avec plaisir. Je n'attends aucune reconnaissance de votre part... En revanche, je m'attendais pour le moins à un minimum de respect et de correction envers vos parents qui, eux, vous ont tout donné. Que du jour au lendemain vous décidiez de lâcher la seule chose qui semblait vous tenir à cœur, le judo, je peux l'admettre. C'est votre vie, pas la mienne, après tout... Mais ayez la décence de vous rabattre vers d'autres objectifs, vers des études ou vers une quelconque orientation professionnelle !

— Pardon, Hugo, balbutie l'un d'eux se révélant être Hakim. La sanction de Ferrid nous est tombée sur la tête comme un coup de massue. Nous voulions venir te voir, mais nous n'avons pas osé. Nous savons bien tout ce que tu as fait pour nous, et nous étions désolés de t'avoir fait perdre ton temps...

— Détrompez-vous, les minots… Tout ce que j'ai fait était autant pour vous que pour moi. Et, surtout, il ne faut jamais regretter les choix et les actions du passé. Que les conséquences aient été positives ou négatives, eux seuls nous permettent de construire une vie. Ce sont les erreurs, les errements, les mauvais choix, parfois, qui nous permettent d'avancer. Le seul regret que l'on pourrait avoir serait d'avoir eu un jour la faiblesse de baisser les bras face au premier obstacle venu. Les seuls remords que l'on puisse connaître dans l'existence ne peuvent être que le manque de persévérance et de courage pour tenter au moins d'atteindre une infime partie des objectifs que l'on s'est fixés… Écoutez ce que nous disait Oscar Wilde : « Il faut toujours viser la lune, car même en cas d'échec, on atterrit dans les étoiles. »

— Mais j'ai pris quinze ans de suspension de licence… se risque Ferrid. Le judo, pour moi, c'est mort… Et Hakim, du coup, est autant déboussolé que moi par cette catastrophe.

— Je connais un autre gars, bien moins célèbre qu'Oscar Wilde, qui n'arrêtait pas de répéter à qui voulait bien l'entendre : « Dans la vie, il n'y a pas de problème, il n'y a que des solutions… » Eh bien, il avait raison. Écoutez, les minots, je ne vais pas vous supplier pour que vous rentriez dans le droit chemin, vous êtes grands, maintenant. Des solutions, j'en ai peut-être, mais je n'en parlerai pas. Prouvez-moi tout d'abord ce que vous avez dans le ventre. Je vous laisse jusqu'à demain, pas un jour de plus. Réfléchissez bien à ce que vous voulez faire de votre vie. Je serai au dojo à 17 heures, comme d'habitude. Si vous venez, c'est bien, mais ce sera pour reprendre le travail, et je vous aiderai comme je le peux avec joie. Si vous ne venez pas, je comprendrai et respecterai votre choix. Et le dojo redeviendra un simple atelier. Pour toujours.

*

Leurs sacs de sport en bandoulière sur l'épaule, Ferrid et Hakim se présentent au dojo-atelier bien avant l'heure butoir. Leur air de chien battu trahit leur embarras devant la rancœur dont ils supposent que je suis encore rempli, intimement persuadés tous deux de m'avoir profondément déçu. À vrai dire, je suis agréablement surpris de les voir pousser la porte de mon espace, redevenu un atelier à part entière, tellement leur retour me semblait improbable. Aussi, devant le désordre chaotique des lieux voués à ma seule peinture, dois-je, paradoxalement, masquer un certain malaise devant la preuve flagrante de ma certitude qu'ils ne reviendraient plus.

Cette séance de reprise sera surtout consacrée à libérer totalement le tatami encombré de toiles et de tout mon bazar dégoulinant de peinture.

Ils enfilent ensuite leurs judogis et je souris en voyant Ferrid sortir des vestiaires en nouant avec un plaisir évident, de nouveau, sa ceinture bleue. Devant l'état du tapis, couvert de peinture à l'huile fraîche, je les invite plutôt à préserver leur judogi japonais pour enfiler leur autre tenue de judo et leur ceinture déjà souillées de taches multicolores, toujours accrochées sur les cintres des vestiaires, et bien mieux adaptées au travail dans ces lieux.

Je les incite ensuite à reprendre, comme si de rien n'était, des exercices de base, en me gardant bien d'exprimer la moindre allusion sur les origines de notre altercation, déjà reléguée au fin fond du passé.

Notre travail reprend donc, à la fin de cet été, dans l'insouciance la plus totale de ce que leur réserve leur proche avenir, dont ils évitent le sujet, de crainte que la légèreté les ayant conduits à sacrifier toute une année d'études la saison prochaine ne vienne raviver ma supposée animosité.

Avant de leur parler de quoi que ce soit, je décide tout d'abord de m'entretenir avec Fatima. Je dois lui soumettre mon projet pour eux, même si je n'arrive pas encore à m'en convaincre moi-même.

— On doit se rendre à l'évidence, lui dis-je quelques jours après la reprise de nos entraînements, tes petits ont obtenu le bac, mais ils ne seront admis, à cause de leur négligence, certes, dans aucune faculté cette année. Le deuxième constat est que leur passion pour le judo est restée intacte. Cela nous garantir leur maintien dans les rails d'une vie saine, en les tenant éloignés de certains jeunes de leur entourage. Nous savons toi et moi qu'ils pourraient dériver vers d'autres chemins et s'y perdre par défaut et surtout par dépit.

Fatima me regarde intensément, en fronçant les sourcils.

— Je te propose de réfléchir à la pertinence d'une année sabbatique pour eux, consacrée au judo… Toute cette fin d'année 2017 et la saison 2018, durant cette période qui, de toute façon, est d'ores et déjà perdue pour les études…

— C'est très gentil à toi, Hugo, mais tu as déjà fait beaucoup pour eux. Beaucoup trop, même…

Je la coupe avec tact en posant une main sur son avant-bras, dans un geste d'apaisement, et reprends :

— Qui ne fait pas d'erreurs ? Surtout à leur âge. Et puis, ils avaient des circonstances atténuantes. L'annonce de la sanction de Ferrid les a plus que déstabilisés et ils ont été soudainement perdus, brutalement sans repère aucun devant le proche futur dans lequel ils projetaient tous leurs rêves. Je pense que cette année de coupure dans les études pourrait leur permettre de prendre le recul nécessaire à la réflexion... Afin qu'ils prennent le temps d'envisager la direction que pourrait prendre leur avenir. Pour qu'ils puissent se diriger soit vers des études universitaires soit, à défaut, vers des voies professionnelles, où ils pourraient se projeter dans un corps de métier susceptible de les attirer. Et ma proposition serait un pari, mais il me faut évidemment ton accord et celui de ton mari. Qui serait de les stimuler au quotidien afin qu'ils ne s'éloignent pas des réalités de la vie, par le biais du seul domaine qui leur tient à cœur : le judo.

— Je ne sais pas où tu veux en venir, Hugo, désolée...

— Oui, je tourne autour du pot, je le reconnais. Simplement, laisse-moi m'occuper d'eux, dans l'activité dans laquelle ils sont visiblement prêts à s'investir. Qu'ils consacrent leur temps cette année à progresser dans l'art du judo. Laisse-moi les prendre en main pour une tournée autour du monde où ils découvriraient d'autres façons de travailler, mais aussi d'autres cultures qui ne pourraient que les enrichir intellectuellement...

— Je suis plus que flattée de ta proposition, Hugo, me dit-elle, gênée, mais je ne peux pas accepter tous ces sacrifices que tu envisages pour eux.

— Ce ne sont pas des sacrifices, Fatima, loin de là. En premier lieu, ils en valent largement la peine. Ensuite, égoïstement, je dois te l'avouer, ce serait pour moi un plaisir. Un objectif complémentaire pour donner un autre sens à ma vie, outre la peinture. J'ai aujourd'hui cette chance inouïe de n'avoir aucun problème financier et j'ai envie de voyager, de découvrir d'autres horizons. Je peux me le permettre actuellement, mais, encore une de mes manies, il m'a toujours été impossible de voyager sans véritable but, comme le font la plupart des gens qui peuvent partir tout simplement en vacances dans un pays lointain. Il ne me serait jamais venu à l'idée de prendre un vol pour Rio de Janeiro sans ce projet d'exposition en décembre prochain. Puis, l'idée de joindre l'utile-agréable à l'agréable-utile me remplirait de joie, si je pouvais par exemple profiter de cette opportunité pour emmener Hakim et Ferrid avec moi. Sans eux, je ne verrais aucune raison de rester sur place plus d'une journée ou deux, le temps du vernissage et basta. Mais l'idée de nous poser quelques semaines supplémentaires, peut-être un mois, m'enthousiasmerait vraiment dans l'hypothèse d'une noble excuse et d'un prétexte louable. Dans ce cas précis, ce serait permettre un travail de fond dans des secteurs spécifiques du judo que les petits ne pourraient pas trouver ailleurs... Tu dois me trouver bien étrange, je sais...

— Je ne sais pas quoi te dire, Hugo... Leur désintérêt, leur rejet même pour l'école m'a toujours préoccupée. En comparaison avec leur grande sœur qui a toujours été brillante et studieuse. Elle, au moins, nous a récompensés pour nos sacrifices, et nous sommes fiers de sa réussite...

— Chaque enfant est différent... Et même s'il est peu probable que les jumeaux s'engagent vers de hautes études, l'important n'est-il pas qu'ils s'épanouissent dans la voie qui est la leur ?

— Ils mettaient beaucoup d'espoirs dans le judo, réplique Fatima, mais tu sais bien comme moi que la seule pratique du judo ne leur suffit pas, même s'ils adhèrent à la philosophie de leur idole, Maître Nagao, seulement en théorie, car même s'ils ne l'ont jamais avoué, la compétition reste leur véritable motivation. Et l'herbe leur a été fauchée sous le pied avec cette sanction... Ferrid est privé de licence pour quinze ans, donc à vie dans le domaine du sport de compétition, il ne pourra jamais participer à la moindre épreuve. Et je vois mal Hakim se désolidariser de son frère en se lançant dans cette voie en solo. Ils sont tellement fusionnels qu'ils ne feront jamais rien l'un sans l'autre...

— Pour ce qui est de la compétition, j'ai ma petite idée là-dessus... Une solution, peut-être, à ce problème de suspension de licence fédérale. Je pourrai te la soumettre, si elle s'avère réalisable, très prochainement. Parce que tu as raison, ils ne souhaitent qu'une chose : s'engager corps et âme dans cette voie. Ils n'osent pas l'avouer, peut-être parce qu'effectivement, Maître Nagao a une autre vision des choses et qu'ils auraient aimé lui ressembler. Mais c'est ainsi, cet esprit compétitif est ancré en eux. C'est une voie louable, même si à leur âge, seul le côté spirituel et ludique de l'activité m'intéressait. Leur vision est tout autre. Seule la performance compte à leurs yeux et ils savent pertinemment qu'elle ne pourra être atteinte que par l'abnégation dans le travail...

— Et tu comptes faire quoi, au juste, pour cette histoire de suspension ? me demande Fatima, perplexe.

*

Fatima dévale prestement les marches de l'escalier de l'immeuble et pousse d'un geste brusque la lourde porte d'entrée. Elle reste un moment immobile sur le trottoir crasseux d'une avenue bruyante où se mêlent vrombissements exaspérants de motos et klaxons intempestifs des véhicules impatients de se dégager d'un embouteillage.

La rue grouille de citadins pressés de se rendre on ne sait où, en évitant habilement tout contact entre eux, instinctivement, comme le feraient naturellement des insectes se croisant dans le cœur d'une fourmilière.

Elle hume longuement l'air qu'elle imagine purifié par les rafales d'un mistral ébouriffant sa longue chevelure et reste un instant les yeux clos, pour essayer de retrouver un semblant de sérénité.

Elle l'a fait... Non seulement elle a eu le courage de se présenter devant son père, mais elle l'a affronté, sans retenue, et l'épanchement de toute cette rancune enfouie durant toutes ces années d'inintelligible rupture l'a finalement libérée d'un poids immensurable. Comment n'avait-elle pas réagi plus tôt, comment avait-elle fait pour accepter que ses propres parents rompent brutalement toute relation avec elle, leur propre enfant, au prétexte qu'elle avait décidé de prendre pour époux Youssef, dont le seul affront à leurs yeux était le statut de harki donné à son père ? Comment avait-elle pu tolérer qu'ils n'aient jamais éprouvé le besoin de connaître ses propres enfants, Sherazade, puis Hakim et Ferrid ? Leurs petits-enfants, chair de leur chair, qui resteront à jamais inconnus pour sa mère, décédée trois ans plus tôt, comme elle vient de l'apprendre avec stupeur !

Étrangement, Fatima n'éprouve aucun remords vis-à-vis de la scène surréaliste vécue il y a quelques minutes, où elle se voit hurler sa rage face à un vieillard tétanisé, un pauvre homme rabougri par l'usure du temps qui est censé avoir été son père. La balle est désormais dans son camp, la mission qu'elle s'était imposée pour ses petits est remplie. Elle ne peut rien faire de plus.

Elle se dirige à pied vers la gare Saint-Charles, en allongeant les pas pour ne pas rater son train en direction de Toulon. La seule idée de devoir attendre un prochain départ dans cette ville de Marseille qu'elle déteste depuis toujours lui donne la nausée. Elle doit courir pour éviter que la porte de la première rame ne se referme devant elle, et s'affale, soulagée, sur une banquette, devant la vitre où glisse le morne paysage d'un no man's land ferroviaire lugubre dont même l'éclat du soleil n'arrive pas à dissiper l'aspect grisâtre.

Fatima s'enfonce sur son siège, ferme les yeux en appuyant sa tête contre la vitre constellée de taches et savoure cet apaisant moment où sa tension semble enfin se diluer dans le bercement des bruits monocordes du train glissant sur les rails.

Elle sursaute soudain à l'idée que la délectation de ce moment d'apaisement, après toutes ces heures d'angoisse et de nervosité, pourrait l'entraîner dans le total abandon d'un sommeil profond et qu'elle ne soit pas réveillée lors de l'arrêt du TER en gare de La Seyne-sur-Mer.

Ouvrir les yeux et concentrer toute son attention sur ses pensées, quelles qu'elles soient, est nécessaire afin d'éviter coûte que coûte de s'endormir, se dit-elle.

Elle dirige donc son esprit vers le récent souvenir de cette fin de matinée, il y a une semaine jour pour jour, alors que Youssef et elle se rendaient à l'ambassade d'Algérie. Ce jour-là, un jeune et prétentieux fonctionnaire leur avait confirmé d'un ton arrogant le refus des visas de Hakim et de Ferrid.

— Il n'y a pas d'explication, avait-il répondu hautainement en s'adressant à Youssef, et sans même regarder Fatima.

C'était pourtant elle qui l'avait questionné sur les raisons du rejet de leur demande, mais il se conduisait comme si elle était totalement invisible à ses yeux.

— Comment ça, pas d'explication ? avait réagi Fatima sans se démonter, aussi outrée par son comportement que par l'absurdité de sa réponse.

Le jeune homme voulait sans doute démontrer l'étendue de son mépris envers le sexe féminin, car il continua à parler à Youssef :

— Il n'y a jamais d'explication, c'est comme ça... On a le visa ou on ne l'a pas. Et pour vos enfants, c'est non !

Fatima allait une nouvelle fois intervenir, mais Youssef l'arrêta d'un geste de la main, comprenant l'inutilité de poursuivre ce jeu stupide, qu'il savait perdu d'avance pour eux. La jubilation de voir Fatima réduite au silence par son mari se lisait dans le sourire illuminant le visage du jeune blanc-bec endimanché.

— Mais je ne comprends pas, dit Youssef, mes enfants ont la double nationalité. Jusqu'à présent, avec un passeport algérien, il n'était même pas nécessaire de faire une demande de visa...

— C'est toujours le cas, le coupe l'arrogant fonctionnaire, mais depuis deux ans, les Algériens voulant entrer au pays sans visa doivent posséder un passeport biométrique. Pour tout autre type de passeport, algérien ou non, le visa est obligatoire...

— Et que faut-il faire pour obtenir un passeport biométrique algérien ? demanda Youssef.

— Plusieurs pièces sont à fournir, avait repris le jeune homme d'un ton trahissant une certaine délectation. Extrait de naissance, passeport venu à expiration, certificat de résidence datant de moins de six mois...

— Donc impossible pour nous d'obtenir un passeport biométrique algérien ? s'insurgea Youssef.

— Non, cela n'est pas possible dans votre cas, répondit le jeune goujat dans un sourire cynique qu'il ne put dissimuler. Avec un ancien passeport algérien non expiré ou avec un passeport étranger, il faut un visa...

— Un visa que tout le monde obtient sauf nous ! s'exclama Youssef.

— Mais non, Monsieur, ricana le bureaucrate, si tout le monde avait un visa sur simple demande, l'État algérien ne l'imposerait pas... Et lorsqu'on demande quelque chose, on doit s'attendre à l'éventualité de ne pas l'obtenir.

Comprenant qu'il ne servirait à rien de poursuivre ce dialogue de sourds, Youssef et Fatima se levèrent et seul son mari prit congé sèchement avec le malotru, qui persistait à ignorer la présence de Fatima.

— Quelle raclure, ce type, s'était insurgée Fatima une fois sortie de l'ambassade.

— On va devoir le payer combien de siècles encore le fait que mon père ait été fiché en tant que harki ? se lamenta Youssef.

— Tu penses que c'est la raison du refus des visas ?

— Pour quelle autre raison, sinon ? À leurs yeux, mon père était un traître à la nation... et nous portons son nom. Pourtant, nos enfants partagent dans leurs veines, à parts égales, le sang de celui qu'ils considèrent comme un héros de la révolution algérienne : ton père qui t'a reniée depuis notre mariage. Mais par le seul fait que nos petits portent le nom du mien, ils sont fichés et bannis à jamais de la terre de leurs origines...

— Je vais aller voir Abdelkader, dit subitement Fatima.

Depuis leur rupture, Fatima n'appelait plus son père que par son prénom lorsqu'elle était contrainte de l'évoquer.

Membre actif du FLN, Abdelkader, après l'indépendance, avait longtemps partagé son temps entre Alger et Marseille pour ses activités de commerce dans l'import-export. Il avait tout d'abord épousé sa mère, Asma, qu'il avait installée à Marseille, et Fatima était née de leur union quelques années plus tard.

Mais suite à un problème gynécologique lors de son accouchement, Asma devint stérile et Abdelkader fut raisonnable : il n'épousa que deux autres femmes, Dora et Jalila, qui furent parquées dans la maison de son bled, aux portes d'Alger, dans l'espoir de lui assurer une descendance qu'il espérait nombreuse.

Selon les lois régissant le mariage en Algérie, autorisant, voire encourageant les unions polygames, il aurait pu avoir jusqu'à quatre épouses légitimes, mais Abdelkader n'était pas un homme enclin à se compliquer la vie, aussi se contenta-t-il des douze enfants que lui donnèrent ses femmes cloîtrées dans sa demeure algérienne et de Fatima qui jamais ne rencontra ses demi-frères et sœurs.

— Mais pourquoi veux-tu revoir ton père, après toutes ces années ? demanda Youssef dans un imperceptible tremblement de voix.

Youssef avait toujours porté le poids d'une culpabilité énorme sur ses épaules, estimant être le seul responsable du rejet de sa femme par ses parents lorsqu'elle l'avait choisi comme époux.

— Seul Abdelkader pourrait nous sortir de cette situation, répondit Fatima, grâce à ses relations privilégiées au sein du gouvernement algérien… Mais il faudrait qu'il le veuille bien. De toute façon, j'ai des choses à lui dire, et il faut que ça sorte. Ce sera enfin l'occasion.

*

Je connais la route par cœur, mais pourtant, je reste attentif aux panneaux de signalisation indiquant la direction de l'aéroport de Marignane. Comble de l'absurde, l'énervante voix féminine sélectionnée sur mon application GPS continue à me diriger sur les voies qu'il me serait possible de suivre les yeux fermés. Ces aberrations m'interpellent. Combien l'homme est-il devenu l'esclave d'une technologie qu'il n'arrive plus à maîtriser ? Je laisse néanmoins cette voix qui me tape sur les nerfs me donner les directions à prendre, au seul prétexte qu'elle m'avertit assez tôt de la présence de radars sur mon parcours. Et je sais par expérience qu'elle ne se trompe jamais – cette connasse.

Youssef se tient à mes côtés, sur le siège passager de ma voiture qu'il s'est proposé de ramener avec Fatima, plus tard, après notre envol avec les jumeaux pour Alger. Il est peu bavard comme de coutume et Fatima est occupée à distiller ses dernières recommandations à Hakim et Ferrid, assise avec eux à l'arrière. Aussi ai-je mis une musique de fond, l'album mythique de Lou Reed, *Transformer*, qui m'aurait aidé à me laisser totalement dériver dans les pensées des eaux troublées des évènements de ces dernières semaines si l'exaspérante voix métallique du GPS avait eu la délicatesse de se mettre en veilleuse.

Il est étrange de constater combien les choses les plus simples peuvent parfois dériver vers des difficultés extrêmes, pour finalement arriver à se résoudre par je ne sais quel miracle.

Je m'étais réjoui de n'avoir égaré la carte de Mourad, cette fois-ci, et celui-ci se révéla plus qu'enthousiaste à l'annonce de ma sollicitation.

L'idée que Ferrid opte pour une licence de judo algérienne au sein de son club d'Alger l'enchantait. Son dojo est un des plus importants du pays. Bien que géré officiellement par son frère, nul n'ignorait qu'il le dirigeait lui-même d'une main de fer, comme son groupe de l'équipe nationale, constitué principalement d'athlètes licenciés dans son club. Cette double casquette lui permettait ainsi d'entraîner l'élite de ses propres athlètes dans le cadre de sa mission nationale auprès de la fédération algérienne.

Il savait déjà, depuis notre dernière conversation à Dijon, que Ferrid bénéficiait d'une double nationalité franco-algérienne, et il me donna quelques éléments relatifs à ses déboires avec la fédération française. La soudaineté de sa radiation avait empêché Ferrid de figurer sur une quelconque liste de haut niveau en France, aussi aucun obstacle ne se dressait pour qu'il obtienne une licence algérienne, m'avait-il dit. De surcroît, le bénéfice de sa double nationalité lui permettrait, si un jour ses résultats étaient à la hauteur, de prétendre à une sélection nationale sous les couleurs du pays de ses ancêtres.

Mourad me proposa spontanément un séjour à Alger en septembre. Il se ferait un plaisir de nous inviter, les jumeaux et moi, dans un centre d'hébergement proche de son dojo. Cela nous accorderait la possibilité de concilier la signature de la licence de Ferrid dans son nouveau club et une prise de contact avec ses meilleurs athlètes, qu'il jugeait utile. Aussi se ferait-il un plaisir d'organiser autour de notre venue, un stage dans le cadre d'un échange sportif.

En quelques minutes, Mourad et moi convenions d'une date, et il m'envoya le jour même l'invitation officielle de son club pour le stage sportif qui me permettrait d'obtenir rapidement nos trois visas. Tout avait été calé, les billets d'avion, réservés, les pièces du dossier administratif pour l'obtention des visas, envoyées…

Puis ce fut l'incompréhension totale devant l'écueil d'une démarche paperassière que j'imaginais n'être qu'une simple formalité… Le refus d'attribution des visas de Hakim et Ferrid, de nationalité algérienne pourtant, était d'autant plus incompréhensible que le mien m'avait été accordé, sans encombre.

Encore plus étrange, l'entêtement du cynique bureaucrate de l'ambassade à éclipser les véritables raisons de ce rejet aux parents des jumeaux venus obtenir des explications somme toute légitimes.

Lorsque Fatima décida de reprendre contact avec son père, elle le fit surtout pour extérioriser l'accumulation de sa rancœur enfouie durant tant d'années. Cette aberration administrative était finalement un prétexte qui avait contribué à faire déborder le vase de sa colère.

Elle savait pertinemment que son intrusion chez lui et la scène terrible qu'elle lui fit ne serviraient en rien dans l'arrangement de leurs affaires de visas. Mais l'une et l'autre lui permirent de vider son sac, et cela n'était déjà pas si mal.

Elle était loin de se douter que ce vieil homme, qu'elle pensait ne plus être son père, allait décrocher son téléphone quelques minutes après sa visite intempestive. Elle ne le saurait que plus tard, mais Abdelkader composa le numéro d'un de ses fils, sur la ligne directe de son bureau.

Il n'appelait pas uniquement un de ses nombreux enfants. Celui-ci était également le ministre des Sports de l'État algérien.

Une dizaine de jours plus tard, elle recevait un courrier de l'ambassade et découvrait, toujours sans explication aucune, les visas de Hakim et de Ferrid.

Fatima éclata subitement en sanglots. Elle se laissa aller en se contraignant surtout à occulter toute pensée qui aurait pu l'orienter vers les raisons de son épanchement.

Pleurer lui faisait du bien. Alors elle pleura, laissant ses larmes couler le long de ses joues, comme des eaux emprisonnées trop longtemps dans un lac artificiel, enfin libérées par la rupture d'un barrage, et qui enseveliraient tout sur leur passage.

Je ne me dirige pas vers les places « dépose-minute » devant les portes de l'aéroport, puis bifurque aussitôt vers le parking, Fatima et Youssef m'ayant fait comprendre leur désir de nous accompagner jusqu'à la porte d'embarquement. Nous laissons ma voiture et, une fois devant les portes en verre des entrées, les jumeaux entassent nos sacs sur un chariot qu'ils poussent ensuite allègrement à travers les halls immenses.

L'embarquement pour notre vol a déjà commencé et nous prenons place derrière une file de personnes attendant leur tour devant le comptoir d'enregistrement. Youssef, à mes côtés, me remercie encore une fois pour mon engagement auprès de ses enfants, mais soudain, ses mots se suspendent au milieu d'une phrase.

Je me tourne vers lui et découvre son visage livide, comme saisi par une frayeur subite. Ses yeux sont rivés sur un vieillard qui se dirige vers nous dans une extrême lenteur, en prenant appui sur une canne en bois visiblement méticuleusement sculptée par un talentueux artisan.

Je comprends aussitôt que ce vieil homme ne peut être qu'Abdelkader.

Il se dirige vers les jumeaux et Fatima, elle aussi tétanisée sur place, un étrange sourire creusant davantage les rides de son visage buriné par l'usure d'une vie.

Je n'entends pas ses paroles d'abord adressées à Hakim et Ferrid, vers qui il s'était rapproché pour les embrasser délicatement sur les joues, ni celles qu'il prononce à l'adresse de Fatima.

Mais je vois Fatima fondre en larmes et l'enlacer longuement. Elle reste de longues minutes contre son père, son corps tremblant des soupirs de ses sanglots, dans l'abandon de la magie de ce moment hors du temps et des torpeurs de son âme.

Puis, Abdelkader avance lentement vers Youssef et se fige devant lui, à quelques centimètres. Comme sa main droite enserre fermement le pommeau de sa canne, il avance sa main gauche vers la paume droite de celle de Youssef qu'il presse aussi fort que ses forces le lui permettent.

Et d'une voix aussi calme que limpide, il s'adresse à lui, pour la première fois de son existence :

— Pardon et merci, Youssef. Pardon pour mon comportement passé. Tu vois, le temps d'apprendre à vivre, parfois, il n'est pas encore trop tard. Merci d'avoir choisi ma fille comme épouse et de lui avoir donné tout l'amour et toute l'affection que j'ai eu la stupidité de lui enlever durant toutes ces années, par ignorance, entêtement et vanité. Merci de m'avoir donné de si beaux petits-enfants que ma bêtise et mon orgueil m'ont empêché de connaître... J'implore votre pardon à tous les deux, et j'espère que vous accepterez mon repentir et me laisserez une chance de découvrir vos enfants durant le court temps qu'il me reste encore à vivre.

5

Mes exécrables manies finissent, la plupart du temps, par m'exaspérer moi-même.

Mourad avait fait preuve d'une hospitalité sans limites en nous accueillant avec joie, tous frais payés par son club, dans un très correct centre d'hébergement proche du dojo.

La chambre des jumeaux se révéla être spacieuse et lumineuse, la mienne un peu plus petite, au confort certes spartiate mais agréable.

N'importe qui se serait accommodé de la densité du matelas, bien que quelque peu ramolli par l'usure de son sommier à mon goût, mais se serait contenté d'honorer l'amabilité de son hôte.

Pourtant, d'insondables raisons m'ont poussé à prendre une autre chambre, dans un luxueux hôtel à proximité, alors que mon père a toujours eu l'intelligence de veiller à m'éduquer aux antipodes de l'opulence.

Comble du ridicule, je dus envisager de laisser ma valise et quelques affaires sur place, si d'aventure Mourad, que je ne tenais surtout pas à vexer, venait à me retrouver un jour dans ce logement. Je fus aussi contraint de mettre les jumeaux dans la confidence de mes étranges intentions, en regrettant de ne pouvoir les déloger avec moi. Cela aurait été le comble de l'indécence, mais, de toute façon, ils étaient ravis des commodités de leur chambrée.

Je dus ainsi porter le poids de la culpabilité d'avoir engendré les dépenses inutiles de mon hébergement auprès de mon hôte durant tout notre séjour. Mon gaspillage personnel m'indifférait totalement, encore un symptôme de ce qui ne peut être qu'une pathologie. Je rageais seulement devant le navrant constat de l'étendue de mes bizarreries.

Je ne pouvais m'arrêter de ressasser cette question que je me posais, sans obtenir la moindre des réponses : et pour quelle finalité ? Me retrouver incognito dans une belle chambre dans le seul but de dormir dans un lit confortable était en soi une idée des plus stupides. Peut-être voulais-je égoïstement me délecter seulement du plaisir d'un bain relaxant avant le dîner que je prenais la plupart du temps seul, dans un des restaurants de l'hôtel, hormis les rares fois où Hakim et Ferrid m'accompagnaient, car il aurait été suspect qu'ils aient été absents tous les soirs aux repas qui nous étaient destinés au réfectoire du centre.

Je n'arrive généralement à mettre fin à mes questionnements qu'en me disant qu'on ne peut comprendre les logiques d'un fou. Alors, comme je suis manifestement timbré et ne pourrai jamais comprendre mon propre fonctionnement, autant penser à autre chose.

Je m'installe à ma table habituelle et le serveur m'apporte aussitôt, sans que je l'aie réclamée, ma traditionnelle bière glacée. Il la pose sur la table et demande ce qu'il me serait agréable de commander pour dîner ce soir, sachant que je connais la carte par cœur et qu'il serait superflu de me la présenter. J'opte aussitôt pour leur *chakhchoukha biskria*, un plat traditionnel à bases de semoulines, de viande d'agneau et de légumes, qui me faisait saliver depuis quelques jours et que j'avais prévu de déguster au cours de ce dernier dîner à Alger.

Le serveur ne me demande pas non plus mon choix pour le vin, et je sais qu'il m'apportera mon immuable bouteille de Sahara rosé Gris des Sables immergée dans un seau de glace en argent. Peut-être commanderai-je une deuxième bouteille, ce soir. Je sais, ce n'est pas raisonnable, mais ce petit abus sera sans doute le meilleur moyen de me faire regagner ma chambre aussitôt après le repas, afin de sombrer rapidement dans un sommeil profond. Derrière cette piètre excuse, ce n'est que mon envie de m'enivrer qui se retranche. Mais il me faut bien trouver une raison pour justifier mon désir de boire plus qu'à l'accoutumée. Aussi me dis-je pour me déculpabiliser que seuls les effets de l'alcool me permettront de lutter contre ma probable insomnie et m'aideront à dormir enfin une nuit complète, la dernière de notre séjour qui s'achève. Et comme s'il fallait que je parvienne à me convaincre moi-même, je finis par vraiment croire à mes arguments et en la pertinence de ce repos qui me sera finalement indispensable, compte tenu de l'heure matinale de notre réveil pour notre départ vers l'aéroport, aux aurores, demain matin.

J'ai du mal à croire que notre séjour tire déjà à sa fin, tant il a été riche en évènements et en émotions. Je regrette qu'il soit d'ores et déjà enfoui dans les niches de ma mémoire.

Une ombre, que je présume être celle du serveur, excellant par la délicatesse de sa discrétion, fait disparaître mon verre contenant la dernière gorgée de bière et d'écume qu'il sait que je ne finis jamais. Sa discrétion est telle qu'à aucun moment il n'interfère dans le fil de mes pensées, tournées vers ces premiers jours de notre arrivée.

Je n'avais gardé qu'un souvenir diffus de cette cité de mon enfance, Alger la Blanche. J'ai découvert une autre ville que celle fossilisée dans les empreintes de mon passé. Une capitale jonchée de projets de constructions, de chantiers faramineux, dans un incroyable spectacle partagé entre modernisme et délabrement. Des merveilles de l'architecture moderne émergent de son sol et côtoient paradoxalement un patrimoine laissé totalement à l'abandon où de vieux immeubles, magnifiques par leur structure et leur blancheur, menacent de s'effondrer, faute d'un vaste projet de rénovation. J'eus, dès mes premiers pas dans le cœur d'Alger, l'impression de me retrouver subitement dans le Marseille des années soixante, dans une mégapole au bord de la Méditerranée, mais qui, par je ne sais quel miracle romanesque de science-fiction, aurait été aspirée dans une faille temporelle justifiant la présence de tous ces immenses chantiers futuristes s'élevant entre des bâtiments centenaires, toujours debout, on ne sait comment.

Le sommelier apparaît derrière moi tel un élégant fantôme. Il pose délicatement sur ma table le seau de glace et débouche la bouteille de rosé qu'il immerge aussitôt dans les glaçons. Il connaît ma profonde aversion pour ce rituel préconisant l'acte cérémonieux de la dégustation, aussi se contente-t-il d'enrouler une serviette blanche autour du goulot et s'éclipse ensuite avec tact, me laissant en compagnie de mes seules réflexions.

*

Mourad avait tout mis en œuvre pour optimiser notre séjour dans la capitale algérienne.

Notre présence s'est en effet révélée profitable autant pour ses athlètes – surtout ceux dont les catégories de poids étaient proches de celles des jumeaux – que pour ceux-ci, du fait de la diversité des partenaires et du niveau d'opposition plus que satisfaisant. Le répondant au niveau des séquences des combats d'entraînement s'est même révélé disproportionné vis-à-vis de Hakim et Ferrid, bien trop jeunes et fragiles physiquement en comparaison des guerriers aguerris qu'ils avaient face à eux, la plupart trentenaires, dont les muscles saillants des pectoraux et des abdominaux apparaissaient dès que s'entrouvrait la veste de leur judogi.

Le profil général des athlètes du groupe élite du club algérois, membres ou pas de l'équipe nationale, est plutôt centré sur la condition physique et sur une recherche délibérée d'âpreté et d'engagement dans les combats. Un même style technique, sans fioriture aucune, les caractérise. Leur seule quête d'efficacité les a amenés vers un schéma d'attaques réduites au strict minimum, mais explosives grâce à la puissance de leurs gestes obtenus par un travail intensif en musculation, qui me semble loin d'être une préparation complémentaire, mais plutôt principale.

Samir, un des judokas du groupe, était le parfait exemple de la conception d'entraînement de Mourad. Un tenace et besogneux judoka, à la musculature impressionnante qui, à trente ans passés, entrevoyait enfin une chance de participer aux prochains Jeux olympiques de Tokyo dans deux ans. Il avait été longtemps barré des plus grandes compétitions internationales par un compatriote, titulaire depuis dix ans des moins de 73 kg de l'équipe nationale. Mais celui-ci venant de prendre sa retraite sportive, la place était désormais libre pour quiconque saurait la prendre, et Samir espérait bien être celui-ci.

Durant les entraînements, il ne fit aucun cadeau à Hakim et Ferrid, les invitant à combattre parfois jusqu'à trois fois par séance, ravi de trouver de nouveaux partenaires qui, grâce à la relative faiblesse de leur opposition, lui permettaient de libérer pleinement la supériorité de son extrême puissance physique. Un sadique sourire de jubilation se lisait sur son visage à chaque bruyant impact qu'il leur infligeait. Il restait sur eux quelques secondes après leur chute, les maintenant au tapis, en prolongeant exagérément son cri enclenché durant l'attaque. Mais à aucun moment les jumeaux n'ont baissé les bras ni témoigné du moindre signe de faiblesse. Ils se relevaient après chaque chute et repartaient dans la bataille sans rechigner, le judogi collé à leur peau par leur sueur.

Deux séances judo avaient été planifiées : celle du soir, toujours orientée vers un travail des plus classiques de randoris et dirigée par Mourad, l'autre dans la matinée, dirigée par moi-même à sa demande insistante, composée d'exercices technicotactiques.

Je l'avais remercié pour sa confiance, mais j'étais gêné qu'il me sollicite pour intervenir sur son groupe national. Je lui avais assuré n'avoir aucune compétence à ce niveau de pratique, je n'avais été qu'un simple professeur de club de village et n'avais aucune légitimité à m'immiscer dans la préparation d'athlètes habitués aux plus grandes compétitions internationales. Mes seules qualités se résumaient finalement à l'assimilation des quelques principales notions d'approches de combat que Victor avait eu la bonté de me transmettre, qu'il avait hérité, lui, de son expérience du haut niveau et de son vécu d'entraîneur ensuite.

— En judo, on apprend de tout le monde, même des fous, me dit Mourad en riant.

Il ne croyait pas si bien dire. J'acceptai sa requête, et bien que je le suspectasse – par la même occasion – de vouloir également connaître par procuration les fondements de la méthode de Victor, qu'il connaissait de réputation, je pris un grand plaisir dans l'exercice de mes interventions matinales.

Je fus surpris de l'intérêt que portèrent les judokas aux explications que je donnais sur ma façon de travailler. Je présumais que leur écoute n'était liée qu'à la seule invitation de leur entraîneur, et que cela avait suffi à me crédibiliser à leurs yeux.

Lors de la dernière séance, Ferrid signa sa licence sportive dans ce qui fut, jadis, mon premier club. Mourad se montra enthousiaste à l'idée de sa participation en décembre suivant aux sélections Juniors du championnat d'Algérie. Mais une certaine déception s'est lue sur son visage à l'annonce qu'il ne pourrait pas combattre chez les Juniors cette année. Les deux frères seront avec moi, lui ai-je appris, au Brésil pour un stage d'un mois à cette période, car j'ai pensé qu'il serait pertinent qu'ils profitent de l'opportunité de mon déplacement pour une exposition afin d'exploiter au mieux leur année sabbatique, qu'ils consacreront à parfaire leur judo, au gré de nos déplacements autour du monde, quitte à faire l'impasse sur certaines compétitions.

— C'est une bonne idée, m'avait répondu Mourad, en dissimulant une certaine contrariété.

Au restaurant, le *chakhchoukha biskria* est délicieux, la viande d'agneau, juteuse et fondante, la semoule et les légumes, juste sublimes. Bien qu'ayant fini le plat, je commande une autre bouteille du même rosé algérien. Il faut bien accompagner le dessert. J'accepte la recommandation du maître d'hôtel et commande un dessert dont j'oublie aussitôt le nom. On me présente un gâteau en forme de losange, à base de semoule fourrée de pâte de dattes parfumée à la cannelle et aux clous de girofle. Aussi surprenant que cela puisse paraître, je découvre une pâtisserie très tendre, fondante grâce à l'équilibre de sa semoule sablée avec un beurre excellent, et sa pâte de dattes algériennes délicate en bouche qui à elle seule apporte l'infime note sucrée de la galette. Le gâteau parfait pour moi qui suis peu porté sur les desserts et le sucre en général.

En savourant cette surprenante pâtisserie exempte de douceur excessive, je ferme les yeux et me laisse aller à visualiser l'amalgame d'images saisies cet après-midi même.

Cela m'avait pris subitement… Une pulsion irréfléchie de quitter pour quelques heures cette métropole tentaculaire, ce bruit omniprésent propre à toutes les capitales du monde. M'éloigner du gigantisme de cette ville.

Aucun entraînement n'avait été programmé cet après-midi. Les jumeaux n'avaient prévu qu'un petit jogging de décrassage autour du quartier, et nous avions pris congé des athlètes ce matin, après le salut de la dernière séance de judo. Mourad, pour une fois, n'avait pas été trop insistant pour que nous partagions une nouvelle fois sa table pour le dîner de ce soir. Il comprenait que, devant nous lever tôt demain, nous préférions rester tranquillement sur place. Il nous souhaita une excellente fin de séjour et nous donna rendez-vous le lendemain matin pour nous accompagner à l'aéroport. Je n'ai pu faire autrement que d'accepter sa gentille proposition.

Un souffle de liberté irrésistible m'avait mené vers l'agence de location de voitures la plus proche. Elle se situait juste en face de mon hôtel, je n'avais que la route à traverser. Les formalités ne durèrent qu'une dizaine de minutes et je me retrouvai soudain au volant d'une petite voiture dont l'intérieur était embaumé de cette si caractéristique odeur aseptisée de neuf et de propreté.

Je roulai vers l'extérieur de la ville, dans une circulation assez fluide en ce début d'après-midi, et dire que je ne savais pas où j'allais aurait été un mensonge. Car, évidemment, je connaissais dans mon for intérieur la seule direction qu'il m'était donné de prendre. Je n'avais tout simplement pas jugé utile de me poser cette question dont je connaissais déjà la réponse.

Je prenais la route machinalement vers la ferme où j'avais vu le jour, celle qui était nôtre avant l'indépendance.

Je sentais les pulsations de mon cœur dans ma poitrine de plus en plus distinctement au fur et à mesure que je m'éloignais d'Alger et, sans chercher à vouloir en comprendre les raisons, je percevais la nébuleuse sensation qu'elles ne pouvaient être associées qu'à ma mère et à sa sépulture dont je me rapprochais inexorablement.

La seule façon de combattre l'étendue de mon malaise avait été de focaliser mes pensées sur la route et surtout sur le spectacle grandiose qui défilait autour de moi, s'ouvrant à l'infini devant le pare-brise et les fenêtres grandes ouvertes du véhicule qui glissait sur le bitume. En quelques minutes, les rues, les bâtiments, les monuments d'Alger la Blanche n'étaient plus qu'un vague souvenir. En quittant la ville, la route s'était métamorphosée en une voie sinueuse serpentant le long d'une corniche qui surplombait l'immensité d'une mer étalant toutes les nuances de bleu du monde dans un sublime arc-en-ciel de dégradés turquoise, étincelant le long du rivage jusqu'au marine profond de l'horizon. Des plages, dont le sable d'or peinait à se détacher d'un bois de genévriers, s'étalaient parfois au bout de la pente raide, entre les roches brunes et la blancheur d'une imperceptible ligne d'écume bercée par les vagues.

Seul le gris pâle de l'asphalte de la route défilant devant moi contrastait avec la magie du paysage. Comme il fallait que je me concentre sur le fil de mes pensées, je m'interrogeai sur les raisons qui pouvaient pousser ce pays à se tenir préservé de toute perspective de développement touristique, malgré ses indéniables atouts.

Je perçus avoir quitté la côte grâce au changement radical des odeurs, soudainement privées d'iode, et par la tiédeur de l'air s'engouffrant dans la voiture, qui fouettait toujours mon visage, mais subitement dépourvu de l'énergie revigorante de la mer. J'avais bifurqué, sans m'en rendre compte, tel un automate, vers le plateau du Haut Dahra. Tel un éléphant qui en fin de vie se serait dirigé instinctivement vers un cimetière dont il ne connaîtrait l'emplacement.

J'ai traversé des zones accidentées, calcaires et arides, côtoyant soudainement d'immenses étendues de forêt verdoyante, des sillons de rivières asséchées, puis des ponts au-dessus d'insolentes cascades…

Puis, je me suis arrêté. Je savais que j'étais arrivé.

Je me suis garé face à l'entrée de la ferme, de l'autre côté de la route, suffisamment loin pour ne pas être remarqué. Mais de toute façon, j'avais l'impression d'être seul au monde. Je n'avais croisé aucune voiture depuis ma bifurcation vers le Haut Dahra et un silence impressionnant baignait les lieux depuis que j'avais coupé le moteur de mon véhicule.

J'ai contemplé longuement la propriété devant moi.

J'ai réalisé à cet instant que ma mère était là, enterrée quelque part, et je me suis laissé aller en éclatant en sanglots.

Toutes les larmes de mon corps se déversaient enfin le long de mes joues, mais je réalisai qu'elles coulaient aussi sur un sourire qui s'était dessiné étrangement en réalisant que j'étais si proche d'elle.

Je ne voyais plus la ferme devant moi, tellement était-elle noyée dans le flot de mes larmes, mais seulement l'image de la toile de ma mère se superposant à ma vision troublée. Sa seule et unique œuvre inspirée de notre maison, à cet exact moment de la journée, où les vignes au loin, étalées le long des restanques accrochées à la petite colline, se confondent avec l'ocre des terres, sous l'éclat d'un ciel flamboyant.

J'ai attendu le coucher du soleil derrière les collines, et la certitude de mon incapacité à poursuivre mes pleurs, pour faire demi-tour et prendre la route en direction d'Alger.

*

Rio de Janeiro, décembre 2017… À l'abri des brûlures d'un soleil de plomb irradiant la ville, je contemple un spectacle grandiose, à couper le souffle. Le bleu saphir de l'océan s'étale à l'infini, derrière les grandes baies vitrées de ma chambre d'hôtel.

Je pose sur la table de chevet ma tasse d'un café brésilien bien trop fade à mon goût, malgré la délicatesse de son arôme, et me rapproche de la vitre que je regrette de ne pouvoir ouvrir au risque de suffoquer. Je bénis le confort ouaté de cet écrin de protection dont je ne peux qu'accepter le doux murmure des climatiseurs. Eux seuls, grâce au contraste du froid médicalisé qu'ils produisent, parviennent à m'épargner les affres du souffle torride et humide de la chaleur extérieure.

Sur ma droite, entre les vagues vigoureuses du rivage et les pics verdoyants dominant l'ancienne ville, s'étirent les sables dorés de la plage d'Ipanema, dont le seul nom m'évoque la suave mélodie *The Girl from Ipanema*.

Devant moi se déploie la longue courbe de la plage de Copacabana, véritable terrain de jeux de la ville où Cariocas de tous horizons viennent se retrouver et se distraire, au milieu d'enfants fanfaronnant en jouant au ballon, joggers foulant la lisière du sable durci du rivage et vendeurs de plage faisant l'article de leurs produits entre les corps bronzés des baigneurs.

Étrange ville tout en paradoxe… Un site de carte postale, du Pain de Sucre au Corcovado, et ses plages mythiques devant moi qui bordent, dans son cœur même, les étendues de ses favelas, dont personne ne semble même avoir honte, qui s'étendent le long des collines et se mêlent parfois brutalement aux quartiers les plus huppés. Une ville où le grandiose, le sublime côtoie le délabré, la misère et le laid, mais dont le véritable trésor est incarné par la volubilité contagieuse de ses habitants, baignant dans un surprenant mélange de joie de vivre, de peur et de corruption.

Je suis sur place depuis une bonne semaine et je n'ai eu ni le désir ni surtout le temps de faire du tourisme. L'installation de mon exposition m'a en effet occupé pratiquement à temps plein, tellement les minuties et les exigences de José Da Silva, le directeur de la galerie, ont été contraignantes.

Il dirige depuis quinze ans l'une des principales galeries d'art contemporain de Rio située à Ipanema, près de la plage, au cœur de ce nouveau quartier cossu, chic et branché où boutiques de luxe et restaurants gastronomiques s'ouvrent chaque jour. Le lieu était autrefois une très jolie maison des années quarante, qu'il a entièrement rénovée et transformée en un espace minimaliste d'expositions d'artistes triés sur le volet, autant prisé par des collectionneurs du pays que par des étrangers. Pour lui, rien ne doit être laissé au hasard. Chaque toile minutieusement accrochée, nivelée au millimètre près, lui demandait des heures de réflexions. Puis, une fois toute l'installation en place, emporté par son professionnalisme frisant l'obsession, il enlevait tous les tableaux et réfléchissait à nouveau en grommelant je ne sais quoi dans sa barbe qu'il lissait en tournant en rond.

Seule l'œuvre de Nicolas de Staël, nichée dans une alcôve derrière une vitre blindée, demeurait à la place centrale qui lui était légitime.

C'est une toile de petit format, une marine de 46x38 cm, sans doute faisant partie de ses séries réalisées au Lavandou. J'avais évidemment par le passé visité un nombre considérable d'expositions lui étant dédiées, où à chaque fois, à l'insu des gardiens, je ne pouvais m'empêcher de poser délicatement un doigt sur le rebord d'une de ses toiles, sur un empâtement d'huile durci par le temps. Je ne volais par ces actes ridicules qu'une éphémère émotion, celle de me croire en osmose avec mon mentor de toujours, à travers le contact tactile avec l'une des œuvres qu'il avait réalisée de sa main. La magie de ces instants suffisait à mon bonheur.

Mais là, tout est bien différent… Une exposition personnelle, dans un style de travail propre à celui qui en avait ouvert la brèche et dont je m'étais plus qu'inspiré, centrée autour d'une de ses toiles !

Celle-ci, sans prétention aucune, aurait pu passer pour une des miennes aux yeux d'un néophyte. Si ce n'était la présence de sa délicate signature, en bas à droite, en équilibre entre un aplat d'huile et une infime partie de sa toile de lin dénudée, savamment laissée découverte, donnant à cette œuvre, outre sa valeur commerciale inestimable, le légitime privilège d'être considérée comme légendaire.

Le vernissage débute dans deux heures, et très honnêtement, je n'en mène pas large. Lutter contre les turpitudes de l'angoisse qui m'étreint depuis ce matin à l'idée du probable fiasco de cette exposition, la plus importante qu'il m'ait été permis d'organiser, m'est du domaine de l'impossible. La similitude entre l'œuvre de Staël et mon travail exposé dans ce même espace est si grande que la peur d'être une nouvelle fois taxé de pasticheur ne peut me quitter. Aucune de mes pensées n'arrive à me rassurer.

Même les cachets de Xanax restent impuissants devant l'étendue de ma nervosité. Rien n'y fait, j'ai beau me ressasser inlassablement d'insipides formules toutes faites comme « les connaisseurs en art doivent bien avoir conscience de l'omniprésence de l'influence d'un prédécesseur dans le parcours de tout artiste », je reste inexorablement rongé par l'éprouvante anxiété qui me hante.

Il est temps de se préparer. Je file sous la douche et reste de longues minutes sous la cascade des jets d'eau froide qui rebondissent sur mes cheveux et mes épaules. Même si je commence à grelotter, je me force à tenir le plus longtemps possible sous ce déluge glacé, car je sais que la fraîcheur emmagasinée m'aidera à lutter contre la moiteur caniculaire de l'extérieur durant le court trajet à pied entre l'hôtel et la galerie.

Je m'habille lentement... Une tenue sombre mais présentable, juste celle que je sais par expérience adaptée à la faune habituelle adepte de ce genre de soirées. Je serai en retard, mais peu importe, me dis-je en quittant ma chambre comme si je me dirigeais, la mort dans l'âme, vers mon peloton d'exécution, déjà aligné et fin prêt pour mon achèvement.

*

L'avion amorce sa trajectoire circulaire dans le bruit sourd de la poussée générée par ses turboréacteurs.

Le Pain de Sucre se dévoile majestueusement derrière mon hublot, contre lequel les effets de l'inclinaison de l'appareil me collent, et ce seul spectacle parvient à dissiper mes ténébreuses inquiétudes provoquées par les alarmantes vibrations dans la cabine. Puis l'avion se redresse et le monde n'est plus qu'un lointain horizon sur l'azur de l'océan où semblent flotter quelques filaments de nuages.

À mes côtés, les jumeaux dorment déjà, lovés dans le confort de leur siège.

Ces trois semaines d'entraînement intensif les ont vidés de toute énergie... Six jours sur sept où ils ont enchaîné leur traditionnel footing matinal le long des plages de Copacabana et d'Ipanema avec une éprouvante séance de jiu-jitsu brésilien, puis avec l'indispensable cession de judo pour clore leur journée.

Je les avais inscrits, dès notre arrivée, dans deux clubs. Un de judo, bien évidemment, mais aussi un autre de jiu-jitsu brésilien, qui était l'une des meilleures écoles du pays, donc du monde.

Il m'a semblé pertinent, afin de parfaire leur judo au sol, de les sensibiliser à ce nouvel art martial, dérivé de techniques du judo et du jiu-jitsu importé du Japon dans les années 1920, qui, bien que peu médiatisé en France, explose actuellement au Brésil, aux États-Unis et même au Pays du Soleil Levant. En constante évolution au niveau technique, cette lutte subtile dans le travail au sol s'enrichit dans ce secteur délaissé par le judo, lequel s'appauvrit peu à peu dans ce domaine, de par l'orientation de ses règles d'arbitrage privilégiant le combat debout.

Trop occupé par l'installation de mon exposition, et aussi bien trop préoccupé par celle-ci avant le soir du vernissage, je les ai laissés seuls à leurs entraînements durant la première semaine, mais les ai accompagnés ensuite, durant les quinze derniers jours, une fois soulagé du poids de mes inquiétudes.

J'ai su que mon exposition était un succès dès mon arrivée à la galerie. J'étais arrivé en nage, ma chemise trempée collée à ma peau par la sueur provoquée par l'implacable chaleur moite de l'extérieur, mais sans doute aussi par les braises de mon anxiété. Les battants de la porte en verre s'étaient ouverts automatiquement à mon arrivée, et j'ai aussitôt senti la fraîcheur d'une délicate brise sur mon visage, venant de l'air revigorant des climatiseurs.

Un monde fou grouillait déjà à l'intérieur, et comme le son de la musique Lounge d'ambiance était poussé bien trop fort, un brouhaha agaçant composé de dialogues en toutes langues envahissait forcément les lieux.

J'ai tout d'abord remarqué les sourires de Paul, mon agent, et de José Da Silva. Ils discutaient face à face, leur coupe de champagne à la main, et leurs visages s'étaient éclairés davantage en me voyant. Sans qu'il m'eût semblé qu'ils se fussent concertés, ils m'adressèrent tous deux un clin d'œil complice en guise de bienvenue. José me donna une coupe de champagne embuée afin de trinquer tous trois spontanément.

Je compris aussitôt l'origine de leur bonne humeur en regardant les murs autour de moi. Des points rouges partout… Des dizaines de petites pastilles écarlates collées sur les étiquettes mentionnant les titres de mes toiles situées sous chacune d'entre elles.

Aussi étrange que cela puisse paraître, je me suis tout d'abord réjoui pour José, le galeriste, qui avait réussi son coup de poker dans sa prise de risque à parier sur mon travail. Que la primeur de ce succès lui fût attribuée me paraissait légitime, comme la somme rondelette de sa commission que représentera sa marge de cinquante pour cent sur les œuvres vendues auprès de son portefeuille de clients. Peu m'importaient les vingt pour cent que je devrais verser sur ma part à Paul, car sans lui, cet évènement n'aurait pas eu lieu. Et puis, non seulement les trente pour cent me restant devaient représenter une somme non négligeable, mais ma cote officielle allait par ailleurs subitement exploser en raison des prix exorbitants des toiles acquises au sein de cette galerie prestigieuse.

La soirée s'était poursuivie sur la terrasse d'un superbe restaurant gastronomique, face à la plage d'Ipanema. José avait eu l'audace de privatiser l'établissement pour nous et pour les éventuels acquéreurs qu'il comptait bien inviter à notre tablée.

La nuit avait fait sensiblement diminuer la température, mais ce fut surtout la sensation de fraîcheur instantanée des climatiseurs extérieurs qui la rendit magique. Une vaporeuse brume de fines goulettes d'eau micronisée s'évaporait au-dessus de nous, transformant le climat caniculaire en douceur printanière.

L'euphorie de cette délicieuse soirée, ma sensation de légèreté, aussi bien allouée par le soulagement de ma réussite que par les vapeurs de l'alcool, et les sollicitations de toute part de collectionneurs et d'admiratrices me firent oublier l'inexistence parfois de frontières entre l'irréfutable futilité de l'âme et sa paradoxale absolue pesanteur.

La vie m'avait pourtant déjà révélé l'existence de ce no man's land de l'être où frivolité et légèreté se débattent sans cesse contre la gravité et la lourdeur de la conscience.

Alana… Je ne connais que son prénom, et pourtant…

Ce soir-là, j'étais resté insensible aux regards insistants de femmes dont les âges étaient plus appropriés au mien, ne serait-ce que pour l'éventualité d'une simple relation éphémère. Les convives prenaient congé les uns après les autres, et je me suis retrouvé finalement seul en compagnie du sourire éclatant d'une jeune femme d'une trentaine d'années tout au plus.

Elle était superbe, certes, mais je n'ai pas été saisi seulement par l'harmonie de ses traits et par la splendeur de son corps. Même si je vis en elle toute la beauté du monde. Une grâce divine se dégageait surtout d'elle. Svelte et élancée, elle aurait été la copie conforme de Daphné, mais une copie en négatif, car, paradoxalement, tout les aurait opposées. Les longs cheveux dorés de Daphné s'étaient métamorphosés en mèches d'un noir anthracite sublimant la ligne des sourcils d'Alana, sa bouche pulpeuse et surtout ses grands yeux en amande aux nuances aussi turquoise et bleutées qu'un lagon. La peau ambrée d'Alana aurait contrasté avec la blancheur suave et délicate de celle de Daphné. Mais je ne voyais dans leur différence que cette même magie ancrée dans la pureté de mes émotions.

Les serveurs avaient discrètement débarrassé toutes les tables qu'ils avaient redressées de manière à nous inviter à prolonger notre soirée sous la fraîcheur artificielle des climatiseurs. Malgré l'heure tardive, d'autres clients affluaient d'ailleurs dans le seul but de partager un verre ou des cocktails dans une ambiance musicale des plus accueillantes, aussi n'ai-je éprouvé aucun remords à partager quelques caïpirinhas avec cette sublime jeune femme dont le seul prénom me faisait tourner la tête… Alana…

Elle ne parlait pas le français, ni moi le portugais, mais nous nous comprenions dans une sorte d'étrange dialecte où se mêlaient des mots d'anglais, d'espagnol et d'italien.

Je n'appris que bien peu de choses sur elle, comme elle sur moi, vraisemblablement. Elle était avocate, désespérée mais résignée devant son impuissance à rencontrer un jour un homme mature digne de partager sa vie. Elle ne s'était rendue à mon vernissage que suite à l'insistance de son père – brillant homme d'affaires qui, par ailleurs, s'était trouvé acquéreur de deux toiles de grand format – qui ne savait plus comment l'aider à chasser sa morosité.

Nos échanges dans la langue que nous avons sans doute inventée se sont poursuivis jusqu'à bout de la nuit, jusqu'à ce que nous comprenions que l'établissement allait fermer.

Puis, le langage des corps a pris le relais.

*

Je ne me souviens plus comment nous nous étions retrouvés, nus, enlacés dans l'eau rafraîchissante de l'océan.

J'étais debout, et Alana, contre moi. Nous avions pour seul vêtement une mer calme qui nous couvrait jusqu'aux épaules. Les cheveux d'Alana étaient mouillés et l'eau ruisselait sur son beau visage. Je l'embrassais fougueusement et j'étais fou d'elle, c'est une certitude. Ses jambes étaient croisées autour de ma taille et je ressens encore la pression de ses talons contre mes reins.

Puis, je l'ai sentie glisser sur moi.

Jamais je n'oublierai la perception de mon sexe entrer en elle.

Nous avons passé les quinze nuits qui suivirent ensemble. Soit elle m'invitait chez elle, dans une somptueuse maison contemporaine, étrangement située en lisière d'un des quartiers les plus huppés de la ville et d'une misérable favela, soit elle me retrouvait dans ma chambre d'hôtel après ma journée auprès des jumeaux dont j'observais le comportement dans les différentes séances de judo et de jiu-jitsu brésilien.

De par notre indécente différence d'âge, il aurait été incongru que je puisse oser envisager un quelconque futur avec cette jeune femme qui avait la vie devant elle. Et notre conscience de mon départ imminent nous rappelait constamment, depuis le début, que notre relation ne pourrait aboutir à rien, hormis notre seul plaisir à partager une magie dont nous ne pouvions ignorer l'inexorable caractère éphémère. Mais seuls les instants présents avec elle, sur elle, en elle, m'importaient pour l'instant et me donnaient l'illusion de flotter au-dessus des nuages, baigné par une étrange sensation de légèreté.

Puis, un soir, à l'avant-veille de mon départ, elle m'annonça, de la façon la plus désinvolte qui soit, juste après m'avoir divulgué le plat qu'elle nous avait concocté pour ce dîner, qu'elle venait d'avoir la certitude d'être enceinte de moi.

Ce fut comme si une chape de plomb s'était soudainement abattue sur mes épaules. Je me revois, paralysé sur son canapé par le poids incommensurable de mon incompréhension, dans l'incapacité la plus totale à pouvoir rétorquer quoi que ce fut à cette subite révélation. Alana était tombée enceinte, et moi, tombé du ciel, tel Icare qui se serait brûlé les ailes à vouloir toucher le soleil.

Elle s'approcha de moi alors, prit mes mains entre les siennes et m'offrit son merveilleux sourire en me regardant intensément, les étincelles de ses yeux dans le brouillard des miens.

Elle me rassura comme elle le put, dans notre étrange langage. Elle comprenait mon désarroi, mais l'enfant que je lui avais donné serait le sien. J'avais ma vie de l'autre côté de l'océan – ce qu'il en restait, ne puis-je m'empêcher de penser à ces mots – et elle, la sienne, ici, dans ce monde dont je ne saurais que faire. Ce bébé portera mon unique nom et je ne te demanderai jamais rien, ajouta-t-elle, et ces quelques mots prononcés de sa douce voix me glacèrent le sang. Elle ne le formula aucunement, certes, mais je savais pertinemment qu'elle ne voulait absolument pas d'un père aussi vieux que moi pour son enfant, que je n'avais fait que passer dans le parcours de sa vie, et que le meilleur cadeau que je puisse lui offrir serait de disparaître pour toujours, en la laissant avec l'exclusivité de son amour envers le petit être dont je n'avais contribué que si peu à l'existence.

J'évoquai aussitôt, mais sans conviction, car j'étais déjà persuadé que tout était joué, l'évidente pertinence du recours à une solution abortive, notamment grâce à la méthode médicamenteuse que je présumais bien moins traumatisante que celle chirurgicale, que notre chance était de pouvoir bénéficier de la connaissance de son état précocement... Mais elle coupa l'élan de mes arguments en posant délicatement son index sur mes lèvres.

L'avortement est interdit au Brésil, m'apprit-elle, et surtout, je ne souhaite rien de plus au monde que le garder.

Son extrême douceur parvenait à canaliser les sentiments de légitime rancœur que j'aurais dû éprouver à cet instant précis, alimentés par les récents souvenirs de notre deuxième rencontre, qui émergeaient en moi.

Elle m'avait invité chez elle, ce soir-là, et très vite dans notre discussion, elle avait fait allusion à notre petite folie de la veille où la spontanéité de notre passion nous avait entraînés à faire l'amour dans la fraîcheur de la mer, sans précaution aucune. Alana me parla de son aversion pour les préservatifs et de son allergie au latex, mais aussi de ses inquiétudes envers les risques de maladies vénériennes dont elle souhaitait légitimement se prémunir.

Elle disparut un instant dans la salle et se présenta devant moi en riant. Elle posa sur la table basse de son salon deux étranges petites boîtes en carton qu'elle venait d'acheter en pharmacie. Elle m'expliqua la récente mise sur le marché de kits « auto-tests » de dépistage d'infection du VIH, permettant à chacun de savoir s'il était porteur du virus du sida. Nous avons lu dans la bonne humeur nos notices respectives, chacun dans notre langue, puis avons respecté les consignes, d'une simplicité déconcertante. Finalement, le plus contraignant avait été le contrôle de notre désir dans l'attente des résultats, trente minutes après le prélèvement de nos deux infimes gouttes de sang obtenues au bout du doigt qui, déposées sur le dispositif, devaient entraîner une réaction colorée.

Rassurés et soulagés par l'assurance de pouvoir nous livrer l'un à l'autre sans aucune contrainte de protection aucune, nous fîmes l'amour sauvagement, tendrement, dans toutes les positions, sans aucune retenue, cette nuit et toutes les autres qui suivirent, en sachant pertinemment tous deux que notre relation ne serait basée que sur le sexe, nous en avions conscience, mais sublimée par la magie de la savoir précieuse justement par son côté éphémère.

Je venais de comprendre que l'épisode des « auto-tests » n'était qu'un leurre, un simulacre pour justifier l'absence de préservatifs pendant nos rapports, car il m'avait semblé inimaginable qu'elle ne prenne aucun moyen de contraception.

Mais je me sentais aussi coupable qu'elle ; force est de reconnaître qu'à aucun moment je ne lui ai posé cette question. Ma piètre excuse toute faite concernant nos difficultés à communiquer, liées à nos lacunes dans la langue de l'autre, ne tenait pas la route. Mon inconscience dans ma négligence de protection avait été totale.

Le plus étrange fut qu'il m'a été impossible de tenir rigueur à Alana de ce qui manifestement avait été un traquenard.

Ma colère était seulement dirigée contre moi, contre mon impuissance devant cette situation que je ne peux en aucun cas contrôler et envers l'étendue de ma naïveté.

Malgré mon extrême fatigue, de soudaines et sinistres pensées m'empêchent de sombrer dans le refuge d'un sommeil tellement désiré.

Je n'ai jamais pris réellement le temps de penser à la logistique de mes funérailles, mais j'avais toujours eu une vague préférence pour un enterrement à l'ancienne, préférant de loin le pourrissement de ma dépouille sous la terre, même si l'idée d'être envahi de vers m'a toujours révulsé, à la violence d'une incinération qui réduirait mon corps à une misérable poignée de cendres.

Pourtant, sans parvenir à en formuler toutes les véritables raisons, un fulgurant désir de disparaître aussi radicalement que brutalement de ce monde me tenaille soudain. J'imagine avec effroi cet enfant, dix, vingt ans après ma mort, demander à je ne sais quelle juridiction le droit d'exhumer mon pathétique cadavre putréfié pour obtenir la légitime confirmation par des tests ADN de l'identité de son géniteur. Ce serait son droit, me dis-je, mais j'ai le droit aussi qu'on me laisse tranquille, surtout après ma mort. Je commence enfin à m'apaiser en me visualisant brûler dans les flammes de l'enfer et disparaître de cet univers dans lequel il me semble avoir toujours été un intrus.

L'apparition du sourire d'une hôtesse de l'air me permet un retour à la réalité et je me visualise aussitôt dans la bulle d'une cabine business class, au-dessus des nuages. J'accepte avec plaisir une coupe de champagne et réveille avec douceur les jumeaux pour leur transmettre les cartes de restauration qu'elle m'a confiées. Je dois réfléchir quelques instants pour comprendre que ce repas proposé correspondrait à un dîner et m'autorise alors à me joindre à Ferrid et Hakim pour passer commande, en choisissant un des trois plats principaux du menu gastronomique. Malgré mon manque d'appétit, je commande à un autre beau sourire un filet Rossini bleu, accompagné d'un grand cru de Bourgogne dont j'oublie immédiatement le nom.

Ce repas ne sera finalement qu'un prétexte pour m'enivrer. Pour trouver ensuite, enfin, par la douce euphorie de l'alcool, l'oubli de mes insolubles turpitudes dans l'abandon d'un salvateur et lourd sommeil sans rêves.

*

Fatima a raison, je suis peut-être en train de sacrifier l'avenir de Hakim et Ferrid par un paradoxal débordement de bienveillance à leur égard.

Elle soulève avec lenteur sa tasse de café, la porte à ses lèvres et la dépose ensuite délicatement sur la petite table située à l'extrémité de la terrasse du bar où nous prenons un verre. Elle regarde un instant, les yeux dans le vide, la blancheur des bateaux amarrés sur le port.

Il n'y avait eu aucune animosité dans ses propos, elle avait juste tenu à me faire part de ses inquiétudes. Elle s'était entourée d'infinies précautions pour dissimuler sa contrariété et ne pas me heurter. Mais effectivement, je ne pouvais qu'adhérer à son constat. Rien n'avait vraiment évolué depuis septembre dans l'esprit de ses garçons, résolument toujours aussi immatures.

Depuis ce début de saison où le rythme de leurs entraînements avait d'abord pris sa vitesse de croisière… Préparation physique le matin, séances techniques en fin de soirée suivies par celles à bases de randoris chez mon ami Victor à La Ciotat, séjour en Algérie ensuite, puis enfin déplacement au Brésil. Pour un retour à la case départ en janvier 2018, où l'idée même d'un quelconque projet d'études pour la prochaine rentrée universitaire ne les avait même pas ne serait-ce qu'effleurés.

Youssef et elle étaient certes reconnaissants de mon investissement sans limites auprès d'eux. Ils en étaient même extrêmement gênés. Mais ils avouaient être déconcertés par mon implication désintéressée dans la quête de leur épanouissement à travers le seul judo, alors que leurs enfants, visiblement, n'avaient cure de leur propre avenir professionnel, qui semblait être le cadet de leurs soucis. Aussi, Youssef et Fatima craignaient-ils que ma louable contribution n'ait paradoxalement d'autres effets que de les conforter dans leur passivité à rechercher une voie vers un projet d'études, même en cursus court. Ils n'avaient en fait rien envisagé du tout, même pas une orientation vers un quelconque secteur d'activité qui aurait pu, tout du moins, leur être accessible.

Tout en écoutant Fatima, j'analyse cette situation pour le moins cocasse et qui pourrait paraître insensée. Je ne comprends pas moi-même les fondements de mon engagement aussi profond pour eux, aussi bien en termes de temps consacré qu'au niveau financier. Si mes intentions n'ont d'autre but que de les accompagner à atteindre l'excellence dans l'art du judo, je connais pertinemment aussi l'aspect confidentiel de l'activité au niveau du grand public, si noble soit-elle. Imaginer un quelconque retour d'investissement à leur profit – et encore moins au mien – relèverait bien évidemment de l'ordre de l'hérésie. Cette singulière situation pourrait même apparaître comme la plus totale des aberrations à n'importe qui, si toutefois cela pouvait intéresser quelqu'un. Qui pourrait trouver un sens à cette situation insolite où l'on voit le professeur d'une minuscule structure associative de province s'investir auprès de ses deux seuls élèves, au sein d'une association forte de deux licenciés seulement, composée d'un seul membre et de l'entraîneur lui-même, l'autre élève ne représentant officiellement qu'un lointain club de l'autre côté de la Méditerranée ?

Je ne sais honnêtement si j'entame ma première phrase d'argumentation motivé par l'élan de justifier le point de vue de ses enfants, ou égoïstement motivé par la crainte de la rupture de mon bel équilibre, entre monde artistique et rôle d'entraîneur. Rôle qui me tient de plus en plus à cœur, je ne sais vraiment pas pour quelles mystérieuses raisons, mais dans lesquelles l'étrange affect, établi jour après jour et partagé entre nous trois, n'est pas étranger.

— Avant que tu m'en parles, j'avais déjà réfléchi à ce problème... lui dis-je en mentant effrontément.

J'improvise en fait un discours empreint d'une assurance qui arrive à me surprendre. Après quelques phrases, j'ai la conscience de ne plus mentir, non pas en croyant moi-même à mon piètre mensonge initial, mais parce que très vite, mes propos me semblent si pertinents que je culpabilise presque de ne pas y avoir pensé avant.

— Ferrid et Hakim ne sont encore que de grands enfants, dis-je à Fatima en trempant mes lèvres dans l'écume blanche de ma bière, il faut leur mâcher le travail, je crois. Tu ne le sais que trop bien, tous les enfants sont différents. Leur grande sœur à leur âge savait ce qu'elle voulait faire de sa vie, et elle s'est donné les moyens d'y parvenir. Eux n'ont pas encore trouvé leur voie...

— L'ont-ils seulement cherchée ? réplique Fatima en refrénant une colère qu'elle ne peut plus dissimuler, les sourcils froncés.

— Peut-être faut-il la trouver pour eux, dis-je d'une voix apaisante. J'ai ma petite idée là-dessus... Quoi qu'ils fassent plus tard, un bagage linguistique leur sera utile, crois-moi...

— Je ne vois pas trop où tu veux en venir...

À vrai dire, je n'en sais rien non plus ; pourtant, je m'entends lui répondre :

— Ils ont cette chance de pouvoir voyager un peu partout dans le monde avec moi. De découvrir d'autres cultures, mais aussi d'autres langues. La maîtrise de l'anglais me semble être une notion essentielle dans la société actuelle.

— Une matière où, par miracle, ils n'ont pas été si nuls, reconnaît leur mère, visiblement un peu moins tendue.

— Alors, pourquoi ne pas imaginer pour eux une formation en licence de langues appliquées, anglais et japonais, pourquoi pas ? Un cursus de trois ans qui leur ouvrirait d'autres portes, comme dans le commerce international, par exemple...

— Je t'avoue être découragée, Hugo, dit Fatima d'une voix lasse. Je n'aurai plus la force de me battre contre des moulins à vent. Je ne pourrai rien devant leur dilettantisme. Comment les forcer à reprendre leurs études alors qu'ils ne sont pas eux-mêmes persuadés de l'extrême importance de se plonger dans le travail ?

— Mais je pensais surtout à des études par correspondance, par le Cned, par exemple, mais peut-être existe-t-il d'autres organismes plus performants dans les filières linguistiques. Tu sais, la technologie actuelle permet des formations de haut niveau grâce à Internet... Cours et conférences à distance avec webcam, par exemple. Ce serait la solution idéale qui permettrait une organisation de leurs études à leur rythme...

Tout en lui parlant, mon cerveau s'emballe. Je pourrais aussi compléter et optimiser leurs études par des cours particuliers que je pourrais leur offrir, sur place, en les planifiant au gré des différents déplacements. Mais je ne dévoile pas cette idée à Fatima, qui la mettrait davantage dans l'embarras.

— C'est très gentil, Hugo. Je suis plus que touchée par ta sollicitude. Mais en valent-ils la peine ?

— Oui, ils en valent la peine, dis-je avec un incompréhensible nœud quelque part au fond de ma gorge. Ce ne sont pas mes enfants, je le sais bien. Ils ont déjà des parents qui sont formidables et ils vous portent une légitime admiration sans bornes. Je ne suis qu'un entraîneur, peut-être un peu plus pour eux. Une sorte de tonton de cœur qui ne souhaite que leur total épanouissement à travers une belle aventure commune qu'il me plairait de poursuivre avec eux...

Les yeux de Fatima se remplissent de larmes, qu'elle tente en vain de contrôler. Sa fragilité est contagieuse et je dois lutter pour éviter de me laisser submerger par une émotion venue de nulle part.

— Penses-tu qu'ils seront capables, demande Fatima d'un ton qu'elle essaye de rendre désinvolte tout en écrasant d'un geste vif de la main une larme sur le point de déborder de ses cils, de tenir le rythme, d'être indépendants et rigoureux dans l'hypothèse de ces études à distance ?

— Je ne les lâcherai pas d'une semelle sur ce terrain-là, crois-moi, Fatima, je serai intraitable, les études passeront avant le judo et tout le reste. Je te fais le serment de les accompagner jusqu'au bout des diplômes qu'ils n'ont pas conscience d'avoir les capacités d'obtenir.

À ces mots, Fatima se lève, me saisit la main et m'invite à la serrer, et je la vois soudain m'enlacer dans ses bras.

Je perçois son corps trembler contre le mien, mais surtout une force dans son étreinte que je ne pouvais soupçonner.

Je sens contre moi l'expression de l'irréductible force universelle, léguée par le miracle de la vie, aux mères pour leurs enfants.

*

Rien de plus déprimant que d'errer comme une âme en peine dans le no man's land d'une zone de transit. Les mêmes boutiques duty free, les mêmes salles d'attente que l'on retrouve partout dans le monde, toutes copies conformes les unes aux autres, défilent inlassablement au gré de mes cent pas dans les couloirs interminables de l'aérogare d'Houari-Boumédiène d'Alger.

Le vol pour Marseille était initialement annoncé avec un retard de quarante minutes, puis affiché une heure et demie plus tard. Alors je tourne mon ennui en rond, achetant de-ci de-là des articles exhibés derrière les vitrines des magasins griffés de logos de chaînes internationales de luxe et dont je ne saurai que faire.

La vie n'est faite que de choix. Force est de constater que je n'ai pas encore fait les bons. J'aurais dû envoyer paître Mourad, lui et sa pesante insistance à vouloir me convaincre de la pertinence d'une participation de Ferrid aux championnats d'Algérie Seniors. J'aurais dû réagir comme je l'avais fait le jour même de notre retour du Brésil, avec tact, quand il m'avait contacté pour m'annoncer une « bonne nouvelle ». Ferrid avait été sélectionné hors quota pour les championnats nationaux Juniors, grâce à ses résultats en France et malgré son absence aux épreuves régionales algériennes.

J'avais eu l'intelligence de décliner poliment sa proposition, car le faire combattre précipitamment, dès son retour de Rio, n'aurait pas été judicieux. La fatigue des déplacements s'ajoutant à sa surcharge de travail avaient été des arguments suffisamment forts pour qu'il lâche l'affaire, à contrecœur, certes. Mais il n'avait pas insisté.

Puis, deux mois plus tard, début mars, il nous sollicita de nouveau. Le comité de sélection du haut niveau fédéral algérien avait retenu Ferrid pour la phase finale du championnat d'Algérie Seniors se déroulant au début du mois d'avril. Je savais bien qu'il me prenait pour une truffe. Le comité de sélection, c'était lui, et lui seul, tout le monde le savait. Et lui-même savait que je ne pouvais l'ignorer.

J'acceptai pourtant, je ne sais pour quelle raison, sans doute par manque d'argument spontané à son adresse lors de son appel téléphonique. Je m'entends encore lui donner mon accord, malgré ma réticence à engager Ferrid dans une épreuve pour laquelle ni lui ni moi n'avions un seul repère. Et bien qu'estimant sa participation à ce championnat prématurée par rapport à sa maturité, et surtout inadaptée aux objectifs de formation que j'avais planifiés pour les jumeaux, selon lesquels les compétitions ne devaient être que secondaires, j'étais là en train de réserver des vols pour Alger, pour les jumeaux et moi. Car après tout, pourquoi ne pas profiter du déplacement pour planifier un séjour de quinze jours d'entraînement à leur profit après le national ?

Mourad avait été ravi de mon initiative de stage post-compétition. Les jumeaux s'entraîneraient dans son club, car le centre national serait fermé, me dit-il, comme si j'ignorais que les effectifs de sa salle privée et de la structure fédérale ne faisaient qu'un. Fort heureusement, il ne me proposa cette fois aucune invitation pour un quelconque hébergement, aussi pus-je, avec une étrange délectation dénuée de toute culpabilité, réserver nos chambres dans un des plus beaux hôtels de la ville, en me refrénant, par pure décence, à opter pour le charme d'un palace qui m'avait tapé dans l'œil.

J'eus la confirmation de mes craintes dès le premier combat que Ferrid remporta d'extrême justesse, grâce à sa ténacité dans la douleur alliée à sa finesse gestuelle et à ses sensations. Son teigneux adversaire n'avait que sa seule hargne comme arme. Son bagage technique des plus rudimentaires n'était basé que sur des tentatives de balayage se révélant être plutôt de grands coups de pied aux tibias, étrangement non réprimés par l'arbitre.

Mourad, qui passait par là juste après l'affrontement, et qui en grand seigneur m'avait accordé le privilège de le suivre sur la chaise de coach (« Tu le connais mieux que moi », m'avait-il lancé comme si cela n'avait pas été une évidence !) m'avait dit en riant :

— C'est ce qu'il faut à Ferrid, c'est bon pour l'expérience, ça !

Une formule insipide dénuée de tout sens, ai-je pensé tout en examinant les dégâts du combat sur les chevilles gonflées d'hématomes de mon jeune élève qui serrait sa mâchoire afin de ne pas gémir de souffrance.

Il se présenta en boitant pour le deuxième tour devant Samir, le grand favori de la catégorie, faisant partie des six coéquipiers de son club participant à la compétition.

Il n'y eut pas de combat. Ferrid, agressé d'entrée par la rage de Samir, surpassé par sa supériorité physique, ne put éviter sa première attaque, un puissant *tai-otoshi* porté dès les premières secondes, qui le plaqua sèchement sur le tapis. Le vieux briscard savait pertinemment que son tendre adversaire ne pourrait esquiver ce mouvement, tout en force, par le placement en barrage de sa jambe contre son tibia meurtri.

Je fus choqué par l'indécence du comportement de Samir, levant le poing dès l'impact dans une manifestation ridicule d'expression de joie, associée à une démonstration de supériorité disproportionnée par rapport au stade de sa victoire, en phases éliminatoires seulement, et par le profil de son adversaire. Il n'exprimait pas le bonheur de vaincre un adversaire dont il avait surévalué le niveau, non, son épanchement ne traduisait que le seul message : « Te voilà à ta place, maintenant, rentre chez toi, petit minus de Français ! »

C'était pour moi, comme pour le public, à en juger par ses exclamations et ses interminables salves d'applaudissements, aussi clair que de l'eau de roche.

Je dis à Ferrid qu'il fallait arrêter les frais de tout ce cirque. Déclarer forfait pour les épreuves de repêchage me semblait être la plus sage des résolutions dans ce contexte d'animosité ambiante, et surtout parce qu'il n'était pas en état de s'exprimer totalement à cause des traumatismes subis au niveau de ses tibias. Malgré la glace et l'application de pommade, les hématomes avaient en effet gonflé considérablement et le risque d'aggraver ses blessures lors d'autres combats était à mon sens bien trop important.

Ferrid me rétorqua timidement que ces quelques bleus ne représentaient pas en soi une véritable blessure, ce en quoi il n'avait pas entièrement tort. Il enchaîna avec un peu d'humour dans le but de détendre l'atmosphère en rajoutant dans un sourire : « Et en plus, ils sont plutôt jolis, ces bleus, en harmonie avec la couleur de ma ceinture. »

Hakim, inquiet lui aussi, et moi avons ri de sa réplique et je n'eus plus le cœur d'essayer de le convaincre de se retirer de la compétition.

Les trois combats qu'il remporta avec brio en repêchage furent tous trois de même physionomie.

Contre trois adversaires musculeux, peu inspirés techniquement, mais dotés d'une excellente condition physique et d'une ténacité hors du commun. Ils partageaient étrangement la même stratégie de combat se limitant à des tentatives de ce qu'on pourrait considérer comme étant des balayages, vers la même cible, heureusement préservée par des protège-tibias que j'avais pu dénicher sur le stand marchand de l'entrée.

Ferrid avait su négocier comme il le pouvait le début des combats, puis il avait exploité au plus vite la première opportunité au sol où, après un travail de construction formidable, il finalisait, par clé de bras, immobilisation ou étranglement.

En observant l'excellence de son travail au sol, son aisance dans ce domaine que je ne pensais pas pouvoir être acquis aussi rapidement, je fus agréablement surpris de constater le flagrant bénéfice de notre séjour à Rio, notamment grâce aux séances de jiu-jitsu brésilien. Ses adversaires avaient eu le malheur de mettre un genou au sol et jamais ils ne purent se défaire de cet inexorable piège. Toutes leurs tentatives désespérées pour s'en échapper furent vaines, au grand dam du public déçu de leurs champions, pourtant vieux lascars des tatamis, défaits par un gamin arborant une modeste ceinture bleue.

Puis, ce fut son dernier combat, pour la troisième place. Ferrid échoua au pied du podium finalement, mais ce dernier affrontement me réconcilia avec la nature humaine.

Face à lui, Rachid, un adversaire digne et intègre, un homme âgé de près de quarante ans, ancienne gloire du judo algérien, qui avait décidé par défi de faire un come-back dans la compétition après avoir raccroché son judogi quinze ans auparavant.

Cet homme aurait pu être son père. Le combat fut intense, franc et loyal, mais à aucun moment Rachid ne tenta des actions susceptibles d'entraver l'intégrité physique de Ferrid, aucune tentative d'action quelconque envers ses tibias qu'il savait pourtant vulnérables, du judo seulement à l'état pur.

Rachid était épuisé physiquement, aucunement préparé, visiblement, mais grâce à son expérience, il marqua l'avantage décisif au golden score.

Son premier réflexe fut d'aider Ferrid à se relever du tatami pour l'étreindre dans ses bras. Sur son visage se reflétait seulement la compassion envers la déception de son adversaire dans la défaite.

Je me suis levé à cet instant de ma chaise de coach et me suis vu applaudir les deux judokas qui déjà se mettaient en place pour le salut. J'applaudissais Ferrid pour la vaillance dont il avait fait preuve tout au long de cette journée et la noblesse de Rachid dans ce combat, bien que l'issue ne nous ait pas été favorable. L'important était ailleurs... Je ne sais où exactement, mais il était situé bien au-delà du seul microcosme du monde du judo.

En quittant le gymnase, j'ai regardé un instant le spectacle de la cérémonie protocolaire de la remise des récompenses. À l'annonce de son nom, Samir est monté sur la première marche du podium. Une vraie caricature, me suis-je dit, en le voyant bomber le torse après la remise de sa médaille d'or qu'il fit mine de mordre entre ses dents pour les photographes. Il exhibait sa fierté tout là-haut, perché sur une simple boîte en bois comme l'aurait fait une souris juchée sur un bloc de gruyère.

Cette scène était pathétique, mais j'ai gardé mes impressions pour moi, et nous avons enfin quitté le complexe sportif pour notre hôtel où m'attendaient, dans l'ordre, une bonne douche, une bière bien fraîche et un excellent dîner.

Hakim m'a soudain extrait de mes pensées. Son frère et lui s'étaient inquiétés de ne pas me voir auprès d'eux au moment de l'embarquement qui avait débuté et tous deux étaient partis à ma recherche, en sens opposé pour doubler leur chance de me trouver.

Sans eux, il est évident que nous aurions raté le vol. Je calque mes pas sur les leurs après leur avoir lancé une phrase comme : « Oulah ! Pardon, j'étais perdu dans mes pensées et je n'ai pas vu l'heure avancer. »

Je suis Hakim en ne voyant que son dos et les mouvements en balancier de son bras gauche, le droit étant fixé par une attelle. Tout en marchant, je ne peux m'empêcher de pester contre Mourad, responsable de cette galère, et contre l'autre abruti de Samir. J'en veux à la Terre entière.

Le stage d'entraînement prévu après la compétition s'est révélé être un fiasco total. Aucun judoka algérien n'avait tenu à se rendre au dojo de Mourad les trois premiers jours après le national, même ceux qui n'avaient pas participé, aussi sa plate excuse argumentée par sa difficulté à rassembler du monde après une compétition ne tenait guère la route. Mais si la salle était désespérément vide, cela ne m'a pas empêché de travailler avec les jumeaux comme nous l'aurions fait à Bandol, dans notre dojo taché de peinture.

Avec le recul, il aurait mieux valu que personne ne vienne finalement, mais tout le monde s'est présenté comme par miracle à l'entraînement du jeudi.

Un entraînement basique, dirigé par Mourad, séance type que je suspecte d'être identique de janvier à décembre. Petite course autour du tatami, quelques placements et hop ! Des affrontements en randoris, cinq ou six au sol et une dizaine au minimum debout, comme au sein de l'équipe de France, si on prête l'oreille à de « mauvaises langues » comme Victor, par exemple.

J'ai remarqué que quelque chose clochait dès les premiers randoris debout. Une animosité chez nos hôtes à notre encontre que je n'avais pas décelé au cours de notre premier séjour quelques mois plus tôt. Je ne pus expliquer ce changement de conduite que par la participation de Ferrid à leur championnat national. Il était venu marcher sur leurs plates-bandes, en quelque sorte, en venant les défier en compétition sur leur territoire. Ils tenaient à nous faire comprendre que nous n'étions que des étrangers et que mieux valait éviter de venir les titiller à l'avenir dans ce qu'ils considéraient être chasse gardée.

Je n'ai pas pu m'empêcher d'intervenir après le troisième ou quatrième randori, en demandant à Ferrid de saluer le tapis et de filer directement à la douche. Tous ses partenaires s'étaient évertués, en véritables bourrins, à le secouer comme un prunier sans construction aucune, ponctuant leurs actions de « coups de patte » au niveau de ses tibias qu'ils savaient fragiles, au prétexte de provoquer une réaction propice à une véritable attaque, mais qui ne venait jamais.

Au moment où Ferrid quittait le tapis, en boitant et les yeux débordant de larmes de douleur, Hakim venait d'être invité par Samir pour le prochain randori. Je n'ai pas eu le temps de réagir.

Déjà l'autre ahuri de Samir le faisait tomber lourdement sur une action douteuse dans un ridicule cri de conquérant. L'impact eut lieu au niveau de son épaule, et en voyant Hakim demeurer à plat ventre sur le tatami une main contre sa clavicule, je compris que cela pouvait être sérieux. Je l'ai aidé à se relever et l'ai immédiatement accompagné dans les vestiaires sans même répondre aux questions de Mourad qui était venu aux nouvelles, d'un air penaud. Le regard que je lui adressai suffit à mon sens pour qu'il comprenne l'étendue de mon mécontentement.

Lorsque nous sommes passés de nouveau devant le tatami pour rejoindre le taxi qui allait nous emmener à l'hôpital, tous les athlètes étaient rassemblés, la tête basse, devant Mourad qui leur criait je ne sais quoi en langue arabe.

Un peu tard, me suis-je dit, tu aurais dû intervenir avant, connard. Le médecin de service me rassura. Il avait bien affaire à une luxation acromio-claviculaire, mais seulement de stade deux, ne nécessitant pas de geste chirurgical, mais se traitant par la pose d'un système relevant l'épaule afin de permettre aux ligaments de cicatriser, généralement en six semaines.

Hakim fut seulement peiné de comprendre qu'il ne pourrait participer, un mois plus tard, aux épreuves régionales sélectives aux championnats de France deuxième division que nous avions programmées. Je relativisai en essayant de le rassurer, lui rappelant que la compétition ne devait pas être une finalité en soi, mais seulement un moyen de s'élever. Mais je ne pouvais que comprendre sa frustration et son amertume à l'idée de savoir sa saison terminée avant qu'elle n'ait même commencé, surtout pour lui qui n'avait pas participé à la moindre épreuve depuis plus d'un an.

Nous arrivons en courant devant le comptoir d'embarquement où nous attendent Ferrid, soulagé de nous voir enfin apparaître, et une hôtesse de l'air qui commet une faute professionnelle en nous accueillant sans le moindre sourire protocolaire.

— J'allais clôturer l'embarquement dans une minute, me lance-t-elle d'un ton désagréable.

— Nous sommes cinquante-neuf secondes en avance, lui dis-je, en m'abstenant de lui dévoiler le fond de ma pensée concernant le côté irritant de sa remarque désobligeante et devant l'absence de toute explication ou d'excuse de la compagnie sur l'inacceptable retard du vol.

Je m'installe sur mon siège, encore essoufflé par ma courte course dans le hall du terminal. Mon âge et ma lamentable hygiène de vie finiront bientôt par mettre hors circuit ma vieille carcasse.

Ces derniers temps, beaucoup trop d'évènements ont contribué à encombrer négativement mon esprit, depuis l'épisode avec Alana et la culpabilité par rapport à ma part de responsabilité qui me hante chaque jour, jusqu'à ce déplacement à Alger dont on aurait bien pu se passer, écourté d'une semaine en raison de la tournure qu'on prit les choses.

Ma réaction en découvrant la mine déconfite de Mourad, venu à l'improviste nous dire au revoir au départ de notre hôtel en nous exprimant une tonne d'excuses, m'a enfoncé un peu plus dans les sables mouvants de mes accablements.

— À bientôt, mon frère, avait-il ajouté à ses interminables jérémiades en m'étreignant dans ses bras anguleux.

J'aurais dû l'envoyer paître à ce moment-là, mais je n'ai rien trouvé d'autre à lui répondre que :

— À bientôt, Mourad.

Sans doute afin d'éviter d'autres paroles inutiles et abréger la lourdeur de ces instants.

En fait, seule l'idée de me plonger dans la peinture dès mon retour m'apaise. Je profiterai pleinement de cette longue période où les jumeaux devront panser leurs blessures durant des semaines de repos forcé pour m'isoler enfin dans ma bulle.

Cette frénésie créatrice que je ne connais que trop bien, où, jour et nuit, je pourrai me déconnecter enfin du monde réel, me manque atrocement et je m'y abandonnerai avec une délicieuse ferveur dès mon arrivée à Bandol.

*

Je dois m'y résoudre.

Notre déplacement au Japon, où, pendant un mois, était prévue une tournée dans différentes universités, planifié en début d'été, devra être reporté. Certes, les jumeaux auraient pu une nouvelle fois côtoyer l'excellence, mais trop de contraintes personnelles m'obligent à devoir rester sur place pour le moment, car il m'est impossible de ne pas les gérer immédiatement.

Tout d'abord, cette exposition programmée dans une importante galerie de Montréal m'impose une production d'œuvres nouvelles. Bien qu'elle ne soit prévue que pour début 2019, je dois tenir compte du temps de durcissement de la peinture à l'huile. Remettre leur réalisation à après le déplacement me ferait prendre trop de risques, surtout au niveau des précautions d'emballage des toiles lors du transfert par avion.

Puis, il y a cette problématique avec notre galerie que je ne peux différer. La hausse vertigineuse de ma cote artistique après mon succès à Rio risque paradoxalement de mettre en péril la pérennité de notre petite galerie à Bandol, qui sera contrainte d'aligner les tarifs de mes œuvres sur ceux du marché, bien au-delà du pouvoir d'achat de notre clientèle locale.

Seules deux options s'offrent à nous. Soit la fermeture définitive et la vente du fonds de commerce par mon père, soit un changement radical de stratégie avec une programmation d'expositions temporaires d'autres artistes, plus abordables. J'opterais pour la première sans aucune réserve, mais je dois avoir une discussion sérieuse avec mon pauvre père, dans laquelle je devrai déployer des trésors de diplomatie, car je le vois progressivement décliner par le poids des années. Rien de bien flagrant, certes, mais je ne peux ignorer les symptômes de sa fragilité accrue, sa perte de poids indéniable, la lenteur de sa marche incertaine et la disparition de toute grâce dans ses gestes, raidis par l'arthrose et les rhumatismes. Pourtant, je sais aussi que la privation subite de toute activité le tuerait à petit feu.

Chaque chose en son temps, me dis-je en composant le numéro de Maître Nagao, tout en vérifiant sur l'ordinateur l'heure au Japon. Il est 16 h 09 en France et 23 h 07 à Tokyo, et je n'explique pas ces deux minutes d'écart. Peu importe, Maître Nagao, bien que plus âgé, est comme moi, un noctambule, et je sais que mon appel ne le dérangera pas.

Il décroche aussitôt et l'enthousiasme de son accueil dans son timbre de voix me fait chaud au cœur. Miracle de la technologie : malgré quelques imperceptibles fritures dans la ligne, j'ai l'impression de lui parler comme s'il était dans la pièce d'à côté.

Je lui fais part du constat de ma conjoncture actuelle et lui confie mon intention d'annuler notre venue avec regret. Il enchaîne aussitôt en m'assurant que son plaisir serait grand d'accueillir, même en mon absence, Hakim et Ferrid, comme il l'a fait deux ans auparavant.

Je suis gêné par tant de sollicitude et bafouille sans conviction quelques arguments susceptibles de me sortir de cette situation embarrassante que je sais perdue d'avance face à son pouvoir de persuasion.

— Élèves de mes élèves, élèves aussi pour moi ! me lance-t-il dans un rire tonitruant.

Je sais à cet instant ne disposer d'aucune marge de manœuvre : soustraire les jumeaux à l'hospitalité de Maître Nagao me sera impossible.

Dès notre communication terminée, je procède à un virement sur son compte, une simple avance pour les différents frais fixes sur place, pensions complètes dans les diverses universités où ils séjourneront, cours particuliers d'anglais et de japonais que j'avais projeté de mettre en place, sans oser, pour ne pas le heurter, gonfler cette somme afin de pallier les autres dépenses inéducables qui ne manqueront pas de se rajouter.

La conviction de la sincérité des propos de Maître Nagao quand il affirme considérer mes élèves comme les siens m'honore au plus haut point et me remplit de fierté.

Je m'adosse un instant contre mon fauteuil. Puis je ferme les yeux et je savoure quelques secondes l'étrange sensation d'éphémère bonheur dans la chance qui m'est donnée de pouvoir partager cette aventure, que j'ai initiée, avec l'homme le plus marquant de ma vie après mon propre père.

*

Quand vais-je ordonner à mon cerceau de cesser d'égrener cette ridicule mélodie d'une autre époque dès que je suis face à elle ? « Annie aime les sucettes, les sucettes à l'anis… » chante dans ma tête France Gall, dans la fraîcheur et la naïveté de sa jeunesse, sans comprendre les deux niveaux de lecture des paroles du malicieux Serge Gainsbourg.

L'association de cette chanson à la personnalité d'Annie est, de plus, aussi injuste que déplacée, seulement un raccourci inexplicable de mon esprit entre son prénom et un air qui a baigné mes jeunes années.

Annie est depuis quelques jours la directrice de notre galerie, et elle doit son recrutement à l'excellence de son curriculum vitae, mais aussi au fait singulier d'avoir été la seule à postuler à ce poste. Son profil professionnel est, il est vrai, loin d'être monnaie courante dans notre région. Titulaire d'un master en histoire de l'art, experte en commercialisation et diffusion d'œuvres d'art, Annie, à vingt-huit ans seulement, est même surqualifiée pour l'offre.

Originaire de Lyon, elle a décidé de rejoindre le sud de la France pour se rapprocher de ses parents récemment installés à Sanary-sur-Mer, après sa rupture avec son petit ami, un jeune mufle – je le sus plus tard – qui avait eu l'inconscience de la laisser partir, imaginant qu'il pourrait un jour trouver mieux.

J'ai immédiatement compris, lors de notre discussion avec mon père, qu'entre mon idée première de fermer la galerie suite à la hausse de ma cote et un changement de cap radical dans son fonctionnement, avec une programmation d'expositions d'œuvres d'autres artistes, celui-ci optait les yeux fermés pour la deuxième idée. Il voulait avoir une bonne raison de se lever tous les matins, ce que je pouvais comprendre.

Toutefois, pour apaiser mon inquiétude sur le plan de la charge de travail inhérente à cette transformation, bien trop prenante et lourde à son âge, il acceptait malgré tout de prendre un peu de recul, d'où l'idée d'embaucher un professionnel sur place aux heures d'ouverture. Quelqu'un d'apte à élaborer une stratégie commerciale calquée sur les modèles marketing d'aujourd'hui, notamment au niveau de la communication, apte à sélectionner les artistes avec lesquels il serait pertinent de travailler, à organiser les surfaces de stockage, à préparer les expositions dans divers salons et foires en France et à l'étranger, à organiser les vernissages…

Mandater autrui pour cette gigantesque tâche, certes, mais tout en gardant la mainmise sur l'affaire, a-t-il tenu à me préciser dans un regard malicieux, la clé du commerce est là.

— On doit savoir déléguer ce qu'on maîtrise mal, mais avoir un pouvoir de décision sur tout, et surtout ne jamais rien lâcher sur l'essentiel, c'est-à-dire les sous. Qu'on vende des casseroles ou des toiles, c'est pareil, me rappelle-t-il en riant.

Annie, debout derrière le comptoir d'accueil de notre galerie, extrait quelques fiches de son dossier pour me soumettre des visuels d'œuvres d'artistes qu'elle a pressentis pour la programmation annuelle des expositions à venir. Elle me soumet timidement son idée de préserver une date annuelle pour un vernissage autour de mes dernières créations, estimant qu'il serait dommage pour la galerie de se passer de son image de marque, idée que

J'approuve aussitôt humblement, en m'efforçant de ne pas laisser paraître ma réaction comme étant de la fausse modestie.

Je pressens une certaine tension chez elle, une appréhension normale somme toute, compte tenu de l'ampleur de l'enjeu dont elle doit avoir conscience. Elle n'ignore pas être en période d'essai pour ce poste dont la pérennisation dépendra autant de ses compétences que de ses facultés d'adaptation à des tâches, certes maîtrisées en théorie, mais dont elle ne peut présager finalement ses capacités à les mener à bien dans la réalité d'un premier travail tant espéré.

Ses gestes trahissent une nervosité qu'elle ne peut dissimuler, et son angoisse due à une pression dont elle ne peut se soustraire est palpable. J'ai la touchante impression d'entendre les battements de son cœur contre sa poitrine, et je me sens soudain aussi désemparé qu'elle. Je ne sais quoi lui dire pour la rassurer.

Elle me fait penser à un délicat oisillon qui serait tombé de son nid. Je le caresserais alors dans mes mains, lui murmurerais quelques mots, n'importe quels mots, juste pour le tranquilliser, et le déposerais lentement tout au fond de son abri.

Je me mords les lèvres pour ne pas lui révéler tout de suite notre intention de la garder. Mon père me suivra les yeux fermés, je le sais bien, mais je ne dois décemment prendre aucune décision sans lui en parler.

J'essaye de détendre l'atmosphère par un ton volontairement détaché dans mes propos, mais la réalité est qu'il m'est impossible d'afficher la décontraction que j'aimerais montrer, envahi moi aussi par un curieux trouble qu'il m'est difficile de comprendre et encore moins d'expliquer.

Pour la première fois depuis ma rencontre avec Daphné, hormis Alana, vis-à-vis de qui toutes les forces de ma volonté luttent désespérément pour que je parvienne à l'oublier, je suis touché de plein fouet par la divinité d'une femme, presque une jeune fille, mais étrangement sans le moindre désir charnel, malgré l'ardeur de l'irrésistible attirance physique qu'elle suscite en moi.

J'avais été ébloui, dès notre premier regard la semaine précédente, par la candeur et la fraîcheur de sa jeunesse. Mon cœur s'était serré devant le spectacle d'un simple geste désinvolte qu'elle avait eu pour écarter délicatement une mèche de cheveux de son visage. L'harmonieuse parabole décrite par sa main avait évoqué pour moi toute l'élégance et la beauté de ce monde.

Je l'aurais admirée pendant des heures, mais j'ai réussi à détourner les yeux d'elle, bien que littéralement subjugué par son indescriptible charme extérieur qui, pour moi, ne pouvait que refléter la pureté de son âme.

J'étais soudainement anéanti, comme un aigle touché par la foudre, mais paradoxalement, il m'apparut évident qu'envisager la moindre histoire, un jour, avec elle serait le comble de l'absurde et du grotesque.

Peut-être aurait-il fallu seulement une trentaine d'années... Oui, trente ans, pas plus. Que je fusse né trente ans plus tard pour que cette exquise hypothèse, qu'il m'aurait été alors permis de formuler dans mon esprit, ne me révulse pas au plus haut point.

La nature de mon attirance pour elle, sans réel désir physique, sans intention de jeu quelconque, m'intrigue et m'effraie en même temps. Cela n'a pas de sens, me dis-je tout en faisant mine de m'intéresser à sa programmation artistique dont je me fiche totalement.

Je me contente de me délecter, tel un adolescent fébrile devant son premier amour, de cet instant présent, en savourant chacun de ses gestes, les moindres intonations de sa voix, mais en redoutant déjà par avance les douces tortures qu'involontairement elle me fera subir.

*

Annie occupe toutes mes pensées depuis deux mois maintenant, et mon incapacité à pouvoir la chasser de mon esprit est une réelle souffrance.

Je suis dans une totale impasse. Hors de question pour moi de me livrer à elle. Qu'elle refuse mes avances serait une catastrophe et bien pire encore si, par miracle, elle venait à les accepter. Ma vie sentimentale est un champ de ruines et l'idée même qu'un vieux macaque comme moi ose envisager entraîner ce petit joyau de fraîcheur et de spontanéité dans les marécages de sa misère arriverait à me faire vomir de dégoût de ma personne.

Mon réel problème réside dans le fait que nous nous côtoyons sans cesse par rapport à la galerie, et j'en suis arrivé à la conclusion que mon seul salut résiderait dans un éloignement géographique, une fuite je ne sais où pour mettre de la distance entre elle et mon pathétique personnage. J'avais pourtant fait le nécessaire dès le retour des jumeaux du Japon – où, sous la houlette de Maître Nagao, ils ont travaillé comme des damnés avec les meilleurs judokas des plus grandes universités nippones – pour me plonger corps et âme dans mes deux occupations qui me prenaient toutes mes journées.

Entre ma peinture et la reprise en main de leur entraînement, rares étaient les moments où mes pensées pouvaient dériver vers d'autres horizons.

Mais pourtant, dès qu'il m'arrivait de me poser, je ne pouvais m'empêcher de penser à elle, comme à cet instant présent où je manœuvre pour garer ma voiture entre deux arbres.

Les jumeaux sortent de la voiture et commencent à se mettre aussitôt en train en sautillant sur place et en exécutant quelques étirements.

Victor a raison, l'heure est peut-être venue pour eux de placer enfin la charrue derrière le bœuf; leur progression a été régulière et équilibrée autant sur le plan du judo qu'au niveau cardio et physique. Ils peuvent commencer à se mettre dans le rouge, m'a-t-il dit, et monter en puissance à tous les niveaux, dans l'activité spécifique, mais aussi sur le plan d'une préparation physique plus élaborée, avec une approche de renforcement musculaire par un début de cycle en musculation. J'ai suivi ses conseils et les ai emmenés début septembre à une clinique des Sports pour des tests d'efforts où, un masque à oxygène sur le visage et le torse couvert d'électrodes, ils ont couru comme des souris de laboratoire jusqu'à épuisement sur un tapis roulant accélérant par paliers.

Je n'ai rien compris à l'analyse des données transmises quelques jours plus tard, mais le médecin qui les a interprétées m'a téléphoné pour me faire part de son étonnement devant leur performance.

— Et pourtant, j'en ai vu, des sportifs, dans ma carrière, a-t-il ajouté.

Hakim et Ferrid trépignent d'impatience dans leur tenue de jogging et n'attendent plus que mon feu vert pour s'enfoncer en grandes foulées dans la forêt du massif du Cap Sicié, notre lieu de courses de prédilection de par la nature sauvage et préservée du site.

— Vous commencerez à descendre vers Les Quatre Chemins pour bifurquer plus bas vers cette même route... À votre rythme, vous serez ici dans 45 minutes environ. Je vous dirai ensuite la suite du programme...

— C'est parti, s'exclame l'un d'eux.

Et ils disparaissent à grandes enjambées derrière la végétation.

J'allume une cigarette et m'assois contre un arbre. Ma décision est prise : prendre un peu le large est la seule solution pour caresser l'espoir d'un apaisement de ma pathologique obsession pour Annie. J'ai fait assez de dégâts dans ma vie à cause de mes pulsions irréfléchies, me dis-je en pensant à Alana et à un concept abstrait d'enfant qu'elle porte en elle et qui serait aussi le mien. Il n'est jamais trop tard – du moins me plaît-il de le croire – pour prendre enfin la grande route de la sagesse et laisser derrière soi les chemins tortueux qui, jusqu'à présent, ont guidé mon existence.

Je vais partir pour un périple d'un ou deux mois, je ne sais où encore, là où le vent voudra bien me mener, pour peindre sur le motif comme dans ma jeunesse où je roulais à l'aventure, ma vieille fourgonnette chargée à ras bord de toiles et de tout mon matériel.

Je partirai vers l'est, l'Italie et la Grèce, ou au contraire, vers l'ouest, l'Espagne et le Portugal. Car la grisaille et les grands espaces me manquent dorénavant, sans doute ai-je été trop aveuglé par la lumière du Sud, et ma production durant ces longues années s'en est forcément inspirée.

L'éclat et la vivacité des couleurs dans mes aplats commencent à m'écœurer et j'éprouve un besoin viscéral de m'imprégner d'autres horizons pour renouer avec toutes les subtilités des gris, les nuances des beiges ou les camaïeux des bleus et des violets. J'ai entendu parler des grands paysages de cette région atypique au bord de l'Atlantique, dans le nord de l'Espagne, les Asturies et la Galice. Peut-être prendrai-je cette direction.

Les jumeaux apparaissent en contrebas de la route en gravissant la pente déjà abrupte à un rythme élevé. Ils s'arrêtent devant moi, en nage, mais visiblement pas vraiment essoufflés. J'extrais de mon sac huit sangles lestées de plombs et leur demande en souriant de bien vouloir les accrocher autour de leurs chevilles et de leurs poignets.

Pendant qu'ils s'exécutent, je leur donne mes dernières consignes :

— Bon, les gars, pendant que je grillerai encore quelques clopes, vous allez reprendre la course et suivre la route jusqu'en haut. Jusqu'à la chapelle de Notre-Dame du Mai. Vous la connaissez, elle devient de plus en plus raide… Qui arrivera en premier ?

Sans même me laisser le temps de terminer mon petit discours, les voilà fonçant droit devant eux, en bondissant élégamment sur le bitume à grandes foulées. Je les regarde disparaître derrière le premier virage, attendri et aussi fier qu'un père heureux de partager une passion avec ses enfants.

Proposer aux jumeaux de m'accompagner dans mon prochain périple m'apparaît soudain comme une évidence.

Il suffirait de prévoir un itinéraire en amont et de programmer nos escales en fonction des clubs pouvant les accueillir dans leurs séances pour qu'ils puissent découvrir d'autres formes de pratique du judo, d'autres partenaires qui, sans offrir le même niveau d'opposition qu'au Japon, présenteraient l'avantage considérable de leur permettre de libérer leur technique. Tout en profitant également de certaines périodes où on serait installés quelque temps dans des zones dépourvues de dojo pour parfaire leur condition physique, des pentes escarpées en montagne où l'immensité des plages serait un terrain appréciable pour des séances de course ou de circuits training en pleine nature, par exemple. Le seul inconvénient sera que notre tournée coïncidera avec les phases régionales des championnats Juniors – aussi bien en France qu'en Algérie – et qu'ils seraient contraints une nouvelle fois de faire l'impasse sur cette épreuve. Mourad sera furieux d'apprendre le forfait de Ferrid et la perte du titre national Juniors supplémentaire qu'il espérait tant pour le palmarès de son club, mais je me fiche royalement de ses blasons convoités pour son seul ego et encore plus de ses états d'âme.

Je monte dans la voiture et décide de me rendre au sommet de la colline, point ultime de l'objectif de leur course. La petite route sinueuse serpentant entre rochers et pins biscornus devient de plus en plus raide, et je suis surpris de n'être pas encore arrivé à leur niveau.

Je les découvre enfin devant moi, courant côte à côte, dans un rythme de course dépassant l'entendement. Je roule près d'eux quelques instants et fais descendre la vitre de ma portière pour les encourager, mais ils ne m'entendent pas. Leur visage est tiré à l'extrême par l'effort inhumain qu'ils s'infligent, et je les vois augmenter leur cadence de course. Plus la pente devient dure, plus ils accélèrent encore en râlant de douleur.

J'appuie alors sur l'accélérateur et les laisse derrière moi. En arrivant au sommet du col où la route descend ensuite vers la Corniche Merveilleuse dominant les criques sauvages du Cap Sicié et les deux étranges îlots de roche appelés Les Deux Frères, je bifurque vers ma droite. J'emprunte le sentier que je sais interdit aux véhicules, mais tant pis, gravir à pied les quelques kilomètres restants jusqu'au point culminant serait au-dessus de mes forces, d'autant plus que le dénivelé de la route atteint là son paroxysme.

J'arrive à destination, sors de ma voiture et m'assois sur la première marche menant à la chapelle de Notre-Dame du Mai qui surplombe majestueusement l'immensité de la mer et les côtes que l'on distingue nettement, des calanques de Cassis à la presqu'île de Giens et ses îles d'Or émergeant des vapeurs marines.

J'allume une cigarette et me délecte du silence et de la sérénité des lieux, face à ce spectacle extraordinaire.

J'entends le souffle des garçons avant de les voir apparaître, la bave aux lèvres, leur tenue de sport imbibée de sueur collée à leur peau. Ils accélèrent encore et terminent devant moi leur ascension en sprint final, exactement au même niveau l'un que l'autre.

Ils s'écroulent alors à quatre pattes et ne peuvent éviter les spasmes d'un vomissement incontrôlable, où leurs jets de bile, jaillissant par saccades, se mélangent sur le bitume.

*

La ligne d'horizon devient de plus en plus nette au fur et à mesure de la chute d'un soleil de feu vers le bleu outremer profond de l'océan.

Accoudé à la balustrade de mon balcon, je me délecte de la fumée d'une cigarette dont le goût se trouve étrangement dilué par les senteurs iodées de la mer. La plage, aussi déserte que sauvage, s'étend devant moi à perte de vue, bordée d'une lisière d'écume, aussi blanche que la neige, formée par les rouleaux s'étalant sur le rivage.

Ce paradoxal mélange entre oxygène revigorant et nuées de poison humées en arrive à me déculpabiliser de l'acte même de fumer, dont le rituel, dans toute sa gestuelle, se fait dans l'harmonie du spectacle grandiose qui est devant mes yeux.

Une musique venant de je ne sais où m'interpelle. Un son mélodieux de cornemuse qui s'amplifie. Je devine une douce et nostalgique mélodie traditionnelle celte, caractéristique de cette surprenante région des Asturies.

Sous mon balcon passe alors un homme, vêtu d'un costume aux couleurs chatoyantes, la sangle d'un instrument sur une épaule, que je saurai être plus tard une *gaïta*. Le plaisir de souffler sur l'embout de la cornemuse qu'il serre contre lui se reflète dans son visage.

Il marche tranquillement sur le sable, puis s'arrête non loin de la mer. Là, tout en continuant à jouer, il contemple le coucher du soleil derrière l'océan.

Je le regarde se fondre dans le paysage, derrière les vapeurs de fumée de ma cigarette, devant la mer et l'embrasement du ciel lorsque l'astre incandescent disparaît derrière l'horizon. Je me décide à quitter la quiétude de mon balcon une fois la nuit tombée.

J'enlève mes vêtements de travail maculés de peinture à l'huile, frotte sommairement ma peau enduite de taches avec un chiffon imbibé de white-spirit et file sous la douche.

Nous sommes partis voilà plus de deux mois, et ce n'est qu'ici, finalement, dans ce petit coin perdu hors du monde, que j'ai pu réaliser l'objectif premier de mon voyage : travailler sur le motif en m'imprégnant des formes et des couleurs des paysages, pour étaler enfin les premières couches de peinture sur le lin brut de mes toiles.

Malgré la situation préoccupante de mes finances, l'idée de revoir mon train de vie à la baisse ne me vint à aucun moment à l'esprit. En effet, depuis des mois, Paul n'arrivait plus à me vendre. Aucune toile vendue depuis mon paradoxal succès lors de mon exposition brésilienne et la hausse vertigineuse de ma cote officielle. Mais je me disais que cette situation devrait être provisoire, et que demain aussi, forcément, il ferait jour. De plus, j'avais tellement épargné ces dernières années qu'il me semblait improbable de me mettre en danger au niveau économique et que mes économies me permettaient, de toute façon, de ne rien changer dans mon fonctionnement durant les cinq ou six ans à venir. Et d'ici là, la probabilité d'un non-retour à une reprise de mes ventes devrait, je l'espère, être bien mince.

J'avais loué un magnifique véhicule utilitaire, le nouveau Ford Transit Custom, offrant l'avantage de disposer de deux confortables places passager à l'avant pour les jumeaux et d'un volume de rangement impressionnant à l'arrière pour mon matériel de peinture et mes toiles grand format. Sa maniabilité, son confort extrême et son système intégré multimédia en cabine reléguaient le souvenir de la vieille camionnette de ma jeunesse à la préhistoire de la civilisation. J'avais même fait fabriquer pour l'occasion une structure démontable en aluminium aux dimensions du compartiment arrière, afin de ranger les toiles, pour éviter tout contact entre elles lorsqu'elles seraient enduites, un peu comme une immense étagère de plaques à pizzas.

J'avoue avoir été peu disponible pour ma peinture durant nos premières escales, plus propices à l'entraînement des jumeaux qu'à ma création artistique. D'abord sans doute à cause de l'itinéraire de notre voyage, prévu en direction du sud de l'Espagne, où lumières et couleurs restaient similaires à celles de nos côtes, et surtout par les sites mêmes de nos arrêts, des agglomérations importantes où étaient implantés les clubs de judo, qui m'inspiraient bien peu.

Quel que soit l'endroit où nous nous posions pour une durée d'une dizaine de jours environ, le programme était sensiblement identique. La journée commençait toujours par une préparation physique le matin, travail de course ou musculation dans une salle privée que je ne manquais pas de trouver proche de notre hôtel de résidence. Ensuite, les après-midis, pendant que je flânais dans des galeries ou visitais des musées, les jumeaux se consacraient à leurs devoirs en langues appliquées où ils s'étaient enfin inscrits par correspondance – soit par Internet, soit dans le cadre de cours particuliers d'espagnol auprès d'un professeur que je dénichais sur place.

Enfin, le soir, nous nous rendions aux entraînements dans les dojos d'accueil.

Nous nous sommes arrêtés à Barcelone, puis à Valence avant de remonter à Madrid pour une durée de deux semaines, cette fois-ci. Notre hôte, José Luis Marinero, dirigeait depuis toujours, avec une inaltérable passion, le club le plus performant de la cité madrilène. Aussi avenant que convivial, rayonnant d'un charisme sans égal, son extrême gentillesse rivalisait avec une profonde générosité qui n'attendait aucun retour. José Luis était tout simplement une belle personne. Après chaque entraînement, il nous emmenait, mes élèves et moi, savourer de délicieuses tapas. Nous nous asseyions sur des tabourets ou restions debout contre le comptoir pour déguster au gré de nos envies charcuterie ibérique – jambon Jabugo Bellota, surtout – poulpes, calamars, tortillas... Nous ne nous attablions jamais, car il était hors de question de se limiter à un seul établissement, et après quelques verres accompagnés de délices culinaires à s'en damner, José Luis se levait, mettait quelques billets en riant dans les mains du serveur, puis nous faisait un clin d'œil et un petit signe de la main qui nous invitait à le suivre dans une autre bodega des quartiers de Chueca ou Malasaña qui grouillaient de monde.

Jamais je ne pus régler une note, cela me fut impossible. Tous les serveurs refusèrent mon argent en partageant un fou rire complice avec José Luis.

— Aquí, en España, tu es mon invité, Hugo, me disait-il. Lorsque je viendrai en France, je serai le tien... Pero, attention ! Je mange beaucoup !

Son rire résonnait alors dans la bodega et arrivait à couvrir le vacarme des voix des clients plongés dans les braises de leurs ardentes et bruyantes conversations. Les jumeaux qui jusqu'alors n'avaient jamais goûté du jambon, non pas par conviction religieuse, mais par simple mimétisme avec leurs parents qui, eux-mêmes, s'étaient imposé cette règle par respect pour les pratiques des leurs, m'avouèrent n'avoir rien mangé de meilleur de leur vie que ce jambon Bellota Jabugo. Je ne pouvais les contredire.

La veille de notre départ, José Luis nous invita à la Plaza de Toros de Las Ventas de Madrid. L'arène, pleine à craquer de ses vingt-cinq mille spectateurs, témoignait du caractère majeur de cette corrida. N'ayant jamais assisté à la moindre représentation de tauromachie, je n'avais aucun apriori sur la pertinence de cette lutte sans merci entre un homme et un animal. À vrai dire, je n'en acquis aucun non plus après avoir assisté à la corrida sur laquelle je n'avais toujours pas d'avis tranché, hormis la certitude d'avoir assisté à un fabuleux spectacle.

J'eus par contre une étrange révélation en voyant un ridicule danseur affronter ce mastodonte aux cornes acérées. L'art de la tauromachie m'apparut subitement comme la métaphore de l'art du judo, sa caricature même dans son symbolisme où le plus faible peut terrasser le plus fort s'il ne l'affronte pas de face. Voilà pourquoi mon père voulait que je fusse un jour soit torero, soit judoka, sans qu'il comprît lui-même les raisons de cette drôle d'alternative. Il lui avait sans doute semblé que la philosophie d'une de ces deux disciplines pourrait m'aider à lutter contre la brutalité extrême de la vie, j'en fus convaincu. Par les lois impitoyables de la nature, dans un schéma d'affrontement force contre force, le colosse écrasera toujours de sa supériorité son freluquet d'adversaire. C'est ainsi. Mais, avec ces principes, pourtant édictés au sein de cultures éloignées l'une de l'autre et dans des contextes bien différents, le judoka comme le matador arrivent à gagner ce combat déloyal en appliquant les principes similaires d'utilisation de la puissance de l'autre contre lui. Jamais le torero ne pourrait sortir vainqueur de sa lutte face à un animal de 700 kg s'il n'utilisait les mêmes concepts que ceux imaginés par Jigoro Kano dans l'art de l'esquive.

Un pincement au cœur, nous prîmes le lendemain congé de José Luis.

Nous sommes allées jusqu'à Séville avant de bifurquer vers le Portugal, où nous avons fait deux escales, Lisbonne et Porto, puis direction les Asturies au nord de l'Espagne, avec un premier séjour chez une connaissance, Angel, professeur du club d'Avilès, pour nous arrêter ici, au bout du monde, sur la plage désertique de Carabia, exempte, Dieu merci, du moindre club de judo à des kilomètres à la ronde.

Nous resterons sur place encore une semaine, les jumeaux doivent récupérer. Ils ont encore du mal à comprendre que le repos fait également partie de l'entraînement, mais ils se contenteront de petits footings de drainage le long de la plage le matin en consacrant leur après-midi à leurs études.

J'ai peint quant à moi toute cette journée, seul avec ma toile et mes tubes de peinture, devant le spectacle saisissant offert par les paysages grandioses face à moi.

Le sommet d'une haute montagne enneigée se dressait face à l'infini de l'océan, où l'écume des vagues s'écrasant sur les rochers des falaises démontrait l'ampleur de la fureur d'une mer démontée.

*

Annie me demande d'une voix douce si j'ai réfléchi au thème de mon exposition qu'elle doit déjà programmer pour l'année prochaine.

Je m'étais réjoui, quelques jours après notre départ pour la péninsule ibérique, de penser moins à elle et je me félicitais d'avoir concrétisé cette idée d'éloignement. Mais en me tenant là, face à elle, je ne peux que constater que cela n'aura finalement servi à rien. Je me vois autant désemparé par sa présence qu'avant mon périple et je déplore mon retour à la case départ.

Pire encore, mon attachement à son égard s'est démultiplié en apprenant à mon retour toute l'attention qu'elle avait portée à mon vieux père en mon absence. Pas un jour où elle ne passa le voir après son travail, avant de rejoindre le petit appartement qu'elle avait loué, à quelques mètres de notre demeure, face au port. Annie papotait un peu avec lui, lui faisait part des dernières nouvelles concernant la galerie, mais cela n'était qu'un prétexte pour s'enquérir de ses éventuels besoins, et rares étaient les jours où elle n'allait faire quelques courses pour lui. Une réciproque affection s'était ainsi tissée entre eux, en l'espace de quelques semaines, alors que je promenais mon amertume tout autour de la péninsule ibérique.

Quel serait le thème de ma prochaine exposition dans nos murs ?

Je comprends l'importance de cette information pour le lancement de son plan de communication, sur Internet, mais aussi pour les maquettes des documents qu'elle ne doit pas tarder à faire imprimer.

Ne sachant quoi lui répondre, je lui parle d'une vague idée que je n'ai encore jamais concrétisée. Je réalise que j'ai peut-être parlé trop vite, en omettant la nécessaire prise de temps pour une réflexion plus approfondie. Car si mon ébauche de perspective venait à être planifiée, elle aurait l'inconvénient de me contraindre à la réaliser. Et l'idée de devoir respecter l'obligation d'une échéance, sans autre possibilité que de m'y résoudre, est loin de m'enchanter.

— Ah oui, s'exclame Annie, enthousiaste, cela serait fantastique de programmer l'exposition d'une nouvelle forme de travail, cela drainera certainement des collectionneurs qui viendraient même de très loin pour la découvrir en avant-première. Pouvez-vous m'en dire un peu plus pour que je puisse vous faire une proposition de texte d'annonce ?

Son vouvoiement m'irrite au plus haut point et me contraint à renoncer à envisager de la tutoyer, ce qu'elle accepterait sans aucun problème, j'en suis convaincu, mais sans certitude aucune de réciprocité compte tenu de mon âge.

D'ailleurs, mon père la tutoie naturellement sans que son vouvoiement à son égard le gêne le moins du monde. Nous serions sur ce même registre, finalement. Mais je décide de laisser cette intention pour plus tard.

— Un travail nouveau pour moi, dis-je, qui m'attire depuis longtemps sans jamais avoir osé le tenter... Dans la lignée de Nicolas de Staël, bien sûr, mais revu à ma façon. Avec les mêmes empâtements, mais avec des formes et des couleurs propres...

— Une série de nus ? me demande-t-elle à ma grande surprise.

— Oui, exactement... Comment avez-vous deviné ?

— Le nu est le seul thème que vous n'avez pas encore exploré, et qui a été une expression majeure chez Nicolas de Staël dès 1951 et jusqu'à sa mort en 1955...

— Oui, notamment inspiré de Jeanne, son dernier amour, qui lui servait de modèle...

— Vous avez votre modèle ?

Mon cœur se serre soudain à cette question et je reste un instant tétanisé devant son regard profond plongé dans le mien, dans l'impossibilité la plus totale de rétorquer quoi que ce soit. Après un silence interminable, elle prononce dans un murmure :

— M'accepteriez-vous comme modèle ?

M'accepteriez-vous comme modèle ? Non, je ne rêve pas, elle vient de formuler cette simple interrogation et elle attend, impassible, une réponse de ma part, ses yeux dans les miens.

Combien aurais-je voulu répondre spontanément quelque chose, n'importe quoi même qui aurait pu être considéré comme une répartie naturelle et détachée à une question somme toute banale, qu'il m'aurait été facile de trouver sans l'emprise de mon obsession pour elle. Mais tout dans mon attitude lui prouve qu'elle m'est embarrassante.

Je me vois rester prostré devant elle, étourdi par l'écho de ces quelques mots qui résonnent dans ma tête. Je discerne surtout avec effroi le spectacle qu'elle doit percevoir, celui d'un pauvre bougre dans l'incapacité de prononcer le moindre mot.

— Veuillez me pardonner, me dit-elle, troublée par l'étendue de ma gêne, je vois bien que je vous ai mis dans l'embarras. Vous devez déjà disposer de modèles attitrés...

J'arrive à balbutier alors :

— Non, non... Pas du tout. J'ai juste été surpris, c'est tout. Je ne peux rêver meilleur modèle que vous. Mais je n'aurais jamais envisagé l'idée même d'oser vous formuler une telle requête...

— Vous devez trouver ma démarche déplacée. Mais depuis le début de mes études dans l'histoire de l'art, j'ai été fascinée par les œuvres inspirées de modèles… Et l'idée de pouvoir un jour poser pour un peintre m'a toujours attirée. Être nue devant un homme est une situation extrême, j'en conviens. Être touchée, caressée seulement par ses yeux pourrait paraître pour certains comme un jeu, être considéré comme une forme de narcissisme… Mais pour moi, livrer mon corps à l'œuvre d'un peintre relève d'un acte sacré. Oui, je suis attirée par cette force dérangeante, cette étrangeté troublante de me tenir nue, sans aucune trace de pudeur, devant vous…

— Vous m'honorez, Annie. Je ne sais encore si je serai capable de transmettre toute la grâce et le mystère émanant de vous, mais je relève humblement le défi. Quand voudriez-vous que nous commencions les premières esquisses au fusain dans mon atelier ?

Sa réponse me glace le sang :

— Il est l'heure de fermer la galerie. Maintenant, si vous voulez.

*

Les jumeaux aident mon père à embarquer pendant que je largue les amarres. La petite barque de pêche aux couleurs patinées par l'iode et le temps, prêtée par un de ses fidèles amis, n'est pas de première jeunesse, mais sera parfaite pour cette balade vers l'archipel des Embiez. Idéale en tout cas pour profiter de cette journée exceptionnelle de février, sur cette mer d'huile, au lendemain de notre retour des grands froids canadiens. Passer soudainement d'une température avoisinant parfois moins vingt degrés Celsius à seize degrés aujourd'hui à Bandol me laisse apprécier notre chance de vivre sous ce climat si envié.

Nous étions partis un mois plus tôt, pour Montréal tout d'abord, où se tenait le vernissage de mon exposition, au succès mitigé, je dois l'admettre. Le galeriste avait vendu quelques toiles de grand format, certes, assez en tout cas pour couvrir tous ses frais, mais la hausse de ma cote avait sans doute refréné nombre de collectionneurs. Paul, mon agent, m'avait avoué sa déception quant au résultat des premières ventes et m'avait fait part de son inquiétude sur mon positionnement dans le marché de l'art. Je n'atteignais pas encore, selon lui, une notoriété internationale suffisante pour convaincre le cœur de cette population d'élite d'acheteurs potentiels, tout en étant contraint d'afficher les prix de mes œuvres selon les indices de ma valeur officielle.

— Tu es dans une situation bâtarde, m'avait-il dit, je dirais même assez critique. Les galeries ne peuvent se permettre de diminuer le prix de tes tableaux au risque de provoquer un effondrement de ta cote et surtout d'afficher un manque de crédibilité sur ton travail... Et paradoxalement, il faut absolument que tes œuvres se vendent, sinon, c'est une catastrophe. En fait, tu es condamné au succès, tu n'as pas le choix... Ça passe ou ça casse...

Je le voyais remuer ses lèvres, mais ses mots se noyaient dans le brouhaha des invités et des pique-assiettes qui s'empiffraient devant le buffet dressé pour le vernissage. Le bruit ambiant me donnait un prétexte pour ne pas prendre la peine d'écouter son discours alarmiste. En fait, je me fichais royalement de tout ce qu'il pouvait dire.

Seule l'image d'Annie, nue devant moi, occupait mon esprit.

Cette scène surréaliste où elle se dévêtit et s'allongea sur le dos, à même le tatami de mon atelier, défile inlassablement dans ma tête et elle se fond maintenant dans le bleu turquoise de la mer où se trouve plongé mon regard.

Plus d'un mois s'est écoulé depuis et je ne pense qu'à elle. Le souvenir du spectacle de son corps qu'elle offrit sans retenue à mes seuls yeux me hante continuellement.

Elle m'avait demandé de la guider sur les positions que j'aurais voulu qu'elle prenne et, ému de tant de grâce et de beauté, je lui avais suggéré de prendre elle-même les initiatives, lui assurant que je m'adapterais à ses inspirations. Je m'étais assis en tailleur, face à elle, si près qu'il m'aurait été possible de l'effleurer, un bloc de papier à dessin entre mes genoux, et dans un étrange silence, mon fusain traçait fébrilement les formes de son corps qu'un désir fou me poussait à caresser.

Mais je ne faisais que guider ma main sur les papiers, traçant, ligne après ligne, l'objet de ma folie, dans la torture de me sentir incapable de traduire le centième de mes émotions. Lucide de ma totale incompétence à les transmettre, je restais impuissant devant le grain soyeux de sa peau, naturellement brune et légèrement piquetée de taches de rousseur à la naissance des seins. Traduire par de simples traits mon envoûtement face aux subtiles fragrances de son parfum m'était de l'ordre de l'impossible, mais je continuais fébrilement à noircir les grandes feuilles à dessin, aussi blanches que mon visage.

De temps en temps, nos regards se croisaient et je baissais aussitôt les yeux vers mon esquisse, désarçonné par un trouble aussi étrange qu'inexplicable. Mais je ne pouvais m'empêcher de les plonger à nouveau vers le creux de ses reins ou en direction des plis déconcertants de son aine, vers ces chairs imperceptiblement plissées entre le haut des muscles élancés de ses cuisses – légèrement écartées – et la douceur de son pubis délicatement épilé.

J'avais perçu dans ces instants sublimes, à l'exact endroit où s'était posé mon regard sur sa peau, comme aurait pu le provoquer la caresse d'une main, un infime frémissement.

*

Le bateau glisse lentement sur le bleu profond de la mer et nous passons à quelques mètres du phare enduit jadis d'un jaune vif, devenu patiné par les embruns, étrangement dénommé La Carotte. Le contraste des couleurs est saisissant, et peut-être garderai-je l'idée de cette image pour une prochaine toile.

Nous jetons l'ancre face à une crique sauvage d'une des îles des Embiez, et j'installe confortablement mon père au soleil. Il restera sur la barque avec un bon livre entre les mains pendant que les jumeaux iront crapahuter sur la terre ferme sous ma direction.

Les exercices de courses en plein air ont été du domaine de l'impossible au Québec. Les températures extrêmes nous avaient contraints à renoncer à toute idée de mettre le nez dehors durant le mois de notre séjour canadien. Aussi sont-ils heureux aujourd'hui de pouvoir s'adonner aux exercices de cardio-training journaliers ailleurs que dans les intérieurs surchauffés des salles de sport high-tech, en foulant enfin un vrai sol en terre et non plus la surface rebondie d'un tapis roulant.

Mais l'axe principal de leur séjour a été une nouvelle fois la pratique du judo avec une multiplicité de partenaires, grâce à nos déplacements. Ces séances étaient ponctuées de séquences de préparation physique dans le cadre d'une poursuite de leur programme de musculation, entre autres, sans oublier les séances d'études dont je suivais le bon déroulement.

J'avais loué une voiture assez bien équipée pour affronter les extrêmes intempéries, somme toute banales dans ces latitudes, qui nous permit de boucler notre circuit sportif en trois semaines.

Montréal fut notre point de départ, dès le lendemain de mon vernissage. J'étais peu enclin à rester sur place pour m'apitoyer devant les ventes peu réjouissantes de la veille ou m'infliger la mine déconfite du galeriste et les gémissements de Paul, aussi prîmes-nous rapidement la route vers notre première étape, pas bien loin, en réalité. Un seul changement d'hôtel, à quelques mètres de l'initial, avait suffi pour reléguer le monde artistique aux oubliettes et pour laisser toute la place au deuxième objectif du voyage : aider Hakim et Ferrid à s'élever encore dans l'art du judo.

Notre premier hôte en judo fut le club de Boucherville, situé en périphérie de la ville où nous demeurâmes cinq jours. Nous sommes ensuite remontés à Québec, après nous être arrêté trois jours dans le club de Trois-Rivières, avons traversé des forêts gelées jusqu'au lac Saint-Jean et le petit dojo de Chicoutimi, puis une fois revenu à Québec, nous avons laissé la voiture de location à l'aéroport Jean-Lesage, avons pris l'avion jusqu'à Toronto, où nous sommes restés quelques jours, avant qu'une autre voiture en location ne nous permette de gagner un club tenu par un sympathique professeur japonais à Ottawa, puis, enfin, de retrouver l'aéroport de Montréal pour notre vol de retour.

L'apparition des jumeaux, en nage, leurs vêtements de sport collés à la peau, m'extrait de mes pensées. Ils m'apprennent avec surprise avoir déjà fait trois fois de tour de l'île en courant à vive allure. Je leur tends les sandows et leur rappelle les consignes de la séance, située à juste un mois des prochains championnats d'Algérie auxquels participera une nouvelle fois Ferrid.

Ils terminent le programme préconisé vingt minutes plus tard, plusieurs séries de placements en vitesse et en relâchement sur ces sangles élastiques maintenues à un arbre. Nous nous dirigeons ensuite vers la crique où se trouve amarré le bateau sur lequel nous embarquons après avoir franchi les quelques mètres le séparant du rivage, l'eau jusqu'au nombril.

Mon père tient son livre posé sur ses genoux et semble absorbé par ses pensées, le regard fixé intensément sur les vapeurs diffuses de l'horizon. Il semble ne pas s'être rendu compte de notre venue, malgré le tangage de la barque lors de notre arrivée.

— On a fini Papa, lui dis-je. Tu regardes quoi comme ça ?

— Oh, rien, fiston… répond-il en sortant de sa torpeur. Je regarde l'horizon, seulement. Seulement l'horizon…

— Tu regardes l'horizon ou ce qui se trouve derrière l'horizon ?

Mon père garde le silence, mais il m'adresse un étrange sourire. Un sourire d'une tristesse infinie.

— Comme tu le sais, Papa, dans un mois, je retourne en Algérie. Juste pour la compétition de Ferrid, sans faire de stage après. Un court séjour d'une semaine pas plus… Et si tu m'accompagnais ? Ce serait peut-être l'occasion, cette fois, non ?

Mon père s'apprête à me répondre, mais aucun son ne peut sortir de sa bouche. Ses lèvres se mettent à trembler imperceptiblement et je décèle alors dans son regard toute la fragilité du monde.
— Je t'emmène avec moi, Papa ! On ira ensemble derrière l'horizon !

*

Enfoncé dans un confortable fauteuil en cuir de l'accueil, je retrouve mon père en pleine discussion avec les jumeaux.
— Ce n'est pas grave, Ferrid, tu as fait un beau combat, même si je ne comprends pas grand-chose au judo…
J'avais eu le temps la veille d'aller le chercher à l'hôtel pour qu'il assiste au moins à sa finale. Toute une journée enfermé dans le bruyant complexe sportif l'aurait à mon avis épuisé et je lui avais suggéré de m'attendre en fin d'après-midi dans un petit café proche de notre hôtel, au cœur d'Alger, dont la particularité résidait dans le nombre de joueurs d'échecs qu'on pouvait encore y trouver.
Ferrid, à la musculature bien plus étoffée qu'un an auparavant, démontra face à ses premiers adversaires une opposition dont ils étaient loin de se douter. Ils furent immédiatement surpris par son répondant physique au niveau de la garde et ont vite compris l'inefficacité de leur agressivité d'approche. Toutes leurs tentatives d'intimidation, qu'ils présumaient constituer le socle de leur supériorité, l'avaient en effet laissé de marbre.
Quatre *ippons* expéditifs plus tard, Ferrid se qualifiait en finale du championnat d'Algérie de sa catégorie de poids, face à l'autre taré de Samir. Mourad, presque larmoyant, me supplia de ne pas prendre possession de la chaise de coach, au prétexte que tous deux appartenaient au même club, aussi me suis-je contenté de l'encourager des tribunes, assis aux côtés de mon père.
Le combat âpre et l'arbitrage houleux s'étaient prolongés jusqu'au golden score où, sur une action plus que douteuse, la victoire fut donnée à Samir, bien que l'impact de Ferrid sur le tatami n'ait été que sur le ventre. Visiblement, cette décision n'émut personne dans la salle, à en juger par la réaction du public, applaudissant à tout rompre ce pantin de Samir qui, dans une absolue indécence, compte tenu des circonstances de sa réussite, bondissait sur le tapis comme un cabri.

— Oh non, dis-je en prenant place sur le fauteuil attenant à celui de mon père, tu n'as pas à rougir à ta défaite... Défaite entre guillemets, même. L'arbitre a vu une marque inexistante. Il était déjà carrément non-voyant tout au long du combat où tu as pourtant marqué trois gros avantages... Mais bon, on va oublier tout cela... Cela appartient déjà au domaine du passé...

Je conseille un total repos aux jumeaux et les incite à bien profiter, durant notre absence, des espaces détente mis à disposition par l'hôtel.

Voilà cinquante-six ans que mon père n'avait pas mis les pieds dans son pays de naissance, quitté l'année de ses 30 ans. Il le retrouvait avec nostalgie à l'âge de 86 ans et nombre de souvenirs émergeaient déjà depuis notre arrivée en nous promenant seulement dans quelques ruelles adjacentes de l'hôtel.

Je l'aide à s'installer sur le siège passager de la voiture de location apportée par le service voiturier de l'établissement qui nous attend dans la zone de dépose, devant les baies vitrées de l'entrée, prends place côté conducteur et engage le véhicule dans la circulation dense de la capitale. À cette heure-ci, les voies sont encombrées et je râle un peu en avouant à mon père être irrité par la lenteur de notre progression et surtout par ces concerts de klaxons intempestifs qui usent mes nerfs.

— Alger pour ça n'a pas changé, me dit mon père, on n'avance toujours pas dans cette ville... Et si le klaxon n'avait existé, c'est un Algérois qui l'aurait inventé...

À l'arrêt à un feu rouge, nous observons avec amusement le visage du conducteur de la voiture à côté de la nôtre. Il observe l'appareil de signalisation en tortillant ses grandes moustaches, tendu à l'extrême, les yeux braqués sur sa lumière rouge. Ses traits sont déformés par la peur instinctive d'être frappé par la surprise et on devine son pied placé sur la pédale d'accélérateur comme s'il devait fuir un danger immédiat.

Nous nous esclaffons soudain, mon père et moi, à l'instant précis où le feu – au loin – passe enfin au vert, en le voyant appuyer nerveusement sur son avertisseur, s'associant ainsi instantanément au charivari des autres klaxons.

— Et si on sortait un peu de la ville ? me suggère mon père en écrasant une perle de larme provoquée par son fou rire.

— Oui, c'est une bonne idée... Tu veux qu'on aille où, Papa ?

— Je ne sais pas. Vers les montagnes, peut-être.

— Je te vois venir, toi... Vers les montagnes ? Vers les montagnes du Haut Dahra, par exemple ?

— Pourquoi pas ? Là ou ailleurs ? me dit-il dans un clin d'œil malicieux.

*

— Rien n'a changé, ici, me dit mon père, troublé et ému jusqu'aux larmes.

Depuis notre départ de la capitale, il avait été surpris de retrouver les mêmes paysages, intacts dans sa mémoire. La nature à l'état brut, seulement agressée par le bitume d'une route qui s'était déroulée devant nous comme un tapis. Cette route qu'il avait tant fréquentée, serpentant entre le spectacle grandiose d'une côte sublime et la majesté des hauts sommets de montagnes enneigées. Elle avait ainsi défilé droit devant nous, puis bifurqué brutalement vers les hauts plateaux du Haut Dahra.

Elle était celle qu'il avait connue, à l'identique malgré toutes ces années écoulées. Et là, devant l'entrée de son ancienne exploitation, je le vois trembler d'émotions.

Nous étions garés sur le terre-plein longeant la route, entre elle et le mur de séparation de la propriété, et je l'ai aidé à marcher jusqu'au portail d'entrée largement ouvert. Il reste un moment silencieux, appuyé contre mon bras, et contemple le spectacle des vignes accrochées à l'ocre de la colline, le corps de ferme entouré d'arbres fruitiers, analogue à ses souvenirs. Je le sens frissonner contre moi sans en comprendre les raisons réelles. Je ne sais si son frissonnement résulte des conséquences de cette petite brise ébouriffant ses fins cheveux blancs ou du flot d'émotions l'envahissant à cet instant.

La pâleur de son visage me suggère qu'il serait préférable de ne pas s'éterniser devant l'infinie mélancolie de ses souvenirs, et posant délicatement une main sur son épaule, je murmure à son oreille :

— Allez, viens, Papa, on y va…

Un son étouffé et régulier, caractéristique d'un bruit de moteur, m'interpelle. L'engin apparaît soudain sur la route, émergeant de la lumière dorée du jour déclinant après sa sortie du virage au loin, et se dirige lentement vers nous.

Je lis dans le visage de mon père une sorte de panique dans sa crainte d'être surpris en flagrant délit d'atteinte à la vie privée, alors que s'amplifie le bruit d'enfer d'une vieille carcasse vrombissante, libérant un nuage de fumée noire derrière elle.

Un homme chétif, d'un âge indéfinissable, coupe les gaz de sa machine parvenue à notre niveau, arrêtant net ses vibrations et son vacarme insupportable. Il descend de son perchoir et s'adresse à nous dans un français parfait en essuyant de sa manche quelques gouttes de sueur perlant sur son front :

— Bonjour, Messieurs, puis-je quelque chose pour vous ?

La gêne de mon père est palpable, aussi je réponds aussitôt :

— Bonjour, Monsieur... Non, merci, nous ne voulons pas vous importuner. Nous passions par là et nous sommes arrêtés quelques secondes juste pour regarder votre domaine. Mon père en était le propriétaire, il y a de cela bien longtemps. Avant l'indépendance... Et il voulait juste voir une dernière fois les lieux avant de revenir en France...

À ces mots, le visage de l'homme sans âge s'éclaire.

— Monsieur Arturo ? s'exclame-t-il en regardant mon père dans les yeux. Vous êtes Monsieur Arturo ?

— Oui, répond mon père, visiblement aussi surpris que soulagé par sa réaction d'enthousiasme. Arturo Montes...

L'homme enserre aussitôt ses mains autour des siennes dans un sourire radieux.

— Monsieur Arturo, lui dit-il, quelle joie de vous rencontrer ! Quelle joie ! Mon père m'a tellement parlé de vous !

— Votre père était Mohamed ? lui demande-t-il.

— Oui, exactement, Mohamed, votre fidèle second. Il a pu reprendre la ferme après votre départ pour poursuivre votre travail... Et il me l'a confiée quelques années avant sa mort, il y a plusieurs années déjà...

— Oh, Mohamed est décédé, dit mon père d'une voix tremblotante, les larmes aux yeux, j'en suis navré. Toutes mes plus sincères condoléances, Monsieur...

— Appelez-moi Aziz. Merci, Monsieur Arturo. La mort fait hélas partie de la vie. Je suis tellement honoré de vous rencontrer enfin !

Aziz se tourne vers moi et me serre chaleureusement la main.

— Enchanté, Aziz, dis-je, je m'appelle Hugo.

— Ravi de faire votre connaissance, Hugo. Venez, je vous prie, ma femme Fatia sera enchantée de vous connaître !

*

L'intérieur a été rénové avec goût et l'incontestable volonté de préserver l'authenticité et le charme désuet des maisons d'antan.

Aziz nous présente aussitôt avec enthousiasme à sa femme qui nous accueille avec la même sincère expression de bonheur.

— Quel immense honneur de vous rencontrer, Monsieur Arturo, vous et votre fils, s'exclame-t-elle, le papa d'Aziz nous a tellement parlé de vous ! Vous avez fait tellement pour lui et sa famille ! Il disait souvent qu'il vous devait tout…

— Mille mercis, dit mon père, visiblement touché, vos paroles me vont droit au cœur. Ça a été un enchantement de le côtoyer, lui et les siens, durant ces inoubliables années…

— Nous serions tellement honorés, reprend Fatia, si vous acceptiez de dîner avec nous ce soir et de passer au moins une nuit ici…

— Nous sommes venus à l'improviste, dit mon père, confus, nous ne voulons pas vous incommoder…

— Mais non, au contraire, intervient Aziz, la maison est bien vide depuis le départ de nos enfants pour la capitale. Deux chambres sont à votre entière disposition, vous êtes ici chez vous. Notre plaisir serait immense si vous acceptiez de nous honorer de votre présence…

Mon père, dans l'embarras, me regarde d'un air interrogateur.

J'acquiesce d'un signe de tête en souriant :

— Avec grand plaisir, dis-je sans savoir exactement si cette décision était celle qu'il attendait.

— C'est une joie pour nous que vous restiez, réagit aussitôt Fatia dont le visage s'éclaire d'une sincère félicité. Vous voulez peut-être vous détendre, je vais vous montrer vos chambres et leur salle de bains…

— Merci infiniment, dit mon père, mais pourrais-je me permettre de vous demander une petite faveur avant ?

Je regarde mon père un instant, dans l'espoir de déceler dans son regard un indice de ce que pourrait bien être son souhait.

— Mais bien évidemment, s'exclame Aziz, tout ce que vous voulez.

À l'instant où mon père reprend la parole, j'imagine aussitôt la motivation de sa requête.

— Juste avant de partir pour la France, j'ai enterré ma femme dans un endroit du domaine. Je retrouverai l'endroit précis, j'en suis certain, même si cet emplacement doit être aujourd'hui envahi par les ronces… C'était à côté d'une petite restanque…

Fatia et Aziz se regardent alors en échangeant un énigmatique sourire.

— Bien sûr, Monsieur Arturo, dit Aziz d'une voix calme et étrangement solennelle.

— J'aimerais juste me recueillir quelques instants... Là où elle repose, maintenant, si cela ne vous dérange pas, avant la tombée de la nuit...

— Venez, venez, suivez-nous... dit Fatia en prenant en douceur la main de mon père.

Elle l'accompagne jusqu'au seuil de la porte d'entrée et l'aide à descendre les quelques marches du palier.

La petite brise est tombée, mais l'air de la montagne baigne de sa fraîcheur un paysage empreint d'une absolue sérénité. Un soleil déclinant illumine déjà les collines d'une douce clarté aux couleurs allant du rose le plus tendre aux profondeurs du pourpre, et l'image de la toile réalisée par ma mère m'imprègne à nouveau par l'exactitude des nuances entre elle et la réalité des tons de ce paysage, étrangement similaire au travers des temps.

Fatia et Aziz marchent lentement devant nous, dans la lueur du soleil couchant. Nous emboîtons leurs pas, mon père et moi, bras à bras, comme nous l'étions déjà cinquante-six ans plus tôt, lorsque nous nous dirigions vers le paquebot qui allait nous emmener en France.

Nous suivons, dans le silence absolu, un petit chemin de terre battue ocre, cerclé de petits jardinets constitués de plantes grasses aux doux parfums anisés.

Puis Fatia et Aziz s'arrêtent dans la lumière dorée des lieux, se retournent lentement vers nous en s'écartant l'un de l'autre.

Et Fatia, d'un geste gracieux, nous invite à contempler un espace ressemblant à un éden fleuri.

Au centre du jardin, un rectangle de marbre noir, épuré à l'extrême, trône au milieu d'une symphonie de couleurs dont il me faut quelques secondes pour assimiler qu'elles constituent, en fait, l'étendue des fleurs odorantes d'un jardin soigneusement entretenu.

Sur la pierre anthracite, une seule plaque en marbre, avec ces lettres gravées :

« Ici repose Marie pour l'éternité
Marie Montes, 12 août 1934 – 17 mars 1962 »

*

La fenêtre de la chambre qui m'a été attribuée, située à l'étage, offre la même vue du jardin où repose ma mère que celle de la chambre d'au-dessous, au rez-de-chaussée, occupée par mon père.

Mais à cette heure tardive de la nuit, elle ne donne sur rien, si ce n'est sur la noirceur des ténèbres sur laquelle contrastent les imperceptibles taches blanches des flocons de neige virevoltant devant moi et se mêlant aux nuées de fumée de ma cigarette.

En nous montrant la pierre tombale de ma mère, Fatia et Aziz s'étaient adressé un sourire complice qu'ils devaient partager certainement, à titre posthume, avec ceux qui avaient pris l'initiative de l'édifier en hommage à leurs anciens employeurs qu'ils respectaient et vénéraient tant. Ils n'avaient fait que poursuivre l'œuvre des parents d'Aziz en entretenant, jour après jour, la tombe de ma mère.

Malgré leur bienveillance, je ne suis pas certain qu'ils aient mesuré l'ampleur du choc émotionnel provoqué par cette révélation chez mon père et moi.

Je me revois tétanisé devant la sépulture de ma mère. Je m'étais arrêté à quelques mètres d'elle, dans l'impossibilité la plus totale de faire un pas de plus.

Mon père s'était avancé seul devant sa tombe et s'était agenouillé devant elle. Il s'était ensuite penché sur le marbre pour l'embrasser, puis avait éclaté en sanglots, sa joue contre la pierre sur laquelle perlaient ses larmes.

J'écrase mon mégot de cigarette, l'introduis à l'intérieur d'une petite bouteille d'eau et ferme la fenêtre. Je me couche à nouveau avec la ferme conviction d'essayer de trouver enfin le sommeil.

Je me réveille en sursaut à cinq heures dix précises et reste assis sur mon lit, glacé par une effroyable certitude.

Un évènement considérable s'était produit à cinq heures dix exactement. Cela était bien plus qu'un pressentiment, mais l'explosion soudaine d'une étrange émotion dans un mélange de sensations d'apaisement et de terreur.

J'attends les premières lueurs du jour, puis je descends les escaliers. Je sais étrangement ce que je trouverai à l'extérieur.

Mon père est allongé, inerte, sur le marbre gelé de la tombe. Il s'est laissé mourir de froid, tout au-dessus de l'unique amour de sa vie, ses bras écartés sur la pierre comme s'il voulait enlacer ma mère, une dernière fois.

Ensuite, tout est flou. J'ai l'impression de lutter en vain pour m'extraire d'un de ces rêves qu'on fait parfois entre sommeil et semi-conscience.

Je crois avoir relevé le corps glacé de mon papa, l'avoir serré dans mes bras et l'avoir embrassé pour la première fois de mon existence, non pas sous la forme de notre rite habituel, mais vraiment, en le couvrant de baisers sur les joues.

*

J'ai voulu creuser moi-même la tombe de mon père.

J'ai poliment décliné le soutien des ouvriers de la ferme malgré l'insistance de Fatia et Aziz qui, finalement, ont respecté ma volonté.

J'ai mis une journée entière à creuser une fosse à l'aide d'une pelle et d'une pioche. Mes deux parents reposent désormais côte à côte, au milieu d'un jardin en Algérie qui, je le sais, sera éternellement fleuri.

6

Ces deux années 2019 et 2020 passèrent aussi rapidement qu'une éclipse de Soleil. Les perceptions que l'on peut avoir des années qui s'égrènent ne sont jamais similaires, selon la densité des évènements que l'on aurait vécus. Et ces deux années furent tellement concentrées en faits et en péripéties qu'il me sembla les avoir vécues en une seule journée.

Je me revois en ce mois de mars 2019, noyé dans un océan de détresse absolue, mais dans l'incapacité la plus totale de réaliser que mon père n'était plus. Sans doute parce que je le sentais, et le sens encore, profondément en moi, omniprésent dans les abîmes de mon âme. La raison pour laquelle, certainement, il me fut impossible d'éclater en sanglots malgré l'ampleur de mon désespoir.

Je le savais présent, là, quelque part en moi, et je percevais l'incroyable sensation d'apaisement qu'il me transmettait.

Il avait tout d'abord fallu se soumettre à toutes les contraintes administratives du Code civil algérien, faire venir un médecin pour l'établissement du certificat de décès et du permis d'inhumer dans une propriété particulière dont je dus demander l'autorisation à un service du canton. Focalisé sur toutes ces démarches, mon esprit n'avait de place pour d'autres pensées.

Le vide, je ne l'ai vraiment senti que lors de notre trajet de retour en avion. Nous étions quatre à l'aller et trois au retour.

Les jumeaux, inconsolables, avaient pleuré durant la majeure partie du voyage, aussi affectés par la perte de mon père auquel ils étaient profondément attachés que par l'immensité de mon désarroi dont ils percevaient l'étendue.

Pour des raisons inconnues, je n'ai pu pleurer la première fois mon père qu'en présence d'Annie. Depuis son décès, nous communiquions par SMS, et elle m'avait envoyé plusieurs messages touchants.

Je m'étais arrêté à la fermeture de la galerie dès mon arrivée à Bandol, et dès qu'elle me vit, elle vint lentement à ma rencontre. Elle m'enlaça avec douceur dans ses bras. Ce ne fut qu'une fois contre elle que je pus enfin libérer toutes les larmes de mon corps. Je ne saurai jamais les raisons pour lesquelles j'éclatai en sanglots à cet instant. J'ai dû sangloter longtemps, une éternité, ma tête posée contre son épaule, et comme elle savait que tout mot serait superflu, elle s'était contentée de poser une main sur ma nuque pour essayer de m'apaiser.

Une fois calmé, je me souviens avoir tenté de lui adresser un timide sourire de remerciement avant de quitter les lieux, à la fois délesté d'un poids incommensurable et confus du spectacle de mon impudeur.

*

L'immersion dans le travail fut mon salut.

Les journées qui défilaient où je me plongeais à corps perdu dans ma peinture et les entraînements de judo avec les jumeaux – les dates de mon exposition à la galerie et les épreuves régionales Seniors de Hakim approchant – m'aidèrent à m'extraire de mes sombres pensées et à oublier une accumulation de turpitudes diverses.

Je me serais passé des contraintes administratives liées à la succession et aux appels de plus en plus pessimistes de mon agent. Celui-ci n'arrêtait pas de s'apitoyer sur son sort, en pleurnichant sur le fait qu'il n'arrivait plus à vendre mes œuvres à cause de la hausse de ma côte sur le marché de l'art. Excédé, je lui répondis un jour pour mettre un terme à ses insupportables jérémiades :

— Écoute-moi bien, Paul : arrête de me casser les couilles avec ça… Mon travail est de peindre, le tien, de vendre, alors fais ton boulot et cesse de me prendre la tête !

Je raccrochai brutalement après lui avoir suggéré qu'il serait peut-être temps pour lui de penser à prospecter d'autres artistes lui permettant de poursuivre sa carrière de colporteur.

Heureusement, ma série de « nus » prenait forme peu à peu, malgré les temps de séchage indispensables entre les multiples couches d'huile, et je n'étais pas mécontent de la tournure que prenaient les choses. Les aplats de couleurs se succédaient et je commençais à déceler à travers tous ces empâtements de matière un possible résultat satisfaisant. Une force, un équilibre et surtout une émotion pourraient surgir de ce travail tout en épaisseur, du moins je l'espérais.

L'autre satisfaction avait été la qualification de Hakim pour les championnats de France Seniors en première division, programmés en cette fin d'année 2019.

J'avais été assez inquiet avant sa première épreuve régionale du fait de son manque de repères en compétitions officielles, et bien qu'il n'ait jamais cessé de s'entraîner, je craignais que son peu d'expérience à ce niveau – par son élimination prématurée en Juniors il y a deux ans suite à la fourberie de Nicolas et par son forfait dû à une blessure l'an passé – ne lui fût fatal.

Il gagna pourtant haut la main le championnat régional et aurait pu également remporter l'épreuve de zone, trois semaines plus tard, sans sa courte défaite, en finale, contre un athlète expérimenté, international par le passé, qui avait décidé de reprendre sa carrière, avec les prochains Jeux olympiques en ligne de mire, motivé par le pari de retrouver sa place en équipe de France en bousculant l'actuelle hiérarchie dont l'incontestable leader était Nicolas.

Le début de combat de la finale fut équilibré, mais très vite, l'adversaire de Hakim fut déconcerté par son rythme d'attaques et sa verdeur.

Sa jeunesse derrière lui et sans doute moins affûté physiquement que par le passé, il échappa de justesse à la sanction de non-combativité qui lui aurait été fatale, en fin du temps réglementaire, et qu'il méritait selon moi. Toujours est-il que le combat se poursuivit au golden score où, là aussi, il ne dut son salut qu'à sa seule expérience.

Retranché en bordure de la surface réglementaire du tatami par la pression de Hakim, il profita d'une de ses actions pour sortir délibérément de la surface de combat en simulant une poussée de celui-ci.

La pénalité infligée à Hakim pour poussée volontaire mit un terme au combat qu'il remporta in extremis, mais sur les rotules.

Lorsqu'il eut récupéré du combat, il nous retrouva, Hakim et moi. Il félicita Hakim dans une sincère accolade pour son opposition et s'excusa auprès de nous d'avoir été contraint, par un réflexe inné de compétiteur, d'utiliser ce peu glorieux subterfuge pour se sortir de ce combat qu'il ne méritait pas d'avoir gagné.

Il nous avoua aussi avoir pris conscience que tout doit avoir une fin dans la vie et qu'il avait compris le caractère futile de son projet de come-back.

— Je suis fier de t'avoir livré ce combat, dit-il à Hakim, qui sera mon dernier, et que je sais avoir perdu, même si l'arbitre m'a finalement désigné vainqueur. Tu iras loin, toi, dit-il en tapant sur l'épaule de Hakim avant de disparaître dans les vestiaires.

Sur le podium de la catégorie, personne n'occupa la première marche ce jour-là.

*

Mon obsession envers Annie cessa le jour où je pris enfin la ferme résolution de préserver coûte que coûte le caractère sacré de notre relation.

La révélation de l'évidence d'une telle décision me fit suspecter un signe de vieillissement n'ayant jamais auparavant éprouvé ce type de sagesse, mais tranquillisa ma conscience dans la certitude que ma volonté à garder cette ligne de conduite me préserverait des feux de mes tentations. Toutes les autres pensées m'apparurent soudain comme irrespectueuses à son égard, voire même quasi incestueuses.

Nous pûmes ainsi partager des moments magiques. Mais l'ambiguïté de nos relations était plus que jamais palpable, puisqu'elles oscillaient dans un no man's land incertain où la candeur des sentiments qui s'étaient peu à peu tissés entre nous côtoyait la distance dictée par le respect de la courtoisie professionnelle qu'elle s'évertuait à respecter. Elle n'osait toujours pas partager mon tutoiement, mais avait renoncé étrangement à persévérer dans son vouvoiement, aussi s'était-elle embourbée dans une situation des plus cocasses où elle dut déployer des trésors d'ingéniosité pour élaborer des phrases à mon adresse où les « vous » étaient aussi absents que les « tu ». L'élaboration de ces phrases alambiquées devait représenter une véritable torture pour elle. Je mis fin un jour à son supplice en lui tendant un petit piège. Je ne me souviens plus exactement de la teneur de notre conversation, mais je lui avais subitement posé une question, sur un sujet me concernant, dont il fallait me désigner et dont les seules réponses ne pouvaient qu'être « toi » ou « vous ». Elle avait été déstabilisée par la surprise de mon interrogation et sans doute aussi par la malice de mon léger sourire. Elle garda en rougissant le silence quelques longues secondes, puis, comme elle devait se lancer, formula :

— Eh bien, toi, bien sûr.

J'ai essayé de dissimuler la réjouissance du délice que m'avait octroyé sa réponse, mais il est certain qu'elle en avait décelé toute l'ampleur.

Étrangement, je me délectais, dans ces instants que nous partagions, de la sublime frustration que m'assurait ma détermination à vaincre les élans de mon attirance pour elle, paradoxalement toujours intacte. Et j'étais même prêt désormais à admettre, sereinement, l'annonce d'une relation amoureuse qu'elle pourrait amorcer avec quelqu'un compatible avec son âge.

Comme je l'invitais souvent à dîner au restaurant, j'avais été surpris par sa disponibilité et, craignant qu'elle se fût crue obligée d'accepter mes invitations pour je ne savais quelles raisons, je lui avais fait part de mes indiscrètes interrogations.

— Pardon de te paraître sans doute trop curieux, lui avais-je demandé un soir où nous dînions en terrasse d'un restaurant surplombant la mer, mais comment une si ravissante jeune femme comme toi reste-t-elle célibataire ?

Dans le sourire renversant qu'elle m'adressa, sa réponse me serra le cœur :

— Tu sais, Hugo, me dit-elle droit dans les yeux, il n'y a plus d'hommes véritables, de nos jours. Tout du moins dans ma tranche d'âge. Tous ceux que j'ai pu rencontrer étaient soit immatures, soit totalement perturbés, soit, le plus souvent, les deux en même temps... Je ne crois plus au prince charmant. Au jeune prince charmant, en tout cas !

La suggestion de notion d'âge dans ses propos m'incita à imaginer qu'elle faisait allusion au seul homme susceptible de l'attirer, mais qui semblait s'interdire de l'approcher au prétexte qu'il la jugeait bien trop jeune pour lui.

J'ai dissimulé comme je le pouvais mon extrême embarras par je ne sais quel humour – sans doute peu pertinent – puis nous avons parlé d'autre chose.

J'étais dans une totale impasse, englué dans le cœur d'un jeu dangereux qui ne pourrait que nous perdre, elle et moi. Une relation intime entre nous briserait la magie de nos rapports – une belle amitié dont la définition pourrait être un amour sincère sans sexe – mais poursuivre ma quête insensée de chasteté à son égard serait peut-être une entreprise frisant la débilité.

Mon prochain déplacement avec les jumeaux, trois mois au Japon, me tirerait peut-être d'affaire, ou renverrait, au pire, ce cruel dilemme à une date ultérieure.

Nous sommes partis début juin pour un retour en septembre. Le jour du départ, j'emmenai avec nous une caisse contenant plusieurs de mes toiles qu'il me tardait d'offrir à mon ami Maître Nagao, que je n'avais revu depuis le départ de mon dernier séjour au Japon, quelques années plus tôt, lors de ce stage où les jumeaux étaient encore enfants. La pièce originale de l'œuvre reproduite trônant dans le salon de sa demeure faisait évidemment partie des toiles soigneusement emballées dans la caisse embarquée en soute. Je culpabilisais un peu d'avoir autant tardé à la lui adresser, mais je tenais à la lui donner en mains propres, avec d'autres toiles d'une même série qui lui plairaient, j'en étais convaincu.

Nos retrouvailles à l'aéroport furent chaleureuses et je fus fier de constater les liens affectifs tissés entre Maître Nagao et les jumeaux. Leur belle complicité nouée au cours de leurs deux derniers déplacements dont j'avais été absent me réchauffait le cœur. Constater le plaisir de Maître Nagao dans la transmission de son immense savoir à leur adresse, et non pas seulement dans le seul domaine du judo était pour moi le plus grand des honneurs.

Il fut présent à toutes les séances du programme qu'il m'avait proposées, aussi bien dans nos séjours au cœur des universités les plus prestigieuses que dans les autres structures de province qui leur servaient de viviers et dont le niveau dans la pratique du judo frisait également l'excellence tout en permettant à Hakim et Ferrid une pratique encore plus libre de par un niveau d'opposition sans doute moins élevé.

Je pus constater à notre retour le nouveau cap franchi par les jumeaux. Leurs aisances dans les randoris devant les meilleurs athlètes du dojo de Victor me laissèrent présager leurs bonnes dispositions pour les objectifs de leurs prochaines compétitions : les championnats de France première division pour Hakim, en novembre, et les championnats d'Algérie fin janvier 2020 pour Ferrid.

*

J'eus la désagréable impression d'être un intrus dans le milieu du haut niveau avant même le début de l'épreuve.

Entraîneurs de club, cadres techniques me considéraient du haut de leur condescendance avec des mines d'étonnement, un mélange de surprise et d'agacement à me découvrir dans ce petit monde où je n'avais manifestement pas ma place.

J'avais croisé plusieurs fois dans la journée Daniel Bourgeois qui avait décidé d'ignorer ma présence. Son regard s'était porté vers moi quelques fois, mais il semblait regarder à travers ma personne, comme si ma présence n'était pas digne d'interférer dans son champ de vision. Il voulait me signifier que je n'étais rien, totalement transparent dans ce monde qui n'était pas le mien.

Le formidable exploit accompli par Hakim dans cette historique journée de novembre me submergea d'un bonheur indescriptible magnifié par la sadique satisfaction d'avoir contrarié l'ego démesuré de tous ces gens-là.

À 19 ans seulement, il remportait brillamment le titre national Seniors première division des moins de 73 kilos ! Avec panache, qui plus est, ses cinq combats s'étant soldés par des *ippons* magistraux, sur cinq techniques différentes, et cela en moins de deux minutes de combat. La finale n'avait d'ailleurs duré que trente secondes. Son pourtant teigneux et expérimenté adversaire avait été propulsé dans les airs sur un formidable mouvement d'épaule dès sa prise de garde assurée.

Je vivais un moment surréaliste.

Je m'étais assis à nouveau sur ma chaise de coach après avoir bondi d'allégresse, les bras levés au ciel, à l'instant de l'impact sur le tatami. J'étais comme sonné et j'étais resté un moment sans réaction, dans un drôle d'état. Sans réaliser vraiment que Hakim était champion de France, je me contentais de le regarder prendre sa place pour le salut. Aucune émotion particulière n'avait émané de lui, comme s'il avait été naturel qu'il surpassât toute l'élite nationale de sa catégorie ce jour-là. Il se borna seulement à ranger soigneusement la jupe de sa veste de judogi sous sa splendide ceinture bleue, à saluer son adversaire, puis le tatami qu'il quitta pour venir jusqu'à moi, un délicat et timide sourire aux lèvres, comme s'il devait s'excuser de n'avoir laissé aucune chance à ses malheureux adversaires.

Je suis sorti fumer une cigarette avant la remise des récompenses sur le podium. Assis sur les marches de l'entrée du complexe sportif, j'entendis des commentaires anonymes de je ne sais qui, d'entraîneurs ou de simples spectateurs, peu importait.

— Ce petit gars qui sort d'on ne sait où, disaient-ils, n'est pas mal. Mais il a gagné aujourd'hui seulement grâce au forfait de Nicolas, blessé... qui reste le numéro un de la catégorie, et de loin. Il remettra les pendules à l'heure au Tournoi de Paris. De toute façon, il n'y a pas photo, le titulaire pour les Jeux olympiques de Tokyo, c'est Nicolas Parodi !

— Oui, c'est sûr, renchérissait une autre voix, et puis, c'est quoi cette ceinture bleue ? Un signe d'arrogance, je ne vois que ça...

J'avais failli me retourner pour leur cracher à la face leurs quatre vérités, mais je n'en fis rien. Que répliquer à leur insondable bêtise ? Personne n'était assez dupe pour porter crédit à la soi-disant blessure de Nicolas. Sa stratégie de se préserver, une fois assuré de sa sélection d'office pour le Tournoi de Paris, n'était qu'un secret de polichinelle. Même la petite bande d'imbéciles derrière mon dos le savait, comme tout le monde dans la salle.

Je me contentai d'écraser ma cigarette et, comme je savais qu'il me fallait attendre encore la cérémonie protocolaire du podium, j'en rallumai une autre aussitôt.

*

Le titre national de Hakim ne fit que quelques lignes dans *Var-Matin*. Un court rédactionnel sans photo aucune, perdu entre les gros titres de l'annonce du tournoi de pétanque de Carnoules et l'exploit historique du club d'Ollioules qui avait eu l'audace d'écraser Brignoles dans je ne sais quels fins fonds des divisions de rugby.

Peu importait ; de toute façon, les seuls lecteurs susceptibles de porter un quelconque intérêt à cet évènement étaient déjà au courant, soit parce qu'ils étaient sur place – comme les proches de Hakim et Ferrid – soit parce qu'ils s'intéressaient au microcosme du judo et avaient eu connaissance de sa victoire par la presse spécialisée, grâce à un support papier ou à une parution numérique du Web. Et puis, un article d'une ou deux pages n'aurait pas davantage été lu que cet entrefilet confidentiel de quelques mots seulement, débutant par une sobre phrase d'annonce de sa victoire et se terminant par des propos assez désobligeants soulignant le caractère relatif de celle-ci. L'absence à cette épreuve de son ex-sociétaire du club bandolais, Nicolas, actuellement licencié dans une grande écurie parisienne, dont la titularisation pour représenter la France aux Jeux olympiques était aux yeux de tous pratiquement acquise, minimisait la performance de Hakim. Pourtant, le seul fait d'invoquer son implication dans les sélections à venir pour Tokyo 2020 matérialisait la réalité même de sa présence dans la course effrénée pour une qualification olympique et suffisait à me paraître d'ores et déjà extraordinaire en soi.

J'avoue m'être laissé aller parfois à des rêveries où il me plaisait d'imaginer Ferrid décrocher sa sélection au sein de l'équipe nationale algérienne. Mes élucubrations ne me semblaient pas faire totalement partie du domaine de l'impossible. Mais de là à espérer pareille éventualité pour Hakim, dans le contexte du judo français, au niveau général d'opposition bien supérieur, il y avait un monde.

J'ai toujours été un rêveur. Or, je n'ai jamais osé rêver avant ce championnat de France à une telle plausibilité qui soudainement devenait réalisable, même si elle n'était que théorique et fortement improbable.

J'avais souhaité organiser une petite fête en l'honneur du titre de Hakim, un simple pot, quelque chose de symbolique. Mais en dehors de mon petit clan constitué de la famille des jumeaux et de Victor, je ne savais qui inviter. Les élus locaux comme les médias m'avaient déjà prouvé leur indifférence, l'équipe des partenaires privés se résumait à ma seule personne, et je ne pouvais imaginer la présence de représentants des instances fédérales régionales, tellement ce succès en marge des filières du haut niveau devait les irriter.

Je touchais du doigt à cet instant l'étendue de ma marginalité. Comme je devais honorer l'invitation au mariage de Sherazade une semaine plus tard,

Fatima me suggéra l'idée d'inviter à cette occasion Victor, mon seul ami de proximité, afin de célébrer le titre national de Hakim dans une ambiance plus conviviale.

Ce fut une fête mémorable, qui ne fut pas seulement le symbole de l'union de deux êtres par la seule magie de l'amour, mais aussi la rencontre de deux cultures différentes. Marc, son époux, était avocat, comme elle. Par contre, il était issu de ce que l'on peut considérer comme la haute bourgeoisie aixoise, mais à aucun moment on ne ressentit le moindre malaise au niveau de ce qui aurait pu paraître comme un contraste entre leurs milieux sociaux. Tous dansaient indifféremment au rythme des musiques orientales comme aux grands succès de variété française ou internationale. Abdelkader avait même symboliquement lancé le bal, en faisant quelques pas de valse avec sa petite fille, aidé par Youssef qui le soutenait, derrière lui.

Victor m'avait honoré de sa présence. Il était accompagné de sa petite amie du moment, ce qui me renvoya, une fois encore, au désert affectif de ma vie. J'avais failli proposer à Annie de m'accompagner, mais j'avais aussitôt renoncé à cette idée, la considérant comme déplacée compte tenu de l'ambiguïté de nos relations. J'eus un instant, juste avant de vider quelques coupes de champagne, cette désagréable impression d'être seul au monde.

Au cours du repas, Victor, qui se trouvait face à moi, avait essayé de me présenter le système de sélection pour les Jeux olympiques établi par la Fédération internationale de judo, dont je n'avais pas compris grand-chose jusqu'alors. Malgré ses explications, les modalités de qualifications me restèrent opaques.

J'avais seulement retenu que seuls les athlètes figurant parmi les dix-huit premiers de chaque catégorie d'une « ranking list » mondiale pourraient être sélectionnés par leur pays et que le classement de cette liste était en fonction des points engrangés lors de grands tournois internationaux, championnats continentaux ou mondiaux, auxquels ne peuvent participer que des équipes nationales.

— Pour résumer, me dit-il, il faudrait pour commencer que Hakim soit sélectionné parmi les quatre Français au Grand Slam de Paris qui, comme tu le sais, est le tournoi le plus prestigieux au monde. Et il sera sélectionné, c'est certain...

— Comment peux-tu en être sûr ?

— La Fédération française s'est coincée toute seule en annonçant aux médias et par avance la sélection d'office de tous les champions de France...

— Ah bon ?

— Ils ne pourront pas revenir dessus, ces truffes !

— Ils doivent déjà s'en mordre les doigts, ai-je dit en riant.

— Concernant Hakim, c'est sûr, oui, ils l'auraient mis à la trappe sans aucun scrupule au prétexte de...

Victor marque un temps d'arrêt et reprend :

— Non, ils l'auraient écarté sans même aucun prétexte, le comité de sélection ne s'embarrasse pas de discours inutiles, en général... Bref, Hakim et les trois autres sélectionnés seront finalement les seuls prétendants à une possible sélection olympique, et tout commencera au Grand Slam de Paris. L'idéal pour Hakim serait d'être classé premier français et, mieux encore, de monter sur le podium pour marquer des points. Un podium lui assurerait d'autres sélections en tournois, et pourquoi pas une titularisation aux championnats d'Europe...

— Tchin, ai-je lancé à Victor en lui tendant ma coupe de champagne, trinquons déjà à la sélection de Hakim pour le Tournoi de Paris !

Je vidai d'un trait le contenu de ma coupe en me disant que tous les prétextes étaient utiles pour me griser.

— Pour Ferrid, rajouta Victor, cela me semble moins compliqué. Il suffirait qu'il gagne le championnat d'Algérie, peut-être un bon résultat dans un tournoi ensuite pour assurer sa qualification aux championnats d'Afrique, qu'il devra impérativement gagner, ce qui me semble être dans ses cordes. Avec un peu de chance, Hugo, tu risques de mener tes deux seuls élèves jusqu'aux Jeux olympiques !

Le lendemain, la sélection française pour le Grand Slam de Paris tombait. Les noms des sélectionnés ne figuraient pas par ordre alphabétique, mais par une hiérarchie estimée par le comité de sélection.

Dans la catégorie des moins de 73 kg, Nicolas figurait en numéro un, suivi d'un athlète absent du podium des championnats de France – repêché je ne sais pourquoi, mais peut-être à juste raison. Suivait un des troisièmes du national, et enfin, en quatrième position, Hakim.

Son malheureux adversaire en finale, dont le nom était écrit en italique et en lettres minuscules, était seulement relégué à la place de remplaçant. Les voies des sélectionneurs sont impénétrables, ai-je pensé.

*

Annie avait programmé le vernissage de mon exposition dans notre galerie de Bandol, dans la nuit du mardi 31 décembre au mercredi 1ᵉʳ janvier de l'an 2020. Il fallait oser !

Elle s'était occupée de A à Z de toute la logistique de la manifestation. Bousculé par mon implication dans les évènements liés au judo, je n'avais pas jugé utile de me tenir informé au préalable du programme dont elle avait carte blanche. Certes, ma confiance en elle était absolue, mais j'étais curieux de découvrir les logiques, que je présumais judicieuses, des dates et heures étranges du vernissage. En fait, j'étais aussi impatient qu'un enfant devant un cornet surprise.

Ce soir-là, j'étais rentré dans la galerie par la porte annexe donnant sur la petite ruelle, face à mon dojo atelier et à ma bâtisse, bien trop grande pour moi, maintenant que mon père n'était plus, et dont je ne savais quoi faire. Je m'étais habillé n'importe comment. Un vieux jean délavé et une chemise noire pour être un minimum présentable m'avaient semblé suffisants pour une soirée où, de toute façon, les invités n'auraient d'autres préoccupations que leur propre apparence.

Les espaces de la galerie grouillaient de monde, mais ce qui me frappa en premier fut la nature du brouhaha des conversations des gens, tous en costumes trois-pièces et longues robes de soirée. Dans cette cacophonie de voix qui couvraient la douce mélodie émise par des enceintes, je ne reconnaissais aucune connotation familière de la langue française.

Les personnes s'étaient rassemblées par petits groupes, une coupe de champagne à la main, l'autre disponible pour saisir délicatement petits fours au foie gras ou toasts au caviar, proposés sur les plateaux d'argent des maîtres d'hôtel endimanchés, employés certainement par un traiteur prestigieux. Elles communiquaient entre elles dans toutes les langues de la Terre, dont il me sembla n'en reconnaître qu'une minorité. Anglais, espagnol, russe, pour celles-là, j'en étais sûr, toutes les autres m'étaient inconnues. Certains faciès et intonations me donnèrent quelques indices et je pus imaginer des propos en chinois, norvégien ou moldave, se mêlant à la rumeur ambiante de la galerie transformée en véritable tour de Babel.

Je découvris ensuite mes œuvres accrochées aux cimaises dont Annie s'était aussi chargée d'assurer l'installation. C'était une chose de les voir dans leur apparence initiale, dans le désordre de l'atelier, et les regarder mises en valeur dans des cadres américains, sublimées par un éclairage savamment étudié et alignées intelligemment dans une cohérence de formes et de couleurs. La série de nus qu'Annie m'avait inspirée prenait là une tout autre dimension, proche d'une féerique sacralisation, non pas seulement par les tableaux eux-mêmes, mais par l'harmonie de leur disposition.

Je me suis promené longtemps, les mains dans les poches, comme un badaud se serait invité en passant par là par hasard, dans une soirée qu'il ne savait pas être privée au préalable et étonné de s'être infiltré, sans savoir comment, entre les mailles du filet des services d'ordre qu'il venait de repérer à l'entrée. Il aurait longé lentement les murs de la galerie en contemplant les toiles qu'il semblait découvrir, malgré l'indéniable souvenir de les avoir étrangement créées.

Mon relatif anonymat fut de courte durée. Annie vint me retrouver et me demanda dans un sourire étincelant mon accord pour échanger quelques mots avec les invités, impatients de me rencontrer. Je ne sais si j'ai immédiatement cédé à sa requête ou plutôt à son sourire.

Elle avait tout prévu, même une flopée de traducteurs se relayant selon les langues des collectionneurs qui venaient à tour de rôle à ma rencontre. En réalité, peu d'hommes figuraient dans ce groupe, la plupart étaient plutôt de jeunes traductrices qui improvisaient certainement des réponses toutes faites aux sempiternelles questions qui me hérissaient le poil – Annie avait dû les prévenir – gravitant autour des raisons de mes choix de couleurs, entre autres. J'écoutais les yeux ronds leurs propos, en chinois ou en bulgare, pendant de longues minutes. Elles déblatéraient un discours visiblement aussi pompeux qu'interminable, en traduction d'une de mes vagues formules grommelées dans laquelle je m'interrogeais sur les pertinences à trouver une explication à toutes les choses de la vie.

Annie au micro arrêta ma torture lorsqu'elle proposa aux invités, en plusieurs langues, de rejoindre l'espace privatisé de restauration, à l'extérieur.

J'ai suivi le mouvement et ai été saisi de surprise devant le spectacle surprenant des tables dressées, drapées de nappes blanches, sur le quai du port, de l'autre côté de la route.

Toutes étaient surplombées d'un parasol où était intégré un système de chauffage extérieur et entourées par des flammes qui crépitaient sur des braseros au design contemporain. Les convives remettaient leur carton d'invitation à un service d'ordre, puis étaient placés au fur et à mesure de leur venue par des maîtres d'hôtel vérifiant leur placement sur des listes.

Un écran géant avait été placé entre les tables et le casino de jeux de Bandol sur lequel défilaient les visuels des toiles accrochées en galerie.

Annie m'avait placé à sa table, en compagnie d'un couple russe que j'imaginais richissime et du maire de Bandol, lui-même accompagné de quelques élus et notables de la région, ce qui me suggérait le probable partenariat des collectivités territoriales avec cet évènement.

Les plats, d'une finesse extraordinaire, tous accompagnés d'un vin délicat différent, se succédèrent jusqu'à minuit.

À la seconde même du symbolique changement d'année, les lettres animées « Bonne année 2020 » apparurent sur l'écran, remplacées par des vœux écrits dans toutes les langues des invités présents, et dans le ciel éclatèrent les premières gerbes de couleurs d'un somptueux feu d'artifice. Juste après le bouquet final, le logo « Galerie Montes » surgit de l'écran suivi d'un diaporama de photos qui me firent aussitôt fondre en larmes.

Je n'ai jamais su comment Annie avait déniché ces photos de mon père et moi. De ma plus tendre enfance à celles datées de quelques jours avant sa disparition. Les portraits en gros plan de nous deux, unis pour toujours, défilaient sur l'écran, et le bonheur d'être ensemble se reflétait sur les traits de nos visages.

Le timide sourire d'Annie, face à moi, me sortit de ma torpeur.

— Bonne année, Hugo, me dit-elle en essuyant une larme qui ruisselait sur ma joue où elle déposa un baiser.

J'étais à la fois ébranlé par l'émotion et inquiet devant l'étendue des dépenses qu'elle avait dû investir sur le compte de la galerie. Mais je me suis contenté de lui souhaiter également tous mes vœux de bonheur pour cette nouvelle année.

La fête arrosée au champagne qui dura jusqu'à petit matin amplifia mon inquiétude. Je ne fus rassuré qu'après une courte nuit de sommeil sans rêves.

Annie m'avait demandé de me rendre au casino de jeux à 17 heures, je ne savais exactement pourquoi. Une salle avait été réservée et je retrouvai tous les invités de la veille confortablement assis dans les fauteuils alignés en plusieurs rangées devant une estrade sur laquelle trônait un bureau.

J'arrivai au moment où la première de mes œuvres, décrochée de la galerie, était présentée au public et mise à prix à une somme vertigineuse, bien au-delà de ma côte officielle la plus haute. Le commissaire-priseur derrière le pupitre fit monter les enchères auprès des personnes présentes, mais aussi au téléphone auprès de collectionneurs anonymes dispersés dans le monde entier et sans doute reliés à l'évènement par webcam.

La toile fut finalement adjugée à un montant indécent, dix fois plus que sa mise à prix initiale, emportée par le couple russe présent à ma table la veille au soir.

Toutes les œuvres de l'exposition furent vendues ce jour-là, à des prix que je n'aurais jamais osé imaginer.

La vente aux enchères organisée et planifiée par Annie m'offrit ainsi le privilège de basculer dans une autre dimension du marché international de l'art.

*

La Fédération algérienne de judo avait eu la drôle d'idée de programmer leurs championnats nationaux Seniors le même week-end que le Grand Slam de Paris, faisant l'impasse sur l'épreuve la plus prestigieuse des tournois internationaux du circuit. Fort heureusement, le hasard des programmations me permit d'assister aux combats de Ferrid à Alger le samedi, et en sautant dans le premier avion le soir même, à ceux de Hakim le dimanche, qui était propulsé à Bercy dans le grand bain international.

Ferrid avait remporté la veille son premier titre national sans difficulté aucune. Il n'avait laissé cette fois aucune chance à Samir, qu'il retrouvait une nouvelle fois en finale.

À la stupeur générale du public, il n'y eut pas de combat. Dès le début de l'affrontement, Samir se trouvait projeté dans les airs par un foudroyant mouvement d'épaule et plaqué sèchement sur le tatami. L'arbitre n'avait eu le temps d'annoncer l'*ippon* qu'il se retrouvait déjà contrôlé par une clé de bras portée dans l'action, dans un enchaînement au sol à la vitesse de l'éclair, et était contraint de signifier l'abandon, dans le silence glacial de la salle.

Mourad, assis à la table centrale des officiels, avait par réflexe caché son visage entre ses mains à cet instant, mais pas assez rapidement pour me dissimuler sa grimace de désarroi.

J'avais sans doute contrarié tous ses plans – je le reconnais – en le sollicitant pour qu'il accepte Ferrid dans son club dont il ambitionnait des résultats en Juniors et non dans la cour des grands, dans cette course pour une probable sélection olympique qu'il réservait pour la fin de carrière du pauvre Samir, que je voyais soudain décontenancé.

Je récupérai Ferrid dès sa sortie du podium et, sans dire au revoir à Mourad que nous ne parvenions à trouver dans la salle, nous sautâmes aussitôt dans un taxi pour l'aéroport.

Le lendemain matin, nous nous trouvions devant l'immense complexe de l'AccorHotels Arena, où trônait une énorme enseigne lumineuse : TOURNOI INTERNATIONAL DE JUDO/GRAND SLAM PARIS 2020/FIJ

J'avais réservé une loge VIP juste devant l'aire de combat des moins de 73 kilos pour notre petite tribu. Fatima, Youssef et leur fille Sherazade, accompagnée de son mari Marc, nous attendaient déjà devant les marches du palais envahies par des centaines de personnes affluant, billets en main, vers les entrées où d'autres patientaient, en files interminables, devant les guichets.

Après de longues accolades et embrassades pour notre performance de la veille dans laquelle je tentais de relativiser mon rôle – lui seul se trouvait au centre de l'arène – j'envoyai Ferrid récupérer nos accréditations au stand VIP. J'en profitai pour fumer une dernière cigarette afin de calmer l'anxiété qui n'arrivait pas à me quitter.

Hakim s'était rendu seul, la veille, aux bureaux de la fédération pour prendre possession de son équipement de l'équipe de France, et je redoutais qu'il eût vécu la même déconvenue que son frère au sujet de sa ceinture bleue auprès de l'autre crétin de Daniel Bourgeois, malgré les propos échangés avec Pierre Arnaud, le président de la Fédération française, le jour des championnats de France.

À ma grande surprise, il était venu ce jour-là nous féliciter, Hakim et moi, après la remise des récompenses. Je l'avais vu se lever lentement derrière la longue table des officiels où se tenait tout le gratin fédéral et se diriger nonchalamment vers nous. Je pensais qu'il allait rejoindre l'espace de détente VIP qu'il leur était attribué, mais non, il était venu à notre rencontre.

Je découvrais alors un homme courtois et avenant au discours sincère et posé. Il avait tenu à nous exprimer toutes ses félicitations pour ce titre remporté d'une si belle façon et il avait loué la qualité de notre travail. Sa grande satisfaction était d'avoir été témoin de l'éclosion d'un jeune talent dans le contexte du haut niveau français dont le degré technique le décevait de plus en plus.

— Quel plaisir de voir enfin du vrai judo, s'était-il même exclamé. Votre jeunesse et votre disponibilité technique, avait-il dit à Hakim, me laissent présager d'une belle carrière internationale.

Il s'était ensuite tourné vers moi et m'avait demandé en riant quelles étaient mes étranges raisons pour laisser ce petit bijou au niveau d'une modeste ceinture bleue. Il aurait été trop long de lui relater toutes nos histoires, nos relations avec Maître Nagao, l'influence de sa philosophie, tout le symbolisme de cette couleur en hommage à ce pionnier du judo que fut Yves Klein et à son célèbre « International Klein Blue ».

Je me contentai de lui répondre qu'il ne s'agissait que d'un choix qui leur était propre, à son frère et lui. Je sautai alors sur l'occasion pour lui référer l'épisode passé vécu par Ferrid où, sans le nommer, un des responsables du staff français avait usurpé mes droits en lui attribuant une ceinture marron à ma place, avant de lui imposer une ceinture noire qu'il ne voulait pas. Sur ma lancée, j'évoquai les suites houleuses de cette histoire, la tricherie de Nicolas, l'intervention musclée de ce même responsable dans les vestiaires, le seul réflexe de Ferrid à ce moment-là qui avait été interprété comme une agression physique alors qu'il ne s'agissait que d'un geste de défense, puis la terrible sanction de quinze ans de suspension de licence privant en fait la fédération, qui se tirait une balle dans le pied, de la copie conforme de la petite perle – lui-même l'avait qualifié ainsi – qui se tenait devant lui.

Pierre Arnaud m'apparut soudain soucieux et embarrassé. Il avait eu vent de cette affaire, me dit-il, mais ayant oublié complètement le nom du sanctionné dans cette commission disciplinaire dont il était absent. Il n'avait fait aucun rapprochement avec Hakim. Il était navré de la tournure qu'avaient pris les choses et regrettait son impossibilité de revenir sur une décision prise par un comité habilité, mais il m'assura veiller personnellement à ce que jamais une situation similaire ne puisse se reproduire.

Aucune règle de la FIJ ne mentionne un grade minimal pour participer aux épreuves internationales, aussi Hakim gardera-t-il, s'il le souhaite, sa ceinture bleue dans ses probables sélections en équipe de France, me dit-il en me serrant chaleureusement la main.

*

J'avais écrasé ma cigarette et m'étais ensuite dirigé vers mon petit clan qui attendait encore Ferrid, vraisemblablement toujours en attente de nos accréditations. Ma curiosité m'incita à ralentir un peu le pas au niveau d'une petite équipe de techniciens derrière une caméra, installés en haut des marches, face à l'imposante façade de l'AccorHotels Arena.

Une journaliste d'une chaîne de télévision, dont le visage ne m'était pas inconnu, répondait aux questions de son collègue, micro à la main.

J'ai étrangement gardé un intact souvenir de leur dialogue, sans doute convenu et préparé d'avance.

— Bienvenue dans l'enceinte de l'AccorHotels Arena, avait dit la journaliste qui venait de m'apprendre l'actuelle nomination du complexe suite à un partenariat avec un groupe hôtelier. Nous pénétrons ce week-end dans l'antre du judo mondial pour l'évènement le plus important de l'année du calendrier international de judo, avant l'épreuve ultime des Jeux olympiques de Tokyo dans quelques mois…

— Quel bilan pouvons-nous dès à présent tirer de la première journée de samedi ? demandait le journaliste « studio ».

— La suprématie du Japon est incontestable. La délégation japonaise a été impressionnante hier en remportant quasiment la totalité des titres en jeu dès la première journée, confirmant leur montée en puissance pour les Jeux olympiques de Tokyo, berceau de ce sport que l'on sait inventé par les Japonais…

— Et du côté de l'équipe de France ?

— Beaucoup de déceptions. La plupart des athlètes français n'ont pu passer le troisième tour, malgré les encouragements du formidable public de l'AccorHotels Arena, fidèle à ce rendez-vous annuel incontournable… Mais rien n'est perdu, un titre, peut-être deux aujourd'hui, pourrait compléter la faible moisson de médailles récoltées lors de la première journée et redorer le blason des tricolores…

— Quelles seraient les lueurs d'espoir pour cette journée ?

— Une nouvelle fois encore, l'avenir pourrait appartenir à la jeunesse. La Fédération française mise notamment sur l'éclosion d'une nouvelle génération de jeunes espoirs qu'elle espère voir succéder à certains titulaires, dont la marge de progression semble limitée, car en fin de carrière. On parle beaucoup en coulisses de Nicolas Parodi en moins de 73 kilos, le fer de lance de ces jeunes loups prêts à remplacer leurs aînés. Dans cette même catégorie, plus jeune que lui encore, la révélation cette année de Hakim Ayad, seulement junior, mais champion de France à la surprise générale, laisse espérer un proche futur sous de meilleurs auspices…

— Concernant Hakim Ayad, ne semble-t-il pas prématuré de le lancer subitement dans le grand bain international ? Il n'est de plus même pas ceinture noire, dit-on, seulement ceinture bleue ?

Peu m'importait d'écouter la réplique stéréotypée de sa collègue, je me dirigeai aussitôt vers mon petit groupe, rassuré que la promesse de Pierre Arnaud fût tenue. J'avais enfin trouvé un allié à notre cause, le patron de ce

milieu hostile, qui plus est, et il avait dû probablement intervenir personnellement pour que personne ne conteste la couleur de la ceinture de Hakim.
Je rentrai le cœur léger dans le temple du judo mondial.

*

Ce qui me surprit le plus en pénétrant dans l'enceinte du dogme fut d'entendre la voix d'un speaker à l'accent anglo-saxon, amplifié par des haut-parleurs qui, dans un effet d'annonce caricatural, annonçait les combats à venir, en chauffant le public comme dans les matchs de basketball à grand spectacle.

Puis ce fut l'ambiance électrique de l'assistance dans les tribunes et les gradins, remplis jusqu'au sommet d'un amphithéâtre anthracite, qui me sidéra. Des drapeaux de toutes nationalités, des banderoles d'encouragements s'étalaient partout, noyés dans la rumeur d'une foule compacte qui soudain se relevait par paliers dans le mouvement envoûtant d'une ola qui n'en finissait pas de se dérouler autour de l'arène. Des écrans plasma monumentaux surplombaient le plateau central où s'étalaient les surfaces jaune et rouge vifs des aires de combats.

Pourquoi tout ce cirque ? m'étais-je dit en prenant place sur le confortable siège de notre loge. Le seul judo n'est-il plus un spectacle en soi pour que la Fédération internationale ait trouvé pertinent de transformer « l'héritage des samouraïs », qui, à mon sens, devrait être bien plus qu'un sport, en cette mascarade d'attraction exhibitionniste ? Enliser le plus noble des arts martiaux dans les méandres de ce show douteux n'aurait-il pas pour conséquence de le priver de toute son âme ?

Je me souvins avec nostalgie de ma précédente présence au Tournoi international de Paris, il y a bien longtemps, dans les années 1980, où j'étais venu assister aux combats de mon ami Victor. À l'époque, l'épreuve se déroulait au sein du mythique stade Pierre-de-Coubertin, plein à craquer, composé d'un public de connaisseurs dont le seul souhait était d'assister à la prestation d'un beau judo. Les spectateurs se levaient dans les nuages de fumée des cigarettes – car on fumait encore dans les enceintes sportives, aussi étrange que cela puisse paraître de nos jours – pour acclamer à tout rompre l'auteur d'un geste parfait, quelle que fusse sa nationalité.

On annonça au micro les premiers combats, dans une traditionnelle annonce solennelle en anglais et en français qui avait du mal à couvrir la voix insupportable de l'autre débile de speaker à l'accent irritant.

Je savais qu'il me serait impossible d'enjamber la corniche de ma loge donnant directement sur le tapis prévu pour les combats des moins de 73 kilos. Les services d'ordre m'auraient aussitôt interdit l'accès vers le sas où je voyais déjà Hakim se concentrer, immobile derrière un des entraîneurs nationaux tricolores. Je regrettai mon incapacité à lui souffler quelques mots d'encouragement avant l'affrontement.

L'intime persuasion d'une totale absence de gestion humaine au sein du staff fédéral m'anéantissait. Comment les responsables du sommet pyramidal de l'élite pouvaient-ils ignorer ce paramètre fondamental ?

Hakim, comme son frère, ne fonctionnait qu'avec l'affectif. Qu'adviendra-t-il de lui dans ce contexte où il me sera totalement exclu d'envisager d'être à ses côtés ?

À un certain moment, juste avant qu'il ne s'avance vers l'aire de combat où on l'annonçait, nos regards se sont croisés. Il m'a juste adressé un sourire et un furtif clin d'œil malicieux.

Cela m'a instantanément rassuré. Je fus aussitôt persuadé qu'il savait ce qu'il avait à faire et que finalement, mes quelques mots n'auraient eu pour but que de me sécuriser moi-même. L'assurance de ma présence et de celle de ses proches qu'il savait avec moi lui suffisait amplement.

Et effectivement, il sut ce qu'il avait à faire, sans écouter les consignes incohérentes de l'entraîneur sur sa chaise qui le découvrait à l'instant et qui s'évertuait à l'interpeller par son nom de famille – il avait soit oublié son prénom, soit décidé de l'oublier – seulement porté par les clameurs du public qui réagissait bruyamment à chacune de ses actions.

Son adversaire, un vaillant Polonais, fut terrassé en fin de combat par une imparable immobilisation emmenée par un judicieux retournement, travaillé lors de notre séjour à Rio, après avoir encaissé une marque sur une projection qui aurait pu être comptabilisée par *ippon*.

Hakim enthousiasma la foule, ce jour-là, mais il ne fut pas le seul. Elle portait aussi Nicolas qui, de son côté, dans l'autre tableau, passait tour après tour, laborieusement, certes, mais personne ne semblait se préoccuper de la manière. Seule la victoire comptait. Nicolas eut les mêmes tonnerres d'applaudissements en fin de duels – remportés par sa seule hargne et ses qualités physiques hors normes – que Hakim et ses victoires acquises par la pureté et l'excellence de son judo.

Ils échouèrent tous deux à la porte de la finale.

Un jeune Russe atomisa Nicolas qui voulut d'entrée de jeu diriger le combat dans un corps-à-corps. N'importe qui aurait compris l'absurdité de la manœuvre s'il avait pris le temps de suivre le parcours de son adversaire, depuis le matin, pour constater qu'il excellait dans ce domaine.

Le combat de la demi-finale de Hakim fut remarquable. Il connaissait bien son adversaire, qu'il avait rencontré maintes fois aux entraînements à l'université de Tenri l'été dernier, et son frère et lui avaient sympathisé avec celui qui allait devenir en quelques mois le numéro un japonais de la catégorie.

Ils échangèrent quelques mots en anglais en souriant avant le combat, qui fut un modèle d'intensité et d'excellence technique, sans concession aucune.

Hiroki, c'était son prénom, remporta la mise au golden score d'un combat équilibré, sur une action de Hakim qu'il surpassa pour marquer l'avantage décisif.

Les deux combats pour les médailles de bronze du podium se déroulèrent simultanément juste avant la finale. Et si je restais concentré sur le combat de Hakim contre l'Allemand, je ne pouvais m'empêcher de jeter un œil furtif vers l'autre tatami où Nicolas était empêtré face à un bouillant Bulgare. Cette situation mit mes nerfs à dure épreuve.

J'étais partagé entre l'espoir d'un dénouement heureux pour Hakim et le diabolique souhait d'assister à la défaite de Nicolas.

Tout semblait se passer selon mes vœux. Hakim contrôlait son avantage dans le combat, et Nicolas n'arrivait pas à trouver de solutions contre la ferveur de son adversaire, au judo aussi brouillon que le sien, mais visiblement supérieur au niveau de l'engagement physique.

Par le plus curieux des hasards, vers la fin des deux combats, les arbitres annoncèrent *ippon*, dans un même geste synchronisé en levant leur bras à la verticale. Le bruit sourd des deux formidables impacts simultanés fit résonner la salle un amalgame d'étranges vagissements où se mélangeaient clameurs de joie et grondements de désillusion.

Je sautai aussitôt de mon siège dans un hurlement de joie dont on ne pouvait deviner s'il s'agissait de l'expression de mon soulagement sur le mouvement final de Hakim, envoyant son adversaire dans les airs, ou la sadique satisfaction de voir Nicolas le dos au tapis, incrusté une nouvelle fois, pour avoir encore tenté le diable en s'emboîtant dans la garde de son adversaire qu'il comptait arracher dans un musculeux bras de fer physique.

J'avoue avoir levé les bras, dans un réflexe spontané de délivrance, pour ces deux raisons, car dans cette même seconde, Hakim confirmait son titre de champion de France en se classant premier Français du Grand Slam de Paris – devant Nicolas, qu'on le veuille ou non – et seul tricolore sur le podium de sa catégorie.

En me dirigeant vers la sortie pour aller enfin fumer une cigarette, j'ai croisé dans les couloirs nombre d'entraîneurs et de cadres techniques qui jusqu'alors portaient sur moi un regard de dédain. Je constatai avec délice n'être toujours pas apprécié par ce milieu.

Je lisais maintenant dans leurs yeux l'étendue de leur contrariété et de leur jalousie qui n'avaient d'autre effet sur moi que celui de magnifier ma secrète jubilation.

*

Il est des jours où il serait préférable de ne pas se lever.

Ce matin-là, une lettre recommandée m'avait fait bondir de stupeur et d'indignation. Paul, mon soi-disant agent, m'exigeait une somme exorbitante représentant la quote-part de sa commission des ventes de ma dernière exposition, lors des enchères qu'avait organisées Annie.

Son culot m'époustoufla. Il y avait plus d'un an qu'il ne m'avait rien vendu, il n'avait même pas eu la délicatesse de s'excuser de son absence le jour du vernissage où il avait évidemment été invité, et il osait me réclamer de l'argent !

Je pris deux Xanax avant de l'appeler, mais peut-être aurais-je dû également attendre leurs effets, car je me mis à l'insulter copieusement dès qu'il décrocha.

— Mais comment oses-tu me réclamer du pognon, espèce de trou du cul ! ai-je aussitôt hurlé.

Je n'ai pas bien compris ce qu'il essayait de balbutier, car mon indignation me poussait à lui crier ses quatre vérités.

— Notre contrat d'exclusivité ? Mais tu sais où tu peux te le mettre, ce contrat ? Il est caduc, ce contrat, connard, lis-le attentivement ! Caduc depuis le jour où tu as décidé qu'il était difficile de me vendre et qu'il était plus rentable pour toi de brader les croûtes d'autres artistes que tu continues d'exploiter ! Sache que tu n'es plus mon agent. Tu ne l'es plus depuis le jour où tu as cessé de me représenter. Tu es viré, tronche de con, viré… Mon nouvel agent est Annie, tu sais, celle qui a réussi à vendre la totalité des toiles de mon exposition à des collectionneurs du monde entier !

Il me raccrocha au nez, ce qui eut pour effet d'accentuer ma colère au point d'avoir failli projeter mon téléphone portable contre un mur, comme si ce geste insensé pourrait avoir pour effet d'exploser sa sale tête qui me semblait figurer à l'intérieur.

Les calmants commençaient à agir. Je respirais profondément, allongé sur mon canapé en recherchant un semblant de sérénité, lorsque Victor m'appela sur le portable.

— Tu es assis, Hugo ? me demanda-t-il.

— Mieux, couché, pourquoi ?

Victor, qui était au courant avant tout le monde des dépêches officielles de la Fédération, m'informa des résultats du dernier comité de sélection. Nicolas serait le seul titulaire de la catégorie pour le prochain Grand Slam, celui de Düsseldorf, fin février, et Hakim, seulement retenu pour l'European Open de Rome, une semaine avant.

Je ne compris pas tout de suite les motifs de son indignation, à part qu'il semblait évident que le tournoi de Rome semblait bien moins prestigieux que celui d'Allemagne.

— Cela signifie, reprit Victor, outré, que la Fédération a décidé d'écarter ton minot de la course pour les plus grandes compétitions internationales et notamment des Jeux olympiques. Ils ont décidé que Hakim et Nicolas ne joueraient plus dans la même cour. Düsseldorf permet, en cas de classement, d'engranger des points pour Tokyo, alors que n'importe qui peut de nos jours participer aux European Open, ouverts à des sélections nationales, mais aussi aux clubs… Cela signifie ouvertement que la Fédération donne à Hakim un os à ronger, un leurre de sélection nationale et qu'ils ont déjà décidé d'envoyer Nicolas aux championnats d'Europe en avril et aux Jeux cet été…

— Les enflures ! n'ai-je trouvé qu'à répliquer.

*

Le plus énervant a été d'admettre mon impuissance devant la souveraineté du comité de sélection. Il n'y avait rien à faire, aucune marge de manœuvre possible pour remédier à l'évidence de cette injustice. Une seule chose était sûre : j'irais assister aux deux évènements, je serais aux côtés de

Hakim à Rome et aux côtés de Ferrid à Düsseldorf, une semaine après, qui a été sélectionné par la fédération algérienne, avec Samir dans la même catégorie, dans le but manifeste de les départager dans l'optique d'une qualification pour les championnats d'Afrique.

Le même jour, j'emmenai Hakim au TGV de la gare de Toulon pour rejoindre le groupe français à Paris, car il était hors de question qu'il se rende directement avec moi à Rome, Victor m'avait convaincu de ne pas solliciter cette faveur, et Ferrid, à l'aéroport de Marignane, car Mourad tentait de regrouper les athlètes sélectionnés une semaine avant le départ pour Düsseldorf.

Je pris un vol le lendemain pour Rome.

L'épreuve se déroulait au Sports Hall Palapellicone, situé à Ostia Lido, la petite localité balnéaire de Rome. Bien que plus intimiste que le complexe de Bercy, le bâtiment me faisait penser à une immense soucoupe volante posée sur la ville et, une fois à l'intérieur, à une étrange cathédrale baroque dont la toiture ovale abritait des centaines de places de spectateurs disposées autour de l'arène centrale où s'étalaient les surfaces de combats des tatamis.

Vide pendant les éliminatoires, les gradins se remplissaient progressivement la journée et étaient pleins à craquer au moment des finales.

Je m'étais installé au premier rang, juste devant l'aire des combats de la catégorie de poids de Hakim. Daniel Bourgeois n'avait pas daigné venir à cette compétition qu'il avait dû présumer mineure et avait délégué le pouvoir qu'il croyait détenir aux autres entraîneurs nationaux, sans doute soulagés de son absence, mais qui, eux aussi, m'ignorèrent royalement du haut de leur mépris.

Hakim avait passé méticuleusement, tour après tour, tous ses combats des phases éliminatoires et se trouvait, en début de soirée, le seul Français qualifié pour la finale, ce qui devait amplifier l'amertume du staff tricolore, irrité par les peu glorieuses prestations d'ensemble de leur équipe.

Le public survolté, enfin présent, piaffait d'impatience, car Hakim devait rencontrer en finale celui qui était leur icône, la gloire du peuple italien, Enzo Bellini, champion en titre aux Jeux olympiques de Rio, dans la catégorie inférieure des moins de soixante-six kilos, et déterminé à rééditer son exploit à Tokyo dans sa nouvelle catégorie de poids, dans laquelle il était d'ores et déjà l'un des leaders mondiaux.

Il avait annoncé à la presse que l'European Open romain ne représentait pour lui qu'une mise en jambe dans ses terres avant de participer la semaine prochaine à l'épreuve bien plus sérieuse de Düsseldorf.

Malgré la prétention de certains de ses propos, je trouvais le personnage attachant. Il devait sa popularité médiatique autant à son charisme naturel et à ses frasques dans le show-business italien qu'à sa surprenante performance aux derniers Jeux olympiques, où dans le culot et la spontanéité de sa jeunesse, il avait bouleversé la hiérarchie mondiale dans d'épiques combats que j'avais suivis à la télévision, comme tout le monde.

Le tintamarre d'une foule survoltée était assourdissant alors que dix bonnes minutes devaient s'écouler encore avant le début de la finale. Le vacarme était tellement intenable que je vis l'agent de sécurité chargé de surveiller le sas d'accès au court central s'isoler contre une porte de secours en grimaçant, ses mains plaquées contre ses oreilles. Je profitai de l'abandon momentané de son poste pour enjamber prestement le petit muret qui me séparait du plateau de l'arène et me faufiler à l'intérieur des coulisses où je découvris les deux finalistes debout, concentrés et prêts à l'affrontement qui ne saurait tarder.

Le visage de Hakim s'éclaira d'un large sourire en me voyant, surpris, me rapprocher de lui.

L'entraîneur national à ses côtés me dévisagea d'une drôle de façon en fronçant les sourcils, mais n'osa pas se manifester malgré mon intrusion dans cet espace qui m'était interdit.

Je collai aussitôt mes lèvres contre une des oreilles de Hakim et lui susurrait quelques mots :

— Écoute Hakim, à partir de cet instant, tu te prénommes Enzo. Tu es Enzo, intègre bien ça dans ta tête... Tu t'appelles comment ?

— Enzo, m'avait-il dit en souriant.

— Parfait, à toi de jouer, maintenant, donne tout, Enzo !

Après une brève accolade, je le quittai pour rejoindre rapidement ma place afin d'éviter le risque d'être intercepté par le planton de service, de retour devant l'entrée du sas. Il me laissa passer sans même faire attention à moi, sa mission étant d'interdire l'entrée aux personnes non habilitées, peu lui importaient celles qui sortaient, cela devant dépasser le domaine de ses compétences.

Les deux combattants furent appelés sur l'aire de combat et le grondement du public redoubla d'intensité. Lorsque l'arbitre annonça le début de l'affrontement, la foule d'aficionados commença alors à scander, inlassablement, d'une seule voix qui résonnait sous le dogme de l'enceinte, couvrant même les sons des cornes de brume : Enzo, Enzo, Enzo ! ...

J'imaginai alors les frissons de Hakim, porté et transcendé aussi par la clameur du public, convaincu mentalement être à l'instant celui que tout le peuple italien acclamait.

Le combat fut d'un total engagement, aussi bien au niveau de l'intensité des attaques, fusant d'un côté comme de l'autre, qu'au niveau de la détermination des deux judokas exaltés par les ovations du public qui, sans en avoir la moindre conscience, exhortait également Hakim. Jusqu'au bout, le dénouement du duel pouvait basculer d'un côté comme de l'autre... Mais ce fut Enzo qui marqua le *ippon* décisif, sur un réflexe de surpassement d'attaque...

« Mon Enzo ! »

Qui redevint Hakim à l'instant même où un silence surréaliste envahit la salle, à l'exact moment du terrible impact sur le dos d'Enzo Bellini. Celui-ci était ensuite resté un instant assis au milieu du tapis, les bras entourant ses jambes relevées, le front posé contre ses genoux, immergé dans l'océan de solitude de sa détresse.

La foule soudain muette s'était levée et, dans un mutisme pesant, quittait peu à peu les gradins pour se diriger vers les sorties.

Les tribunes furent pratiquement désertes au moment où Enzo Bellini montait la tête basse sur la deuxième marche du podium.

*

J'avais prévu de rester à Rome trois ou quatre jours après la compétition avant de prendre l'avion pour Düsseldorf, mais je m'étais rapidement lassé de cette ville de carte postale pour touristes dont le centre était déserté par ses habitants, contraints de s'exiler dans sa périphérie à cause de la flambée des prix de l'immobilier, et qui n'affluaient vers son centre que chaque matin, pour leur journée de travail.

Je pris finalement l'avion pour l'Allemagne après deux jours d'un total ennui qui hélas se prolongea à Düsseldorf, où je tuais le temps dans d'interminables balades le long de la seule berge du Rhin aménagée à cet effet, la visite de quelques musées et les soirées à Altstadt, la vieille ville, où je noyais ma solitude dans quelques chopes de bière avant d'aller dîner dans le premier restaurant que je trouvais.

Lorsqu'arriva enfin le jour du samedi, je n'étais pas mécontent de boucler ma petite valise et de quitter l'hôtel pour me rendre sur les lieux du tournoi, car je savais que, d'une façon ou d'une autre, j'allais rentrer chez moi le soir même.

L'ISS Dome de Düsseldorf me sembla être aussi une immense soucoupe volante égarée dans un no man's land verdoyant où émergeaient ici et là quelques bâtiments grisâtres.

Je retrouvai à l'intérieur ce même décor propre aux plus grands tournois du circuit mondial de judo, qui commençait à me lasser.

Me rapprocher de Ferrid me fut plus facile que lorsqu'il s'était agi de son frère, qui appartenait, comme tous les tricolores, à la chasse gardée du staff technique français. Mourad s'était empressé de me fournir un de ses badges qui m'octroyait l'insigne privilège de pouvoir me déplacer à mon gré dans l'enceinte du complexe.

Je captai la dérisoire contrariété de me découvrir presque son égal dans le regard noir que me lança Daniel Bourgeois lorsque nous nous croisâmes dans les couloirs des coulisses.

Cette journée passa en un éclair malgré la densité des évènements qui la marquèrent. Dès les premiers tours, en tout début de matinée, j'ai savouré l'inavouable satisfaction au vu des éliminations précoces de Nicolas, laminé au premier tour par un modeste Norvégien, totalement inconnu et stagnant dans les fins fonds du classement de la « ranking list », et de Samir, catapulté au deuxième tour par un coriace Mongol qui eut la bonne idée de perdre au tour suivant, comme l'adversaire de Nicolas, d'ailleurs, les privant ainsi tous deux de toute chance de repêchage.

Ferrid, lui, après deux combats rondement maîtrisés, échouait de justesse au troisième tour devant Enzo Bellini, surpris d'affronter la copie conforme – sous une autre couleur nationale, qui plus est – de celui qui l'avait battu la semaine précédente, et sembla heureux d'avoir remporté une sorte de revanche par procuration.

Ferrid, repêché malgré tout, remonta un à un les tours de barrages pour accéder à la place de troisième qu'il remporta, à mon grand bonheur, face à un Allemand pourtant survolté par les encouragements de son public.

Tout comme son frère, Ferrid montait fièrement sur le podium d'un Grand Slam, aux côtés d'un Coréen, l'autre troisième, de l'Italien finalement deuxième derrière Hiroki, son copain de Tenri, qui faisait ce jour-là un doublé retentissant en remportant deux grands prix prestigieux d'affilée, celui de Paris et celui de Düsseldorf.

*

Nous étions en mars 2020 et, à ce moment-là, je touchais du doigt la folle utopie que Hakim et Ferrid puissent être tous deux sélectionnés pour les prochains Jeux olympiques de Tokyo, auprès de leurs fédérations respectives.

Tout alla tellement vite qu'il me paraît aujourd'hui évident de résumer les multiples évènements de leur parcours en quelques phrases que je pourrai développer un jour si on me le demande.

Pour Ferrid, sa titularisation fut bien simple. Son entrée dans la cour des grands par son podium à Düsseldorf lui ouvrit naturellement les portes de la sélection aux championnats d'Afrique, et il dut séjourner un mois à Alger pour préparer cet évènement majeur pour la fédération algérienne.

Ce fut une terrible épreuve pour lui, car il fut totalement rejeté par les membres de l'équipe nationale algérienne qui, sous l'emprise de leur leader Samir, écarté de son rêve de participer un jour aux Jeux olympiques, s'étaient évertués à lui rendre la vie impossible.

Dans le dos de Mourad, que je suspectais être au courant de ce qui se tramait, ils firent tout ce qu'ils pouvaient pour lui provoquer une blessure physique telle qu'elle l'aurait obligé à déclarer forfait aux championnats continentaux, tremplin obligatoire pour les Jeux, au profit de son remplaçant, leur ami Samir.

Ferrid fut isolé, méprisé, ne serait-ce que par l'usage de la langue, car tous s'évertuaient à communiquer en arabe, langue qu'il maîtrisait bien peu, malgré qu'elle fût celle de ses origines. Bien qu'il ne m'ait jamais alerté, j'ai perçu un jour, lors d'une conversation téléphonique, l'étendue du désarroi qu'il essayait de me dissimuler.

Après avoir raccroché, je me dirigeai vers mon bureau et vérifiai sur mon passeport la durée d'expiration de mon dernier visa pour l'Algérie. Par chance, j'avais obtenu un visa affaires multientrées valable six mois et donc toujours en cours.

Je pris un vol pour Alger dès le lendemain. Au téléphone, Mourad parut surpris de me savoir dans la capitale et fit semblant de croire les peu crédibles explications justifiant ma présence, de vagues démarches administratives relatives à l'inhumation de mon pauvre père en terre algérienne, improvisées sans conviction aucune lors de notre brève conversation. Il ne put qu'accepter ma requête d'assister le jour même à l'entraînement du soir.

Sur place, constatant aussitôt l'ambiance exécrable, empreinte d'animosité envers Ferrid, que personne n'avait même eu l'intelligence de tempérer devant ma présence, je laissai subitement, en pleine séance, éclater ma colère auprès des athlètes algériens qui écoutaient, médusés, la fureur de mon intervention, sans savoir exactement ce qu'ils devaient faire.

Je savais bien n'avoir aucune légitimité à m'adresser à eux, sur ce ton virulent qui plus est, mais ce fut plus fort que moi.

Mourad, sans un mot, écouta les propos envenimés que j'adressai à son équipe dans un français que je savais que tous comprenaient. J'avoue avoir été jusqu'à les humilier, tous qu'ils étaient, en leur disant qu'aucun d'entre eux n'avait eu le niveau d'atteindre le moindre podium international et qu'ils feraient mieux de faire profil bas devant mon gamin qui pouvait les prendre un par un, du plus léger au plus lourd, et les clouer au tapis avec son seul judo.

Je m'en pris ensuite à Mourad en aparté dans les vestiaires où je lui demandai de me suivre. J'étais hors de moi, et il dut comprendre dans mon regard et dans la détermination de mon discours qu'il ne fallait surtout pas m'interrompre.

— C'est bien simple, lui ai-je hurlé, ou tu fais vraiment ton boulot d'entraîneur, ou Ferrid rentre avec moi dans le premier avion, et tant pis pour sa sélection aux championnats d'Afrique et ses chances de médailles aux Jeux, car je ne te pense pas assez stupide pour ignorer que la seule chance de médaille olympique pour l'Algérie en judo pourrait être celle de mon minot. Alors, soit tu as les couilles de renverser la vapeur au sein de ton groupe, soit on se casse.

Il allait ouvrir la bouche lorsque je rajoutai :

— Autre chose encore ! Dans le cas où Ferrid gagnerait sa sélection aux Jeux olympiques, j'exige une accréditation pour l'accompagner, je serai son seul coach à Tokyo, c'est à prendre ou à laisser… Et tu connais suffisamment l'étendue de ma folie pour savoir que ce n'est pas du bluff !

Mourad accepta immédiatement toutes mes revendications.

Un mois plus tard, Ferrid remportait les championnats d'Afrique qui se déroulaient à Marrakech et gagnait sa sélection pour Tokyo.

*

Le parcours de Hakim fut plus chaotique.

Évidemment, il ne fut pas sélectionné aux championnats d'Europe malgré sa médaille au Slam de Paris et sa victoire à Rome devant un des prétendants au titre olympique. Nicolas fut le titulaire, et comme la fédération ne pouvait décemment pas l'écarter de son statut de remplaçant, il fut contraint de participer au stage de préparation à l'Insep, où il vécut un enfer, lui aussi.

Totalement exclu du groupe France, il dut subir les pires humiliations manigancées par Nicolas dont l'emprise sur la nouvelle génération de l'équipe nationale était manifeste. Pire encore, les entraîneurs nationaux surenchérissaient sur le mépris que lui portait Daniel Bourgeois, qui avait là une occasion en or de se venger par procuration de l'affront qu'il avait subi de la part de son frère jumeau lorsque celui-ci s'était défendu de son agression. Le fait que Ferrid poursuive une carrière internationale, chez l'ennemi de surcroît, lui était insupportable, autant que le constat de son obligation à devoir gérer Hakim au sein de son groupe, de par l'évidence de ses résultats.

Ce ne fut pas Hakim qui me fit part de l'incident. Comme son frère, il gardait tout pour lui pour ne pas m'inquiéter. Victor, une fois encore, m'en informa, grâce au témoignage d'un de ses élèves, présent à l'entraînement ce jour-là.

Un des jeux favoris de Daniel Bourgeois était de faire monter la pression entre certains athlètes au cours des combats d'entraînement afin de stimuler leur faculté d'agressivité durant les assauts.

Il avait, ce jour-là, demandé à Nicolas et Hakim de s'affronter non pas dans un randori à durée déterminée, mais dans un combat qui devait se dérouler durant la totalité de la séance, c'est-à-dire pendant deux heures sans discontinuer. Il avait eu l'audace de demander à un de ses subalternes d'aller lui chercher un fauteuil et la bouteille de champagne qu'il maintenait au frais, pour assister, du bord du tatami, à ce randori singulier tout en picolant. Il avait sans doute eu vent de la rumeur persistante prédisant son éviction du poste qu'il occupait, après cette olympiade. Cela n'était qu'un secret de polichinelle et il ne pouvait l'ignorer. Mais bien que se sachant sur la sellette, il savait aussi que Pierre Arnaud ne pourrait le virer précipitamment avant les Jeux, et la conscience de son impunité à court terme lui permettait d'agir à sa guise, quitte à commettre les plus flagrantes fautes professionnelles.

Il commença à s'adresser à Nicolas à partir de trente minutes de combat. À chaque fois que celui-ci commençait à faiblir physiquement, lorsque la spécificité de son judo, axé sur ses qualités physiques, commençait à décliner au point de devenir inefficace face à la technicité inébranlable de Hakim.

— Oh, Nicolas, mais tu n'en as pas marre de chuter devant ce minus ? avait-il commencé à lui dire.

Hakim, dans son judogi imbibé de sueur, continuait, imperturbable, son travail de déplacements et d'attaques que Nicolas n'était plus en mesure d'éviter.

— Mais tu vas te battre, Nicolas ? Tu n'as plus de couilles ou quoi ? le titillait Daniel Bourgeois, grisé par le champagne dont les bulles commençaient à lui monter à la tête.

Hors de lui à cet instant, Nicolas se releva d'une chute et projeta violemment son poing sur le visage de son partenaire. Hakim eut le réflexe de reculer et le coup atteignit une de ses tempes, sans force aucune.

— Ah, enfin, tu réagis !

Nicolas se rua alors sur Hakim dans un simulacre de prises de gardes de judo, mais qui n'étaient en fait que de pathétiques tentatives de coups de poing qui s'écrasaient mollement là où ils pouvaient, quelques-uns sur son visage, la plupart sur ses épaules. Lorsque Daniel Bourgeois fut satisfait, il mit un terme à ce randori, mais il ne le fit qu'au moment où il vit enfin le visage de Hakim tuméfié par les coups désordonnés portés par Nicolas.

J'ai appelé Hakim le soir même et l'ai convaincu d'arrêter immédiatement le stage.

— Tu vas y laisser ta peau, lui ai-je dit. File demain matin au service médical de l'Insep. Invente n'importe quoi… Un petit « bobo » nécessitant un arrêt de l'entraînement de quelques jours, mais qui ne compromettrait pas ton statut de remplaçant aux championnats d'Europe. On ne sait jamais, nul n'est à l'abri d'une blessure. Même pas ce connard. Tu donnes le certificat médical à un des entraîneurs et tu prends le premier TGV pour Toulon…

Nicolas ne se blessa pas et il participa aux championnats d'Europe. Il se fit exploser au premier tour par un Espagnol et rentra bredouille une nouvelle fois, ce qui ne l'empêcha pas d'être le seul sélectionné au dernier Grand Slam de la saison avant les Jeux olympiques, celui de Moscou.

À l'annonce de la seule sélection de Nicolas dans la catégorie de poids de cette épreuve majeure, de cet athlète qui avait accumulé les contre-performances, j'ai sauté dans le premier avion pour Paris dans le but de rencontrer, sans prendre la peine d'obtenir le moindre rendez-vous, Pierre Arnaud en personne, le président de la Fédération, que j'interceptai à l'improviste au moment où il allait quitter son bureau.

Bien que surpris par mon intrusion, il m'accorda un entretien. Mon discours fut plus poli que celui adressé quelques semaines plus tôt à Mourad, mais néanmoins aussi ferme.

Je lui demandai expressément de faire en sorte que soit réparée la flagrante injustice dont Hakim était victime. Il était inconcevable de ne pas lui laisser une chance de gagner son billet pour Tokyo dans le contexte de l'évidente protection dont jouissait Nicolas malgré ses contre-performances. Je ne demandais pas grand-chose, seulement que Hakim soit rajouté à la liste des sélectionnés pour le Grand Slam de Russie. Ce n'était pas une faveur, mais une requête motivée par le seul bon sens, compte tenu de ses résultats.

Pierre Arnaud m'assura de l'imminence de son intervention auprès du comité de sélection avant même que j'aie le temps de lui clamer ma détermination qui me pousserait, le cas échéant, à aller jusqu'à assigner la Fédération en référé, s'il le fallait. Heureusement sans doute, car cette menace nous aurait emmenés vers un bras de fer que j'aurais vraisemblablement perdu d'avance.

Le président tint parole, Hakim participa au tournoi en Russie, se classa brillamment troisième en confirmant son haut potentiel. Nicolas perdit quant à lui son combat pour l'obtention de l'autre médaille de bronze et se plaça cinquième après un parcours toutefois honorable, je fus contraint de le reconnaître.

La logique aurait voulu que Hakim devienne titulaire pour les Jeux olympiques, mais les sélectionneurs détiennent une logique qui leur est propre, variable selon leur convenance, et son nom ne figura sur la liste des sélections qu'en italique, en qualité seulement de remplaçant de Nicolas, préféré pour des raisons que je ne souhaitai jamais connaître afin de m'éviter de vomir.

Mais une justice divine balaya soudainement la justice humaine dont le misérable spectacle m'aurait révulsé si elle ne m'avait pas fait pitié.

Quelques semaines avant le départ pour les Jeux olympiques, Nicolas n'avait rien trouvé de mieux à faire, lors d'une soirée où il s'était octroyé le droit de décompresser en compagnie d'autres jeunes fêtards, que de sniffer un rail de cocaïne. Contrôlé positif lors d'un contrôle antidopage de routine à l'Insep, la Fédération n'avait eu d'autre alternative que de prononcer une mise à pied immédiate devant l'ampleur de cette affaire largement relayée par les médias.

Nicolas fut aussitôt exclu de l'équipe de France quelques jours avant son départ pour Tokyo, remplacé par Hakim, dont la soudaine titularisation me parut comme la concrétisation d'un miracle.

*

J'avais connaissance des négociations qu'Annie entretenait avec plusieurs galeries d'art de Tokyo, et elles furent le prétexte de légitimer l'éventualité qu'elle m'y accompagnât, afin de peut-être lui permettre de concrétiser un projet de future exposition tout en profitant de l'ambiance du plus important évènement mondial. Et lui offrir aussi la possibilité d'assister, pourquoi pas, à des spectacles sportifs qu'elle aurait pu apprécier, présumant que celui du judo la rebutait. Pourtant, à ma proposition, son visage s'éclaira d'un magnifique sourire et elle ne sut comment dissimuler sa joie à l'idée de pouvoir découvrir ce sport qui revêtait autant d'importance pour moi et, qui plus est, dans le contexte le plus prestigieux que l'on puisse espérer.

Il m'aurait été agréable également d'offrir le déplacement aux parents des jumeaux ainsi qu'à leur sœur Sherazade et à son mari, mais ces derniers ne pouvaient s'absenter de leur cabinet à cette date où ils croulaient sous d'importants dossiers, juste avant les vacances judiciaires. Quant à Fatima et Youssef, malgré mon insistance, ils déclinèrent poliment mon invitation, gênés sans aucun doute par mon attention pourtant sincère.

— Merci, Hugo, me répondit Fatima, mais nous ne pouvons accepter un tel cadeau. Ils n'ont besoin finalement que de ta présence. Toi seul serais à ta place auprès d'eux, nous ne ferions que leur transmettre notre tension s'ils nous savaient dans les tribunes. Nous nous contenterons de vous suivre en direct à la télévision ou sur cette chaîne Internet diffusant tous les combats de l'épreuve.

Victor fut ému par mon offre, mais dut y renoncer à son grand regret, sa petite amie ayant déjà réservé leurs vacances dans un bel hôtel des îles grecques.

Annie et moi seulement prîmes alors un vol direct, quelques jours avant la cérémonie d'ouverture des Jeux de la XXIIIe olympiade pour faire partie des vingt millions de spectateurs présents dans la ville hôte du plus grand spectacle sportif planétaire.

J'avais réservé deux chambres attenantes à l'hôtel Park Hyatt Tokyo où j'avais séjourné quelques années auparavant grâce à la touchante générosité de Maître Nagao, avec la vague idée qu'Annie et moi allions peut-être, dans ce lieu mythique, nous identifier aux rôles principaux des deux acteurs du film de Sofia Coppola, *Lost in Translation* et rejouer cette si belle histoire d'amour platonique entre une femme sublimée par la fraîcheur de sa jeunesse et un homme empêtré dans les tourments d'un âge dont il ne souhaite se souvenir.

Malgré ma tentation, je ne fis à aucun moment allusion à cette flagrante référence cinématographique, tellement proche de notre situation, car lui révéler la similitude entre les émotions du personnage incarné par Bill Murray et moi-même aurait été comme lui avouer la teneur de mes sentiments envers elle. Elle ne m'en parla pas non plus et, comme je savais qu'elle avait également vu ce film, pour m'avoir un jour avoué qu'elle aussi l'avait adoré, je pris son silence pour preuve qu'elle pourrait également trouver une certaine délectation dans la délicieuse frustration de cette omission.

*

Si le badge que m'avait octroyé Mourad me permettait de voir Ferrid tous les jours dans le village olympique regroupant les athlètes du monde entier où se trouvait la petite délégation de judo algérienne, tout contact avec Hakim me fut impossible.

Comme de coutume, la Fédération nationale française avait fait le choix de déserter le village pour retrancher ses troupes, athlètes, staffs techniques et officiels dans des structures privées qu'elle a toujours préféré louer en périphérie des sites olympiques.

Je savais par avance qu'il me serait difficile de voir Hakim avant le jour J. Alors, lui avais-je demandé avant son départ de faire son possible pour éviter tout entraînement, même le plus léger qui soit, au moins trois jours avant l'épreuve. Se contenter de surveiller de près son poids était pour moi amplement suffisant.

J'avais demandé à Mourad d'épargner Ferrid des quelques séances de préparation physique et spécifique qu'il s'était obstiné à programmer et, trouvant sans doute finalement mes arguments pertinents, il s'était résolu à les annuler pour les autres membres de l'équipe. Il n'y avait dans cette idée aucune référence d'ordre scientifique ou autre, mais une simple intuition soufflée par ce qui me semblait être le bon sens selon lequel un sevrage d'oisiveté avant une débauche d'énergie me paraissait indispensable, autant pour des raisons d'optimisation physique que psychologique.

Je me rendis, la veille du début de l'épreuve olympique judo et deux jours avant l'entrée en scène de Hakim et Ferrid, aux tirages au sort des tableaux de la compétition, qui se déroulaient sur le site même de l'évènement. Le mythique bâtiment du Nippon Budokan s'élevait majestueusement au milieu du parc de Kitanomaru, situé au cœur de Tokyo. Ce temple dédié aux arts martiaux, à la structure octogonale, proche du palais impérial, avait été construit à l'origine pour accueillir les compétitions de judo à l'occasion des Jeux olympiques de 1964 où quinze mille spectateurs s'étaient réunis pour assister à l'entrée du judo au sein du mouvement olympique.

Le tirage au sort s'était déroulé dans une salle annexe transformée en immense foire internationale où entraîneurs et officiels attendaient, assis devant un écran géant, le positionnement de leurs athlètes dans les tableaux selon leur catégorie de poids. J'avais essayé de me convaincre qu'il ne fallait accorder qu'une importance relative au placement que leur imposerait le hasard. Le niveau était tellement dense qu'il ne pouvait y avoir de bon ou de mauvais tirage. J'ai tout de même été soulagé de constater qu'ils ne figuraient pas dans le même tableau et que la chance les avait épargnés des tout premiers favoris pour leur premier combat.

Faire des plans sur la comète ne servirait à rien, me disais-je, les noms des meilleurs mondiaux sont concentrés sur les cases de départ des éliminatoires d'une compétition qui, malgré l'enjeu, présente le même niveau d'opposition qu'un Grand Slam. Rien ne doit exister au-delà des seuls combats qui se profileraient devant eux, en l'occurrence pour leurs premiers tours, le Vénézuélien face à Ferrid et le Congolais face à Hakim. Regarder plus loin dans le tableau serait un signe de vanité qui pourrait se révéler fatal.

Sans même attendre l'impression et la distribution des tableaux, je pris congé de Mourad et quittai les lieux pour me rendre à l'hôtel.

Annie était déjà rentrée de son rendez-vous avec le directeur d'une prestigieuse galerie d'art au centre de la ville. En la voyant m'accueillir, sautant sur place comme une gamine, je compris aussitôt que son entretien s'était bien déroulé et je ne pus m'empêcher de rire en découvrant la spontanéité de son enthousiasme.

Elle m'avait décroché une exposition dans ses murs, d'ores et déjà programmée dans un an, pour des œuvres de ma série «Japan», qui feraient selon lui un carton auprès de son portefeuille de collectionneurs.

Nous fêtâmes cette bonne nouvelle dans un excellent restaurant français de Tokyo. Un délicieux dîner naturellement arrosé de champagne qu'elle tint absolument à m'offrir. Après le repas, nous prîmes un taxi pour nous rendre au cœur du quartier bondé de Shibuya, où je sus qu'il nous serait impossible de prédire où nous allions vraiment terminer la nuit, entre les gigantesques néons lumineux sous lesquels se nichaient boîtes de nuit livrées à la frénésie d'une jeunesse débridée, karaokés géants, cybercafés aussi décalés que décadents ou bars secrets qu'il nous serait impossible de retrouver un jour.

Nous rentrâmes à l'hôtel au petit matin, et comme l'idée d'aller dormir ne nous avait même pas effleurés, nous décidâmes, après un rapide petit-déjeuner, de nous retrouver à la piscine de l'hôtel.

Dans le milieu de l'après-midi, Annie m'entraîna à la galerie d'art où elle avait négocié mon exposition afin que je fasse la connaissance du directeur, impatient de me rencontrer.

Je ne pris conscience de l'imminence des premiers combats de Hakim et de Ferrid, qui se dérouleraient le lendemain matin, qu'au cours du dîner que nous prenions avec Annie, dans l'un des restaurants de l'hôtel Park Hyatt.

Une soudaine anxiété me submergea à cet instant que je m'efforçai de dissimuler dans la légèreté de notre badinage. Ni Annie ni moi n'étions pressé de nous quitter, aussi fus-je soulagé de son invitation à poursuivre notre soirée dans sa chambre pour tuer le temps ensemble devant les programmes débiles de la télévision nippone. Nous passâmes de longues heures allongés côte à côte sur le lit, dans d'interminables fous rires causés par l'aspect cocasse du ridicule des dialogues en japonais sur les voix d'acteurs français lors de films cultes de notre patrimoine cinématographique. Nous nous esclaffions des répliques de Fernandel en langue japonaise et oubliions l'heure tardive.

Vers trois heures du matin, Annie s'assoupit et se blottit contre moi dans son sommeil. J'éteignis la télévision, mais n'osai bouger de peur qu'elle se réveille et surtout qu'elle s'éloigne de moi.

Trouver le sommeil me fut impossible et je passai la nuit à contempler sa suave somnolence. Étrangement, je ne ressentais aucune fatigue malgré ces deux nuits blanches.

Au petit matin, sa tête s'était posée sur ma poitrine et j'ai osé caresser délicatement une mèche de ses cheveux avant de me glisser lentement hors du lit, avec une infinie précaution pour éviter de l'extraire de ses rêves. Je sortis de sa chambre sans un bruit, gagnai la mienne pour une douche rapide et enfilai mon survêtement de l'équipe nationale d'Algérie.

Après avoir mis autour du cou mon accréditation olympique, j'ouvris mon sac de sport et plaçai à l'intérieur mes chaussures de ville, un costume et une cravate, dans la folle éventualité où Ferrid accéderait aux phases finales et qu'il ne me soit pas interdit de prendre place sur la chaise de coach, faute d'être vêtu d'une tenue réglementaire.

*

Michel ne se lassait jamais du spectacle éblouissant de la Terre qui défilait sous ses yeux, depuis son premier jour de mission trois mois auparavant, derrière le hublot de la station spatiale internationale. La perception de l'extrême finesse de l'atmosphère terrestre, enveloppant les bleus intenses et les blancs immaculés de la planète, le plongeait encore dans les plus profonds abîmes de sa mélancolie.

La Terre semble tellement fragile vue d'en haut, se disait-il en observant attentivement cette imperceptible couche qui protégeait la vie d'en dessous de toutes les affres de l'enfer, des radiations, du vide, de l'absence d'oxygène et des températures extrêmes de l'espace.

Malgré tous les inconvénients liés à cette vie en apesanteur, Michel se sentait un autre homme à quelque quatre cent cinquante kilomètres seulement au-dessus de la Terre. Certes, il savait son visage bouffi par l'insuffisance de drainage des fluides, il était parfois obligé de garder ses bras croisés sur sa poitrine pendant des heures pour éviter, faute de gravité, qu'ils ne s'étendent tout seuls devant lui, dans une sorte de posture de zombie. Il ne devait pas oublier de se sangler sur le siège des toilettes aspirantes et était contraint d'oublier le souvenir même d'une simple douche, résigné à ne pouvoir se laver qu'avec l'aide de petites lingettes humides.

Mais son être, extrait de l'inexorable attraction terrestre, se libérait enfin de l'absolue pesanteur de l'âme.

Lorsque la station survola les îles japonaises, Michel pensa à la futilité de l'espèce humaine préoccupée par ce qu'elle avait décrété être l'évènement le plus important de la planète. Les Jeux olympiques se déroulaient plus bas, au cœur d'une ville qu'ils avaient appelée Tokyo. Il s'était pourtant toujours intéressé aux Jeux olympiques, et bien qu'il les considérât comme une métaphore de la guerre, il avait suivi avec intérêt par le passé la retransmission de certaines compétitions de disciplines qui lui tenaient à cœur, surtout celles de judo, puisqu'il était lui-même ceinture noire dans ce sport, dont il continuait à prôner les valeurs.

Peut-être regarderait-il tout à l'heure quelques images de combats qui pourraient être retransmis en direct sur son écran, après son immuable session de sport, indispensable pour éviter une irrémédiable fonte musculaire, faute d'exercice en état d'apesanteur.

*

Je me souviendrai à jamais de cette journée, mais les contours des détails resteront flous dans mes souvenirs, comme s'il ne s'était agi que d'un simple songe.

Je les avais retrouvés après la pesée sur le gigantesque tapis d'échauffement où toutes les délégations avaient tenu à regrouper leurs athlètes pour les préparer aux premières batailles d'une guerre dont le seul enjeu les tétanisait.

Je me souviens avoir demandé à Hakim et à Ferrid de se soustraire aussitôt à l'ambiance pesante de leur staff respectif, en pariant avec succès sur la passivité de leurs directions techniques respectives qui ne pouvaient, je le savais bien, que ravaler leur ego. Mourad autant que Daniel Bourgeois n'auraient jamais pris le risque de rentrer dans une polémique pouvant perturber l'équilibre d'un des combattants dont ils avaient officiellement la charge, à quelques minutes des premiers combats, j'en avais été persuadé.

Je les avais tout d'abord isolés tous deux pour une mise en train progressive à base de placements qu'ils effectuaient l'un sur l'autre, puis je les avais incités à rejoindre tous les copains qu'ils avaient pu côtoyer au gré de leurs déplacements à travers le monde afin de finaliser leur échauffement d'une manière moins pesante.

Ils ont erré ainsi au petit bonheur la chance au milieu du tatami en invitant de la façon la plus naturelle qui soit de jeunes athlètes de toutes nationalités, qui tous acceptèrent dans la bonne humeur, parfois sous le regard intrigué de leurs entraîneurs, de courtes séquences de randori tout en relâchement, parfois ponctuées de rires partagés et qui se terminaient toutes par une amicale accolade. Ils jouèrent ainsi avec leurs camarades d'entraînements sans distinction aucune de nationalité : Japonais, Brésiliens, Canadiens... dont le seul lien avait été de partager tout simplement des moments de vie inoubliables, parfois conviviaux, parfois seulement réunis autour de cet incommensurable respect procuré par le mélange de transpiration durant de longues séances de travail.

Et l'heure des premiers combats arriva enfin. J'avais suivi dans le dédale des couloirs d'autres entraîneurs qui se dirigeaient, le regard sombre, vers l'enceinte du dogme. Les spectateurs avaient déjà envahi la quasi-totalité des sièges de l'arène surplombant les aires de combats, carrés de tatami d'une suave couleur jaune paille offrant aux lieux une religieuse sérénité.

J'étais tendu à l'extrême, malgré l'absorption d'une dose exagérée de calmants. Ferrid ouvrait le bal en étant annoncé pour le premier combat de la journée face à son adversaire vénézuélien.

En m'asseyant sur ma chaise de coach, j'eus l'étrange révélation qu'il me fallait éviter de trop m'épancher en consignes diverses et qu'il serait préférable de laisser Ferrid gérer seul son combat, dans la limite du possible, comme il en était parfaitement capable. En fait, lorsque l'arbitre annonça le début des hostilités, je ne trouvai rien d'autre à lui dire que ce qu'il savait déjà. Je m'étais contenté de lui adresser quelques mots, pour l'encourager à poursuivre dans les mêmes voies que nous avions ensemble tracées lors de tous nos entraînements.

Ferrid, que je percevais heureusement infiniment plus détendu que moi, remporta le combat grâce à un formidable balayage qui tétanisa son adversaire au terme d'une minute trente de combat seulement.

Persuadé de la pertinence de mon intuition, je pris sur moi la décision d'aller retrouver Daniel Bourgeois sur-le-champ. Nous ne nous étions plus jamais adressé la parole depuis notre dernière altercation verbale, mais l'enjeu de ma démarche ne me laissait aucun autre choix.

La surprise de ma présence face à lui le laissa sans voix. Mais il écouta ma requête par laquelle je le conjurais de bien vouloir éviter de submerger Hakim de consignes quelconques si d'aventure il devait être amené à le coacher, et de s'assurer que les autres entraîneurs du staff fassent de même, et ce pour le bien de l'équipe de France, ajoutai-je. La consternation face à mon culot manqua de l'étrangler. Un rire forcé fut sa première réponse, puis il se mit à vociférer des propos à mon encontre, incompréhensibles, noyés qu'ils étaient dans l'indignation d'une colère qu'il n'arrivait pas à maîtriser.

Une main alors enserra son épaule et il se tut subitement. Je n'avais pas remarqué la silhouette derrière lui, qui avait tout entendu de mes propos.

— Tu as compris la demande de monsieur Montes ? lui demanda Pierre Arnaud.
Daniel Bourgeois se retourna vers lui, tétanisé de stupeur.
— Eh bien, reprit d'une voix sereine le président de la Fédération française, tu vas faire ce qu'il a demandé. Si tu veux t'asseoir devant son élève, fais-le... Je peux même t'emmener une bouteille de champagne, pour ne pas changer tes habitudes. Mais une chose : tu fermeras ta gueule !

*

Comme dans un rêve, je vis défiler les combats victorieux de Hakim et Ferrid, tour après tour.
Comme dans un rêve, je les vis s'avancer vers leurs aires de combat respectives pour l'ultime affrontement avant une éventuelle finale. Les demi-finales de l'épreuve olympique qui se déroulait simultanément, Hakim contre le Japonais Hiroki, son copain de Tenri... Et Ferrid contre l'Italien Enzo Bellini.
Comme dans un rêve, je vis l'Italien plaqué sèchement sur le dos et l'impassibilité de Ferrid qui se retourna soudainement vers l'autre tatami pour regarder le combat de son frère qui se poursuivait. Il était resté immobile à sa place réglementaire en tournant le dos à l'arbitre qui, d'un geste, invitait Enzo à se relever. Celui-ci était resté prostré par l'anéantissement de sa défaite, à genoux, ses mains croisées derrière la nuque.
Comme dans un rêve, je vis soudain Ferrid exalter sa joie, lever les bras au ciel, à l'instant du terrible *ippon* subi par le Japonais.
Comme dans un rêve, je vis ensuite les deux frères saluer en même temps leur adversaire, quitter leur carré de combat, puis courir l'un vers l'autre, ivres de bonheur, avant de se tenir enlacés un temps qui me sembla suspendu pour l'éternité.

*

Je fus tout d'abord surpris par l'intensité et l'engagement de Ferrid et Hakim dans cette finale olympique qui, étrangement, fut le premier combat officiel dans lequel ils avaient l'occasion de s'affronter.

Il n'y eut aucune concession dans cette implacable lutte loyale où l'un et l'autre firent preuve d'une surprenante détermination à laquelle je ne m'attendais pas. Les quinze mille spectateurs du Nippon Budokan étaient debout et encensaient les attaques incessantes de chacun.

À trente secondes d'un combat au score vierge, un des deux attaqua encore, mais son action fut contrée et il fut plaqué au sol.

L'arbitre annonça *ippon* sous les acclamations d'un public qui n'exprimait pas sa joie pour le vainqueur, mais pour la seule beauté du judo qu'on leur avait offert.

L'identité du vainqueur n'aura aucune importance. Mais alors vraiment aucune !

Je ne sus ce qu'ils avaient malicieusement tramé que quelques jours plus tard, lorsque les jumeaux décidèrent finalement de m'en faire la confidence.

Juste avant la finale qu'ils allaient disputer, Hakim et Ferrid s'étaient isolés à l'intérieur d'un vestiaire. Sans même se consulter, ils ôtèrent rapidement leurs judogis et les échangèrent.

Ferrid se vêtit du judogi blanc pourvu du dossard et de l'emblème de la France, et Hakim du judogi bleu, celui de l'équipe nationale algérienne.

Se battre pour son frère, se sortir les tripes dans le seul but que son prénom soit glorifié dans les annales du sport et dans l'histoire de l'olympisme était pour eux la seule alternative possible.

Leur secrète initiative représentait pour eux l'acte d'amour suprême.

Voilà la seule raison pour laquelle ils se battirent comme des chiens. Pour que leur propre identité soit effacée au profit de l'autre, dans un monde où la notion même de la compétitivité impose l'anéantissement d'autrui au profit de sa seule gloire personnelle.

*

Je me souviens de m'être levé de ma chaise au moment où celui qui avait officiellement gagné le titre olympique se retrouvait cloué au sol. Son frère l'aida à se relever et ils prirent place pour le salut.

Lentement, ils arrangèrent leur veste de judogi, puis nouèrent leur belle ceinture bleue, élimée par l'usure des entraînements et dont quelques filaments délavés pendaient à proximité du nœud.

L'arbitre désigna un vainqueur, mais surtout une nation fière d'afficher une médaille d'or à son tableau de chasse.

Puis les jumeaux saluèrent religieusement le tatami et se dirigèrent vers moi.

Je les ai regardés s'avancer, les bras ballants, dans l'incapacité la plus totale de réagir. Ils venaient vers moi, un timide sourire aux lèvres. Mes jambes tremblaient, je crois, et j'avais l'impression d'émerger au-dessus des vapeurs d'un nuage.

Ils s'inclinèrent devant moi dans le salut d'une pure tradition japonaise en clamant en chœur :

— Merci, Senseï !

J'éclatai en sanglots avant même qu'ils ne m'étreignent tous deux dans leurs bras.

Il me fut impossible d'arrêter le flot incessant de mes pleurs. Je pleurais sur mes parents qui reposaient l'un contre l'autre dans les hauteurs des hauts plateaux d'Algérie, sur le souvenir de Daphné, sur Alana et sur notre enfant que jamais je ne verrais, mais aussi sur le pathétique spectacle du presque vieillard que j'étais, incapable de maîtriser le flot de ses émotions.

Lorsqu'ils eurent l'assurance de mon pouvoir de contrôle sur les effervescences de mon bouleversement, ils me laissèrent un instant retrouver mes esprits et je les vis alors, à travers les buées de mes yeux encore remplis de larmes, se faufiler avec tact entre l'attroupement des journalistes qui les sollicitaient, puis gravir quatre à quatre les marches de l'escalier longeant les tribunes.

Ils s'arrêtent devant Maître Nagao que je reconnus, tout là-haut, et ils s'inclinèrent respectueusement devant lui.

J'allais m'effacer de la scène, me réfugier quelque part pour m'éloigner des caméramans de télévision qui avaient sans doute trouvé pertinent de montrer au monde entier le spectacle d'un vieux monsieur en sanglots lorsque j'aperçus Annie.

Elle descendait avec grâce les mêmes escaliers gravis à l'instant par Hakim et Ferrid et enjamba la rambarde sans que quiconque n'ait osé lui demander le moindre laissez-passer, puis elle se dirigea vers moi dans un sourire désarmant.

Elle me prit alors tendrement dans ses bras et je dus lutter de toutes mes forces pour ne pas me remettre à pleurer. Mais ce qui m'empêcha réellement de sombrer encore dans les sanglots fut ma stupeur de constater que je bandais comme un cerf. Je réalisai avec effroi qu'il eût été impossible qu'elle ne perçoive la dureté de mon sexe plaqué contre son ventre et qu'elle ne puisse ignorer la preuve de mon incompréhensible excitation à ce moment-là.

Mais aussi incroyable cela puisse paraître, elle n'eut aucun réflexe de rejet envers ce qui me paraissait être le pire des outrages et pressa davantage son corps contre ce qui trahissait mon désir pour elle.

Je m'étais posé une étrange question à ce moment-là, dont j'eus la réponse à l'instant même où je me la formulais clairement dans mon esprit.

Imagine, m'étais-je dit, Annie dans cinquante ans, ce qui n'est rien, même dans l'échelle misérabiliste de l'humanité, et moi-même à mon âge actuel, ou dans le cas d'une invraisemblable utopie, avec cinquante ans de plus, ce qui reviendrait au même, finalement.

Aurais-je à ce moment-là les mêmes sentiments, les mêmes désirs irraisonnés envers elle ?

Très certainement non... L'évidence de ce constat m'anéantissait. Je n'étais en fait attiré que par la fraîcheur de sa jeunesse et l'idée d'imaginer sa personne dans une enveloppe fanée par l'usure des années, son corps inexorablement empâté ou au contraire ratatiné, sa peau flétrie qui n'exhalerait plus cette même odeur, toutes ces petites choses me donnèrent la nausée.

J'ai chassé comme je le pouvais toutes ces idées saugrenues de mon esprit pour me délecter de la magie de cet instant présent. Ce moment que, de toutes mes forces, je voulais éternel. Pour demeurer jusqu'à la fin des temps, sous le majestueux dôme du Nippon Budokan résonnant du grondement du public, debout contre le corps juvénile d'Annie dont je ressentais la fermeté des abdominaux se presser délicieusement contre la raideur de mon sexe.

En sentant une larme ruisseler le long de ma joue, puis perler sur la commissure de mes lèvres, je compris que je ne m'apitoyais en fait que sur l'indéniable futilité de l'âme.

Remerciements

« Merci à ma première lectrice. Ma fille, Jade Marino, pour sa disponibilité et son aide précieuse dans la correction et la relecture de ce qui n'était alors qu'un simple brouillon.

Toute ma reconnaissance également à Hakim Sarahoui, sans qui cette histoire n'aurait pu éclore s'il ne m'avait incité à en semer les graines cinq ans auparavant. »

Quelque part dans le monde, un jour de juillet 2019

Dans la collection Nouvelles Pages

Cent papiers Sans pieds – Tiffany Ducloy

La voltigeuse de Constantinople – Laurent Dencausse

Le bal des vampires – Sébastien Thiboumery

Un aigle dans la ville – Damien Granotier

J'ai été accusé du pire – Bernard Joliot

La tueuse de Manhattan – Pierre Vaude

Le Revenu Universel, Perpétuel et Éphémère – Didier Curel

Voyage au cœur des hémisphères – Dimitri Pilon

Rose Meredith – Denis Morin

Découvrez les autres collections de JDH Éditions

Magnitudes
Drôles de pages
Uppercut
Versus
Les collectifs de JDH Éditions
Case Blanche
My feel good
Romance Addict
Les Atemporels
Quadrato
Baraka
Les Pros de l'éco

Suivez **JDH Éditions** sur les réseaux sociaux
pour en savoir plus sur les auteurs,
les nouveautés, les projets…

Venez découvrir L'Édredon
La revue littéraire de JDH Éditions